www.lesimpressionsnouvelles.com
info@lesimpressionsnouvelles.com

Je ne verrai pas Okinawa

aurélia aurita

Je ne verrai pas Okinawa

LES IMPRESSIONS NOUVELLES

3 janvier 2008.
Aéroport de Londres-Heathrow,
en transit pour Tōkyō.
DEPARTURES
SKIES
WORLD OF WHISKIES
SALE 2 for 20 £
BON...
SALE
J'AI 4 HEURES À TUER... QUE FAIRE ?
50% OFF
SALE
BUY ONE GET ONE FREE
SUCCOMBER À LA FIÈVRE ACHETEUSE ?

ME BOURRER LA GUEULE GRATOS ?
POWERFUL TASTE
WHSmith
BOOKS
BEST SELLERS
NEW
... OU ALORS, ÉLEVER MON ESPRIT GRÂCE À LA LITTÉRATURE ?
...LA LITTÉRATURE AU KILO !
AIRPORT EXCLUSIVES
2 FOR 20£
BEST SELLERS
Braziiiiil ...
FICTION
Where hearts were entertaining June...
POURQUOI JE PENSE À "BRAZIL" ? AH OUI, JE L'AI REVU Y'A PAS LONGTEMPS !
TIENS, ET SI JE RELISAIS ...
M...
N...
O...
P?

EXCUSEZ-MOI, JE CHERCHE "1984" DE GEORGE ORWELL...
c'est pas possible qu'ils ne l'aient pas!!!
DÉSOLÉE, IL NE NOUS RESTE QUE "LA FERME DES ANIMAUX"...
CLASSICS
FICTION
STILL HOT!
IL Y A D'AUTRES LIBRAIRIES DANS L'AÉROPORT ?
EUH... IL Y A UN AUTRE WH SMITH PAS TRÈS LOIN...
Rebelote...
JE N'EN AI PAS... MAIS IL Y A D'AUTRES WH SMITH AU TERMINAL 2.
GEORGE, NE PERDS PAS ESPOIR...
inal 1
Terminal 2
BA
...IL Y A ICI UNE VRAIE LECTRICE QUI VIENT TE DÉLIVRER!

FICTION
SANDWICHES
COLD DRINKS
CASHIER
MAGAZINES
AÏE AÏE AÏE... CELUI-CI FAIT "ÉPICERIE" EN MÊME TEMPS...
ET Y'A MÊME PAS DE RAYON "CLASSIQUES" ...
D... E... F... G...
M... N... O... AH!!!
GEORGE ORWELL ANIMAL FARM
OH! CELUI-CI EST PLUS ÉPAIS!
GEORGE ORWELL ANIMAL FARM
CE S'RAIT PAS... CE S'RAIT PAS...
MIRACLE!
"NINETEEN EIGHTY-FOUR"!!!

Japonais déguisé en rappeur noir
Tous ses copains-copines de Shibuya
J'avais lu la traduction française il y a 10 ans. Lectures classiques de jeunesse, avec "Le meilleur des mondes" et "Fahrenheit 451"...
Sexcrime
Crimethink
Doublethink
Je suis excitée de découvrir la "novlangue" en V.O.
Ungoodthinkful
MON DIEU !
CE PAUVRE GEORGE SE RETOURNERAIT DANS SA TOMBE...
...S'IL VOYAIT LE SAC DANS LEQUEL SON LIVRE A ÉTÉ EMBALLÉ, AVEC UN SODA ET UN PAQUET DE CHIPS.
EVERY YEAR, YOU PICK UP 40 MILLION UNPUTDOWNABLE BOOKS FROM US
WH Smith
"Chaque année, vous nous achetez 40 millions de livres KONLIDUNETRAITE"
La réalité rattrape la fiction !

10 heures plus tard...
NORMAL OR VEGETARIAN?
BREAKFAST... NORMAL OR VEGET
HA! TOUJOURS LA MÊME SAUCISSE-BACON-OMELETTE!
COMME D'HABITUUU... DEUU...
ET COMME D'HABITUDE... JE GARDE LE MUFFIN POUR APRÈS...
OUPS!
ÇA, PAR CONTRE, C'EST PAS NORMAL...
ZUT! MAMAN A DÛ ME REFILER SA GASTRO!
J'ESPÈRE QUE C'EST PAS TROP TARD...

QUARANTINE
BIRD FLU
IMMIGRATION
"SI VOUS AVEZ DES FRISSONS, DE LA FIÈVRE OU DE FORTES DIARRHÉES, VEUILLEZ REMPLIR LE FORMULAIRE DE QUARANTAINE, ET PLUS PARTICULIÈREMENT SI VOUS AVEZ PASSÉ LES DEUX DERNIÈRES SEMAINES DANS UN DE CES PAYS : BOLIVIE, CHILI, (...)"
Depuis mon premier séjour au Japon en 2004, le contrôle aux frontières s'est sensiblement durci.
OH LA LA ! Y'A DU MONDE, AUJOURD'HUI !

13 FOREIGN PASSPORTS
12 FOREIGN PASS?
REIGN PASSPORTS
10 JAPANESE PASSPORTS
9
PAR CONTRE, Y'A DÉJÀ PLUS UN CHAT, CÔTÉ "JAPONAIS"!
Passeports étrangers
Passeports japonais
D'abord, en 2006, ils avaient testé un nouveau système informatique...
Et puis, cette fois-ci, de nouvelles machines sont apparues.
FINGERPRINTS
«...PRESSEZ LÉGÈREMENT VOS DEUX INDEX AUX EMPLACEMENTS PRÉVUS...»
«TOUT ÉTRANGER QUI REFUSERA DE DONNER SES EMPREINTES ET SA PHOTO SERA PRIÉ DE QUITTER LE JAPON.»
Frédéric les avait découvertes deux semaines auparavant. Il m'avait prévenue...
GO TO 23 PLEASE.

HELLO...
HELLO.
Welcome
"EMPREINTES DIGITALES, S'IL VOUS PLAÎT."
FINGERPRINTS PLEASE
ZZZ
"VEUILLEZ MAINTENANT VOUS POSITIONNER DANS LE CHAMP DE LA CAMÉRA ET REGARDER DROIT DANS LA LENTILLE."
CHEESE!
ZZZ

「SUIVEZ-MOI, S'IL VOUS PLAÎT.」
TIENS, LA DAME QUI ÉTAIT DERRIÈRE MOI DANS LA FILE...
「VOUS PARLEZ JAPONAIS ?」
「EUH... JUSTE UN PETIT PEU...」
「MAIS JE PEUX PARL...」

MADAME, VOUS PARLEZ JAPONAIS ?
OUI.
ET JE VAIS DEMANDER UN VISA D'UN AN MON MARI
→ en très bon japonais.
ILS LA LAISSENT PARTIR...
MAIS QU'EST-CE QUI SE PASSE ?
BON !
JE VAIS VOUS POSER QUELQUES QUESTIONS.
WHY YOU STAY IN JAPAN ?
Il ne parle pas très bien anglais mais il complète avec du japonais.

JE SUIS AU JAPON EN TOURISTE...
POUR 3 MOIS ?...
C'EST LONG, 3 MOIS.
Je ne parle pas très bien japonais mais je complète avec l'anglais.
ET VOUS COMPTEZ VISITER QUOI, AU JAPON ?...
J'AI PRÉVU D'ALLER À OKINAWA...
VOUS AVEZ UN PROGRAMME? UNE RÉSERVATION D'HÔTEL ?
EUH... NON... JE COMPTAIS M'EN OCCUPER ICI ...
ET LORS DE VOS PRÉCÉDENTS SÉJOURS DE 3 MOIS, VOUS AVEZ FAIT DU TOURISME ?
...OÙ ÊTES-VOUS ALLÉE ?
LA DERNIÈRE FOIS, JE SUIS ALLÉE À HIROSHIMA.
ET QU'AVEZ-VOUS VU, À HIROSHIMA ?
...
JE N'AI RIEN VU, À HIROSHIMA !

EUH... C'ÉTAIT UNE PLAISANTERIE ! C'EST UNE RÉPLIQUE DE "HIROSHIMA MON AMOUR"...
VOUS SAVEZ, DE RESNAIS ET DURAS...
ENFIN, UN FILM FRANÇAIS, QUOI !
DONC, VOUS N'AVEZ RIEN VU À HIROSHIMA.
EUH, SI, SI ! BIEN SÛR QUE J'AI VU DES CHOSES !
LE MUSÉE DE LA PAIX...
ET J'AI MANGÉ DES HUÎTRES SUR LE RESTAURANT FLOTTANT !
SCRITCH SCRITCH
AH, ET PUIS APRÈS J'AI PASSÉ 3 JOURS DANS UNE ÎLE DE LA MER INTÉRIEURE !
IL N'Y AVAIT QUE 11 HABITANTS ! ELLE S'APPEL...
OK, OK.
MONTREZ-MOI VOTRE BILLET DE RETOUR POUR LA FRANCE.
OH, NON !!! ÇA ME REPREND !!!

«EUH... EXCUSEZ-MOI... JE DOIS ALLER AUX TOILETTES...»
IL VA PEUT-ÊTRE PENSER QUE J'ESSAIE DE M'ÉCHAPPER?
... OU BIEN QUE J'ESQUIVE SES QUESTIONS ?
ET S'IL SAVAIT QUE J'AVAIS LA DIARRHÉE ?
J'IRAIS EN QUARANTAINE?
TIENS, LUI ÉTAIT AVANT MOI, À L'EMBARQUEMENT. IL AVAIT ÉTÉ SURCLASSÉ EN BUSINESS, LA CHANCE!
... MAIS MAINTENANT, ON EST DANS LE MÊME BATEAU !

ET L'ADRESSE OÙ VOUS ALLEZ À TŌKYŌ... C'EST QUOI ?
CHEZ UN AMI...
VOTRE PETIT AMI ?
EUH JE...
PEUT-ÊTRE POUVEZ-VOUS LUI TÉLÉPHONER ? IL PARLE MIEUX JAPONAIS QUE MOI. IL VOUS EXPLIQUERA...
JE VAIS M'APPROCHER, SINON TOUTE LA PIÈCE SERA AU COURANT...
VOUS AVEZ SON NUMÉRO DE PORTABLE ?
IL N'A PAS DE PORTABLE.
COMMENT ÇA, IL N'A PAS DE PORTABLE ?

IL N'EN A PAS, C'EST TOUT.
...MAIS VOUS POUVEZ L'APPELER SUR SON FIXE, IL M'ATTEND.
ÇA NE RÉPOND PAS.
MAIS... C'EST IMPOSSIBLE, IL M'ATTEND ! IL DOIT ÊTRE SORTI FAIRE UNE COURSE ?...
POUVEZ-VOUS RÉESSAYER ?

「IL A QUEL ÂGE, VOTRE AMI?」
KESSAPEUT' FOUT'?!?
「47 ANS.」
「ET VOUS FAITES QUOI, DANS LA VIE?」
「JE SUIS MANGAKA.」
「VOUS AVEZ DES MANGAS DE VOUS, ICI?」
「OUI, DANS MON SAC.」
ILS M'ONT DÉJÀ FAIT LE COUP, LA DERNIÈRE FOIS...
Il y a 6 mois, ils m'ont demandé mes BD, et puis m'ont laissée partir au bout de 15 minutes. Je les avais entendus plaisanter: "Si elle est mangaka, c'est facile à prouver! Elle n'a qu'à nous dessiner un truc!"
「ET VOICI UN RELEVÉ DE DROITS D'AUTEUR...」
Angora
Mais cette fois-ci, les machines, les personnes, et même le bureau (flambant neuf), tout était différent.

«BON, VEUILLEZ ME SUIVRE, S'IL VOUS PLAÎT.»
C'EST PAS LA BONNE PORTE... C'EST PAS LA BONNE PORTE...
IMMIGRATION BUREAU
SPECIAL INQUIRY PROCEEDINGS

EST-CE QU'ILS ONT RÉUSSI À AVOIR FRÉDÉRIC AU TÉLÉPHONE ?...
Je suis restée une heure sans explications, sans que personne ne vienne me chercher.
Je n'osais même pas parler à mon voisin. Je ne savais pas si j'en avais le droit.
Enfin...
TOUTES NOS EXCUSES POUR CE DÉLAI. VOUS SAVEZ POURQUOI ON VOUS RETIENT ?
BEN... NON ?
C'EST PARCE QUE VOUS FAITES DES SÉJOURS DE TROIS MOIS.
ATTENDEZ UN INSTANT, S'IL VOUS PLAÎT.

???
HHH... HHH... VOILÀ UN QUESTIONNAIRE À REMPLIR AVANT L'ENTRETIEN.
TIENS, LE REVOILÀ, L'AUTRE...
À PROPOS... VOUS PARLEZ ANGLAIS ?
BEN OUI ! FRANÇAIS ET ANGLAIS COURAMMENT.
ALORS JE VAIS PLUTÔT VOUS DONNER CELUI EN ANGLAIS, CE SERA PLUS SIMPLE POUR NOUS !
IL EST CON OU QUOI ? J'AI PAS ARRÊTÉ DE LUI PARLER ANGLAIS, TOUT À L'HEURE !
C'EST POUR LE FORMULAIRE EN FRANÇAIS QU'IL A PRIS TOUT CE TEMPS ?...
VOILÀ.

PFF...
LE MEC QUI EST ARRIVÉ APRÈS MOI EST PARTI AVANT... QU'EST-CE QU'ILS ME VEULENT ?
AH ! UN NOUVEAU COMPAGNON !
QUI A DIT QUE LES LIVRES ÉTAIENT COMME DES AMIS ?
GEORGE ORWELL 1984
J'AIMERAIS L'EMBRASSER !
« SALUT, ÇA VA ? »

EUH...OUI, MERCI...
VOUS ÊTES DE QUEL PAYS ?...
JE SUIS FRANÇAISE.
POURQUOI ILS VOUS RETIENNENT ?
BEN... JE SAIS PAS TROP... ILS M'ONT JUSTE DIT QUE C'ÉTAIT PARCE QUE MES SÉJOURS FONT TROIS MOIS...
ET VOUS ?
MOI, JE SUIS CORÉEN. J'AVAIS UN VISA DE TRAVAIL D'UN AN... QUI A EXPIRÉ IL Y A 30 JOURS.
JE COMPTAIS RETOURNER AU PAYS AUJOURD'HUI, MAIS ILS NE VEULENT PAS ME LAISSER PARTIR, À CAUSE DE CES 30 JOURS DE DÉPASSEMENT.
MON AVION EST À 14h...
OH LA LA !!!
EN PLUS, J'AI BESOIN DE REVENIR AU JAPON POUR CHERCHER MES AFFAIRES ...
IL ME FAUDRAIT UN MOIS, MAIS JE NE SAIS PAS S'ILS VONT ME L'ACCORDER.

ET VOUS TRAVAILLIEZ DANS QUELLE BRANCHE ?
DANS LE "
PARDON ? JE NE COMPRENDS PAS...
...JE NE CONNAIS PAS CE MOT JAPONAIS !
AH ! EUH... JE NE SAIS PAS COMMENT ÇA SE DIT EN ANGLAIS...
JE TRAVAILLAIS DANS LES VÊTEMENTS...
... DE LA CORÉE VERS LE JAPON !
AH ! DANS L'IMPORT-EXPORT !!!

J'AURAIS DÛ APPRENDRE LE CORÉEN, ÇA M'AURAIT PLUS SERVI QUE L'ANGLAIS, ICI!
EN PLUS, ELLE A L'AIR PLUS SYMPA QUE L'AUTRE!
BON... J'Y VAIS!
BONNE CHANCE!
TIENS... LÀ, ILS ONT LA PROCÉDURE TRADUITE EN FRANÇAIS. LA FRANCOPHONIE N'EST PAS ENCORE MORTE!
ARRIVÉE
1er contrôle
ACCEPTATION DU REFUS
Bureau Interrogation Spéciale
EXPULSION
le candidat fait appel (3 jours)
Ministère de le justice
Autorisation Spécial
DÉLIVRANCE PERMIS SÉJOUR

"ACCEPTATION DU REFUS"?
"EXPULSION"?...
EXPULSION
EXPULSION
EXPULSION
EXPULSION
EXPULSION
expulsion
«TOUTES MES EXCUSES POUR CE DÉLAI.»
«VEUILLEZ ME SUIVRE, S'IL VOUS PLAÎT.»

「NOUS ALLONS DÉBUTER L'ENTRETIEN.」
「JE VAIS PARLER JAPONAIS ET ON VA VOUS TRADUIRE TOUT ÇA EN ANGLAIS.」
QUI ÇA ?...
「ICI.」
HELLO? CAN YOU HEAR ME?
「EUH... AVANT DE COMMENCER, EST-CE QUE JE POURRAIS APPELER MON AMI ?」
「C'EST QUE ÇA FAIT PLUS DE 3 HEURES QUE JE SUIS ICI...」
「IL DOIT S'INQUIÉTER !」
「L'OFFICIER DIT QU'IL DOIT D'ABORD VOUS INTERROGER. VOUS APPELLEREZ VOTRE AMI APRÈS.」

「IL DIT QUE DEPUIS 2004, VOUS AVEZ EFFECTUÉ PRESQUE UNE DIZAINE D'ALLERS-RETOURS. IL TROUVE CELA SURPRENANT. POUVEZ-VOUS VOUS EXPLIQUER ?」
「EUH... C'EST QUE J'AIME BEAUCOUP LE JAPON ET LA CULTURE JAPONAISE... JE SUIS MANGAKA ! ET COMME VOUS LE SAVEZ, LE JAPON EST UN GRAND PAYS DE LA BANDE DESS...」
「EXCUSEZ-MOI, JE NE VOUS ENTENDS PAS. POUVEZ-VOUS PARLER PLUS FORT ET PLUS PRÈS DU COMBINÉ ?...」
「JE DISAIS QUE JE M'INTÉRESSAIS BEAUCOUP À LA CULTURE JAPONAISE.」
「OUI, MAIS IL DIT QUE DIX FOIS, ÇA FAIT QUAND MÊME BEAUCOUP. DE QUOI VIVEZ-VOUS ?」
「AH BEN ÇA, JUSTEMENT, C'EST UN GROS AVANTAGE DE LA PROFESSION DE MANGAKA ! ON PEUT TRAVAILLER OÙ ON VEUT ! ET JE REÇOIS MES DROITS D'AUTEUR DEPUIS LA FRANCE, L'ESPAGNE, LE BRÉSIL...」

「ET DONC, JE NE SUIS PAS AU JAPON POUR TROUVER UN TRAVAIL ! JE SUIS ICI PAR PURE PASSION !」
「OUI, MAIS IL DIT QUE VOUS UTILISEZ UN VISA TOURISTIQUE. ET TROIS MOIS TOUS LES TROIS MOIS, IL N'APPELLE PAS ÇA DU TOURISME.」
「MAIS... MAIS... JE SUIS LÀ POUR TRAVAILL... EUH... POUR OBSERVER LE JAPON ! JE SUIS EN TRAIN D'ÉCRIRE UN LIVRE, ET J'AI BESOIN D'ÊTRE LÀ... POUR M'INSPIRER, QUOI !」
「SI J'UTILISE LE VISA TOURISTIQUE, C'EST PARCE QUE JE N'AI PAS LE CHOIX ! J'AVAIS FAIT UNE DEMANDE DE VISA CULTUREL, MAIS ELLE A ÉTÉ REJETÉE.」
「ET POURQUOI ?」
BON... J'AI L'IMPRESSION QU'ON N'EST PAS SORTIS DE L'AUBERGE...

Deux ans plus tôt...
COPIE DE MES CONTRATS D'ÉDITION... EXTRAIT DE COMPTE... FORMULAIRE DE DEMANDE DE CERTIFICAT D'ÉLIGIBILITÉ...
JE PENSE QUE J'AI TOUT !
JE VAIS POUVOIR DÉPOSER MON DOSSIER !
TU PENSES QUE ÇA IRA ?
BEN... C'EST PAS ÉVIDENT DE PROUVER MON NIVEAU EN BD, MAIS POUR LA CALLIGRAPHIE, J'AI CE QU'IL FAUT !
REGARDE CE QUE DOÏ SENSEI M'A ENVOYÉ ! UNE MAGNIFIQUE LETTRE DE RECOMMANDATION CALLIGRAPHIÉE MAIN !
IL FAUDRA LA REMERCIER !
J'avais épluché les différentes voies pour obtenir un visa au Japon. La case dans laquelle je rentrais le mieux était celle du visa culturel.
Il n'y a pas besoin de justifier d'un travail. Ce visa s'applique à ceux qui viennent étudier un art japonais. Il faut aussi prouver qu'on a assez d'argent pour vivre "sans travailler".

J'ai donc monté un dossier autour de "manga" et "calligraphie".
DANS MA LETTRE DE MOTIVATION, J'EXPLIQUAIS PAR EXEMPLE QUE L'APPRENTISSAGE DE LA CALLIGRAPHIE M'AIDAIT DANS MON TRAVAIL DE MANGAKA.
Découvre le lien entre dessin et écriture
MAIS C'EST BIEN SÛR !!!
Pleine d'espoir en finalisant son dossier
JE NE PIQUE PAS LE BOULOT D'UN JAPONAIS

Après trois mois de silence radio...
FRÉDÉRIC!!! UNE LETTRE DU BUREAU DE L'IMMIGRATION!!!
ALORS ?...
J'Y COMPRENDS RIEN! C'EST EN JARGON BUREAUCRATIQUE!
ALORS ?...
Ayako, l'assistante de Frédéric à l'époque
EUH...
C'EST DIFFICILE À COMPRENDRE... IL Y A PLEIN D'EUPHÉMISMES...
...MAIS JE PENSE QUE C'EST UNE RÉPONSE NÉGATIVE... DÉSOLÉE...
MAIS... ILS NE DISENT PAS POURQUOI ?
EUH... C'EST TRÈS VAGUE...
IL Y A PEUT-ÊTRE UN MALENTENDU ? IL FAUDRAIT QUE TU AILLES LEUR DEMANDER LES RAISONS PRÉCISES DE LEUR REFUS.
OUI, SI JE POUVAIS REFAIRE UNE DEMANDE...

VAS-Y DEMAIN... MOI, JE NE PEUX PAS T'ACCOMPAGNER, J'AI TROP DE BOULOT...
AYAKO, ÇA NE T'EMBÊTE PAS D'Y ALLER AVEC ELLE ?
BIEN SÛR QUE NON !
Le bureau régional de Tōkyō se trouve à Shinagawa, c'est-à-dire à l'autre bout de la ville.
D'abord, prendre une heure de métro...
Puis, une demi-heure de bus...
Et enfin, prendre un ticket et attendre.

2F
2F
SEVEN
C'est presque une petite ville. Il y a une supérette et une cafétéria, où les gens préfèrent souvent aller patienter, ticket à la main.
EUH... C'EST AU TROISIÈME, JE CROIS...
SI TU LE DIS !
東京入国管理局
2F
3F

J'ESPÈRE QUE C'EST LE BON TICKET POUR LE BON GUICHET...
CLIC!
On dit qu'on reconnaît la grandeur d'un pays à sa manière de traiter les plus fragiles.
Les pauvres, les handicapés, les immigrés...
Jusqu'ici, j'ai toujours eu la chance d'être "du bon côté". Mes parents ont demandé leur naturalisation juste avant ma naissance, et j'ai eu la nationalité automatiquement.
Je n'ai donc pas de leçons à donner. Je n'ai jamais vécu ce qui se passe en France, quand on n'est pas Français.

Tout ce que je peux dire, c'est que le bureau de Tōkyō est flambant neuf...
... à l'exception des sièges de la salle d'attente, qui semblent avoir recueilli la sueur et les angoisses de cinq générations d'immigrés.
G7
G4 00274
G8
BIP!
YOUHOU!!!
ELLE DIT QU'ELLE VA CHERCHER TON DOSSIER.
IL FAUT ENCORE ATTENDRE UN PEU.
「MADEMOISELLE?...」

OH! UN VRAI BUREAU AVEC DES CHAISES!
IL DIT QUE TON DOSSIER EST INTÉRESSANT, MAIS QUE MALHEUREUSEMENT, TU N'AS PAS LE NIVEAU SUFFISANT.
OUI, LES COURS DE CALLIGRAPHIE, JE NE LES AI COMMENCÉS QU'IL Y A UN AN...
...MAIS LA BD, J'EN FAIS PROFESSIONNELLEMENT DEPUIS 5 ANS!
JAPON
édition japonaise du collectif "Japon"
JE SUIS MÊME UN PEU PUBLIÉE AU JAPON, VOUS VOYEZ?
IL DIT QU'IL COMPREND, MAIS QU'IL NE PEUT RETENIR CE POINT DANS TON DOSSIER.
AH BON? ET POURQUOI?

EUH...
!!!
...PARCE QUE LA MANGA, CE N'EST PAS UN ART JAPONAIS !
IL DIT QUE PERSONNELLEMENT, IL AIME BIEN LES MANGAS, ET RECONNAÎT QUE LE BUREAU DE L'IMMIGRATION EST UN PEU EN RETARD SUR LES NOUVELLES FORMES D'ART...
SI TU AVAIS PRATIQUÉ L'IKEBANA OU LA CÉRÉMONIE DU THÉ À UN HAUT NIVEAU, IL N'Y AURAIT EU AUCUN PROBLÈME.
LA MANGA, PAS UN ART JAPONAIS ?
「ET POURQUOI ?」

「PARCE QUE SELON EUX, LA MANGA N'EST PAS UN ART JAPONAIS.」
「IL DIT QU'IL N'EST PAS EN MESURE DE SE PRONONCER SUR CETTE DÉCISION, QUI RELÈVE DU BUREAU DE L'IMMIGRATION DE TŌKYŌ.」
NOOON... SANS BLAGUE...
「... MAIS QUE SON RÔLE, C'EST DE VOIR SI ON PEUT OU NON VOUS DÉLIVRER UNE AUTORISATION D'ENTRÉE SUR LE TERRITOIRE JAPONAIS, AUJOURD'HUI.」
「MAIS... MAIS... JE NE FAIS RIEN DE MAL, ICI !!! JE NE SUIS PAS LÀ POUR TRAVAILLER CLANDESTINEMENT, OU QUOI... JE VEUX JUSTE ÊTRE AU JAPON !」
「IL DIT QU'UNE FOIS, VOUS AVEZ ANNONCÉ UNE DURÉE DE SÉJOUR DE 45 JOURS ET QU'EN FAIT VOUS ÊTES RESTÉE 3 MOIS. POUVEZ-VOUS EXPLIQUER CELA ?」
「ALORS ÇA, JE NE L'AI FAIT QU'UNE FOIS ! ET C'EST PARCE QUE JE N'ÉTAIS PAS SÛRE D'AVOIR ASSEZ D'ARGENT POUR RESTER TOUT LE TEMPS DU VISA !」

SI VOUS NE VOULEZ PAS QUE LES GENS RESTENT 3 MOIS...
...FAUT PAS FAIRE DES VISAS DE TOURISTE DE 3 MOIS!!!
OUPS!
SCRITCH
SCRITCH
SCRITCH
SCRITCH
RÉFLÉCHIR VISAS? RÉFLÉCHISSEZ.
IL VOUS DEMANDE DE RÉFLÉCHIR UN PEU. POURQUOI PENSEZ-VOUS QU'ON A INVENTÉ LES VISAS? POUR QUE DES PERSONNES COMME VOUS LES CONTOURNENT? RÉFLÉCHISSEZ.
MAIS JE NE CONTOURNE RIEN! LES VISAS FONT 3 MOIS, POURQUOI JE NE POURRAIS PAS RESTER 3 MOIS?...

「ET PUISQUE JE NE TRAVAILLE PAS, C'EST DU TOURISME, NON?」
「OUBLIEZ L'HISTOIRE DU TRAVAIL CLANDESTIN. VOUS N'AVEZ SIMPLEMENT PAS LE DROIT DE RESTER AU JAPON.」
「ÉCOUTEZ, JE NE COMPRENDS PAS : IL Y A UN AN, UN DE VOS COLLÈGUES, ICI-MÊME, M'A DIT QUE SI JE PRENAIS SOIN DE RESTER EN FRANCE AU MOINS 3 MOIS ENTRE CHAQUE ALLER-RETOUR, IL N'Y AURAIT AUCUN PROBLÈME !」
「D'AILLEURS, LES DEUX DERNIÈRES FOIS, ON M'A LAISSÉE ENTRER SANS DIFFICULTÉS !」
「IL VOUS DEMANDE DE PRÉCISER LA NATURE DE LA RELATION AVEC LA PERSONNE QUI VOUS HÉBERGE.」
「JE NE VOIS PAS LE RAPPORT !!! C'EST MA VIE PRIVÉE !!!」

「IL DIT QUE SI VOUS REFUSEZ DE RÉPONDRE, IL N'EST PAS OBLIGÉ DE VOUS ÉCOUTER NON PLUS.」
「OUI, C'EST MON PETIT AMI ET OUI, JE L'AIME !!!」
「ET OUI, SI JE VIENS AU JAPON C'EST AUSSI POUR LUI !!!」
SCRITCH SCRITCH
「IL DEMANDE SI...」
「OH, C'EST BON, J'AI COMPRIS ! NON, ON N'A PAS L'INTENTION DE SE MARIER !」

⌈IL DIT QUE SUR CE POINT, VOUS N'ÊTES PAS OBLIGÉE D'ENTRER DANS LES DÉTAILS.⌋
ENCORE HEUREUX !
⌈EN TOUT CAS, LUI A UN VISA PERMANENT !⌋
⌈OUI, MAIS ÇA NE VEUT PAS DIRE QUE VOUS AVEZ LE DROIT DE VIVRE AU JAPON DE MANIÈRE PERMANENTE !⌋
LISTEN, WHY DON'T YOU UNDERSTAND THAT YOU HAVE TO GET OUT OF JAPAN ?!?
EH BIEN ! SON TON S'EST VRAIMENT DURCI, À Mlle L'INTERPRÈTE !
"GET OUT", ÇA VEUT DIRE "SORTIR" ?
VU COMMENT ELLE LE PRONONCE, ON DIRAIT PLUTÔT "DÉGAGE" !!!

「IL PEUT VOUS ACCORDER UNE FAVEUR, MAIS IL FAUT ÊTRE COOPÉRANTE.」
「... VOUS ALLEZ ENTRER AU JAPON EN TANT QUE TOURISTE. SELON VOUS, QUELLE EST LA DURÉE D'UN SÉJOUR TOURISTIQUE ?」
「EUH... JE... JE NE SAIS PAS ?」
「COMBIEN DE TEMPS ME DONNERIEZ-VOUS ?...」
「IL DIT QUE C'EST À VOUS DE NOUS LE DIRE. ET APRÈS, IL IRA DEMANDER L'AUTORISATION À SON SUPÉRIEUR.」
「EUH... JE...」
「UN MOIS ?...」
「C'EST DÉJÀ PLUS RAISONNABLE. ET COMPTEZ-VOUS REVENIR AU JAPON COMME VOUS LE FAITES ?」

JE NE SAIS PAS...
IL DIT QUE 1 MOIS, DEUX À TROIS FOIS DANS L'ANNÉE, ÇA LUI PARAÎT CORRECT.
CEPENDANT, IL N'EXISTE PAS D'AUTORISATION POUR UN MOIS. IL VA DONC DEMANDER 3 MOIS, MAIS VOUS DEVEZ VOUS ENGAGER À NE RESTER QU'UN MOIS.
D'AILLEURS, LA CONVERSATION A ÉTÉ ENREGISTRÉE.
SI VOUS NE RESPECTEZ PAS VOTRE ENGAGEMENT, CELA POURRA ÊTRE RETENU CONTRE VOUS.
AU SECOURS LA CNIL* !!!
*Commission Nationale de l'Informatique et des Libertés.
ALORS, VOUS PROMETTEZ?
OUI, JE PROMETS DE NE RESTER QU'UN MOIS.

MERCI. L'ENTRETIEN EST TERMINÉ.
SCRITCH SCRITCH
MAINTENANT JE PEUX APPELER MON AMI ?...
IL DOIT D'ABORD DEMANDER À SON SUPÉRIEUR L'AUTORISATION D'ENTRÉE SUR LE TERRITOIRE.

?
A... ALLO?...
「ALLO? IL DIT QUE SON SUPÉRIEUR EST PARTI DÉJEUNER. IL NE REVIENT PAS AVANT 15H30.」
「MAIS, EXCEPTIONNELLEMENT, COMME VOUS AVEZ DÉJÀ TANT ATTENDU, VOUS POUVEZ APPELER VOTRE PETIT AMI.」
IL VA RESTER LÀ?...
BIP BIP BIP BIP

「ALLO? M. BOILET?」
ALLO?
FRÉDÉRIC!!!
QU'EST-CE QUI SE PASSE?... CHENDA?...
T'ÉTAIS OÙ?!?
POURQUOI T'AS PAS RÉPONDU? ILS T'ONT APPELÉ À 9h!!! T'ÉTAIS OÙ?... ILS ME RETIENNENT DEPUIS... DEPUIS...
MAIS J'ÉTAIS LÀ! JE N'AI REÇU AUCUN COUP DE FIL...
ÉCOUTE... LE GARS EST AVEC TOI?
TÉTÉOU?...
PASSE-LE MOI... JE VAIS ESSAYER DE LUI PARLER...
SCRITCH SCRITCH

CLAC!

OH NON!!! PAS MAIN-TENANT !
EXCUSEZ-MOI, OÙ SONT LES TOILETTES ?...
PITIÉ... PAS LA QUARANTAINE !!!
SNIF!!!...
TOUTES MES EXCUSES POUR CE DÉLAI.
VEUILLEZ ME SUIVRE, S'IL VOUS PLAÎT.

OÙ EST-CE QU'IL M'EMMÈNE ENCORE ?...
EXIT
「VOILÀ VOTRE PASSEPORT.」
「ET N'OUBLIEZ PAS : UN MOIS, PAS PLUS !」
おかえりなさい
Welcome to Japan

OH MERDE... Y'A ENCORE LA DOUANE À PASSER...
BRITISH AIRWAYS
BAGGAGE RECLAIM
HELLO!
HELLO...
VOUS AVEZ LE FORMULAIRE POUR LA DOUANE?
PARDON? QUEL...
OH NON!!! ILS ONT OUBLIÉ DE ME LE RENDRE, LÀ-HAUT!!!
DÉSOLÉE!!! DÉSOLÉE!!!
C'EST PAS GRAVE... VOUS LE REMPLIREZ LA PROCHAINE FOIS!
MERCI. ET BON SÉJOUR AU JAPON!
Mr ZHANG
Mr SHELLEY

Les mots de l'interprète m'ont hantée plusieurs jours durant. "GET OUT"... "GET OUT"... C'est à cet instant que j'ai remarqué qu'elle s'exprimait avec un accent américain parfait.

"GEDDAOUT", comme dans les séries télé.
"GEDDAOUT", comme dans les chansons des rappeurs.

Et elle, combien d'années a-t-elle vécu aux États-Unis pour avoir un si bel accent?

... avec quel VISA?

JAPAN IMMIGRATION INSPECTOR
上陸許可
LANDING PERMISSION
許可年月日
Date of permit: -4 JAN 2008
在留期限
Until: -3 APR 2008
在留資格 短期滞在
Status: Temporary Visitor
在留期間
Duration: 90days
NARITA(1)
85069275
IY 761566H

épilogue
Le lendemain, après 2 heures de train et 16 heures de sommeil ininterrompu...

JE SAIS PAS... ILS N'ONT PAS ÉTÉ SPÉCIALEMENT RUDES OU GROSSIERS...
... POURTANT JE ME SENS HUMILIÉE !!!
MAIS NON... T'ES TOMBÉE SUR UN CON, C'EST TOUT !
...TU SAIS QU'IL M'A RACCROCHÉ AU NEZ ?
...
JE LEUR AI DIT QUE JE T'AIMAIS !
C'EST POUR ÇA QUE TU TE SENS HUMILIÉE...
ÇA NE LES REGARDE PAS... ET EN PLUS, ÇA N'A SERVI À RIEN !
ALLEZ...
ON OUBLIE LE JAPON MERDIQUE !
... CE SOIR, ON VA DANS LE JAPON QU'ON AIME !
CE SOIR, ON VA ALLER...
... CHEZ LES MAMIES !!!

AMOUR
お弁当
月米店
COMBIEN DE FOIS ENCORE VAIS-JE PARCOURIR CETTE RUE ?
...TRENTE ? QUARANTE ?
AMOUR
ET COMBIEN DE FOIS ME RESTE-IL À ME RÉGALER CHEZ LES MAMIES ?
QUATRE ? CINQ ?
C'EST LA VIE ! TU SAVAIS BIEN QUE ÇA NE POUVAIT PAS DURER... ON DEVAIT RENTRER EN FRANCE CETTE ANNÉE !
ET PUIS, ON REVIENDRA !
OUI, MAIS MÊME SI ON REVIENT DANS UN AN, CINQ ANS, DIX ANS...
... ÇA SERA PLUS JAMAIS PAREIL.

EN CE MOMENT MÊME, J'APPARTIENS À CE DÉCOR.
お茶・海苔
JE SAIS QU'À 19H30, LE MARCHAND DE KIMONOS ET LA MARCHANDE DE THÉ VONT BAISSER LES DERNIERS VOLETS ROULANTS DE LA RUELLE AMOUR.
QU'À PARTIR DE 20H, LA MUSIQUE SERA COUPÉE.
QUE LÀ, LA MAMIE AUX BROCHETTES SERA EN TRAIN D'ESSUYER SON GRILL.
AH NON, C'EST SON MARI.
KONBANWA*!
*BONSOIR.
AH...
O KAERI !

AMOUR
SHOP 99
SHOP 99
"O KAERI"... ÇA VEUT BIEN DIRE ...
OUI... "BON RETOUR À LA MAISON".
..."BIENVENUE CHEZ VOUS".
COFFEE BOSS

* Soyez les bienvenus.

「OH ! ÇA FAIT LONGTEMPS ! BIENVENUE !」
「JE SUIS DÉSOLÉE, C'EST SAMEDI ET JE N'AURAI DE LA PLACE QU'AU COMPTOIR...」
ASAHI SUPER DRY
「OH NON, C'EST PARFAIT !」
「QU'EST-CE QUE VOUS BUVEZ ?」
「UN "UMEBOSHI SAWA".」
「UN "NIGORI-ZAKÉ".」
「POUR LE SAKÉ, DEUX VERRES ?」
「NON, UN SEUL, MERCI.」
Elle demande toujours au cas où.
Frédéric secoue la bouteille, pour remettre en suspension l'émulsion. Comme d'habitude...

Et comme d'habitude, j'écrase la prune salée dans le soda alcoolisé, avec une baguette jetable...
... que j'essuie pour la réutiliser ensuite.
IL FAUT PRÉSERVER LES FORÊTS !
ALLEZ... À TES AMOURS !
À TOI, QUOI !
offerts par la maison : des grignotages pour aller avec l'alcool.
Ce soir, c'est algues noires et haricots marinés. Ça a un goût de mer farineux et sucré.
TU AS VU, ON EST SAMEDI, ALORS LA PLUS JEUNE EST LÀ.
ELLE DOIT ÊTRE ÉTUDIANTE... ET LÀ, ELLE DONNE UN COUP DE MAIN À LA FAMILLE.
BEN NON, J'AVAIS JAMAIS REMARQUÉ QU'ELLE N'ÉTAIT LÀ QUE LE SAMEDI !
MAIS... TU ES SÛRE QUE C'EST UNE FAMILLE ?...

JE SAIS PAS... MAIS CINQ MAMIES, TROIS PAPIS... IL DOIT Y AVOIR DES COUPLES, NON ?...
EH BIEN, TU LEUR DEMANDERAS !
BONSOIR !
HÉHÉ... BONSOIR...
ALORS, TU PRENDS QUOI ?
COMME D'HAB... DES RAVIOLIS EN PEAU DE POULET FRITS...
UNE TÊTE DE DAURADE GRILLÉE...
OH, ET DES NOIX DE GINKGO SAUTÉES !!!
OH, MAIS DIS-DONC... C'EST L'HIVER !
ET L'HIVER, IL Y A DE LA LAITANCE ET DU FOIE GRAS DE POISSON !
ET DES HUÎTRES !!! DES HUÎTRES EN TEMPURA !
PAS MAL !!! T'AS PAS CHOISI LA PIRE SAISON POUR TE FAIRE EXPULSER !

バラ串焼
「BONSOIR ! ALORS, VOUS ÊTES RENTRÉS QUAND ?」
「MOI, IL Y A DEUX SEMAINES. ELLE, SEULEMENT HIER !」
「IL FAIT FROID, EN FRANCE ?」
「EN CE MOMENT, OUI. PLUS QU'AU JAPON !」
ALLONS BON !
SI TU PLEURES À CHAQUE FOIS QUE TU VOIS UN PEU DE CHALEUR HUMAINE...

VOUI. IL FAUT QUE JE PROFITE DE L'INSTANT PRÉSENT !
DE TOUTES FAÇONS, ON PEUT MOURIR DEMAIN DANS UN ACCIDENT DE LA ROUTE !
MAIS OUI ! MAIS OUI !!!
Asahi SUPER DRY
ELLE AUSSI, ELLE VA ME MANQUER...
VRAIMENT ? POURTANT ON PEUT PAS FAIRE PLUS KITSCH COMME AFFICHE !
BEN JUSTEMENT ! Y'A QUE LES JAPONAIS POUR OSER ÇA !
La pub traditionnelle pour TOUTES les bières japonaises depuis 70 ans...
Fille parfaite
Décor parfait
Bikini parfait
Chope de bière parfaite avec mousse et condensation sur les parois PARFAITES !!!
Asahi
MAIS...
...ET OKINAWA ?
ON DEVAIT Y ALLER DEUX SEMAINES EN FÉVRIER...
EH OUI, OKINAWA...
...IL VA FALLOIR FAIRE UNE CROIX DESSUS !

「EXCUSEZ-MOI...」
「... LES "SHIRAKO"!」
DIRE QUE C'EST DU SPERME DE MORUE EN BEIGNETS...
OooH!... JE SUIS SÛR QUE C'EST ÇA QUI TE PLAÎT !!!
TU SAIS, ROLAND BARTHES COMPARAIT LA FRITURE DU TEMPURA...
... À DE LA DENTELLE !!!
MIOM ! IL AVAIT LE CHENCHE DES CHOGES, CH'EST CHÛR !

Puis on enchaîne avec un de nos plats favoris : la tête de daurade grillée au gros sel !
OH !!! ILS NOUS ONT MIS DOUBLE RATION !
... POUR NOTRE RETOUR !!!
FRÉDÉRIC... JE SUIS EN TRAIN DE LIRE "1984"...
... ET JE ME RETROUVE UN PEU DANS UN DES PASSAGES... MÊME SI C'EST À UNE ÉCHELLE MICROSCOPIQUE...
DANS CET UNIVERS, TOUS LES PLAISIRS DE LA VIE ONT ÉTÉ ÉRADIQUÉS.
LES MEMBRES DU PARTI DOIVENT GARDER LEUR ÉNERGIE POUR FAIRE LA GUERRE ET SOUTENIR LE RÉGIME AVEC FERVEUR.
QUAND MÊME, LE HÉROS TOMBE AMOUREUX ET RÉUSSIT À VIVRE SON HISTOIRE PAR INTERMITTENCE...

MAIS DANS CE MONDE PARALLÈLE, LE DÉSIR PUR OU L'AMOUR PUR N'EXISTENT PLUS.
CHAQUE MINUTE DE PLAISIR EST AVANT TOUT UNE MINUTE VOLÉE AU PARTI...
...CHAQUE ORGASME UN ACTE POLITIQUE !
FRÉDÉRIC, ILS PEUVENT ME MENACER D'EXPULSION, ME HARCELER SUR MA VIE INTIME...
本日のおすすめ
旬の三点盛
九八〇
... ME FAIRE SENTIR PLUS BAS QUE TERRE TANT QUE JE SUIS ENTRE LEURS MAINS...
... MAIS ILS N'ARRIVERONT PAS À ME DÉGOÛTER DU JAPON !
TOUT AU FOND DE MOI-MÊME, JE SAIS QUE J'AI LE DROIT DE VIVRE ICI.
TOUS CES PAYSAGES, TOUS CES PLATS MERVEILLEUX, TOUS CES SOURIRES BIENVEILLANTS... ÇA, ILS NE POURRONT JAMAIS ME LES REPRENDRE !

JAMAIS !!!
SI JE CÉDAIS À LA DÉPRIME PENDANT CE DERNIER MOIS, ALORS LÀ OUI, "ILS" AURAIENT GAGNÉ !
MAIS JE NE VAIS PAS ME LAISSER FAIRE !!!
Je vais vivre mille fois ce qu'il me reste à vivre ici.
Je vais JOUIR de chaque minute, de chaque seconde qui passe.
NOVA
... je vais JOUIR !!!

Aprikosenküsse

Claudia Winter

Hohlstraße 32, 65589 Hadamar
www.c-winter.de

Lektorat: K. Hohme
Umschlagfoto: © Konstiantyn, Fotolia.com
Umschlaggestaltung: Till Brettschneider-Schieffer
Autorenfoto: Alexandra Zoth
Herstellung: Amazon Distribution GmbH, Leipzig

ISBN: 1500423025
ISBN-13: 978–1500423025

INHALT

Sämtliche Personen und Ereignisse in diesem Roman sind frei erfunden – auch den Handlungsort werden Sie vergeblich auf der Landkarte suchen. Das fiktive Örtchen Montesimo steht stellvertretend für all die kleinen, italienischen Dörfer, in denen wir das zu finden hoffen, wonach wir uns im Herzen sehnen.

Sollten sich dennoch Parallelen zur Wirklichkeit auftun, handelt es sich um bloßen Zufall.

PROLOGO

Fabrizio.
Holzwachs, Aprikosen und dicke Bohnensuppe. Bestimmte Gerüche sind mit meiner Kindheit verbunden wie die Narbe mit meinem Handgelenk – ein winziger, weißer Wurm, den der Fahrradsturz in meine Haut tätowiert hat.
Heute weiß ich nichts mehr von dem Schmerz oder der Wut, die ein Sechsjähriger fühlt, weil er sich vor seinen Freunden blamiert hat. Aber ich erinnere mich genau an den Geruch von Lippenstift und an den klebrigen Film, den die tröstenden Küsse meiner Großmutter zu hinterlassen pflegten.

Auch jetzt wische ich verstohlen über meine Wange, dabei habe ich mittlerweile eine Körperlänge erreicht, dank der Nonna nur schwer an mein Gesicht herankommt. Trotzdem bin ich auf der Hut, denn sie nutzt jede Gelegenheit, die ich in die Reichweite ihres roten Mundes gelange, um mich zu küssen. Zu meinem Leidwesen gibt es im Wartezimmer von Professor Buhlfort keine Stehplätze.

„Setz dich, Fabrizio!", befiehlt Nonna, während mich ihre knochigen Finger auf den Stuhl drücken. Ich kneife die Augen zu und warte auf das Unvermeidliche: Ein Zwicken, als wolle sie mir mit Zeige- und Mittelfinger die Haut von der Wange reißen, gefolgt vom Knallgeräusch ihrer Lippen.

Als nichts dergleichen passiert, schiele ich vorsichtig nach links. Nonna blättert in einer Zeitschrift und scheint mich völlig vergessen zu haben. Ich unterdrücke ein Schmunzeln, denn sie studiert die Seiten, als verstünde sie jedes Wort. Ab und zu brummt sie und wiegt den Kopf hin und her, als wäre ihr Dutt an einem unsichtba-

ren Pendel befestigt.

„Seeehr interessant, dieses Magazin", flüstert sie, als sie meinen Blick bemerkt, und deutet ehrfurchtsvoll auf das Zeitschriftenregal, das eine komplette Wandseite einnimmt. „Dieser Professore muss ein wirklich guter Arzt sein. Er liest ziemlich viel."

Ich nicke und erspare mir die Erklärung, die Nonna ohnehin nicht hören will. Sie war schon der Meinung, Buhlfort sei der beste Herzspezialist auf diesem Planeten, kaum dass ich seinen Namen gegoogelt hatte.

Die Familie Camini besitzt seit Generationen eine unerklärliche Affinität zu allem, was Deutsch ist. Deutsche Autos, deutscher Fußball, deutsche Universitäten, deutsche Ärzte. Letzteres der Grund, weshalb wir den Nachmittag in einem vollgestopften Berliner Warteraum verplempern, obwohl Nonna kerngesund ist. Doch auch hier ist es wie mit allen Dingen, die Giuseppa Camini sich in den Kopf gesetzt hat – am Ende hat sie immer den längeren Atem.

Ich mustere sie verstohlen von der Seite. Nonna sitzt kerzengerade auf ihrem Stuhl, ohne mit dem Rücken die Lehne zu berühren („Gerade sitzen, Fabrizio! Sonst bekommst du einen Buckel!"), die Knie aneinander, beide Füße auf dem Laminat. Natürlich trägt sie Absatzschuhe („Eine echte Italienerin wird mit Pfennigabsätzen beerdigt, merk dir das, mein Junge!") und trotz ihres Alters ist sie gertenschlank, wie alle Frauen unserer Familie. Als ich einmal fragte, weshalb sie ihre Kleider immer mindestens zwei Nummern zu groß kaufe, antwortete sie mit erhobenem Zeigefinger: „Man weiß nie, ob man im Alter dicker wird. Und was täte ich dann mit den guten Sachen, eh?"

Der Schriftzug Genusto Gourmetmagazin macht mich neugierig. Auf der Titelseite ist eine Aprikosenkiste abgebildet, der deutsche Schnörkeltext darunter ist schwer zu entziffern. Ich lehne mich an Nonnas Schulter und kneife die Augen zusammen. Köstliche Rezepte mit sonnengereiften (…) Nonna schlägt eine Seite um und das Aprikosenbild raschelt aus meinem Sichtfeld.

„Fabrizio! Da steht was über uns drin!"

„Über uns?" Ich muss reichlich blöd aus dem Hemd gucken, wofür ich mir prompt einen Rippenstoß einhandele. Automatisch richte ich mich auf, als hätte mich ihre Faust in den Rücken getroffen, weil meine Nase mal wieder zu tief über dem Pastateller hing. Neben mir knistern die Seiten unverdrossen weiter.

„Fabrizio!"

„Nonna?“ Irgendwie macht es Spaß, sie zappeln zu lassen. Sie tippt ungeduldig auf den Artikel, der jetzt auf ihren Knien liegt, und tatsächlich: Das auf dem Foto abgebildete Steinhaus auf dem zypressenbewachsenen Hügel kommt mir bekannt vor. Mein Bauch kribbelt. Das Tre Camini in einer deutschen Gourmetzeitschrift. Davon habe ich bis dato nicht zu träumen gewagt!

„Bist du taub, Junge? Da hat jemand über unser Ristorante geschrieben!“

„Ich habe es gehört.“ Ich schmunzle über ihre Aufgeregtheit, obwohl ich ihr das Magazin am liebsten aus der Hand reißen würde. Das ältere Paar uns gegenüber bewirft uns mit bösen Blicken. Typisch deutsch. „Alles in Ordnung?“, frage ich in ihrer Landessprache und lächle freundlich. Sie schweigen betreten. Auch typisch deutsch. Nonna zupft an meinem Hemdsärmel, das Falten-V auf ihrer Stirn hat einen gefährlich spitzen Winkel erreicht.

„Gib her, ich lese dir vor“, gebe ich mich gutmütig geschlagen.

Obwohl ich vor Jahren zum letzten Mal einen längeren deutschen Text vor mir hatte, erfasst mein Hirn die Wörter erstaunlich schnell und die Übersetzung rutscht mir flüssig über die Lippen. Die Bedeutung erschließt sich mir aber erst, nachdem ich den zweiten Absatz gelesen habe und neben mir ein Laut erklingt, den ich zunächst nicht einordnen kann. Und dann ist innerhalb weniger Sekunden nichts mehr so, wie es vorher war.

82-Jährige verstirbt bei Routineuntersuchung

Am Mittwoch, den 11. Juni erlitt eine 82-jährige Frau in der Berliner Charité bei einer Vorsorgeuntersuchung einen Herzinfarkt. Trotz sofort eingeleiteter Wiederbelebungsmaßnahmen verstarb die Frau noch im Wartezimmer des Herzspezialisten Prof. Dr. Buhlfort.

Die Aufsichtsbehörde stellte kein Verschulden seitens des Facharztes oder der Klinik fest. Offensichtlich litt die Frau an einem bis dahin unerkannten Herzfehler.

Die italienische Staatsbürgerin wird nach der Einäscherung von einem Angehörigen nach Italien überführt. (H.Z.)

1 UNO

Hanna.

Berlin ist wohl die einzige Stadt Deutschlands, die hält, was ihre Stadtmagazine versprechen. Sie ist gewaltig, bunt und verwirrend. Und man kann sich auch dann in ihr verloren fühlen, wenn man in ihr aufgewachsen ist. Ich habe es schon vor Jahren aufgegeben, entscheiden zu wollen, ob ich die Stadt liebe oder hasse. Aber seit ich beschlossen habe, ihre Andersartigkeit zu akzeptieren, weiß ich, dass unter ihrer hässlichen Betonhaut mehr Leben pulsiert, als in allen deutschen Städten zusammen.

Ich lächle unwillkürlich und mache einen Ausfallschritt, damit ich nicht auf das Grasbüschel trete, das sich im Kiefer eines Graffiti-Pitbulls durch eine Pflasterfuge gekämpft hat. Hier trotzt immer irgendein Unkraut dem Asphalt, besonders da, wo die Kids sich mit ihren Spraydosen austoben. Natürlich erwische ich eine Pfütze und braunes Schlickwasser schwappt in meine Pumps.

„Verdammt!"

Trotz Regenschirm bin ich bis auf die Haut durchnässt, als die dunkelgrau eingefasste Glasfront des Verlagshauses Hebel + Foch endlich vor mir auftaucht. Dabei sind es keine fünf Minuten von der U-Bahn-Haltestelle bis zur Redaktion in der Zimmerstraße. Eine Ewigkeit, rechnete man Zeit in Bindfäden. Erleichtert schlüpfe ich in die rettende Drehtür, doch ehe ich einen Fuß auf den Läufer im Empfangsbereich setzen kann, rempelt ein gelbes Etwas mit gefühlten sechzig Stundenkilometern in mich hinein. Irgendetwas fällt zu Boden, es folgt ein Geräusch, als platze ein wassergefüllter Ballon. Mein Knöchel knickt ein, ich strauchle ins Foyer

Nur mein Schirm bleibt, wo er ist. In der Drehtür.

„Oh Schei...benkleister! Tschuldigung!“

Das kanariengelbe Ding, bei dem es sich unzweifelhaft um eine Frau im Regenmantel handelt, hockt jammernd in einer braunen Lache, während es Pappbecher und Plastikdeckel aufsammelt. Durch die gesamte Eingangshalle strömt ein verlockender Kaffeeduft. Mein Lid zuckt.

„Guten Morgen, Sasha.“ Ich mustere die Häkelmütze, unter der sich weißblonde Löckchen in einen bleichen Kindernacken kringeln. Von Anfang an hat mich irgendetwas an meiner Praktikantin irritiert. Und das liegt bestimmt nicht nur an ihrem fragwürdigen Kleidungsstil. Das Mädchen ist einfach vollkommen durchgeknallt. Und ungeschickt obendrein. Es vergeht kein Tag ohne Fettflecken auf Papieren, verschütteten Getränken oder zerbrochenem Porzellan. Knirschend kommt die Drehtür zum Stillstand.

„Der Schirm is jetzt aber hin“, kichert es von unten. Ich rolle die Augen und wende mich dem Fahrstuhl zu, während Sasha mit angeekeltem Gesicht einen aufgeweichten Schokobrownie aus der Kaffeepfütze fischt. Sie richtet sich auf und mustert ihre durchnässte Papptüte. „Ein Jammer. Fünfzehn Euro hat das gekostet.“

Das Display über der Tür bleibt hartnäckig auf der Drei stehen. Wahrscheinlich blockiert der Hausmeister wieder mit seinem Putzwagen die Tür. Ich werfe einen nervösen Blick auf meine Armbanduhr. Der Zusammenstoß mit Sasha kostet mich fünf Minuten wertvolle Arbeitszeit und hat außerdem einen untertassengroßen Kaffeefleck auf meinem hellgrauen Kostüm hinterlassen. So ein Mist.

„Hanna?“, ruft Sasha vom Empfangspult herüber. Immerhin hat sie sich aus dem Hausmeisterbüro einen Mülleimer und einen Wischmopp besorgt, um die Sauerei zu beseitigen. „Hättest du kurz Zeit für mich? Ich muss was Wichtiges mit dir besprechen!“

Ob ich die Treppe nehme? Mein eng geschnittener Stiftrock lässt gerade mal kleine Trippelschritte zu. Völlig indiskutabel, damit Treppenstufen zu erklimmen. Ungeduldig hämmere ich auf dem Aufzugknopf herum. Ein surrendes Geräusch ertönt, die Zwei leuchtet auf und wechselt kurz darauf zur Eins. Na endlich!

„Warte, ich bin gleich so weit!“, kräht Sasha. Es klappert und rumpelt, ich schaue gar nicht hin. Mit dem vertrauten *„Pling!“* gleiten die Aufzugtüren auseinander und ich betrete rasch den Fahrstuhl. Im Geiste gehe ich bereits die Telefonate durch, die ich heute

Morgen führen wollte, eins davon mit einem Kollegen vom Guide Michelin, und der Mann hasst nichts mehr als Unpünktlichkeit.

Leider schiebt sich eine knallgrüne Stiefelette zwischen die sich schließenden Aufzugtüren. Sasha drückt sich an mir vorbei und lässt mit einem erleichterten Seufzen ihre Tasche zu Boden fallen.

„Du schaust mich so böse an. Hab ich dir wehgetan, als ich in dich reingerannt bin?“ In der Spiegelverkleidung der Kabine begegnen mir Sashas veilchenblaue Augen. Erst jetzt fällt mir auf, dass sie mitten im Juni eine pinkfarbene Strumpfhose trägt, die in merkwürdig stimmigem Kontrast zu ihrem Quietscheente-Regenmantel und den grünen Stiefeletten steht.

„Du tropfst. Und du bist zu spät!“, antworte ich frostig und drücke die Taste mit der Nummer vier.

„Wieso? Ich war bloß zwei Sekunden nach dir da“, grinst Sasha.

Mein Blick bohrt sich in die Leuchtanzeige über der Tür. „Wolltest du mit mir deine Arbeitszeiten diskutieren?“

Meine Praktikantin läuft knallrot an. „Nein … natürlich nicht!“ Sie beugt sich herunter und kramt in ihrer Messenger bag. „Wo war´s doch gleich? Ich schwöre, ich hab´s … diese Tasche ist ein verdammtes Bermudadreieck … ahhh! Da ist es!“ Mit bedeutender Miene hält sie mir ein zerfleddertes Blatt Papier entgegen. Mir schwant Übles, und das nicht wegen der Eselsohren. „Letzte Nacht hat mein Freund gearbeitet und ich schlafe bei Vollmond immer so schlecht. Und da ist mir dieser coole Einfall gekommen!“

„Hm hm.“ Ich schaue demonstrativ auf die Fahrstuhlanzeige. Zweiter Stock. Das Ding fährt in der Geschwindigkeit eines handbetriebenen Flaschenzugs. Und wenn ich so tue, als verstünde ich nicht, worauf sie hinaus will? Vielleicht traut sie sich dann nicht, weiterzureden. Was natürlich absolutes Wunschdenken ist, denn Sasha ist längst in ihrem eigenen Purlitzer-Preis-Film.

„Da bin ich logischerweise sofort aufgestanden. Wir Autoren müssen ja unsere Ideen gleich zu Papier bringen, sonst sind sie am nächsten Morgen wech!“ Sie klopft mir auf die Schulter, als spielten wir in derselben Liga. Ich rücke einen Schritt von ihr ab.

„Sasha, du weißt doch, dass das Verfassen von Artikeln nicht dein Aufgabengebiet ist.“

„Urbaner Gemüseanbau!“, kreischt sie begeistert und so unvermittelt, dass ich zusammenzucke. „Bestimmt interessiert die Leute dieses Thema brennend!“ Sasha strahlt, als habe sie soeben die Glühbirne erfunden.

„Gemüseanbau?“

Sie nickt eifrig. „In Blumenkästen auf dem Balkon. Möhren zum Beispiel. Eigenes Grünzeug eben, ohne Chemie und dieses ganze Zeugs.“

„Du willst, dass unsere Leser auf ihren Balkonen Gemüse kultivieren? Das ist … interessant.“ Dritter Stock. Himmel, geht das nicht schneller?

„Wirst du meinen Artikel lesen? Ich hab die halbe Nacht daran gearbeitet. Und vielleicht … also nur, wenn er dir gefällt …“

„Natürlich werde ich ihn lesen. Leg ihn doch in mein gelbes Postfach und ich sehe ihn mir später an.“

Enttäuscht atmet Sascha aus. „Du meinst das Fach, in dem schon meine anderen Texte liegen und in das du seit zwei Monaten nicht reingeguckt hast?“

Vierter Stock. Ich versuche, nicht genervt auszusehen. Die Metalltür gleitet auseinander. Sasha bleibt wie ein begossenes Hündchen im Aufzug stehen. Jetzt komme ich mir tatsächlich wie ein schlechter Mensch vor. Ich seufze und nehme das Blatt aus ihrer schlaffen Hand. „Ich schau es mir an. Versprochen. Aber zuerst tust du das, was du tun sollst. Kaffee kochen, die Regale abstauben und die Ablage machen. Du wirst Augen und Ohren aufsperren und lernen, wie jede andere Praktikantin auch. Nächste Woche schlage ich dich für die Postabteilung vor, dort wird dir vielleicht klar, was Ordnung und Sorgfalt bedeuten.“

Sasha reißt ihre hübschen Veilchenaugen auf. „Hannaaa!“

„Ich meine es nur gut mit dir, Kleine.“

Sashas Lippen verziehen sich zu einem Schmollmund. Nun sieht sie wirklich aus wie eine waschechte Berliner Straßengöre, wie sie da steht, ein paar feuchte Strähnen auf die Stirn gepappt, die durchnässte Coffee Fellows Tüte in der einen Hand, die andere zur Faust geballt. Ich steuere den Flur zu unserem Großraumbüro an, den Blick fest auf das eingravierte „*Ressort Essen & Lebensart*“ in der Glastür gerichtet. „Ordnung wird heutzutage völlig überschätzt!“, ruft es gekränkt hinter mir her, doch da halte ich längst die Klinke in der Hand.

Fabrizio.

Nonna hatte darauf bestanden, dass ihr Hotelzimmer nach Osten zeigt, dorthin, wo die Sonne aufgeht. Es war ihr egal, dass vor dem Fenster die verklinkerte Fassade von Coffee Fellows aufragt, sodass

man den Kopf in den Nacken legen muss, um überhaupt ein Stück Himmel zu sehen. Von einem Sonnenaufgang ganz zu schweigen. Stattdessen Straßenlärm und Abgase, nicht mal ein Balkon.

Ich ziehe den Kopf ein und wende mich der unlösbaren Aufgabe in der Zimmermitte zu. Vier Koffer, meinen eigenen nicht mitgezählt, dazu Taschen von durchwegs allen Damenboutiquen der Berliner Innenstadt. Ich setze mich auf die Bettkante. Das Laken ist gefaltet, das Kissen aufgeschüttelt, als hätte nie jemand darin geschlafen. Das Zimmer kam mir vorher schon klein vor, jetzt ist es winzig. Können Räume schrumpfen?

„Wie zum Teufel soll ich das ganze Zeug zum Flughafen tragen, Nonna?" Muss ich überhaupt? Die Kleider einer Toten, die ohnehin niemand mehr trägt, durch die Weltgeschichte kutschieren?

„Natürlich musst du, Fabrizio. Die guten Sachen."

Die Porzellanurne könnte man glatt für eine Blumenvase halten. Der Bestatter war freundlich, sehr professionell. Sehr deutsch. Keine Regung in dem rasierten Gesicht, als ich das hässliche gestreifte Ding ausgesucht habe. War das einzige, verdammte Behältnis mit ein bisschen Farbe. Nonna liebt es bunt. Liebte.

Mit spitzen Fingern fische ich ein Stück blauen Stoff aus einer Tragetasche, der sich bei näherem Hinsehen als rechteckiges Kleid entpuppt. Das zweite Kleid ist rot, dieselbe Form. Ein schmaler Gürtel und ein Halstuch, eins von der Flattersorte. In der nächsten Tüte noch mehr Kleider. Geblümt, gestreift. Ein gelbes, noch ein rotes. Ich halte eins nach dem anderen in die Höhe. Sehen alle gleich aus.

„Versteh einer die Frauen", murmele ich in Nonnas Richtung und ziehe den Kopf ein. „Du weißt nicht, wovon du redest", mahnt sie prompt. Vor allem weiß ich nicht, was ich damit machen soll. Lucia ist kräftiger als Nonna, Alba zu jung und Rosa-Marias Maße sind außerhalb jeder Diskussion. Undenkbar, die Sachen an Fremde wegzugeben, womit sich die Frage erübrigt, was ich mit ihnen anstelle. Die Kleider fallen zu Boden, ein gelb, blau, roter Haufen. Die Miederwarentüte fasse ich nicht an. Auch Tote haben ein Recht auf Privatsphäre.

Das hast du wirklich schlau eingefädelt, Nonna. Machst dich aus dem Staub und deinen Enkel mit diesem Familiengepäck zum Gespött der ganzen Stadt. Nach einem winzigen Zögern greife ich nach der abgewetzten Lederhandtasche. Schon als kleinen Jungen hat mich brennend interessiert, was Nonna darin mit sich herum-

schleppt. Schleppte. Auch erinnere ich mich gut an die Schläge ihrer beringten Finger, wenn ich versuchte, der Zaubertasche auf den Grund zu gehen. Also machten Marco und ich uns einen Spaß daraus, Nonna um die blödsinnigsten Dinge zu bitten, wenn sie mit uns unterwegs war – und sie fischte unverdrossen Scheren, Teigschaber, Süßigkeiten oder Zahnstocher aus diesem ledernen Monstrum hervor. Einmal sogar eine echte Pistole, aber das ist eine andere Geschichte. Das mit den Schlägen auf den Handrücken hat sich nun wohl erledigt. Trotzdem klopft mir das Herz bis zum Hals, als ich den Reißverschluss öffne und Nonnas Tasche kurzerhand auskippe.

Fast bin ich enttäuscht. Auf dem Laken befinden sich Sachen, die man in jeder anderen Frauenhandtasche auch findet. Taschentücher, ein Lippenstift, Cremetuben und eine Puderdose, eine Nagelfeile. Portemonnaie, Werbebroschüren von Boutiquen, ein Rabattgutschein von einem Schuhladen. Heftpflaster, ein Kugelschreiber und Nonnas Terminkalender. Mehr aus Ratlosigkeit als aus Neugier blättere ich darin herum und schlucke, als ich die ordentliche Handschrift wiedererkenne. Täglich ein Eintrag, manche sind mit einem Stern markiert. Geburtstage. Automatisch schlage ich die vierundzwanzigste Kalenderwoche auf. Meine linke Schläfe pocht, das Zeichen für eine bevorstehende Migräne. Ich starre auf das Datum und die Notiz in der Spalte. *Zwölf Uhr, Praxis Dr. Buhlfort*, steht da.

Plötzlich ertönt die Stimme meines Vaters in meinem Kopf. *„Du kannst heulen, so lang du willst, Sohn. Das bringt deine Mamma nicht zurück. Putz dir die Nase und kümmer dich um deinen kleinen Bruder!“*

Trotzig wische ich mit dem Handrücken über mein Gesicht. Den Bleistifteintrag darunter hätte ich fast übersehen. *Sechzehn Uhr, Isabella Colei!* Unterstrichen und mit einem Ausrufezeichen versehen. Wer zum Teufel ist Isabella Colei?

Eine vorläufige Antwort erhalte ich wenig später in Nonnas Adressbuch. Signora Colei besitzt einen Berliner Anschluss. Keine Ahnung, warum ich nach dem Telefon greife. Ich könnte das Büchlein schließen und den Eintrag vergessen. Aber Nonna hat uns immer eingebläut, Verabredungen einzuhalten. Vielleicht ist mein Bedürfnis aber auch mehr als ein unbestimmtes Pflichtgefühl. Seit zwei Tagen habe ich mit niemandem gesprochen, den Anwalt ausgenommen, der sich um diesen Artikel kümmern will. Unsympathischer Kerl, aber überzeugend. Ich werde es dreimal klingeln

lassen. Dreimal. Nimmt dann keiner ab, lege ich wieder auf.

„Hallo?" Die Stimme der Frau klingt abgehetzt, aber freundlich.

„Entschuldigen Sie bitte die frühe Störung. Spreche ich mit Signora Colei?" Ich rede so schnell, als sei mein Satz ein zusammenhängendes Wort.

„Ja, am Apparat."

„Mein Name ist Fabrizio Camini und ich …" Atme, Fabrizio! Atme! „Hallo? Sind Sie noch dran?"

„Was kann ich für Sie tun, Signor Camini?" Die Frau am anderen Ende wechselt sofort ins Italienische, doch das ist nicht das, was mich verwirrt. Ihre Stimme ist plötzlich zehn Grad kälter.

„Ich glaube, Sie waren vor vier Tagen mit meiner Großmutter verabredet, Giuseppa Camini. Tut mir leid, dass ich jetzt erst anrufe, aber ich muss Ihnen mitteilen …" Was mache ich denn da? Einer Fremden erzählen, dass Nonna tot ist? „Meine Großmutter bat mich, auszurichten, dass sie leider kurzfristig unpässlich war."

Stille.

„Signora? Sind Sie noch da?"

„Ich habe den Namen ihrer Großmutter nie gehört. Tut mir leid."

„Das kann nicht sein. Sie stehen in ihrem Terminkalender. Für letzten Montag, den Neunten."

„Wahrscheinlich eine Verwechslung."

„Aber …"

„Ich wünsche Ihnen einen schönen Abend, Signor Camini."

Die Frau hat aufgelegt. Noch während ich wie betäubt auf den Hörer starre, klopft es.

„Jetzt nicht", murmele ich.

„Roomservice!", dringt es dumpf durch die Tür.

„Nein, danke", sage ich lauter, doch der Schlüssel dreht sich bereits im Schloss. „Che merda! Ich sagte: Nein, danke!" brülle ich die verdatterte Frau an und ein scharfer Schmerz fährt in meine Stirn. Ich schwöre, Nonnas Zimmer hat noch ein paar Quadratmeter eingebüßt – mit einem Mal habe ich das Gefühl, zwischen diesen Wänden zu ersticken. Das dicke Zimmermädchen wird bleich wie seine Kittelschürze und stolpert einige Schritte rückwärts. Entschuldigend zeigt sie auf den Pappanhänger, der am Türknauf baumelt, die grüne Seite nach außen, aber ich bringe es nicht fertig, um Verzeihung zu bitten. Stattdessen wedelt meine Hand gereizt auf und ab, woraufhin das Zimmermädchen eilig die Tür schließt.

Mein Magen knurrt. Meine letzte Mahlzeit war ein Sandwich gestern Mittag, das wie ein Gemisch aus Pappe und Styropor geschmeckt hat. Kein Wunder, dass ich mich aufführe wie ein Arschloch. Behutsam lege ich den Hörer auf die Gabel, aus dem ein lang gezogenes „Tuuut!“ dröhnt, und starre die rotblau gestreifte Porzellanurne an. Tja Nonna, deine Heimkehr hast du dir sicher anders vorgestellt.

Ruckartig erhebe ich mich vom Bett. Man sollte unangenehme Dinge nicht aufschieben, und Essen kann ich ebenso gut am Flughafen. Für das Zimmermädchen lasse ich einen Zwanzigeuroschein und das Kleingeld aus Nonnas Börse auf dem Kopfkissen zurück. Besser fühle ich mich trotzdem nicht.

Hanna.

Claire reißt die Augen auf und beugt sich über den Schreibtisch. „Ist nicht dein Ernst. Sasha in der Postabteilung?! Mon dieu, das gibt Mord und Totschlag. Du weißt doch, wie penibel die da unten arbeiten!“

„Ach was.“ Ungerührt schlage ich meine Postmappe auf, die fast aus der Leimbindung platzt. Leserbriefe, Kommentare zu meinem letzten Artikel, Anfragen verschiedener Restaurants, die eine Kritik abgedruckt haben wollen. Unglaublich, was sich während meiner zweiwöchigen Abwesenheit angesammelt hat. Das mit dem Urlaub sollte ich zukünftig sein lassen, so wie den ganzen sentimentalen Rest, der mich auf die blöde Idee gebracht hat, ausgerechnet nach Italien zu fliegen.

Ich sehe auf, als meine Stirn zu prickeln beginnt. Meine Kollegin kaut an ihrem Brillenbügel und schaut mich stumm an. Claire Durant gehört zu den wenigen Menschen, die einen kritisieren können, ohne ein Wort zu verlieren.

„Was ist denn?“, murmele ich unwillig.

„Du siehst nicht besonders erholt aus.“

„Ach nein?“

Ihre Augen werden schmal. Die Französin ist maximal einen Meter fünfzig groß und zierlich wie eine Antilope, trotzdem schafft sie es mühelos, mich aus dem Konzept zu bringen.

„Deine Augenringe haben nicht zufällig hiermit zu tun, oder?“ Sie schwenkt ein Magazin, in dem ich die neue Ausgabe vermute. Hübsches Aprikosencover, das war´s auch schon. Allein die Erinnerung an diese grässliche Trattoria macht mich wütend. Keine

Ahnung, wie lange man Gemüse kochen muss, damit es einen derartigen Grauton annimmt. Ein ganzes Glas Wein hatte ich nötig, um den Glutamatgeschmack der Ribollita loszuwerden. Mit hochgezogenen Brauen legt Claire die Zeitschrift auf dem Tisch ab, aufgeschlagen und mir zugewandt. Die Schlagzeile Tre Camini verpatzt la Dolce Vita! springt mir ins Gesicht.

„Glaub mir, es war höchste Eisenbahn, das da einer klare Worte spricht. Ich weiß, wie gutes italienisches Essen zu schmecken hat. Und dort", ich piekse meinen Finger in das rote Schindeldach auf dem Foto, „gibt´s definitiv kein gutes Essen. Der Koch kann von Glück reden, dass er es nur mit mir zu tun bekommen hat. Meine Mutter hätte ihn bei lebendigem Leib gehäutet."

Aber Claire hört mir nicht zu. Sie bohrt ihre piniengrünen Augen in meine Stirn und senkt die Stimme. „Bon sang, du warst in Italien! Dem Land der schönen Künste und des Savoire-vivre, das zufällig auch dein Heimatland ist. Du solltest braun gebrannt, glücklich und nach mindestens zwei Kilogramm mehr auf deinem Popo aussehen. Stattdessen hast du fünf Artikel verfasst, alle drei Stunden eine E-Mail geschickt und dreißig Leserbriefe geschrieben! Und dein Hintern ist noch genauso mager wie vorher."

„Ich liebe meinen Job eben", verteidige ich mich. „Für dich mag Italien der Inbegriff deiner patinabehafteten Träume sein, mich verbindet damit lediglich der Nachname meiner Mutter. Außerdem heißt das nicht Savoire-vivre, sondern Dolce Vita."

„Aha. Trotzdem frage ich mich, wieso du dich nicht mal ein paar Tage von deinem Laptop trennen kannst."

„Hör auf zu nerven, Claire. Dieser Urlaub war ein Reinfall erster Güte. Von vierzehn Tagen hat es zehn geregnet, ich hatte weder Ruhe noch Muse und nicht den Anflug eines heimatlichen Gefühls. Ich habe ein Dorf nach dem anderen abgegrast und war umgeben von bekloppten Italienern, die allesamt ihren Führerschein in der Lotterie gewonnen haben. Nicht zu vergessen die Köche, die besser Zeitung austragen sollten. Natürlich arbeite ich im Urlaub."

Ich zucke die Schultern. Claire würde es sowieso nicht verstehen. Foodjournalistin zu sein, ist alles, was mir von dem Traum einer Schriftstellerkarriere geblieben ist. Ich habe geschwitzt, die Nächte durchgearbeitet und mir die Finger blutig getippt, um wenigstens eine eigene Rubrik zu bekommen. Und meine Kolumne bedeutet mir alles, weil ich mit ihr wirklich etwas bewege, auch wenn es nicht immer angenehm für mich ist.

Claires Gesichtsausdruck wird milde. „Wie schlimm war´s genau?“, fragt sie leise. Ich krame in meiner Tasche und fördere einen Aschenbecher, zwei Dessertlöffel, eine Seifenschale und einen Zuckerstreuer zutage. Claire seufzt. „Hast du die Adressen, damit ich die Sachen retour schicken kann?“

„Natürlich habe ich die.“ Mit gesenktem Blick krame ich weiter. Auf jeden Restaurantprospekt habe ich gewissenhaft den Gegenstand notiert, den ich von dort mitgenommen habe. Beschämt stelle ich den Tamponbehälter neben den Rest meiner Beute. Andenken an sechs gastronomische Reinfälle innerhalb von zwei Wochen. La Dolce Vita lässt grüßen.

„Och, der Zuckerstreuer ist aber niedlich!“ Sasha hat sich angeschlichen, ein paar braune Tropfen kleckern auf meine Unterlagen.

„Ouuu! Wie siehst du denn aus?!“ Claire schiebt ihre Brille auf die Nasenwurzel und mustert entsetzt Sashas Regenmantel. „Warum trägst du einen Kindermantel? Und diese grässliche Mütze! Hast du die selbst gehäkelt?“

„Ich mag den Mantel eben. Und die Mütze mag ich auch.“ Sasha zuckt die Achseln und lehnt sich an meinen Schreibtisch. „Sag mal, wieso müssen wir eigentlich ständig deine Verrisstrophäen zurückschicken? Behalt das Zeug doch einfach, es ist doch eh nix wert.“

„Aber das wäre dann ja Diebstahl!“ Ich schüttle entrüstet den Kopf.

„Das wäre … Hanna, du tickst nicht mehr richtig!“

„Halt die Klappe, Sasha. Du hast keine Ahnung. Außerdem bist du zu spät!“ Claire deutet mit unheilvollem Blick zur Wanduhr.

„Hanna ist auch zu spät!“, fällt mir Sasha in den Rücken, die Retourkutsche für das unerfreuliche Gespräch im Aufzug. Ich schnappe nach Luft, aber Claire ist schneller als ich.

„Zur Erinnerung, Mademoiselle: Wir sind die Journalisten, du bist die Praktikantin. Wir mögen in dieser Redaktion eine flache Hierarchie pflegen, aber die Spielregel sagt, dass du den Kaffee kochst. Deshalb beginnt dein Arbeitstag früher als unserer, damit du die Maschine anstellen kannst. Also?“

„Also komme ich zu spät, obwohl ich an der Kaffeetheke für euch angestanden hab, aber Hanna hatte selbstverständlich einen Termin. Na, das macht Laune.“ Sasha verdreht die Augäpfel.

„Bist ein schlaues Mädchen. Jetzt zischel ab und bring mir einen Café au lait, s´il te plait. Danach schickst du Hannas Souvenirs zu

ihrem Besitzer zurück, ohne ein Sterbenswörtchen verlauten zu lassen. Wie immer."

„A la prochaine! Sofortamente!" Sasha salutiert und duckt sich, als Claire einen Kugelschreiber nach ihr wirft.

„Zischel ab?" Ich grinse. „Claire, du bist einfach süß."

„Ich bin nicht süß. Aber dir wird das Süßholzgeraschel gleich vergehen. Der Hellwig will dich sehen. Heute noch. Und es klang nicht gerade nach einer Einladung zu einem Tête-à-Tête."

Gedankenverloren klaube ich Claires Kugelschreiber vom Teppich auf. „Ich dachte, der Chef weilt in Helsinki."

„Er legt einen Zwischenstopp in Berlin ein, bevor er nach Wien fliegt. Die Österreicher … ouuu, frag nicht!"

Das ist auch gar nicht nötig. Unsere Wiener Redaktion schafft es jeden Monat auf die verlagsinterne Topliste der langweiligsten Printausgabe, was unseren Chefredakteur fuchsteufelswild macht.

„Weißt du, worüber er mit mir sprechen will?" Wenn Hellwig mich sogar an den Flughafen zitiert, kann nichts Gutes dahinterstecken. Hoffentlich kommt er nicht auf die Idee, mich nach Wien zu versetzen. Obwohl … der Wiener Mélange und diese köstlichen, buttergebackenen Teilchen wären unter Umständen ein überzeugendes Argument.

„Ich denke mal …" Claire verzieht ihre roten Lippen.

„Jetzt lass dir nicht jedes Wort aus der Nase ziehen!"

„Du willst Wörter aus meiner Nase …? Ouuu, ihr Deutschen seid schon irgendwie verrückt."

„Claire!"

„Ehrlich, ich habe keine Ahnung. Aber ich weiß, dass du exakt eineinhalb Stunden hast, um pünktlich am Flughafen zu sein. Also hoppelahopp!"

Fabrizio.

Ich weiß nicht genau, was ich erwartet habe. Ein leer gefegtes Restaurant um die Mittagszeit? Taktvolle Ruhe im Tumult an- und abreisender Fluggäste, die mir am Gesicht ablesen, dass mir weder an Rippenstößen noch an raumfüllendem Geschnatter liegt? Mein Handgepäck geschultert und Nonna unter dem Arm bahne ich mir einen Weg durch das überquellende Flughafenrestaurant. Zu meiner Erleichterung erspähe ich einen frei gewordenen Tisch im hinteren Bereich des Lokals, direkt am Fenster.

Ich umrunde einen Kinderwagen, steige über einen Trolley und

nicke einer Frau zu, die ihren Koffer rücksichtsvoll aus dem Weg zieht. Lasse mich auf den Holzstuhl fallen und schiebe das Tablett beiseite, auf dem ein verlassener Spaghettiteller steht, den irgendein Kenner mit Ketchup vollgekleckert hat. Wie aus dem Nichts erscheint die Bedienung an meinem Tisch und zückt ihr Kellnerblöckchen. Ihr Lächeln offenbart eine beeindruckend weiße Zahnreihe.

„Was darf ich Ihnen bringen?"

„Die Telefonnummer ihres Zahnarztes?"

Das Lächeln wird breiter. „Sie sind Italiener."

„Ach wirklich? Gut, dass sie mich daran erinnern." Sie lässt mir keine Wahl. Ich lächle zurück, obwohl ich finde, dass sie zu stark geschminkt ist und ich zum Flirten eigentlich nicht aufgelegt bin. „Ich habe noch nicht in die Speisekarte geschaut. Können Sie mir etwas empfehlen?", frage ich freundlich und bemühe mich, nicht auf ihren üppigen Busen zu starren. Sie kichert.

„Wir sind hier doch nicht in einem Sternerestaurant."

„Ach nein?"

„Das Tagesgericht ist Schweinebraten mit Kartoffelpüree. Kostet nur sechs Euro."

„Ein unschlagbares Argument", grinse ich und stelle Nonna neben mir auf dem Polsterstuhl. Eine reichlich wackelige Angelegenheit. „Dann nehme ich Ihr Tagesgericht und ein Wasser dazu." Ich überlege es mir anders und hieve Nonna auf den Tisch.

„Arbeiten Sie in der Gastronomie?"

„Wie kommen Sie darauf?"

„Sie haben die Nase gerümpft, als ich das Mittagsangebot genannt habe."

Nachdenklich betrachte ich das rotblaue Monstrum. Irgendwie auch nicht passend, seine Großmutter neben Schweinefleisch und Instantpüree zu platzieren. Nonna mochte kein Schwein.

„Und Sie sollten Psychologie studieren. Ihre Beobachtungsgabe ist erstaunlich." Ob ich Nonna einfach auf dem Sims abstelle? Von dort aus kann sie sogar auf das Rollfeld schauen.

„Das tue ich tatsächlich. Ich studiere im zweiten Semester Soziologie, und Psychologie ist eins meiner Nebenfächer."

Warm ist es auch auf dieser Fensterbank, mit dem Heizkörper darunter.

„Gut, ich geh dann mal ihre Bestellung holen."

„Wie bitte?" Zerstreut schaue ich auf, erhasche jedoch nur noch

einen Blick auf das runde Hinterteil der Kellnerin. Hübsch, durchaus. Automatisch drehe ich den Kopf und betrachte die Rollbahn, wo gerade eine Lufthansamaschine an der Fluggastbrücke andockt. Der Kofferwagen, gesteuert von einem Mann mit einer gelben Sicherheitsweste, fährt heran, um das Gepäck einzuladen. Während sein Kollege die Anhängerklappen an den Seiten öffnet, vibriert meine Aktentasche. Beziehungsweise mein Handy, das ich seit zwei Tagen erfolgreich ignoriere. Lucia wahrscheinlich, vielleicht auch Rosa-Maria. Wenn ich Pech habe, Marco. Sie werden mir den Kopf abreißen, noch ehe meine Füße italienischen Boden betreten haben. Was ich ihnen nicht verdenke nach meinem Gestammel auf den Anrufbeantworter der Trattoria. Nonna ist gestorben. Ich komme Freitag zurück. Nicht mehr, nicht weniger tropfte aus meinem Mund.

Seufzend beuge ich mich zu meiner Aktentasche herunter. Die Gepäckaufgabe habe ich immerhin überstanden, auch wenn mich das Übergepäck eine Stange Geld gekostet hat. Ich finde mein Handy nicht sofort, stattdessen ertasten meine Finger im Außenfach etwas, das ich eigentlich vergessen wollte. Die Zeitschrift aus dem Wartezimmer. Automatisch blättere ich zu der Seite, die ich bestimmt schon zwanzig Mal gelesen habe, und wünsche mir zum hundertsten Mal, ich hätte die harmlos aussehenden Sätze darin nicht ins Italienische übersetzt.

Tre Camini verpatzt la Dolce Vita!

Es hätte so schön sein können, überragend nahezu – vergäbe diese Redaktion Sterne für die hübscheste Location.

Denn hübsch ist das Tre Camini zweifellos, besonders für den abenteuerlustigen Gast, der kurz hinter dem idyllischen Örtchen Montesimo die Strada Provinciale 88 verlassen und sich getraut hat, dem unbeschilderten Schotterweg zu folgen.

Belohnt wird sein Mut mit einem Bild, das der Toskana-Reisende seinen Lieben gern in Postkartenform nach Hause schickt: Ein ehrwürdiges Landgut thront auf einem blühenden Hügel, der so perfekt gerundet ist wie das Blätterteighäubchen auf Paul Bocuses berühmter Trüffelsuppe.

Das ockergelbe Steinhaus wirkt etwas schief, jedoch nicht schief genug, um ein Unwohlsein beim Betreten des Lokals zu verursachen. Selbst der Umstand, abends um zwanzig Uhr der einzige

Gast zu sein, ruft zunächst keinerlei Argwohn hervor. Immerhin versicherte man im Dorf, die Küche „da oben“ sei weit und breit die Beste. Ist man anfangs durchaus gewillt, dies zu glauben, kommt die Ernüchterung schnell: Die freundliche Bedienung wirkt von der Frage nach einer Weinempfehlung überfordert und bringt statt des verlangten Pinot Grigio ein Glas Rotwein, das sie auf Nachfrage als „Hauswein“ etikettiert. Der namenlose Wein schmeckt leicht und fruchtig, ist samtig im Abgang und lässt großzügig über die Unkenntnis der jungen Kellnerin hinwegsehen.

Leider ist dieser Auftakt der Beginn eines kulinarischen Trauerspiels, das seinesgleichen sucht – und das ausgerechnet in dem Land, das es mit seiner Küche zum Weltruhm gebracht hat. Ohne Löffel sitzt der Gast eine halbe Stunde später vor der Spezialität des Hauses: der Ribollita. Der berühmte toskanische Eintopf entpuppt sich als Fertigbrühe, in der Tiefkühlgemüseleichen dümpeln, dazu reicht man altbackenes Brot.

Der zweite Gang, das primi piatti, animiert zum Mikadospielen, hätte der Koch die halbrohen Nudeln nicht unter einem undefinierbaren, grünen Soßenberg versteckt und auch beim Hauptgang ist man redlich bemüht, das Grauen zu steigern: Das Lamm besitzt die Konsistenz einer Schuhsohle, von einer Gemüse- oder Salatbeilage keine Spur, stattdessen gibt es den zähen Fleischlappen im sättigenden Doppelpack, garniert mit einem Klecks Tubensenf. Spätestens jetzt spielt der enttäuschte Gast mit dem Gedanken, besser auf die Nachspeise zu verzichten (…)“.

„So schlimm sieht unser Braten nun auch wieder nicht aus.“

Erschrocken schlage ich das zerknitterte Heft zu, schaue auf das lieblose Arrangement aus Fleisch, Kartoffelbrei und graubrauner Soße und anschließend nach oben. Die Kellnerin kann keine fünf Minuten weg gewesen sein. „Entschuldigung. Ich war mit den Gedanken woanders.“

„Geht schon in Ordnung. Guten Appetit.“ Das Flirtlächeln ist aus dem Gesicht der jungen Frau verschwunden. Jetzt zieht sie nur noch unverbindlich die Mundwinkel nach oben, wie sie es vermutlich bei hundert anderen Gästen auch tut. Ich schiebe das Magazin zurück in die Tasche und greife nach dem Besteck, ehe die Kellnerin auf die Idee kommt, etwas hinzuzufügen. Zu meiner Erleichterung stolziert sie hüftschwingend davon. Versteh einer die Frauen.

Hanna.
Flughäfen finde ich einfach grandios. Alles an ihnen ist gewaltig, bunt und laut. Aus blechernen Lautsprechern tönt das Ende eingelöster Versprechen oder der Anfang tausender Möglichkeiten. Am allermeisten liebe ich das Treiben in der Ankunftshalle. Obwohl ich heute Morgen in Tegel bereits in den Genuss kam, bedauere ich es zutiefst, dass ich keine Gelegenheit habe, dorthin zu schlendern, um mir die Begrüßungsszenen anzusehen, die mich beim Abspann des Hollywoodfilms Tatsächlich Liebe meist eine halbe Packung Kleenex kosten. Doch ein kleiner Spaziergang ist in meinem Zeitplan nicht vorgesehen. Ich hetze durch den Abflugterminal, auf hochhackigen Schuhen eine echte Herausforderung, und denke kurzfristig daran, die Treter abzustreifen und barfuß weiterzulaufen. Es bleibt beim Gedanken.

Wie erwartet, ist das Flughafenrestaurant gut besetzt. Ich drängele mich durch eine grünkappige Seniorengruppe, die den gesamten Thekenbereich gekapert hat, und recke den Kopf. Wie ich Hellwig kenne, hat er einen Tisch reserviert, vermutlich im hinteren Bereich des Restaurants. Tatsächlich entdecke ich das vertraute Profil an einem Vierertisch am Fenster. Ich hebe automatisch die Hand, um zu winken, besinne mich aber eines Besseren. Hellwig hasst nichts mehr, als im Mittelpunkt der Aufmerksamkeit zu stehen und alle Mitmenschen, die ihn dorthin befördern, sind ihm ein Gräuel.

Also presse ich meine Postmappe fest an die Brust und zwinge mich, den Raum gemessenen Stöckelschritts zu durchqueren. Leider rächt es sich, dass ich keine Zeit habe, regelmäßig ein Fitnessstudio zu besuchen. Ich hechle wie ein pummeliger Labrador und fühle mich wie eine Schülerin, die zum Rektor zitiert wird, ohne zu wissen, was sie angestellt hat.

So geht es mir bei jedem Termin mit Hellwig. Irgendwas hat dieser athletische, gut aussehende Mann mit den farblosen Augen an sich, das mich einschüchtert. Sehr zur Belustigung von Claire, die hinter meiner Nervosität etwas völlig anderes wittert, was natürlich ausgemachter Schwachsinn ist. Wer ist schon so dämlich und fängt was mit dem Chef an. Leider macht mir eine auf dem Boden liegende Aktentasche einen Stolperstrich durch meine Ich-nähere-mich-dem-Boss-würdevollen-Schrittes-Nummer.

„Aua! Himmelarschund...“ Ein stechender Schmerz durchfährt mein Schienbein. Mich trifft ein irritierter Chefblick, während ich

mich für Sekundenbruchteile in einem erschrockenen Augenpaar verheddere. Espressofarben.

„Scusi, Signora." Der Fremde am Nebentisch rafft hastig seinen Aktenkoffer an sich. Ich zwinge ein Lächeln auf meine Lippen und lasse den unfreiwilligen Verursacher meiner Pein im wahrsten Sinn des Wortes links sitzen. Espressoaugen hin oder her.

„Hallo Chef! Entschuldigen Sie bitte die Verspätung!" Gut, etwas atemlos, aber durchaus so, als hätten die letzten drei Sekunden nie stattgefunden.

„Frau Philipp. Wie immer mit Pauken und Trompeten."

Hellwigs Miene bleibt ausdruckslos. Schnell rutsche ich auf den freien Stuhl ihm gegenüber, widerstehe tapfer der Versuchung, mein Schienbein zu reiben und greife nach der Speisekarte.

„Sind Sie hungrig?"

„Ehrlich gesagt bin ich nur nervös."

Hellwig mustert mich stumm und lacht dann auf, ohne amüsiert zu klingen. „Sie und nervös? Im Leben nicht!"

„Gut, Sie haben gewonnen. Ich bin gespannt. Kommt nicht oft vor, dass Sie mich zum Flughafen beordern."

„Dann sollte ich Sie nicht länger auf die Folter spannen." Er beäugt seine Armbanduhr. „Es gibt tatsächlich ein Problem."

„Und dieses Problem hat etwas mit mir zu tun?", frage ich so sachlich wie möglich.

„Wir haben uns mit Ihrem Artikel eine Klage eingehandelt."

„Ach, mal wieder?" Hellwig erwidert mein Grinsen nicht, dabei nimmt er echauffierte Gastronome sonst eher auf die leichte Schulter. Recherchieren Sie gründlich, halten Sie sich an die Fakten und beleidigen Sie niemanden, dann können Sie sich meinetwegen auch mit Herrn Schuhbeck oder dem Lafer anlegen. Recherche, Tatsachen, Respekt. Immer dieselbe Predigt. Bis dato habe ich mich strikt an die Regeln gehalten.

„Sie finden es also witzig, dass man uns zur Kasse bittet." Gedankenverloren rührt Hellwig in seiner leeren Teetasse. Das unangenehme Geräusch von Metall auf Porzellan stellt sämtliche Härchen auf meinen Unterarmen auf.

„Nein, natürlich nicht!", antworte ich rasch, während eine winzige Alarmsirene in meinem Kopf schrillt. Dieses Gespräch verläuft überhaupt nicht so, wie ich erwartet habe.

„Das ist auch besser so. Es ist nämlich alles andere als amüsant." Hellwig beugt sich über den Tisch und eine dezente Pfef-

ferminzfahne dringt in meine Nase. Der Chef ist ein Gesundheitsfanatiker. Er trinkt nie Kaffee und ehrlich gesagt, ist es ziemlich ungewohnt, ihn heute im Anzug und mit korrekt gebundener Krawatte zu sehen, wo er sonst Jeans und locker geknöpfte Poloshirts trägt. „Der Kläger, ein gewisser Signor Camini, stellt eine Schadensersatzforderung im fünfstelligen Bereich."

Fünfstellig!? Ich balle die Fäuste auf meinem Schoß und kämpfe gegen das unheilvolle Prickeln in meinen Fingerspitzen an. Hellwig betrachtet das Blumenmuster auf seiner Serviette. „Und er will Ihren Kopf."

Meine Stimme ist irgendwie weg.

„Aus irgendeinem Grund ist Signor Caminis Anwalt nämlich der Meinung, dass Ihr Artikel die Großmutter seines Mandanten umgebracht hat."

„Das ist doch lächerlich!", bricht aus mir heraus, aber es klingt reichlich erbärmlich.

„Finde ich überhaupt nicht. Wenn ich mir vorstelle, dass die herzkranke alte Dame in den Genuss Ihrer Spitzfindigkeiten gekommen ist …", Hellwig macht eine grausame Pause, in der er den Kopf hin und her wiegt. „Selbstverständlich kann niemand das Magazin zwingen, seine Journalisten zu feuern, wo kämen wir da hin. Aber Donnermuths Kanzlei versteht sich ziemlich gut darauf, Angebote zu unterbreiten, die man kaum abschlagen kann."

Über das abgewandelte Zitat aus dem Paten kann ich leider nicht lachen. Stattdessen drückt ein körperloses Etwas meine Brust wie ein Schifferklavier zusammen. Mein Artikel hat eine alte Dame umgebracht.

ICH habe eine alte Dame umgebracht!

Das wollte ich nicht.

Wirklich nicht!

„Donnermuth verfügt über einschlägige Kontakte zur Presse und scheut sich nicht, sie auch zu nutzen. Sie können sich vorstellen, welche Wirkung die Geschichte von der rührseligen italienischen Oma und ihrem alteingesessenen Familienbetrieb auf all diejenigen haben wird, denen Sie im Laufe Ihrer Tätigkeit auf die Füße getreten sind. Die zerreißen uns in der Luft. Frau Philipp, ich hänge an dem Magazin. Und ich halte Journalisten für ersetzbar."

„Aber alles, was ich über das Tre Camini geschrieben habe, ist wahr! Das Essen ist eine Katastrophe … allein die Suppe … die Pasta war … und der Service …"

Hellwig unterbricht mein Gestammel mit einer unwilligen Geste. „Ich diskutiere nicht mit Ihnen darüber, ob Ihr Verriss gerechtfertigt ist. Selbstverständlich ist der Artikel auch nicht schuld am Tod der alten Frau. Herr Camini sieht die Sachlage jedoch etwas emotionaler und es gilt nun, Schadensbegrenzung zu betreiben."

„Aber wenn wir nicht im Unrecht sind, wieso sollten wir dann klein beigeben und einen Artikel beschönigen, der zur Aufklärung unserer Leser dient?! Das ist ein Angriff auf die journalistische Freiheit!"

„Weil Sie eine kluge Frau sind, die an ihrem Job hängt?" Irre ich mich, oder erscheint ein Anflug von Mitleid in seinem Gesicht? Die Erkenntnis schlägt über mir zusammen und spült jede Sicherheit aus meinem Leben. Hellwig hat mich längst aufgegeben.

„Das ist nicht Ihr Ernst!"

„Mein voller Ernst. Sie sind eine brillante Schreiberin, aber allmählich werden Sie etwas teuer. Unsere Anwälte ziehen den Kopf ein, wenn sie nur Ihren Namen hören und nach der Sache mit Rothfeld …" Er macht ein bekümmertes Gesicht, das leider nicht über seine stählernen Augen hinwegtäuscht. Mein Mund fühlt sich an, als hätte jemand Watte hineingestopft.

„Rothfeld ist ein Betrüger. Der Befund aus dem lebensmitteltechnischen Institut bewies eindeutig, dass er Forelle als Saibling verkauft hat."

„Da ist es wieder." Hellwig seufzt. „Verraten Sie mir mal, welcher Restaurantkritiker auf die Idee kommt, ein Stück Fisch ins Labor einzuschicken! Sie verlieren allmählich den Blick für Verhältnismäßigkeiten, Frau Philipp. Wir sind nicht das Landeskriminalamt. Sie klären keine Ritualmorde auf, sondern schreiben eine Unterhaltungskolumne in einem Dreieuroachtzig-Foodmagazin, das vom Guide Michelin so weit entfernt ist wie mein Laptop von der Voyager!"

„Ich weiß", flüstere ich kleinlaut, doch der Chef ist längst nicht fertig mit mir.

„Nicht, dass ich Ihren Mut nicht bewundere. Sie sind eine Karrierefrau mit Biss und scheuen sich nicht, den Leuten deutliche Worte um die Ohren zu hauen. Aber Sie sind übereifrig und dabei gehen Ihnen jede Besonnenheit und sämtliches Taktgefühl ab. Im Mittelalter hätte man Sie vermutlich auf dem Scheiterhaufen verbrannt."

„Heißt das, ich bin gefeuert?!" Meine Handflächen sind

schweißnass, das Blut schießt in meinen Kopf. Ich verliere die Kontrolle! Mein Blick rastert den Tisch, auf der Suche nach einem Gegenstand, der meiner Not ein Ende bereitet. Bis auf Hellwigs Teetasse erspähe ich nur eine blanke Tischplatte. Was ist bloß mit den Leuten los? Sollte man seinen Gästen nicht wenigstens ein Blumenväschen mit irgendeiner traurigen Kunstblume gönnen, wenn es schon nicht für einen Salzstreuer reicht? Schließlich kann ich meinem Chef schlecht den Löffel vom Unterteller mopsen. Ich beginne zu zittern, meine Augen saugen sich auf dem Fenstersims fest. Da stehen zwei riesige Pflanzkübel. Und eine gestreifte Porzellanvase.

„Ich verlange Folgendes von Ihnen, Frau Philipp: Sie setzen einen freundlichen Widerruf Ihres Artikels in die Juliausgabe und entschuldigen sich für den Irrtum. Anschließend bringen Sie Signor Camini dazu, dass er diese absurde Klage zurücknimmt, und wenn Sie auf Knien vor seiner Stalltür darum betteln. Ein Gang nach Canossa und ich lege im Gegenzug beim Vorstand ein gutes Wort für Sie ein." Hellwig wendet sich ab und angelt nach seinem Sakko, meine Hand greift blitzschnell zu.

Die Vase ist nicht nur hässlich, sondern auch noch schwer. Gottseidank passt sie millimetergenau in meine Henkeltasche. Sofort ist das Zittern verschwunden, erleichtert atme ich aus, als sich das Akkordeon in meiner Brust auseinanderzieht. Hellwig blättert in seiner Geldklammer und schenkt mir ein unverbindliches Lächeln. „Ich muss los. Gewiss werden Sie das Problem zu aller Zufriedenheit lösen." Er reicht mir einen Zwanziger. „Würden Sie bitte meinen Tee bezahlen? Und bestellen Sie sich ein Stück Torte. Kohlehydrate sollen bei Stress Wunder wirken."

Ich nehme den Geldschein, lächle dünn zurück und verkneife mir die boshafte Entgegnung, die mir auf der Zunge kribbelt. „Viel Spaß in Wien", sage ich stattdessen, ohne es ehrlich zu meinen.

Zu meiner Überraschung zwinkert Hellwig, tippt an seine Stirn und dreht sich wortlos um. Seine hochgewachsene Gestalt schiebt sich zwischen die Reisenden und verschwindet schließlich im Gedrängel vor der Thekenausgabe.

Die pummelige Kellnerin sieht mich nicht an, während sie den Rechnungsbetrag nennt und das Wechselgeld herauszählt, sondern schielt zu dem Mann am Nebentisch, den ich, versteckt hinter Hellwigs breitem Rücken, vollkommen vergessen hatte.

Der Italiener sitzt mit geschlossenen Lidern auf seinem Stuhl,

dem Fenster zugewandt, ein Kopfhörer krallt sich wie ein riesiges schwarzes Insekt um seinen Kopf. Ein gut aussehender Mann, wie ich abwesend bemerke, mit dunklen welligen Haaren, durch die sich kupferbraune Strähnen ziehen und mit ebenmäßigen Gesichtszügen. Seine Wimpern sind so lang, dass sie Schatten unter seinen Augen werfen. Ich weiß nicht, ob es das Wippen seiner Ferse ist, oder sein Lächeln, das niedliche Grübchen in das unrasierte Gesicht drückt, aber der Mann rührt mich irgendwie. Vor allem spüre ich einen Anflug von Neid, weil er so friedlich aussieht. In seinen Klanghemisphären gibt es sicher nichts, was ihm den Boden unter den Füßen wegzieht.

Ich straffe den Rücken und schultere meine Tasche, die wesentlich schwerer als vorhin ist. Im Vorbeigehen ein automatischer, prüfender Blick in die Spiegelwand zu meiner Linken. Beim Hereinkommen sah ich eindeutig größer aus.

Fabrizio.

Ich bin viel besserer Dinge, als ich bei der Sicherheitskontrolle ankomme. Zuccheros versoffene Stimme hat mir eine halbstündige Auszeit verpasst, dank der ich wieder klar denken kann und die mir ein weiteres Gespräch mit der Kellnerin erspart hat. Wie erwartet, ertönt ein gehässiger Piepton, als ich durch die Magnetschranke gehe. Verglichen mit den italienischen Sicherheitsvorkehrungen ist Deutschland ein Hochsicherheitstrakt. Dass ich mich geweigert habe, die dünne Goldkette mit dem Kruzifix abzunehmen, rächt sich jetzt: Der Sicherheitsbeamte deutet auf das Sünderbänkchen in dem dreiteiligen Paravent. Ich rolle die Augen gen Decke.

„Schuhe", sagt der Uniformierte unbeeindruckt.

Hab ich. Und weiter?

„Zie-hen Sie die Schu-he aus."

Ich glotze absichtlich verständnislos. Schon zu Studienzeiten hat es mir diebischen Spaß gemacht, deutsche Ordnungshüter auf die Palme zu bringen. Der Uniformierte zeigt auf meine Budapester. Umständlich fummele ich an den Schnürsenkeln herum. „Mach zwei Knoten hinein, Junge, dann kommst du nie in die Verlegenheit, in offenen Schuhen herumzulaufen." Der Erste poltert zu Boden. Nonna hatte wirklich für jede Lage den passenden Rat bereit. Ich erstarre mitten in der Bewegung.

Mir wird eiskalt.

Ich stiere von meinen Händen, die soeben den zweiten Dop-

pelknoten aufgedröselt haben, zu den ungeduldig wippenden Beamtenbeinen … und wieder auf meine Füße. In dem linken Strumpf prangt ein Loch am großen Zeh.

Heilige Scheiße!

Mein Aktenkoffer ist längst am Ende des Transportbands angekommen. Ein weiterer Uniformierter kommt auf mich zu, ein amtlich aussehendes Papier in den Händen. „Herr Camini? Sie führen Sondergepäck mit?“

Nonna!

Ich springe auf und drücke dem verblüfften Mann meine Schuhe in die Hände. „Bin sofort zurück!“ Dann spurte ich auf Socken an der Passkontrolle vorbei und schlittere unter erstaunten Blicken und Gelächter aus der Abfertigungshalle hinaus.

2 DUE

Hanna.
Zum ersten Mal in meiner zweijährigen Redaktionszugehörigkeit nehme ich die Treppe. Oben angekommen weiß ich wieder genau, weshalb ich bis dato den Aufzug bevorzugte: Es sind exakt 112 Stufen. Japsend stehe ich vor unserer Ressorttür und bin definitiv nicht in der Lage, die Klinke zu drücken. Sasha kommt hinter mir die Treppe hochgehopst, einen Stapel Magazine unter dem Arm. Sie pfeift vor sich hin und ist nicht im Ansatz außer Puste. Ich überlege krampfhaft, vor wie vielen Jahren es mir auch so ging.

„Alles okay, Chefin?“

Ehrlicherweise erinnere ich mich überhaupt nicht daran, jemals eine Treppe dieser Größenordnung hochgehopst zu sein. Schon gar nicht pfeifend.

„Nimm mir die Tasche ab!“, keuche ich und stütze mich an der Wand ab. „Ich bin gleich so weit.“

Sasha schultert ungerührt meine Henkeltasche und drückt die Glastür mit dem Ellbogen auf. „War dein Date mit dem Meister so anstrengend?“

Ich straffe den Rücken und hole pfeifend Luft. „Nicht im Mindesten“, antworte ich grimmig, ignoriere Sashas spöttische Miene und stolziere erhobenen Kinns an ihr vorbei. Claire erwische ich inflagranti in der Belegschaftsküche. Mit meinem Nutellaglas im Schoß. „Das macht dick, Madame Durant!“

„Vor allem macht es gute Laune.“ Ungerührt steckt sie den Löf-

fel in ihren Puppenmund und dreht das Glas zu. „So wie du aussiehst, könntest du ein oder zwei Löffelchen davon auch gut brauchen."

„Wir haben ein Problem." Ich sinke auf den einzigen Küchenstuhl, der nicht von Jacken und Taschen belegt ist. Keine Ahnung, wer wann damit angefangen hat, aus dem gemütlichen Gemeinschaftsraum eine Kleiderkammer zu machen. Mittlerweile stapeln sich sogar diverse Schuhkartons unter der Eckbank, woran unsere Praktikantin sicher nicht unschuldig ist.

„Haben wir oder hast du das Problem?" Sasha schiebt sich an Claire vorbei und stellt meine Tasche auf den Tisch, auf dem sich leere Imbissboxen vom Thailänder stapeln. „Was schleppst du bloß mit dir rum? Die wiegt ja mindestens fünf Kilo."

„Schick die hässliche Vase bitte zum Flughafenrestaurant zurück", seufze ich und drehe mich zu Claire, die mich abwartend anschaut. Meine Augen brennen. „Ich glaube, diesmal bin ich in ein richtig böses Fettnäpfchen getreten."

Claire runzelt die Stirn. „Was ist ein Fettnäpfchen?"

„Sie meint, dass sie Mist gebaut hat." Sasha rückt interessiert näher. Ich öffne den Mund, aber der Satz bleibt in meiner Luftröhre stecken. Claire setzt sich neben mich und greift nach meiner Hand.

„Was ist passiert?"

„Der Artikel über das Tre Camini … findest du ihn gemein?"

Ängstlich warte ich auf ihre Reaktion. Claire und Sasha schauen sich an.

„Nett ist er nicht gerade", antwortet Claire behutsam. „Aber das sind deine Artikel selten, n´est-ce pas?"

„So schlimm?", frage ich kleinlaut.

„Also ich find ihn witzig. Vor allem die Tiefkühlgemüseleichen in Fertigbrühe. Oder die Spinatmatsche auf rohen Spaghetti." Sasha grinst und zieht sofort den Kopf ein, als ein tadelnder Blick sie trifft.

„Geht es wieder um ein Schreiben von irgendeinem Anwalt?" Claire bleibt sachlich, wofür ich ihr wirklich dankbar bin.

„Der Besitzer der Trattoria glaubt, mein Artikel sei am Herzinfarkt seiner Großmutter schuld." Erneut das Ziehen in der Brust.

„Auweia, das is´n Ding!" Sasha kassiert Claires erhobenen Zeigefinger, woraufhin sie sich geschäftig meiner Tasche zuwendet. Ich rede rasch weiter, ehe ich in Tränen ausbreche. Ich kann mich

nicht erinnern, jemals derart die Fassung verloren zu haben. Und das ausgerechnet in der Redaktion.

„Jetzt will dieser Camini, dass ich gefeuert werde."

„Das ist nicht schön."

„Und seine Schadensersatzforderung kriege ich erst in zehn Jahren zusammengeschrieben, wenn überhaupt. Ich bin so was von geliefert." Mit Todesverachtung schraube ich das Nutellaglas auf. Treppe hin oder her, ich brauche Zucker. Viel Zucker.

„Wir finden schon eine Lösung." Claire schielt zu unserer Volontärin herüber, die gerade die gestreifte Blumenvase auf den Tisch stellt.

„Das bezweifle ich."

„Hanna …" Sasha ist auch ganz bleich geworden. Niedlich, dass sogar sie sich Sorgen um mich macht. Dabei bin ich manchmal wirklich eine grausame Vorgesetzte. Ich schnuppere an dem Nutellaglas.

„Gibst du mir mal deinen Löffel rüber?" Sagt schließlich keiner, dass ich heute damit anfangen muss, meine Kondition zu verbessern.

„Hanna!"

„Was? Wenn Claire trotz pfundweise Nutella so dünn bleibt, kann ich doch wohl einen kleinen Löffel davon essen."

„Das da. Das ist keine Vase." Sashas Stimme zittert.

„Was redest du da, Mädchen?" Oh Gott, dieses Schokoladenzeug schmeckt fantastisch!

„Ich fürchte, dir wird die Antwort nicht besonders gefallen." Sasha scheint sich jeden Moment übergeben zu müssen, dabei ist sie doch sonst nicht so leicht zu erschüttern. Ob irgendwas Ekliges an der Vase klebt? Claire macht Anstalten, sie zu berühren, zuckt jedoch mit weit aufgerissenen Augen zurück.

„Mon dieu!", flüstert sie.

„Mädels, was ist denn los mit euch? Das ist doch nur …"

„Eine Urne", murmelt Sasha mit Grabesstimme. „Mein Opa bekam auch so eine. Die war aber nicht so bunt."

Plötzlich ist es totenstill in dem kleinen Raum. Und mir ist jetzt definitiv nicht mehr nach Schokolade.

Seit ungefähr einer Viertelstunde stehen wir reglos um den Esstisch herum und starren das Porzellangefäß an, als handele es sich um einen gestreiften Kugelfisch.

„Bist du sicher, dass du dich nicht irrst?“, flüstere ich.

„Kannst gerne nachgucken“, wispert Sasha zurück. „Ich machs jedenfalls nicht.“

„Wie sollte eine Urne in ein Flughafenrestaurant geraten? Das ist doch total haarsträubend! Und wieso flüstern wir überhaupt?!“

„Das hat etwas mit piété zu tun“, haucht Claire und putzt ihre Brille. Immerhin spricht sie wieder und scheint demnach keinen größeren Schock davongetragen zu haben. Was man von mir nicht behaupten kann. Ich habe einen Leichnam gestohlen. Oh mein Gott!

„Genau, Pietät.“ Sasha schnieft. Claire bläht die Nasenflügel, ein untrügliches Zeichen dafür, dass sie eine Story wittert.

„Vielleicht hat jemand sie in dem Flughafenrestaurant vergessen.“

„Ich glaube es einfach nicht.“ Meine Hand schnellt vor.

„Neiiin!“, brüllen die beiden im Chor, ich zucke zurück.

„Was denn? Ich muss doch wenigstens nachsehen, ob ihr recht habt!“

Claire fasst sich schließlich ein Herz und hebt die Urne vorsichtig in die Höhe. Schmaläugig begutachtet sie das Gefäß von allen Seiten, befingert die Korkversiegelung und dreht die Urne kurzerhand auf den Kopf. „Da ist eine Metallplakette.“

„Steht was drauf?“ Sasha reckt das Kinn, ohne ihren Sicherheitsabstand aufzugeben.

„Ouuu!“

„Was ist?!“ Diesmal Sasha und ich synchron.

Merkwürdigerweise scheint Claire unentschlossen, ob sie weinen oder lachen soll. „Quelque chose ne tourne pas rond“, murmelt sie und setzt noch eine weitere Floskel hinzu, die ich nicht übersetzen kann.

„Was geht nicht mit rechten Dingen zu?!“

Claire stellt die Urne behutsam auf den Tisch und hebt den Kopf. Ihr Blick ruht halb mitleidig und halb belustigt auf mir. „Ich fürchte, diesmal kommst du mit dieser Souvenirsache nicht auf dem Postweg davon.“

Trotzig schiebe ich das Kinn vor. „Was meinst du damit?“

„Sieh selber nach.“

Ich habe nie einen Toten berührt. Gut, eigentlich ist es kein Toter, sondern nur seine Asche und die ist in diesem Porzellanding, aber …

„Sie wird dich nicht beißen." Claires Himmelfahrtsnase zuckt.

Eine Frau also. Atmen, Hanna! Atmen! Die Urne fühlt sich gar nicht wie eine Urne an. Sie ist glatt und kühl und könnte ein Milchkrug sein. Ich lese die Gravur einmal. Und ein zweites Mal. *Giuseppa Camini, 1932-2014. Tre Camini, Toskana.*

Es dauert ein paar Sekunden, bis es „Klick!" in meinem Kopf macht. „Wie groß ist die Wahrscheinlichkeit, dass es nicht das ist, was ich denke?", frage ich ruhig.

Claire hebt die Hand. Zwischen ihren Daumen und ihren Zeigefinger passt maximal ein Bleistift. Ich nicke langsam.

„Ich habe also mit meinem Artikel nicht nur eine italienische Großmutter umgebracht, sondern auch noch ihre Urne gestohlen."

„Nun ... in Frankreich sagen wir Schicksal dazu."

Fabrizio.

„Was hast du dir bloß dabei gedacht, Carlo?!" Seit ungefähr einer halben Stunde gehe ich wütend in der Küche umher, während Rosa-Maria den Teig knetet, als hinge ihr Leben davon ab. Um ehrlich zu sein, ist Wut seit meiner Ankunft das einzige Gefühl, das ich empfinden kann. Daran ändern auch Rosas ofenwarme Panini nicht das Geringste. Carlo knabbert ungerührt an seinem Zahnstocher.

„Eh, Fabrizio! Setz dich und nimm dir ein Glas Wein. Deine schlechte Laune ist ja kaum auszuhalten." Mein Freund schüttelt den Kopf. Sein Zahnlückengrinsen treibt mich zur Weißglut.

„Wie konntest du zulassen, dass dieser Stronzo in meiner Küche kocht, Rosa-Maria?!" Anklagend zeige ich mit dem Finger auf Carlos fleckiges T-Shirt, über das sich der Schriftzug unserer Nationalmannschaft Gil Azzuri spannt. Rosa-Maria sinkt in sich zusammen, sodass sie noch quadratischer wirkt. Ihr Gesicht läuft tomatenrot an, der Teig blubbert kraftlos, als sie sich erneut in die Schüssel stemmt. Unter normalen Umständen hätte ich ein schlechtes Gewissen, denn Rosa-Maria ist wie eine Mutter für mich. Aber in den letzten Tagen ist nichts mehr normal.

In meinen Ohren klingt noch immer Lucias verzweifeltes Schluchzen, als ich erzählen musste, was in Berlin passiert ist. Mit Marcos missbilligendem Blick hatte ich gerechnet, doch er hütete sich klugerweise, eine dämliche Bemerkung loszulassen. Alberto ist seit gestern verschwunden. Wahrscheinlich macht er seine Trauer mit den Hühnern aus.

„Carlo sagte, er hätte deine Erlaubnis." Rosa-Maria wirft Carlo einen wütenden Blick zu.

„Ich finde, wir sollten das nicht vor einer Angestellten besprechen", sagt Carlo hochmütig. „Du weißt, dass ich als Arm des Gesetzes bei allen Bürgern eine bella figura machen muss."

„Ich scheiß auf deine bella figura! Und Rosa-Maria ist keine Angestellte, sie gehört zur Familie. Wieso also war die Trattoria geöffnet, obwohl wir was anderes vereinbart hatten?!" Wieder richte ich das Wort an Rosa-Maria, die von einem heftigen Niesanfall geschüttelt wird.

„Sie kann nichts dafür, ehrlich." Carlo schielt begierig auf Rosa-Marias Thymianbrötchen. Aus purer Gehässigkeit schiebe ich den Brotkorb außerhalb seiner Reichweite, bis er „War meine Idee" murmelt. Ich rücke den Korb noch ein wenig weiter von ihm weg. „Die arme Rosa-Maria war krank. Hat gehustet wie der alte Fiat, den ich letztes Jahr verschrotten musste. Da dachte ich, Carlo, warum tust du deinem guten Freund Fabrizio nicht einen Gefallen? Ein geschlossenes Restaurant ist kein gutes Restaurant, eh? Nichts gegen deine Kochkünste, Rosa-Maria, aber so ein bisschen Pasta mache ich mit verbundenen Augen. War sowieso nur ein Gast da und der hat der kleinen Alba ordentlich Trinkgeld gegeben."

Rosa-Marias Gesichtsfarbe wird noch eine Nuance dunkler, sie räuspert sich mehrmals und leckt über ihre behaarte Oberlippe, doch ihr stummer Hilferuf versickert in der Selbstgefälligkeit unseres Dorfpolizisten.

„Du hast das Zimmermädchen in den Service gelassen?! Wo zum Teufel war Lucia? Wie viel hat Alba denn bekommen?", frage ich misstrauisch, denn ein hohes Trinkgeld bedeutet hierzulande kein Kompliment für die Küche. Carlo hebt triumphierend zwei Finger in die Höhe.

„Zwanzig Euro?!"

„Ich sag doch. War gut."

Für den Bruchteil einer Sekunde denke ich daran, Carlo das Magazin, das ich seit achtundvierzig Stunden in meiner Jackeninnentasche herumtrage, um die Ohren zu klatschen. Es bleibt bei der befriedigenden Vorstellung. Dieses Haus braucht weiß Gott nicht noch einen Aufreger in seinen Wänden.

„Ist dir klar, dass das Tre Camini einen Ruf zu verlieren hat?! Wir können uns keine Pfuschereien in der Küche erlauben, sonst bleiben uns irgendwann die Touristen weg!"

Sein schwarzer Schnauzbart zuckt, ein untrügliches Zeichen von Unsicherheit. Was er natürlich nie zugäbe. Einen Carlo Fescale erwischt man mit dem Finger im Honigglas und er behauptet trotzdem, er sei es nicht gewesen. Er ist schon ohne Gewissen zur Welt gekommen – keine Ahnung, ob er deshalb so gut zum Ordnungshüter taugt.

„Ich mag diese ausländischen Touristen sowieso nicht. Wissen nicht, was al dente bedeutet. Kann ich ein Thymianbrötchen haben?"

„Du bist unverbesserlich."

„Hab´s nur gut gemeint. Und jetzt gib mir ein Panino und erzähl, was dich wirklich bedrückt", brummt Carlo und streckt seine Pranken nach dem Brotkorb aus.

Vielleicht ist es seine unbekümmerte Art, die mir seit meiner Kindheit vertraut ist. Womöglich auch die Wärme, die von dem Ofen ausströmt oder doch der Duft der frischgebackenen Panini. Meine Wut zerbröselt wie die Krümel, die Carlo auf den Tisch sät, während er ein Brötchen aufsäbelt und es fingerdick mit Salzbutter bestreicht.

„Die Urne. Ich habe Nonna verloren." Mein Hals fühlt sich an, als hätte ich eine Tasse Mehl verschluckt. Die Teigschüssel zerspringt auf den Terrakottafliesen. Rosa-Maria wimmert und bekreuzigt sich mehrmals hintereinander, Carlo mustert mich kauend. Eine gefühlte Ewigkeit, in die Rosa-Marias Schluchzen plätschert. Dann kratzt sich Carlo bedächtig am Hinterkopf.

„Fabrizio?"

„Ja?"

„Habt ihr noch gesalzene Butter da?"

Hanna.

Ich habe versucht, darüber zu schlafen. Doch die letzte Nacht hat nicht annähernd dafür gesorgt, dass ich mich besser fühle. Da ich die Urne nicht in der Redaktion zurücklassen wollte, habe ich sie mit in meine Wohnung in Wilmersdorf genommen, eine Entscheidung, die ich bitter bereue. Man hat schließlich nicht jeden Tag eine Tote zu Besuch. Ich habe kein Auge zugemacht und stand mehrmals auf, um den ungebetenen Gast umzustellen. Trotzdem fand ich auf sechzig Quadratmetern Wohnfläche nicht ein Plätzchen für Signora Camini, welches nicht entweder mein oder ihr Schamgefühl verletzt hätte.

Nun sitze ich vollkommen übernächtigt auf einer Holzbank im Berliner Zoo, zwischen den Schulterblättern die Stelle, in die ich vor vier Jahren H.P + D.A. geritzt habe – mit Daniels BMW-Schlüssel, den ich ein paar Monate später das Klo herunterspülte, nur um ihn zu ärgern. Daniels Initialen habe ich nach unserer Trennung durchgestrichen und es seitdem vermieden, ein neues Buchstabenpaar in mein Leben zu lassen. Geblieben ist mir der Sonntagmorgen im Zoo, obwohl ich für Tiere nicht sonderlich viel übrig habe. Vögel beispielsweise jagen mir sogar regelrecht Angst ein. Erdmännchen hingegen finde ich nett. Daniel hat sie gehässige Mistviecher genannt.

„Hallo Hanna!"

„Morgen, Helmut!" Ich winke dem untersetzten Mann in Gummistiefeln zu, der mit zwei Eimern das Gehege betritt. Früher bin ich fast täglich in den Zoo gegangen. Vor allem zum Schule schwänzen und um mich klammheimlich den südländischen Großfamilien anzuschließen, die schon immer einen eigenartigen Sog auf mich ausgeübt hatten. Ich trabte einfach irgendeiner türkischen Familie hinterher und stellte mir vor, deren Adoptivtochter zu sein. Leider ging das nie lange gut. Ich landete regelmäßig als menschliches Fundstück bei der Zooverwaltung, bis man dort sowohl mein Gesicht als auch meinen Namen kannte. Also verlagerte ich mein Revier ins Kaufhaus des Westens, was nicht ohne Folgen blieb. Meine Eltern schienen nicht sonderlich beeindruckt von meinen „pubertären" Eskapaden. Der Jugendrichter, der mich wegen Ladendiebstahls zu 40 Sozialstunden verdonnerte, nahm das allerdings nicht auf die leichte Schulter.

„Kind, was hast du dir dabei gedacht?" Ich werde nie vergessen, wie es sich anfühlte, als der einschüchternde Mann im Talar das Wort an mich richtete und gleichzeitig meine Eltern in der Zuschauerbank anfunkelte. Es war das erste und letzte Mal, dass ich meinen Vater betroffen sah.

Der Pfleger leert seine Eimer, die Schleichkatzen stürzen sich begierig auf Bananenstücke, Eier und Erdnüsse. Küken sind zu meiner Erleichterung heute nicht auf dem Speiseplan.

Leider währt die Ablenkung nur kurz. Während die letzte Banane in einem schmatzenden Mäulchen verschwindet, kehren meine Gedanken zu meinem sonderbaren Gast zurück. Merkwürdigerweise fühlt es sich so an, als würde ich Giuseppa Camini leibhaftig in meiner Wohnung beherbergen. Sie schlurft in Pantoffeln durch

meine vier Wände, schüttelt den Kopf über die Leere und die Umzugskisten, die ich noch immer nicht ausgepackt habe, obwohl ich schon seit einem Jahr dort wohne. Sie inspiziert Schränke und liest meine Post, und natürlich erwartet sie die Sonntagszeitung bei meiner Rückkehr. Die ich mir ohne Job bald nicht mehr leisten kann.

„Salut, ma belle!"

Ich blinzle erstaunt nach oben. Eine zierliche Gestalt zeichnet sich vor der Sonne ab.

„Was machst du denn hier?"

„Ich leiste dir Gesellschaft." Claire setzt sich neben mich und zieht ein Croissant aus ihrer Brötchentüte. Eine Weile sitzen wir schweigend nebeneinander.

„Es ist Sonntag", bemerke ich.

„Hmhm", kaut Claire.

„Hast du dich mit Jan gestritten?"

„Jan weiß gar nicht, wie man streitet." Sie hält mir die Tüte hin. „Croissant oder lieber Schokobrötchen?"

Plötzlich habe ich einen Kloß im Hals. „Claire, was machst du hier?"

„Einer Freundin beistehen. So sagt man das doch, oder?"

„Ich bin deine Freundin?"

„Vor allem bist du ein dummes Huhn." Sie schluckt den letzten Bissen herunter und grinst. „Was stellen wir also mit den Caminis an?"

„Ich schreibe einen herzzerreißenden Entschuldigungsbrief und bitte Signor Camini, die Klage fallen zu lassen?"

„Das heißt, du willst wirklich die arme Giuseppa als Paket nach Italien schicken?"

„Was soll ich denn deiner Meinung nach sonst tun?"

„Eigentlich musst du die Antwort kennen. Warum machst du dich so kompliziert?"

Wie ich diesen Satz hasse, den sie jedes Mal absichtlich verdreht! „Vergiss es, Claire", murre ich starrköpfig.

„Zu spät. Ich habe bereits mit dem Chef telefoniert. Er findet die Idee magnifique!" Sie wickelt verträumt eine rote Locke um ihren Finger. „Und bevor du schimpfst wie ein Rabe …"

„Rohrspatz. Es heißt schimpfen wie ein Rohrspatz."

„Wie auch immer." Sie macht eine wegwerfende Handbewegung. „Bevor du also böse wirst, hör mir erst mal zu. Signor Cami-

ni ist Italiener, du bist zur Hälfte Italienerin, n´est-ce pas? Niemand weiß also besser, dass ein Schriftstück nichts gegen verletzten Südländerstolz ausrichtet. Ich habe gründlich nachgedacht, Hanna. Du musst zurück nach Italien. Rede mit diesem Signor Camini, sag ihm, dass es dir leidtut und dass du es wieder gutmachst. Du überreichst ihm die verlorene Urne und alles kommt in Ordnung."

„Du meinst die gestohlene Urne", werfe ich lakonisch ein.

„Die gefundene Urne."

„Aber ich kann so was nicht! Ich bin echt mies in Konfliktgesprächen!"

„Ach Hanna, das Leben ist voller Konflikte! Wird Zeit, dass du lernst, damit umzugehen." Claire ist unerbittlich. „Hellwig hat meinen Vorschlag für eine Toskana-Sonderausgabe schon abgesegnet und dein Ticket liegt am Schalter. Wir schicken dich auf Dienstreise, du wickelst die Caminis um deinen kleinen Finger und schreibst nebenbei ein paar nette, und das meine ich wörtlich, nette Artikel über die Restaurants in der Gegend."

„Du hast an alles gedacht, oder?"

„Ich habe vor allem an dich gedacht", antwortet Claire sanft. „Manchmal ist es besser, man stellt sich seinen Geistern, statt ihnen davonzulaufen. Vielleicht ist es irgendwie heilsam?"

Ehrlich, ich habe nicht die geringste Ahnung, wovon diese Französin da redet.

3 TRE

Hanna.
„Was soll das heißen, der Wagen ist nicht verfügbar? Hier ist die Onlinebestätigung Ihrer Firma, wo es schwarz auf weiß steht: Mittelklasse. Mietwagenstation Florenz Flughafen, Mietzeitpunkt Montag, den 23. Juni. Den haben wir heute!“

Ich hatte mit allem gerechnet, aber nicht damit, dass mein persönlicher Italienalbtraum bereits bei meiner Ankunft in Florenz beginnen würde. Nicht nur, dass die Hilfsarbeiter meinen Trolley zuletzt auf das Gepäckband warfen, als ob sie wüssten, dass ich es eilig habe. Völlig willkürlich befehligte man mich in eine gesonderte Zollkontrolle, wo ich vor einem Beamten mit Oberlippenbart und wippendem Adamsapfel meine Unterwäsche ausbreiten musste. Ich hätte nicht erwartet, dass die Urne tatsächlich als Souvenir durchgeht. Zugegeben, mir rutschte das Herz in die Hose, als der Zollbeamte Giuseppa eine Weile unschlüssig in den Händen drehte und mit einem Achselzucken zurück in den Koffer legte. Ich sehe wohl nicht nach einer Drogenschmugglerin aus, was mich im Nachhinein wirklich beruhigt.

Natürlich reichte die Schlange vor der Mietwagenfirma bereits bis zur Ankunftshalle hinein. Und als ich zwei Stunden später endlich vor der kreisrunden Sprechöffnung des Schalters stehe, bin ich kurz davor, den nächsten Flieger nach Berlin zu besteigen. Job hin, Urne her. Und nun das!

Der dicke Italiener sieht mich ausdruckslos an.

„Ist kein Auto da."

Er erlaubt sich einen Scherz mit mir. „Das sagten Sie schon. Ist aber nicht mein Problem, fürchte ich."

„Gibt kein Problem, Signora. Kommen Sie morgen wieder, dann ist Auto da."

„Morgen?!" Das angeklebte Lächeln blättert von meinem Gesicht. Ich kann es fühlen.

„So gegen späte Vormittag. Aber nicht zu späte. Wegen Mittagspause." Er verzieht noch immer keine Miene.

„Das ist nicht ihr Ernst!"

„Kann nix mache. Komme morgen wieder, basta."

„Hören Sie, ich bin geschäftlich hier und habe keine Zeit, das Opfer Ihres lausigen Organisationstalents zu sein!", sage ich zwei Tonlagen höher als mir vorschwebte. Der Dicke schüttelt den Kopf und macht Anstalten, das Innenrollo herunter zu lassen. Verzweifelt stütze ich mich mit beiden Händen an der Scheibe ab und brülle unvermittelt auf Italienisch los: „Sie besorgen mir jetzt sofort ein Auto, und wenn Sie persönlich eins zusammenschweißen! Sonst knallt es nämlich gewaltig in Ihrer hübschen senfgelben Schuhschachtel. Basta!"

Plötzlich wirkt der Autovermieter nicht mehr im Mindesten desinteressiert. Mit leuchtendem Gesicht eilt er aus seinem Glaskasten. „Luigi Cartone, Signora, freut mich sehr! Warum haben Sie nicht gleich gesagt, dass Sie Italienerin sind?"

„Lösen wir das Problem jetzt auf italienische Art oder soll ich meine Mutter auf Sie hetzen?", schnappe ich, ohne seine ausgestreckten Wurstfinger zu beachten.

Cartone mustert mich wohlwollend, meine Reaktion scheint ihn weder zu wundern, noch zu beleidigen. Also schiebe ich meine Brust noch ein wenig weiter nach vorne und ziehe einen Schmollmund, was mir in Deutschland auch unter lebensbedrohlichen Umständen nie einfiele. Cartone macht eine beschwichtigende Geste, mit der flachen Hand abwärts rudernd, und wieselt zurück in sein Aquarium. Dort greift er nach dem Telefon, ein altertümliches Ding mit Kabel und Wählscheibe, während er mit dem Daumen der anderen Hand auf seinem Handy herumtippt.

„Giacomo! Kommst du kurz rüber?! Und bring den Schlüssel von dem Spider mit, für eine hübsche Signora. Hä? Ist mir egal, ob der reserviert ist!" Die erregte Antwort aus der Leitung beachtet er nicht, sondern legt mit zufriedener Miene den Hörer auf die Gabel

und hält den Daumen in die Höhe. „Alles kein Problem, Signora …“ Er schielt auf den Mietvertrag. „Signora Philipp. Und falls ich Ihnen einen Tipp geben darf, so von Landsmann zu Landsmännin: Sprechen Sie Italienisch in Italien. Das öffnet einer schönen Frau Fenster und Türen. Auch Autotüren.“

Autofahren ist in italienischen Städten eine lebensgefährliche Angelegenheit. Vor allem, wenn man die Regeln nicht kennt, die nirgendwo geschrieben stehen. Grundsätzlich gewinnt der Schnellere, überholt wird an den riskantesten Stellen, Motorräder und Vesparoller schießen urplötzlich aus winzigen Gassen und missachten rote Ampeln. Außerdem fährt der Italiener auf, und zwar so dicht, dass man den Kühlergrill des anderen im Rückspiegel nicht mehr sichtet. Instinktiv nehme ich den Fuß vom Gaspedal, was ein protestierendes Hupkonzert zur Folge hat.

Trotz Cartones wort- und gestenreicher Wegbeschreibung habe ich die Schnellstraße nach Südwesten verpasst und bin mitten in Florenz gelandet. Ich schwitze Blut bei gefühlten vierzig Grad und habe keinerlei Sinn für die Schönheiten der Stadt. Seit rund fünf Minuten fahre ich an der Piazza della Stazione im Kreisverkehr, den Blick verzweifelt auf die Ausfahrtsschilder gerichtet, von denen auch nach Runde drei keines in die richtige Richtung weist. Die Tatsache, dass Cartone mir einen nagelneuen Alfa-Romeo-Spider aufgenötigt hat, trägt in diesem trötenden Blechlawinenchaos ebenfalls nicht zu meinem Wohlbefinden bei, zumal ich es nun bitterlich bereue, dass ich mich nicht getraut habe, nach einem Navigationsgerät zu fragen. Kann mich wahrlich nicht mehr daran erinnern, wann ich zuletzt eine Straßenkarte auf den Knien balanciert habe. Das Cabrio ist allerdings ein echtes Sahneschnittchen.

„Himmelherrgott!“ Ich schrecke zusammen, als eine Vespa millimeterdicht an meinem Seitenspiegel vorbeisaust. Der Fahrer trägt Shorts und Espandrillos und hat sein Klapphandy zwischen Ohr und Jethelm eingeklemmt, die eigenwillige Zweiradvariante einer Freisprechanlage. Der blaue Fiat, der bereits seit zwei Runden hupend an meinem Heck klebt, schert aus und fährt an meine Seite.

„Che bella donna! Dove vai? Schöne Frau! Wohin?“, rufen zwei junge Italiener mit verspiegelten Sonnenbrillen herüber. Ich bin mit den Nerven am Ende. Statt die lästigen Zampanos lauthals dahin zu fluchen, wo die Melonen wachsen, wedele ich mit der Karte und zucke die Schultern.

„Wohin? Wohin?“, ist die begeisterte Antwort.

Runde fünf. Der Fiat hält sich tapfer an meiner Seite.

„In den Süden? Perugia? Montepulciano?“ brülle ich zurück. Auf einen Versuch kommt es an. Die Jungs grinsen, einer hebt den Daumen. Der Fiatmotor heult auf und das kleine Auto schießt in eine Lücke vor mir. Der Beifahrer winkt und gibt mir zu verstehen, ihnen zu folgen. Erleichtert verlasse ich nach Runde Nummer sieben den Kreisverkehr – in genau die entgegengesetzte Richtung als die, die ich ursprünglich einschlagen wollte. Jetzt kann ich nur noch beten, dass meine neuen Freunde mich nicht in irgendein fieses Viertel lotsen, um mir dort meine Handtasche zu klauen.

Fabrizio.

Ich spanne meine Rückenmuskulatur an, atme ein, hebe die Arme über den Kopf. Die Axt saust auf das Holzscheit nieder und teilt es in astreine zwei Hälften. Der nächste Klotz folgt sofort in den Ring, kann´s kaum erwarten. Runde achtundsechzig. K.O. mit einem Hieb. Ich achte nicht darauf, dass ich mir eine Blase in der Daumenbeuge eingehandelt habe. Der Schmerz kommt mir gerecht vor.

In einem zynischen Artikel in der Gazetta habe ich einmal gelesen, dass man die Beliebtheit einer Person daran ausmachen könne, wie viele Menschen an ihrem Grab weinen. Ginge es danach, hat meine Großmutter selbst die Fußballlegende Bearzo weit hinter sich gelassen. Das ganze Dorf hatte sich eingefunden, um Nonna die letzte Ehre zu erweisen. Die schwarzen Leiber waren über den Friedhof hergefallen, ein seufzender, heulender Ameisenstaat, der bis zur Via Capelli reichte, wo sich Autos, Traktoren, Motorroller und Fahrräder aneinanderreihten wie Perlen an einer Halskette. Ich weiß nicht, wer verzweifelter war: Padre Lorenzo, der um seine Grabstätten fürchtete, weil zahllose Füße über die Bepflanzungen trampelten oder ich, der dem ahnungslosen Trauermob eine leere Urne zur Beisetzung präsentieren musste.

Mein Hemd klebt an meinem Rücken, seit Runde siebenundfünfzig lasse ich es sein, mir mit dem Halstuch die Augen zu wischen, in die beißender Schweiß läuft. Zum neunundsechzigsten Mal hole ich aus, diesmal den Habichtskopf von Notar Lombardi vor mir, dem ich nicht ausreden konnte, das Testament direkt nach der Bestattung zu eröffnen, weil er das teure Taxi bis Pisa nicht zweimal bezahlen wollte. Eine öffentliche Verkündung im Ge-

meindesaal, noch heute Nachmittag und auf Nonnas ausdrücklichen Wunsch. Was für eine Schnapsidee!

Mein hölzerner Gegner kippt vom Hackklotz. Ich empfinde keinen Triumph.

„Wen genau willst du töten, Junge?" Alberto lehnt am Schuppen, die Daumen hinter die Träger seines Blaumanns geklemmt. Eine Nebelfahne stößt aus seiner Nase, die ich dem hastigen Saugen an der heimlichen Zigarette zuschreibe. Unser Gutsverwalter ist gegen die guten Ratschläge der Ärzte genauso immun, wie Nonna es war. Ich bücke mich nach einem weiteren Scheit und tue so, als wäre Alberto nicht gerade aus dem Nichts aufgetaucht, auch wenn ich mir nicht sicher bin, wie lange er da schon steht und mir beim Holzhacken zusieht. Er ist besser geworden, nahezu perfekt in der Kunst des Anschleichens.

„Du meinst, weil ich mit Nonnas Tod bereits einen guten Anfang hingelegt habe?"

Runde siebzig. Knack und aus. Der Nächste bitte.

„Red keinen Unsinn."

Ich antworte nicht. Stattdessen gucke ich mir ein besonders prächtiges Stück aus. Den Titan nenne ich ihn und widerstehe der Versuchung, mich zu bekreuzigen. Mit Gott hadere ich neuerdings ebenso, wie mit allem anderen. Titans Genick bricht innerhalb einer Zehntelsekunde. Amen.

„Deine Großmutter wusste, dass sie nicht gesund war."

„Nun, ich wusste es nicht. Hätte sie sonst kaum nach Deutschland fliegen lassen."

„Du darfst mir ruhig glauben, dass keine Macht der Welt sie von dieser Reise abgebracht hätte, selbst wenn du sie an den Traktor gekettet hättest." Alberto klingt, als wolle er noch etwas hinzufügen, doch dann schüttelt er den Kopf und lacht, als sei Nonna ein letzter, makaberer Scherz gelungen.

„Mir wäre schon was eingefallen", entgegne ich trotzig. Wenn Nonna mir ein Gen mitgegeben hat, dann ihren Code für Sturköpfigkeit. Das nächste Scheit muss dran glauben. Aber meine Axt verfehlt ihr Ziel, schrammt an der Rinde entlang und schlägt im Hackblock ein. Erleichtert lasse ich den Holzgriff los.

„Du hättest den Infarkt nicht verhindert, Junge. Früher oder später …"

„Mir wäre später lieber gewesen!" Ich habe die Worte kaum ausgespuckt, als mir bewusst wird, dass ich zwar meine Großmut-

ter, Alberto jedoch den Menschen verloren hat, den er sein ganzes Leben lang geliebt hat. Das Ziehen in meiner Brust verstärkt sich.

„Tut mir leid. Ich hätte mich bloß gern … verabschiedet. Stattdessen habe ich nicht nur mir, sondern auch euch die Möglichkeit dazu genommen."

Nie werde ich mir das verzeihen. Nie. Alberto mustert mich lange, ehe sein Blick zum Hof schweift, wo Vittoria, das weiße Lieblingshuhn meiner Großmutter, im Mist scharrt.

„Ihre Asche ändert nichts an der Tatsache, dass sie fort ist. Verabschiede dich hier." Er tippt auf seine Brust. Zu diesem Zeitpunkt hat unser Gutsverwalter seine Wochenration an Wörtern längst verbraucht, ein Zeichen dafür, dass er ernst meint, was er sagt. Ich schaue in die wässrigen Augen, die unter seinen Brauen fast verschwinden. Scheint, als müsse ich mich daran gewöhnen, ständig ein schlechtes Gewissen zu haben.

„Du hast recht. Entschuldige."

Alberto klopft mir auf den Nacken, mit der flachen Hand, eine Geste, mit der er mir als Kind zu diversen Gelegenheiten einen Schlag auf den Hinterkopf verpasst hat. „Komm zum Ende, Junge. Es riecht nach Regen."

Hanna.

Ich bin nicht in einem fiesen Viertel gelandet. Rund eine halbe Stunde später breitet sich vor mir die von Feldern und Waldstücken durchzogene Landschaft des Arnotals aus. Direkt hinter Florenz habe ich mich hupend und „Grazie, grazie!" brüllend von den netten Italienern verabschiedet, mutig an der nächstbesten Ausfahrt die Autobahn verlassen und diesmal die parallel zur Strada Provinciale verlaufende Landstraße gewählt.

Auch wenn sich meine Fahrtzeit jetzt auf das Doppelte verlängert, bereue ich die spontane Entscheidung nicht. Ich bin kein Naturmensch, aber die sattgrüne Idylle der kaum befahrenen Nebenstraße besitzt eine beinahe unheimliche Wirkung auf mich. Zu meiner Rechten windet sich der Arno wie eine Natter durch die Hügel, kupfern in der Spätnachmittagssonne, die sich soeben zwischen die Wolken zwängt. Der Fahrtwind bläst in meinen Nacken und zum ersten Mal bedauere ich es nicht mehr, mich in die Hände eines zweifellos wahnsinnigen Friseurs begeben zu haben, der mir einen schwarzbraun getönten Kurzhaarschnitt verpasst hat. Winzige Dörfer und Gehöfte fliegen an mir vorbei, manche Häuser ha-

ben kleine Gärten mit Wäscheleinen und verblichene Markisen. Ich summe die Melodie einer Italo-Pop-Schnulze im Radio mit und winke, einer unverständlichen Eingebung folgend, im Überholen einem Fahrradfahrer. Es riecht warm, nach Wiese, Lavendel und etwas Säuerlichem, das ich nicht einordnen kann. Fast fühle ich eine Art von Frieden. Zumindest für die nächsten zehn Minuten, bis sich Idylle und Harmonie mit einem Knall in schwarze Rauchschwaden auflösen.

„Mist!" Reflexartig trete ich auf die Bremse und komme knapp hinter einem Traktor zum Stehen, der die komplette Breitseite der Straße für sich gepachtet hat. Unter mir gluckert es heftig, es rülpst ein paarmal hinterher, der Motor erstirbt.

Natürlich. Nicht, dass ich ernsthaft damit gerechnet hätte, ohne Zwischenfall in dieses verdammte – ich friemele den zerknitterten Zettel mit der Adresse aus der Mittelkonsole – Montesimo zu gelangen. Ein kurzer Abgleich mit der Straßenkarte, die Bestätigung dessen, was ich ohnehin ahnte: Montesimo befindet sich in unerreichbarer Ferne, der nächste Ort ist rund vier Kilometer entfernt, ungewiss, ob jener über eine eigene Tankstelle verfügt, von einer Werkstatt ganz zu schweigen. Der Traktor ist längst außer Sichtweite getuckert, aus dem Gestrüpp am Feldwegrand amüsiert sich eine unsichtbare Spottdrossel prächtig über meine desolate Lage.

Meine Stirn sinkt auf das Lenkrad. Von Autos verstehe ich so viel wie ein Schreiner vom Fingerhäkeln. Allein die Suche nach dem Hebel, mit dem man die Motorhaube öffnet, kostet mich zehn Minuten, und als ich den Kopf hebe, befindet sich über mir eine Regenwolke. Eine ziemlich große Regenwolke, die auch noch unheilvoll grummelt.

Fabrizio.

Umberto Lombardi ist ein großer, hagerer Mann mit einer nach unten gebogenen Hakennase, die wie maßgeschneidert zu seinem gestärkten Hemdkragen passt. Er thront mit dem Blick eines Scharfrichters am Rednerpult, wo normalerweise Bingozahlen verkündet oder Hühnerzüchtern Papierschleifen an die Latzhose geheftet werden, während sich der Gemeindesaal mit denselben schwarzen Gestalten füllt, die am Morgen Padre Lorenzos Beete niedergetrampelt haben. Niemand will sich eine öffentliche Testamentsverlesung entgehen lassen, schon gar nicht die von Giuseppa Camini. Mit gesenktem Kopf sehe ich mich um, bemüht, den mit-

leidigen Blicken standzuhalten und gleichzeitig abweisend genug auszusehen, damit mich keiner anspricht. Unsere Bürgermeisterfrau, gerade noch mit Trauermiene auf mich zuwatschelnd, legt eine Vollbremsung ein und drückt stattdessen Lucia und Marco an ihren riesigen Busen, nicht ohne sich vergewissert zu haben, dass alle Zeuge ihrer Anteilnahme geworden sind.

Das Geschehen in dem abgedunkelten Saal kommt mir merkwürdig inszeniert vor. Fast, als führe Nonna persönlich hinter dem Samtvorhang Regie bei ihrem eigenen Leichenschmaus – ein schauerliches Wort für Berge von Spaghetti, kesselweise Minestrone und Wäschekörbe voll Panini. Nonnas Lieblingssorte waren die hell Gebackenen mit Sesam obendrauf, eben jene, die soeben in Lucrezia Gosettis Schürzentasche verschwinden. Ihr Sohn Stefano sitzt in Hemd und Fliege bei den Bertanis, eine Reihe hinter der tränenaufgelösten Rosa-Maria und dem wesentlich gefassteren Alberto. Unser Vorarbeiter Paolo steht abseits am Fenster, die Hände in den Hosentaschen vergraben und schaut hinaus, als sehne er sich nach seinen Feldern. Ich verstehe ihn nur allzu gut.

Lombardi hüstelt mit der typischen, seinem Beruf geschuldeten Überheblichkeit und blättert in seiner Mappe. Ihm ist anzusehen, dass ihm die bäuerliche Gesellschaft, die sich so völlig von seinen reichen Klienten aus Pisa unterscheidet, nicht behagt. Seit zwei Generationen kümmert sich der Notar um die Angelegenheiten unserer Familie. Ich habe nie kapiert, was Nonna an diesem steifen Knochen fand, der in keinem Satz ohne Fremdwort auskommt.

Lombardis Räuspern wird zu einem Knurren, doch erst als der Bürgermeister Platz nimmt und seinen Panamahut ablegt, verebben die Stimmen. Stuhlbeine schrammen über den Boden, letzte Bissen werden in den Mund geschoben und Getränkegläser neben schlammbespritzte Schuhe gestellt. Rund hundertzwanzig neugierige Augenpaare erheben sich zum Pult, als hätte jemand „Klappe, die Erste!“ gebrüllt.

„Brot und Spiele, mein Junge. Schon die alten Römer kannten das einzig wirkungsvolle Mittel, mit dem man Menschen dorthin bringt, wo sie gar nicht hin wollen,“ wispert Nonna aus dem Off und beinahe hätte ich aufgelacht. Was zum Teufel hast du vor? Ich schiele zu Carlo hinüber, der breitbeinig an der Tür steht und mit verschränkten Armen seine berühmte *bella figura* macht, ehe ich mich fest in dem hellen Rechteck auf dem Boden verankere, das die Sonne durchs Fenster wirft.

„Meine Damen und Herren, ich begrüße Sie zunächst im Namen der Erblasserin, auf deren ausdrücklichen Wunsch dieses Testament öffentlich verlesen wird. Dies ist der Letzte Wille von Giuseppa Camini, geborene Graziano, aufgesetzt am 10. Februar 2014." Lombardi hüstelt und raschelt mit Papier, fast unheimlich in der Stille, in der sich keiner zu atmen traut. „Hiermit widerrufe ich alle vorangegangenen Testamente und erkläre Folgendes zu meiner letztwilligen Verfügung. Ich ernenne Umberto Lombardi von der Sozietät Grufo & Millotti zum Vollstrecker meines letzten Willens. Mein treuer Gutsverwalter Alberto Donati erhält ein lebenslanges Wohnrecht im Gesindehaus mit den dazugehörigen Ställen. Ich verfüge, dass dieses Wohnrecht unantastbar ist, auch bei einer Vermietung, Verpachtung oder Veräußerung der Erbmasse."

Ein leiser Schauer weht wie eine atmosphärische Störung durch den Raum. Der Notar blickt auf und zupft an seinem Krawattenknoten. Ich schiele zu Alberto herüber. Die Beziehung zwischen der streng katholischen Nonna und ihrem Gutsverwalter war ein offenes Geheimnis, über das sich einige im Dorf das Maul zerrissen haben. In Albertos Gesicht zeichnet sich keinerlei Gefühlsregung ab, aber die Art, wie er seine Schirmmütze im Schoß zusammendrückt, verrät genug. Insgeheim schicke ich ein stummes Dankesgebet nach oben.

„Meiner lieben Rosa-Maria Alberti vermache ich meine silberne Rosenbrosche sowie eine monatliche, lebenslange Rente in Höhe von 500 Euro aus meiner Lebensversicherung. Meinen Schmuck, darunter ein Brillantcollier von Visconti, einen goldenen Armreif von Gioielli und den Diamantring meiner Großmutter hinterlasse ich Lucia Camini, der Ehefrau von Marco Camini." Lombardi greift zu seinem Wasser, betrachtet die Plastikflasche angewidert und beschließt fortzufahren, ohne daraus zu trinken. „Mein Enkel Marco Camini soll das Ölgemälde im Wohnzimmer erhalten. Ansonsten verzichtet er auf seinen Erbanspruch. Er hat am 07. Oktober 2005 gemäß vorliegender Urkunde seinen Pflichtteil ausgezahlt bekommen."

Erneutes Gemurmel, das von den verschiedensten Reaktionen begleitet wird. Die meisten Zuhörer schauen überrascht, manche schadenfroh, einige nicken mit ernsten Gesichtern. Marco guckt stur geradeaus, Lucia auf ihre Schuhspitzen. Keine Neuigkeit für die beiden, ein fairer Deal, den mein Bruder vermasselt hat, als er seine Buchhaltungsfirma in den Sand gesetzt hat.

„Meinen Enkel Fabrizio Camini setze ich als Alleinerben für das Tre Camini und alle dazugehörigen Ländereien ein, da ich weiß, dass er das Gut in meinem Sinne bewirtschaften wird. Ich verfüge, dass er mein Vermächtnis antreten darf, sobald er in den heiligen Stand der Ehe eingetreten ist. Sollte Fabrizio Camini das an die vorliegende Bedingung geknüpfte Erbe ausschlagen oder die Eheschließung nicht innerhalb von zwölf Monaten nach Verlesung meines Testaments vollziehen, bestimme ich, dass Marco Camini an seiner Stelle als Alleinerbe eingesetzt wird. Solange wird mein Gutsverwalter Alberto Donati mit der Führung der Geschäfte im Tre Camini betraut."

Die Bürgermeisterin stößt einen wohligen Kehllaut aus und rammt ihren Ellbogen in die Seite ihres Mannes, Mütter drehen sich zu ihren Töchtern um. Lucia starrt Lombardi mit offenem Mund an, als habe Nonna soeben ihren gesamten Besitz der Kirche vermacht, während Marco seine Fingerspitzen betrachtet. Und ich? Ich renne hinaus, fort vor dem schnatternden, Betroffenheit heuchelnden Mob. Und weit weg von dem Lächeln, das Marcos Mundwinkel auseinanderzieht.

Hanna.

„Hallo?"

„Ich bin´s, Hanna."

„Carissima! Wie schön dich zu hören! Was ist das für ein fürchterliches Geräusch da bei dir?"

„Es regnet."

„Aber draußen scheint doch die Sonne!"

„Ich bin nicht in Berlin, Mamma."

„Bist du nicht?"

„Ich bin in Italien. Wegen einer Artikelrecherche. Aber mein Auto ist irgendwo in der Pampa stehen ge..."

„Warte, Schatz – mein Handy läutet. Ich habe Bereitschaftsdienst, weil Isadora ins Krankenhaus gefahren ist. Das arme Mädchen, jetzt lassen sie die Nerven endgültig im Stich! Dabei mussten wir gestern eine Kroatin mit drei kleinen Kindern aufnehmen, obwohl die Einrichtung aus allen Nähten platzt und ich muss alles allein … Isadora? Wie geht es dir, meine Liebe? Hast du …"

„Mamma?"

„Moment Hanna, ich bin gleich bei dir. Was heißt das, die behalten dich in der Klinik? Mio dio, wie lange denn? Haben sie ge-

sagt, wann du wieder arbeiten kannst?“

Ich fummele am Radio herum, während ich mir die Leidensgeschichte von Isadora anhöre, die mich ungefähr so sehr interessiert, wie der Wetterbericht von Mallorca. Ich drehe den Senderknopf einmal nach links bis zum Anschlag und anschließend nach rechts, ebenfalls bis zum Anschlag. Eintöniges Rauschen, zweimal unterbrochen von knacksenden, hektischen Stimmen. Kein Wunder, da draußen beginnt gerade das Jüngste Gericht.

„Entschuldige, aber das war wirklich wichtig. Also noch mal. Sag Kind, musst du im Gewitter stehen, während du telefonierst? Geh doch bitte rein.“

Frustriert betrachte ich das Stoffdach des Cabriolets. Heftiger Regen prasselt darauf und ich sinke unwillkürlich tiefer in den Sitz. Immerhin habe ich den Knopf für das Verdeck gefunden, ansonsten säße ich jetzt in einer motorisierten Badewanne.

„Würdest du mir zuhören, hättest du mitbekommen, dass ich mit einer Autopanne auf einer italienischen Landstraße stehe.“

„Italien? Haben sie dich wieder beruflich da hingeschickt?“ Sie klingt alarmiert, wie immer, wenn von ihrem Heimatland die Rede ist. Ein Grund dafür, dass ich ihr nicht verraten habe, dass ich in meinem letzten Urlaub nicht nur böse Artikel geschrieben, sondern auch nach meiner Herkunft geforscht habe. Erfolglos, denn mit den sparsamen Auskünften meiner Erziehungsberechtigten war nicht wirklich etwas anzufangen und Coleis gibt es in der Toskana wie Sand auf Sylt. Schon merkwürdig, dass sie ein solches Geheimnis aus ihrer Familie macht, die immerhin auch meine ist. Das sieht sie nur leider bis heute nicht ein.

„Vergiss es, Mamma. Mir war einfach nur nach Reden. Ich wollte dich nicht von irgendwas abhalten.“

„Aber wo genau bist du denn? Ach, jetzt klingelt es schon wieder! Diese Mobiltelefone sind die Geißel der Menschheit! Isadora? Was ist denn noch?“ Aus dem Telefon sprudelt die warme Stimme meiner Mutter, säuselt Wörter, die nicht an mich gerichtet sind. Ich sehe sie in der Küche umhergehen, mit klimpernden Armreifen, den Hörer zwischen Kinn und Schulter eingeklemmt. Ihre braunen, kurzen Löckchen wippen auf und ab, so wie alles an ihr in ständiger Bewegung ist. Mein Herz macht einen Satz, als ich sie wegdrücke und das Handy ins Handschuhfach werfe. Nicht, dass ich etwas anderes erwartet hätte. Mamma hat sich schon immer um alles und jeden mehr gesorgt, als um die, die direkt neben ihr stehen.

Fabrizio.

Lombardi hat einen Brief für mich. Ich weiß nicht, wie er mich gefunden hat, denn nachdem ich eine Weile im Kreis durch den Regen gelaufen bin, hin und hergerissen zwischen Trauer und einer heißen, erschreckenden Wut, habe ich mich in einer Kabine in der Herrentoilette des Gemeindehauses verkrochen. Das zerknitterte Kuvert, das der Notar unter der Kabinentür hindurchgeschoben hat, habe ich zunächst nur angestarrt, da unten, zu meinen Füßen, unter denen sich Pfützen gebildet haben. Erst als Lombardi mit einem steifen „Alles Gute Signor Camini. Sie wissen, wo Sie mich finden" den Raum verlassen hat, hebe ich den Umschlag auf. Ich drehe ihn in den Händen und traue mich nicht, ihn aufzumachen.

Meine Großmutter war immer der irrigen Ansicht gewesen, dass die Ehe die einzig gottgefällige Lebensform für Mann und Frau sei. Ich weiß nicht, warum dieser Gedanke zu einer derart fixen Idee von ihr wurde, die sie zuletzt mit pastoralem Eifer verfolgt hatte. Ich war vierzehn, als sie ihre Verkuppelungsversuche startete und die zukünftige Signora Camini sollte ein Mädchen aus meiner Klasse sein. Sie war zwei Köpfe größer als ich und hatte eine feste Zahnspange, sodass sie von allen nur die Klammer genannt wurde. Die Klammer hüpfte, statt zu gehen und ich lief davon, wofür ich mir einen Klaps von Nonna einhandelte. *„Wie soll dich ein Mädchen fangen, wenn du immer so schnell rennst, Fabrizio?"*

Aber ich wollte nicht gefangen werden. Das hat sich auch nicht mit der Bäckerstochter, der Cousine der Bäckerstochter oder der Freundin der Cousine der Bäckerstochter geändert.

Ich war längst ein Mann, ehe ich das Mädchen fand, das Nonna auf keinen Fall wollte – und es dauerte weitere vier Jahre, bis ich einsah, dass meine Großmutter mit ihren Zweifeln recht hatte. Es gab unzählige Frauen danach. Sie brachten mich zum Lachen, wärmten mein Bett, und ihre schlanken Beine zogen die neidischen Blicke anderer Männer auf mich. Keine von ihnen berührte mein Innerstes. Keine war Sofia.

Ich lache freudlos auf. Wie dumm von mir zu glauben, Nonna hätte ihre Pläne aufgegeben, nur weil ihr Gevatter Tod dazwischen kam. Am Waschbecken bleibe ich stehen, vermeide den Blick in den Spiegel und drehe den Hahn auf. Das Wasser läuft, während ich den Umschlag aufreiße.

Montesimo, den 8. Februar 2014

Mein lieber Fabrizio,

es ist bestimmt nicht üblich, die letzten Worte an einen geliebten Menschen mit einer Entschuldigung zu beginnen. Gerade hat Signor Lombardi das Testament verlesen und der Schreck steckt dir in allen Knochen. Du bist wütend und verzweifelt – und ich verstehe dich. Der Herr hat mir schon vor einiger Zeit gesagt, dass meine Zeit gekommen ist, sodass ich schweren Herzens aber aus tiefster Überzeugung diesen Entschluss gefasst habe, der vielleicht das Ende des Tre Camini bedeutet. Du magst meine Beweggründe besser verstehen, nachdem du diesen Brief gelesen hast.

Zunächst möchte ich dir sagen, dass ich sehr stolz auf dich bin. Kein Camini, außer deinem seligen Vater, war jemals so eng mit unserem Gut verwachsen, wie du es bist. Deine Liebe ist spürbar und allgegenwärtig, sie steht in den Schwielen auf deinen Händen und in den Gesichtern der Arbeiter, wenn sie zu dir aufsehen – man schmeckt sie sogar in jeder einzelnen Aprikose. Bei niemandem wäre die Landwirtschaft besser aufgehoben, dessen bin ich mir sicher. Doch so, wie es deinem Bruder an Verbundenheit zu unserem Land mangelt, fehlt dir das Verständnis für die eine Sache, die einen Camini erst zu einem wahren Camini macht.

Das Tre Camini ist viel mehr als ein landwirtschaftliches Unternehmen. Es ist ein Familienbetrieb, der von christlichen Werten und Traditionen durchdrungen ist. Die Familie war sowohl in guten als auch in schweren Zeiten die Garantie für Wachstum, Bestand und Zukunft. Ohne sie hat dieses Landgut keine Daseinsberechtigung. Deshalb möchte ich, dass du heiratest und das Familienerbe vor Gottes Angesicht fortführst, wie es dein Großvater und dein Vater getan haben. Erfülle das Tre Camini mit Kinderlachen, denn dazu ist dieser Ort bestimmt.

Ich würde verstehen, wenn du sagst, dass dies nicht dein Weg ist. Vielleicht denkst du, ich bin altmodisch, weil ich diesen Dingen so viel Bedeutung gebe. Vor allem glaubst du, dass du keine Frau mehr findest, die du lieben kannst.

Verlass dich auf die Erfahrung einer starrköpfigen Alten: Die Liebe wächst oft dort, wo man sie nicht vermutet. Manchmal muss man nicht nur dem Wachsen und Gedeihen auf den Feldern vertrauen. Du bist ein Camini. Und alle Caminis sind in ihren Herzen Ehemänner, Ehefrauen, Mütter und Väter.

Deine dich liebende

Nonna

Nachtrag: Wenn du es schon nicht für das Tre Camini versuchen willst, versuche es für mich, damit ich mich nicht im Grab umdrehen muss, weil Marco irgendwelchen Unsinn mit meinen Aprikosen veranstaltet.

Hanna.

Wissen Sie, es gibt Schlimmeres. Geht man von einer Skala von eins bis zehn aus, an deren Spitze eine tödliche Krankheit steht, gefolgt von einer Drillingsgeburt und einem überzogenen Dispokredit, dann ist ein Platzregen auf einer menschenleeren Straße gar nicht so übel. Zwar bin ich nass bis auf die Haut, aber der Regen, der jetzt von Dusch- auf Sprühfrequenz schaltet, ist lauwarm. Die Urne ruht sicher in meinen Armen. Es käme mir falsch vor, die alte Frau der holprigen Fahrt im Rollkoffer auszusetzen. Der Fahrradfahrer von vorhin überholt mich und seine Fahrradglocke klingt ein wenig hämisch in meinen Ohren. Auch damit kann man leben.

Ich bin nicht sicher, wie lange ich unterwegs bin, doch die Nachmittagssonne hängt tief und es fühlt sich an, als entferne ich mich mit jedem Schritt weiter von der Zivilisation. Im Straßengraben liegt ein durchweichtes Pappschild mit einer aufgemalten Fünfzig darauf, rund einen halben Kilometer später baumelt ein zweites mit ausgewaschener Schrift an einem Weidezaun. Die ein-

zigen menschlichen Wesen entdecke ich auf einem Feld, zwei Frauen und einen Mann, die große Heubündel auf dem Rücken tragen. Ansonsten treffe ich eine Menge Pferde, Schafe und eine Herde Esel. Sie stehen mit hängenden Ohren unter einem blattlosen Baum und ich frage mich, ob sie sich genau wie ich nach einem trockenen Plätzchen und einem Teller Suppe sehnen. Letzteres wahrscheinlich nicht.

Das Auto bemerke ich erst, als es direkt neben mir hält. Ein Kastenwagen, gelb und braun marmoriert, als habe jemand einen Eimer Mist über die eierschalenfarbene Karosserie gekippt. Der Fahrer beugt sich herüber und kurbelt das Seitenfenster herunter.

„Signora! Brauche Hilfe?“, fragt er in gebrochenem Deutsch.

Sieht man mir meine Herkunft tatsächlich an? Misstrauisch trete ich näher. Aus dem Wageninneren dringt *Via con me* von Paolo Conte, zusammen mit dem scharfen Duftgemisch aus Aftershave und Männerschweiß. Keine Ahnung, ob man Psychopathen, die Mäntel aus Frauenhäuten nähen, an ihrem Äußeren erkennt. Der Mann wirkt gepflegt und trägt einen schwarzen Kirchenanzug.

„Habe Ihr hübsche Auto gesehen, an Straße.“

Ich nicke vorsichtig und mustere unentschlossen das Straßenschild. *Montesimo 6 Kilometer.* Das sind ungefähr sechs Kilometer zu viel für Skepsis gegenüber Fremden. Cartones Rat folgend antworte ich artig auf Italienisch: „Ich muss nach Montesimo. Fahren Sie zufällig in diese Richtung?“

Das Gesicht strahlt auf, der Mann streckt sich und öffnet die Beifahrertür. „Aber natürlich! Steigen Sie ein, ich bringe Sie dorthin, kein Problem!“

Manchmal glaube ich, es gibt doch einen Gott. Auch wenn sein Engel in diesem Fall ein Toupet trägt.

„Sie mögen italienische Musik?“ Der Mann, der sich als Ernesto vorgestellt hat, lächelt wohlwollend. Beschämt ziehe ich den Ellbogen ein. Ich hatte den Takt zu *Siamo soli* völlig unbeabsichtigt auf das Armaturenbrett geklopft, aus der Not heraus, denn mein Sitz ist so weit nach vorne geschoben, dass ich meine Arme nicht in den Schoß legen kann. Ich nicke und spähe nach hinten. Der Innenraum des Fords ist bis zur Decke mit Briefumschlägen und Paketen vollgestopft.

„Ich bin der Postbote von Montesimo“, sagt Ernesto auf meinen fragenden Blick, in seiner Stimme klingt unverhohlener Stolz

mit. Das erklärt einiges. Auch die Tatsache, dass ich mich mit meinen hochgezogenen Knien – meinen Trolley hat er hochkant in den Fußraum gestopft – fühle wie eine Sardine in einer scheppernden Blechbüchse. Ich lächle höflich, woraufhin Ernesto eine dunkelblaue Mütze aus der Seitenverkleidung angelt und auf das aufgenähte Emblem tippt.

„Ist mein Lieblingsjob. Mache ich dreimal die Woche. Montag, Mittwoch und Samstag. Bin heute spät dran, weil wir zuerst eine Beerdigung und danach eine Testamentseröffnung im Gemeindesaal hatten. Kommt nicht oft vor, so eine öffentliche Verkündung." Er grinst, als habe er sich köstlich amüsiert.

„Wie interessant", lüge ich und schiele nach dem nächsten Verkehrsschild. *Montesimo 10 Kilometer.* Was?! Mir bricht der Schweiß aus, die Räder holpern über ein Schlagloch. Ist Ernesto ohne mein Wissen abgebogen? Wieso habe ich bloß nicht aufgepasst!

„Vertrauen Sie mir, Signora. Wir fahren eine Abkürzung." Der Postbote drückt das Gaspedal durch. Der Kastenwagen gibt ein beunruhigendes Geräusch von sich, beschleunigt aber folgsam auf der Schotterpiste, woraufhin ich in mich zusammensinke. Ich ende also entweder als Frauenmantel oder tot im Straßengraben.

„Dieser Weg ist zwar länger, aber Carlo knipst da nicht mit seinem neuen Spielzeug rum. Man kann schneller fahren, ist deshalb kürzer." Ernesto klopft auf das Lenkrad, als halte er sein Postauto für einen Ferrari.

„Wer ist Carlo?" Meine Zunge fühlt sich belegt an.

„Unser Dorfpolizist."

„Sie haben nur einen Polizisten?"

„Montesimo ist klein." Ernesto zuckt die Achseln. „Aber wir haben viel gute Pasta."

„Aha." Ich sehe ihn verwirrt an.

„Mögen Sie Pasta?"

„Wenn sie gut zubereitet ist …"

„Wir sind in Italien, Signora. Da gibt es nur gute oder bessere Pasta."

Dieses Gespräch macht mir bewusst, dass ich noch eine Menge über dieses Land und seine Bewohner lernen muss. Dieser Ernesto scheint ein besonders schräges Exemplar zu sein.

„Und worin liegt der Unterschied? Ich meine, zwischen guter oder besserer Pasta?"

Der Postbote schnaubt, als hätte ich nach dem Unterschied

zwischen Junkfood und einem Sternemenü gefragt und schaut eine Weile stumm auf die Straße. Offensichtlich weiß er nichts zu erwidern. Doch dann antwortet er doch.

„Gut ist sie, wenn sie schmeckt. Ist sie besser, kannst du nicht mehr aufhören, zu essen." Ernesto grinst schelmisch. „Ich hab Sie erwischt. Sie gucken wie eine Kuh. Eine hübsche Kuh." Sein Kichern ist so ansteckend, dass ich laut loslachen muss.

„Und welches war die allerbeste Pasta, die Sie je gegessen haben?"

„Das ist leicht. Die esse ich jeden Sonntag bei Salvi."

Ich seufze. „Und wer ist dieser Salvi?"

„Das ist unser Dorfwirt."

„Der einzige Dorfwirt, nehme ich an."

„Sie lernen schnell. Salvi kocht Pasta alla Zanolla. Wie Ernesto Zanolla." Ernesto zeigt auf seine Brust. „Das bin ich."

„Nett von Salvi, dass er seine Pasta nach Ihnen benennt."

„Nett von mir, dass ich ihm das Rezept verraten habe", brummt er.

„Spucken Sie´s aus. Was ist so besonders daran?"

„Etwas, das Sie in einer Pastasoße nicht vermuten würden", Ernesto lächelt geheimnisvoll und gibt ein schmatzendes Geräusch von sich. „Aber wissen Sie was, Signora? Finden Sie es doch selbst heraus. Ich lade Sie ein. Sie bleiben sicher ein paar Tage in unserem schönen Montesimo."

Hoffentlich nicht.

„Lieb von Ihnen, Ernesto. Aber eigentlich wollte ich nicht …" Ich weiche seinem neugierigen Blick aus. „Ich habe nur eine Kleinigkeit zu erledigen."

„Und wo haben Sie diese Kleinigkeit zu erledigen?" Manche Fragen beantwortet man besser nicht. Doch ich habe nicht mit Ernesto Zanollas Hartnäckigkeit gerechnet. „Ich frage nicht, weil ich es wissen will, sondern, weil ich Sie dorthin fahre. Da draußen regnet es nämlich noch."

Manchen Leuten hat man von Natur aus wenig entgegenzusetzen, außerdem würde ich mich eher tot über einen dieser Weidezäune hängen wollen, als noch einen Meter im Regen zu gehen. Seufzend krame ich den zerknitterten Zettel aus dem Seitenfach meiner Handtasche. „Kennen Sie die Via Carega, Nummer zehn?"

„Ich bin der Postbote, Signora."

Eine Viertelstunde und eine beängstigend schmale Serpentinenstraße später hält Ernestos Kastenwagen vor einer niedrigen Steinmauer mit einem offen stehenden Eisentor, das mir vage bekannt vorkommt. Der Postbote stellt den Motor ab und mustert mich von der Seite.

„Wir sind da?“ Diesmal eine überflüssige Frage meinerseits, die mein neuer Freund mit einem Lächeln beantwortet. Teils bin ich erleichtert, lebend angekommen zu sein, teils bedauere ich es tatsächlich, aussteigen zu müssen.

„Sie haben da eine hübsche Vase“, bemerkt Ernesto beiläufig, nachdem ich ihn zum Abschied kühn auf die glatt rasierte Wange geküsst und mich aus meinem Sardinensitz geschält habe.

„Finde ich auch.“ Ich schwöre, ich denke keine Sekunde daran, die Urne als Dankeschön im Auto zu lassen. Eine wirklich elegante Lösung, wenn es allein mit der Rückgabe der Urne getan wäre. „Vielen Dank für alles, Ernesto. Es war toll, Sie kennengelernt zu haben.“

Das meine ich wirklich so. Ich drücke den faustdicken Packen Briefe an meine Brust und werfe die Türe zu. Der Einfachheit halber hat mir Ernesto die Post mitgegeben, mit der Bitte, sie in der Trattoria abzugeben.

„Grüßen Sie Fabrizio von mir“, zwinkert Ernesto. „Und falls Sie es sich anders überlegen … meine Esseneinladung gilt.“

Ich winke dem schmutzgelben Kastenwagen hinterher, bis er hupend hinter der zweiten Biegung verschwindet.

Langsam drehe mich um und sehe die zypressengesäumte Auffahrt hinauf. Eine Armee kleiner Fäuste trommelt von innen gegen meine Brust. Ich weiß nicht, wovor ich mich mehr fürchte: vor den Bewohnern des Tre Camini oder vor meiner Rückkehr nach Berlin. Dazwischen liegt alles oder nichts.

4 QUATTRO

Fabrizio.
Ich muss in dem Ohrensessel eingenickt sein, den Bilanzordner auf dem Schoß, obenauf Nonnas Brief, den ich wohl ein Dutzend Mal gelesen habe. Als ich aufwache, ist der Felsbrocken in meiner Brust nur noch so groß wie eine Faust, aber meine Gefühle sind noch mehr durcheinandergeraten. Ich kann mich einfach nicht entscheiden, ob ich wütend, traurig oder enttäuscht sein soll.

Von unten dringt Geschirrklappern hinauf, ich blinzle zu der alten Standuhr. Fünf Uhr. Der Ordner fällt zu Boden, als ich mich aufrapple und einige Seiten rutschen aus der geöffneten Metallklammer. Wieso verdammt, hat mich keiner geweckt?!

Auf der Treppe wartet der Duft von gebratenem Fleisch, Aprikosen und Wein auf mich, einer dieser Gerüche, den ich unter Tausenden erkenne. Das Rezept ist so alt wie die Stufen unter mir, die etliche Caminis raufgerannt, runtergehüpft oder hochgetorkelt sind. Einige sind runtergetragen worden. *„Der Tod war in diesem Haus immer allgegenwärtig, genau wie das Leben, mein Junge.“* Und Du bestimmst, wie der Hase läuft, auch nach deinem Tod. Ich unterdrücke meinen Unwillen und höre nach den Stimmen in der Küche. Sie dringen so klar hinauf, als würde sich nur eine Gipswand zwischen dem Anbau und dem Haupthaus befinden. Rosa-Marias Brummen mischt sich mit dem Singsang Lucias. Automatisch verlagere ich mein Gewicht auf die Zehenspitzen und schleiche die Stufen runter. Natürlich lasse ich die Vorletzte mit dem losen Brett

aus, damit mich kein Knarren verrät. Die Küchentür ist nur angelehnt.

„Sollten wir ihn nicht wecken? Er wird fuchsteufelswild, wenn wir ihn länger schlafen lassen."

„Lass ihn fuchsteufelswild werden, Lucia."

„Ich finde, er sah vorhin furchtbar aus, ganz grau im Gesicht."

„Ein Wunder, dass er nicht schon früher zusammengeklappt ist. Die Sorgen um das Gut, Nonnas Tod, die verlorene Urne. Und jetzt auch noch dieses Testament. Hast du die Bürgermeisterin gehört? Wie sie sich jetzt im Dorf die Mäuler zerreißen! Was hat Nonna sich nur dabei gedacht!"

„Nicht nur Fabrizio geht es schlecht, Rosa-Maria. Seit der Testamentsverlesung hat Marco kein Wort mehr gesagt und jetzt joggt er schon seit zwei Stunden um das hintere Aprikosenfeld."

„Und wenn schon. Egal, wie lange der eine tobt oder wie weit der andere läuft, sie ist tot und hat uns mehr Kummer hinterlassen, als für uns alle gut ist."

Ich sehe sie vor mir, Rosa-Maria, wie sie sich bekreuzigt, und Lucia, die ihre Lippen knetet. Automatisch scharre ich mit dem Fuß über den Läufer, huste und zähle bis drei. Als ich die Küche betrete, warte ich die Antwort auf mein heiseres „Ciao" nicht ab, sondern bücke mich nach der Walze unter dem Herd.

„Ist der Pastateig soweit?"

Lucia hat mir den Rücken gekehrt und hobelt Parmesan, kraftvoll und mit Einsatz ihres gesamten Körpers. Auch wenn sie klein ist, hat sie die Kraft eines Feldarbeiters. Und die braucht sie – immerhin ist das arme Ding mit meinem Bruder verheiratet. Rosa-Maria sieht nicht von der Kasserolle auf, in der das Kaninchen mit den Aprikosen schmort.

„Natürlich ist der Teig fertig." Sie deutet entrüstet mit dem Kinn auf die Arbeitsplatte am Fenster, ohne ihre Augen vom Schmortopf zu lassen. Ich verkneife mir ein Lächeln. Seit ich denken kann, bleibt montagabends die Trattoria geschlossen und die Familie und jene, die ihr angehören, kommen zusammen, um gemeinsam zu kochen und zu essen. Trotz Beerdigung und Leichenschmaus scheint keiner von uns mit dieser Tradition brechen zu wollen. Ein tröstlicher Gedanke.

Ich stelle die Nudelwalze neben die Teigschüssel. Die Speisenfolge des Abendessens unterliegt einer strengen Regel, die irgendein Camini eingeführt hat, keiner kann sich mehr erinnern, welcher.

Vor jedem Hauptgang gibt es ein Nudelgericht als primi piatti. Die Pasta ist keinesfalls wegzudenken und schon gar nicht wegzudiskutieren, was Nichtitaliener mit Hang zum Kalorienzählen gerne tun. Für uns Italiener ist eine gute Pasta aber weit mehr als eine Nudel. Sie ist der Inbegriff dessen, was wir zu Hause nennen.

Ich greife nach einer Zwiebel und einem Messer. Obwohl die Küche das Reich der Frauen ist, gehört die Zubereitung der Pasta am Montagabend zu meinen Aufgaben, eine weitere Sitte, mit der keiner bricht. Rosa-Maria hat Hackfleisch, Möhren, Tomaten und Olivenöl bereitgestellt. Ein gutes Ragú braucht nicht viele Zutaten, aber sie müssen frisch und von sehr guter Qualität sein. Dazu eine Portion Konzentration, Fingerspitzengefühl und vor allem … Zeit. Ich blende Lucias prüfenden Blick aus und setze die Klinge an. Wir werden später klärende Gespräche führen, aber ich bin mir nicht sicher, ob ich mich darauf freue.

Hanna.

Ich sollte auf dem Absatz umdrehen und mich aus dem Staub machen. Selbst wenn ich es bis zu dieser Auffahrt geschafft habe – sind wir mal ehrlich: So viel, wie in meinem Leben in den letzten Tagen schiefgegangen ist, kann ich sowieso nicht in Ordnung bringen. Wozu also eine blutige Nase riskieren, wenn ich mit einem Veilchen davonkommen könnte? Im besten Fall erzielt das Magazin einen teuren außergerichtlichen Vergleich mit Caminis Anwalt, bei dem ich *nur* meinen Job verliere. Das passiert rund jedem Vierzehnten in Deutschland. Sechzig Quadratmeter Wohnfläche sind ohnehin zu viel für einen allein, die unausgepackten Umzugskartons lasse ich, wie sie sind, und bis ich einen neuen Verlag gefunden habe, könnte ich in Sabines Frühstückscafé jobben. Wäre also kein Weltuntergang, wenn ich, statt im Büßergewand diese Auffahrt hochzukriechen, die Großmutter auf dem hiesigen Postamt aufgäbe und Ernesto brächte sie … Uaaah! Ich springe erschrocken zurück.

Keinen halben Meter vor mir steht ein Huhn und starrt mich mordlüstern an. Gut, mordlüstern ist vielleicht übertrieben, aber erklären Sie das mal jemandem, der als Kind ein traumatisches Erlebnis mit diesen Federviechern hatte. Sehr vorsichtig gehe ich zwei Schritte seitwärts. Zu meinem grenzenlosen Entsetzen bläht das Huhn seine weiße Brust und schlägt mit seinen Stummelflügeln. Es gibt einen hässlichen Laut von sich, der wie ein Kreischen

klingt. Meine Reaktion ist absehbar: Ich lasse den Postpacken los, die Briefe verteilen sich auf der pfützengesprenkelten Auffahrt. Das Huhn hüpft auf den Schotterweg und versperrt mir den Fluchtweg in Richtung Dorf. Auf Knien fische ich nach den Briefen in meiner Reichweite, lasse die verbliebenen Umschläge bei dem Hühnerschnabel und den dazugehörigen Krallen zurück und renne die Zypressenallee hinauf.

Drei Minuten später stehe ich atemlos vor dem altehrwürdigen Steinhaus mit den überdachten Parkplätzen. Ich muss das Schild über dem Eingang nicht lesen, um zu wissen, was darauf steht. *Trattoria Tre Camini.* Und ich dachte, ich müsse diesen Ort nie wieder betreten. Falsch gedacht.

Unschlüssig stelle ich meinen Rollkoffer ab, dem die wilde Hatz das Letzte abverlangt hat: Ein Radscharnier ist gebrochen, der kostbare Bezug dreckverschmiert. Ich verstaue die Urne in der voluminösen Außentasche, wische über mein Gesicht und mustere das Gebäude. Ob das Wetter schuld ist oder die Abneigung meine Wahrnehmung trübt, es wirkt schäbiger auf mich als bei meinem letzten Besuch. Der Regen leckt am abblätternden Putz und im Mauerwerk befinden sich Löcher, als habe irgendein Witzbold Steine aus der Wand gepult. Der Vorhof ist eine einzige Pfützenlandschaft, Witterungsmoose zieren die Pflanztöpfe neben der Treppe. Die Palmen darin sehen genauso bedröppelt aus, wie ich mich fühle. Nachdem sich der Regen erfolgreich durch meine Kleider gearbeitet hat, rinnt nun ein kleiner Bach zwischen meinen Brüsten herunter, meine Schuhe quietschen, als ich unentschlossen einige Schritte hin und her gehe. Kommt mir vor, als mache der liebe Gott das absichtlich.

„Gut, ich habe Mist gebaut. Aber musst du deshalb gleich das Kind mit dem Bade ausleeren?“ Wie erwartet, erhalte ich keine Antwort von oben, stattdessen meldet sich Claires Stimme in meiner Gewissenszentrale.

„Ouuu Hanna! Wie siehst du nur aus?!“

Ach, halt den Mund, schließlich hast Du mir das Ganze eingebrockt.

„Nein, nein, Cherie. Das hast du dir ganz allein zu verdanken. Und kneif bloß nicht! Egal, wie sehr du dir auch einredest, es wäre gar nicht so schlimm, wenn du deinen Job verlierst: Es wäre schlimm. Beweis also Rückgrat!“

Mein Magen flattert, als hätte ich einen kleinen Vogel ver-

schluckt. Ich kann nicht. Ich kann einfach nicht!

„Du bist feige."

Ich hebe trotzig das Kinn in den Regen. Genau. Ich bin feige und du bist weit weg. Deshalb werde ich mich jetzt hintenrum schleichen, diese hässliche Porzellanvase auf irgendein Fenstersims stellen und damit zumindest einen Teil meiner Abbitte leisten. Und den Entschuldigungsbrief an diesen Signor Camini schreibe ich weit weg von diesem unerquicklichen Ort, mit den Füßen im Sand, dort, wo Italien das hält, was es in seinen Prospekten verspricht.

Fabrizio.

„Ich halte das nicht mehr aus!" Lucias Käsehobel scheppert auf die Arbeitsplatte, meine Schwägerin lehnt sich rücklings an die Spüle, die Arme vor der Brust verschränkt.

Ich rühre ein letztes Mal das Ragú durch und lege den Deckel auf den Topf. „Hast du ein Geschirrtuch für mich?", frage ich ausdruckslos. Lucias Spüllappen fliegt vor meine Füße.

„Ich gehe an der Rezeption einen Espresso trinken", verkündet Rosa-Maria, bindet die Schürze ab und glättet ihren Rock. Seufzend bücke ich mich nach dem Lappen.

„Mach das, Rosa-Maria."

Verkrümel dich ruhig und lass mich mit der kleinen Hexe allein.

Während die Tür hinter Rosa-Marias dickem Hinterteil ins Schloss knallt, sprühen Lucias Augen Funken. Lakritzfarbene Funken. Beängstigend.

„Was hältst du nicht mehr aus, Lucia?"

Sie muss mit mehr Widerstand gerechnet haben, doch ihre Überraschung überdauert nur Sekunden. Mit gestrafften Schultern stapft sie in ihren Pantoffeln auf mich zu und bohrt den Finger in mein Schulterblatt.

„Du bist nicht der Einzige in diesem Haus, der trauert!"

„Das weiß ich."

„Warum benimmst du dich dann wie ein tollwütiger Hund, Fabrizio?!"

„Hast du nicht zugehört, als der Notar Nonnas Testament verlesen hat?"

„Soll das alles sein??" Lucia ist nicht nur wütend, sondern verletzt. Ich erkenne es daran, wie sie ihren Oberkörper umschlingt, als drohe er auseinanderzufließen. Wie ein Pfannkuchenteig, in den man zu viel Milch geschüttet hat. Es berührt mich. Und auch wie-

der nicht.

„Für den Augenblick ist das tatsächlich alles."

„Wir sind eine Familie, Fabrizio. Es ist doch total egal, wem das Gut gehört, solange wir füreinander da sind!"

„Das verstehst du nicht, Lucia. Und es geht dich auch nichts an."

Sie schweigt und die Art, wie sie schweigt, sagt, dass ich sie wieder gekränkt habe. Automatisch wandert mein Blick zur Wanduhr. Pünktlich zum Abendessen wird das Ragú perfekt durchgezogen sein. Es wird nach Fleisch und Kräutern schmecken, erdig und würzig, mit einem süßen Etwas von Tomate. So, wie es sein muss.

Ohne Vorwarnung wirft sich Lucia an meinen Hals. Ihre Arme sind teigig, ihr Haar riecht nach Mandelkuchen und kitzelt an meinem Kinn. Sie schluchzt in meine Halsbeuge und durchnässt meinen Hemdkragen, während ich unbeholfen ihren Rücken streichle und mich unwohl fühle. Ist zu lange her, dass ich einer Frau so nah war. Zu meiner Erleichterung löst sie sich wenige Sekunden später, fährt mit einem Schürzenzipfel über ihr Gesicht und bringt mit einem Schritt Abstand zwischen ihre und meine Traurigkeit.

„Paolo hat dich vorhin gesucht. Er hat die Polen für die Ernte bekommen," sagt sie schleppend, aber in geschäftsmäßigem Ton. Eine verwirrende Eigenschaft von Frauen. Erst heulen sie und dann tun sie so, als hätte das Gezeter nie stattgefunden.

„Ich weiß. Ich war heute Morgen bei den Ställen. Holz hacken." Ich hebe demonstrativ die Hand. Die Blase ist aufgeplatzt, ein rosarotes Wundmal. Beweis meiner Selbstbestrafung. Lucia hebt eine Braue.

„Du solltest mit Marco reden."

„Sollte ich das?" Ihre Gedankensprünge überfordern mich.

„Er hat den Halbjahresbericht fertig."

Das hatte ich befürchtet. Mein Bruder ist ein Erbsenzähler – er findet jede Unregelmäßigkeit. Und er liebt es, mir jedes Minus selbstzufrieden unter die Nase zu reiben.

„Egal, welche Zahlen er mir auftischt, wir werden die Aprikosenhaine nicht verkaufen, solange ich hier das Sagen habe. Nonna wollte es nicht und ich will es auch nicht." Zumindest wollte sie es nicht, ehe sie dieses verdammte Testament ausgebrütet hat.

„Von einem Verkauf war doch nie die Rede!"

Oh, du naives Weib. Warum verstehst du nicht, dass man Dinge nicht aussprechen muss, um sie in den Raum zu stellen? Und wieso

bin ich der Einzige hier, der genau weiß, was dieser staubtrockene Buchhalter vorhat? Aber Lucia hat es nicht verdient, ständig der Puffer zwischen zwei Brüdern zu sein, die einander nicht grün sind. Zeit für einen Themenwechsel. „Hat das Arbeitsamt geschrieben? Schicken sie uns das Mädchen?“

Bereits Ende letzten Jahres hatten wir eine Hilfskraft für die Restaurantküche angefordert, weil Rosa-Maria die Arbeit nicht mehr alleine bewältigt. Bisher gab es eine einzige Bewerberin, die die Sachbearbeiterin uns vermitteln wollte, doch das ist Wochen her. Montesimo steht nicht gerade auf der Topliste der beliebtesten Arbeitsorte. Meine Schwägerin sieht mich argwöhnisch an.

„Was ist? Haben sie nun geschrieben oder nicht?“, wiederhole ich freundlich.

„Wechsel ruhig das Thema. Du bist unmöglich!“ Lucia prustet wie ein bockiger Esel und dreht mir den Rücken zu.

Plötzlich habe ich Lust auf eine Zigarette, dabei rauche ich gar nicht. Die Marlboro-Schachtel, die Nonna im Küchenschrank hinter den Frühstücksflocken versteckt hat, ist kaum angebrochen. Dass Nonna geraucht hat, wusste jeder. Aber weil ihr die Heimlichtuerei so diebisches Vergnügen bereitet hatte, nickten wir artig ihre Das-ist-ungesund-Vorträge ab.

„Ich gehe kurz mal Luft schnappen.“

„Vielleicht wartet deine Küchenhilfe ja schon an der Hintertür“, antwortet Lucia bissig und greift nach dem Käsehobel, als habe sie vor, jemanden damit zu töten. Letztendlich glaubt nur der verbliebene Kanten Parmigiano dran.

Hanna.
Die L-förmige Rückseite des Gutshofs entspricht schon mehr meinem Geschmack. Frisch aufgeschütteter Kies zieht sich von der Terrasse bis zur Grasnarbe der angrenzenden Weide, zwischen Olivenbäumchen in Terracottakübeln stehen Holztische und Stühle, die Planken nass vom Regen. Unzählige Hängelampen und Laternen lassen ein abendliches Lichtermeer erahnen. Ich erinnere mich, dass mir auch das Innere des Restaurants gefiel. Obwohl dieser Camini nichts von guter Küche versteht, muss man ihm eins zubilligen: Er hat Stil.

Die Trattoria sieht geschlossen aus. Demnach sind sie entweder pleitegegangen (plausibel, aber ein Jammer wegen des Renovierungsaufwands) oder das Tre Camini hat heute Ruhetag. Was mir

äußerst gelegen käme.

Die Sonne lugt gerade zwischen den Wolken hervor, als ich den idealen Ablageort für die Urne sichte. Unter dem Vordach stapelt sich Brennholz bis zur Dachgaube hinauf – und inmitten der Holzfassade befindet sich eine Fensteraussparung. Ein hübsches Plätzchen, trocken außerdem. Zufrieden stelle ich meinen Rollkoffer ab und öffne die Außentasche.

„Das ist ja ein Ding!“

Ich bekomme fast einen Herzinfarkt, als sich eine Gestalt aus dem Halbdunkel des Windfangs löst. Vor lauter Urne hin oder her habe ich nicht überprüft, ob jemand zu Hause ist.

„Wo haben Sie so lange gesteckt? Wir haben schon vor Wochen mit Ihnen gerechnet!“

Äh … ja. Ich lächle freundlich, weil mir im Augenblick keine schlaue Entgegnung einfällt. Der Mann tritt seine Zigarette aus, entsorgt sie gewissenhaft in dem Blumentopf in der Fensternische, die ich ursprünglich für Oma vorsah, und schlendert auf mich zu. Er ist groß für einen Italiener und bewegt sich mit dieser geschmeidigen Lässigkeit, die selbstbewussten Männern eigen ist. Mit fliegenden Fingern schließe ich die Außentasche und weiche zurück. Er bleibt stehen und mustert mich von oben bis unten.

„Ich tu Ihnen nix“, sagt er streng und streicht eine dunkle Locke aus seiner Stirn. Irgendetwas an ihm kommt mir vertraut vor. Ich nicke vorsichtig und fühle mich wie eine Fünfzehnjährige, die man beim Stehlen erwischt hat. Bloß, dass ich schon länger kein Teenager mehr bin.

„Stell dich vor, übergib ihm die Urne und entschuldige dich! Das kann doch nicht so schwer sein“, wispert Claire in meinem Hinterkopf.

Ich lächle und halte ihm schweigend die Post hin. Dieser Kerl hat irgendwas an sich, das mich … Ich überlege fieberhaft. Erinnert er mich an irgendeinen Schauspieler? Einen Sänger vielleicht? Der Mann nimmt die Briefe entgegen und legt die Stirn in Falten.

„Mein Name ist Fabrizio Camini. Und Sie sind?“

„Hanna Philipp, die Frau, die einen bösen Artikel über Ihr Restaurant geschrieben und außerdem … ouuu … Ihre Oma geklaut hat“, kichert Claire.

„Hanna“, flüstere ich und schaue zu Boden. Mein Herz klopft wie verrückt. Das ist also Fabrizio Camini.

„Oh là là! Sieht der gut aus!“

Halt die Klappe, Madame Durant!

„Sie sind ja klatschnass, Hanna. Fehlt mir noch, dass Sie an ih-

rem ersten Arbeitstag krank werden!“

„Hat er eben Arbeitstag gesagt?!“, kreischt Claire.

„Nun gucken Sie nicht so verschreckt. Kommen Sie, ich zeige Ihnen Ihr Zimmer.“ Er wartet meine Antwort nicht ab, sondern schnappt sich meinen Koffer und rollt, nein, schleift ihn ins Haus hinein. Verdattert starre ich ihm hinterher. Meine Nase kribbelt, ein Schauer rieselt über meinen Körper.

„Hatschi!“, mache ich.

„Hanna!“, ruft es von drinnen. „In einer Stunde gibt es Abendessen. Falls Sie vorher duschen wollen, sollten Sie Ihren Hintern reinbewegen!“

Über mir ertönt ein bekräftigendes Donnergrollen. Ich taxiere die Tür und spiele kurz meine Möglichkeiten durch. Die heiße Dusche ist ein verführerischer Gedanke, selbst wenn dieser Fabrizio mich für jemand anderen hält. Im Grunde kann ich den Irrtum danach immer noch aufklären und mich reumütig in den Matsch werfen, oder? Zögernd mache ich einen Schritt nach vorne, einen zweiten … und betrete den dunklen Flur, der nach Kastanien und Lampenöl riecht.

Fabrizio.

Ist ein merkwürdiges Ding, diese Küchenhilfe. Gar nicht so jung, wie ich zuerst dachte, denn um ihre runden Kinderaugen haben sich schon winzige Fältchen eingenistet. Ich vermute, sie ist Ende zwanzig, aber ich bin schlecht im Schätzen. Entgegen meiner Befürchtung schenkt sie dem winzigen Personalzimmer – sieben Quadratmeter, ein Bett ein Schrank, ein Stuhl – nicht die geringste Beachtung.

„Es ist zwar klein, aber dafür hat es ein eigenes Bad und die Küche ist gleich die Treppe runter. Sie werden eh nur zum Schlafen hier sein“, sage ich entschuldigend und erkenne zu spät, dass ich damit genauso gut gesagt haben könnte, sie müsse Zwanzigstunden-Schichten schieben. „Sie werden sich natürlich im ganzen Haus aufhalten können … in Ihrer Freizeit und so“, stottere ich weiter und wedle mit der Hand auf und ab. Lucia ist sonst für Personalangelegenheiten zuständig und gerade wird mir klar, dass sie auch das größere Talent dafür hat. Doch die Frau scheint mir gar nicht zuzuhören. Ihr Kiefermuskel zuckt, während ihr Blick auf den Rollkoffer fällt, den ich mitten im Raum abgestellt habe.

„Ich müsste dringend mit Ihnen sprechen, Signor Camini.“ Ei-

ne kühle, stolze Stimme, die überhaupt nicht zu ihrem Äußeren passt, wobei der deutsche Akzent meine Neugierde weckt. Ihre Herkunft würde erklären, weshalb sie direkt das Vertragliche regeln will. Die Deutschen sind so. Ohne Arbeitsvertrag und Krankenversicherung rühren die keinen Spüllappen an.

„Aber nicht sofort, oder? Wir wollen schließlich keine Wasserflecke auf Ihrem Vertrag hinterlassen." Ich mustere sie belustigt. Sie sieht aus wie eine nasse Katze und wirkt unheimlich rührend in dem Versuch, würdevoll zu wirken. Leider ist nach einem Regenguss auch das hübscheste Kleid nichts anderes, als ein feuchter Lappen, der am Körper klebt. An einem durchaus aufregenden Körper. Unsicherheit erscheint in ihrem Gesicht.

„Ich verstehe nicht …"

„Sie laufen aus." Ich zeige auf den Teppich, auf dem sich dunkle Flecke gebildet haben. Leider scheint sie meinen Scherz nicht zu verstehen.

„Entschuldigen Sie. Ich werde die Reinigung selbstverständlich bezahlen", antwortet sie steif. Ein weiteres unberechenbares Frauenzimmer also. Für einen winzigen Moment bin ich enttäuscht, keine Ahnung warum. Ich dachte, sie hätte Humor.

„Reden Sie keinen Unsinn", entgegne ich schroffer, als ich will. „Machen Sie sich in Ruhe frisch, dann unterhalten wir uns über Ihre Anstellung. Sie finden mich im Büro, ein Stockwerk höher. Dritte Tür links." Mit einem angedeuteten Nicken und ohne ihre Antwort abzuwarten, verlasse ich das Zimmer.

Manche Dinge erledigt man am besten schnell und geht dann zur Tagesordnung über, zumal ich glaube, dass die Frau uns sowieso nicht lange erhalten bleibt. Unsere Rosa-Maria reagiert ausgesprochen allergisch auf Stöckelschuhe und lackierte Fingernägel.

Hanna.

Dieser Fabrizio Camini ist wirklich ein unangenehmer Mensch. Nicht nur, dass ich ohnehin eine Abneigung gegen diese italienischen Machotypen habe, die jede Frau mit den Augen ausziehen, aber Fabrizio Camini besitzt obendrein den Charme eines Holzklotzes. Sie laufen aus. Welcher Mann sagt so was zu einer fremden Frau, hm?

Ich schnaube und blinzle in den beschlagenen Spiegel über dem Waschtisch, der für einen Zwerg montiert wurde. Meine Körperlänge ist übrigens ein Grund dafür, weshalb mich die meisten Men-

schen eher für eine Deutsche denn für eine Italienerin halten. Mein Dekolleté ist nach der heißen Dusche ebenso krebsrot wie mein Gesicht. Barfuß tapse ich aus dem Ein-Quadratmeter-Bad und stolpere fast über meinen Rollkoffer, der in geöffnetem Zustand die gesamte Raumbreite zwischen der schmalen Pritsche und dem Kleiderschrank einnimmt. Ein echtes Aschenputtelkämmerchen. Ich schlüpfe in Jeans und einen dünnen Pullover, mustere die ausgebeulte Außentasche des Trolleys und bin stolz, dass ich es immerhin bis hierhin geschafft habe. Das Schwierigste liegt jedoch noch vor mir, beziehungsweise befindet sich eine Treppe über mir.

Allein der Gedanke an Fabrizios herabgezogene Mundwinkel und seine düsteren, espressofarbenen … Plötzlich blitzt die Erinnerung glasklar vor mir auf. Der Italiener am Flughafen. Wieso bin ich nicht schon früher darauf gekommen! So geriet die Urne also auf das Fenstersims im Flughafenrestaurant. Was für ein abgefahrener Zufall, um es mit Sashas Worten auszudrücken. Kopfschüttelnd hebe ich das gestreifte Gefäß aus der Seitentasche, richte mich auf und atme tief durch. Fabrizio Camini hat mich offensichtlich nicht wiedererkannt, was mir einen winzigen Vorteil verschaffen könnte.

„Dann werden wir seinem Gedächtnis wohl auf die Sprünge helfen“, murmele ich mit belegter Zunge und drücke Giuseppa an mich, als wäre sie eine Verbündete. „Hoffen wir mal, er freut sich über deine Heimkehr.“

Fabrizio.

Nonna war neunzehn, als sie Eduardo Camini heiratete, einen grobschlächtigen, wortkargen Mann, den laut Rosa-Maria keiner beim Vornamen zu nennen gewagt hatte.

Nachdenklich mustere ich die gerahmte Fotografie, die Vorlage für das große Ölgemälde im Wohnzimmer, das mein Großvater kurz nach der Hochzeit in Auftrag gab. Allein die Summe, die er für das Gemälde hingeblättert haben muss, beweist, wie sehr der alte Signor seine Frau liebte, aber ich bin mir nicht sicher, ob diese Liebe je auf Gegenseitigkeit beruht hatte. Was trieb eine gebildete Norditalienerin aus ihrer betuchten Beamtenfamilie in die Arme eines Obstbauern, der nicht mal sonderlich nett zu ihr war? Aber was auch immer die schöngeistige Giuseppa mit dem missmutigen Eduardo verband, bis zu dem Unfall mit dem Mähdrescher, der sie allein mit ihrem einzigen Sohn zurückließ, erlaubte Nonna nie ei-

nen Zweifel daran, dass sie in Eduardo genau das gefunden hatte, wonach sie suchte.

Automatisch kehren meine Gedanken zu Nonnas Brief zurück, den ich kurzerhand unter die Schreibtischauflage geschoben hatte, weil ich den Anblick der geraden, schnörkellosen Handschrift nicht mehr ertrug. Ich denke an Alberto und das allzu offensichtliche zwischen ihm und Nonna, worüber kein Familienmitglied je ein Wort verloren hatte. Nonna, die streng katholische Expertin in Sachen Liebe, die ihr Ehegelöbnis so wörtlich genommen hatte, dass sie selbst nach dem Tod ihres Ehemanns keinen anderen Mann unter ihre Bettdecke ließ. Ob sie nur alle anderen oder nur sich selbst belogen hat?

„Du musst ein verdammt schlechtes Gewissen gehabt haben, Nonna“, murmele ich vor mich hin.

„Wie bitte?“, antwortet eine helle Stimme. Mist, ich habe das Klopfen überhört. Die Frau schaut mich verwirrt an. Ihre kurzen schwarzen Haare sind noch feucht und auch die grünen Kinderaugen sind dieselben, aber jetzt befinden sie sich in einem geschminkten Gesicht mit einem knallrot angemalten Mund, der zu schmal ist, um sinnlich zu sein. Zögernd tritt sie ein, doch ehe ich den Blick von dem knabenhaften Körper wenden kann, bleiben meine Augen unterhalb ihrer Brust kleben. Plötzlich befindet sich nur noch Luft in meinem Hirn. Meine neue Küchenhilfe trägt meine Großmutter im Arm.

„Sie … Sie haben …“ Hilflos sehe ich zu, wie die Frau auf mich zukommt, Nonna auf meinen Schreibtisch stellt und sich mir gegenüber auf den Besucherstuhl setzt, ohne mit dem Rücken die Lehne zu berühren. Ihr Blick ist fest auf mich gerichtet, während ihr roter Mund sich öffnet und alles, was ich denke, ist, dass mir die nasse Katze besser gefallen hat.

„Signor Camini, ich glaube, das gehört Ihnen.“ Sie schweigt, und als ich nicht reagiere, nicht reagieren kann, fährt sie fort. „Es tut mir leid, dass ich nicht früher Kontakt zu Ihnen aufgenommen habe. Aber ich dachte, ich bringe Ihre Großmutter lieber persönlich vorbei.“

„Sie sind keine Küchenhilfe“, antworte ich dümmlich. Immerhin antworte ich. Eine schmale Augenbraue schnellt nach oben.

„Mein Name ist Hanna Philipp. Sie kennen mich, wenn auch nicht direkt. Ich bin Foodjournalistin und arbeite für ein Berliner Genussmagazin, das Ihnen geläufig sein dürfte.“ Sie macht eine

erneute Pause und etwas erscheint in ihrem Gesicht, das mit viel Fantasie als Ängstlichkeit durchginge, wäre ihr gesamtes Auftreten nicht so verdammt nüchtern. „Ich habe den Artikel über Ihr Restaurant geschrieben, wegen dem Sie Klage eingereicht haben."

„Haben Sie."

„Ich verstehe wirklich gut, dass Sie ungehalten darüber sind."

Ungehalten. Ungehalten?? Hat die noch alle Schrauben im Hinterrad?

„Wie kommen Sie an meine Großmutter?"

„Wir waren im selben Flughafenrestaurant. In Berlin. Vielleicht erinnern Sie sich nicht – ich bin über Ihre Aktentasche gestolpert."

„Und?" Ich lasse mir nicht anmerken, dass ich mich sehr wohl an die hochnäsige Lady im Kostüm erinnere, die mich wie einen Kartoffelkäfer behandelt hat.

„Die Urne stand auf dem Fenstersims", sagt sie, als erkläre dies alles.

„Und das berechtigt Sie, sie einfach mitzunehmen?", kontere ich angriffslustig und endlich flackert etwas wie Schuldbewusstsein in ihren Augen auf.

„Ich weiß, dass das falsch war. Es war eine Art … unüberlegte Kurzschlussreaktion."

„Damit ich das richtig verstehe: Sie stehlen einen zwei Kilo schweren Porzellankübel von einer Fensterbank und behaupten, es sei ein Versehen gewesen? Wollen Sie mich für dumm verkaufen?"

Sie weicht meinem Blick aus. Aber der Moment geht vorbei und hinterlässt weder ein Zeichen von Reue noch Betroffenheit.

„Herr Camini, ich habe sie doch zurückgebracht. Finden Sie nicht, Sie sollten ein wenig dankbar sein?", erwidert sie spröde.

Ich weiß nicht genau, was jetzt passiert. Fakt ist, dass sie das Falscheste gesagt hat, was sie überhaupt hätte sagen können. Und dann sage ich etwas, von dem ich nie gedacht hätte, dass es je aus meinem Mund kommen könnte.

Hanna.

Mein Herz klopft mir bis zum Hals, als Fabrizio Camini sich in seinem Bürosessel zurücklehnt. Dieses Gespräch ist ein Albtraum und ich hasse Claire aus tiefster Seele dafür, dass sie mich überredet hat, hierher zu kommen. Hätte ich bloß einen Brief geschrieben!

„Behalten Sie die Urne."

„Wie bitte?" Überrascht schaue ich auf, aber ich erkenne keiner-

lei Humor in seinen Augen.

„Behalten Sie sie. Ich habe keine Verwendung mehr dafür." Er verschränkt die Arme und wippt mit seinem Stuhl vor und zurück.

„Sind Sie verrückt?! Was soll ich denn mit einer Großmutter, die nicht mal meine eigene ist?"

„Ist nicht mein Problem." Er fischt einen Bleistift aus dem Schreibtischbutler und lässt ihn zwischen seine Fingern wandern.

„Das ist nicht …" Mir versagt die Stimme. „Signor Camini. Mir ist bewusst, dass Sie stocksauer auf mich sind. Aber das sollten Sie nicht an Ihrer Großmutter auslassen."

„Oh, ich lasse es nicht an meiner Großmutter aus. Sondern an Ihnen." Der Bleistift bricht mit einem Knacksen entzwei.

„Muss man Italiener sein, um das zu verstehen?"

„Eigentlich genügt etwas Herz."

Ich atme tief durch. Was für ein eingebildeter Fatzke! Ich habe jede Menge Herz, sonst wäre ich kaum hier, oder?

„Nun, da Sie offensichtlich davon überzeugt sind, dass ich keins habe, helfen Sie mir auf die Sprünge", antworte ich kalt und greife nach dem Bleistiftstück, das auf meine Tischseite gerollt ist. Er schürzt die geschwungenen Lippen, um die ihn mit Sicherheit jede Frau beneidet.

„Die Sache ist die: Nicht ich, sondern Sie sind meiner Großmutter etwas schuldig. Immerhin hat Nonnas Zustand etwas mit Ihrem blödsinnigen Artikel zu tun, deshalb ist es leider nicht damit getan, ihre sterblichen Überreste nach Hause zu bringen."

„Das ist kein blödsinniger Artikel! Selbst wenn einiges etwas harsch formuliert war, was mir wirklich leidtut, es steht nichts Falsches darin. Ohne Ihnen zu nahe treten zu wollen, Signor Camini: Das Menü, das man mir servierte, war unterirdisch. Selbst das ist noch nett ausgedrückt."

„Es war ein Unfall."

„Klar. Ein Unfall."

„An dem Abend war meine Köchin krank und die Trattoria sollte geschlossen bleiben."

„Ihre Trattoria war aber nun mal nicht geschlossen."

„Richtig. Trotzdem liefert Ihr Artikel kein wirklichkeitsgetreues Bild unserer Küche. Ich weiß zu gut, dass mein Freund Carlo ein grausiger Koch ist."

„Ihr Freund Carlo hat gekocht? Der Dorfpolizist?"

„Sie kennen ihn?"

„Nein, ich … ist doch egal. Was zum Henker hat das alles mit Ihrer Großmutter zu tun?“

„Ich finde, Sie schulden ihr ein zweites Auge. Deshalb gebe ich Ihnen großzügigerweise die Möglichkeit, diese Schuld abzutragen. Erst, wenn Sie sich aus nächster Nähe ein faires Bild von unserem Betrieb gemacht haben, werde ich die Urne annehmen.“

„Sie wollen, dass ich noch einmal in Ihrer Trattoria esse?“

„Ich möchte, dass Sie hier mitarbeiten. Als Küchenhilfe. Für einen Monat, umsonst natürlich, Kost und Logis frei.“

„Das ist doch lächerlich!“

„Finde ich nicht.“

„Ich kann nicht einfach einen ganzen Monat meinem Arbeitsplatz fernbleiben.“

„Sie sind Journalistin. Schreiben kann man überall und wir haben sogar Internet.“

„Ich bin beeindruckt! Was, wenn ich mich trotzdem weigere?“

„Haben Sie einen Kamin zu Hause?“

„Wie bitte?“

„Auf einem Kaminsims macht die Urne sich bestimmt prima. Meine Großmutter liebte Berlin übrigens sehr.“ Ein grausames Lächeln erscheint auf seinem Gesicht, das mir bewusst macht, dass ich meinen winzigen Vorteil der Überraschung im Laufe dieses absurden Gesprächs verloren habe. Er hat Oberwasser. Und das gefällt mir überhaupt nicht.

„Was sind Sie nur für ein Mensch! Da drin“, ich zeige auf die Urne, ziehe aber die Hand zurück, weil mein Finger zittert, „befindet sich Ihr Fleisch und Blut! Ich dachte immer, die Italiener besäßen Familiensinn.“

„Oh, ich besitze eine Menge Sinn für meine Familie. Aber Nonna liegt unter der Erde, samt Trauerfeier und dem anderen Kram, der dazugehört. Das Thema ist also offiziell erledigt. Ihr Artikel jedoch stellt eine Gefahr für unseren Familienbetrieb dar, weil wir von den Touristen, auch von den deutschen, leben. Sie können bestimmt nachvollziehen, dass mein Bedürfnis, unseren Namen reinzuwaschen, schwerer wiegt, als der rührselige Gedanke, die Asche meiner Großmutter da zu wissen, wo sie hingehört.“

Ein unheilvolles Schweigen breitet sich in dem kleinen Raum aus. Das Schlimme ist, dass ich Signor Camini irgendwo verstehen kann. Schlimmer ist allerdings die Erkenntnis, dass ich mit offenen Augen in eine Falle gerannt bin.

„Mal angenommen, ich ließe mich auf diesen blödsinnigen Kuhhandel ein und wäre bereit, einen neuen Bericht über Ihr Restaurant zu schreiben", sage ich langsam. „Was geschieht, wenn mich Ihre Küche trotzdem nicht überzeugt?"

„So läuft das Spiel. Pech für mich."

„Und Sie nehmen außerdem die Klage gegen mein Magazin zurück?"

„Eins nach dem anderen. Zuerst die Urne, danach befasse ich mich mit Ihrem zweiten Anliegen." Er macht eine wegwerfende Geste, als sei die Diskussion für ihn beendet. Meine Faust umschließt den Bleistiftstummel.

„Das ist aber ein unfaires Geschäft!"

„Wir sind in Italien, Signora Philipp. Italienische Geschäfte sind nie fair, aber nützlich. Schlagen Sie ein oder lassen Sie es sein. Ich habe nichts zu verlieren. Sie schon."

„Ich bleibe eine Woche. Maximal."

„Zwei. Mindestens. Und jetzt genug gehandelt. Sie sehen aus, als könnten Sie ein Abendessen brauchen."

Mit zitternden Knien, aber erhobenem Kopf folge ich Fabrizio die Treppe hinunter. Ich bin eine erwachsene Frau. Nichts hindert mich daran, die Urne auf der nächstbesten Kommode abzustellen und hier und jetzt aus diesem „italienischen Geschäft" auszusteigen. Verliere ich eben meinen Job, dafür behalte ich immerhin meinen Stolz. Keine Ahnung, wieso meine Hand auf dem glatten Handlauf des Geländers klebt, als gehöre sie dorthin. Wir nähern uns meiner Zimmertür, ich hole Luft. Und verpasse die Gelegenheit zur Flucht, als wir an ihr vorbeigehen. Verflixt noch mal!

„Zwei Wochen Küchendienst, und? Davon stirbt man nicht, es gibt höchstens ein paar abgebrochene Fingernägel", lacht Claire. Ich rolle die Augen gen Decke, doch ehe ich ihr eine imaginäre Erwiderung entgegenschleudern kann, bleibt Fabrizio stehen und tritt beiseite. Ich spüre seine Hand in meinem Rücken, ein herbes Aftershave dringt in meine Nase. Mir schlägt warmer Küchendunst entgegen und fast falle ich in die Küche hinein, als mein Absatz an der daumenhohen Türschwelle hängen bleibt.

„Da ist sie ja! Komm hierhin, Mädchen, auf die Bank!" Eine dicke, rotgesichtige Frau mit Kochschürze ergreift meinen Arm und dirigiert mich resolut zu der Sitzbank am Fenster. Obwohl mir ihre ungefragte Berührung ebenso unangenehm ist wie die Tatsache,

dass sie mich ohne Umschweife duzt, sinke ich widerstandslos neben einem Stapel italienischer Groschenromane auf das fleckige Sitzkissen und sehe mich verstohlen um. Der rußgeschwärzten Decke und dem Kamingeruch nach befinde ich mich im Haupthaus. Claire wäre verzückt, denn das Gebäude hat mindestens hundert Jahre auf dem Buckel. Allein diese Stilllebenküche mit den bunten Mosaiksteinfliesen und dem Kohleofen triebe jeden Bildbandfotografen an den Rand der Ohnmacht.

„Sie sieht aus wie ein gekochter Krebs", nuschelt der alte Mann am Kopfende, ohne den Blick von dem kleinen Fernseher zu lösen, der tapfer gegen das Radio anplärrt. Verschämt betaste ich meine glühenden Wangen. Man sieht mir immer an, wenn ich mich aufgeregt habe.

„Das ist ein hübsches Haus", bemerke ich höflich und beäuge irritiert den Obst- und Gemüsekorb auf der Arbeitsplatte. Auch die Kräutertöpfe auf dem Sims hätte ich hier nicht erwartet.

„Alt und kaputt", brummt die dicke Frau und rührt geschäftig in einem imposanten Bräter, während der Alte Zucker in seinen Kaffee schaufelt, die Augen fest auf die hektischen Fernsehbilder gerichtet. Er sieht genau so aus, wie man sich einen italienischen Großvater vorstellt: schmächtig, mit einem faltigen Hängebackengesicht, das einem Bluthund alle Ehre gemacht hätte. Das schüttere Haar klebt auf seinem Schädel, als habe er gerade erst die Schirmmütze abgenommen.

„Alberto! Non zucchero!", erklingt eine tadelnde Stimme aus der Ecke. Eine kleine pummelige Frau eilt heran, von der ich zunächst nicht mehr als fliegende Locken und kräftige Brauen im Profil erkenne. Sie reckt sich auf die Zehenspitzen, entnimmt dem Wandschrank eine neue Tasse und einen Süßstoffspender, und windet behutsam den Becher aus den Gichthänden des Alten. Alberto schnalzt enttäuscht, während die Zuckerdose außerhalb seiner Reichweite geschoben wird. Erst jetzt sieht die Frau auf und strahlt mich an.

„Entschuldigen Sie meine Unhöflichkeit, aber wenn man nicht schnell genug ist, bringen sich hier alle selbst unter die Erde. Und die arme Rosa-Maria kann ihre Augen verdammt noch mal nicht überall haben."

Vom Herd ertönt ein missbilligendes Zischen, Rosa-Maria schüttelt den Kopf und bekreuzigt sich. Unbeeindruckt streckt mir die junge Frau ihre Rechte entgegen. Ihre Hände sind rau aber

gepflegt, die Nägel lackiert. French Maniküre, wie Claire.

„Ich bin Lucia Camini. Eingeheiratet." Sie wackelt mit den Fingern und deutet grinsend auf den schmalen Goldreif an ihrem Ringfinger. „Als ich gemerkt habe, in was für eine verrückte Sippe ich hineingeraten bin, war´s leider zu spät."

„Ich heiße Hanna." Zögernd ergreife ich ihre Hand, die in meiner wie eine Puppenhand aussieht. Lucias Lächeln ist wunderbar. Zart und luftig wie … ja, wie ein Seidentuch. Sie ist mir sofort sympathisch.

„Genauer gesagt heißt sie Hanna Philipp," ertönt eine tiefe Stimme hinter mir. Fabrizio Camini lehnt am Türrahmen und mustert mich aus halb geschlossenen Lidern. Mein Hals fühlt sich trocken an.

„Hanna Philipp?" Lucia runzelt die Stirn. „Ist das nicht ein deutscher Name?"

„Ist vor allem in Berlin verbreitet." Fabrizio betrachtet seine Fingernägel. Er will mich in Verlegenheit bringen, dieser Mistkerl.

„Aber ich dachte, Sie wären unsere neue Küchenhilfe. Und Italienerin." Lucia sieht mich fragend an.

„Das bin ich auch", antworte ich mit fester Stimme, entschlossen, mich nicht verunsichern zu lassen. „Ich bin beides. Ihre neue Küchenhilfe und Italienerin. Letzteres zur Hälfte. Meine Mutter stammt aus dieser Gegend, lebt aber seit fast dreißig Jahren in Deutschland."

„Oh und jetzt wollen Sie Ihre Wurzeln kennenlernen, indem Sie in unserer schönen Toskana arbeiten. Wie aufregend!" Lucia ist begeistert. Und ich bin erleichtert, auch wenn mein Lachen gekünstelt klingt. Aber sie gibt sich mit der Erklärung zufrieden und Fabrizio scheint die Lust zu verlieren, mich zu ärgern. Während ich dankbar ein Weinglas entgegennehme, krempelt Fabrizio die Hemdsärmel hoch.

„Wo steckt Marco?", fragt er und lässt einen sattgelben Teigklumpen auf die bemehlte Arbeitsplatte plumpsen. Beinahe hätte ich die entsprechende Gegenfrage („Wer ist Marco?") gestellt, erkenne aber rechtzeitig, dass er Lucia meinte, die begonnen hat, den Tisch zu decken. Automatisch erhebe ich mich von meinem Platz, um ihr zu helfen.

„Marco geht es nicht gut, er möchte nichts essen. Bleib sitzen, Hanna. Heute Abend bist du unser Gast!"

Fabrizio runzelt die Stirn. „Komisch. Ich dachte, er hätte allen

Grund, gut gelaunt zu sein." Der sarkastische Unterton in seiner Stimme ist unüberhörbar. Ich spitze die Ohren, ein rein beruflicher Reflex. Ein Teller entgleitet Lucias Fingern und scheppert auf die Tischplatte. Alberto kichert, wohl eine besonders lustige Stelle in seiner Fernsehshow, und der Moment ist so schnell vorüber, dass ich glaube, mir die leise Anspannung zwischen Fabrizio und Lucia nur eingebildet zu haben. Ein interessantes Paar die beiden. Wer auch immer Marco ist.

Doch ich habe keine Zeit, über den vermutlich schlecht gelaunten Teenager, der in seinem Zimmer schmollt, nachzudenken. Gebannt schaue ich zu, wie Fabrizio den Nudelteig durch die Walze zieht und eine Handvoll frischer Tagliatelle ins Kochwasser gleiten lässt. Seine Bewegungen sind routiniert, als täte er den ganzen Tag nichts anderes. Ich nippe an meinem Weinglas und halte überrascht inne. Der Rotwein ist vorzüglich, voll und samtig, mit einem Hauch von … Aprikose?

Lucia hat den Tisch fertig gedeckt, rutscht neben mich auf die Bank und schaut mich erwartungsvoll an.

„Erzählen Sie mir von Ihrer Familie hier in der Toskana."

Einen Moment denke ich daran, sie anzulügen. Ich schiele zu Fabrizio, der mit dem Nudelwalzen innegehalten hat und mich ebenso neugierig mustert wie Lucia.

Um Zeit zu gewinnen, schwenke ich das Weinglas in meiner Hand und betrachte die öligen Schlieren an der Glaswand, ein Zeichen für hohen Alkoholgehalt. Claire sagt immer, ich sei eine miese Lügnerin – und sie hat recht. Meine Situation ist verzwickt genug, ich sollte sie nicht durch Flunkereien verkomplizieren, die man sofort als solche erkennt. Andererseits … soll ich Fremden erzählen, dass meine Mutter schon grün im Gesicht wird, wenn sie das Wort Italien nur hört?

„Ehrlich gesagt weiß ich so gut wie gar nichts über die Familie meiner Mutter", umschiffe ich vorsichtig die erste Unwahrheit. „Ich bin in Berlin geboren und auch dort aufgewachsen."

„Aber dann müssen Sie sie suchen!" Lucia schaut mich an, als wäre ich die Hauptfigur eines Hollywooddramas. Sogar Albertos wässrige Augen lösen sich von der spärlich bekleideten Blondine, die Bingozahlen aus einer Glaskugel zieht.

„Sie hat eine hübsche Nase", sagt er heiser und schnäuzt in seine Serviette. Verwirrt schaue ich zu Alberto herüber. Meine Nase kann er kaum gemeint haben. Sie ist zu lang für mein ohnehin

schon schmales Gesicht und hat einen hässlichen Höcker in der Mitte. Quasi meine gesamte Pubertät hindurch lag ich meinen Eltern mit einer Nasenoperation in den Ohren, sei es auch nur, um meine Mutter zu kränken, von der ich das elende Stück geerbt habe. Letztlich habe ich mich mit dem Zinken abgefunden. Doch ich warte umsonst auf eine Erklärung, denn Alberto ist längst zu seinem Bingoblondie zurückgekehrt. Lucia schaut mich mitfühlend an und nimmt unverdrossen ihren Fragenkatalog wieder auf.

„Was machen Sie so in Berlin?"

Mir wird siedend heiß, als mir klar wird, dass ich mit meiner nächsten Antwort sämtliche Pluspunkte in diesem Haus einbüßen werde, da ich davon ausgehen muss, dass jeder von meinem Artikel weiß. Hilfe suchend schaue ich zu Fabrizio hinüber, der betont geschäftig im Nudeltopf rührt. Von ihm ist keine Unterstützung zu erwarten. Warum auch. Ich sende ein kurzes Stoßgebet nach oben.

„Also eigentlich bin ich … ich meine, ich bin nicht …"

„Seien Sie nicht traurig", unterbricht mich Rosa-Maria und nimmt an meiner anderen Seite Platz. „Lady Prudence hat genau dasselbe Problem wie Sie." Mit ernstem Gesicht tippt sie auf das oberste Heftchen des Groschenromanstapels, auf dem sich ein vollbusiges Lockenwunder mit heruntergerutschter Rüschenbluse einem Muskelprotz im Schottenrock entgegenbiegt. „Seit Jahren sucht die Ärmste ihre Familie und keiner weiß, dass sie doch die Erbin von Duffleton ist, obwohl Hugh MacKay dieses Muttermal auf ihrer linken Pobacke gesehen hat."

Lady wer? Ratlos schaue ich von dem geschmacklosen Cover des Heftes in die entrückte Miene der Köchin. Als ich endlich verstehe und beinahe laut losgeprustet hätte, ergreift Fabrizio zu meinem Glück das Wort.

„Verschone uns mit deinen Schundromanhelden, Rosa-Maria!" Er deutet unwillig zu seinem Nudeltopf. Rosa-Maria errötet wie ein Schulmädchen und schiebt Lady Prudence und den lüsternen Highlander unter ihr Sitzkissen. „Ruf Paolo auf seinem Handy an. Die Pasta ist gleich so weit!"

Ich habe mal gelesen, die erste Unwahrheit sei das Mutterschiff aller folgenden Unwahrheiten. Da ist was dran. Während Lucias Fragen im Laufe der nächsten Stunde unermüdlich wie Gewehrsalven auf mich einprasseln, habe ich mich mit dem dritten Glas Rotwein quasi warm geflunkert und eine ungefähre Vorstellung davon

gewonnen, wie sich meine Interviewpartner fühlen. Dabei muss ich aufpassen wie ein Luchs, damit ich mich mit steigendem Alkoholpegel nicht verquassele.

„Aus welchem Ort stammt Ihre Mutter denn?"

„Montetresino", fantasiere ich zusammen und hoffe inständig, dass es diesen Ort nicht gibt.

„Nie gehört. Haben Sie es schon mal über das Einwohnermeldeamt versucht?"

„Selbstverständlich. Aber Sie wissen ja, die italienischen Behörden ..."

„Sie könnten eine Suchanzeige in der Nazione aufgeben!"

„Oh, das habe ich längst. Leider ohne Erfolg."

„Und ihre Mutter hat keine Bilder oder irgendwelche anderen Dokumente von früher? Das ist merkwürdig."

Allerdings. Schätze, Mamma hat sämtliche Unterlagen bei einem Feuerritual im Waschbecken vernichtet, als sie beschlossen hat, mit ihrer Vergangenheit zu brechen. Wie oft habe ich unsere Wohnung auf den Kopf gestellt, während sie in ihrem Frauenhaus Mutter Teresa spielte. Ich habe nicht mal ein verdammtes Foto gefunden. Manchmal glaube ich, ihr Leben hat erst bei meiner Geburt begonnen.

„Leider wurde alles bei einem Wohnungsbrand vernichtet", lüge ich schamlos weiter und Lucia schlägt die Hand vor den Mund.

„Wie furchtbar!"

„Ja. Furchtbar."

„Erinnert sich Ihre Mutter denn nicht wenigstens an eine Adresse in diesem Montetresino? Oder an Bekannte, Freunde, Nachbarn vielleicht?"

„Teilamnesie." Ich schüttle den Kopf und muss mich beherrschen, nicht zu grinsen, weil Claires schockiertes Gesicht vor meinem geistigen Auge auftaucht. „Die traurige Folge des Brandes."

Lucia schüttelt bekümmert den Kopf, Rosa-Maria gibt einen Wehlaut von sich. Alberto und Paolo, der mir als Rosa-Marias Mann vorgestellt wurde, glotzen mich stumm an.

„Ihre Mutter hat das Gedächtnis verloren", erklärt Lucia, woraufhin Alberto und Paolo nicken und bedächtig weiterkauen. Na bitte. Soll Claire noch mal behaupten, ich könne nicht lügen. Neben mir würde selbst Baron Münchhausen vor Neid von seiner Kanonenkugel rutschen. Gottseidank hakt Lucia nicht bei der erlogenen Amnesie meiner Mutter nach. „Sind Sie eigentlich verheira-

tet, Hanna?“

„Himmel Lucia! Lass die Signora essen. Sie wird noch eine Weile hier sein, also hast du alle Zeit der Welt, sie mit deinen Fragen zu löchern!“, schaltet sich Fabrizio mit bedrohlichem Unterton ein. Erst jetzt fällt mir auf, dass er nicht nur gereizt, sondern auch sehr müde aussieht.

„Dass du dich nicht um deine Mitmenschen scherst, weiß ja nun jeder!“, schießt Lucia beleidigt zurück.

„Ich schere mich durchaus um meine Mitmenschen. Aber deshalb muss ich ihnen nicht ihre gesamte Lebensgeschichte aus den Rippen leiern.“

„Welche ist beispielsweise Rosa-Marias Lieblingsfarbe, hm?“ Lucias Augen funkeln, ihre Hände ballen sich zu Puppenfäusten. „Paolos Lieblingsgetränk? Albas Studienfach? Der Vorname meiner Mutter? Du interessierst dich einzig und allein für deine verdammten Aprikosen!“

Fabrizio zieht eine Grimasse. „Wenn es danach geht, hast du natürlich recht. Du bist keine neugierige Zicke, sondern bloß interessiert und ich bin ignorant, weil ich versuche, für unseren Lebensunterhalt aufzukommen. Darf ich jetzt weiteressen?“

„Hier sorgt jeder für unser aller Auskommen. Ohne Ausnahme!“ Lucia schnaubt. Ein bisschen erinnert sie tatsächlich an eine kleine, bockige Ziege. Plötzlich empfinde ich so etwas wie Mitleid für Fabrizio.

„Das ist schon in Ordnung, es macht mir wirklich überhaupt nichts aus.“ Leider stößt mein vorsichtiger Schlichtungsversuch auf taube Ohren. Lucia schimpft vor sich hin und Fabrizio hält den Kopf gesenkt, Daumen und Zeigefinger gegen seine Schläfe gepresst.

„Wird wirklich Zeit, dass du etwas produzierst, das dich mit Geschrei und vollgeschissenen Windeln auf Trab hält“, sagt er leise. Nicht leise genug – ein Schatten fällt auf Lucias Gesicht, sie verstummt sofort. Ich starre Fabrizio mit offenem Mund an.

„Das war jetzt aber gemein!“, bricht es aus mir heraus. Fabrizios Augen verengen sich zu Mondsicheln.

„Ich würde sagen, das geht Sie gar nichts an, Signora Philipp. Das ist eine Familienangelegenheit. Außerdem hat Lucia angefangen.“

„Das ist eben nicht nur eine Familienangelegenheit!“, kontere ich zurück. „Hier geht es um eine Einstellung. Ihre Einstellung

gegenüber Frauen, Signor Camini, die man Ihnen mit dem Nudelholz austreiben sollte!“

Fabrizio wirkt irritiert. „Ich habe überhaupt keine …“

„Lass gut sein, Hanna. Fabrizio hat es nicht so gemeint.“

Überrascht schaue ich Lucia an. Sie verteidigt ihn. Sie verteidigt ihn?! Ich ziehe scharf Luft durch meine Zähne. „Ich glaube, er hat es ganz genau so gemeint, wie er es gesagt hat. Und ich finde, er sollte sich bei Ihnen entschuldigen!“

„Dafür, dass Sie erst seit zwei Stunden hier sind, lehnen Sie sich ziemlich weit aus der Stalltür. In Ihnen scheint ja doch mehr von einer Italienerin zu stecken, als man auf den ersten Blick vermutet.“ Fabrizios Mundwinkel zucken, was mich noch wütender macht.

„Seien Sie gefälligst nicht so herablassend, Sie Macho!“ Vermutlich muss ich mir jetzt keine Gedanken mehr darüber machen, wie ich zwei Wochen Küchendienst überlebe. Job ade, es wäre zu schön gewesen. Aber statt mich zu feuern, lacht Fabrizio auf, als hätte ich einen guten Witz erzählt.

„Ruhe am Tisch! Nonna würde sich schämen, wenn sie sehen würde, wie Ihr euch gegenseitig an den Hals geht!“, poltert Rosa-Maria los. Ich mustere verlegen meine Hände. Vielleicht bin ich doch etwas forsch aufgetreten.

„Nonna ist tot!“, erwidert Fabrizio kalt. „Sie wird keinem von uns auf die Finger hauen.“

Sämtliche Blicke senken sich auf die Teller, während Fabrizios Zorn wie eine pralle Seifenblase durch die totenstille Küche wabert. Ich zucke zusammen, als Alberto in die Hände klatscht.

„Rosa-Maria? Stell das Kaninchen auf den Tisch, bevor es aus dem Bräter hüpft, weil es diese streitenden Kinder nicht mehr erträgt. Ich habe Hunger!“

Ich bin mehr als verwirrt. Diese Familie ist nicht nur das reinste Italienklischee, sie ist außerdem auch noch merkwürdig. Während ich noch überlege, wie ich mich am geschicktesten auf die Toilette und von dort aus ins regnerische Nirgendwo verabschiede, räumt Rosa-Maria mit den leer gegessenen Pastatellern auch alle Unstimmigkeiten vom Tisch. Alle plaudern plötzlich angeregt miteinander, Hände fliegen durch die Luft. Fabrizio und Lucia stupsen einander an und lächeln, als hätte ihr Streit nie stattgefunden. Fast komme ich mir betrogen vor, die ich stundenlange Schlichtungsgespräche im Kampf um eine Versöhnung gewohnt bin. Nie hätte ich es ge-

wagt, eine Diskussion mit Professor Dr. Günther Philipp mit einem lapidaren „Ich habe Hunger“ zu beenden.

Flugs steht ein neuer Teller vor mir, diesmal für den Hauptgang, und Rosa-Maria stellt den Bräter auf den Tisch. Das Aroma nach Fleisch, Wein und Aprikosen dringt in meine Nase. Mit den süßen Früchten muss es im Tre Camini eine besondere Bewandtnis haben. Leider werde ich wohl nicht mehr darüber erfahren, wenn ich jetzt verschwinde. Mein Blick wandert unauffällig zur Wanduhr und von dort zum Fenster. Draußen ist es stockdunkel. Und ich bin definitiv angetrunken.

Zögernd greife ich nach meinem Besteck. Das Fleisch löst sich butterzart von den Knochen, als ich mit der Gabel hineinsteche. Mir läuft das Wasser im Mund zusammen, so sehr ich mich dagegen wehre. Dieses Gericht unterscheidet sich zweifellos vollkommen von dem, was man mir in der Trattoria vorgesetzt hatte. Sollte Fabrizio tatsächlich die Wahrheit über diesen Carlo gesagt haben?

„Sie mögen doch Kaninchen, oder?“

„Natürlich … ich meine, sehr sogar“, beeile ich mich zu versichern, als ich die steile Falte auf Fabrizios Stirn entdecke. Meine Güte, dieser Mann ist wie ein Pulverfass mit vier Lunten gleichzeitig. Trotzig erwidere ich seinen Blick, führe die Gabel in den Mund … und fühle, wie sich meine Augen überrascht weiten.

„Ziemlich lecker, oder?“, fragt Fabrizio scheinheilig. Sein Blick saugt sich an mir fest, während ich eine zweite Gabel nehme. Und eine dritte, nur um ihn zappeln zu lassen.

Sowohl Hühnchen als auch Kaninchen harmonieren großartig mit süßen Zutaten. Aus der persischen Küche kenne ich die Zubereitungsart auf Niedrigtemperatur, bei der Fleisch stundenlang mit Gewürzen gegart wird, bis die Geschmäcker sich perfekt miteinander verbunden haben. Das Ergebnis ist auch hier erstaunlich lecker. Ich muss mich zusammenreißen, es Alberto nicht gleichzutun, der hingebungsvoll das Mark aus einem Kaninchenknochen lutscht. Betont sorgsam lege ich Gabel und Messer auf die Serviette neben meinem Teller.

„Selbst geschlachtet?“, frage ich, um Zeit zu gewinnen. Albertos Knochen hält inne. Paolo verschluckt sich und stellt rasch sein Weinglas auf den Tisch zurück. Beide tauschen einen kurzen Blick.

„Wozu sollten wir sonst Kaninchen züchten?“, sagt Alberto zu Paolo und Paolo nickt bestätigend.

„Es ist jedenfalls ganz hervorragend!“ Ich lächle hoheitsvoll in

die Runde, eine Spur trotzig in Richtung Fabrizio, der breitbeinig mit seinem Stuhl kippelt. Die Befriedigung steht ihm deutlich im Gesicht geschrieben.

„Ein altes Familienrezept unserer Nonna“, sagt Lucia leise und streichelt Rosa-Marias Rücken. Fabrizios Stuhlbeine krachen auf die Steinfliesen.

„Für unsere Gäste immer das Beste!“ Das Wort Gäste rollt wie ein bitterer Kirschkern über seine Zunge. Kein Zweifel, ihm passt meine Anwesenheit genauso wenig wie mir.

„Hanna?“

Ich halte inne und fasse Halt suchend nach dem Geländer. Paolo und Rosa-Maria haben sich direkt nach dem Espresso ins Dorf verabschiedet. Fabrizio nutzte die Aufbruchsstimmung, um sich wortlos nach draußen zu verdrücken und Alberto ist ihm wie ein Schatten gefolgt. Auch ich habe es geschafft, mich nach zwei herzhaften Alibigähnern und einem gestammelten „Bin todmüde … und vielen Dank für das Essen“ aus der Küche zu stehlen. Mit der flüsternden Stimme aus dem Halbdunkel zerbröselt meine Hoffnung auf einen eleganten Abgang. Langsam drehe ich mich um. Lucia kauert am Treppenabsatz und schaut aus großen, glänzenden Augen zu mir auf.

„Ja?“

Mit wenigen Schritten fliegt sie herauf und fasst nach meiner Hand. Der Drang, sie wegzuziehen, ist groß. Aber Lucia war wirklich nett zu mir und ich bin heute Abend weiß Gott unhöflich genug gewesen.

„Würdest du mir etwas versprechen?“

Ich schaue in ihr rosiges Gesicht und ahne nichts Gutes.

„Es tut mir leid, wenn ich wegen Fabrizio unhöflich war …“

„Nein! Du warst ganz wunderbar!“ Lucias Stimme zittert. „Ich fand es großartig, wie du mich verteidigt hast. Weißt du, in diesem Haus … nun, die Caminis sind etwas altmodisch.“

Das habe ich allerdings auch festgestellt, wobei mir der Ausdruck borniert passender erschiene, was Fabrizio anginge.

„Ich wollte mich bloß bedanken und …“ Lucia bricht ab und umarmt mich. Ihre Wange ist feucht, als ob sie geweint hätte. „Wir machen gerade eine schwere Zeit durch. Unsere Nonna ist vor Kurzem gestorben und sie … wir … wir sind alle nur zurzeit etwas unausgeglichen.“

Unausgeglichen. Eine ziemlich milde Umschreibung. Mein Augenrollen entgeht Lucia glücklicherweise, da sie mich noch immer fest umschlungen hält. Behutsam löse ich mich aus ihrem Klammergriff. „Das ist schon in Ordnung", versichere ich sanft. Jetzt weint sie tatsächlich. „Was soll ich dir denn versprechen?"

„Dass du bleibst."

Oh Scheiße.

„Ich …"

„Nein, sag bitte nichts. Das war kein gewöhnlicher Abend heute. Normalerweise geht jeder in dieser Familie sehr liebevoll mit dem anderen um. Gib uns noch eine Chance."

Was sag ich jetzt? Was SAG ich bloß?

„Ich habe einfach so ein Gefühl bei dir. Ich glaube, du bist gut für uns, Hanna. Und wir können im Augenblick wirklich jemanden gebrauchen, der gut für uns ist."

Doppelscheiße. Das ist unfair. Ich bin betrunken, bekomme meine Tage und in meinem Kopf hält sich kein Gedanke länger als ein Mottenflügelschlag.

„Natürlich bleibst du", flüstert Claire aus dem Dunkel.

„Hanna?" Bittend sieht Lucia mich an.

„Hast du diesen Blick vor dem Spiegel geübt?", rutscht mir heraus.

„Täglich." Sie lächelt schief.

Merkwürdig. Irgendwie fühlt es sich an, als würden wir uns ewig kennen, nicht erst seit ein paar Stunden.

Also meinetwegen.

Zwei Wochen Küchendienst also.

Mit etwas Glück bin ich danach die unglückselige Urne los und habe obendrein meinen Job gerettet. Und dann sieht man mich und mein Rollköfferchen nur noch von hinten. Meine Brust hebt und senkt sich, ich kreuze zwei Finger hinter dem Rücken.

„Natürlich bleibe ich. Solange wie … nötig."

Ich finde, das Leben ist ein echtes Miststück.

5 CINQUE

Fabrizio.
Wenn über Montesimo die Sonne aufgeht, gibt es einen bestimmten Moment, in dem sie wie eine überreife Aprikose auf dem Hügel steht und den Morgennebel lila färbt. Minutenlang rührt sie sich nicht vom Fleck, als überlege sie, ob sie heute tatsächlich aufstehen soll. Jedem Naturliebhaber würde dieses Spektakel den Atem rauben – ich ignoriere es aus Gewohnheit. Stattdessen mustere ich die Jungbäume, die nach der Maiblüte in diesem Sommer die ersten Aprikosen tragen. Rotgelbe Früchte mit süßem Duft, deren Oberfläche auf Daumendruck leicht nachgibt. Reif zur Ernte.

Ich richte mich auf und kneife die Augen zusammen. Paolo ist bereits mit dem Traktor draußen. Müsste ich unseren Vorarbeiter in einem Satz beschreiben, würde ich sagen, er lebt dafür, die Felder zu bestellen. Dabei geht es ihm aber weniger um die Erträge. Es ist der Anblick schnurgerader Baumreihen und Ackerfurchen, der ihn glücklich macht.

Auf dem hinteren Aprikosenfeld sichte ich einige Männer, mannshohe Obstkörbe auf dem Rücken tragend. Die polnischen Obstpflücker, pünktlich wie die Maurer, robust wie unsere Lastesel. Stanko, Jaroslaw, Bartek, und wie sie alle heißen. In ganz Italien lassen sich keine besseren Erntehelfer finden, schon gar nicht in Montesimo.

Ich war acht, als mein Vater als erster Obstbauer der Gemeinde die Polen hergeholt hatte, trotz heftigem Gegenwind seitens seiner

Familie und der Dorfbewohner. Doch Frederico Caminis Starrsinn, der dem seines Vaters Eduardo glich, zahlte sich aus. Die Arbeiter waren anständige und fleißige. Und sie schätzten die italienische Küche, sodass selbst Nonna ihre Vorurteile begrub und zum Espresso bat, nachdem sich der Trupp begeistert über Rosa-Marias Pasta hergemacht hatte. Seither erfüllen jeden Frühsommer die fremde Sprache und raues Gelächter unsere Felder, bis die Bäume kahl gepflückt und die Tage heiß und trocken geworden sind.

Der Boden gibt unter meinen Sohlen nach, als ich den Hain betrete. Ich sinke in die Hocke und knete etwas Erde in der Hand. Sie riecht torfig und fühlt sich satt und feucht an, eben so, wie sie sich anfühlen sollte. Wie ein fülliges Weib, bereit zur Liebe, würde Carlo sagen. Der Idiot. Ich spüre ein Lächeln, das mein Herz nicht erreicht. Alles weist auf eine gute Ernte hin, ist perfekt. Und auch wieder nicht.

Die Gestalt im Trainingsanzug nähert sich rasch, den Kopf gesenkt. Sein Atem stößt in die Luft, wie der Dampf einer ehrgeizigen Lokomotive. Ist mir ein Rätsel, wieso er durch die Hügel rennt, statt Paolo zur Hand zu gehen oder seine Energie anderweitig in das Gut zu stecken. Ich sehe ihn lange, bevor er mich bemerkt, und als Marco den Kopf hebt, ist es zu spät für eine zufällige Änderung seiner Route.

„Guten Morgen, Fabrizio“, keucht er und hüpft auf der Stelle. Der Schweiß glänzt auf seiner Stirnglatze. Trotz aller Anstrengung kann ich meinen Unwillen nicht unterdrücken. Dabei habe ich mir erst letzte Woche geschworen, nachsichtiger mit meinem kleinen Bruder zu sein. Krampfhaft suche ich nach freundlichen Worten.

„Siehst aus, als wäre deine Schwiegermutter hinter dir her. Willst du mit dieser andauernden Rennerei eigentlich irgendwem was beweisen?“

Gut, ich hab´s netter gemeint, als es rauskam. Marcos Gesicht verfinstert sich sofort. Er hatte nie sonderlich viel Sinn für Humor und über sich selbst konnte er noch nie lachen. Eine Eigenschaft, die ihn zum ewigen Prügelknaben der Dorfjugend machte, egal, wie oft ich ihn in der Schulpause mit den Fäusten verteidigte. Demonstrativ hopst er heftiger auf und ab.

„Das nennt man Sport. Menschen tun das, um fit und ausgeglichen zu sein. Und damit man nicht sieht, wie gut Ihnen das Essen schmeckt.“ Sein Blick bohrt sich in meinen Unterleib.

„Die Aprikosenernte ist dafür ebenso gut und ergibt darüber

hinaus auch noch Sinn. Und hör gefälligst auf zu hüpfen!", entgegne ich scharf und ziehe den Bauch ein. Marco mustert mich aus schmalen Augen, geht aber immerhin zu einer Art Trippeln über.

„Hast du meinen Halbjahresbericht gelesen?" Das ist typisch für Marco. Wechselt das Thema, sobald er sich unterlegen fühlt.

„Welchen Halbjahresbericht?" Reiner Trotz meinerseits.

„Also hast du ihn gelesen."

Im Schweigen liegt die Kraft. Marco hebt eine Braue.

„Mehr hast du dazu nicht zu sagen?"

Ich hätte eine ganze Menge zu sagen. Aber in erster Linie wäre mir danach, ihm wie vorgestern dem Suppenhuhn den Hals umzudrehen, damit er aufhört, mit dem Rechenschieber in meinem Nacken zu hocken. „Es gibt nichts dazu zu sagen", antworte ich spröde.

„Du willst also weiterhin die Verluste der Landwirtschaft mit den spärlichen Gewinnen aus unserem Hotel- und Restaurantbetrieb sanieren. Das ist nicht tragbar."

„Du weißt nicht, was du da redest. Wir führen eine kleine Pension und keinen Hotelbetrieb."

„Nein, Fabrizio, du bist derjenige, der keine Ahnung hat. Aus wirtschaftlicher Sicht würde jeder andere …"

„Deine Sicht ist hier nicht entscheidend. Vater hätte nie zugelassen, dass wir die Aprikosenplantage aufgeben. Deine Großmutter übrigens auch nicht."

„Du scheinst vergessen zu haben, dass Vater deine heiß geliebten Aprikosen das letzte Mal vor zwanzig Jahren zu Gesicht bekommen hat, ehe er verschwunden ist … und Nonna ist tot", schnappt Marco.

„Wir verkaufen die Felder nicht. Weder an den Golfklub noch an deinen Immobilienhai, selbst wenn sie das Dreifache böten. Das Tre Camini ist ein landwirtschaftlicher Betrieb und ich habe nicht vor, daraus eine Luxustouristenfalle zu machen."

„Stattdessen hoffst du auf den internationalen Durchbruch deiner verschrumpelten Bioaprikosen, die du alle vier Jahre neu anpflanzen musst. Schon klar Bruder, wer hier wem was beweisen will", spottet Marco mit unterdrücktem Zorn in der Stimme. „Mach nur so weiter. Reiß deine Familie mit in den Abgrund, weil du die Ideen unseres durchgeknallten Vaters lebst, der nie über den Tod seiner Frau hinweggekommen ist. Aber wenn wir Glück haben, hat das dank der lieben Nonna bald ein Ende. Genau genom-

men in zwölf Monaten, wenn ich hier das Sagen habe."

„Sei vorsichtig, was du da redest", flüstere ich drohend. Ein Lächeln erscheint auf Marcos Lippen, während ich die Fäuste in den Hosentaschen balle und der Versuchung widerstehe, ihn windelweich zu prügeln. Es gibt weiß Gott niemanden, der mich derart auf die Palme bringt.

Marco beginnt wieder zu hüpfen, kehrt mir den Rücken, tänzelt dann aber zwei Schritte auf mich zu. „Mutter, Vater, Nonna … Ich lasse die Toten aus dem Spiel. Deshalb bin ich gut in dem, was ich tue. Apropos gut sein: Solltest du dich nicht langsam nach einer Frau umsehen?"

Ich weiß nicht, ob es das Gesagte oder das Ungesagte ist. Der bröselige Geduldsfaden zerreißt mit einem lautlosen „*Zing!*". Mit einem markerschütternden Brüllen stürze ich mich auf ihn.

Hanna.

Ich entsinne mich nicht, je einen solch wundervollen fliederfarbenen Sonnenaufgang gesehen zu haben. Ehrlicherweise erinnere ich mich nicht mal, überhaupt einen Sonnenaufgang mit eigenen Augen gesehen zu haben, denn ich bin kein Frühaufsteher – ein Nachtmensch allerdings auch nicht. Zehn Stunden Schlaf benötige ich, um mich wohlzufühlen, im Optimalfall von zehn Uhr abends bis acht Uhr morgens, also haarscharf an der Morgenröte vorbei. Sogar während meines Studiums habe ich mich an diesen Rhythmus gehalten. Im Gegensatz zu meinen Kommilitoninnen, die zu besagter Morgenstunde angeschickert aus irgendeiner Berliner Szenebar taumelten und sich anschließend mit Literbechern Kaffee durch die Vorlesung quälten. Meine Haltung hat mir nicht gerade viele Freundinnen eingebracht, dafür aber eine vorzeigbare Abschlussnote. Freundschaften werden sowieso überschätzt. Wer im Leben weiterkommen will, verlässt sich am besten auf sich selbst.

Ich reibe meine Augen, die sich genauso schwer mit der Uhrzeit tun, wie der Rest meines Körpers. Da draußen mache ich tatsächlich Leute aus, aber weder die Stimmen noch das Traktorgeräusch haben mich geweckt.

Der Riegel an dem Fensterrahmen klemmt und ich mühe mich einige Sekunden ab, ehe er quietschend nachgibt. Taufeuchte, kühle Luft weht in mein Gesicht, als ich nach der Ursache des hässlichen Lauts fahnde, der die lila Morgenserenade aus Vogelgezwitscher zunichte macht wie ein falsch gestimmtes Instrument.

Auf dem Hof erspähe ich weder einen knatternden Motorroller noch einen quietschenden Flaschenzug. Stattdessen sitzt ein weißer Hahn auf dem steinernen Trog vor der Scheune und schmettert lauthals gegen sein Spiegelbild auf der Wasseroberfläche an.

„Landleben", murmele ich und wende mich ab, um zurück ins Bett zu kriechen. Ich wüsste nicht, weshalb ich es diesen Dorfleuten gleichtun sollte. Mechanisch greife ich im Vorbeigehen nach meinem Handy und schlüpfe rasch unter die Decke. Zwei verpasste Anrufe von Claire. Na, die wird sich freuen, dass ich die Sache „in Ordnung" gebracht habe. Mit einem grimmigen Lächeln drücke ich die Rückruftaste.

„Buon giorno, Signora!"

Beinahe hätte ich vor Schreck das Telefon von mir geworfen, als die Tür mit einem lauten Rums aufgestoßen wird und Rosa-Marias pausbäckiges Gesicht über einem Kaffeetablett vor mir auftaucht. Sie schafft es tatsächlich, mit einer unsichtbaren Bewegung ihres Fußes unter der Kittelschürze die Tür hinter sich zu schließen, ohne etwas zu verschütten.

„Mor-gen", stottere ich, setze mich auf und würge mit zittrigen Fingern mein Telefon ab. Rosa-Maria stellt das Tablett auf die Bettdecke und bleibt mit in die Seiten gestemmten Armen vor mir stehen.

„Du bist schon wach. Bravo!" Sie klingt freundlich, aber so energisch, dass ich mich mit leisem Bedauern von dem unerhörten Gedanken ans Ausschlafen verabschiede.

„Naja", grinse ich und hoffe, es kommt nicht allzu genervt herüber. „Der Hahn da unten lässt einem kaum eine Wahl."

„Der Hahn?" Rosa-Maria schaut nachdenklich zum Fenster.

„Ja, der weiße Hahn. Unten im Hof", wiederhole ich, da ich auf einmal unsicher bin, ob mein Italienisch nicht doch etwas eingerostet ist. Rosa-Maria schnaubt und macht eine wegwerfende Handbewegung.

„Ah. Du meinst Vittoria. Sie ist kein Hahn, sondern ein Huhn."

„Aber er … sie kräht. Ich wusste gar nicht, dass Hühner das tun."

„Glaub mir, man muss kein Hahn sein, um sich wie einer zu benehmen", sagt Rosa-Maria, tippt sich an die Stirn und lächelt geheimnisvoll. Ich lächle zurück, obwohl ich nicht verstehe, wovon sie spricht.

Beim Anblick des Porzellanbechers, aus dem ein verführeri-

scher Kaffeeduft aufsteigt, überfällt mich ein gewisses Unwohlsein. Es handelt sich eindeutig um die passende Tasse zu dem Aschenbecher-Souvenir, das ich von meinem letzten Aufenthalt mitgebracht habe.

„Das ist sehr hübsches Porzellan."

„Finden die Touristen auch. Klauen alles weg", brummt Rosa-Maria und zieht das Kopfkissen hinter meinem Rücken hervor, um es auszuschütteln.

„Es ist lieb von Ihnen, mir Kaffee zu bringen", versuche ich weiterhin, nett zu sein. Leider wirkt Rosa-Maria nicht sonderlich erfreut über meine Dankbarkeit.

„Du bekommst Kaffee ans Bett, solange du Gast bist. Wenn ich dir keinen mehr bringe, weißt du, dass du deine Probezeit überstanden hast. Gewöhn dich also erst gar nicht daran", antwortet sie barsch und beginnt mein Bettlaken zusammenzufalten, womit ich zwangsläufig im Nachthemdchen vor ihr sitze.

„Das müssen Sie nicht machen", protestiere ich und ziehe die paar Zentimeter Stoff, die dürftig meine Oberschenkel bedecken, bis zu den Knien herunter. Rosa-Maria mustert ungeniert den freizügigen Ausschnitt meines Negligés und deutet mit spitzem Mund zur Badtür.

Eilig schwinge ich die Beine aus dem Bett, schnappe meine Jeans von der Stuhllehne und tapse in mein Quadratmeterbad, nicht ohne einen prüfenden Blick auf meinen Rollkoffer zu werfen. Hoffentlich verzeiht mir Signora Camini, ihr Dasein in meiner Unterwäsche fristen zu müssen. Aber solange Frau Holle in meinem Zimmer ein- und ausgeht, wie ihr beliebt, halte ich es für klüger, die Urne dort zu lassen, wo sie ist.

Das Treppenhaus sieht bei Tageslicht schon gleich viel freundlicher aus. Die Morgensonne scheint durch das Buntglasfenster in der Dachgaube und sprenkelt Regenbogentropfen auf meine Hand, die auf dem Handlauf des Geländers ruht. Meine Knie fühlen sich buttrig an – entweder der Restalkohol oder die ungewohnte Uhrzeit. Zum Glück wartet in der Diele keine glutäugige Italienerin, um mich zu weiteren Dingen zu überreden, die ich nicht tun will.

Stattdessen sitzt ein schwer atmender Mann auf der Holzbank an der Wandseite und schnürt seine Turnschuhe auf. Seine Finger zittern, während er sich mit den Schnürsenkeln abmüht, und der dunkle Schweißfleck auf dem gebeugten Rücken zeugt von einem

strammen Endspurt.

„Buon giorno!“, rufe ich und zucke unwillkürlich zusammen, weil mein Gruß überlaut durch den Hohlraum des Anbaus schallt. Eine fliehende Stirn gelangt in mein Sichtfeld, als der Mann aufsieht.

„Buon giorno, Hanna.“

Meine Anwesenheit hat sich also herumgesprochen. Unangenehm, denn ich hasse nichts mehr, als ein fremdes Gegenüber, das meinen Namen kennt. Er mustert mich ungeniert.

„Für eine Städterin sind Sie früh auf den Beinen.“ Der schmale Mund verzieht sich zu einem Lächeln, das jedoch rasch einem gequälten Ausdruck Platz macht, als er die Platzwunde an seiner Unterlippe betastet.

„Sind Sie gefallen?“ Vorsichtig gehe ich die Treppe hinab. Die vorletzte Stufe gibt ein hässliches Knarzen von sich. „Sie sind verletzt.“

„Das ist nichts, was Sie kümmern sollte. Haben Sie gut geschlafen?“

„Bevor ich Ihnen derart intime Fragen beantworte … möchten Sie sich nicht erst einmal vorstellen?“, sage ich höflich.

„Wie unaufmerksam von mir!“ Er lächelt schief. „Marco Camini, schwarzes Schaf der Familie und Ehemann eines wunderbaren, wenn auch geschwätzigen Weibs. Lucia konnte nicht genug von Ihnen schwärmen.“ Er streckt die Hand aus, die ich zögernd ergreife. Sie fühlt sich kühl und schwitzig an.

„Sie sind Marco? Ich dachte …“

„Was dachten Sie?“ Ein wachsamer Ausdruck erscheint auf dem kantigen Gesicht.

„Nichts“, antworte ich rasch und setze ein Lächeln auf. „Wir haben Sie gestern nur vermisst. Bei Tisch, meine ich.“

Marco lacht spöttisch auf und drückt den Ärmel seiner Trainingsjacke gegen die Wunde. „Sie kennen meinen Bruder noch nicht gut genug. Glauben Sie mir, ich wurde ganz sicher nicht vermisst“, murmelt er dumpf hinter dem Stoff.

„Fabrizio ist Ihr Bruder?“

„Das wundert Sie?“

„Sie sehen einander nicht sonderlich ähnlich“, murmele ich verlegen und schaue zur Seite. Marcos Augen sind hellbraun, fast kupfern und wesentlich wärmer als die unergründlichen, fast schwarzen Augen seines Bruders.

„Glauben Sie mir, das beschränkt sich nicht nur aufs Aussehen. Aber kommen wir zu Ihnen. Sie sehen auch nicht wie eine Küchenhilfe aus."

Dankbar über den Themenwechsel gehe ich sofort auf seinen neckischen Tonfall ein. „Ach nein?"

„Ihre Hände sind zu weich, und zu hübsch sind Sie außerdem", erwidert er charmant und zwinkert. Man kann wirklich nicht behaupten, Marco sei seinem Bruder in irgendeiner Weise ähnlich. Und ehrlich gesagt erleichtert es mich zutiefst, dass Marco mit Lucia verheiratet ist und nicht dieser sauertöpfische Fabrizio, an dessen Seite eine solch liebe und warmherzige Person vollkommen deplatziert wäre. Wenigstens diesbezüglich funktionieren meine Antennen.

„Sie haben mich erwischt." Ich senke scherzhalber meine Stimme. „Verraten Sie mich bitte nicht, aber in Wirklichkeit arbeite ich für den Bundesnachrichtendienst und befinde mich sozusagen auf der Flucht."

Marco nickt ernst. „Habe ich mir gedacht. Sie sehen auch aus, als wären Sie auf der Flucht. Oder zumindest in geheimer Mission unterwegs."

„Tatsächlich?" Mein Lachen klingt etwas gekünstelt. „Dann sollte ich wohl an meiner Tarnung arbeiten."

„Machen Sie sich keine Sorgen. Ich verpetze Sie nicht." Er hebt zwei Finger in die Höhe. „Großes Pfadfinderehrenwort."

„Das beruhigt mich, Signor Camini. Und als Insider können Sie mir bestimmt verraten, wo ich hier unauffällig ein Croissant abstauben kann, bevor ich zum Küchendienst antrete."

Marco grinst verschwörerisch. „Ein kluger Plan, Signora Geheimagentin, die Stärkung werden Sie brauchen. Aber falls ich Ihnen vorher einen Rat geben darf", er deutet mit dem Kinn zur Küche. „Sagen Sie da drin bloß nicht Croissant zu unseren Cornettos, wenn Sie nicht riskieren wollen, dass Rosa-Maria Ihnen den Kopf abreißt. Wäre schade drum."

Spätestens jetzt bin ich mir hundertprozentig sicher: Marco Camini hat definitiv nicht das Geringste mit seinem Bruder gemein!

Das amüsierte Lächeln begleitet mich bis zur Küchenschwelle, wo es innerhalb von Sekundenbruchteilen in sich zusammenfällt. Der Raum ist dampfgeschwängert, ich trete auf ein aufgeschlagenes Kochbuch, eins von vielen, die auf den Steinfliesen verstreut liegen. Auf der Arbeitsplatte stapeln sich Schulhefte und lose Blätter zwi-

schen Küchenutensilien, schmutzigem Geschirr und Speiseresten. Eine Mehltüte ist umgekippt, von der weißpudrige Sohlenabdrücke bis zum Herd führen, auf dem vier Töpfe bedrohlich blubbern. Fabrizio Camini sitzt im Schneidersitz neben dem geöffneten Küchenschrank und blättert mit finsterem Gesicht in einem ledergebundenen Notizbuch.

„Passen Sie auf, wo Sie hintreten." Er klappt das Notizbuch zu, schleudert es von sich und schlägt das nächste auf. Vorsichtig umrunde ich das Chaos, gelange unversehrt bis zum Herd und ziehe ein dicht beschriebenes Blatt Papier beiseite, ehe es Feuer fängt. Mit zusammengekniffenen Augen betrachte ich die geschwungene Handschrift. Ein Rezept für eine ligurische Auberginenpastete.

„Was genau treiben Sie da? Ist das die neue Art, italienisch zu kochen? Wo ist Rosa-Maria?"

„Ins Dorf gefahren. Einkaufen." Fabrizio blickt zerstreut auf. Mittlerweile überwuchert der Dreitagebart ein Drittel seines Gesichts und es scheint, als hätte eine weitere schlaflose Nacht die espressofarbenen Augen noch tiefer in seinen Schädel gepresst. Eins davon ist blutunterlaufen und geschwollen. Als ich merke, dass ich ihn anstarre, wende ich mich dem Herd zu, drehe die unbeschrifteten Temperaturknöpfe intuitiv links herum und ziehe das Nudelwasser von der Platte, auf der zischelnde Salzwassertropfen tanzen.

„Falls Sie vorhaben, Ihr Restaurant zu schließen, könnten Sie dazu auch eine weniger riskante Methode wählen als die Küche abzufackeln", schimpfe ich und lasse den Henkel des Topfes los, ehe ich mir eine Verbrennung zuziehe.

„Zum Beispiel?", murmelt Fabrizio abwesend und zieht ein weiteres Heft aus dem Stapel zu seiner Rechten, der daraufhin zur Seite wegrutscht und eine weitere Papierlawine auf die Fliesen schüttet.

„Nun, Sie könnten Ihre Gäste beispielsweise mit Spinat-Maccaroni vergiften. Ribollita mit Tiefkühlgemüse täte es notfalls auch."

„Ich habe Ihnen bereits erklärt, dass diese Sache ein Unfall war. Wir verwenden keine Tiefkühlprodukte", antwortet Fabrizio ruhig. Zu ruhig für meinen Geschmack.

„Tun Sie nicht?", reize ich ihn weiter.

„Was ist eigentlich Ihr Problem, Signora Philipp?"

„Ich habe keins, Signor Camini. Ich bin nur die Küchenhilfe."

Ich klimpere mit den Wimpern, Fabrizio runzelt die Stirn. Wäre ich künstlerisch nicht vollkommen untalentiert, könnte ich seine Miene mittlerweile mit geschlossenen Augen skizzieren. „Übrigens ein ziemlicher Saustall hier. Ich hatte mir eigentlich nicht vorgestellt, meinen ersten Arbeitstag mit Papier sortieren und Küche schrubben zu beginnen!"

Fabrizio mustert mich schweigend.

„Was genau haben Sie sich denn vorgestellt?"

Bilde ich mir das ein, oder flackert Belustigung in seinen Augen auf? Wütend zeige ich auf den Herd. „Ich dachte, das sei eine Trattoria. Wie wär´s also zur Abwechslung mal mit Kochen?"

„Kochen." Fast schon anzüglich gleitet sein Blick an mir herab. „In diesem Aufzug?"

„Was ist falsch daran?"

„Sie tragen Stöckelschuhe." Umständlich entknotet er seine Beine und kommt mit einer geschmeidigen Bewegung auf die Füße.

„Das sind Slingpumps."

„Danke für die Aufklärung. Ihre Bluse sieht übrigens auch ziemlich teuer aus."

„Und wo genau liegt nun ihr Problem, Signor Camini?"

„Ich habe kein Problem damit. Aber Sie werden eins bekommen." Fabrizio zuckt die Schultern, entfernt die Papiere von der Arbeitsplatte und hievt einen Eimer Zwiebeln darauf. Einen verdammt großen Eimer. „Zu Ihrem Vorschlag mit der Ribollita: Dafür braucht Rosa-Maria Zwiebeln. Geschält und geviertelt."

Ungläubig mustere ich den randvollen Kübel. „Ich soll Zwiebeln schälen? Gibt es dafür keine Aushilfe?"

Ein irritierter Ausdruck erscheint auf Fabrizios Gesicht. „Sie steht gerade vor mir. Oder haben Sie vergessen, was wir vereinbart haben?"

„Von Frondienst war aber nicht die Rede!", antworte ich hochmütig.

Fabrizio kommt zwei Schritte auf mich zu. Seine Stirnfalte hat sich derart in seine Haut gegraben, dass sich die dichten Brauen fast berühren. Unwillkürlich weiche ich zurück, bis mein Hinterteil gegen eine Kommode prallt.

„Nun Signora, willkommen in der italienischen Küche. Entgegen Ihrer Fehleinschätzung wird Gemüse bei uns tatsächlich noch von Hand zubereitet – Ihre Aufgabe. Und zum Verständnis: Mir

gehört diese Trattoria, Sie sind die nächsten zwei Wochen meine Küchenhilfe. Meine ich also, Sie sollten den Herd schrubben oder Zwiebeln schälen, dann werden Sie genau das tun, notfalls bis Ihre Finger bluten. Sollte das unter Ihrer Würde sein … Sie kennen ja den Weg nach draußen."

„Allerdings kenne ich den!", schnappe ich, straffe den Rücken und folge seinem ausgestreckten Arm. Leider verhakt sich mein Pfennigabsatz in einigen Blättern, sodass ich wenig elegant zur Tür schlittere.

„Sie wissen ja, wo Sie mich finden, falls Sie draußen vom Regen überrascht werden. Und vergessen Sie nicht, meine Großmutter mitzunehmen!", ruft mir seine spöttische Stimme hinterher, die ich mit einer spontanen Geste quittiere, ohne mich umzudrehen.

„Selbst wenn da draußen die Sintflut losbricht … Sie können mich! Und Ihre Großmutter kann mich erst recht!"

Erst als ich mit brennenden Wangen in meinem Aschenputtelkämmerchen stehe, wird mir zu meinem grenzenlosen Entsetzen klar, dass ich Fabrizio Camini soeben den Mittelfinger gezeigt habe.

Fabrizio.

Es ist wie verhext. Ich glaube, es gibt keinen Raum in diesem verfluchten Haus, den ich nicht auf den Kopf gestellt habe. Aber Nonnas Rezeptbuch ist und bleibt unauffindbar. Stattdessen habe ich ein weiteres Zigarettendepot und Nonnas Süßigkeitenversteck gefunden, letzteres rund dreißig Jahre zu spät. Wir Kinder sind nie auf die Idee gekommen, dass sie die Schokoladentafeln unter einer losen Diele in der Speisekammer gebunkert hat. Die Tafel mit dem Goldpapier habe ich eingesteckt und die Kiste wieder in der Bodennische verstaut, als könnte ich mir Ärger einhandeln.

Lucia sieht von dem Reservierungsbuch auf, als ich das Restaurant betrete. Die Rollläden sind noch herabgelassen, einer hängt schief und durch eine gebrochene Lamelle blinzelt die Sonne herein. Lucia hat die Leselampe eingeschaltet und wirkt seltsam verloren an dem kleinen Pult. Die Falten um ihre Mundwinkel glätten sich sofort, als sie mich anlächelt.

„Du siehst aus, als ob du etwas ausgefressen hättest."

Behutsam betaste ich das Päckchen in meiner Hosentasche und schüttle den Kopf. „Ich suche Nonnas Notizbuch. Das grüne mit dem roten Band. Hast du es gesehen?"

Lucia schaut über den Rand ihrer Lesebrille. „Ist es nicht im

Küchenschrank bei den anderen?“

„Hm.“

„Das ist ein Nein, nehme ich an. Wieso nimmst du nicht eins von den anderen? Nonna hat über hundert Schulhefte mit Rezepten vollgeschrieben, da wirst du bestimmt fündig.“

„Ich brauche aber das grüne Rezeptbuch!“ Mein Ton klingt schärfer als gewollt. Lucia wirkt irritiert, zuckt dann aber die Schultern und vertieft sich erneut in die Reservierungsseite. Das Blatt ist bis zum unteren Rand mit Namen gefüllt. Ungewöhnlich für einen Werktag außerhalb der Hauptsaison.

„Ich hab´s nicht gesehen. Kommst du gerade aus der Küche? Wie macht sich Hanna?“

„Wer?“, frage ich nachdenklich, während mein Blick auf das Sideboard hinter der Theke fällt. Nonna wäre es durchaus zuzutrauen, dass sie das Heft zwischen der Tischwäsche versteckt hat.

„Das ist nicht dein Ernst, oder? Hanna Philipp, unsere neue Küchenhilfe. Hallo?“

„Die ist gegangen.“ Dabei hatte ich gerade nicht mehr an diese eingebildete Nuss gedacht. Ich hoffe nur, sie hat den Anstand besessen und Nonna hiergelassen. Ansonsten habe ich ein Problem mehr.

„Sie ist was?! Was genau hast du mit ihr angestellt, Fabrizio Camini?!“

„Ich habe gar nichts mit ihr angestellt. Ich befasse mich nicht mit den Launen einer überspannten Städterin. Signora Philipp hatte die Wahl, sie hat gewählt. Thema beendet.“ Ich ziehe an der oberen Schublade des Sideboards. Abgeschlossen.

Lucia schüttelt entgeistert den Kopf. „Das darf doch nicht wahr sein!“

„Hast du den Schlüssel für die Schubladen?“

„Warum war sie überspannt, wie du so schön sagst? Was hast du zu ihr gesagt?“

„Sie wollte in Absatzschuhen und Seidenbluse arbeiten.“

„Und da hätten es nicht ein freundlicher Hinweis und eine Schürze getan?“

„Oh, ich habe ihr einen Hinweis gegeben. Vor allem in Bezug auf ihre Aufgaben. Daraufhin hat sie mir gesagt, ich könne sie kreuzweise. Hast du nun den Schlüssel oder nicht?“

„Du wirst sie um Verzeihung bitten“, fordert Lucia mit verkniffenem Mund. Ich lache auf. So weit käme es noch.

„Ich kenne dich, Fabrizio. Und ich kann mir gut vorstellen, welchen Ton du angeschlagen hast. Du wirst dich entschuldigen.“

„Den Schlüssel.“

„Erst bringst du die Sache mit Hanna in Ordnung.“

„Mensch Lucia, die Frau ist längst über alle Berge.“

Sie sieht mich stumm an. Dann lässt sie blitzschnell ihren Schlüsselbund in der Schürze verschwinden und hebt trotzig das Kinn. „Dann wirst du dich wohl ins Auto setzen müssen, um sie zurückzuholen.“

6 SEI

Fabrizio.
Nach zwei hastig gerauchten Zigaretten komme ich zu zwei Ergebnissen. Erstens, ich sollte das Rauchen sein lassen. Zweitens, gegen eine entschlossene Frau mit Schlüssel im Kittel ist kein Ankommen. Missmutig kicke ich eine leere Coladose über den Hof, die scheppernd an die Brunnenmauer schlägt und ein paar Hühner aufschreckt. Vittoria plustert die Brust und flattert mit gespreizten Krallen auf das Blechteil zu, als gälte es, ihre Kolleginnen gegen ein Ungeheuer zu verteidigen. Eine Weile sehe ich ihr bei ihrem Kampf gegen die unschuldige Büchse zu und nehme mir vor, Paolo darum zu bitten, das irre Vieh endlich in den Kochtopf zu schaffen. Ich zerknülle das leere Zigarettenpäckchen und ziehe Nonnas Schokolade aus meiner Hosentasche. Die Tafel ist weich, geschmolzen von meiner Körperwärme und genauso fühlt sich die Schokolade in meinem Mund an, weich und süß.

„Brot für den Leib, Schokolade für die Seele. Merk dir das, Fabrizio."

Mir wäre lieber, du gäbst mir einen klitzekleinen Fingerzeig, wo ich dein Rezept finde, mit dem wir das Tre Camini unsterblich machen wollten, Nonna. Gut, das ist jetzt etwas übertrieben. Unvergessen wäre auch okay.

Ich schiebe die restliche Schokolade in den Mund, kaue und lutsche, bis der Kakaogeschmack in meinem Gaumen explodiert. Das Goldpapier landet wie das leere Zigarettenpäckchen im Blumentopf in der Fensteraussparung, dem Wächter meiner derzeitigen

Sünden. Dann mache ich mich auf den Weg zu dem nächsten weiblichen Wesen, das es nach Lucia geschafft hat, mich innerhalb von Minuten vollkommen vom Kurs abzubringen.

Ich hätte nicht erwartet, das Gästezimmer tatsächlich leer vorzufinden. Etwas unschlüssig stehe ich vor der aufgeschüttelten Bettwäsche und linse vorsichtig in den Kleiderschrank, als wäre diese Frau Philipp auf die lächerliche Idee gekommen, sich darin zu verstecken. Noch so ein Automatismus aus Kindheitstagen, denn vor Marco war kein Schrank sicher, wenn er mit blutender Nase aus der Schule kam. Einmal suchten wir ihn stundenlang, bis wir ihn in Nonnas Wäschetruhe fanden, zusammengeklappt wie ein Taschenmesser, das Gesicht tränennass und rotzbeschmiert.

Tatsächlich ist der Gästeschrank leer, bis auf ein paar nackte Drahtbügel. Ich spiele mit dem Gedanken, sowohl dieses starrköpfige Weib als auch den Sideboardschlüssel abzuhaken, doch dann wird mir bewusst, dass auch von Nonna nicht die geringste Spur zu entdecken ist. Meine Resignation weicht grimmiger Entschlossenheit. Ich knalle die Schranktür zu und verlasse das Zimmer, fische unterwegs den Autoschlüssel vom Brett und stiefele zur Garage.

Der Kies stiebt nach allen Seiten, als ich den Pickup rückwärts in den Hof steuere und wende. Trotzdem nehme ich die Auffahrt in Schrittgeschwindigkeit, da Nonna nichts mehr hasste, als halsbrecherische Autofahrten, seit sie einmal knapp einem Verkehrsunfall entkommen war. Eine Entscheidung, die ich gleich darauf bereue, denn vor dem Eisentor am Ende des Kieswegs verpasse ich die Gelegenheit, Vittoria das Licht auszublasen. Ich bremse und presse den Handballen auf die Hupe, Vittoria pickt seelenruhig weiter mitten auf dem Weg nach Würmern. Ist mir ein Rätsel, wie sie innerhalb einer Viertelstunde vom Hof hier runtergekommen ist. Ich kurbele die Seitenscheibe herunter.

„Verschwinde, blödes Huhn!"

Vittoria spreizt ihren Kamm und gackert kampfeslustig.

„*Ksch ksch!*", mache ich, lasse den Motor aufheulen und komme mir vor wie ein Volltrottel. Vittoria glotzt mit schief gelegtem Köpfchen. Fast schon unheimlich, sie scheint tatsächlich nachzudenken. Noch mal drücke ich die Hupe. Erfolglos.

„Gut, du hattest die Wahl." Ich lege den ersten Gang ein und presse meinen Fuß wieder auf das Gaspedal, jedoch ohne die Kupplung loszulassen. Nicht zu fassen, ich habe Skrupel, sie zu

überfahren. Doch Vittoria scheint des Spiels bereits überdrüssig. Anscheinend stellt eine Coladose in ihrem Hühneruniversum eine weitaus größere Gefahr dar als ein Zweieinhalbtonner. Schimpfend hüpft sie an den Wegrand. Hastig nutze ich die Gelegenheit und schieße aus der Einfahrt. Im Rückspiegel flattert Vittoria mit den Flügeln und ich verspüre unbändige Lust auf eine Zigarette. Das hat man also davon, wenn man seinem Essen einen Namen gibt.

Mir rutscht fast das Herz in die Hose, als ich den Blick zurück auf die Straße lenke. Erneut lege ich eine Vollbremsung hin, meine Motorhaube kommt Zentimeter vor dem gelben Ford Transit zum Stehen. Das, was meiner Lunge entweicht, klingt wie ein Fahrradschlauch, nachdem man einen Nagel hineingefahren hat.

„Hoho Fabrizio! Ist der Teufel hinter dir her oder willst du den Geländewagen gleich mit in die Hölle nehmen?“, erschallt eine fröhliche Stimme. Ernesto Zanolla sitzt auf dem Grenzstein am Straßenrand, auf den Knien eine Brötchentüte und in der Hand eine Thermotasse.

„Wieso parkst du mitten auf der Straße, um zu frühstücken?!“, blaffe ich durch das Beifahrerfenster. Der Schreck pulsiert bis in meine Zehenspitzen. Ernesto grinst, beißt herzhaft in eine bananengroße Salami und setzt kauend die Tasse an seine Wulstlippen.

„Pass auf, was du sagst, sonst verrate ich Carlo, dass du die Geschwindigkeitsschilder missachtest.“

„Welche Schilder, Herr Bür-ger-mei-ster?“ Seinen Titel ziehe ich absichtlich in die Länge, sodass meine Antwort vor Spott trieft. Die Restauration der Via Capelli hat die Gemeindekasse nämlich so geschröpft, dass es gerade für den Teerbelag gereicht hat. Verkehrsschilder waren nicht mehr drin. Eine persönliche Niederlage für Ernesto, zumal er sich mit der Idee, günstige Pappschilder drucken zu lassen, nicht gerade mit Ruhm bekleckert hat: Seit dem letzten Sturmtief findet man im ganzen Ort kein Einziges mehr davon.

„Vorsicht Sohn, keine Beamtenbeleidigung! Außerdem ist der Bürgermeister erst heute Nachmittag im Dienst.“

„Na, dann kann ich ihn kaum beleidigen, oder?“

„Auch Briefträger sind Beamte.“ Ernesto klopft auf seine Postbotenmütze und macht dabei das Gesicht eines Zehnjährigen, der zum ersten Mal mit der elektrischen Eisenbahn seines Vaters spielen darf. „Willst du ein Panino? Ich hab eins mit Pancetta übrig.“

„Sehr nett von dir. Aber ich bin in Eile.“ Ich schaue mit zu-

sammengekniffenen Augen die Straße hinunter. Keine Spur von Signora Philipp.

„Was ist nur mit den jungen Leuten los? Keiner hat mehr Zeit, um mit einem alten Mann ein Schwätzchen zu halten.“ Ernesto nimmt einen Schluck Kaffee und schiebt ihn im Mund hin und her. „Solltest du nicht eigentlich bei bella Rosa in der Küche sein? Ihr habt doch geöffnet, oder? Rita reißt mir den Kopf ab, wenn sie heute Abend nicht ihr neues Kleid ausführen kann. Zeiten sind das, sage ich dir. Ein Tastendruck und schon kommt ein Kleiderkoffer aus Mailand. Und wer bezahlt´s? Der arme Ernesto.“ Ernesto guckt bekümmert.

„Du hast nicht zufällig eine Frau mit einem Rollkoffer gesehen?“ Ich halte es für absolut unwahrscheinlich, dass Signora Sie-können-mich-mal innerhalb einer halben Stunde zu Fuß so weit gekommen sein soll. Ernesto kaut und schaut nachdenklich.

„Ist es eine hübsche Frau?“

Ich zucke die Schultern. „Eine Frau halt. Ende zwanzig.“

„Besser kannst du sie nicht beschreiben?“ Ernesto grunzt belustigt.

„Ungefähr eins siebzig, schlank, kurze schwarze Haare, lange Nase, grüne Augen wie eine Sumpfnixe. Zufrieden?“

Ernestos Augen blitzen auf. „Ah! Signora Hanna. Sag das doch gleich.“

„Du kennst sie?“ Ich klinge überrascht, obwohl es mich andererseits nicht wundert. Signora Philipp besitzt ein sehr eindrückliches Wesen.

„Tolles Mädchen. Sehr gesprächig, aber auch in Eile.“ Ernesto seufzt und kratzt sich den Schädel unter seiner Mütze. „Erinnert mich an jemanden, konnte nur nicht sagen, an wen.“

„Ich wollte nicht wissen, wie sie ist, sondern wo sie ist.“

„Hast du sie verloren?“ Ernesto legt den Kopf schief. „Einer solchen Frau begegnet man nicht oft und schon gar nicht zu einem so günstigen Zeitpunkt.“ Er zwinkert, amüsiert über seine Anspielung auf Nonnas dämliche Testamentsklausel. „Womit hast du sie geärgert, du Dummkopf?“

„Ernesto. Ich möchte nur wissen, ob du ihr begegnet bist. Erspar mir zeitraubende Erklärungen, wenn du deiner Frau heute ein Abendessen bezahlen willst.“

Das Argument scheint zu ziehen. Wenn es einen Menschen gibt, der unseren braven Bürgermeister erschüttern kann, dann ist

das seine Gattin. Rita Zanolla hat Haare auf den Zähnen, das meine ich nicht nur bildlich.

„Gestern habe ich sie auf jeden Fall gesehen."

„Und heute?"

Ernesto antwortet nicht, sondern stochert gedankenverloren mit dem Daumennagel zwischen seinen Zähnen herum. Ich komme also nicht um die Amalfibar herum. An unserem Dorfwirt stolpert kein fremdes Gesicht vorbei, ohne dass er nicht einen seiner gefürchteten Espressi hineingeschüttet hat. Ich winke ab und lege den Rückwärtsgang ein, um den Pickup an der verlotterten Postschüssel vorbeizurangieren. Meine Beifahrerseite schrammt an dem Wacholderbusch entlang, dessen Äste bereits bis zur Straße reichen. Ich muss unbedingt Paolo Bescheid sagen, dass er dieses Unkraut mit der Heckenschere erledigt.

Ernesto beendet seine Zahnpflege, streckt sich und reißt den Mund zu einem Gähnen auf, bei dem mehrere Goldzähne aufblitzen. „Grüß Salvatore von mir! Und wenn du Signora Hanna gefunden hast, dann komm mit ihr im Rathaus vorbei. Ich schulde ihr ein Essen!"

Hanna.

„Sie können jetzt rauskommen. Er ist weg."

Verschämt kämpfe ich mich durch den stacheligen Wacholderbusch. Ernesto grinst und schaut mit schief gelegtem Kopf zu, wie ich mich mit meinem Trolley abmühe. Hoffentlich ist Giuseppa nichts bei dem Sturz in den Graben passiert. Der Geländewagen schoss derart schnell die Allee herunter, dass ich gar keine andere Wahl hatte, als dem Koffer einen Schubs zu verpassen und mich kurzerhand in diese grässliche Hecke zu schlagen.

„Ich nehme an, Sie haben Ihre Kleinigkeit im Tre Camini erledigt?", fragt Ernesto interessiert, als ich schwer atmend vor ihm stehe.

„Allerdings", antworte ich grimmig und zupfe ein paar Wacholdernadeln aus meinen Haaren.

„Scheint eine unerfreuliche Kleinigkeit gewesen zu sein."

Ich blinzle zu Ernesto hinüber und versuche herauszufinden, ob er sich über mich lustig macht, aber er verzieht keine Miene, sondern schaut nur nachdenklich die Straße hinunter. Meine Wut verraucht so unvermittelt, wie sie gekommen ist.

„Ach Ernesto." Entkräftet sinke ich auf den grasbewachsenen

Seitenstreifen. Ernesto schnalzt leise.

„So schlimm?"

„Haben Sie einen Job für mich?"

„Ich verstehe."

Merkwürdigerweise tröstet mich sein Mitgefühl, obwohl er sicher keine Ahnung hat, wovon ich rede. Ich weiß ja selbst nicht genau, weshalb mich dieser Fabrizio so aus der Fassung bringt. Nicht mal Daniel konnte mich derart wütend machen – und mit dem hatte ich immerhin eine Beziehung, wenn auch nur eine kurze. Abwesend rupfe ich einen Grashalm aus und beginne, drauf herumzukauen. „Wie gut kennen Sie Signor Camini, Ernesto?"

„Ich kenne beide, seit sie so hoch waren." Ernesto hält die Hand an seine Hüfte. „Hatten nur Blödsinn im Kopf und hielten dabei zusammen wie Pech und Schwefel. Aber das wollten Sie nicht wissen, oder?"

„Nicht direkt", murmele ich.

„Fabrizio ist ein guter Junge. Hat das Herz auf dem richtigen Fleck."

„Das ist schwer zu glauben."

„Sind Sie sicher, dass er Ihr Problem ist?"

Überrascht schaue ich auf. „Wie kommen Sie darauf, dass ich ein Problem habe?"

„Sie sahen auch gestern schon traurig aus."

Sah ich das wirklich? Aber ich bin überhaupt nicht … traurig. Ich bin wütend. Zumindest war ich das vor fünf Minuten noch.

„Sehen Sie, Signora Hanna, ich weiß nicht, was zwischen Ihnen und Fabrizio vorgefallen ist. Aber ich habe Augen im Kopf und die sehen zwei Menschen, die unglücklich sind. Die Frage ist", Ernesto macht eine Pause und wählt bedächtig seine nächsten Worte, „ob es Sinn macht."

„Ob es Sinn macht, unglücklich zu sein?"

„Sie verstehen schnell."

Ich verstehe überhaupt nichts.

„Die jungen Leute von heute machen sich das Leben viel zu kompliziert. Wollen alles wissen, alles sehen, alles sein. Drehen sich hierhin und dorthin, weil überall Möglichkeiten lauern, werden ganz schwindelig und sehen bald den Wald vor lauter Bäumen nicht mehr. Dabei müssten sie einfach nur auf dem Weg gehen, der sie zu ihrem Ziel bringt. Hat Ihrer Sie dorthin gebracht, wo sie hinwollten, Signora Hanna? Ist die Antwort ja, bringe ich Sie ins

Dorf zu Ihrem hübschen Auto. Ich war so frei, es in Stefano Gosettis Werkstatt abschleppen zu lassen. Wenn Sie aber meine Frage verneinen, sollten Sie Ihr Köfferchen nehmen und zurück ins Tre Camini gehen."

Erst nach einer kleinen vogelzwitschernden und insektensummenden Ewigkeit fällt mir auf, dass mein Mund offensteht. Hol mich der Teufel, ein philosophierender Postbote!

Zögernd erhebe ich mich aus dem Schneidersitz und klopfe gründlicher als nötig den Staub von meiner Stoffhose. Kann es tatsächlich so einfach sein? Vor meinem geistigen Auge ringt Claire dankbar die Hände und Lucias bittende Augen schummeln sich ins Bild. Außerdem habe ich Giuseppa mitgenommen, was mir vorhin logisch erschien, da sie ebenso unwillkommen war wie ich. Mit etwas Abstand betrachtet ist die Urne allerdings ein guter Grund, meine überstürzte Flucht zu überdenken und das nicht nur, weil ich definitiv keinen Kamin zu Hause habe. Unentschlossen schaue ich die zypressengesäumte Allee hinauf.

„Ich denke, da oben wartet Arbeit auf mich", sage ich langsam und sauge hörbar Luft in meine Lungen.

„Das habe ich mir schon gedacht." Ernesto leert seine Thermotasse aus, knüllt seine Brottüte zusammen und rutscht von seinem Grenzstein.

„Gut, ich geh dann mal." In Zeitlupe wende ich mich der Auffahrt zu. Leider erfolgt seitens Ernestos nicht der erhoffte Einwand, sondern nur das Geräusch einer quietschenden Autotür. Ich bleibe stehen.

„Ernesto? Fabrizio sprach Sie vorhin mit Herr Bürgermeister an. Sagten Sie nicht, Sie wären Postbote?"

Ernesto steckt den Kopf aus dem Fenster. Er muss schreien, um den klappernden Diesel zu übertönen. „Ich bin immer das, was gerade gebraucht wird, Signora Hanna. Postbote, Bürgermeister und Bankdirektor. Manchmal auch Arzt." Er tippt vielsagend auf seine Brust. „Hierfür."

Fabrizio.

Salvatore Bertani, genannt Salvi, war ein großer, dicker und unglücklicher Junge, dessen Schlagfertigkeit einzig und allein aus seinen Fäusten kam. Unser Lehrer, ein griesgrämiger Professore, der unter Schlaflosigkeit und Sodbrennen litt, bescheinigte Salvi am Ende der scuola primaria eine eher unterdurchschnittliche Auffas-

sungsgabe (eigentlich hielt er ihn für minderbemittelt, was er jedoch nicht sagen durfte), woraufhin der alte Bertani den Professore aufsuchte und auf eigene Faust für die Versetzung seines Sohnes sorgte. Und da Salvis Familie außerdem über hervorragende Kontakte ins Bürgermeisteramt verfügte, nahm der Professore schließlich den Rat des alten Bertani an und ließ sich frühpensionieren, ehe ihm ein amtliches Verfahren wegen erzieherischer Unfähigkeit drohte.

Wir Kinder hatten es also Salvi zu verdanken, dass nach den Sommerferien eine rothaarige Gazelle am Lehrerpult stand, deren Name wie Eiscreme klang. Ihr stupsnasiges Töchterlein hatte sie in der vorderen Bankreihe platziert, aus Gründen, die uns erst später klar werden sollten. Für Salvatore Bertani jedoch war von Anfang an alles klar. In der Sekunde, als er einen Blick auf die kleine Concetta Fragoletti warf, änderte sich sein Leben von Grund auf.

Heute heißt Concetta *Bertani* wie ihr Mann und fünf rothaarige Bertani-Sprösslinge, die keiner auseinanderhalten kann, führen den Krieg der Knöpfe in den verwinkelten Gassen Montesimos fort. Und aus dem großen, dicken, unglücklichen Jungen ist ein großer, dicker Mann geworden, der das Unglücklichsein denen überlässt, die sich am Tresen seiner Bar ausweinen.

Ich mustere fasziniert Salvis Oberarme, die den Durchmesser meiner Schenkel besitzen. Er poliert Weingläser, als befestige er Felgen mit einem Schraubenschlüssel und bei jeder Drehung des Geschirrtuchs schwabbelt die Unterseite seines Arms wie ein Schweinehautlappen hin und her.

„Sag mal Salvi, gehst du eigentlich ins Solarium?" Ich frage das nur, um ihn zu ärgern. Er hält Sonnenstudiogänger für schwul, dasselbe gilt für Männer, die untertourige Autos fahren, Vegetarier und all die armen Kerle, die das Feuilleton der Gazetta spannender finden, als den Sportteil. Salvis Flügeltrizeps kommt zum Stillstand, mich trifft ein empörter Blick. Salvatore Bertani ist so berechenbar wie eine Schweizer Taschenuhr.

„Warst du schon so lange nicht mehr in meiner Bar, dass du vergessen hast, wie viele Söhne ich gezeugt habe, Camini?" Sein Bass schlittert durch den Raum und findet weder auf dem speckigen Linoleumboden noch an den mit Fotografien übersäten Wandfliesen Halt. Salvi hatte dem Vorbesitzer versprechen müssen, niemals einen Nagel in die hässlichen, aber antiken Kacheln zu schlagen. Ich habe gehört, dass Concetta die Rahmen heimlich an die

Fliesen geklebt hat, als Salvi wegen einer Grippe das Bett hütete. Unser Dorfwirt besitzt nämlich weder den Mut noch den Ideenreichtum, dem Schlachthaus-Charme etwas anderes als Kunstpalmen und Plastikgarnituren entgegenzusetzen.

Aus dem Augenwinkel fange ich ein hämisches Grinsen von Carlo ein, der mit Padre Lorenzo und Stefano Gosetti, unserem Automechaniker, am Bistrotisch Karten spielt.

„Im Kindermachen bist du so schnell, dass wir das Zählen aufgegeben haben, Bertani!", ruft Carlo und trommelt mit dem Griff seiner Dienstpistole einen Tusch auf die Tischplatte. Stefano kichert mit rotem Gesicht in seinen Milchbart, der Padre bekreuzigt sich und ich erwische mich bei dem verbotenen Gedanken, wie es wäre, wenn mein Freund sich versehentlich die Eier abschösse.

Salvi glotzt zwischen uns hin und her, mit halb geöffnetem Mund. Ich rühre in meinem Cappuccino und beginne lautlos zu zählen. Bei neun schließt er den Mund, bei zwölf lacht er geschmeichelt auf und hält fünf Finger in die Höhe, einen für jedes Balg. Ich nippe an meiner Tasse und bin irgendwie froh, dass manche Dinge sich nicht geändert haben. Leider visiert Inspector Fescale bereits sein nächstes Opfer an.

„Eh Fabrizio! Hast du eigentlich die hübsche Signora wiedergefunden, die du verloren hast?"

Natürlich, das hätte ich mir denken können. Seit das moderne Zeitalter auch Montesimo in seine Datennetze eingespeist hat, weiß sogar unser Bürgermeister, wie man mittels Kurznachrichten Tratsch verbreitet. Dass Ernesto allerdings ausgerechnet Carlo als Klatschblatt missbraucht, nehme ich ihm übel. Denn Carlo liebt nichts mehr, als sich über andere lustig zu machen. Besonders über die, die er seine Freunde nennt.

„Ich habe sie nicht verloren", antworte ich und versuche, gelangweilt auszusehen. „Wahrscheinlich hat sie sich verlaufen."

„Ist wohl eher weggelaufen …" Carlo zwinkert seinen Spielgefährten zu. „Die Frau muss erst noch gebacken werden, die ihm nicht davonrennt."

Stefano fällt mit wippendem Adamsapfel in Carlos Gelächter ein, Padre Lorenzo bekreuzigt sich inbrünstig, als müsse er sich für die hämische Heiterkeit seiner Kameraden entschuldigen.

„Beleidige meinen Freund nicht, sonst gibt´s Spielverbot in meiner Bar!" Ein tapferer Versuch von Salvi, aber Carlo lacht ihn einfach aus. Ich hasse es, wenn er diese Uniform trägt, die aus ihm

ein testosteronberauschtes Großmaul macht. Salvi rügt die Drei mit einem tadelnden Blick und führt die flache Hand über seine Kehle. Sein bärtiges Walrossgesicht ist auf einmal nur noch Zentimeter von meinem entfernt.

„Hast du wirklich schon eine Frau gefunden? So schnell? Die Testamentsverkündung war doch erst gestern." Sein Atem riecht nach Erdnüssen und Zigarren. Mein Hocker wackelt und quietscht, als ich versuche, mich von ihm weg zu drehen.

„Ich suche keine Frau, Salvi", sage ich geduldig. „Meine neue Küchenhilfe wollte ins Dorf und sie ist schon eine Weile weg. Ich dachte, ich seh nach, ob sie zufällig hier vorbeigekommen ist."

Salvi befeuchtet seine Lippen und schaut sich um, als fiele ihm erst jetzt ein, dass er Gäste zu bewirten haben könnte. Am Eckfenster sitzt ein einsames Touristenpaar um die fünfzig, das neben dem blinkenden Flipperautomaten reichlich alleingelassen wirkt. Während sie mit einem Wörterbuch die Speisekarte übersetzt, bemüht er sich mit krummem Rücken und Bierdeckeln, den wackeligen Tisch zu fixieren. Salvi beachtet die beiden nicht.

„Ja, aber du brauchst doch eine Frau. Wegen des Guts", raunt er und macht eine nachdenkliche Pause. „Ist sie hübsch, deine Küchenhilfe? Hat sie schöne …" Er spreizt verstohlen beide Hände vor seiner Brust.

„Wen interessiert das? Habe ich je nach der Oberweite deiner Putzhilfe gefragt?!"

„Natürlich nicht! Die ist doch schon über siebzig!"

„Du wirst doch wohl eine einfache Frage beantworten können! Ist dir heute eine fremde Frau über den Weg gelaufen? Und ja, sie ist hübsch, ja sie hat Brüste und außerdem ist sie eine unerträgliche Ziege."

Salvi stiert mich mit offenem Mund an. „Du magst sie!"

Ich verdrehe die Augen, aber der Köder steckt längst in Salvis Rachen. Seine Knollennase kommt mir gefährlich nahe, als er seinen Leib über den Tresen schiebt. „Habt ihr gestritten? Wenn ihr gestritten habt, ist das gut, dann hat sie Feuer in ihrem …" Er deutet auf sein Hinterteil.

„Ich kenne sie kaum. Und wenn du sie nicht in deinem Besenschrank versteckt hast, wird das auch so bleiben. Wahrscheinlich ist sie tatsächlich abgehauen." Mit meiner Großmutter im Gepäck. Ein Umstand, mit dem ich dann wohl leben muss. Seufzend rutsche ich von dem Barhocker und zähle drei Münzen auf die Theke.

„Sei nicht traurig. Wir finden eine hübsche Frau für dich, die gut für dich sorgt“, sagt Salvi mitfühlend und schielt zu Carlos Pokerrunde herüber. Carlo starrt in seine Karten, an seinem leicht geneigten Kopf erkenne ich allerdings, dass er uns aufmerksam zuhört.

„Untersteht euch, irgendwas zu tun, was ihr später bereuen könntet!“, drohe ich. Mit unbewegtem Gesicht schiebt mein Freund seinen Centstapel in die Tischmitte.

„All in! Der Sieger bekommt alles.“

Irgendetwas sagt mir, dass Carlo damit nicht das Kartenspiel meint.

Meine Ahnung bestätigt sich, als ich zehn Minuten später die Piazza del Teatro überquere, um den Pickup aus dem Halteverbot zu holen, obwohl auf den ersten Blick nichts anders als sonst zu sein scheint. Die schrille, zänkische Dringlichkeit, die Montesimo an Markttagen erfasst, fegt über dem Platz und lärmt bis in die stillen Gassen zwischen den gelben Legosteinhäusern hinein. Marktleute sortieren ihre Waren und rufen sich dabei Tratsch und Klatsch zu, laut genug, um die Autohupen zu übertönen. Körbeschleppende Frauen feilschen um Orangen, Bohnen und Melonen, während die Männer plaudernd und espressotrinkend auf umgedrehten Obstkisten würfeln. Touristen schlendern unschlüssig herum, auf der Suche nach landestypischen Urlaubsmitbringseln, verschmähen Brunos hausgemachten Limoncello und greifen zum billigen Zitronenlikör aus dem Norden. Ich weiche einer Horde Kinder aus, die barfuß und dreckig zwischen den Ständen Nachlaufen spielt, und nicke Lucrezia Gosetti zu, die auf einem Klappstuhl vor ihrem Zeitungskiosk in der Sonne sitzt und wie eine wachsame, schwarze Krähe herüberstarrt.

Etwa in der Mitte der Piazza fallen mir die durchdringenden Blicke auf. Einige Frauen sind stehen geblieben, stupsen einander an und stecken die Köpfe zusammen. Ein paar Schritte später pralle ich gegen das kokette Lächeln der Bäckerstochter, die mich seit fünfzehn Jahren keines Blickes gewürdigt hat. Die dicke Betreiberin der Pension Fonte di Tufi wechselt abrupt die Richtung und eilt hinter mir her. Plötzlich schallt es von allen Seiten auf mich ein.

„Ciao Fabrizio!“

„Fabrizio! Wie geht es dir?!“

„Buon giorno, Signor Camini! Ein wunderbarer Tag, finden Sie

nicht?"

„Wir kommen heute in die Trattoria, Signor Camini!"

Ich beschleunige meinen Schritt, bis ich den Pickup erreicht habe. Zwischen Windschutzscheibe und Scheibenwischer klemmt ein Strafzettel. Typisch Carlo. Gibt vor, eine Pinkelpause einzulegen und stiehlt sich nach draußen, um seinem besten Freund eins auszuwischen. Ich klettere in den Wagen, lege den Strafzettel zu den anderen in die Mittelkonsole und stecke den Schlüssel ins Zündschloss, aber leider habe ich die Rechnung ohne Signora Gosetti gemacht.

Ein kohlschwarzes Augenpaar erscheint an meinem Seitenfenster, unzählige Haarklammern blitzen in der Sonne auf. Viel mehr kann ich von der Alten nicht erkennen, die mich mit ihrer gebückten Haltung, den schwarzen Schürzenkleidern und Strümpfen immer an ein abgebranntes Streichholz erinnert. Resigniert kurbele ich das Seitenfenster hinunter und verfluche Nonna für meine guten Manieren.

„Buon giorno, Signora Gosetti."

Signora Gosetti schiebt die dichten, schwarzen Brauen zusammen, saugt an ihrer Zigarette und bläst den Rauch durch ihre behaarten Nasenlöcher. Ich halte automatisch die Luft an, während der Gestank filterloser Gitanes ins Wageninnere quillt.

„Hast du schon eine Frau gefunden, die du heiraten wirst?", krächzt sie, ohne meine Begrüßung zu erwidern. Einer der Vorzüge des Alters scheint zu sein, dass man immer problemlos zum Wesentlichen kommen kann.

„Wollen Sie sich als Kandidatin bewerben, Signora Gosetti?", flachse ich und bereue es sofort. Die Alte spitzt ihren faltigen Mund und scheint tatsächlich über mein Angebot nachzudenken.

„Nein danke", sagt sie schließlich unfreundlich und zieht wieder an dem braun verfärbten Filter, ohne die tobende Kindermeute aus den Augen zu lassen, die jetzt um den Pickup herumrennt. Kind müsste man sein, dann stellen einem die Leute nicht derartige Fragen. „Hast du nun eine Braut, oder hast du keine?"

„Ich arbeite daran", lüge ich und schiele zur Bäckerei herüber, wo Albertos altes Klapprad an der Hausmauer lehnt. Jeden Morgen radelt unser Gutsverwalter für einen Espresso und ein paar heimliche süße Cantucci dorthin. Wenn Lucia das wüsste. Ein gelber Nikotinfinger bohrt sich in meinen Unterarm.

„Beeil dich mit dem Suchen. Ich will ein Fest. Ein großes Fest."

„Sie wollen ein Fest?“

„Eine Hochzeit, du Dummkopf. Was sonst. Ist vielleicht die letzte, die ich erlebe.“ Sie hustet mit hervorquellenden Augen, als schlüge tatsächlich ihr letztes Stündlein.

„Ich gebe mein Bestes, Signora Gosetti.“ Ich muss mich wirklich beherrschen, nicht aufzulachen. Trotz ihrer täglichen vierzig Zigaretten ist Lucrezia robust wie ein Ackergaul und festentschlossen, Stefano zu überleben, nur damit ihr einziger Sohn nicht auf die Idee kommt, ein eigenes Leben zu führen. Es rumst am Heck, eine Kinderstimme heult auf. Offenbar hat die wilde Bande den Gejagten geschnappt. Etwas schrammt an meiner Seitenwand entlang. Kind müsste man sein, aber das sagte ich schon.

„Und vergiss nicht die Panini, Fabrizio!“ Lucrezia schnalzt ungehalten, weil ich sie verständnislos anglotze. „Die Kleinen mit Sesam drauf. Die will ich auf deinem Hochzeitsbuffet sehen. Und Rosa-Marias Ribollita. Viel Ribollita.“ Wieder ein mahnend erhobener Krähenfinger. Ich habe längst gelernt, dass man Signora Gosetti besser nichts entgegensetzt. Wie Stefano das bloß aushält, der immer noch zu Hause wohnt.

„Geht in Ordnung.“ Ich nicke ergeben. „Aber jetzt müssen Sie mich fahren lassen, ich habe einiges zu erledigen.“

„Fahr, fahr …“ Sie wedelt mit der Hand und versetzt einem rotlockigen Bertani-Jungen eine Kopfnuss, weil er fast in sie hineingelaufen wäre. „Aber schön langsam! Bring mich ja nicht um meine letzte Hochzeit!“

Als ich in Schrittgeschwindigkeit von der Piazza tuckere, bin ich mir nicht sicher, ob das alles nicht einfach nur ein bizarrer Albtraum ist.

Hanna.

Lucia verlor kein Wort, als ich samt Rollkoffer und schuldbewusstem Gesicht an der Hintertür klingelte. Sie umarmte mich, führte mich in mein Kämmerchen, wo eine geblümte Schürze bereitlag und fragte ruhig nach meiner Schuhgröße. Die Pantoffeln, die sie mir daraufhin überreichte, sind alles andere als der letzte Schrei, aber sie passen und sind bequem.

Rosa-Maria ist noch nicht zurück vom Markt, wofür ich dankbar bin, denn ich hätte ihre robuste Art jetzt nicht verkraftet. Seit einer halben Stunde sitzen Lucia und ich am Küchentisch und schälen Zwiebeln. Auch wenn ich mich nicht gerade geschickt

anstelle und der Zwiebelsaft wie Hölle in den Augen brennt, ist es gar nicht so schlimm. Es macht Spaß, Lucia bei der Arbeit zuzusehen. Mit flinken Fingern häutet und viertelt sie die roten Knollen und macht dabei ein Gesicht wie eine Chemielaborantin, die irgendein hochexplosives Zeugs herstellt.

Bis dato haben wir kaum miteinander geredet. Das ist auch gar nicht nötig. Bin ich mit einer Zwiebel fertig, wische ich mit einem Küchentuch die Tränen aus meinen Augen und Lucia reicht mir stumm die nächste Knolle. Als der Eimer leer und die Porzellanschüssel mit rosafarbenen Zwiebelspalten gefüllt ist, entschlüpft mir ein triumphierendes „Ha!“ und ich fühle mich, als hätte ich mein Kürzel unter einen kniffeligen Artikel gesetzt. Dabei ging es hier bloß um ein paar alberne Zwiebeln. Lucia schmunzelt.

„Jetzt sind die Kartoffeln dran. Schließlich machen wir Ribollita und keine Zwiebelsuppe.“

Ich stöhne auf.

„Deine Mutter hat nicht oft mit dir gekocht, oder?“ Lucia sieht mich mitfühlend an und ich spüre, wie das Lächeln von meinen Lippen bröselt. Sie merkt sofort, dass sie die falsche Frage gestellt hat. „Entschuldige, das geht mich gar nichts an. Du brauchst meine dummen Fragen nicht beantworten“, sagt sie rasch und erhebt sich von ihrem Schemel. Ihre Pantoffeln machen ein schlurfendes Geräusch, als sie zur Spüle geht und sich die Hände wäscht.

„Ich beantworte sie aber gern.“

Was sage ich da? Was sage ich da bloß?!

Lucia schaut aus dem Fenster zum Hof. Sie seift ihre Hände gründlich und langsam ein, während das Wasser in einem dünnen Rinnsal in das Steinbecken plätschert.

„Meine Mutter hat sehr gut gekocht und Suppen waren sogar ihre Spezialität“, höre ich mich leise sagen. „Aber sie hat irgendwann damit aufgehört. Es war einfacher, ein paar Schachteln vom Chinesen mitzubringen, wenn sie von der Arbeit kam.“

„Aber das war nicht dasselbe.“

„Es schmeckte auf Dauer etwas eintönig.“ Meine Kehle wird eng. Lucia trocknet ihre Hände und kommt mit einem Korb Kartoffeln und zwei Schüsseln zum Tisch zurück. Ihre Züge sind weich, als sie mir mein Schälmesser reicht.

„Es ist nie zu spät, mit etwas zu beginnen, das sich nach zu Hause anfühlt“, sagt sie und ihre Stimme rieselt wie warmer Sand meine Arme herab. Lucias Blick driftet erneut zum Fenster. „Wür-

dest du mir einen Gefallen tun, Hanna?"

„Natürlich, gerne."

„Fabrizio ist aus der Stadt zurück. Er ist wahrscheinlich in der Brennerei, drüben auf der anderen Hofseite." Sie zieht einen kleinen Gegenstand aus ihrer Schürzentasche und lächelt mich an. „Würdest du bitte zu ihm gehen und ihm diesen Schlüssel geben, er hat ihn heute Morgen gesucht."

Mit einem mulmigen Gefühl überquere ich den Hof. Vollkommen klar, dass Lucia mir mit diesem Auftrag Gelegenheit geben will, den Vorfall mit Fabrizio zu klären. Man sollte kleine, harmlos aussehende Italienerinnen nicht unterschätzen. In einem weiten Bogen umrunde ich eine Ansammlung braungefiederter Hühner und einen Moment setzt mein Herz aus, als ich das schreckliche weiße Huhn unter ihnen sichte. Rasch schlüpfe ich unter das Vordach und stehe unentschlossen vor der mächtigen Holztür.

„Manchmal ist es besser, man stellt sich seinen Geistern, statt ihnen davonzulaufen." Ich habe gar nicht mehr vor, davonzulaufen, Claire. Die Lektion habe ich gelernt. Außerdem ist dieser Italiener alles andere als ein Geist, sondern ein überheblicher Vollprolet, wie ich sie schon zu Hunderten kleingeschrieben habe. Claires helles Lachen mischt sich in das Rauschen in meinen Ohren. Lach du nur. Entschlossen drehe ich am Türknauf.

Meine Augen müssen sich an das Dämmerlicht im Innern erst gewöhnen. Am Ende des holzgetäfelten Gangs befindet sich eine zweite Tür, die nur angelehnt ist. Ich schlüpfe hindurch, ehe ich es mir anders überlege – und bleibe überrascht stehen.

Die von außen eher unscheinbar wirkende Scheune besteht aus einem einzigen, lichtdurchfluteten Raum mit bodentiefen Fenstern, die sich bis zu den Dachbalken erstrecken. In der Mitte befindet sich eine Tafel, an der mühelos zwanzig Personen Platz finden, an einer Wandseite stehen riesige Kupferkessel, gespickt mit Thermostaten, von denen verschiedene Rohre in kleinere Behältnisse führen. Es riecht betäubend nach feuchter Erde und gegorenen Früchten. Fabrizio Camini kniet vor einem deckenhohen Flaschenregal, das mit gläsernen Abfüllballonen gefüllt ist. Meine Faust umschließt den kleinen Schlüssel fester.

„Sie sind also noch hier", bemerkt er, ohne aufzusehen. Sofort ist meine versöhnliche Stimmung wie weggeblasen. Stattdessen sticht mich erneut eine leise Gereiztheit. Er klingt, als hätte er

nichts anderes erwartet.

„Das ist mit Sicherheit nicht Ihr Verdienst." Ich lächle dünn und gehe auf ihn zu. „Lucia bat mich, Ihnen das hier zu geben."

Er macht sich nicht die Mühe aufzustehen, sondern nimmt den Schlüssel mit erhobener Hand entgegen. Verzieht keine Miene, sondern steckt ihn in die Brusttasche seiner Latzhose und wendet seine Aufmerksamkeit wieder den Glasballonen zu.

„Lucia war schon immer geschickter mit Personal. Ich hätte sie heute Morgen besser direkt damit beauftragt, Sie einzuarbeiten. Und wie ich sehe", sein Blick fällt auf meine Pantoffeln und klettert zu meiner Blümchenschürze hinauf, „ist meine Schwägerin auch erfolgreicher als ich."

„Es ist keine Kunst, jemandem freundlich zu sagen, was man von ihm möchte", kontere ich trotzig.

„Ist es nicht?" Wieder ein spöttischer Blick. Seine Ignoranz treibt mich zur Weißglut.

„Es braucht eigentlich nur ein wenig Herz dazu."

Seine Augen weiten sich überrascht, als er seine eigenen Worte erkennt. Touché. Ich spüre ein Grinsen auf dem Gesicht. Leider scheint er meine Kampfeslust eher amüsant denn provokant zu finden. Schweigen macht sich zwischen uns breit und lässt alle anderen Geräusche in dem hohen Raum unnatürlich laut erscheinen. Das Sauggeräusch aus den Kupferkesseln, das Piepen einer Digitalanzeige, selbst das Knarren der Deckenbalken über uns. Fabrizio untersucht stirnrunzelnd die Abfüllschläuche.

„Ist das da drüben eine Destilliermaschine?", frage ich schließlich, weil ich die beklemmende Stille nicht mehr aushalte.

„Sie stehen in einer Brennerei, Signora Philipp."

„Warum machen Sie das?"

„Warum ich Alkohol brenne?"

„Nein. Ich meine … warum sind Sie so unfreundlich?"

Sein Wangenmuskel zuckt. Er will etwas erwidern, überlegt es sich jedoch anders. Steif vom langen Knien kommt er auf die Füße und plötzlich ist sein Gesicht nur noch Zentimeter von meinem entfernt.

„Sie haben recht", sagt er langsam. Ich halte den Atem an. Für einen winzigen Augenblick löst sich die Düsternis aus seinen Augen und entblößt … Verwundbarkeit. In mir regt sich etwas, das nicht das Geringste mit den Gefühlen zu tun hat, die ich eben noch hatte. Fabrizio wendet sich ab, zieht eine schlanke Flasche aus dem

mittleren Regalboden und eine zweite, fast identische, aus dem Fach darunter. „Kommen Sie, ich zeige Ihnen etwas."

Ich folge ihm zu der italienischen Tafel und nehme auf dem Lehnstuhl Platz, den er für mich beiseite gerückt hat.

„Rauchen wir jetzt eine flüssige Friedenspfeife?", versuche ich zu scherzen, als er mehrere Likörgläser auf den gewachsten Holztisch stellt.

„So etwas in der Art." Ein flüchtiges Lächeln sticht sichelförmige Grübchen in seine Wangen. Er hat ein erstaunlich einnehmendes Lächeln. Behutsam dreht er den Korkverschluss aus dem ersten Flaschenhals und füllt eines der Gläser, dasselbe Prozedere erfolgt mit der zweiten Flasche. Ich zeige auf die beiden verbliebenen Likörgläser.

„Es gehören zwei zum Frieden schließen."

„Ich trinke nichts Hochprozentiges."

„Sie machen Schnaps, aber trinken nicht? Das ist …"

„Merkwürdig?" Er neigt den Kopf. „Ich muss keinen Alkohol trinken, um ihn herstellen zu können. Es handelt sich übrigens um Likör und mich interessiert, was Sie davon halten. Als Fachfrau."

„Sie können´s nicht lassen, oder?"

„Ich verstehe nicht."

„Diesen fiesen Unterton, als Sie *Fachfrau* sagten."

„Wissen Sie, was das Problem mit euch Frauen ist? Ihr denkt zu viel. Lassen Sie meine Worte stehen und grübeln Sie nicht darüber nach, wie ich sie gemeint haben könnte. Probieren Sie, das ist eine Anweisung Ihres Arbeitgebers."

Ich nippe vorsichtig am ersten Glas und lasse der süßen Würze Zeit, sich auf meiner Zunge zu entfalten. „Das ist Aprikosenlikör. Schön fruchtig, ein Hauch Rosmarin. Schmeckt interessant."

Er nickt und deutet auf das zweite Glas. Ergeben halte ich auch das an meine Lippen. Bereits der Duft ist betörend. Ich schaue überrascht auf.

„Trinken Sie", fordert Fabrizio.

„Werde ich danach nackt auf dem Boden aufwachen?"

Oh mein Gott. Ich flirte mit ihm. Ich flirte mit ihm?!

„Ich sorge dafür, dass es nicht der Boden ist", antwortet er trocken. Meine Wangen brennen. Wie peinlich. Claire kichert in meinem Hinterkopf. Ich nehme einen großen Schluck, das Glas verharrt an meinen Lippen. Das Feuerwerk aus Süße und Frucht schießt bis in meinen Unterleib.

„Gott, der ist fantastisch! Was ist das?“

„Aprikosenlikör.“

„Aber der schmeckt völlig anders. Der andere Likör ist gut, keine Frage, aber dieser …“, ich spähe auf das handgeschriebene Etikett. *Liquore di albicocche della Nonna.* „Der ist einzigartig! Verraten Sie mir, was darin ist?“

„Ich habe keine Ahnung.“ Er sinkt auf den Stuhl neben mir und betrachtet seine Hände. Klavierspielerhände, lang und eckig, mit schwarzen Rändern unter den kurz geschnittenen Nägeln. Ich zwinge mich, in sein Gesicht zu sehen.

„Muss ich das jetzt verstehen?“

„Das ist der Aprikosenlikör meiner Großmutter.“

„Aber dann müssen Sie doch wissen, woraus er besteht.“

„Er besteht aus unserem Aprikosendestillat, Aprikosen und Zucker, der Rest ist streng geheim. Das Rezept wird seit Generationen nur den Töchtern der Familie weitergegeben und meine Großmutter war leider eine große Anhängerin von Traditionen. Und da Sie sowieso weiterfragen: Es gab eine Niederschrift, aber das Notizbuch ist spurlos verschwunden, bevor ich einen Blick hineinwerfen konnte.“

„Aber das bedeutet …“

„Das heißt, dass diese Flasche eine der letzten Hundertfünfzig ist, die noch existieren. Ich schenke sie Ihnen. Genügt Ihnen das als Friedenspfeife?“ Wieder dieser ironische Ton, der jedoch nicht über den Frust in seiner Stimme hinwegtäuscht. Ich starre ihn ungläubig an.

„Ich finde, Sie sollten das nicht tun.“

„Was? Ihnen die Flasche schenken?“

„Sie sollten nicht einfach aufgeben. Mit diesem Likör könnten Sie sehr erfolgreich sein … und das nicht nur in Italien.“

„Und das rät mir eine gewisse Signora, die bei der kleinsten Schwierigkeit mit Türen knallt?“ Er lacht bitter auf. „Bei einem Produkt wie diesem genügt die geringste Abweichung in der Zusammensetzung der Zutaten. Ein höherer oder niedrigerer Alkoholgehalt, ein Gramm weniger hiervon und ein halbes mehr davon, und der Geschmack des Likörs verändert sich völlig. Das Rezept wurde nicht umsonst über Jahrzehnte entwickelt. So viel Zeit habe ich leider nicht. Und Nonna kann ich auch nicht fragen.“

Sein unbewusster Hieb trifft sein Ziel. In seinen Augen lese ich Wut, aber noch viel mehr Schmerz – und jetzt fühle ich mich wirk-

lich mies. Hätte ich den Artikel nicht geschrieben, wäre Giuseppa vielleicht noch am Leben und könnte Fabrizio das kostbare Likörrezept weitergeben. „Ich wollte Ihnen nicht zu nahe treten“, sage ich steif. „Es tut mir leid. Vor allem das mit Ihrer Großmutter. Aber ich kann es nicht ungeschehen machen.“

„Meine Großmutter war krank Signora Philipp. Auch wenn ich Ihnen diesen Artikel übel nehme, gebe ich Ihnen keine Schuld an ihrem Tod.“

Fabrizio erhebt sich, die Stuhlbeine kratzen mit einem hässlichen Geräusch über den Steinboden. Ohne mich anzusehen, verschließt er die Likörflaschen und sammelt die Gläser ein.

„Sie sollten zurückgehen. Rosa-Maria braucht Sie in der Küche, das Restaurant wird heute Abend voll sein.“

Dieser Mann ist wirklich ein Rätsel. Trotzdem bin ich nicht wütend, als ich mit Fabrizios Versöhnungsgeschenk die Brennerei verlasse. Zum ersten Mal, seit ich Fabrizio Camini kenne, bin ich mir nicht mehr sicher, ob ich mit meiner Einschätzung hinsichtlich seiner Person richtig liege. Und ich fürchte, das trifft auch auf seine Trattoria zu.

7 SETTE

Hanna.
Noch vor wenigen Tagen hätte ich jeden ausgelacht, der behauptet hätte, ich würde einmal dankbar für ein Paar zerschlissene Pantoffeln sein. Nun. Vor wenigen Tagen ist definitiv nicht heute.

Stöhnend plumpse ich auf den niedrigen Küchenstuhl. Meine Beine schmerzen unsäglich und meine Hände … Nein, reden wir nicht über meine Hände. Betrübt betrachte ich meine rot gescheuerten Finger mit den abgebrochenen Nägeln. Meine Kosmetikerin wäre entsetzt. Ich blättere in einem der Groschenromane, die immer griffbereit in Rosa-Marias Nähe herumliegen, und beobachte die Köchin aus dem Augenwinkel. Wie ein Derwisch wirbelt Rosa-Maria seit zwei Stunden in der kleinen Küche umher, rührt in Töpfen, seiht Pasta ab, wendet Fleisch in der Pfanne, garniert Teller und hat nebenbei noch genug Puste, um Lucia und die anderen Bedienungen durch die Trattoria zu scheuchen.

„Fettuccine al funghi porcini, Tisch drei!", blafft sie und kurz darauf erscheint ein ängstliches Gesichtchen in der Durchreiche.

„Tisch drei? Die sind aber noch bei den Antipasti", sagt das Serviermädchen zaghaft.

„Dann sag deinen Gästen, sie sollen schneller essen! Die Pasta wartet nicht! Bring gefälligst den Teller weg. *Ksch ksch!*"

Ich grinse vor mich hin, ein grober Fehler im Nachhinein, aber wer ahnt schon, dass Rosa-Maria sogar im Hinterkopf Augen hat. Sie fährt herum, mustert das zerfledderte Heftchen in meiner Hand und herrscht mich an: „Signorina Ich-bin-mir-zu-schade! Wo sind die Schalen für den Nachtisch, eh? Wir machen erst Pause mit Lady

Prudence, wenn die Arbeit getan ist!“

Lady Prudence. Ich werfe das Schmierblättchen auf den Hocker zurück, stöhne extra laut und extra schmerzerfüllt und zeige auf meine Füße. „Aber ich kann nicht mehr!“

Rosa-Maria watschelt heran und beugt sich misstrauisch über meine geschwollenen Zehen. „Sie bluten nicht.“

Sie bluten nicht?! Ungläubig schaue ich zu Rosa-Maria hoch, die mich mit in die Seiten gestemmten Fäusten streng ansieht.

„Solange sie nicht bluten, gibt es keinen Grund, den Zitronen beim Wachsen zuzusehen. Mach dich an die Spüle, ich brauche kleine Schalen für die Panna cotta!“

Eine Sekunde lang erwäge ich eine zwar trotzige, aber durchaus passende Antwort, doch zum Glück schlüpft Lucia in die Küche herein.

„Sei nicht zu streng mit Hanna, Rosa-Maria!“, ruft sie mit geröteten Wangen, schichtet drei kunstvoll dekorierte Teller in ihre Armbeuge und eilt hinaus, nicht ohne ein „Es schmeckt heute wunderbar!“ bei dem Küchendrachen und ein warmes Lächeln bei mir zu lassen. Gott, dieses Mädchen ist ein echter Engel.

Rosa-Maria bemerkt meinen lauernden Blick zu spät. Ertappt zieht sie die Mundwinkel wieder herab, die sich sanft nach oben gebogen haben. Brummend öffnet sie die Ofentür und ein Schwall thymiangetränkter Hitze treibt die ohnehin schon saunamäßige Küchentemperatur aufgussartig in die Höhe. Mit hochrotem Gesicht stellt sie den Tontopf auf dem Herd ab, in den mühelos ein ganzes Ferkel gepasst hätte. Ein Ausdruck makelloser Zufriedenheit zieht ihre Pausbacken auseinander, als sie den Deckel hebt. Es gelingt mir, einen Blick auf die dunkelbraune Lammbratenkruste zu erhaschen, ehe sich ihr gewaltiger Hintern in mein Sichtfeld schiebt. Murrend trolle ich mich in meine Spülecke.

„Morgen wirst du mir beim Kochen helfen, Signora Mir-ist-alles-zu-anstrengend. Dann weißt du, was Arbeit bedeutet!“

„Ich kann´s kaum erwarten, Signora Oberfeldwebel“, antworte ich schlagfertig, woraufhin der Drache mich zunächst mit offenem Mund anstarrt. Und dann in heiseres Lachen ausbricht.

„Oberfeldwebel? Das ist gut. Gefällt mir. Denk aber bloß nicht, du kommst in meiner Küche mit Komplimenten weiter!“

Zwei Stunden und eine gefühlte Lkw-Ladung Geschirr später passiert das, was ich schon nicht mehr zu hoffen wagte. Lucia kommt

mit den letzten schmutzigen Tellern in die Küche und bindet ihre Servierschürze ab, ehe ich einen qualvollen Erstickungstod im Schaumwasser erwäge.

„Sie sind alle gegangen. Feierabend, meine Lieben!"

Rosa-Maria bekreuzigt sich, woraufhin mir ein „Amen" entschlüpft. Mittlerweile sind meine Hände von der Seifenlauge derart verschrumpelt, dass ich damit in einem Gruselkabinett auftreten könnte.

„Die Nägel wachsen wieder", tröstet Lucia mich und zaubert aus irgendeiner Schublade eine Nagelfeile hervor.

„Hoffentlich nicht", brummt Rosa-Maria. Ich werfe ihr einen vernichtenden Blick zu und linse auf die Proseccoflasche, die Lucia aus dem Kühlschrank genommen hat. Alkohol ist jetzt genau das, was ich brauche.

„Gibt es was zu feiern?"

„Aber natürlich. Du bist noch hier. Und du hast die Feuertaufe überlebt."

Das ist allerdings ein Grund zum Feiern, auch wenn es sich bei dieser Feuertaufe um eine reichlich nasse Angelegenheit gehandelt hat. Ich fühle mich, als hätte ich das Jahressortiment einer Porzellanfabrik gespült. Sobald ich wieder ein Restaurant durch den Haupteingang betrete, lasse ich ein sattes Trinkgeld für den Tellerwäscher da, das schwöre ich.

Es macht *Plopp!* und wenige Augenblicke später sprudelt hellgelbes Blubberwasser in langstielige Gläser.

„Eigentlich hätte ich jetzt lieber was Hochprozentiges mit einem Schirmchen", seufze ich, nachdem wir angestoßen haben.

„Mit einem Schirmchen?" Lucia sieht mich belustigt an.

Ich nicke verträumt. „Ich liebe bunte Schirmchen."

Rosa-Maria schaut ratlos von mir zu Lucia. „Wir haben keine Schirme. Nur draußen auf der Terrasse."

Lucia streicht Rosa-Maria sanft über den Rücken. Ist mir ein Rätsel, wie man diesem Ungeheuer Zärtlichkeit entgegenbringen kann. Meine Ohren sind mittlerweile blau von ihrem Kommandoton. „Ich glaube, Hanna meinte etwas anderes. Aber du warst ganz wunderbar heute Abend, Rosa-Maria. Es hat allen geschmeckt und du weißt ja, wie die Damen sind."

„Damen?" Ich schmunzle. „Klingt, als hättest du da draußen nur weibliche Gäste bedient."

Die beiden schauen einander vielsagend an. Mir bleibt das La-

chen im Hals stecken. „Ernsthaft? Im Restaurant saßen wirklich nur Frauen?“

„Ich fürchte, sie sind trotz des guten Essens ziemlich enttäuscht nach Hause gegangen.“ Lucia kichert.

„Wieso das?“ Verständnislos sehe ich Lucia an, dann Rosa-Maria, die mit geschürzten Lippen ihr unangetastetes Proseccoglas beäugt.

„Sie hatten bestimmt gehofft, Fabrizio zu sehen.“

„Fabrizio?“

„Das ist eine längere Geschichte. Aber weißt du was?“ Lucia leert ihr Glas und erhebt sich. „Ich erzähle sie dir, während wir zu deinen Schirmchen fahren.“

„Wie? Jetzt?“

„Auch Montesimo hat eine Bar, in der man nach elf noch einen Cocktail trinken kann. Komm Hanna, zieh rasch deine hübschen Absatzschuhe an, ich war schon ewig nicht mehr aus!“

Fabrizio.

Es ist stockdunkel im Hof und über dem Eingang der Trattoria brennt das Nachtlicht, als endlich das Geschnatter und Gekicher verebbt. Vorsichtig linse ich hinaus und beobachte erleichtert, wie das letzte Auto unsere Auffahrt verlässt. Eigentlich wollte ich bereits vor Stunden rübergehen und Lucia beim Servieren helfen, aber angesichts der anströmenden Weibermassen habe ich schleunigst den Rückzug in die Brennerei angetreten. Jetzt habe ich zwar ein schlechtes Gewissen, aber wenigstens auch mein Seelenheil. Ich seufze. Ich komme mir vor wie ein Hirsch mitten in der Jagdsaison. Und jede Frau trägt ein verdammtes Gewehr.

Mein Blick wandert zu dem kleinen Fenster neben der Küchentür, als ich Schritte und Geflüster höre. Mist. War doch nicht das letzte Auto. Ein Ast knackst, jemand flucht.

„Fabrizio?“, wispert es direkt neben mir. Zu spät, um sich zu verdünnisieren. Gekicher. Reichlich angetrunkenes Gekicher. Ziemlich tiefes angetrunkenes Gekicher.

„Carlo? Was zum Teufel machst du hier? Und wieso schleichst du herum wie ein Einbrecher?“, blaffe ich in die Dunkelheit.

„Pssst! Leise!“ Wieder Gelächter, zwei Gestalten lösen sich von der Hauswand.

„Stefano? Was geht hier vor?“

„Eh Fabrizio! Mein Freund! Mein guuuter Freund!“

Ich wende angeekelt den Kopf ab. Carlos Fahne macht einen schon beim Einatmen betrunken. Stefano giggelt leise im Windschatten meines Freundes vor sich hin, sein magerer Körper schwankt gefährlich.

„Wir wolltn disch abholn“, nuschelt Stefano und zeigt irgendwohin in den Himmel. Carlo verpasst ihm einen Seitenhieb.

„Lorenzo wartet da drüben, du Idiot!“, herrscht er ihn unfreundlich an, woraufhin Stefanos Finger Richtung Auffahrt schlingert.

„Richtisch. Da drübn sitzt er.“

„Ihr seid ja nicht bei Trost. Ich gehe nirgendwo hin. Wisst ihr überhaupt, wie spät es ist?“

„Nö.“

„Nö.“

„Für euch scheint es jedenfalls spät genug zu sein.“

Albernes Gekicher. In der Trattoria geht das Licht aus.

„Och Fabrizio, komm schon. Denk an die alten Zeiten.“

Das macht Carlo immer. Kommt er auf dem logischen Weg nicht weiter, fängt er mit den alten Zeiten an. Ich schüttle entschieden den Kopf und schiele zum Haupthaus hinüber. Ehrlicherweise habe ich jetzt keine große Lust, Lucia zu begegnen. Oder unserer neuen Küchenhilfe. Ist mir immer noch peinlich, dass ich wie ein sentimentaler Trottel meine Sorgen vor dieser Frau ausgebreitet habe. Schließlich hat sie einen erheblichen Teil zu meinem Dilemma beigetragen.

„In Eurem Zustand torkelt ihr besser nach Hause. Deine Mutter wird dir sonst die *La Traviata* singen, Stefano.“

„Meine Mutta kann gar nüsch singen.“

„Umso schlimmer. Davon abgesehen hoffe ich für euch, dass der Padre nüchtern ist, wenn er fahren soll.“

„Hähä … Eh Fabrizio, ich glaube nicht, dass die Carabiniere uns verhaften.“ Carlo klopft stolz auf seine Brust. „Die bin nämlich ich“, setzt er erklärend hinzu. Jetzt muss ich doch lachen.

„Komm schooon. Lass uns auf einen schönen Vino zu Salvi fahren. Nur wir drei, äh … vier.“ Carlo hakt mich unter, und ob ich will oder nicht, schleift er mich über den Hof. Der Zweitakter heult auf, das Getriebe macht ein hässliches Knirschgeräusch. Der Padre war schon immer ein lausiger Autofahrer. Ergeben beuge ich mich zum Fahrerfenster hinunter, aus dem mich ein ängstliches, bebrilltes Gesicht anschaut.

„Rutsch rüber, Lorenzo. Ich fahre!“, befehle ich und der Padre krabbelt umständlich auf den Beifahrersitz. Selbst nach Feierabend legt Lorenzo seine Soutane nicht ab. Carlo und Stefano johlen auf und klatschen sich ab, wobei Stefano Carlos Hand knapp verfehlt.

„Einen Vino, nicht mehr! Ich muss morgen die Ernte einfahren“, versuche ich ihren Übermut zu dämpfen, während Carlo auf dem Rücksitz die Fußballhymne von Gil Azzuri intoniert. Stefano, des Textes nicht mächtig, setzt mit „Na-na-na“ ein und Lorenzo klopft zaghaft den Takt aufs Armaturenbrett. Rhythmusgefühl besitzt er übrigens auch nicht.

Grundgütiger. Worauf habe ich mich da eingelassen.

Hanna.

„Fabrizio muss heiraten, um das Gut zu erben?!“ Ich lehne mich in dem Plastikstuhl zurück. Das muss ich erst mal verdauen. Der dicke Mann, der sich überschwänglich als Salvatore vorgestellt und mir beim Händeschütteln fast den Arm ausgekugelt hat, stellt zwei erdbeerfarbene Tulpengläser auf das Tischchen, das trotz der unter die Beine geschobenen Bierdeckel wackelt. Mein Schirmchen hat einen Riss und wurde sicher mehr als einmal benutzt. Aber immerhin ist es ein Schirmchen.

„Danke, Salvi.“ Lucia lächelt den Dicken an, der wie festgewachsen vor unserem Tisch steht und mich neugierig mustert.

„Ist ein Geheimrezept von meiner Concetta. Mit Erdbeeren drin. Mehr darf ich nicht verraten.“

„Vielen Dank“, wiederhole ich höflich und hoffentlich auffordernd, denn nach Lucias unerhörter Geschichte von Giuseppa Caminis Testamentseröffnung brennen mir etliche Fragen auf der Zunge. Salvi knetet seine Kinderlippen, die irgendwie zu klein für sein Mondgesicht sind, sein Blick rutscht auffällig unauffällig in mein Dekolleté. Lucia räuspert sich. Mehrmals.

„Salvatore, die Damen da hinten am Ecktisch möchten bestellen.“

Salvi nickt abwesend, ohne seine wässrigen Augen von meinem Ausschnitt zu lösen. Ich fange an zu lachen. Die Bar platzt fast aus allen Nähten und der Wirt scheint nichts davon zu bemerken.

„Sie sind Fabrizios Aaanna, oder?“

„Fabrizios …? Äh, nein. Ich meine ja! Ich bin Hanna, aber nicht Fabrizios Hanna“, antworte ich perplex und auch Lucia scheint verwirrt.

„Das wusste ich sofort.“ Salvi nickt ernst.

Ich nicke ebenso ernst, aber völlig verständnislos zurück.

„Gibt es etwas, das du uns sagen willst, Salvatore?“ Lucia wirft mir einen fragenden Seitenblick zu. Ich hebe die Hände und schüttle den Kopf.

„Man hört so dies und das.“ Salvi macht ein betont harmloses Gesicht, schaut von rechts nach links und beugt sich zu mir herab. „Sie sollten nicht zu streng mit ihm sein, Signora Aaanna“, wispert er so laut, dass auch die Damen am Nebentisch jedes Wort verstehen. „Fabrizio ist ein toller Kerl. Ich weiß das, ich kenne ihn schon ein ganzes Leben. Vielleicht auch zwei, aber das dürfen Sie meiner Concetta nicht verraten. Sie ist sehr katholisch und glaubt nicht an diese Sache mit der Wiedergeburt.“

Ich lächle liebenswürdig. „Danke für den Rat Salvi, ich werde daran denken, wenn Signor Camini mich das nächste Mal ärgert.“

Lucia gluckst in sich hinein und steckt rasch die Nase in ihren Cocktail.

„Vielleicht kommt die Gelegenheit schneller zur Tür herein, als sie denken. Geben Sie sich Mühe, ich mag Sie nämlich.“ Salvi tätschelt meine Schulter und tritt den Rückzug an. Ich schaue ihm verblüfft hinterher.

„Was war das denn?“

„Das war Salvi“, prustet Lucia. „Ein echtes Unikat.“ Sie wischt die Lachtränen von ihren Wangen und kippelt so heftig mit ihrem Stuhl, dass ich Sorge habe, sie fällt hintenüber. Ihr Gelächter ist ganz schön ansteckend.

„Ihr Italiener seid total bescheuert“, japse ich, woraufhin Lucia erneut aufheult und in ihrer Handtasche nach Taschentüchern kramt. Zwei junge Frauen, die gerade unseren Tisch passieren, werfen einander bedeutungsschwangere Blicke zu, die eine tippt sich an die Stirn. Ich schaue zur Theke, wo Salvi unter einem an die Wand montierten Wildschweinkopf Wein und Spirituosen ausschenkt – und komme augenblicklich zur Besinnung. Das merkwürdige Gefühl, das mich beim Betreten der Amalfibar befallen hat, bekommt auf einmal ein Gesicht. Genauer gesagt, viele Gesichter.

„Lucia?“

„Oh dio, ich kann nicht mehr aufhören zu lachen!“

„Lucia, wo sind die Männer?“

„Welche Männer?“

„In dieser Bar sind nur Frauen. Von Salvi und den Jungs am Flipperautomaten mal abgesehen."

Lucias Lachen verstummt. Sie reißt ihre hübschen Augen auf und dreht sich langsam um. Jemand hat die Discokugel angeschaltet und die Musik aufgedreht, regenbogenfarbene Lichtpunkte tanzen im Rhythmus einer italienischen Popschnulze über Röcke und bestrumpfte Beine. „Ist nicht wahr!", flüstert sie.

„Ich finde es eher unheimlich", wispere ich zurück.

„Das finde ich heraus!" Lucia erhebt sich und steuert entschlossen eine vollbusige Zwergenfrau an, die drei Tische weiter mit einer stark geschminkten Rothaarigen plaudert. Küsschen in die Luft, ein paar ausufernde Gesten hin und her, Kopfschütteln und Schulterzucken. Lucia kommt zurück, lässt sich mit einem zufriedenen Lächeln auf ihren Stuhl plumpsen und nimmt einen großen Schluck von ihrem Cocktail.

„Mamma mia, ist der köstlich! Ich muss Concetta unbedingt nach dem Rezept fragen!"

„Erdbeeren, Zucker, Aperol und wahrscheinlich Prosecco", sage ich automatisch, woraufhin Lucia überrascht aufsieht.

„Du scheinst ja richtig Ahnung zu haben."

Ich könnte mir auf die Zunge beißen.

„Ich habe nur gute Geschmacksnerven", antworte ich schnell. Themenwechsel. Rasch. Ich deute zu dem Damentisch. „Hast du herausgefunden, was diese Frauenansammlung bedeutet?"

Ablenkungsmanöver geglückt. Lucia grinst und beugt sich zu mir herüber. Ihr Atem kitzelt an meinem Ohr. „Genova sagt, ihre Cousine hätte von einer Freundin aus dem Nachbarort gehört, dass Fabrizio sich heute Abend hier eine Frau aussucht."

Ich lache ungläubig auf. Wo sind wir hier? Bei Aschenputtel?

„Du meinst … Genova meint … eine Brautschau?? Ist das hier üblich?"

„Natürlich nicht!" Lucia hebt eine Braue, was ihrem Gesicht mit den in der Mitte zusammengewachsenen Augenbrauen einen drolligen Ausdruck verleiht. „Genova hat keine Ahnung, wer das Gerücht in die Welt gesetzt hat, aber ich wette, das hat sich der bescheuerte Carlo ausgedacht. Fabrizio käme nie auf solche Ideen. Ganz im Gegenteil! Er platzt vor Wut, wenn er das hört. Aber er ist ja nicht hier, deshalb wird die ganze Sache sowieso im Sand verlaufen."

Vom Eingang schallen begeisterte Willkommensgrüße herüber.

Ich recke neugierig den Hals und erspähe einen schwarzhaarigen Mann mit Bart, der verblüffende Ähnlichkeit mit dem Sheriff of Nottingham aus *Robin Hood* besitzt. Er betritt die Bar in Begleitung eines dürren, blonden Männleins mit Ziegenbart und beide wirken sichtlich angetrunken. Passenderweise erscheint hinter ihnen ein Pastor in schwarzer Soutane. Und ein Mann, der entfernt Ähnlichkeit mit … Ich sinke instinktiv tiefer in meinen Stuhl, obwohl Fabrizio uns in dem Gedrängel sicher nicht ausmacht.

„Wenn du dich mit dem *im Sand verlaufen* mal nicht irrst, Lucia“, sage ich mit belegter Zunge. Aber Lucia reagiert nicht, sondern starrt angespannt zu dem Flipperautomaten hinüber.

„Die hat uns gerade noch gefehlt!“

Überrascht von der Feindseligkeit in ihrer Stimme folge ich ihrem Blick. Und halte unwillkürlich den Atem an.

„Wer ist das?“

Lucia schnaubt. „Das ist Sofia.“ Sofiiia. Sie zieht das Wort in die Länge, als wolle sie es auseinanderreißen. „Der Albtraum aller Frauen, die an ihren Männern hängen.“

Ich glaube ihr sofort. Diese Sofia ist nicht einfach nur schön, sondern das verbesserte Nachfolgemodell der Loreen. Neidisch mustere ich ihre taillenlangen Haare, die an glänzende Rabenflügel erinnern, während Sofia lässig am Flipperautomaten lehnt. Obwohl sie sich mit den Spielern unterhält, wirkt sie seltsam unbeteiligt. Als stünde sie auf einem imaginären Podest.

„Wow!“

„Ja, wow. Man sollte sich aber von einer hübschen Fassade nicht täuschen lassen“, sagt Lucia trocken und stöhnt auf, als die Frau sich aus ihrer Madonnenstarre löst und hüftschwingend unseren Tisch ansteuert. Obwohl Sofia nicht unbedingt schlank ist, betont das kirschrote, hochgeschlossene Kleid ihre Rundungen in fast schon obszöner Weise.

„Ciao Lucia.“

Lucia starrt geradeaus, ohne zu antworten.

„Lange nicht mehr gesehen. Wie geht es dir?“, schnurrt Sofia unbeeindruckt und streift mich mit einem abschätzenden Blick. Ich lächle freundlich zurück. Diese Wimpern gehören verboten.

„Seit wann interessiert dich, wie es mir geht?“ Lucia greift nach ihrem Cocktailglas. Sofia lacht auf.

„Bist du immer noch sauer auf mich?“

„Da das im Umkehrschluss bedeuten würde, dass du mir wich-

tig wärst, lautet die Antwort nein, Sofia. *Ich* bin sicher nicht sauer auf dich." Lucias Stimme zittert vor unterdrückter Wut. Ich halte den Atem an. Sofia hebt eine gezupfte Braue, ihre teerschwarzen Augen saugen meine förmlich auf. Ich lächle immer noch, wenn auch zunehmend gezwungen.

„Sind Sie dieses neue Küchenmädchen?"

Ich öffne den Mund, doch Lucia ist schneller. „Hanna ist eine Freundin. Und sie hat kein Interesse an dir. Warum stöckelst du nicht einfach nach Mailand zu deinen reichen Spielgefährten zurück und lässt uns alle in Ruhe?"

Sofias Augen blitzen auf, alle Freundlichkeit ist daraus verschwunden. „Ich denke nicht, dass du mir vorzuschreiben hast, mit wem ich spiele, kleine Lucia", sagt sie herablassend. „Aber da wir schon mal dabei sind: Weißt du, wo Fabrizio steckt? Ich habe gehört, er hat ein kleines Problem, bei dem ich ihm gerne behilflich wäre."

Fabrizio.

Ich war nie ein Freund von Lokalen, in denen zu viele Menschen bei zu lauter und in diesem Fall auch noch schlechter Musik vorgeben, Spaß zu haben. Bis dato hatte ich die Amalfibar mangels Gästen um diese Uhrzeit vorwiegend geschlossen in Erinnerung. Bis auf das eine Mal, als Salvi hinter der Theke eingenickt war und Carlo ihm einen Strafzettel wegen Verstoßes gegen das Ladenöffnungsgesetz verpasst hatte. Aber heute schert Carlo sich einen feuchten Dreck um Gesetze und Bußgelder. Gut für Salvi, der an diesem Abend das Geschäft seines Lebens macht.

Unauffällig sehe ich mich in der Nähe des Ausgangs nach einer ruhigen Ecke um, aber Salvi macht mir einen Strich durch die Inkognitonummer. Echte Freude überzieht sein fettglänzendes Gesicht, als er mich entdeckt.

„Da ist ja unser zukünftiger Bräutigam!"

Sämtliche Köpfe drehen sich in meine Richtung und ich sehe in ein Meer schwarz umrandeter Augen und rot bemalter Lippen. Bräutigam? Ich werfe Lorenzo einen ungläubigen Blick zu. Immerhin guckt er schuldbewusst, wirft sich aber in die Menge, ehe ich ihn an seinem Pastorenkragen erwische. Das. Darf. Nicht. Wahr. Sein.

„Ciao Fabrizio! Schön, dass du gekommen bist."

„Buona sera, Signor Camini! Ich bin Marta und das ist meine

Cousine Franca. Wir sind extra aus Sant´Albino gekommen, um Sie kennenzulernen!“

„Fabrizio! Trinkst du ein Gläschen mit uns?“

„Darf ich dir meine Freundin Cilia vorstellen?“

Der Strom aus klimpernden Wimpern und plappernden Mündern rückt gefährlich näher, dutzende Beine versperren mir unter wallenden, wogenden Blumen, Streifen und Punkten den Fluchtweg.

„Bring mich sofort von hier weg, Gosetti!“ Ich packe den vorübertaumelnden Stefano am Hemdkragen, obwohl mir bewusst ist, dass er den Teufel tun wird. Er fürchtet Carlo mehr als seine Mutter und das war schon so, bevor Carlo den Außenseiter zu seinem Schutzbefohlenen erklärt hat. Ein komisches Abhängigkeitsding zwischen den beiden, wobei bis heute unklar ist, wer von wem mehr profitiert. Erwartungsgemäß hebt Stefano bedauernd eine Achsel, nachdem er sich aus meinem Griff befreit hat, und wankt auf eine Blondine zu, die in ihrem grünen Kleid wie eine Pfandflasche aussieht.

Carlo winkt mir aus der Menge zu und hält einen Daumen in die Höhe. Er lässt den Padre einfach zurück, der mitten im Raum stehen geblieben ist und ehrfürchtig in irgendeinen Ausschnitt stiert. Komplimente austeilend watet Carlo durch das Gewühl und boxt mir gönnerhaft in die Seite. „Ist das eine Überraschung, eh? So viele wundervolle Signorinas und du hast die freie Wahl!“

„Eine wirklich gelungene Überraschung, Stronzo!“, zische ich böse, aber so leise wie möglich. Nicht leise genug: Ein Mädchen, dünn wie ein Bleistift, sieht mich aus großen Augen an. Carlo grinst selbstgefällig, ein zweiter Rippenstoß folgt, bei dem mir fast die Luft wegbleibt.

„Keine Ursache, mein Freund. Hab ich gern gemacht.“ Sein Blick fällt auf das junge Ding, das mich halb ängstlich, halb bewundernd mustert. „Wen haben wir denn da? Wie heißt denn die hübsche Signorina?“

„Ich bin Chiara“, piepst die Kleine und lächelt gar nicht schüchtern. Mein Gott, die ist sicher noch minderjährig! Stört Carlo aber nicht im Geringsten. Vertraulich legt er einen Arm um ihre spitzen Schultern. „Chiara, das ist mein guter Freund Fabrizio. Ich bin mir sicher, er spendiert dir einen Cocktail, wenn du nett zu ihm bist. Falls nicht, kannst du gerne zu mir kommen.“

Was soll ich sagen. Bevor mein Freund auf die Idee kommt,

seine schmutzigen Hände an die Kleine zu legen, mache ich gute Miene zum bösen Spiel und lächle Chiara an. Gequält sicherlich, aber ich lächle, während vor meinem geistigen Auge schreckliche Folterszenen ablaufen, in denen Carlo die Hauptrolle spielt. Mein gespieltes Interesse an der Kleinen veranlasst Carlo zum Rückzug. Hoffentlich findet er ein reiferes Opfer, das ihm gewachsen ist.

Ich schiele zu Chiara, die neben mir auf einen Barhocker klettert und interessiert Salvis Spirituosenregal mustert. Und dann tue ich das, was ich nach meinem letzten Kater vor ungefähr zehn Jahren für immer sein lassen wollte: Ich bestelle einen doppelten Cuba Libre. Und eine Limonade für Chiara.

Eine halbe Stunde später finde ich meine Lage nur noch halb so schlimm. Wider Erwarten ist das Bleistiftmädchen ziemlich unterhaltsam, auch wenn ich ihr nicht abnehme, dass sie schon zweiundzwanzig sein soll. Immerhin hält sie mir die Hyänen vom Leib, die um uns herumstreichen und mit Blicken und dem Gedrängel geschuldeten Berührungen auf ihre Gelegenheit lauern.

Ich kehre der Bäckerstochter und ihren zwei Cousinen den Rücken und konzentriere mich auf Chiara, die von all den Frauen in diesem Raum mit Sicherheit die Ungefährlichste ist. Eigentlich finde ich sie sogar ganz niedlich mit ihren vorstehenden Schneidezähnen. Vielleicht hängt meine veränderte Wahrnehmung aber auch mit Cuba Libre Nummer zwei zusammen, der wie ein Weichzeichner auf meine Umgebung wirkt. Die Kleine redet unablässig, mit fliegenden Händen und baumelnden Füßen. Keine Ahnung, was sie erzählt. Also lächle und nicke ich. Und trinke.

Drink Nummer drei verengt mein Sichtfeld auf einen Radius von zehn Metern. Dahinter das große Nichts, wie in diesem Kinderbuch, aus dem Nonna sonntags vorlas. *La storia infinita.* Und die kindliche Kaiserin aus der *Unendlichen Geschichte* lümmelt neben mir auf einem Barhocker herum und schlürft Limonade.

Salvi stellt Nummer vier auf den Tresen, ich greife daneben. Er ruft mir etwas zu, sein Schweinehautlappentrizeps wabert hin und her. Angestrengt wende ich den Kopf und blinzle in den schummrigen Raum. Carlo entdecke ich nirgendwo, aber als sich das Gewühl für einen kurzen Moment lichtet, erspähe ich Lucia. Schlagartig wird mein Blick klar, doch meine Erleichterung löst sich rasch in besagtes Nichts auf. An Lucias Tisch registriere ich zwei Dinge. Das eine verwirrt mich. Und das andere ist mehr als verstörend.

„Ist alles in Ordnung, Fabrizio?“ Chiara schaut hoffnungsvoll zu mir auf. Ihr Unterarm ist so dünn, dass meine Hand ihn ganz umschließt. Was zum Teufel macht Sofia hier?

„Weißt du was, Chiara?“, nuschele ich mit belegter Zunge. „Du bist ein nettes Mädchen, ehrlich. Aber was immer du glaubst, hier zu finden … such es woanders. Und vor allem such es lieber später.“ Chiara legt den Kopf schief.

„Du bist betrunken“, stellt sie fest.

„Richtig.“ Mein Hintern glitscht vom Hocker, als hätte jemand den Sitz mit Seife eingeschmiert. Ich stütze mich mit den Händen am Tresen ab, bis meine Wadenmuskeln wieder funktionieren, und schenke Chiara den weisesten Blick, der mir möglich ist. „Aber du weißt ja, Kinder und Betrunkene sagen die Wahrheit.“ Dann drücke ich ihr einen Kuss auf die Stirn und gehe mit wackeligen Knien zu Lucias Tisch hinüber.

Hanna.

Allmählich mache ich mir Sorgen. Lucias Gesicht ist dunkelrot angelaufen und ihre Brust hebt und senkt sich so schnell, dass ich fürchte, sie hyperventiliert. Sofia hat sich unaufgefordert an unseren Tisch gesetzt, ihre glatt rasierten Beine übereinandergeschlagen und raucht seelenruhig eine Zigarette, obwohl Rauchen in der Bar verboten ist. Die Asche schnippt sie in unsere immerhin fast leergefutterte Erdnussschale. Ich habe selten jemanden mit einer solchen Unbekümmertheit etwas Verbotenes tun sehen, und dass ich widerwillige Bewunderung dafür empfinde, macht mich fertig. Wo verflucht ist meine Kaltschnäuzigkeit abgeblieben? Auf dem Papier setze ich Menschen wie Sofia mühelos in drei Sätzen schachmatt, doch in spontanen Situationen brauche ich ewig, um meine Figuren in Stellung zu bringen.

Anstatt Lucia also mit einem verbalen Totschläger beizustehen, spiele ich mit der kleinen Pfeffermühle in Form eines Baseballschlägers herum und lasse sie unauffällig in meine Handtasche gleiten. Exakt in diesem Moment begegne ich dem erstaunten Blick Fabrizios. Mit brennenden Wangen ziehe ich den Minibaseballschläger aus der Tasche, stelle ihn zurück in das Körbchen zu seinem Minibaseballsalzstreuer und schaue mit möglichst unbeteiligter Miene auf. Fabrizio steht direkt hinter Lucia und Sofia, aber die beiden bemerken ihn nicht, weil sie damit beschäftigt sind, einander anzufeinden.

„Sofia, wieso lässt du deinen Gestank nicht an einem anderen Tisch?“

„Wieso steckst du dein Näslein nicht in deine eigenen Angelegenheiten? Davon abgesehen warte ich noch auf deine Antwort. Ist Fabrizio hier?“, kontert Sofia und bläst eine blaue Dunstfahne in Lucias Richtung.

Ich öffne den Mund und schließe ihn wieder. Fabrizio verschränkt die Arme, während sein Blick auf Sofias Scheitel klebt. Seine Miene wirkt merkwürdig angespannt. Er schwankt leicht und fasst an Lucias Stuhllehne, besinnt sich jedoch eines Besseren und steckt die Hände in die Hosentaschen seiner Jeans. Fast hätte ich aufgelacht. Signor Camini, der angeblich keinen Alkohol trinkt, ist blau wie ein Pfau.

„Er steht hinter dir“, sagt er und klingt dabei erstaunlich nüchtern. Lucia fährt herum, von Sofia keinerlei Reaktion. Stattdessen passiert Unheimliches mit ihrer blasierten Miene: Die Gesichtsmuskeln entspannen sich, ihre Augen werden runder und bekommen Lachfältchen. Sorgfältig drückt sie die bis auf den Filter heruntergerauchte Zigarette in eine verbliebene Erdnuss und dreht sich mit strahlendem Lächeln um.

„Bellissimo! Wo hast du gesteckt? Ich vermisse dich schon den ganzen Abend!“ Sie zieht Fabrizio zu sich herunter und küsst ihn auf beide Wangen, eine Spur zu langsam für eine rein freundschaftliche Geste.

„Ich glaube, mir wird schlecht.“ Lucia verdreht die Augen.

„Sie ist so witzig, deine Schwägerin! Marco muss sich andauernd totlachen mit ihr!“, kichert Sofia, ohne ihre Arme von Fabrizios Hals zu lösen. Ich spüre einen Stich in meiner Brust, was sicher damit zu tun hat, dass sie so gemein zu Lucia ist. Mir entfährt ein Schnauben, woraufhin sich Fabrizio aus Sofias Armen befreit und näher an Lucia heranrückt.

„Ich wusste nicht, dass du wieder in der Gegend bist“, sagt er emotionslos und sucht meinen Blick. „Wie ich sehe, hast du Hanna bereits kennengelernt.“

Er nennt mich bei meinem Vornamen. Vor Schreck steche ich mir beinahe an dem traurig geknickten Schirmchen ein Auge aus.

„Kennengelernt wäre übertrieben“, murmele ich in mein Glas.

„Na, dazu werden wir bestimmt noch ausreichend Gelegenheit haben. Ich werde eine Weile in Montesimo bleiben, da meine Geschäfte in Mailand erledigt sind.“ Diesmal geht ihr glockenhelles,

falsches Lachen sogar mir auf den Zeiger. Lucia streckt das Kinn nach vorne und fasst nach Fabrizios Arm. „Droht deine Exfreundin uns?“

Fabrizio wirkt zunehmend überfordert.

„Reiß dich zusammen, Hanna! Hau der blöden Schnepfe irgendwas um die Ohren!“, befiehlt Claire.

Meine Schultern straffen sich.

„Nun mach schon!“

Ich stütze das Kinn in die Hände und fixiere das Kruzifix an Sofias Hals. Fabrizios Ex also.

„A la procaine – schnell! Sonst verpufft es in der Luft!“

Ich spüre ein breites Lächeln auf meinen Lippen. „In diesem Fall würde ich mich natürlich sehr freuen, wenn Sie mich einmal besuchen, Sofia. Vorausgesetzt, Sie stören sich nicht an Küchendampf und Schweißgerüchen, wovon ich mal ausgehe, da Sie sehr robust wirken“, sage ich freundlich.

Lucia schaut mich mit offenem Mund an, Fabrizios Mundwinkel zuckt. Sofia wirft ihr Haar zurück und blitzt mich feindselig an.

„Ich interessiere mich sehr für die Abläufe in Fabrizios Trattoria. Ein Besuch beim Küchenpersonal gehört da natürlich dazu“, antwortet sie herablassend.

„Wie schön! In diesem Fall frage ich doch gerne unsere liebe Rosa-Maria, ob Sie nicht einmal bei uns mitarbeiten können. Ich bin mir sicher, sie schließt Sie sofort in ihr großes Herz. Aber wenn ich Ihnen einen Tipp geben darf …“ Ich senke die Stimme, woraufhin Sofia sich argwöhnisch zurücklehnt. „Vermeiden Sie in Rosa-Marias Anwesenheit das Wort Personal. Ich fürchte, sie wird sonst Ihren hübschen Hintern in filetgroße Stücke schneiden.“

Einen Moment herrscht verblüfftes Schweigen.

Dann fängt Fabrizio lauthals zu lachen an.

Fabrizio.

Ich habe diese Signora Philipp unterschätzt. Gewaltig unterschätzt. Und es gefällt mir. Vor allem gefällt mir Sofias Betonmiene. Ich schnappe nach Luft. Natürlich bin ich absolut Herr der Lage. Das Problem ist nur, dass der Raum begonnen hat, sich zu drehen, was mir jeden klaren Gedanken unmöglich macht. Meine Hände umfassen Lucias Stuhllehne, während ich versuche, nicht das Gleichgewicht zu verlieren. Meine Schwägerin sieht mich aus schmalen, verschwommenen Augen an.

„Bist du okay, Fabrizio?"

Ich lasse mich auf den Stuhl neben Signora Philipp fallen. Sie riecht gut. Nach Orangen. Oder doch eher Mandarinen?

„Alles bes-tens", antworte ich mit schwerer Zunge und grinse. Leider habe ich die Rechnung ohne meine neue kleine Freundin gemacht. Chiara ist mir gefolgt und zupft an meinem Hemdsärmel.

„Kommst du wieder an die Theke?", flüstert sie in mein Ohr. Wieder dieser Welpenblick. Nach einem kurzen Seitenblick in Signora Philipps ausdruckslose Miene schüttle ich den Kopf. Zu meinem Entsetzen füllen sich Chiaras hübsche Augen mit Tränen.

„Bin ich dir nicht hübsch genug?"

„Nein! Ich meine doch! Das ist nicht das Problem …" Ich schaue hilflos in die Runde. Betretenes Schweigen. Sogar Sofia scheint es die Sprache verschlagen zu haben.

„Ich bin dir nicht hübsch genug", wiederholt Chiara unglücklich. Auf einmal spüre ich eine Hand an meiner Schulter und schaue in das teigige Gesicht der Bäckerstochter. Ihre Zähne sind gelb verfärbt, ein Schneidezahn steht vor. Wo kommt die denn jetzt her?

„Hallo Fabrizio. Wenn du mit dem Limonadenmädchen fertig bist, gibst du mir dann einen richtigen Drink aus?"

„Wir sind übrigens zu zweit!", kräht ihre Freundin und stößt die Bäckerin beleidigt mit dem Ellbogen an. Die Besitzerin des Fonte di Tufi drängt sich durch die Menge, ihre Frettchentochter im Schlepptau. Und sie kommen nicht alleine: Ein ganzer Spähtrupp Frauen rückt entschlossen zum Angriff an. Hilfe!

„Du bist durchaus hübsch genug, Chiara. Ich finde dich sogar sehr süß." Mein ungelenker Versuch hat mäßige Wirkung. Sofia lacht spöttisch auf. Eine Träne kullert Chiaras Wange herab und das unmerkliche Kopfschütteln Lucias sorgt dafür, dass ich mich nicht nur hilflos, sondern auch noch schlecht fühle. Himmel, ich hasse das!

„Es ist nur so …"

Signora Philipp schaut mich neugierig an. Lucia verschränkt die Arme vor der Brust und legt den Kopf schief, während Sofia ihre Nägel in meinen Handrücken krallt. Ich spüre etliche Leiber in meinem Rücken, eine zuckrige Parfumwolke mischt sich mit Gewisper und Gekicher.

Ich muss weg von hier!

„Um die Wahrheit zu sagen, habe ich …" Ich kreuze die Finger

hinter meinem Rücken und ziehe die Kleine mit der anderen Hand zu mir herunter, bis mein Mund fast ihr Ohr berührt. „Ich habe mein Versprechen bereits einer anderen Signora gegeben.“

Cazzone. Wie tief bin ich gesunken.

Chiara hört sofort auf, zu weinen. „Warum hast du das nicht gleich gesagt?!“, piepst sie beleidigt.

„Ja, warum hast du das nicht gleich gesagt?“, kitzelt Carlos Bart an meiner Schläfe. Mir wird eiskalt. Carlo haut seine Faust in meinen Rücken, packt meine Hand, die gerade nach dem erdbeerfarbenen Glas angelt, in dem ich meine Verzweiflung ertränken will – und reißt sie in die Höhe. „Mein Freund Fabrizio ist verlobt!“, brüllt er.

Das Geplapper versiegt, nur Eros Ramazotti plärrt ein tapferes *Parla con me* in die ungläubige Stille.

Verlobt. Verlobt??

„Das hast du völlig falsch verstanden, Carlo … ich habe bloß…“, widerspreche ich schleppend, doch mein Gestotter wird von einem markerschütternden Freudenschrei überrollt.

„Ich wusste es!“, trompetet Salvi unter dem Wildschweinkopf, flitzt um den Tresen herum und bahnt sich einen Weg zu uns. Sekundenlang bleibt mir die Puste weg, als er mich an seine fette Brust drückt und mein Protest in dem schwitzigen Hemd versickert. Dann umarmt er die sichtlich verstörte Signora Philipp.

„Sind sie nicht wunderbar? Aaanna und Fabrizio, Bravo!“

Wunderbar. Der Stuhl unter mir scheint sich in seine Einzelteile aufzulösen. Ich beuge mich vor, greife nach dem nächstbesten Glas in Reichweite und trinke das erdbeerfarbene Zeugs in einem Zug aus. Madonna, das brennt wie Feuer. Etwas macht *„Klick!“* in meinem Kopf, unter mir tut sich der Boden auf. Das erlösende, schwarze Nichts aus dem Märchen. Endlich.

Hanna.

„Ist er tot?“ Sofia betrachtet den am Boden liegenden Fabrizio und zündet sich eine Zigarette an. Lucia und ich wechseln einen kurzen Blick und springen zeitgleich von unseren Stühlen auf.

„Ich habe dir schon immer gesagt, du sollst dir anständige Sitzmöbel anschaffen, Salvi. Das gibt eine Anzeige wegen groben Verstoßes gegen die Verkehrssicherungspflicht!“, raunzt Carlo und verschränkt die Arme vor der Brust.

„Was kann ich dafür, wenn er einfach wegkippt?“, sagt Salvi

unglücklich. „So viel hat er doch gar nicht getrunken."

„Ach nein? Wie viele Cuba Libre hast du ihm gegeben, Stronzo? Zehn?! Du solltest ihn lustig machen, nicht betäuben!"

„Aber ich …"

Keiner der beiden Streithähne macht Anstalten, Fabrizio zu helfen. Lucia beugt sich über den Bewusstlosen und lockert hektisch seinen Hemdkragen.

„Haltet die Klappe, ihr Idioten!", faucht sie und bohrt ihren Finger in Salvis über den Hosenbund hängende Wampe. „Bring mir etwas, das ich unter seinen Kopf schieben kann. Und du …", ihr Klagefinger schwenkt in Carlos Kronjuwelen. „Du solltest eigentlich wissen, dass er keinen Alkohol verträgt. Ein toller Freund bist du!"

„Nicht in diesem Ton, Lucia!" Carlos Blick flackert. Mit zuckendem Bart schielt er zu den Frauen, die betreten um unseren Tisch herumstehen, tuscheln und gaffen. „Pass auf, mit wem du sprichst!"

„Ich spreche mit dir, wie ich will, Carlo. Wenn dir das nicht gefällt, stell dich mit deiner Knipskiste an die Strada Provinciale und zieh da deine Carabinieri-Nummer ab!"

Lucia ist auf hundertachtzig. Salvi reicht mir eine Jacke, die ich zusammengeknüllt unter Fabrizios Nacken schiebe. Besorgt betrachte ich sein bleiches Gesicht und taste nach seinem Puls, während Lucias Faust zornig durch die Luft wirbelt.

„Was steht ihr alle da und glotzt?! Geht nach Hause! Und drück endlich deine stinkende Kippe aus, Sofia!"

Sofia erhebt sich und streicht sorgfältig ihr Kleid glatt. „Er ist nur betrunken, kleine Lucia. Tu nicht so, als hätte er einen Schlaganfall", sagt sie kühl und lässt die halb gerauchte Zigarette in Lucias Cocktailglas fallen. Fabrizio stöhnt und öffnet die Augen. Erleichtert lehne ich mich zurück und stoße versehentlich mit dem Rücken gegen Sofias Beine.

„Ich bin sicher, Fabrizios Verlobte weiß, was zu tun ist. Aber wenn ich dir vorher einen Tipp geben darf", Sofias Stimme trieft vor Spott. „Er wird speien wie ein Fischreiher, sobald er an die frische Luft kommt, das habe ich schon öfter mitgemacht. Viel Spaß dabei und buona notte."

Spricht´s und zeigt uns ihren tief ausgeschnittenen Rücken, den Salvi und Carlo bewundernd begutachten. Die Menge teilt sich widerspruchslos, um sie durchzulassen. Manche Leute besitzen

einen Freifahrschein für alles. Und das nicht nur im übertragenen Sinn.

„Er ist okay, Lucia.“ Ich fasse nach Lucias Arm, doch zu meiner Überraschung entzieht sie sich sofort meiner Berührung.

„Was geht hier eigentlich vor? Du und Fabrizio?“

Das wüsste ich allerdings auch gern. Ich schließe die Augen und versuche, gleichmäßig zu atmen. Bringt ja nichts, wenn hier noch jemand in Panik ausbricht. „Lucia, lass uns später darüber sprechen“, antworte ich ruhig und streiche sanft über ihre Schulter. „Jetzt sollten wir Fabrizio erst mal nach draußen bringen.“

Sie nickt stumm, woraufhin ich den großmäuligen Dorfpolizisten auffordernd ansehe. Salvi kniet sofort nieder, um Fabrizio aufzuhelfen, während Carlo fragend mit dem Finger auf seine Brust tippt.

„Sofort“, sage ich leise. Carlo ist deutlich anzusehen, dass ihm mein Befehlston missfällt. Da jedoch ein Dutzend Augenpaare auf uns gerichtet sind, legt er widerwillig Fabrizios anderen Arm um seine Schulter.

„Geht nach Hause, Signoras. Die Party ist zu Ende“, presst er zwischen zusammengebissenen Zähnen hervor. Fabrizio hängt wie ein nasser Mehlsack zwischen den beiden Männern. Gefolgt von Lucia und einer Traube Frauen schleifen sie den Betrunkenen hinaus.

Wenig später stützt sich Fabrizio mit gekrümmtem Rücken an der Hausmauer der Amalfibar ab und kotzt sich die sprichwörtliche Seele aus dem Leib. Ich bin mir nicht sicher, ob ich Mitleid oder Verachtung in Lucias Blick lese, und entscheide mich für Ersteres, weil mir das andere an ihr nicht gefiele. Als die ersten Würgegeräusche ertönten, hat sich Salvi mit bleichem Gesicht und einem gemurmelten „Reinemachen“ in seine Bar zurückgezogen, während Carlo, der schlaksige Blonde und der Pastor auf der Straße lautstark streiten.

„Isch kann fahrn, Carlo. K-kein Problem … wo is´n Lorenzos Auto?“

„Du schielst schon, Cretino! Denkst du, ich vertraue einem Besoffenen mein Leben an?!“

„Beleidige meine Mutta nüsch …“

„Was hat denn jetzt deine MUTTER damit zu tun?!“

„Dann geh isch halt zu Fuß … in die Richtung … ungefähr …“

„Du gehst nirgendwo hin, Stefano! Der Padre wird … Lorenzo?? Das gibt´s doch nicht! Der schläft im Stehen!“ Albernes Gekicher und Schenkelklopfen.

„Ich glaube nicht, dass man die Drei allein lassen sollte“, sage ich und schaue Lucia von der Seite an. Reglos steht sie da. Eine Silhouette, die sich fest umschlungen hält, ihr Kleid bauscht sich im Nachtwind.

„Du solltest auch nicht mehr fahren“, flüstert sie. Ich nicke zustimmend, doch dann fällt mir ein, dass sie das wahrscheinlich nicht sieht.

„Ich weiß“, setze ich rasch hinzu.

„Glaubst du, du findest den Weg zu Fuß? Vielleicht tut Fabrizio ein bisschen Bewegung ganz gut.“

„Oh Gott!“, stöhnt es von der Hauswand, kurz darauf folgen weitere Brechlaute.

„Ich finde schon zum Tre Camini. Notfalls frage ich ihn.“ Ich deute zu der zusammengekauerten Gestalt an der Mauer.

Lucias Lächeln ist flüchtig, aber es ist ein Lächeln und ich bin überrascht, wie sehr es mich erleichtert. Komischerweise ertrage ich den Gedanken nicht, sie könnte böse auf mich sein.

„Gut, dann fahre ich die Jungs nach Hause und sammle euch auf dem Rückweg wieder ein“, sagt sie bestimmt. Ich nicke und sehe ihr nach, wie sie mit großen Schritten zum Parkplatz hinübergeht, Carlo den Schlüssel aus der Hand reißt und den Blonden am Hemdkragen packt.

„Au! Lucia, du tust mir weh!“

„Sei kein Mädchen, Stefano. Carlo, weck den Padre auf! Wir fahren mit meinem Wagen. Und wehe, einer von euch kotzt auf meine Sitzbezüge!“

Irgendwie tun die Drei mir leid. Diese Autofahrt wird sicherlich nicht die Spaßigste ihres Lebens werden. Schmunzelnd schlendere ich zu Fabrizio hinüber. Sein Magen scheint mittlerweile leer zu sein, denn er sitzt aufrecht mit dem Rücken an die Wand gelehnt und starrt auf den Asphalt. Sein Gesicht wirkt unnatürlich blass im Mondlicht, von den Schatten seines Dreitagebarts abgesehen.

„Können Sie aufstehen, Signor Camini?“, frage ich kühl und versuche, die übel riechende Pfütze einen halben Meter weiter zu ignorieren. Seine Augen irren umher, als habe er Mühe, meine Stimme zu orten. Schließlich haftet sich sein Blick auf meine nackten Beine, ein schiefes Lächeln drückt das vertraute Grübchen in

seine Wangen.

„Ah. Die Signora Phi … Phil …“ Er verstummt. „Kann ich nicht aussprechen.“

„Ganz schön peinlich, dafür, dass wir angeblich verlobt sind!“, rutscht es mir heraus. Er klammert sich an meinen Arm und kommt stöhnend auf die Beine. Wieder einmal ist sein Gesicht nur Zentimeter von meinem entfernt. Eine Alkoholwolke, die ihresgleichen sucht, strömt aus seinem Mund und ich wende automatisch den Kopf.

„Uppsala“, murmelt er in mein Haar.

„Uppsala? Wo haben Sie das Wort denn her?“

Automatisch umfasse ich seine Taille, ehe er umkippt – und ich gleich mit, weil er sich mit seinem ganzen Gewicht an meinen Arm hängt. Er ist ziemlich muskulös, was man auf den ersten Blick gar nicht vermutet.

„Deutschland. Hab ich studiert … das war …“ Sein Gesicht verzieht sich angestrengt. „Hab ich vergessen.“

„Signor Camini, wir gehen jetzt zu Fuß nach Hause. Kriegen Sie das hin?“

„Klaaar.“ Er taumelt ein paar Schritte vorwärts und zieht mich einfach mit. „Kommen Sie! Da geht´s lang. Immer der Straße folgen.“

„So geht das nicht. Sie müssen schon alleine gehen“, schnaufe ich nach nur wenigen hundert Metern. Meine Schulter schmerzt, ich bin schweißgebadet, weil Fabrizio mich als lebendigen Krückstock benutzt. Entschlossen winde ich mich aus seinem Klammergriff. Fabrizio wankt, bleibt aber auf den Beinen, auch wenn er ein bisschen an eine treibende Boje erinnert.

Mein Blick schweift unwillkürlich nach oben. Bis auf den wolkenverhangenen Mond ist die Nacht vollkommen dunkel, kein einziger Stern strahlt vom Himmel. Erst jetzt realisiere ich, dass es auch um uns herum fast vollkommen finster ist. Kein Haus, keine Laterne, nicht mal das entfernte Scheinwerferlicht eines Autos. Kein menschlicher Laut ist zu vernehmen, nur Blätterrauschen und das sonore Zirpen der Zikaden auf den Feldern irgendwo da draußen. Auf einmal verspüre ich das Bedürfnis, barfuß zu laufen. Kurz entschlossen streife ich die Slingpumps ab, bereue die Eingebung aber sofort, als sich spitze Kieselsteine in meine Fußsohlen bohren. Fluchend tapse ich auf den grasbewachsenen Wegrand.

„Sie sollten rasch wieder in Ihre Schühchen schlüpfen. Feldwe-

ge sind nichts für verweichlichte Städter", erklingt eine amüsierte Stimme hinter mir, die sich schon wesentlich nüchterner anhört. Der Sauerstoff wirkt.

„So wie Rum nichts für hartgesottene Landeier ist?"

Ein gequältes Lachen aus dem Dunkel. Kurz darauf ertönt ein Schreckensschrei, gefolgt von einem heftigen Rascheln und Poltern, als bräche ein Tier durchs Dickicht. Ängstlich halte ich die Luft an.

„Signor Camini?"

So angestrengt ich auch lausche, es bleibt vollkommen still. Das Zikadengeschnarre ausgenommen.

„Fabrizio?"

„Hier", tönt es dumpf zu meiner Linken. Allerdings nicht neben, sondern vielmehr unter mir. „Die Böschung runter."

„Was machen Sie da unten?"

„Ich dachte, ich nehm eine Abkürzung", lautet die lakonische Antwort, begleitet von einem heiseren Kichern. Ich seufze und taste mich vorsichtig den Hang herunter, bis ich mit dem Fuß an etwas Hartes stoße. Ich bleibe unsicher stehen. Die Wolken reißen auf und helles Mondlicht ergießt sich über die Wiese. Fabrizio liegt mit ausgestreckten Armen im hohen Gras, ein seliges Lächeln auf den Lippen. Zum ersten Mal, seit ich ihn kenne, wirkt er vollkommen entspannt. Ich bücke mich und tippe unbeholfen an seine Schulter.

„Wir müssen wieder auf die Straße."

Er schüttelt entschieden den Kopf.

„Straße ist zu gefährlich im Dunkeln. Wir bleiben hier, bis es hell ist."

„Oh nein, das werden wir nicht tun!" Ich rüttle stärker an ihm. Er brummt unwillig.

„Wieso nicht? Haben Sie einen Termin, Frau Reporterin?"

„Ich bin keine …" Auf der Straße nähert sich ein Auto. Lucia! Ich rappele mich auf und versuche, auf allen Vieren den Hügel emporzuklettern. Es bleibt beim Versuch, denn Fabrizio hält mein Fußgelenk fest und meine Hände finden keinen Halt in dem taunassen Gras.

„Wohin so schnell, Signora Phi …?"

„Lassen Sie mich los! Lucia wird vorbeifahren, wenn sie uns nicht sieht!" Ich trete zu, reiner Reflex. Leider scheint der Alkohol seiner Reaktionsfähigkeit nicht im Geringsten geschadet zu haben.

Eine zweite Hand umklammert meinen anderen Fuß.

„Das ist das Fatale an euch Deutschen. Immer hetzt ihr irgendwohin.“

„Ich bin keine Deutsche, Himmelherrgott! Und wenn, dann maximal zur Hälfte, Sie Vollpfosten!“, schreie ich ihn an. Über uns erscheint ein Licht. Verzweifelt versuche ich, mich aus seinem Griff zu strampeln. Der Scheinwerferkegel des Autos huscht über unsere Köpfe hinweg und wird innerhalb von Sekunden durch die roten Heckleuchten abgelöst. Als das Motorengebrumm verebbt, lasse ich mich bäuchlings in das feuchte Gras fallen. Wer verteilt da oben eigentlich die Arschkarten?!

„So isses schon viel besser“, murmelt Fabrizio zufrieden. „In der Geduld liegt der Ertrag, hat meine Nonna immer gesagt.“

„Ihre Nonna kann mich allmählich mal! Dank ihr sitze ich mit einem sturzbesoffen Italiener in einem Straßengraben“, entgegne ich wütend und setze mich auf. „Wären Sie jetzt bitte so freundlich, ihre Hände von meinen Fußgelenken zu nehmen?“

„Ich bin nicht sturzbe … höchstens etwas angeheitert.“

„Ja, und mein Name ist Dita von Teese“, kontere ich sarkastisch und reibe meine schmerzenden Knöchel. Das gibt sicher blaue Flecken.

„Aber wieso behaupten Sie dann, Sie würden Signora Philipp heißen?“

„Das war ein Scherz.“

„Verstehe ich nicht.“

„Dita von Teese ist … ach, vergessen Sie´s!“ Seufzend strecke ich die Beine aus. Warum auch nicht. Der Herr ist sowieso nicht zur Vernunft zu bringen.

Eine Weile liegen wir schweigend im Gras. Gar nicht so ungemütlich hier. Das milchweiße Mondlicht ist ziemlich spektakulär. Jetzt sind sogar einige Sterne erschienen. Automatisch rastere ich das Firmament nach dem einzigen Sternbild ab, das ich kenne. Da ist er! Der große Wagen. Gut, das Gras zwickt und an die zahllosen Tierchen, die gerade auf mir rumkrabbeln, will ich gar nicht denken, aber …

„Wir können jetzt gehen“, wispert Fabrizio an meinem Ohr.

Erschrocken richte ich mich auf.

„Wieso das denn?!“, raunze ich ihn an. „Gerade wollten Sie doch noch hier übernachten!“

„Ich hatte den Eindruck, Sie bräuchten eine Pause. Jetzt sind

Sie so weit, um nach Hause zu gehen. Also bitte, Signora. Nach Ihnen."

Nicht von ungefähr komme ich mir auf einmal unsäglich bescheuert vor.

Nachdem wir rund eine Stunde stumm nebeneinander hergegangen sind, ich in Schuhen, er barfuß, bleibt Fabrizio stehen.

„Was ist?", frage ich gereizt. Ich habe mir in den Pumps eine Blase gelaufen, die wie Hölle brennt. Das hat man von diesen verflixten Zwischengrößen, denen zufolge man nur Schuhe bekommt, die entweder zu klein oder zu groß sind. Meine romantische Anwandlung angesichts Sternenhimmel und Zikadengebalze habe ich im Straßengraben gelassen, im Moment will ich nur weg hier, fort von dieser schemenhaften, ständig vor sich hinatmenden Natur.

„Pssst." Fabrizio hält einen Finger vor seinen Mund und deutet vor uns ins verwaschene Dunkel, wo ich die Umrisse einer Mauer und einen Torbogen erkenne. Die Auffahrt zum Tre Camini. Gottseidank, wir sind da! Ich beiße die Zähne zusammen, um die letzten hundert Meter voranzuhumpeln, doch Fabrizio hält mich zurück.

„Wir sollten besser …"

„Nichts da!", fahre ich ihn an. „Wir machen keine weitere Pause!"

Fabrizio lässt den Arm sinken und zuckt die Achseln.

„Wenn Sie meinen. Ich wollte nur …"

Das Geräusch lässt mir das Blut in den Adern gefrieren. Ein schriller Ton, unglaublich laut und wie aus einem Horrorfilm. Etwas huscht vor meine Füße, ein unerwarteter, stechender Schmerz fährt in mein Bein. Mit einem entsetzten Schrei springe ich zur Seite. Das Ding hüpft auf und ab und … schlägt mit den Flügeln. Das Gekreische wechselt in entrüstetes Gackern.

Ich glaube, ich bin noch nie in meinem Leben so schnell gerannt. Als ich keuchend auf die Stufen vor der Eingangstür sinke, habe ich Seitenstechen und das Herz klopft mir immer noch bis zum Hals. So fühlt sich das also an, wenn man mit seinem Leben abschließt. Dieses verdammte Huhn!

Wenige Minuten später schlendert Fabrizio in den schummrigen Lichtkreis der Nachtleuchte.

„Ich wollte Sie warnen." Er lässt sich neben mir auf die Treppe fallen, wobei sein Hemdsärmel meinen Unterarm streift. „Alles in

Ordnung?"

„Was denken Sie wohl", grummle ich und rücke ein paar Zentimeter von ihm ab. „Dieses Vieh hat es vom ersten Tag an auf mich abgesehen. Schlafen Hühner nachts eigentlich nicht?"

Fabrizio schmunzelt.

„Schon. Aber Vittoria denkt, sie ist ein Wachhund."

„Na toll."

„Es war nur ein kleines Huhn."

„Ihr kleines Huhn hat mich in den Fuß gebissen!"

„Lassen Sie mich mal sehen."

Ehe ich protestieren kann, legt Fabrizio mein Bein über sein Knie und betrachtet es mit zusammengekniffenen Augen. Wieder ein Moment, in dem ich mich in seiner Gegenwart wie zwölf fühle. Oder auch nicht. Während seine Hand behutsam über mein Schienbein streicht, starre ich auf seinen Nacken, in den sich schwarze Löckchen kringeln, und habe plötzlich Lust, hineinzugreifen. Irgendwas läuft hier gerade gar nicht so, wie es soll.

„Hm."

„Was?!"

„Ich fürchte, da kann man nicht mehr viel machen." Er schüttelt betrübt den Kopf. Entrüstet setze ich mein Bein wieder auf.

„Sie sind unmöglich!"

„Ja, das höre ich öfter. Wissen Sie, dass Sie nach Orangen riechen?"

„Tue ich das?", murmele ich verlegen.

„Ich mag Orangen."

Er ist betrunken und er flirtet mit mir. Er flirtet mit mir? Auf einmal spüre ich einen Kloß im Hals und ein alarmierendes Prickeln breitet sich in meiner Magengegend aus.

„Sie mögen Orangen", wiederhole ich matt. Es ist definitiv leichter mit ihm zu reden, wenn er nicht nett ist.

„Si Signora. Tue ich."

Ungelenk erhebt er sich und klopft Erde und Staub von seiner Hose. Ich will gar nicht daran denken, wie ich nach unserer kindischen Rangelei im Straßengraben aussehe. Verschämt taste ich nach meinen Haaren.

„Wir sind übrigens zu Hause", bemerkt er überflüssigerweise. Ich nicke und versuche mich an einem Lächeln.

„Wollen Sie nicht hineingehen, Signora Philipp?"

Er fasst nach der Tür, verfehlt aber den Knauf. Immerhin kann

er meinen Namen wieder vollständig aussprechen. Sein Blick ruht so intensiv auf mir, dass ich mich auf einmal nackt fühle.

„Ich komme gleich. Gehen Sie ruhig", flüstere ich und vermeide es, ihn anzusehen. Fabrizio zögert, doch der Alkohol in seinem Körper scheint sein männliches Ehrgefühl zu besiegen. Ob er sich überhaupt daran erinnert, was in der Bar passiert ist? Ich sollte ihn wegen dieser Verlobungssache zur Rede zu stellen, aber sein übermüdetes Gesicht rät mir, die verbale Ohrfeige zu vertagen – oder besser gleich ganz zu vergessen. War wahrscheinlich nur ein schlechter Scherz von seinen Saufbrüdern.

„Danke fürs Nachhausebringen", sagt er träge und drückt die Tür auf.

„Habe ich gern gemacht. Buona notte."

„Buona notte, Sofia."

Ich sitze noch fast eine Stunde auf dieser Treppe und sehe zu, wie sich die Wolken rosa färben. Als ich schließlich hineingehe, weiß ich immer noch nicht, warum es mir etwas ausmacht, dass er mich versehentlich mit dem Namen seiner Exfreundin angesprochen hat.

8 OTTO

Hanna.
Am nächsten Morgen warte ich umsonst auf meinen Kaffee. Ich starre an die Decke, das Laken bis zum Kinn hochgezogen und denke darüber nach, ob ich Rosa-Marias Ausbleiben als gutes oder schlechtes Zeichen werten soll. Mehr aus Langeweile, denn Interesse angele ich nach dem Heftchen, das Rosa-Maria auf meinen Nachttisch gelegt hat, wohl in der irrigen Meinung, ich interessiere mich für Schundliteratur.

La spinta di speranza. - Die Glut der Verheißung! Wer zum Henker denkt sich einen derartigen Titel aus? Unschlüssig betrachte ich die stattliche Bauchmuskulatur des Coverhelden und blättere in dem Heft herum, wobei mir auf den angegilbten Seiten Wörter und Satzfetzen entgegenspringen, die mir die Schamesröte ins Gesicht treiben. Was soll´s. In Ermangelung wertvoller Lektüre, und sei es auch nur, um mein Italienisch aufzufrischen, beginne ich zu lesen.

Gut eineinhalb Stunden später werfe ich mit erhitztem Gesicht das Betttuch von mir und flitze in mein Zwergenbad, um kurz darauf in Lucias geblümtem Schürzenkleid, die Pantoffeln in der Hand, die Treppe hinunter zu tapsen.

In der Küche begrüßt mich das Lied Con me anche tu aus dem Transistorradio über der Spüle. Ein einsames Gedeck, bestehend aus einer Tasse und einem goldbraunen Cornetto wartet auf dem Tisch auf einen verspäteten Frühstücksgast. Ich nehme mal an, ich

bin gemeint. Von dem Küchendrachen keine Spur, aber der alte Gutsverwalter sitzt mit krummem Rücken auf der Eckbank und mustert mich eingehend, bis seine Augen auf meinen nackten Füßen hängen bleiben. Ich murmele ein scheues „Buon giorno!“ und greife nach dem blechernen Espressokocher auf dem Herd. Alberto schnalzt ein paar Mal, was ein wenig wie das Klicken eines Benzinfeuerzeugs klingt, und als ich aufsehe, tippt er auf seine Knollennase und zwinkert verschwörerisch.

„Hanna! Da bist du ja!“ Lucia tritt durch die Hintertür ein. Sie stellt ein Körbchen mit Eiern auf die Arbeitsplatte, stürzt auf mich zu und umarmt mich. Zu fest für meinen Geschmack. Mein Kaffeebecher schwappt über, ein heißes Rinnsal läuft über meine Hand. Lucia hält mich auf Armeslänge von sich und sieht mich prüfend an. Sofort bin ich auf der Hut.

„Lucia, wegen gestern …“

„Ich weiß schon Bescheid! Fabrizio hat mir heute Morgen alles erklärt. Ich freue mich ja so für euch!“ Sie lässt mich los und klatscht in die Hände. Ihr rundes Gesicht strahlt, als habe sie soeben eine Marienerscheinung gehabt. Mir schwant Fürchterliches.

„Fabrizio hat …?“

„Zugegeben, zuerst war ich sauer, weil ihr dieses Spielchen mit uns gespielt habt, von wegen Küchenhilfe und so. Ihr habt euch wirklich Mühe gegeben, es so aussehen zu lassen, als könntet ihr einander nicht leiden. Aber ganz ehrlich, ich hab gewusst, dass du ihn magst. Das konntest du nicht verstecken.“

„Äh … ja“, sage ich lahm.

„Ich wusste schon immer, dass das Schicksal einen Weg findet, zwei Menschen wieder zu vereinen, die füreinander bestimmt sind!“ Sie sprudelt förmlich über vor Begeisterung. „Dass ihr euch nach all den Jahren in Berlin wiedergetroffen habt! Das ist so wahnsinnig romantisch!“

Irgendjemand erlaubt sich gerade einen grausamen Scherz mit mir. Ich schiele zu Alberto, der den günstigen Moment nutzt und gleich mehrere Löffel Zucker in seinen Kaffee schippt.

„Berlin … ja, das war wirklich … ein irrer Zufall.“ Ich schnappe nach Luft. „Du weißt nicht zufällig, wo Fabrizio gerade ist? Ich müsste da mal was klären“, stottere ich herum. Lucia strahlt.

„Er ist auf dem hinteren Aprikosenfeld.“ Sie zeigt nach draußen und zwinkert. „Ich wollte eben Kaffee und ein paar Tramezzini für ihn und die Arbeiter rüberbringen. Möchtest du das erledigen?“

„Unbedingt!“, rufe ich lauter als nötig und senke rasch die Stimme. „Ich kann das gerne tun, dann kann ich gleich mit Fabrizio … reden.“

Und ihm bei der Gelegenheit den Hals umdrehen.

„Übrigens, Hanna?“

Ich werde ihn vierteilen. Genau. Und anschließend an das garstige Huhn verfüttern. Eine leichte Röte hat Lucias Wangen überzogen.

„Es kommt natürlich nicht infrage, dass du länger im Personalzimmer wohnst. Rosa-Maria wird deine Sachen in Fabrizios Wohnung hochbringen.“

„Nein! Bloß nicht!“, rufe ich entsetzt. Lucia sieht mich verdattert an.

„Ich meine …“ Hilflos suche ich nach Worten, aber mir kommen nur Schimpfwörter für Männer im Allgemeinen und italienische Machos im Besonderen in den Sinn. „Ich glaube, das ist keine gute Idee!“, widerspreche ich atemlos. Das fehlte mir noch, dass der Küchendrache in meinen Sachen wühlt! Unseligerweise zucken meine Finger und daran ist bestimmt nicht nur der Gedanke an Giuseppas Schlafplatz in meiner Unterwäsche schuld. Allein die Vorstellung, in einem Bett mit diesem … Ich kralle meine Hand um den Tonbecher und nehme einen großen Schluck Kaffee, der mir die Zunge verbrennt. Lucia mustert mich mit schief gelegtem Kopf, sichtlich bemüht, meine merkwürdige Reaktion einzuordnen. Auf einmal huscht Verstehen über ihr Gesicht.

„Ihr wollt bis nach der Trauung warten! Dio, ist das süß!“, seufzt sie verzückt. Ich nicke erleichtert und nehme die prall gefüllte Tragetasche und eine überdimensionale Thermoskanne entgegen. Claire würde sich kaputtlachen, wenn sie das gehört hätte. Ich käme nie darauf, ein Keuschheitsgelübde vor der Eheschließung abzulegen. Mit viel Anstrengung zwinge ich ein züchtiges Lächeln auf meine Lippen.

„Genauso ist das. Wir warten bis nach der Trauung!“

Die garantiert nicht stattfinden wird, solange ich atme. Nach einem letzten Grinsen der seligen Vorfreude kehre ich Lucia den Rücken und stürme zur Hintertür hinaus.

Fabrizio.

Ich erinnere mich noch genau an meine erste Aprikose. Sie war hart und schmeckte grauenhaft. Und sie bescherte mir eine saftige

Ohrfeige, eine von vielen, mit denen mich mein Vater Respekt vor den Früchten auf unseren Feldern lehrte. Der Principale, wie er nicht nur von den Arbeitern, sondern auch von allen Familienmitgliedern genannt wurde, glaubte fest daran, dass es Unglück bringt, eine unreife Aprikose zu pflücken.

Heute verstehe ich, warum. Aprikosen sind ein beschwerliches Geschäft in der Landwirtschaft, kosten Zeit und Nerven. Die schlanken Bäumchen sind launisch wie ein divenhaftes Weib, empfindsam gegenüber Schädlingen, Wind und Nässe, ein später Frost zerstört die Ernte eines ganzen Jahres. Aber sobald die erste Aprikose der Saison wie ein kleines, samtenes Tier in meiner Hand liegt, sind alle Mühen vergessen. Sie lässt sich widerstandslos auseinanderbrechen, der Kern löst sich von allein. Im Mund eine Explosion aus Süße und Säure, die mich von dem dumpfen Pochen in meinem Schädel und dem Sodbrennen ablenkt.

Heute Morgen bin ich mit der Erinnerung an Sofias wallendes Haar aufgewacht, und meine Gedächtnislücken haben sich im Lauf des Morgens mit immer erschreckenderen Szenen gefüllt. Das Bleistiftmädchen. Carlo, der mir andauernd in dieselbe Stelle zwischen den Rippen boxt, sodass ein blauer Fleck geblieben ist. Das vierte Glas Cuba Libre und die weiteren danach, die ich nicht mehr gezählt habe. Sofias gebräunte Beine. Ihre Lippen, die ich in einem anderen Leben hunderte Male geküsst habe. Die kühlen Nixenaugen von Signora Philipp, die im Mondlicht so gar nicht kalt wirkten. Lucias Fragenbombardement noch vor dem ersten Espresso, meine zusammengestotterten Antworten. Der Gedanke an Flucht vor dem unerträglichen Liebreiz meiner Schwägerin, der ich die Wahrheit unmöglich sagen kann. So eine verdammte Scheiße!

Missmutig schnipse ich den Aprikosenkern in eine Ackerfurche, scharre Erde darüber und ziehe den Strohhut tief ins Gesicht. Die Mittagssonne brennt auf meinen Schultern. Was gäbe ich für ein Bett in einem kühlen, dunklen Zimmer!

„Du scheinst dich gestern gut amüsiert zu haben, so beschissen, wie du aussiehst“, bohrt sich eine höhnische Stimme in meinen Hinterkopf. Marco sitzt auf der Ladefläche des Pickups und beißt herzhaft in eine Aprikose. Wie immer trägt er Laufklamotten, der Schweiß perlt von seiner Stirn. Meine Finger krallen sich in den Pflückkorb. Mit einem Ruck stemme ich ihn in die Höhe und schleppe ihn zum Wagen herüber. Leider springt Marco geschmeidig zur Seite, ehe ich ihn damit von der Pritsche stoßen kann.

„Was willst du.“ Mir wird schwarz vor Augen und ich halte mich an der Rampe fest. Ein paar Aprikosen kullern über die Ladefläche und fallen vor meine Füße.

„Holla. Streikt deine Kondition? Oder liegt es am Restalkohol?“, grinst Marco und spukt seinen Kern auf den Boden.

„Musst du nicht noch irgendwelche Klopapierrollen verbuchen?“, gebe ich zurück und greife nach meiner Wasserflasche. Statt der Versuchung nachzugeben, sie mir über den Kopf zu schütten, trinke ich gierig.

„Bist du in der Lage, mir zuzuhören oder soll ich warten, bis du eine kalte Dusche hinter dir hast?“

„Spuck's aus, damit ich dich loswerde.“

„Der Golfklub hat ein weiteres Angebot geschickt. Sie legen noch fünfzehntausend drauf, wenn wir uns bis Ende des Jahres entscheiden.“

„Entscheiden wofür?“, antworte ich ausdruckslos.

„Sie bieten zwanzig Prozent über dem Verkehrswert! Mit dem Geld wären wir alle Sorgen los, Fabrizio. Wir können unsere Schulden bezahlen und das Hotel ausbauen.“

„Du hast das Land schätzen lassen, ohne mir etwas davon zu sagen?“ Ich umfasse meine Gürtelschnalle, um meine Faust unter Kontrolle zu halten, die unbedingt in sein blasiertes Gesicht will.

„Hättest du mir denn zugehört, wenn ich es dir erzählt hätte?“, schnaubt Marco beleidigt.

„Deine schnöseligen Golfklubfreunde könnten gar nicht so viel bieten, wie das Land wert ist, hast du das noch immer nicht begriffen? Davon abgesehen sollte es dir genauso viel bedeuten, es gehört seit Generationen den Caminis. Aber dein Familiensinn war ja nie besonders ausgeprägt.“

„Du bist ein Idiot, Fabrizio. Was hat das bitte mit Familiensinn zu tun, wenn uns deine heiß geliebten Äcker demnächst die Lebensgrundlage kosten! Aber zum Glück ist Nonna zur Vernunft gekommen, auch wenn ich zugebe, dass mich ihre Weitsicht überrascht hat. Wenn du mich fragst, wollte sie das Tre Camini von vorneherein in vernünftige Hände geben, sie konnte ihren Lieblingsenkel nur nicht übergehen. Aber da sie wusste, dass du dich lieber vom Traktor überfahren lässt, als dir von einem Mädchen einen Ring an den Finger stecken zu lassen … ICH habe jedenfalls eine Frau und die süßen Enkelchen, auf die unsere alte Dame so scharf war, sind nur noch eine Frage der Zeit. Und wie ein blühen-

des Unternehmen aussieht, zeige ich dir, sobald ich meine Unterschrift auf die Überlassungsurkunde gesetzt habe, die bezeugt, dass ich der rechtmäßige Erbe bin."

Die Idee schießt wie ein Lichtblitz durch mein Hirn, während ich Marcos selbstgefälligem Monolog längst nicht mehr folge, sondern gebannt zusehe, wie sich die Lösung meiner Probleme wie ein amtliches Dokument vor mir entfaltet. Mit Brief und Siegel. Einem ganz besonderen Siegel.

„Ich heirate", höre ich mich sagen. Nicht sonderlich laut, aber deutlich genug, dass Marco seinen Vortrag unterbricht.

„Wie meinst du das?"

„Genau so, wie ich es gesagt habe, kleiner Bruder", erwidere ich lässig, während ich noch meine Gedanken ordne.

Punkt eins: Ich brauche eine Frau. Leider nicht zu ändern. Aber ich habe die Wahl, welche.

„Ich kenne dich. Du hast nicht vor, dich lebenslang an eine dieser Dorfschabraken zu ketten, nur damit Nonna ihren Willen bekommt. Und eine Frau, die einen dicken Fisch wie dich wieder schwimmen lässt, wirst du in Montesimo kaum finden." Marco lacht selbstgefällig.

Punkt zwei: Signora Philipp steht zweifellos in meiner Schuld.

„Wer sagt, dass sie aus Montesimo stammt?"

Punkt drei: Sie ist eine Fremde. Eine hübsche Fremde, die mich nicht leiden kann und deshalb ebenso schnell wieder verschwindet, wie sie gekommen ist. Ich heirate, übernehme meine Ländereien und lasse mich wieder scheiden. Kein Theater im Dorf und eine verschwindend geringe Gefahr, von irgendeiner Matrone geteert und gefedert zu werden, weil ich nicht bis an mein Lebensende ja und Amen zu ihrer Tochter, Cousine oder wem auch immer sage.

Marco stiert mich ungläubig an. „Redest du etwa von Hanna? Von unserer Küchenhilfe?? Ich dachte, Lucia hätte nur Spaß gemacht. Bist du tatsächlich nüchtern?!"

Punkt vier: Alle bekommen, was sie wollen, Nonna eingeschlossen, auch wenn sie sich die ganze Sache sicher anders vorgestellt hat.

Das überlegene Lächeln rutscht wie von selbst auf meinen Mund. Fast tut mir mein kleiner Bruder leid, der ein Gesicht macht, als hätte ich soeben das letzte Stück Panettone vom Weihnachtsteller gemopst.

„Du solltest mittlerweile wissen, dass ich keine halben Sachen

mache. Daran hat sich seit unserer Kindheit nichts geändert“, sage ich freundlich.

„Aber Nonna wollte … Hanna ist nicht mal eine waschechte Italienerin! Davon abgesehen kennst du sie erst seit … vorgestern?! Das ist doch ein abgekartetes Spiel von dir!“

„Du enttäuschst mich, Marco. Als waschechter Italiener müsstest du wissen, dass sich die Liebe nicht an Spielregeln hält.“ Ich zucke die Schultern. „Was soll ich tun? Signora Philipp ist eine schöne Frau. Und ich bin eben auch nur ein Mann.“

„Und dann taucht die schöne Frau auch noch rein zufällig zum richtigen Zeitpunkt auf, nicht wahr?“

Marcos Wut macht es mir ein wenig leichter, mich nicht vollkommen wie ein Idiot zu fühlen. Ich bin eben auch nur ein Mann. Habe ich das gerade wirklich gesagt? Meine Güte, ich muss dieses Gut wirklich lieben.

„Schön, dass du dich für mich freust“, sage ich sanft, während ich zusehe, wie die Hautrötung auf Marcos Stirn seine Halbglatze erreicht.

„Deine Rechnung wird nicht aufgehen, Fabrizio. Vielleicht hast du ja bei der Testamentsverkündung nicht richtig zugehört: Nonna verlangte eine echte Ehe, kein Geschäft. Ich rieche zehn Kilometer gegen den Wind, dass da was faul ist. Und Notar Lombardi wird dankbar für jeden Hinweis auf ein fingiertes Gelöbnis sein.“

Und nichts dagegen tun können.

Ich trete so nah an Marco heran, dass ich sein Aftershave und seinen Schweiß riechen kann. „Dann grüß den Notaio herzlich, wenn du mit ihm telefonierst, und lade ihn direkt zur Trauung nächste Woche ein“, raune ich und bohre meinen Blick in seine flackernden Augen. „Bist du jetzt fertig?“

Mein kleiner Bruder antwortet nicht, sondern weicht vor mir zurück.

„Gut. Dann hüpf in deinen Turnschuhen nach Hause und erledige die offenen Bestellungen auf dem Schreibtisch. Ich habe zu tun.“

Hanna.

Eine gute halbe Stunde nach meinem übereilten Aufbruch wird mir bewusst, dass der Ausdruck „hinteres Aprikosenfeld“ nicht nur entfernungstechnisch ein dehnbarer Begriff, sondern auch räumlich gesehen relativ ist.

Ich kämpfe mich auf einem schlammigen, von Wurzeln durchsetzten Pfad vorwärts, der mehr mit einer Ackerfurche als einem Feldweg gemein hat. Obwohl ich stur geradeaus gegangen bin, habe ich, umgeben von dicht an dicht stehenden Bäumen, schon nach kurzer Zeit die Orientierung verloren. Davon abgesehen trage ich die falschen Schuhe für diese Wanderung: Meinen rechten Pantoffel habe ich zweimal aus dem Matsch gezogen, von seiner ursprünglichen Farbe ist nicht viel übrig, vom plüschweißen Innenfutter nicht zu reden. Die Riemen der Tragetasche schneiden in meine Schulter, die Thermoskanne glitscht mir ständig aus den schwitzigen Händen. Aber die Hilflosigkeit, die mich inmitten dieses Blätter- und Aprikosendschungels überwältigt, facht meine Wut nur zusätzlich an. Beschauliche Toskana, idyllische Obsthaine. Alles toll, solange man in einem verdammten Cabrio auf einer verdammten geteerten Straße fährt und einen verdammten Bogen um arrogante, selbstverliebte Italiener macht!

Schwer atmend bleibe ich stehen und schlage einen vorwitzigen Ast beiseite, der nach meinen Haaren greift. Leider schlägt er zurück. Der Schmerz brennt wie ein scharfer Peitschenhieb, stöhnend reibe ich meine Wange. Wie bin ich bloß in diese Sch … diesen Schlamassel geraten!

Ich bin drauf und dran, umzudrehen, als durch das Blattwerk erregte Stimmen dringen. Mein Ohr braucht einen Moment, bis es dem schnell gesprochenen Italienisch folgen kann.

„Du enttäuscht mich, Marco. Als waschechter Italiener müsstest du doch wissen, dass sich die Liebe nicht an Spielregeln hält. Was soll ich tun? Signora Philipp ist eine schöne Frau. Und ich bin eben auch nur ein Mann."

Ich spüre, wie sich mein Puls beschleunigt. Vor mir taucht Fabrizios Gestalt im Mondlicht auf und sofort stellt sich das merkwürdige Prickeln ein, das seine Nähe gestern Nacht ausgelöst hat. Vorsichtig stelle ich meine Last auf den Boden, streife die Pantoffeln ab und ducke mich unter einen tief hängenden Ast. Meine Zehen versinken in der lehmigen Erde, als ich lautlos an die beiden Männer heranschleiche.

„Deine Rechnung wird nicht aufgehen, Fabrizio. Vielleicht hast du ja bei der Testamentsverkündung nicht richtig zugehört: Nonna verlangt eine echte Ehe, kein Geschäft. Ich rieche zehn Kilometer gegen den Wind, dass da was faul ist. Und Notar Lombardi wird dankbar für jeden Hinweis auf ein fingiertes Gelöbnis sein." –

„Dann grüß den Notaio herzlich, wenn du mit ihm telefonierst, und lade ihn direkt zur Trauung nächste Woche ein …“

Abrupt bleibe ich stehen. Hat er gerade Trauung gesagt?

Keine zwei Meter vor mir raschelt es, instinktiv sinke ich in die Hocke und presse die Handfläche auf meinen Mund. In mein Sichtfeld geraten muskulöse, behaarte Männerbeine, die sich zu meiner Erleichterung im federnden Laufschritt entfernen. Das andere Beinpaar steckt in verdreckten Bluejeans und wirkt reglos, wie mit dem Boden verwachsen. Geduckt trete ich den Rückzug durch die eng stehenden Baumreihen an, bis ich zurück auf meinen morastigen Trampelpfad gelange. Dort verharre ich mit hängenden Armen und betrachte meine matschverschmierten Füße.

Zuerst die Küchenhilfesache und jetzt eine Trauung? Es gibt nur zwei Erklärungen für diese skurrile Seifenoper, in die ich da hineingeraten bin. Entweder ist das Ganze ein haarsträubender, aber harmloser Albtraum, dem mein Wecker in wenigen Augenblicken ein Ende setzt. Oder, und leider wahrscheinlicher, Gott ist ein zänkisches Weib und bestraft mich für die Sünden der letzten zwanzig Jahre.

Nicht mit mir.

Gut, ich mag mir mit dem Diebstahl von Giuseppas Urne diese ungenießbare Suppe selbst eingebrockt haben, weshalb ich auch gerne bereit bin, einen Großteil davon auszulöffeln.

Doch ersticken werde ich nicht daran!

Entschlossen angele ich nach dem Brotbeutel, die Thermoskanne klemme ich unter meine Achsel. Mit der freien Hand zupfe ich ein paar rotgelbe Früchte vom nächstbesten Ast. Dann stapfe ich erhobenen Hauptes los, um diesem selbstverliebten Chauvinisten klarzumachen, dass er nicht mit allem und jedem verfahren kann, wie ihm beliebt. Schon gar nicht mit einer Hanna Philipp!

Leider habe ich sowohl den Ackerboden als auch die Aprikosenbäume unterschätzt. Sie entlassen mich mit nur einem Schuh (bin irgendwo gestolpert), etlichen Kratzern im Gesicht (von wegen aufrechter Gang), einer Brandblase an der Innenseite meines Oberarms (die Kanne ist undicht), einem schmutzigen Beutel (ist mir runtergefallen) und fluchend wie ein Kesselflicker aus ihren Astklauen.

Ich weiß nicht, wer überraschter ist. Fabrizio, der gerade Urmel aus dem Wald begegnet, oder ich, weil ich nicht damit rechnete, ihn so urplötzlich und noch dazu wenige Meter entfernt an einem oliv-

grünen Pickup lehnen zu sehen. Wenigstens der Rest läuft nach Plan. Der Brotbeutel sinkt zu Boden, ich lasse die Thermoskanne fallen. Und hole aus.

„Mittagessen, Schatz! Ein unbedeutender Vorgeschmack auf das, was Sie die kommenden Ehejahre erwartet, Signor Camini!"

Ich war schon zu Schulzeiten keine sonderlich gute Werferin. Bis heute ist es mir ein Rätsel, wie jemand einen Wurfball in einem eleganten hohen Bogen genau dorthin befördert, wo das verdammte Ding hinsoll. Meine Stärke waren stets die flachen, und nach zwei Sekunden der Schwerkraft erliegenden Totschläger, die grundsätzlich ihr Ziel verfehlten.

Aber diesmal treffe ich. Fabrizio zuckt zusammen, fasst an seinen Hinterkopf und dreht sich überrascht zu mir um. Automatisch rupfe ich zwei Aprikosen vom nächstbesten Ast und feuere drauflos, ohne groß nachzudenken. Auch bei diesem Versuch treffe ich, diesmal seine Brust, über die sich ein halb offenes, schweißfleckiges Hemd spannt.

„He! Lassen Sie diesen Blödsinn!"

„Ich denke ja nicht daran!", brülle ich zurück, meine Faust umschließt eine weitere Aprikose, hellgelb und hart. Mein Opfer geht geistesgegenwärtig hinter der Beifahrertür des Pickups in Deckung.

„Das ist total kindisch, Signora Philipp!"

„Ist es das?!" Ist es. Und extrem befreiend.

Leider wirkt Fabrizio, nachdem er seine Verblüffung überwunden hat, eher belustigt als wütend. „Es steckt ja doch mehr von einer Italienerin in Ihnen, als ich dachte. Aber haben Ihnen Ihre Eltern nicht beigebracht, dass man mit Essen nicht spielt? Davon abgesehen werfen Sie mit meiner Ernte herum. Das kostet Sie einen zusätzlichen Tag in der Küche."

„Sie können mich!"

„Das ist nicht gerade eine feine Ausdrucksweise, Signora Philipp."

„Ist es denn eine feine Art, eine Trauung anzuberaumen, ohne die Braut zu fragen, ob sie überhaupt will?"

Eine Weile bleibt es still hinter der Autotür, Gelegenheit für mich, Munition nachzuladen. Der Zweig wippt auf und ab, bar seines Gewichts, abschätzend wiege ich die Aprikose in der Hand und pfeffere sie gegen das Blech. Ich kneife die Augen zusammen und ziele erneut. Ob meine Haftpflichtversicherung den Schaden übernimmt, wenn ich Dellen in die Karosserie mache? Wahrschein-

lich nicht.

„Ich kann das erklären", tönt es herüber.

„Bin ganz Ohr."

„Erst müssen Sie aufhören, mich ermorden zu wollen."

Die Aprikose zischt knapp neben der Tür vorbei und prallt an einen Baumstamm. Mein Anfängerglück ist vorüber. Schwer atmend lasse ich die Hand sinken. „Sie haben zwei Minuten."

„Die reichen nicht."

„Gut, dann drei."

Sein Lockenkopf erscheint hinter der Seitenscheibe. „Sie sind witzig. Hätte ich gar nicht gedacht." Er grinst bis über beide Ohren, und obwohl ich noch immer wütend bin, kann ich nicht anders: Ich grinse zurück.

„Fordern Sie Ihr Glück lieber nicht heraus!"

„Käme mir nie in den Sinn."

Mit erhobenen Händen kommt er hinter seinem mittlerweile mit kleinen Dellen verunstalteten Schutzschild hervor. Einen halben Meter vor mir bleibt er mit schief gelegtem Kopf stehen. Sein Mundwinkel zuckt, als er meine schlammverschmierten Füße bemerkt. „Waren Sie Wassertreten?"

„Ich hatte es eilig und habe eine Abkürzung genommen", antworte ich trotzig und versuche, mir nicht anmerken zu lassen, wie peinlich mir mein rudimentäres Orientierungsvermögen ist.

„Lassen Sie mich raten. Sie haben den Pfad für die Lastesel gefunden, der am Rand des Hains entlang läuft. Schmal, meist schlammig. Ziemlich anstrengend für alles, was nur zwei Beine hat", schmunzelt er.

Daher also die faustgroßen Schlammlöcher. Hufabdrücke. Hätte ich mir denken können. Trotzig recke ich das Kinn nach vorne. „Ich warte immer noch auf die dreiminütige Erklärung, wie ich zu einer Verlobung komme."

„Zuerst würde ich Ihnen gerne etwas zeigen." Er bückt sich nach dem Brötchenbeutel und zeigt mit dem Daumen auf den alten Pickup. „Haben Sie Lust auf ein Frühstück?"

Ich schüttle heftig den Kopf, aber ein lautes Gluckern, das eindeutig seinen Ursprung in meinem Bauch hat, straft meine Absage Lügen.

„Ich nehme das als ein Ja." Fabrizio schlendert zum Auto und öffnet mit einer angedeuteten Verbeugung die Beifahrerseite. „Nach Ihnen, Signora." Soviel zu den drei Minuten.

Fabrizio.

Es ist ungewohnt, dass eine Frau in meinem Wagen sitzt, die weder mit mir verwandt noch verschwägert ist. Obwohl Signora Philipp sich steif und mit zusammengedrückten Knien in die verschlissene Lehne presst, lege ich entspannt den Ellbogen auf dem Fensterrahmen ab.

Seit wir losgefahren sind, haben wir kaum gesprochen. Der mit Schlaglöchern übersäte Hauptweg verlangt meine volle Aufmerksamkeit und keiner von uns will gegen den Sechszylinder-Motor des Nissans anbrüllen. Signora Philipp schaut zum Seitenfenster hinaus, die Augen halb geschlossen, das Gesicht dem Fahrtwind entgegengestreckt. Trotz des Geschaukels und Gerüttels verzieht sie keine Miene.

Ich halte kurz am Traktor an, wo Paolo, Bartek und zwei Hilfsarbeiter plaudernd und rauchend ihre zweite Frühstückspause eingelegt haben. Die polnischen Arbeiter lüften respektvoll ihre Mützen, rufen ein gebrochenes „Buon giorno, principale!" und recken die Hälse nach meiner hübschen Beifahrerin. Ich fische eines der Brotpäckchen für Signora Philipp und mich aus Lucias Beutel und reiche den Rest durchs Fenster. Paolo nickt, tritt vom Pickup zurück und tippt einen kurzen Abschiedsgruß an seine Schirmmütze.

Als wir den Kiesweg erreichen, der zum Kaninchenhügel hinaufführt, werfe ich einen verstohlenen Blick auf Signora Philipps weiße Unterschenkel, die in braun gesprenkelten Füßen enden. Einer steckt in einem dreckverkrusteten Pantoffel und ich bin erstaunt, mit welcher Selbstverständlichkeit sie darüber hinweggeht. Sofia hätte gezetert wie ein Blesshuhn und drauf bestanden, sofort nach Hause zu fahren, um sich zu säubern. Ich drücke das Gaspedal durch und der Geländewagen schießt mit knirschenden Rädern den Hang hinauf.

Ein paar Meter vor der überdachten Sitzgruppe parke ich den Pickup. Signora Philipp wartet nicht, bis ich den Motor ausgestellt habe, sondern steigt aus, um abrupt stehen zu bleiben, die Hand noch am Türgriff. Ihr Brustkorb hebt sich und ihre Lunge scheint für einen Augenblick ihre Aufgabe zu vergessen. Sie hält den Atem an. Ich lächle zufrieden. Niemanden ließ diese Aussicht je unberührt. Selbst mich zieht der Anblick der Aprikosenhaine, die sich in schnurgeraden Baumlinien wellenförmig in alle Himmelsrichtungen erstrecken, immer wieder in den Bann. Als hätte Gott mit einem

gewaltigen Kamm die Hügel frisiert und einen solchen Gefallen daran gefunden, dass er nicht damit aufhören konnte.

„Gehört das alles zum Tre Camini?“, fragt sie leise, als ich neben sie trete.

„Das ist das Tre Camini“, antworte ich stolz.

„Es ist atemberaubend. Und jetzt wollen Sie mir sicher eine Geschichte dazu erzählen.“

Ich finde kein Anzeichen von Belustigung in ihrem Gesicht. Stattdessen sehen mich ihre Nixenaugen so intensiv an, dass ich den Blick abwende. Ich hatte eindeutig zu lange keine Frau mehr in meinem Bett, anders kann ich mir meine körperlichen Reaktionen nicht erklären. Sogar zu einem kalten Fisch wie Signora Philipp fühle ich mich hingezogen.

„Mögen Sie keine Geschichten?“

„Ich bin Journalistin, schon vergessen? Geschichten sind mein Beruf.“

„Das ist keine Antwort auf meine Frage.“

„Doch, das ist sie, denn ich liebe meinen Job, falls Sie sich dunkel erinnern.“

„Wie könnte ich das vergessen“, erwidere ich lakonisch und in Anspielung auf ihren Artikel. Sie strafft die Schultern.

„Also?“

Ich lache auf. Sie ist neugierig und will es nicht zugeben. Spontan beschließe ich, sie zappeln zu lassen. „Jetzt habe ich Hunger“, sage ich und drehe mich um, um den Kaffee und Lucias Tramezzini aus dem Pickup zu holen. Umsichtig wie immer hat meine Schwägerin ein Mittagessen für zwei in meine Tüte gepackt und beim Belag nicht mit ihrer leckeren Sandwichpaste gegeizt, mit der sie alle süchtig macht. Sogar die winzigen Kirschtomaten aus ihrem heiligen Schrebergarten hat sie herausgerückt. Im Tre Camini wird nichts dem Zufall überlassen.

Wir essen schweigend, nebeneinander, die Gesichter den Hügeln zugewandt. Ich schlinge gierig, sie pickt wie ein Vögelchen und scheint mehr an der Aussicht interessiert, sodass ich sie nach dem letzten Bissen um den Rest ihres Sandwichs bitte. Den Kaffee hat Lucia so gemacht, wie ich ihn mag. Schwarz, stark und mit viel Zucker. Signora Philipp verzieht das Gesicht, als sie an ihrem Pappbecher nippt. Ihre Körpersprache ist so unmissverständlich, wie ihre Worte und man denkt, man könne diese Frau lesen wie ein offenes Buch. Bis man nach ein paar Seiten feststellt, dass man

keine Ahnung hat, was der Autor einem sagen will. Verwirrend.

„Warum mögen Sie Ihren Bruder nicht?“, fragt sie unvermittelt.

„Wie kommen Sie darauf, dass ich ihn nicht mag?“, frage ich zurück, um Zeit zu gewinnen und verkneife mir die Andeutung, dass ich sie vorhin beim Lauschen gesehen, oder vielmehr gehört habe. Brach wie ein Wildschwein durchs Astwerk und dachte, keiner würde sie bemerken.

„Ich hatte so ein Gefühl. Sie scheinen einander aus dem Weg zu gehen. Und beim Abendessen am Montag haben Sie eine Bemerkung fallen lassen, die mich nachdenklich gemacht hat“, lügt sie schlagfertig und ohne rot zu werden.

„Das täuscht, Signora Philipp. Natürlich mag ich ihn, er ist mein Bruder. Ich halte nur nicht viel von ihm.“

Sie sieht mich belustigt an. „Macht das einen Unterschied?“

„Oh ja. Das eine betrifft den Menschen, das andere seine Haltung. Seine Lebensphilosophie“, versuche ich zu erklären. „Nur weil Marco und ich uns nicht einig sind, heißt das nicht, dass ich ihn nicht liebe.“

„Und was genau ist Ihre Lebensphilosophie?“

„Ist das ein Interview? Brauchen Sie das für Ihren neuen Artikel?“

„Vielleicht“, grinst sie. Ich beginne, mich zu entspannen. Sie versteht es, ihre Gesprächspartner zum Reden zu bringen, ohne ein Unwohlsein aufkommen zu lassen, weil man Dinge erzählt, die man lieber für sich behalten würde. Außerdem scheint sie nur noch halb so sauer wie eben noch. Ich hasse nichts mehr als nachtragende Frauen, die einem bei jeder Gelegenheit aufs Brot schmieren, was man falsch gemacht hat. Nach einer kleinen Pause erwidere ich ihren Blick, festentschlossen, mich nicht länger von ihren grünen Augen irritieren zu lassen.

„Meine Großmutter meinte, dass sich der wahre Ertrag eines Lebens nicht mit Geldscheinen und Münzen zählen lässt. Der Mensch müsse lediglich mit etwas verbunden sein, um glücklich zu sein.“ Meine Geste reicht von den Hügeln bis zum Himmel. „Mit diesem Land beispielsweise.“

„Ihre Großmutter war eine kluge Frau.“

„Sie konnte einem mit ihren Weisheiten fürchterlich auf die Nerven gehen. Das Tre Camini hat ihr alles bedeutet, obwohl sie vor ihrer Heirat mit der Landwirtschaft nicht viel am Hut hatte. Meine Familie war immer von der Idee besessen, die besten Apri-

kosen weit und breit zu ernten, obwohl Oliven oder Wein bei diesen Bodenverhältnissen ein todsicheres Geschäft gewesen wären. Aber nein, es musste die Königin der Früchte sein. Mein Großvater ließ sein Leben auf diesen Feldern, mein Vater ist letztlich an dem Traum, unsere Aprikosen in ganz Europa bekannt zu machen, zerbrochen. Nonna hat das Erbe weitergereicht und ich …" Abwesend nestele in meiner Hosentasche, bis mir einfällt, dass ich gestern die letzte Zigarette geraucht habe.

„Und Sie?" Signora Philipp sieht mich aufmerksam an.

„Ich kann nicht damit aufhören", antworte ich schlicht und die bislang nicht ausgesprochene Wahrheit schnürt mir den Hals zu. Ich kann einfach nicht damit aufhören. Selbst wenn ich wollte.

Ich schlucke heftig und räuspere mich, ehe diese Frau denkt, ich würde gleich losheulen wie ein Mädchen. „Womit wir auch schon bei Ihrer Frage nach den etwas unglücklichen Verstrickungen sind, in die Sie da hineingeraten sind. Der Letzte Wille meiner Großmutter …"

„… sieht vor, dass Sie heiraten müssen, um das Gut übernehmen zu dürfen", beendet sie meinen Satz und sieht mich halb belustigt und halb mitleidig an. „Lucia hat mir von dem Testament erzählt."

Ich zucke die Schultern. „Nonna hatte sich nun mal in den Kopf gesetzt, dass ich eine Frau an meiner Seite brauche."

Sie überlegt einen Moment. „Warum fragen Sie nicht einfach Ihre Exfreundin? Sie scheint noch eine Menge für Sie übrig zu haben."

Ich spüre, wie meine Stirn sich in Falten legt. „Sofia?! Sie machen Witze."

„Überhaupt nicht."

Allein der Gedanke ist absurd. Sich ein zweites Mal mit Sofia einzulassen wäre so, als hätte man sich bei einem Motorradunfall beide Beine gebrochen (und die Arme dazu) und käme dann auf die Idee, sich wieder auf dieselbe Höllenmaschine zu setzen. Ich mag ein Narr sein, aber ich bin sicher kein Idiot. „Ich habe vor, zu heiraten, aber nicht, verheiratet zu bleiben. Eine Scheidung von einer Frau aus Montesimo oder der näheren Umgebung wäre undenkbar. Familienehre, Fegefeuer und der ganze Kram."

„Verstehe. Da komme dann wohl ich ins Spiel, die halbe Deutsche ohne Familie und ohne den anderen lästigen Kram", sagt sie bissig.

„Sie wirken jedenfalls nicht streng katholisch auf mich, was Sie durchaus als Kompliment nehmen dürfen."

Ihr Mundwinkel zuckt. „Was, wenn ich trotzdem Nein sage?"

„Sie wollten doch wissen, wie ich mich bezüglich der Klage gegen Ihr Magazin entscheide", entgegne ich mit fester Stimme und verdränge das Gefühl, etwas in Gang zu setzen, das vielleicht für alle Beteiligten böse endet. Doch egal, wie unmoralisch mein Vorhaben sein mag: Ich habe keine Wahl. „Ich biete Ihnen eine Klagerücknahme gegen einen kurzzeitigen Trauschein. Ein zweites Geschäft, nach dem Sie frei wie ein Vogel sind. Ein Vogel mit Job, sozusagen."

„Das ist nicht Ihr Ernst! Zuerst soll ich zwei Wochen Frondienst in Ihrer Küche ableisten und jetzt versuchen Sie schon wieder, mich zu erpressen! Finden Sie nicht, dass Sie ein wenig zu weit gehen?!"

Ich bin fast erleichtert, dass sie hochgeht wie eine Marien-Feuerwerksgranate. Es macht sie berechenbar und kühlt mich um mindestens zehn Grad herunter. Tobende Frauen haben diese unschöne Wirkung auf mich, sie lassen mich vollkommen kalt.

„Ich bin Italiener, Signora Philipp. Ein Italiener geht nicht zu weit, sondern so weit, wie er kommt. Sehen wir es einfach so: Ich tarne das Ganze als Bitte und wir vergessen, dass Sie im Grunde keine Wahl haben."

Das nachfolgende Gewitter aus Beschimpfungen und Verwünschungen, wie es bei einer italienischen Frau üblich wäre, bleibt erstaunlicherweise aus. „Ich habe keine Wahl", wiederholt sie und lässt ihren Blick über die Hügel schweifen. Dann sieht sie mich geradeheraus an. „Scheint, als hätten wir endlich mal etwas gemeinsam, Signor Camini."

Ich kann den leisen Triumph nicht unterdrücken. „Sind wir uns also einig?", frage ich und strecke ihr die Hand hin.

„Haben Sie nicht eine Kleinigkeit vergessen?", antwortet sie kühl.

Ich lasse die Hand sinken. Zu früh gefreut.

„Üblicherweise fragt man die Braut. Förmlich."

„Machen Sie Witze? Sie wollen jetzt nicht wirklich einen Antrag."

Ihre Brauen schießen in die Höhe. „Sehen wir es einfach so: Ich tarne das Ganze als meinen freien Willen und wir vergessen, dass Sie ebenfalls keine andere Wahl haben."

Im ersten Moment weiß ich nicht, ob ich beeindruckt oder sauer sein soll, aber sie sieht nicht aus, als würde sie scherzen. Mein Stolz schluckt sich wie eine dieser bitteren Pillen vom Kaliber der extragroßen Glasmurmeln, um die Marco und ich uns als Kinder gestritten haben. Ich denke an das Tre Camini und an meine Aprikosen. An Alberto, Paolo und Rosa-Maria. An Nonna und Lucia. Die Erinnerung an Marcos Gesichtsausdruck gibt den Ausschlag. Ich sinke auf die Knie, fasse nach Signora Philipps Hand, die an einem schlaffen Arm herunterbaumelt und nun ebenso schlaff in meiner Hand liegt.

„Verehrte Signora Philipp wollen Sie mich heiraten?“, leiere ich herunter und hoffe inbrünstig, dass keiner der Arbeiter sieht, wie ich mich zum Luigi mache. Sie schaut schweigend auf mich herab.

„Nicht besonders überzeugend“, sagt sie schließlich und entzieht mir ihre Hand. Nach einer gefühlten Ewigkeit setzt sie ein Gnädiges: „Na, dann will ich mal nicht so sein“ hinzu.

Erleichtert komme ich auf die Füße und will mich schütteln wie ein Hund. Und das liegt bestimmt nicht nur an meinen staubigen Hosen. „Sie tun mir einen riesigen Gefallen!“

Es fällt mir wirklich schwer, dankbar zu klingen. Viel lieber würde ich ihr den Hals umdrehen, dafür, dass sie mich vor aller Welt gedemütigt hat. Selbst wenn nur ein paar Kaninchen Zeugen meines Kniefalls waren.

„Bilden Sie sich bloß nichts ein“, erwidert sie hochmütig. „Ich tue das ausschließlich für meinen Job, der mir mindestens so viel bedeutet wie Ihnen Ihre Aprikosen. Und für Lucia, die Sie mit Ihrer dämlichen Idee glücklich gemacht haben. Sie glaubt nämlich an die wahre Liebe. Übrigens bin ich bestimmt nicht diejenige, die Ihr die Wahrheit sagt.“

Sie hat recht. Lucia zu enttäuschen ist so, als hätte man eine Pizza zu lange im Ofen gelassen. Man verbrennt sich den Mund und danach unternimmt man alles, damit eine solche Panne nie wieder vorkommt.

„Lassen wir Lucia an das Märchen von der Liebe auf den ersten Blick glauben, bis ich meine Felder und Sie die Begnadigung Ihres Chefs in der Tasche haben. Dann sind Sie über alle Berge und den Rest lassen Sie mein Problem sein“, erwidere ich unbekümmert und verdränge den Gedanken, dass der Rest alles andere als ein Kinderspiel wird. Lucia wird die nächsten dreißig Jahre kein Wort mehr mit mir reden.

„Und Sie sind wirklich ganz sicher, dass Sie keinem der ansässigen Mafiaclans angehören? Mit über alle Berge meinen Sie nicht, dass ich mich letztlich mit einbetonierten Füßen in irgendeinem See wiederfinde?“, antwortet sie grimmig und reibt ihre Arme, als sei ihr kalt geworden. Diese Geste lässt sie verstockt und gleichzeitig verletzlich wirken, sodass ich mich gegen den verrückten Drang wehren muss, näher an sie heranzurücken.

„Die Mafia ist hier allgegenwärtig, Signora Philipp. Aber machen Sie sich keine Sorgen, hier gibt es weit und breit keinen See“, sage ich in gespieltem Ernst, aber sie scheint mich nicht sonderlich witzig zu finden. Ihr Händedruck ist trocken und sie packt zu, wie sie redet: kurz und energisch. Dann sammelt sie wortlos das Brotpapier ein, faltet es ordentlich, statt es zusammenzuknüllen und humpelt mit ihrem einen Pantoffel zum Pickup zurück. Ich verbeiße mir ein Lächeln.

„Signora Philipp?“

„Was ist denn noch!“

„Ich finde, es ist allmählich an der Zeit, dass wir uns duzen.“

Hanna.

Ich habe mit vielem gerechnet. Von einem dreiminütigen Lachanfall bis hin zu einer Moralpredigt wäre alles möglich gewesen, sogar eine wüste Schimpfkanonade gespickt mit französischen Kraftausdrücken hätte ich über mich ergehen lassen. Mit dem zähen Schweigen am anderen Ende der Leitung weiß ich nicht umzugehen.

„Claire? Bist du noch dran?“, flüstere ich verunsichert.

„Hm.“

„Ist das alles? Mehr als ein träges Hm fällt dir dazu nicht ein?“

Erneute Stille untermalt vom typischen Hintergrundgeräusch der nächtlichen Großstadt. Wie gern wäre ich jetzt in Berlin, säße friedlich in der verlassenen Redaktion an meinem Schreibtisch, Tastaturgeräusche und Radiomusik im Ohr, während gedämpftes Motorengebrumm und vereinzeltes Hupen durchs offene Fenster dringen. Vor einer Woche war mein Leben noch in Ordnung. Und ich blöde Kuh hatte keine Ahnung davon.

„Ouuu, ich sortiere noch“, kommt es nachdenklich aus dem Hörer. Ein Alarmsignal. Das Wort Sortieren kommt allenfalls in ihrem Sprachschatz vor, wenn sie von Jans Socken redet.

„Und wie lange brauchst du noch dafür?“, frage ich kleinlaut.

„Na, hör mal! Tagelang reagierst du weder auf meine Anrufe noch auf meine Kurznachrichten. Dann meldest du dich um ein Uhr nachts mit einer verrückten Liebesgeschichte und erwartest von mir eine kluge Antwort? C´ est impossible!“ Claire fängt an zu lachen.

„Wieso Liebesgeschichte?!“, entgegne ich entrüstet, woraufhin sie nur noch mehr lacht.

„Lass mich kurz zusammenfassen: Zuerst musst du in der Küche schuften, damit dieser Fabrizio die arme Giuseppa zurücknimmt, die gerade ein trauriges Dasein in deiner Unterwäsche fristet. Dann will er, dass du ihn heiratest, damit er die Klage fallen lässt. Und jetzt musst du, nein, ihr müsst seiner komischen Familie ein Liebespaar vorspielen, obwohl ihr gar keins seid. Nebenbei bemerkt ist dieser italienische Gutsherr nicht bloß ein unverschämter Bauer, sondern gebildet und ausgesprochen sexy. Also für mich klingt das glasklar nach einer Liebesgeschichte oder vielmehr einer Amour fou, wenn du weißt, was ich meine. Ein Groschenromancier tötet vermutlich für ein solches Material.“

„Aber ich finde Fabrizio überhaupt nicht sexy!“

„Natürlich nicht“, kontert Claire trocken. „Dein Unterleib war schon immer langsamer als dein Kopf.“

Ich schnappe nach Luft. Dieses Gespräch läuft überhaupt nicht so, wie ich erwartet habe. By the way, was habe ich überhaupt erwartet? Jedenfalls nicht, dass ich danach verwirrter als vorher bin!

„Claire! Ich bin in einen ziemlich bösen Schlamassel hineingeraten. Das musst du mir nicht noch deutlicher sagen!“

„Was genau soll ich dir denn sagen?“, fragt Claire mit einem vernehmlichen Schmunzeln. Diese unbekümmerte Art bringt mich manchmal echt auf die Palme.

„Du sollst mir sagen, wie ich aus der Nummer wieder rauskomme, Himmel!“

„Pas du tout“, kommt es wie aus der Pistole geschossen.

„Was heißt hier, gar nicht??“

„Gar nicht heißt gar nicht. Du stehst nicht ohne Grund dort, wo du jetzt stehst.“ Ich stelle mir vor, wie sie nonchalant die Schultern zuckt. „Mach das Beste daraus.“

Mach das Beste daraus? Die hat leicht reden. Ich schließe die Augen. „Du meinst also, ich soll ihn wirklich heiraten?“, frage ich dünn, obwohl mir bewusst ist, dass die Antwort schon vor meinem Anruf klar auf der Hand lag.

„Was hast du zu verlieren? Schlimmstenfalls kannst du dich danach nie wieder in diesem Montedings blicken lassen. Aber Signor Camini scheint ein Ehrenmann zu sein, er wird sein Versprechen halten. Und eine Scheidung ist schnell erledigt. Wenn du sie dann noch willst."

„Natürlich will ich danach eine Scheidung!"

„Dann ist doch alles klar", antwortet Claire sanft und ich höre ihr an, dass sie mir kein Wort glaubt. „Aber wenn ich dir einen Tipp geben darf: Freunde dich mit diesem Ort an. Ich weiß, du musst in der Küche schwitzen und diese Rosa-Maria klingt wirklich furchterregend, aber hey, du bist auf einem romantischen Gut in der Toskana mit einem gut gebauten …"

„Halt die Klappe Claire!"

„Ich bin schon still. Stell jedenfalls die Ohren gerade und versuch, die schönen Seiten Italiens zu genießen. Savoire-vivre, du erinnerst dich?"

„Ich werde es versuchen. Tut mir leid, dass ich dich so spät geweckt habe", kapituliere ich, obwohl ich nicht auflegen möchte. Viel lieber würde ich mich jetzt von Claire umarmen lassen. Da sieht man mal, was dieses italienische Chaos mit mir macht. Plötzlich sehne ich mich sogar nach meiner Mutter.

„Pas de problème, dafür sind Freunde doch da. Aber Hanna?"

„Ja?"

„Hör zur Abwechslung einfach mal auf dein Herz."

9 NOVE

Hanna.
„Du! Signora-ich-kenn-das-alles-schon! Wenn du etwas über die italienische Küche lernen willst, musst du hinsehen!“

Ich habe verzweifelt versucht, meiner Situation die schöne, italienische Seite abzugewinnen. Seit drei Tagen stehe ich mit Vittorias unmelodiösem Kikeriki auf, trage Kittelschürzen und Pantoffeln und verrichte klaglos die Sklavenarbeiten, die Rosa-Maria mir aufträgt. Ich lese sogar diese fürchterlichen Groschenromane, um mich bei ihr einzuschmeicheln. Während Fabrizio lediglich zu den Mahlzeiten erscheint, die er ebenso stumm wie sein Bruder Marco einnimmt, fühlen sich meine Tage an wie ein kräuterdurchtränktes, schwitzendes Vakuum, erfüllt von Rosa-Marias Befehlston, Lucias Trostpflastern und der niederschmetternden Einsicht, dass ich mit meinem Artikel vollkommen falsch lag. Rosa-Maria wacht wie ein Bluthund über die Qualität und Frische der Zutaten und das bekomme ich täglich zu spüren.

„Terribile! – Fürchterlich!“ Kopfschüttelnd betrachtet Rosa-Maria den Inhalt meines Topfes, mit dem ich beweisen wollte, dass man in Deutschland sehr wohl eine leckere Bolognese zuzubereiten weiß. „Das Fleisch ist trocken und hat kein Aroma“, urteilt sie ungnädig und pfeffert den Topf in die Spüle.

„Aber Sie haben ja nicht mal probiert!“, protestiere ich schwach, handele mir aber nur ein mitleidsloses Schulterzucken ein.

„Wenn Duft rauskommt, statt drinzubleiben, taugt dein Ragú allenfalls als Hühnerfutter!“ Resolut schubst der Küchendrachen mich beiseite und schiebt seinen eigenen Topf mit Tomatensoße in die Herdmitte. Sie öffnet den Tiefkühler und entnimmt ihm ein ziegelsteingroßes Paket gefrorenes Hackfleisch.

„Du darfst das Fleisch nicht vorher anbraten, damit machst du den Geschmack kaputt!“, belehrt sie mich, während ich ungläubig zusehe, wie sie den Ziegelstein in die Soße plumpsen lässt. Mein spontanes „Igitt!“ geht glücklicherweise unter, als Lucia in die Küche stürzt.

„Kann mir jemand sagen, wo ich die Gästeliste hingelegt habe?!“ Suchend sieht sie sich um, hebt das Schneidebrett an, guckt darunter und lässt es schließlich seufzend wieder auf die Arbeitsplatte knallen.

„Was für eine Gästeliste? Ich dachte, die Trauung im Rathaus sei innerhalb einer halben Stunde erledigt?“, sage ich argwöhnisch.

Lucia sieht mich an, als hätte ich nicht mehr alle Tassen im Schrank. Rosa-Maria rührt und lacht vor sich hin, als hätte ich einen Witz gemacht.

„Benvenuto in bella Italia“, murmelt sie und wirft Lucia einen vielsagenden Blick zu.

„Wir müssen die standesamtliche Trauung in den Gemeindesaal verlegen“, klärt Lucia mich mit gewichtiger Miene auf.

„Wieso das?“, frage ich blöd.

„Na, im Rathaus war nicht genug Platz.“

„Aber so groß ist diese Familie doch gar nicht.“ Dann begreife ich. Die Antwort auf meine nächste Frage will ich eigentlich gar nicht wissen. „Mit wie vielen Gästen rechnest du denn?“

„Also laut unserem Bürgermeister zählt unser Dorf exakt dreihundertsechsundfünfzig Einwohner. Die Kinder nicht mitgerechnet.“

Ich schlucke. Dreihundertsechsundfünfzig Zeugen für die größte Lüge meines Lebens. Wie dick soll es denn noch kommen? Ich sinke neben Alberto auf die Küchenbank. Er starrt mit klarem Blick auf den Bildschirm und auf einmal bin ich mir sicher, dass er den Fernseher bloß als Vorwand benutzt, um unserem Gespräch zu lauschen.

„Müssen wir denn alle einladen? Es ist doch nicht mal eine

kirchliche Hochzeit", frage ich kleinlaut.

„Die Arbeit mit den Einladungen können wir uns zum Glück sparen. Die Leute aus dem Dorf kommen sowieso, schon allein wegen Rosa-Marias Ribollita", sagt Lucia unbekümmert und macht sogleich ein betroffenes Gesicht. „Ich meine, natürlich kommen Sie wegen dir und Fabrizio. Alle sind total aus dem Häuschen wegen dieser unglaublich romantischen Liebesgeschichte!"

„Wie schön." Hilfe!

„Die kirchliche Hochzeit müssen wir natürlich in größerem Stil nachholen, sonst wären alle tödlich beleidigt. Mit Brautkleid und Torte und allem Pipapo. Und mit deiner Verwandtschaft aus Berlin, die dann hoffentlich kommen kann, wenn es schon so kurzfristig nicht für die Standesamtliche gereicht hat. Das hier ist ja sozusagen nur ein kleines Aufwärmfest", strahlt Lucia. Brautkleid und Torte. Mir wird schlecht.

„Das klingt ja alles wirklich un-glaub-lich romantisch!", ertönt es hinter uns. Marco lehnt mit verschränkten Armen im Türrahmen. Meine Wangen beginnen, zu brennen, als ich die zerknitterte Ausgabe des Genusto-Magazins unter seiner Achsel entdecke. Hatte Fabrizio den Artikel nicht weggeschlossen? Ich habe doch selbst gesehen, wie er ihn in seine Schreibtischschublade gelegt hat! Irgendwie schaffe ich es, Marcos bohrendem Blick standzuhalten und ungezwungen zu lächeln.

„Ciao Marco. Möchtest du einen Espresso?", frage ich bewusst unbekümmert. Es ist ja nicht so, dass ich Marco nicht mag, ganz im Gegenteil. Ich hege noch immer dieselbe Sympathie für ihn wie am ersten Tag, als wir uns im Hausflur begegnet sind. Aber so rar er sich vorher gemacht hat, stolpere ich nun bei jeder Gelegenheit über ihn. Und jedes Mal sieht er mich mit diesem lauernden Blick an, als ahne er, dass irgendwas im Busch ist. Sehr unangenehm.

Er betritt die Küche, küsst Lucia und gibt ihr einen zärtlichen Nasenstüber. „Einen Espresso hätte ich tatsächlich gerne. Und vielleicht möchtest du, Hanna, ebenfalls einen mit mir trinken? Im Büro? Ich hätte da einige formelle Dinge mit dir zu besprechen. Wegen der Hochzeit."

„Oh, das würde ich sehr gerne, aber …" Ich werfe einen Hilfe suchenden Blick zu Rosa-Maria, die wie festgewachsen am Herd steht und ihren Hackfleischklumpen gar rührt. „Rosa-Maria braucht meine Hilfe."

Leider hält Rosa-Maria mich nicht für so entbehrlich, wie ich

hoffte. „Unsinn! Ich bin ganz froh, wenn Hanna mir mal eine Weile nicht im Weg herumsteht“, brummt sie.

„Aber wir wollten doch über Prudence und Hugh sprechen. Ich bin gerade an dieser spannenden Stelle, wo sie das Wappen der MacKays in ihrem Medaillon findet und Hugh auf einmal wie ausgewechselt ist!“, starte ich einen letzten verzweifelten Versuch. Meine Taktik, mich bei dem Drachen über die „Glut des Verlangens“ lieb Kind zu machen, fruchtet mehr, als mir geheuer ist. Leider auch bei mir. Nach drei Teilen, gelesen in zwei schlaflosen Nächten, bin ich derart von dieser schrecklichen Liebesschnulze angefixt, dass ich aus der Nummer wahrscheinlich erst mit dem letzten Heft der Serie herauskomme. Sofern Rosa-Maria es rausrückt. Doch auch dieser Versuch, um ein Gespräch mit meinem Schwager in spe herumzukommen, versandet in Rosa-Marias stoischem Gemüt.

„Nein, nein Signora-ich-kanns-nicht-abwarten. Du musst schon selber lesen. Ich verrate nicht, wie es weitergeht, so weit kommt es noch.“ Sie lacht und hebt einen mahnenden Finger. Immerhin kann sie mich etwas besser leiden, seit Prudence und der atemberaubende Hugh mir jede Nacht verdeutlichen, dass schon länger kein Mann mehr neben mir lag. Geschweige denn auf mir.

Marco küsst Lucia erneut, streichelt über ihren Bauch und flüstert ihr etwas ins Ohr, woraufhin sie ihm scherzhalber mit dem Finger droht. Ich räuspere mich verlegen. Feixend dreht er sich zu mir um. „Na dann, Signora Philipp. Lassen wir die Experten in der Küche allein und kümmern uns um den Papierkram.“

„Na dann“, wiederhole ich lahm und nehme ergeben zwei Kaffeetassen von Lucia entgegen. Ihr Lächeln lässt mir ganz warm ums Herz werden.

„Es ist sowieso totaler Unsinn, dass du noch in der Küche schuftest, jetzt da du Fabrizios Verlobte bist.“

Oh du ahnungsloser Engel. Wenn du wüsstest!

„Gerade deshalb möchte ich mithelfen.“ Ich zögere, was Marcos wachsamen Ohren gewiss nicht entgeht. „Schließlich gehöre ich bald … zu Eurer Familie.“

Und ganz sicher bilde ich mir nicht ein, dass Marco nach meinem zweiten Satz ein Gesicht macht, als wäre soeben eine verlauste Ratte über die Steinfliesen gehuscht.

Fabrizio.

„Dio Fabrizio! Wieso sitzt du hier allein im Dunkeln?“

„Ich denke nach.“

„Kannst du das nicht bei Tageslicht tun, wie andere Leute auch?“

Ich blinzle, als Lucia die elektrischen Jalousien betätigt und die Morgensonne die umherfliegenden Staubpartikelchen sichtbar macht. Lucia hustet ein paar Mal und sieht sich suchend um, bis sie mich schließlich vor dem Destillierkessel entdeckt. „Wieso sitzt du auf dem schmutzigen Boden?“, fragt sie streng und stemmt beide Hände in ihre Hüften.

„Du klingst schon wie Nonna“, antworte ich belustigt und setze rebellisch hinterher: „Das hier ist eine Brennerei, keine Hotellobby, liebste Schwägerin.“

„Das ist keine Brennerei, sondern ein schmutziger Schuppen, mein lieber Schwager“, kontert Lucia. Mit gerümpfter Nase deutet sie auf die in der Raummitte gestapelten Obstkisten, die Scherben vor dem Flaschenregal und auf die Müllsäcke, die sich am Eingang türmen. Unter ihrem Gesundheitsbehördenblick wird mir bewusst, dass ich seit einer Woche dieselben fleckigen Arbeitshosen trage.

„So kannst du keine Kunden empfangen!“

„Welche Kunden.“

„Eben. An deren Stelle würde ich auch wegbleiben, egal wie gut die Produkte unserer Brennerei sind. Das muss sich dringend ändern!“ Sie kommt auf mich zu, packt unterwegs eine Obstkiste, die sie umgedreht neben mich stellt, um sich mit zusammengedrückten Knien darauf niederzulassen. „Also?“, sagt sie verständnisvoll und legt die Hände in den Schoß.

Ich sehe sie misstrauisch an. Frauen, die urplötzlich von Löwinnen zu Kätzchen werden, sind mit Vorsicht zu genießen. „Also was?“ Frage mit Gegenfrage beantworten, dann ist man als Mann auf der sicheren Seite. Meistens jedenfalls.

„Das fragst du noch?“

„Lucia! Sei gnädig, ich bin ein Mann und habe keine Ahnung, was euch Frauen im Hirn herumspukt! Frag doch einfach direkt.“

„Hast du Nonnas Rezeptbuch gefunden?“

„Nein.“

„Das ist nicht gut, oder?“

„Es ist eine Tragödie, zumindest aus meiner Sicht. Marco wird es freuen. Liefert ihm ein weiteres Argument, die Felder zu verkau-

fen“, brumme ich.

„Du tust Marco Unrecht, Fabrizio.“

„Mag schon sein. Er überzeugt mich aber auch nicht vom Gegenteil“, murmele ich finster und drehe an dem Temperaturregler herum. Vielleicht liegt es daran, dass ich den Kessel zu heiß eingestellt habe und das Wasser zu schnell verdampft. Das Destillat enthält einfach zu wenig Volumen. Lucia knetet ihre Hände im Schoß.

„Ich dachte, du wärst glücklich. Jetzt, wo du Hanna gefunden hast“, sagt sie, ohne mich anzusehen.

„Das bin ich, durchaus.“

„Warum sieht man euch beide dann nie zusammen?“

„Sie ist hier. Genügt das nicht?“, frage ich ausweichend.

„Ob das genügt?“ Sie lacht belustigt auf. „Ihr Männer seid schon komisch. Natürlich genügt das nicht! Du solltest Hanna die Gegend zeigen, sie ausführen und mit unseren Freunden bekannt machen. Lasst euch im Dorf als Paar sehen, die Leute reden schon.“

„Ach wirklich? Was reden sie denn?“

„Das willst du nicht wissen.“

„Lucia. Wenn du schon ein solches Gespräch anfängst, dann bring es auf den Punkt. Im Dorf wird also über mich und Hanna getratscht?“, sage ich nüchtern und versuche mir meinen Ärger nicht anmerken zu lassen. Ich kann mir bildlich vorstellen, wie sie sich die Mäuler zerreißen, allen voran die Krähe Gosetti, die um ihren Gutsherrinnentitel geprellte Bäckerin und unsere reizende Bürgermeisterin.

„Ein paar Leute behaupten, du würdest das nur wegen Nonnas Erbschaft machen“, platzt Lucia heraus und ich spüre, wie meine Wangen heiß werden. Da sind ein paar Köpfe gescheiter, als ich erwartet hatte. „Ist es so? Willst du Hanna tatsächlich nur wegen des Guts heiraten?“

„Würdest du mir das zutrauen?“

Lucia zögert und schüttelt schließlich den Kopf. „Es ist nicht wichtig, was ich denke. Ich will nur nicht zur Zielscheibe des allgemeinen Gelästers werden. Wir leben nun einmal in einem Dorf und müssen uns an die Spielregeln halten, wenn wir klarkommen wollen. Aber Rosa-Maria drückt sich neuerdings vor dem Einkaufen, damit sie dem Geschwätz entgeht und Alberto ist seit drei Tagen schlecht gelaunt, weil er sich nicht mehr in die Bäckerei

traut, um da sein süßes Teilchen zu essen."

„Du weißt davon?"

„Ihr haltet mich wohl alle für dämlich. Natürlich weiß ich, dass Alberto nicht wegen der Post jeden Morgen ins Dorf fährt", schnaubt sie und ein winziges Lächeln stiehlt sich in ihr Gesicht. „Aber ich muss ihm ja nicht jeden Spaß verderben, oder?"

„Habe ich dir eigentlich je gesagt, dass du eine wunderbare Frau bist, Lucia?"

„Wenn du das findest, solltest du dafür sorgen, dass ich nicht zu einem unleidlichen Nervenbündel werde. Ich habe mit den Vorbereitungen für deine Hochzeit schon genug um die Ohren."

„Und ich dachte, du machst das freiwillig", feixe ich und gehe in Deckung, als Lucia mir einen Klaps versetzen will. Versöhnlich füge ich hinzu: „Du findest also, ich kümmere mich zu wenig um Hanna. Gut, das kann ich ändern. Auch wenn mir das Getratsche im Dorf herzlich egal ist, werden wir dir zuliebe ein paar Mal Händchen haltend über den Marktplatz spazieren und dieses dämliche Brautessen bei Ernesto einnehmen. Bist zu dann zufrieden?"

„Das ist kein dämliches Essen! Ich finde es eine sehr schöne Tradition, dass unser Bürgermeister jedes Paar vor seiner Vermählung zu einem offiziellen Dinner ins Rathaus einlädt", belehrt mich Lucia und sieht aus, als wolle sie noch etwas hinzufügen, doch mein warnender Blick lässt sie verstummen.

Ich schiebe den unschönen Gedanken beiseite, dass meine Zusage mich schnurstracks in Ernestos Privatwohnung führt, die ich türeknallend verlassen und seitdem nie wieder betreten habe. Heute ist nicht damals und auch in kleinen Dörfern wächst Gras über Schrammen und Wunden.

„Schon gut, Lucia. Wir werden *dinnieren*, okay?"

„Gut. Und jetzt geh duschen und zieh dir um Himmels willen ein paar saubere Klamotten an. Wenn du stinkst wie ein Maulesel, brauchst du gar nicht erst versuchen, deine Verlobte um eine Verabredung zu bitten."

Ich lächle unschuldig. „Glaub mir Lucia, Hanna nimmt mich sozusagen in jedem Zustand."

Hanna.

Es ist merkwürdig. Ich sitze in demselben Raum auf demselben Sessel, in dem ich vor einer Woche Fabrizio gegenübersaß, und fühle mich verwirrter und unsicherer als je zuvor. Mir war nicht

klar, dass Fabrizios Büro auch Marcos Refugium ist, was immerhin erklärt, wie der Artikel in Marcos Finger geriet, den er sorgfältig glatt gestrichen und auf der Schreibtischmitte platziert hat.

Verstohlen mustere ich Marco von der Seite, der sich mit im Nacken verschränkten Händen in Fabrizios Sessel zurücklehnt und emotionslos eine Fliege bei ihrem verzweifelten Versuch beobachtet, an der Fensterscheibe entlang den Weg nach draußen zu finden. Vielleicht rührt mein Unwohlsein auch nur daher, dass er seltsam deplatziert in diesem Raum wirkt, den Fabrizio allein durch seine Anwesenheit auszufüllen schien. Marco hingegen kommt mir an diesem Schreibtisch wie ein Puzzleteil vor, das zwar irgendwie zum Bild gehört, aber mit aller Gewalt in eine Lücke passen möchte, für die es nicht gemacht wurde. Allmählich entwickele ich eine schwache Ahnung, wovon Fabrizio auf dem Kaninchenhügel gesprochen hat. Ich zucke zusammen, als Marco unvermittelt das Wort an mich richtet, obwohl seine Aufmerksamkeit nach wie vor der bedauernswerten Fliege am Fenster gehört.

„Wussten Sie, dass das Tre Camini nahezu bankrott ist?“

Ich räuspere mich. „Ähm … nein?“

Er lacht, als amüsiere ihn meine Verlegenheit. „Wenn Zahlen den Menschen etwas voraushaben, dann die rot unterlegte Unabänderlichkeit, mit der sie zeigen, wo man im Leben wirklich steht.“

Ich winde mich unangenehm berührt auf meinem Sitz.

„Was genau wollen Sie von mir, Signor Camini?“

„Nenn mich bitte Marco. Schließlich sind wir ja bald eine Familie, wie du so schön sagtest.“

Meine Kehle wird eng. Marcos Augen sind zu wissend, um mein ungutes Gefühl weiterhin zu leugnen. Er ahnt, dass an der Verlobungssache etwas faul ist. Und ein Teil dessen, was ihn zu dieser Annahme verleitet, liegt vor uns auf dem Schreibtisch. Er folgt meinem Blick und tippt auf das Magazin. „Ein hübscher Artikel. Wenn auch etwas destruktiv, will ich meinen“, bemerkt er spröde. „Du hast nicht erwähnt, dass du Restauranttesterin bist.“

„Und ich wusste nicht, dass du Deutsch sprichst“, antworte ich schlagfertig, womit ich mir ein mildes Lächeln einfange.

„Es gibt hervorragende Übersetzer, die man im Internet beauftragen kann. Liefern innerhalb weniger Stunden.“

Ich atme aus. „Der Artikel war ein Unfall. Ich bin hier, um eine Gegendarstellung zu schreiben. Unter anderem.“

„Die geheime Mission, hm?“ Marco greift nach einem grünen

Notizheft mit rotem Einlegband, mit dem er sich Luft zufächelt. „Trink deinen Espresso, er wird kalt“, sagt er desinteressiert und meine Verwirrung wächst, während ich dem hin- und herbaumelnden Leseband mit den Augen folge. Dieser Mann ist wie ein schlüpfriger Aal, nicht zu fassen und erwischt man ihn doch, fängt man sich einen Stromschlag. Gehorsam komme ich seiner Aufforderung nach, aber meine Hand zittert so, dass ich die Tasse absetzen muss. Trotz steigt in mir auf.

„Der Artikel kümmert dich nicht und irgendwelche Formalitäten bezüglich der Hochzeit willst du wohl kaum mit mir diskutieren. Also? Warum sitzen wir hier?“

„Ich wusste gleich, dass du eine clevere Frau bist.“

„Komm zur Sache, Marco. Es wartet eine Menge Arbeit auf mich“, antworte ich kühl und ohne sein Lächeln zu erwidern, das mit meinen Worten prompt in sich zusammenfällt. Die Veränderung in seinem Gesicht ist fast unheimlich, sodass ich mich frage, wie dieser Mensch mich derart täuschen konnte. Seine Liebenswürdigkeit ist wie weggeblasen, von der heiteren Ungezwungenheit keine Spur mehr. Das Notizheft klatscht auf den Artikel und Marco fixiert mich wie der Mungo die Klapperschlange.

„Ich will mit dir über Zahlen sprechen. Genau genommen über die Summe, die es mich kostet, damit du dein Rollköfferchen packst und von hier verschwindest. Egal, was Fabrizio dir für die Heirat geboten hat, ich lege ein paar Scheine drauf.“

Ich lasse seine Worte eine Weile wirken. Sie berühren mich stärker, als ich erwartet hätte und innerhalb weniger Augenblicke hat sich meine Verblüffung in kalte Wut verwandelt. Was für ein hinterhältiger Mistkerl!

„Wie kommst du darauf, dass ich käuflich bin?“, entgegne ich frostig und bemerke erst jetzt, dass ich vor meinem Stuhl stehe, statt darauf zu sitzen. Ich stütze mich mit beiden Händen auf die Tischplatte und beuge mich nach vorne, weit in Marcos selbstgefälliges Grinsen hinein. „Ich halte dir zugute, dass du aufgrund der tiefen Trauer um den Tod deiner Großmutter nicht weißt, was du redest.“ Ich senke meine Stimme, obwohl ich ihn am liebsten anschreien würde. „Aber wage es nie wieder, mich wie ein Flittchen zu behandeln. Ich bin die Verlobte deines Bruders und du wirst mir Respekt zollen, da ich Fabrizio nur aus einem Grund heirate. Weil ich ihn liebe. Ich habe ihn vom ersten Moment an geliebt. Daran wird weder ein bankrottes Gut noch ein Sack voll Schmiergeld

etwas ändern. Also schieb dir dein Mafiosigebaren mitsamt deinen Zahlen in den Allerwertesten – Schwager!“

Das Schweigen dehnt sich endlos in dem kleinen Raum und mischt sich mit dem heftigen Pochen meines Herzens. *„Mon dieu, das war filmreif! Man könnte glauben, du hättest das so gemeint, wie du es gesagt hast!“*, flüstert Claire ehrfürchtig, während in Marcos Gesicht nicht die leiseste Gefühlsregung zu lesen ist. Bis er schließlich bekümmert den Kopf schüttelt und sich bückt. Ein Summen ertönt, als er den Schredder unter dem Schreibtisch anstellt.

„Das ist wirklich tragisch. Eine solch große, ehrliche Liebe. Und so einseitig“, sagt er hämisch, klaubt das Notizbuch auf und wiegt es abschätzend in der Hand. Als ich nicht antworte, sondern ihn nur anstarre, weil ich noch immer betäubt bin von meiner ungeheuerlichen Behauptung und nur langsam seine vernichtenden Worte begreife, reißt er in gespieltem Entsetzen die Augen auf. „Sag bloß, du wusstest nichts davon!?“

Mit einer geschmeidigen Bewegung und ohne hinzusehen, steckt er das Heft in den Schredderschlitz.

„Ich habe keine Ahnung, wovon du redest“, entgegne ich, die Stimme gegen das Geräusch reißenden Papiers erhoben, und verschränke die Arme vor der Brust. Das Ganze kommt mir wie eine Schmierenkomödie vor, in der man mir die tragische Hauptrolle aufgedrückt hat. Aber es ist Fabrizios Stück und ich habe versprochen, mitzuspielen.

Marco stellt den Schredder aus. Er erhebt sich und umrundet den Schreibtisch, ich weiche automatisch zurück. Er reicht mir zwar gerade bis zur Stirn, aber die Nähe seines drahtigen Körpers lässt alle Alarmglocken in meinem Kopf schrillen. Doch Marco bleibt in gebührendem Abstand stehen und lehnt sich gegen die Tischplatte.

„Unser lieber Fabrizio hat sein Herz schon lange verschenkt, Hanna. Und ich wage zu behaupten, dass du diesbezüglich wenig konkurrenzfähig bist. Was weiter keine Schande ist, du bist ein hübsches Ding. Aber gegen Sofia käme selbst eine Gisele Bündchen nicht an. Fabrizio benutzt dich nur. Sobald er die Erbschaft angetreten hat, wird er dich nach Hause schicken. Das wissen alle, selbst die Leute im Dorf.“

„Ich bedauere, dir sagen zu müssen, dass du völlig auf dem Holzweg bist“, rutscht die Lüge glatt und sauber von meinen Lippen, während ich mich innerlich winde. Sofia. Die Zeichen waren

wirklich nicht zu übersehen gewesen. Marco betrachtet lächelnd seine Fingernägel. Sauber und kurz geschnitten, vermutlich sind seine Hände weich wie die eines Babys.

„Ich hoffe für dich, dass ich mich irre. Denn wenn diese Heirat kein Geschäft zwischen dir und meinem Bruder ist, wirst du schnell feststellen, dass du auf ein lahmes Pferd gesetzt hast. Ich meine es nur gut mit dir."

„Danke für deine Fürsorge. Aber ich kann auf mich selbst aufpassen."

Zu meiner Erleichterung macht Marco keine Anstalten, mich aufzuhalten. Im Türrahmen bleibe ich dennoch stehen. Verdammte Neugier. „Warum willst du unbedingt diese Heirat verhindern, Marco?"

Er sieht mich mit einem seltsamen Blick an. Seine Brust hebt und senkt sich. Und plötzlich wird mir klar, dass sein berechnendes Gebaren nur eine Fassade ist. „Ich schütze das, was ich liebe, angefangen von meiner Frau bis hin zu diesem Landgut. Lucia hat ein sorgloses Leben verdient, und zwar dort, wo sie sich zu Hause fühlt. Wenn mein Bruder das Tre Camini übernimmt und weiter vom internationalen Durchbruch seiner Aprikosen träumt, wird er innerhalb weniger Jahre Konkurs anmelden müssen, weil das Restaurant und der Hotelbetrieb die Verluste der Landwirtschaft auf Dauer nicht auffangen können. Das kann ich nicht zulassen."

„Ich verstehe." Ohne, dass ich es will, empfinde ich Mitleid für Marco. Er steckt in einer ebenso ausweglosen Situation wie sein Bruder. Beide fürchten, das zu verlieren, was sie am meisten lieben. Traurige Sache. Aber nicht meine Sache. Ich straffe den Rücken und versuche, mich an meinen Text zu halten.

„Ich werde Fabrizio trotzdem heiraten. Und du wirst nichts daran ändern können."

„Wir werden sehen. Nichts für ungut", antwortet er herablassend. Ich nicke ihm zu und wende mich zum Gehen.

„Eins noch, Schwägerin. Lucia hasst es, belogen zu werden, vor allem von Menschen, die sie in ihr Herz geschlossen hat. Sollte irgendetwas an meinen Vermutungen dran sein, fährst du besser damit, ihr rasch die Wahrheit zu sagen." Er deutet auf das Magazin in der Tischmitte. „Nicht, dass ein anderer auf die Idee kommt."

Ich bin zu durcheinander, um in die Küche zurückzukehren und so zu tun, als käme ich von einem netten Kaffeeplausch mit Marco.

Also schnappe ich mir Lucias Eierkörbchen von der Bank im Flur und gehe zum Hühnerschuppen hinüber, eine Entscheidung, die ich in dem Moment bereue, als ich in dem Verschlag stehe und mich ein Dutzend Augenpaare anstarren.

Wie schon die Brennerei nebenan wirkt der Stall von außen kleiner, als er tatsächlich ist. Der rund zwanzig Quadratmeter große Raum wird zur Hälfte von einer drahtbespannten Voliere eingenommen und verströmt ein intensives Duftgemisch aus Stroh und Vogelkot. An der Wand hängen Metallraufen, in denen drei aufgeplusterte Hennen sitzen und aus den Holzhäuschen, die sich wie ein Miniaturdorf in den Verschlag schmiegen, dringt unaufgeregtes Gackern. Brutstätten, vermute ich. Unschlüssig schaue ich auf mein zitterndes Körbchen. Ohne Eier hier rauszugehen, wäre mehr als peinlich. Ich stelle das Körbchen ab und sehe mich nach einer Sitzgelegenheit um. Schließlich lasse ich mich seufzend auf einem Strohballen nieder und stütze das Kinn in die Hände. Erstaunlicherweise übt das behäbige Gackern der Vögel eine beruhigende Wirkung auf mich aus, auch wenn ich diese törichte Angst, die ich in der Nähe dieser Tiere verspüre, nicht ganz vertreiben kann.

Eine Weile betrachte ich nachdenklich ein braun gesprenkeltes Huhn, das im Stroh scharrt, und erhebe mich zögernd. Die Voliere ist durch einen metallenen Riegel gesichert, der sich ölig an meinen Fingerkuppen anfühlt. Er gleitet widerstandslos zur Seite. Ich umfasse den Henkel des Körbchens fester und drücke das Türchen nach innen. Das Huhn verharrt einen Augenblick, scharrt dann aber ungerührt weiter. Okay. Das fasse ich jetzt mal als Einladung auf. Ich schließe kurz die Augen und einen Atemzug später stehe ich drin.

Ungefähr fünf Minuten bin ich unfähig, mich zu rühren, weniger aus Furcht, denn aus Ungläubigkeit. Aber es passiert tatsächlich nichts. Das braune Huhn macht keine Anstalten, sich auf mich zu stürzen, sondern entfernt sich einige gemächliche Tippelschritte. Die Hennen in den Heuraufen scheinen den Eindringling nicht mal zu bemerken. Langsam gehe ich auf das nächstgelegene Bruthäuschen zu, während eine Armee kleiner Fäuste von innen gegen meine Brust trommelt. Ein Ei. Wenigstens mit einem einzigen, kleinen Ei möchte ich hier wieder heraus kommen. Ich hebe vorsichtig den nächstgelegenen Deckel an. Ein tiefkehliger Laut, einem Knurren nicht unähnlich, tönt mir entgegen. Mein Arm erstarrt und beinahe hätte ich erschrocken aufgeschrien. Ein mir sehr bekanntes Augen-

paar glotzt mir aus dem Innern des Holzhäuschens entgegen. Ausgerechnet Vittoria.

Fabrizio.

Rosa-Maria bemerkt mich zunächst nicht. Die Ellbogen auf die Arbeitsplatte gestützt, schmökert sie in einem ihrer geliebten Schundromane, den Mund halb geöffnet, das Gesicht verzerrt, als müsse sie gleich weinen, um im nächsten Moment verzückt aufzulachen. Das Heft sieht alt und zerfleddert aus, wahrscheinlich hat sie es schon hundert Mal gelesen. Sie zuckt zusammen, als ich sachte an den Türrahmen klopfe, und legt das Heft sofort beiseite.

„Lass dich nicht stören, Rosa-Maria. Hast du Hanna zufällig gesehen?"

„Die Signora ist vorhin zum Hühnerstall rübergegangen", antwortet sie und wirkt etwas durcheinander, weil meine übliche bissige Bemerkung zu ihrer Lektüre ausgeblieben ist. Sie greift nach ihrem Kochlöffel, wiegt ihn in der Hand, als überlege sie, was man damit anstellt und beginnt energisch in dem großen Ragútopf herumzurühren.

Mit schlechtem Gewissen überquere ich kurz darauf den Hof. Es ist falsch, dass Rosa-Maria sich schuldig fühlt, nur weil sie tut, was sie gern tut. Ich sollte meine Meinung über ihren Lesegeschmack zukünftig für mich behalten, ist schließlich ihre Sache. Und nein, ich habe keine Ahnung, was dieser Sinneswandel bedeutet.

Hanna ist weder im Hühnerstall, noch finde ich sie in der Brennerei. Vom Holzschuppen weht scharfer Zigarettenrauch herüber. Alberto sitzt mit unserem Vorarbeiter Paolo auf der schiefen Holzbank, vertieft in ein Gespräch, das hauptsächlich aus ausufernden Gesten und Gelächter besteht. Sie verstummen abrupt, als ich mich nähere.

„Signora Philipp?", frage ich knapp und ignoriere die verstohlene Handbewegung, mit der Alberto die Kekspackung hinter seinen Rücken schiebt. Er lächelt und deutet mit dem Daumen nach rechts, während Paolo nach links zeigt. Sie sehen sich an und brechen in dieses heisere Alte-Männer-Gelächter aus, das ein wenig wie der marode Anlasser eines Zweitakters klingt. Kopfschüttelnd gehe ich weiter.

Ich finde Hanna dort, wo ich sie am wenigsten vermutet hätte, hinter dem Schuppen in Lucias Kräutergarten, der früher Nonna

gehört hatte, ehe sie einsah, dass sie keinen grünen Daumen besaß. Stattdessen hatte Nonna ihr Talent an Albertos Bienen versucht, erfolgreich zu unserem Glück. Denn heute wächst unter Lucias geschickten Händen in diesem Garten alles, was das Herz eines Kochs begehrt, von wildem Thymian, Knoblauch und Rosmarin bis hin zu den essbaren Wildblumen, mit denen Rosa-Maria die Dessertteller schmückt.

Ich bleibe vor dem brüchigen Steinmäuerchen stehen, dem die Wurzeln eines gewaltigen Lavendelstrauchs den Kampf angesagt haben, und kneife die Augen zusammen. Hanna kauert an der Hauswand, die Arme um die angezogenen Knie geschlungen. Das Gesicht hält sie dem Horizont zugewandt, wo die Zypressen wie Speerspitzen in den Himmel stechen. Sie sitzt vollkommen still und ihre anmutige Haltung steht in merkwürdigem Gegensatz zu Lucias verwaschenem Schürzenkleid, das fast bis zu ihren Hüften hochgerutscht ist. Unwillkürlich denke ich an Salvi, der einmal meinte: *„Ich fand die Beine meiner Concetta immer hübsch, aber heute verehre ich sie.“* Nun. An Signora Philipps Beinen gibt es ebenfalls eine Menge zu verehren.

Eine Biene löst Hanna aus ihrer Reglosigkeit. Sie streicht das aufdringliche Insekt mit einer sanften Bewegung von ihrem Arm. Auf einmal komme ich mir wie ein Eindringling vor und trete lautlos den Rückzug an. Nicht lautlos genug.

„Komm ruhig her, Fabrizio.“

Etwas unentschlossen bleibe ich stehen. „Ich wollte nicht stören.“

„Wolltest du nicht?“, fragt sie spöttisch und ohne den Kopf zu drehen.

„Entgegen Lucias Behauptung habe ich durchaus ein Gespür dafür, wann Menschen alleingelassen werden wollen“, antworte ich und ärgere mich ein wenig über die hörbare Kränkung in meiner Stimme. Hanna lächelt und deutet mit dem Kinn neben sich.

Eine Weile sitzen wir schweigend nebeneinander, aber im Gegensatz zu den letzten Malen, die wir allein waren, hat das Schweigen nichts Unangenehmes. Ich werfe einen Blick auf das Körbchen zu ihren Füßen. Ein einziges hellbraunes Ei liegt darin.

„Ist das etwa die Ausbeute des heutigen Tages? Ich muss Alberto bitten, die Hühner besser zu füttern.“

„Eigentlich ist es eine ziemlich gute Ausbeute für jemanden, der höllische Angst vor Hühnern hat“, erwidert Hanna. Wieder hebt

und senkt sich ihre Brust und entlässt ein Seufzen, in dem Erschöpfung mitschwingt und noch etwas anderes, das ich schwer erklären kann. Aber fühlen kann ich es. Sie erinnert mich an Marco, wenn er beim Laufen sein Tagesziel erreicht hat. Oder an Paolo, der die erste Aprikose der neuen Saison gepflückt hat.

„Hast du mich aus einem bestimmten Grund gesucht?"

Ich bin versucht, Hannas Frage zu verneinen. Dann denke ich an das Versprechen, dass ich Lucia gegeben habe und beschließe, Hannas Unwillen zu riskieren. Denn ich bin mir fast sicher, dass ihr die verschärften Spielregeln nicht gefallen werden.

„Ich wollte dich fragen, ob du heute Abend mit mir ausgehst", versuche ich, den Gaul von hinten aufzuzäumen. Sie schaut mich überrascht an. „Also eigentlich ist es keine richtige Verabredung oder so …", stottere ich tapfer weiter. „Wir sind beim Bürgermeister zum Essen eingeladen. Das ist so eine Art Tradition bevor …"

„Klar. Kein Problem."

Jetzt ist es an mir, überrascht zu schauen, doch ihre Miene ist vollkommen ausdruckslos.

„Ehrlich? Das würde dir nichts ausmachen?"

„Wir haben eine geschäftliche Vereinbarung, oder? Wenn es also dazugehört … ich werde meine Rolle spielen." Sie zuckt die Schultern.

„Da ist noch was."

„Das dachte ich mir", bemerkt sie trocken.

„Im Dorf wird über uns geredet. Vielleicht sollten wir …" Ich schnappe nach Luft, doch der Vorschlag will einfach nicht aus meinem Mund.

„Alles, außer Küssen."

„Wie bitte?"

„Ich bin nicht dumm, Fabrizio. Mir ist schon klar, dass wir mehr tun müssen, als eine Verlobung bekannt zu geben, damit unser Plan aufgeht", sagt sie nüchtern und strafft den Rücken. Ich bin mir nicht sicher, ob mir ihr sachlicher Ton gefällt. Er klingt zu sehr nach der Signora Philipp, die ich nicht mochte. „Wir können also turteln, Händchen halten und uns meinetwegen umarmen. Alles, außer Küssen."

„Okay. Keine Küsse." Ich starre auf ihren Mund und habe plötzlich das Bedürfnis, genau das zu tun. Selbst wenn ich dafür eine saftige Ohrfeige kassiere. Wieder dehnt sich Schweigen zwischen uns aus und diesmal ist es keines von denen, das man länger

erträgt. Hanna scheint es ähnlich zu gehen.

„Kann ich dich noch etwas fragen, Fabrizio?“

Ich nicke stumm.

„Was wirst du tun, wenn du das Gut übernommen hast?“

„Was meinst du mit *tun*?“

„Ich weiß, es geht mich nichts an“, fährt sie tapfer fort, obwohl sie meinen Widerwillen bemerkt. „Aber ich frage mich die ganze Zeit, ob deine Großmutter nicht einen Grund für ihr Testament hatte.“

„Du hast mit Marco gesprochen.“ Ich formuliere es absichtlich nicht als Frage. Ihre gesenkten Lider sind mir Antwort genug. Ohne, dass ich will, steigt Ärger in mir auf. „Hast du jemals von etwas geträumt, Hanna?“

Sie schaut mich schweigend an. Ihre Antwort kommt stockend, als widerstrebe sie ihr selbst. „Ich wollte immer Schriftstellerin werden. Romane schreiben.“

„Und jetzt willst du mir weismachen, dass es richtig war, dass du stattdessen deine Seele verkauft hast.“ Noch ehe ich den Satz beendet habe, wird mir klar, wie grausam er klingt.

„Ich habe meine Seele nicht verkauft!“, widerspricht Hanna zornig. „Ich habe mit der journalistischen Laufbahn einen Kompromiss gemacht, der immerhin meine Miete zahlt.“

„Ich bin mir sicher, deine Romane hätten das auch gekonnt. Aber ich wette, du hast es gar nicht erst versucht.“

„Ich …“

„Spar dir deinen Atem!“, fahre ich ihr grob über den Mund. „Ich weiß, worauf du hinauswillst, aber ich bin kein Typ für Kompromisse – in keinerlei Hinsicht. Mein Bruder will einen verdammten Golfrasen über meine Felder rollen, damit irgendwelche Idioten darauf mit kleinen weißen Bällen spielen können. Aber ich werde dieses Gut so erhalten, wie es seit Generationen besteht. Und falls ich mit den Aprikosen das erreiche, was ich mir wünsche, umso besser.“

„Ich verstehe. Dann hoffe ich für dich, dass du auf das richtige Pferd gesetzt hast“, sagt sie tonlos. Sie ist verletzt und ich fühle mich schlecht deswegen. Doch ich weiß nicht, wie ich aus der Nummer wieder herauskomme.

„Mach dir um mein Pferd keine Gedanken. Es ist nicht dein Geschäft.“

„Da hast du recht. Aber ob du willst oder nicht, du trägst Ver-

antwortung für alle anderen, die deinen Traum mittragen."

„Man kann seine Vorstellungen verwirklichen und trotzdem Verantwortung übernehmen", widerspreche ich in einem Ton, der keinen Widerspruch duldet, merke jedoch, dass ich nicht so selbstsicher klinge, wie ich sollte. Hanna wirkt jetzt wie eingefroren und rückt sogar ein Stück von mir ab.

„Ich wünsche mir für Lucia, dass dir das gelingt", sagt sie kühl und erhebt sich steif. Erst jetzt bemerkt sie das hochgerutschte Schürzenkleid und zieht es hastig bis zu den Knien herab. Am Rücken hat sie es mit einigen Sicherheitsnadeln enger gemacht und musste den Gürtel zweimal um ihren Körper schlingen, damit die Schnalle schließt. Sie bückt sich nach ihren Pantoffeln. „Wir sehen uns heute Abend."

Ich springe auf und folge ihr. Mit hoch erhobenem Kinn und geballten Fäusten schreitet sie über den Hof, als ich sie einhole. Impulsiv fasse ich ihren Arm und wirbele sie zu mir herum. Sie starrt mich erschrocken an und ich kann ihren Atem auf meinem Gesicht spüren. Etwas klinkt in meinem Hirn aus.

„Achtung, Lucia steht am Fenster", lüge ich – und presse meinen Mund fest auf ihre Lippen.

Ich schwöre, ich habe in meinem ganzen Leben nie eine derart befriedigende Ohrfeige bekommen.

10 DIECI

Hanna.
„Sie seufzte leise, während Hugh sich über ihre nackten Schultern beugte und begann, an der empfindlichen Haut ihrer Halsbeuge zu saugen. Es machte keinen Sinn, sich länger zu wehren. Hughs Männlichkeit toste wie ein leidenschaftlicher Orkan über sie hinweg und nahm Prudences Sittsamkeit mit sich. Ihre Knie gaben nach, kraftlos sank sie in die Umarmung, die sie …"

Gott! Mit einem abschätzigen Schnauben feuere ich das Heft auf mein Kissen, um es eine Minute später erneut zur Hand zu nehmen. Während ich in meinem Aschenputtelkämmerchen auf und ab gehe, lese ich weiter, bemüht, das unangenehme Prickeln auf meiner Haut zu unterdrücken. Zusammen mit Fabrizios Gesicht, das seit ein paar Stunden einfach nicht aus meinem Gedächtnis zu löschen ist.

„Ein tiefes Stöhnen entrang Hughs Brust, als er Prudence auf das Hirschfell vor dem Kamin gleiten ließ und …"

Was war nur in ihn gefahren? Hatte ich ihm nicht deutlich zu verstehen gegeben, was ich auf keinen Fall will?

„… besitzergreifend …"

Verärgert mache ich am Fenster kehrt und steuere zum gefühlt dreihundertsten Mal die Tür an. Von wegen Lucia am Fenster!

„… seine Hände zwischen die Falten ihres Kleides schob …"

Von Lucia war weit und breit nichts zu sehen gewesen, als dieser Kerl endlich seine Lippen von meinen gelöst und mich frech angegrinst hat.

„Ich will dich!‘, flüsterte er rau und das Begehren in Hughs Stimme machte sie fast besinnungslos.“

Ich lächle grimmig. Das Grinsen habe ich ihm ausgetrieben, auch wenn ich das Gefühl nicht loswerde, dass er mit meiner Ohrfeige irgendwie rechnete.

„Prudence schloss die Augen. ‚Dann nimm mich!‘ Und ihre Finger krallten sich in seinen muskulösen Rücken, während sich seine brennenden Lippen unaufhaltsam ihrer empfindsamsten Stelle näherten.“

Meine Lippen brennen auch, beziehungsweise immer noch. Natürlich reine Einbildung und vermutlich kein Vergleich zu dem Schmerz, den meine Finger auf seiner Wange hinterlassen haben. Ha!

„Hugh verlor keine unnötigen Worte mehr. Mit einer geschmeidigen Bewegung löste er die Fäden ihres Korsetts.“

Oh ja! Unnötige Worte hatte Fabrizio ebenfalls nicht mehr verloren. Den restlichen Nachmittag war er einfach untergetaucht. Nicht, dass ich ihn gesucht hätte. Aber mich nach diesem unerhörten Kuss mitten auf dem Hof stehen zu lassen, als sei ich irgendeine … Ich bleibe abrupt stehen.

Was rede ich da eigentlich? Ich klinge, als sei ich sauer über Fabrizios offenkundige Gleichgültigkeit mir gegenüber. Als ob mir das irgendetwas ausmache! Mein Blick bleibt an dem Rollkoffer hängen, der scheinheilig neben dem Schrank steht und nichts von seinem brisanten Inhalt preisgibt.

Ich gehe erneut auf und ab. Tür, Drehung, Bett, Tisch, Fenster, Drehung. Bett, Tür. Mir wird klar, wie durcheinander ich bin, als ich vor dem Koffer stehe und mit der Urne rede.„Ich hatte ein großartiges Leben, bis ich an dich geraten bin!“, sage ich verzweifelt. „Seitdem bin ich einfach nicht mehr ich selbst!“

Das eigentlich Schlimme ist, dass besagtes „Nicht-mehr-ich-selbst-sein“ nicht nur mit der toten Giuseppa zusammenhängt. Es ist dieser aus allen Poren atmende Ort, der einen sonderbaren Sog auf mich ausübt. Als wolle jede Kommode, jeder Schrank und selbst das harmlose Marienbild über meinem Bett mich in sich einsaugen.

Was für einen Schwachsinn ich da von mir gebe! Ich werfe einen ärgerlichen Blick auf meine Armbanduhr. Fabrizio ist schon zehn Minuten zu spät. Nicht, dass mich das wundert. Die italienische Pünktlichkeit respektiert weder lebensnotwendige Reparaturen noch Fahrpläne jeglicher Art, und in diesem Fall scheint das für

einen Termin mit dem Gemeindeoberhaupt ebenfalls zu gelten.

Einen Sekundenbruchteil erwäge ich, Claire anzurufen und meinen Ärger bei ihr loszuwerden, verwerfe den Gedanken jedoch. Zwar schätze ich die unverblümte Meinung meiner Freundin, will aber jetzt kein „*Ouuu! Mach dich nicht so kompliziert, Cherie!*“ hören. Grummelnd bette ich also den leidenschaftlich stöhnenden Hugh und die besinnungslose Prudence auf mein Laken und trolle mich in das Zwergenbad, um mir dort die Zeit zu vertreiben.

Ich pudere mir zum dritten Mal die Nase, als es klopft. Trotzig greife ich zu meiner Maskara und tusche erneut meine Wimpern. Das tue ich gründlich. Anschließend zähle ich gelassen bis zwanzig. Erst dann stöckele ich auf meinen viel zu hohen Pumps (waren die schon immer so unbequem?) zur Tür.

Die berühmte Donna Leon sagte einmal, dass italienische Männer von Natur aus elegant seien. Ungläubig schaue ich an Fabrizio herab. Er trägt ein fleckiges T-Shirt, auf dem sich Spuren von Rosa-Marias Tomatensoße befinden, und die ausgeblichenen Shorts von heute Morgen. Seine Knie sind ebenso schmutzig wie seine Füße, die in den unvermeidlichen Ledersandalen stecken. Nun. Offensichtlich bezog sich die Schriftstellerin, die in Venedig lebt, ausschließlich auf venezianische Männer. Dieser Italiener hier hat offenbar seine eigenen Vorstellungen davon, wie man sich für ein offizielles Dinner kleidet.

„Was ist?“ Fabrizio ist mein abschätziger Blick nicht entgangen.

„Was soll sein?“, gebe ich zurück und zupfe an meinem nachtblauen Etuikleid, in dem ich mich auf einmal reichlich overdressed fühle. Fabrizio zieht eine Braue hoch.

„Ihr deutschen Frauen seid merkwürdig.“

„Ach ja?“ Ich verkneife mir den Hinweis, dass ich Halbitalienerin bin. Macht sowieso keinen Sinn, ich stecke längst in seiner schwarz-rot-goldenen Schublade.

„Ja. Eine Italienerin würde so lange kein Wort mit mir reden, bis ich geduscht und im feinen Anzug vor ihr stehen würde. Du malst ein harmloses Lächeln auf deinen Unwillen und ärgerst dich im Stillen. Was soll das bringen?“

„Erstens Fabrizio, ist mir vollkommen schnuppe, wie verlottert du herumläufst. Und zweitens sage ich einem erwachsenen Mann nicht, wie er sich zu kleiden hat. Ich bin nicht deine Mutter!“

Fabrizio lacht auf. „Nein. Von einer italienischen Mamma hast

du wirklich nicht das Geringste."

„Na, Gott sei Dank!", schnaube ich und wühle in meiner Handtasche, ohne etwas zu suchen.

„Eigentlich komme ich auch nur, um dir zu sagen, dass ich mich um eine halbe Stunde verspäte. Carlo hatte ein Zündkerzenproblem. Also nicht er, sein Auto. Läuft aber wieder wie geschmiert, die alte Signora, und Carlo weint Freudentränen. Zum Dank wird er uns gleich ins Dorf kutschieren." Fabrizio wendet sich dem Flur zu, scheint es sich aber anders zu überlegen. Ich balle die Fäuste hinter dem Rücken und wappne mich gegen seine nächste Verbalattacke.

„Du siehst übrigens sehr hübsch aus."

Ohne eine Antwort knalle ich die Tür vor seiner Nase zu.

Fabrizio.

Ich bin froh, dass Carlo angeboten hat, uns zum Rathaus zu fahren – welcher Mann bleibt schon freiwillig mit einer wütenden Frau allein? Carlo ignoriert sowohl Hannas mürrische Miene als auch das eisige Schweigen, das sich in dem kleinen Auto breitgemacht hat. Bei voll aufgedrehtem Radio brüllt er gegen das Gekreische der Moderatorin an, als säße er im Fußballstadion. Während er wild mit den Armen fuchtelnd erklärt, wie er seinen Roller frisiert hat, schaue ich schweigend aus dem Beifahrerfenster und denke nach.

Es tut mir nicht leid, Hanna geküsst zu haben. Wenn ich all die Küsse bereuen würde, die ich mal mehr, mal weniger willigen Damen gestohlen habe, käme ich aus Lorenzos Beichtstuhl nicht mehr heraus. Allein die Zeit in Göttingen an der Fakultät für Agrarwissenschaften ist mit fünfzig täglichen Ave Maria bis an mein Lebensende nicht wettzumachen. Und ich glaube auch nicht, dass der da oben ein gebrochenes Herz und zu viel Alkohol als Ausrede akzeptieren würde.

Wen interessiert schon das Warum? Es war nur ein Kuss, den eine schöne, unterkühlte Frau durch ihr Verhalten herausgefordert hat und für den ich den erwarteten Preis gezahlt habe. *Quid pro quo.* Thema abgehakt. Wieso habe ich nur das Gefühl, dass ich irgendetwas übersehe? Ich sehe unauffällig in den Rückspiegel. Zu meiner Erleichterung hat Hanna fast vollständig auf Schminke verzichtet und nur irgendetwas auf ihre Lippen geschmiert, sodass sie rosa glänzen. Sie weicht meinem Blick sofort aus und ich ärgere mich, dass ich nicht schnell genug war, ihr mit einer demonstrativen

Kopfdrehung zuvorzukommen. Dabei bin eigentlich ich derjenige, der beleidigt sein sollte.

Gerade mal eine hochgezogene Braue erübrigte sie für meinen maßgeschneiderten Anzug und das weiße, gestärkte Hemd. Dann hat sie meinen Arm ignoriert und ist kommentarlos auf den Rücksitz geklettert, was mir einen verwunderten Blick von Lucia beschert hat. Das werde ich meiner Schwägerin sicher erklären müssen, die sich neuerdings für Signora Philipps Seelenheil verantwortlich fühlt. Was für ein kindisches Theater wegen eines albernen Kusses, der mehr Kampf als Hingabe war!

Ich lockere meine Krawatte und raunze Carlo an, aufs Gas zu drücken. Er fährt wie eine Schnecke, weil er beide Hände zum Gestikulieren braucht.

„Eh, nur ruhig Blut, mein Freund. Die fangen nicht ohne euch mit der Suppe an, schließlich seid ihr die Hauptpersonen." Carlo zwinkert Hanna zu, die wie erwartet, keine Reaktion zeigt. Stört Carlo aber nicht, der jetzt anfängt, *Ti amo* zu singen, völlig neben dem Takt und zwei Tonlagen zu tief. Resigniert schaue ich nach vorn, wo endlich die ersten roten Dachziegel von Montesimo auftauchen. Heiliger Antonius, lass diesen Abend einfach schnell vorbeigehen!

Wir biegen auf die Piazza ein, auf der sich ein lauter, hungriger Pulk von Leuten eingefunden hat, um uns zu begrüßen. Carlo steuert das Auto hupend und winkend durch das Gedrängel, das aus einer körperlosen Masse mit gereckten Hälsen besteht. Hanna schrumpft auf dem Rücksitz zusammen. Nonna hat immer behauptet, dass die neugierigsten Italiener südlich Veronas ausschließlich in Montesimo zu finden seien. Dieser Mob hätte aber sogar sie beeindruckt, zumal sich einige Touristen mit gezückten Kameras hinzugesellt haben, um das Einheimischenspektakel für die Daheimgebliebenen festzuhalten.

Carlo steuert den Fiat in eine Parklücke. Er hat den Motor noch nicht ausgestellt, als die Erkenntnis wie ein Stromschlag durch mich hindurch schießt. Und die hat nicht das Geringste mit dem sensationslustigen Volk da draußen oder dem als Abendessen getarnten Prüfungsausschuss zu tun, dem wir jeden Moment gegenübertreten.

Sie hat meinen Kuss erwidert.

Hanna.
Die nackte Angst drückt mich in die zerschlissene Rückbank. Hätte meine Mutter mir nicht als Teenager beigebracht, dass mir weder eine Zukunft als Superstar noch als internationales Topmodel bevorsteht, wäre mir spätestens heute klar geworden, dass ich nicht der Typ Mensch bin, der gerne im Mittelpunkt steht. Ich nicke scheu einer älteren Frau zu, die an das Seitenfenster klopft, und lächle in das Objektiv eines rotgesichtigen Mannes, der unsanft beiseitegeschoben wird, ehe er den Auslöser gedrückt hat. Die Leiber umspülen unser Auto, als wollten sie es in ihrer Begeisterung ertränken. Diese Menschen veranstalten einen Aufruhr, als habe man in Montesimo seit Jahren keine Hochzeit mehr gefeiert.

Moment.

Und wenn es genau das ist? Ich kneife die Augen zusammen. Nur keine Panik. Fabrizio ist in diesem Dorf offensichtlich sehr beliebt. Natürlich ist seine Verlobung etwas Besonderes. Es geht gar nicht um mich.

Das Geräusch der sich öffnenden Autotür lässt einen Schwall wispernde, warme Luft ins Wageninnere. Carlo wirft sich zuerst in die Massen, ruft und scherzt, ich verstehe vor Aufregung nicht, was er sagt.

„*Wirf dein Herz hinaus und geh einfach hinterher, Carissima*“, höre ich Mammas ruhige Stimme hinter dem Vorhang der Aula, als ich bei der Abifeier die Auszeichnung für das Fach Deutsch entgegennehmen sollte.

„Eh, Signori!“ Carlo klingt jetzt ungewohnt autoritär und passt perfekt zu dem schwarzbärtigen Sheriff of Nottingham aus der Amalfibar. „Ihr werdet das glückliche Paar schon noch oft genug sehen! Geht jetzt nach Hause und lasst die beiden aussteigen!“

Damals, als ich eingeschüchtert hinter diesem schweren Brokatvorhang kauerte, Modergeruch und mein viel zu süßes Parfum gemischt mit Schweiß in der Nase, damals habe ich mein Herz auf die Bühne geworfen. So weit, wie ich konnte. Um dann hinterherzustolpern und meinen Auftritt zu versemmeln, indem ich meine bescheidene Dankesrede zu einem feurigen Plädoyer für die Abschaffung der Studiengebühren machte. Auch wenn meine Eltern stolz auf mich waren, ich habe die Sache lieber vergessen. Mammas Worte sind geblieben.

Dann werde ich es auch jetzt tun. Ich werfe mein Herz irgendwo auf die Piazza und hoffe, ich finde es später wieder.

Ich öffne die Augen und blicke direkt in Fabrizios Gesicht. Er stützt die Hände auf das Autodach, sodass sich ein Hohlraum zwischen uns bildet, in dem ich aussteigen kann, ohne gestoßen zu werden. Plötzlich verlieren die fremden Gesichter jegliche Kontur. Umso schärfer registriere ich die feinen Linien um Fabrizios Mund, die man mit viel Fantasie als Lachfältchen entlarven könnte.

„Bist du okay?“, fragt er leise. Ich nicke stumm.

„Tut mir leid, dass die sich hier wie die Paparazzi aufführen“, flüstert er und erforscht einige Sekunden lang mein Gesicht, als wolle er meine Gedanken lesen. „Begraben wir das Kriegsbeil für heute?“

„Du hast nicht vor, dich zu entschuldigen, oder?“, wispere ich zurück.

„Nein.“

„Gut. Ich auch nicht.“ Ich ergreife seine Hand und schäle mich so würdevoll aus dem winzigen Auto, wie es eben in einem hautengen Kleid möglich ist. Dann öffne ich die Lippen für jenes Lächeln, von dem ich glaube, dass es das Lächeln einer angehenden Braut sein könnte. Einer glücklichen, angehenden Braut.

„Ciao Hanna! Ciao Fabrizio!“

„Was für ein schönes Brautpaar!“

„Alles Gute! Gott schütze euch!“

Fabrizio lotst mich dicht hinter Carlo durch die Menge, meinen Arm fest an seine Rippen gepresst. Ich lächle, bis meine Wangenmuskeln schmerzen, schüttle schlanke, schwielige und etliche kleine, klebrige Hände. Eine verhutzelte Alte, mit einem Gesicht wie eine Walnuss hält einen rothaarigen Jungen an den Trägern seiner Latzhose fest. Ein Mädchen schaut mich staunend an, als wäre ich Aschenputtel, das eben ihrer Kürbiskutsche entstiegen ist. Zwei jüngere Italienerinnen in flatternden Kleidern flüstern und schauen nicht ganz so gönnerhaft wie die anderen.

Eine Schneise öffnet sich vor uns, wir gehen ein paar steinerne Stufen hinauf, und dann endet mein Ausflug ins Leben von Prinzessin Kate mit einem einzigen satten Ton, als die metallbeschlagene Rathaustür hinter uns ins Schloss fällt.

Es vergehen Minuten im Halbdunkel des holzgetäfelten Foyers, ehe ich bemerke, dass ich noch immer Fabrizios Arm umklammere. Zeitgleich lassen wir einander los und ich rempele Carlo an. „Scusi“, murmele ich und trete zurück, doch Carlo schiebt mich auf die geschwungene Freitreppe zu.

„Die Wölfe warten im zweiten Stock. Nach dir“, lächelt er mit einer Verbeugung und übergeht nicht nur meinen irritierten Blick, sondern auch die Knitterfalte auf Fabrizios Stirn. Überhaupt wirkt mein Verlobter, als habe er Bauchschmerzen, seit wir das Gebäude betreten haben. Dabei dachte ich, das sei für heute mein Part.

„Wohnt der Bürgermeister etwa im Rathaus?“

Ich könnte schwören, Fabrizios Gesicht wird eine Spur fahler. Carlo lacht schallend, als hätte ich etwas besonders Dummes gefragt. „Sagen wir, sein Wohnort dient besonderen Umständen.“

„Und die wären?“

Carlo grinst nur und springt die ersten Stufen hinauf. Ein Ruck geht durch Fabrizio, als Carlo längst auf halber Treppe ist. Er folgt uns schweigend, einen Ausdruck auf dem Gesicht, als bewege er sich barfuß über Glasscherben.

Im ersten Stock biegt Carlo zielstrebig nach links ab, statt dem Duft nach Gebratenem in die zweite Etage zu folgen. Neben einer weiß lackierten Tür bleibt er stehen und tippt auf das angebrachte Schild „Postamt“. Ich werfe Fabrizio einen verständnislosen Blick zu, doch der lehnt sich Augen rollend ans Geländergitter.

„Warte, Hanna. Schau!“ Carlo spurtet zur Nachbartür, ebenfalls weiß, mit dem Schild „Bankdirektion.“

Meine Verwirrung wächst. Schließlich postiert sich Carlo so vor der dritten Tür, dass er mit seinem breiten Rücken das Schild verdeckt. „Na, was glaubst du, steht hier?“

„Kosmetikstudio?“, antworte ich wie aus der Pistole geschossen, woraufhin unterdrücktes Gelächter vom Geländer ertönt. Seinen Humor hat Fabrizio also nicht im Auto vergessen.

„Bürgermeisteramt, natürlich“, antwortet Carlo beleidigt und sieht mich erwartungsvoll an.

„Und?“, frage ich artig. „Was ist so besonders an den Türen?“

„Dahinter“, Carlo senkt die Stimme, „befindet sich nur *ein* Raum.“

Gut, jetzt gucke ich ehrlich erstaunt.

„Ernesto bedient sich sozusagen eines räumlichen Tricks, um seine drei Ämter auszufüllen“, erklärt Fabrizio ungeduldig. „Ein Büro, drei Eingänge, drei Öffnungszeiten. Den zweiten Stock haben sie zur Dienstwohnung umgebaut, weil er sich dreimal am Tag umzieht.“

„Ernesto ist also wirklich Postbote, Bürgermeister und Bankdirektor in einem? Wie verrückt ist das denn?“

„So verrückt wie der Rest dieses Dorfs, da kann ich mich doch nicht ans Ende der Schlange stellen“, erklingt eine amüsierte Stimme hinter uns.

Da steht er, dieser kleine vergnügte Postbote mit dem großartigen Lächeln, in dem man noch das Kind erkennt, auch wenn es mittlerweile neunzig Kilo wiegt und seinen Kahlkopf unter einem Toupet versteckt. Ohne sich mit einer förmlichen Begrüßung aufzuhalten, umfasst Ernesto meine Schultern und drückt seine verschwitzte Wange an mein Gesicht. Er riecht nach Speck und Knoblauch und nach diesem süßen Parfum, dass ich bei jedem anderen Mann verabscheuen würde. Zu Ernesto passt es jedoch wie der Panamahut zu seiner rot gepunkteten Krawatte.

Carlo und Fabrizio beobachten entgeistert unsere Begrüßung, die deutlich macht, dass wir uns mehr als nur beiläufig kennen.

„Nun kommt die hübsche Signorina Hanna also doch, damit ich mein Versprechen einlöse.“ Ernesto mustert mich wohlwollend von oben bis unten, wobei sein Blick etwas länger auf meinen Beinen verweilt.

„Sieht ganz so aus“, grinse ich und starre angriffslustig über die Schulter zu meinen beiden Begleitern zurück, bis Fabrizio wegsieht.

„Ernesto Zanolla!“, zetert eine rauchige Frauenstimme von oben. „Was treibst du nur so lange da unten?! Adriana sagt, die Pasta muss ins Wasser, wenn wir sie nicht wie Grissini knabbern wollen!“

„Sind schon auf dem Weg, Liebste!“, brüllt Ernesto zurück und stellt sich auf die Zehenspitzen, um mir ins Ohr zu flüstern. „Dienstzentrale. Beeilen wir uns, sonst wirft die Bürgermeisterin mit Tellern.“ Er bedeutet uns mit wedelnder Hand, ihm zu folgen.

Meine aufgelockerte Stimmung überdauert genau fünfzehn mit weinrotem Teppich ausgelegte Stufen. An der Wohnungstür erwartet uns eine korpulente Mittfünfzigerin mit weißen Zähnen und klimpernden Armreifen, die in ihrem malvenfarbenen Kleid wie ein Lampenschirm aussieht. Doch mein Blick haftet sich an die andere Frau, die im Schatten des Flurs steht, das Abziehbild der Mutter, nur jünger und weniger schrill. Das Blut rauscht in meinen Ohren, als die beringten Finger der Älteren meine Hand umschließen. Ernestos Stimme scheint von weit herzukommen.

„Darf ich vorstellen? Meine wunderbare Gattin Rita. Und meine Tochter Sofia.“

Fabrizio.
Die Wohnung der Zanollas hat sich in den letzten zwölf Jahren verändert. Bis auf den Esstisch und die antike Kommode, ein Erbstück von Ernestos Mutter, finde ich nichts Vertrautes darin. Da Rita schon immer anfällig für Modetrends war, hätte mir klar sein müssen, dass das bequeme Blumensofa irgendwann einem chromfüßigen Ledermonstrum weichen würde. Die Bücherregale sind verschwunden. Auf Glasborden stehen merkwürdige Stahlskulpturen und statt der Landschaftsaquarelle von Signora Giancomelli, unserer ortsansässigen Künstlerin, schmücken abstrakte Kunstdrucke die Wände. Es ist eine moderne Einrichtung, wie man sie in Wohnmagazinen findet – und die zu der Seele dieses altehrwürdigen Gebäudes passt wie ein billiger Likör in eine mundgeblasene Karaffe.

Das alte Rathaus ist nach der Kirche das höchste Gebäude im Ort, von dem aus man den letzten Ausläufer des Orcia-Tals überblickt. Ich lehne mich ans Fenster, nippe an meinem Aperitivo und gebe vor, die Aussicht zu genießen, während ich aus dem Augenwinkel die Tischgesellschaft in der Raummitte beobachte.

Wie befürchtet, ist die Bürgermeisterin streng nach Protokoll vorgegangen. Sie hat für mich und Hanna jeweils die Plätze an die Kopfenden vorgesehen, um uns wie zwei Haselnüsse in die Zange der dörflichen Gewalten zu legen.

Meine *Verlobte* sitzt zwischen Lorenzo und der winzigen Signora Donatelli, die mich immer an eine schrumpelige Dattel erinnert. Eine winzige Dattel, denn trotz des zweiten Stuhlkissens reicht unsere Dorfälteste kaum an ihren Teller heran. Hanna versucht, sich ihr Unwohlsein nicht anmerken zu lassen, doch die Art und Weise, wie sie unablässig Mittelfinger und Zeigefinger aneinanderreibt, verrät mir genug. Tapfer lauscht sie dem Padre, der sich lautstark mit der schwerhörigen Signora Donatelli unterhält. In einem unbeobachteten Moment schiebt Hanna den Suppenlöffel näher an die krummen Gichthände der Alten heran. Die schlichte freundliche Geste überrascht und rührt mich.

Carlo fühlt sich sichtlich wohl im Kreise der Dorfgewalten, denen er sich als Polizeichef ebenbürtig sieht. Er wippt mit seinem Stuhl, den Daumen lässig im Gürtel verhakt, und gibt die Geschichte des spektakulären Tors zum Besten, mit dem seine Jugendmannschaft die *Nichtskönner von Monticchiello* nach Hause geschickt hatte. Das war letzten Oktober gewesen, ist aber bis heute

Carlos Lieblingsthema, weil es der einzige Ball war, den sein Stürmer je in einem Auswärtsspiel ins gegnerische Feld gekickt hatte. Als Adriana zum zweiten Mal für den Aperitivo die Runde macht, lehnt er mit einem entrüsteten Kopfschütteln ab, als sei allein der Gedanke an ein zweites Glas Alkohol eine Todsünde. Adriana nimmt seine Absage mit unbewegtem Gesicht entgegen und füllt sein Glas bis an den Rand.

Wie die Krähe Gosetti als einfache Kioskbesitzerin dazu kommt, dieser Runde beizusitzen, ist mir ein Rätsel, aber sie hat sich ihre Neugier und den Platz auf dem einzigen Polsterstuhl sicher etwas kosten lassen. Sie trägt das unvermeidliche schwarze Schürzenkleid und etwas auf dem Kopf, dass wie ein toter Hahn aussieht. Das Federvieh wackelt unablässig hin und her, während die Gosetti versucht, allen Gesprächen gleichzeitig zu lauschen. Rasch schaue ich zur Seite, ehe sie Kontakt mit mir aufnimmt – ein Fehler, denn jetzt begegne ich Sofias schokoladenbraunen Augen.

Sie hat ihn immer noch, diesen Blick, der Männer um den Verstand bringt. In der Amalfibar war ich zu betrunken, um davon berührt zu werden. Heute bin ich leider nüchtern.

Automatisch nehme ich einen großen Schluck aus meinem Glas. Ob ich zu Hanna hinübergehe und Lorenzo bitte, mit mir den Platz zu tauschen? Das Gesicht der Bürgermeisterin zu sehen, wenn ich ihre Tischordnung durcheinanderbringe, wäre ein guter Grund. Zumal Hanna nicht gerade glücklich aussieht, wie sie da mit starrem Lächeln zwischen Lorenzo und Signora Donatelli sitzt, die jetzt über die Liederauswahl für die Trauung streiten. So laut, dass ich am Fenster jedes Wort verstehe.

All das registriere ich, während Sofia mit den Augen meine Haut berührt, zart und fordernd zugleich. Ich weiß nicht, was schlimmer ist: Dass mein Körper noch immer antwortet oder dass Sofia weiß, dass es so ist. Instinktiv tue ich das, was ich immer tue, wenn ich überfordert bin: Ich flüchte. Nehme den letzten bitteren Schluck von meinem Negroni, zerkaue den Rest des Eiswürfels, und verschwinde mit einem gemurmelten „Mal eben Eis holen“ zu Adriana in die Küche.

Hanna.

In der halben Stunde, die ich nun auf diesem Stuhl am Kopfende der Tafel sitze, habe ich zwei Dinge gelernt. Erstens, bei einem italienischen Brautessen ist die Temperatur der Suppe wichtiger als

die Braut. Zum Zweiten stößt sich meine Selbstüberzeugung gerade an den Grenzen meiner Muttersprache eine blutige Nase. Die Menschen an diesem Tisch reden unentwegt. Sie reden laut. Und sie reden alle gleichzeitig.

„Ich schwöre dir, der BMW war eine Bombe, aber dieses Auto … eine Rakete!"

„Das Ave Maria singen wir doch nur Weihnachten! Ist etwa Weihnachten? Na, siehst du!"

„Rosa-Marias Ribollita muss unbedingt auf das Buffet – und diese Panini, Sie wissen schon, die Kleinen mit dem Sesam drauf."

„… einen Auspuff, in dem du eine Melone verstecken kannst!"

„Auf keinen Fall das Ave Maria!"

„Unsereins weiß ja nie, wann das letzte Stündlein schlägt. In der nächsten Sekunde – puff – das war´s. Und man sollte schließlich nicht hungrig vor den Herrn treten …"

„… so sauber und klar wie die Traviata, wenn du Gas gibst!"

„… die Trauung auf Weihnachten verlegen … dann können wir das Ave Maria meinetwegen …"

„Ist noch was von Adrianas Suppe da?"

Die Gesprächsfetzen wirbeln wie Konfetti durch die Luft, nur Einzelne von ihnen kann ich greifen. Die anderen Satzschnipsel schlüpfen zwischen meine Finger hindurch und machen sich einen Riesenspaß daraus, mich wie eine Italienischanfängerin dasitzen zu lassen. Eine Italienischanfängerin, für die sich im Übrigen keiner interessiert, nicht mal ihr zukünftiger Ehemann. Nicht, dass mich das überrascht, aber ein bisschen Schützenhilfe hätte ich von Fabrizio schon erwartet. Doch der interessiert sich seit unserer Ankunft nur für die Aussicht. Aber ich würde mich lieber an dem großspurigen Leuchter erhängen, als zuzugeben, dass ich mich in diesem Raum so deplatziert fühle wie Aschenputtel im Ballsaal. Das hier ist schließlich kein Ballsaal, sondern ein designüberfrachtetes Esszimmer.

Und ich bin nicht Aschenputtel.

Und der blöde Prinz kann mich mal.

Also lehne ich mich zurück und setze auf mein bewährtes Pokerface, mit dem ich jeder Situation gewachsen bin. Interessiert schaue ich in die Runde, ohne auf einem Gesicht zu verweilen und grinse, bis mir schwindelig wird. Schließlich lausche ich dem Gespräch, das sich in akustisch verstehbarer Nähe befindet, obwohl es um langweilige Kirchenlieder geht. Immerhin erinnere ich mich,

einen der genannten Gassenhauer im Kommunionsunterricht gehört zu haben. Die Diskussion ist nun … recht unausgeglichen, denn jedes Lied, das der Padre für die Trauung vorschlägt, wird von Signora Donatelli kategorisch abgelehnt: „Zu traurig … nicht festlich genug … Willst du, dass wir alle einschlafen, Lorenzo? … falscher Takt … Das Stück mochte ich noch nie …"

Der arme Lorenzo wirkt bald ebenso erschöpft wie sein Vorrat an vorsintflutlichem Liedgut. Ich nehme all meinen Mut zusammen und wage einen schüchternen Vorstoß.

„Wie wäre es denn, wenn wir etwas Modernes spielen würden? Es gibt da zum Beispiel eine wunderschöne Klaviersonate von Ludovico Einaudi, die …" Ich verstumme. Signora Donatelli glotzt mich an, als hätte ich vorgeschlagen, im Bikini zum Altar zu schreiten, während Lorenzo offensichtlich ein Stück Brot im Hals stecken geblieben ist. Ich will ein hastiges „Aber *´Großer Gott, wir lieben dich`* ist eigentlich kein schlechter Vorschlag" hinterhersetzen, als ein Gesprächskonfetti vom anderen Ende des Tisches meine Aufmerksamkeit fesselt.

„Dasselbe Buffet wie beim letzten Mal? Seid ihr sicher? Wäre das nicht etwas … wie sagt man … pietätlos?"

Beim letzten Mal? Instinktiv spitze ich die Ohren und schiele zur Wandseite hinüber, krampfhaft bemüht, Sofia nicht anzusehen, die meinen Verlobten seit unserer Ankunft mit Blicken verschlingt, als wäre er Teil des Menüs. Aber das befürchtete Blickduell mit Fabrizios Exfreundin bleibt mir erspart. Ihr Platz ist leer. Etwas entspannter versuche ich, dem offensichtlich brisanten Schlagabtausch zwischen der Bürgermeisterin und der alten Frau in Schwarz, deren Namen ich vergessen habe, zu folgen.

„… muss es das Herz brechen … das letzte Brautessen …"

Es mag an Ernestos gerunzelter Stirn liegen, der seine Hand besänftigend auf die seiner Gattin legt oder an der sensationslüsternen Miene der Alten. Vielleicht ist es nur die Neugier der Journalistin in mir oder das unbestimmte Gefühl, das mich diese Konversation mehr betrifft, als mir lieb ist.

„Was war das für ein Brautessen?", frage ich laut.

Alle Köpfe drehen sich zeitgleich zu mir. Innerhalb von Sekunden wabert eine unheimliche Stille unter dem Art-déco-Kronleuchter, die sogar Carlo veranlasst, seine Ausführungen zum neuen Viertaktermodell zu unterbrechen und mich mit offenem Mund anzuglotzen. Ich lächle arglos, wenn auch mit wachsendem

Unbehagen. Es ist die schwarze Alte mit dem Fasanenhut, die zuerst die Sprache wiederfindet. „Sie fragt, was das für ein Brautessen war“, kichert sie. Die Bürgermeisterin läuft rot an und Ernesto rutscht unbehaglich auf seinem Stuhl herum.

„Ist diese Frage so merkwürdig?“ Ich sehe Ernesto auffordernd an, der jetzt sehr unglücklich aussieht. Er räuspert sich mehrfach, scheint die Worte aber nicht herauszubringen. Oha. Jetzt ist mein Interesse erst recht geweckt. Was geht hier vor?

„Also das Brautessen war …“, stottert Ernesto tapfer, wird jedoch von seiner Frau unterbrochen.

„Lass gut sein, Ernesto.“ Rita Zanolla tupft sich würdevoll mit ihrer Serviette die Mundwinkel ab. Ihr ausladender Busen hebt sich, als sie geräuschvoll einatmet und mich zum ersten Mal an diesem Abend direkt ansieht. Oder ich sie. Sie ist wirklich eine sehr schöne Frau mit einer Ausstrahlung, die ihr eine Rolle im Paten als bessere Hälfte des gealterten Al Pacino gesichert hätte. Trotz der Freundlichkeit ist ihre Stimme ohne Wärme.

„Das letzte Brautessen fand vor zwölf Jahren in diesen Räumen statt, Signora Philipp. Es war das Verlobungsdinner meiner Tochter Sofia.“

Ich fühle einen winzigen Stich in meinem Unterleib, beschließe aber, die ungute Vorahnung zu ignorieren. Ebenso wie den Drang, vor Nervosität den hübschen Dessertlöffel neben meinem Teller zu mopsen. „Ich nehme an, das war nur ein Teil der Geschichte.“

Ernesto guckt mich mitleidig an.

„Hanna!“ Carlo grinst und hebt seine Gabel in die Höhe. „Habe ich dir schon erklärt, wie man aus einem Zweitakter einen Viertakter macht?“

„Netter Versuch, Carlo, aber mich interessiert dein Motor im Augenblick nicht die Bohne.“ Carlo lässt die Gabel sinken. „Der zweite Teil der Geschichte?“, dringe ich in das unbewegte, runde Gesicht von Rita Zanolla, das nun fast feindselig wirkt. Doch der Fasanenhut ist schneller. Die Alte kichert und zeigt mit einem krummen Finger zum leeren Fensterplatz.

„Der zweite Teil dieser traurigen Liebesgeschichte stand eben noch da drüben, Kindchen.“

Fabrizio.

„Ich hätte dir noch ein paar Minuten bis zur Flucht gegeben.“ Adriana dreht sich nicht um, als ich die Küche betrete.

„Wollte nur Eis holen“, murmele ich verlegen, doch ich spreche nur mit einem Hinterteil, auf dem eine hübsche Schleife prangt. Seufzend öffne ich den Eisschrank und ziehe das unterste Schubfach auf, in dem früher die Eisbeutel lagen. Tun sie noch heute. Als ich die Tür schließe, steht Adriana vor mir, die Hände in die Hüften gestemmt. Spätestens jetzt ist nicht mehr zu übersehen, wessen Blut in ihren Adern fließt

„Bist du jetzt ein hochnäsiger Großgrundbesitzer geworden, oder darf eine einfache Hausangestellte noch eine Umarmung erwarten?“, sagt sie in demselben Tonfall, den Rosa-Maria anschlägt, wenn ich vergesse, sie für ihre Pasta zu loben.

„Da du heute der einzige Mensch bist, der sich freut, mich zu sehen, muss wohl eher *ich* dich um eine Umarmung bitten.“

Sie kneift mich in die Wange und drückt mich kurz an ihre Brust. „Es ist lange her“, sagt sie tadelnd.

„Rosa-Maria lässt dich grüßen.“

„Meine Cousine redet seit fast zwölf Jahren kein Wort mit mir, aber danke für den Versuch,“ schmunzelt sie und quetscht ein zweites Mal meine Backe. Zwischen ihren knochigen Fingern schmelzen die Jahre dahin. Ich sehe mich in der stickigen Basilika am Altar warten, während Sofias Schleier schneller davonschwebt, als ich blinzeln kann. Ihr atemloses *„Es tut mir leid“* hat sich in dem Spinnennetz unter der Kuppel verfangen, das da oben sachte auf und ab schwingt, als würde das Gebäude atmen. Ich schaue ihm zu, bewegungslos und mit an die Seiten gepressten Armen und überlege, was ich mit meinem Hemd tun soll. Ich kann doch unmöglich mit den dunklen, nassen Flecken unter meinen Achseln zum Essen gehen, denke ich und kapiere nicht, dass es ohne Braut kein Hochzeitsbankett geben wird.

„Mach kein so zerknirschtes Gesicht, Fabrizio. Du kannst ja nichts dafür, wenn zwei alte Weiber zanken, weil jede die Ehre eines Kindes verteidigen will, das nicht mal ihr eigenes ist. Aber Sofia ist für mich das, was du für Rosa-Maria bist.“

„Du brauchst dich nicht zu rechtfertigen, Adriana. Ich verstehe dich. Und Rosa-Maria verstehe ich auch. Es tut mir nur leid, dass wir so viele Menschen enttäuscht haben.“

„Du bist ein guter Junge, das warst du schon immer. Und du gehörst wirklich hierher. Schon deshalb hattet ihr nicht viel gemeinsam, du und Sofia. Das Mädchen war schon immer zu hungrig für diesen Ort.“ Sie senkt die Stimme. „Ich wünsche mir wirklich,

dass du mit deiner hübschen deutschen Signorina glücklich wirst."

„Also, eigentlich ist Hanna Halbitalienerin."

„Aber das wünschen wir ihm doch alle, Mamma Adriana!", ertönt eine lauernde Stimme hinter uns. Während ich erstarre, erscheint auf Adrianas Gesicht ein Ausdruck, der sich nicht zwischen Milde oder Strenge entscheiden kann. Doch das Band mit Sofia ist stark, die für die kinderlose Adriana noch immer das Mädchen mit den rosa Strümpfen ist, das Konservendosen an Katzenschwänze bindet. Adriana greift nach ihrem Tablett und betrachtet die Frau, die mit angewinkeltem Knie am Türrahmen lehnt. Sie will etwas sagen, eilt aber dann nach einem schlichten „die Pasta kommt gleich auf den Tisch" aus der Küche.

Es vergehen Minuten, in denen Sofia und ich einander stumm mustern. Minuten, in denen mir das Herz bis zum Hals schlägt, aber nicht auf diese angenehme und beflügelnde Art, die einem Mann sagt, dass er eine Frau liebt. Plötzlich finde ich ihr Kleid billig, den Lippenstift zu rot und die Falten, die ihren Mund herabziehen, zu tief. Ihre Haltung, in der sie da am Türrahmen haftet, wie eine der Spielfiguren aus den Cornflakespackungen, die Marco früher mit Kaugummi an jedes Fenster gepappt hat, wirkt aufgesetzt und kommt mir albern vor. Das ist also die Frau, die mir mein ganzes Leben lang feuchte Träume beschert hat.

Natürlich begehre ich sie, jeder Mann mit einem funktionierenden Körper tut das. Aber das heißt längst nicht mehr, dass ich sie auch haben will. Fragt sich bloß, wieso diese Erkenntnis sich verdammt noch mal zwölf Jahre Zeit gelassen hat.

„Was ist so lustig?" Sofia löst sich vom Türrahmen. Im Vorübergehen streichen ihre Finger die Arbeitsplatte entlang, streifen den Behälter mit den Kochlöffeln und die silberne Blechdose, in der Adriana ihre selbst gebackenen Cantuccini aufbewahrt. So war Sofia schon immer: Sie muss die Dinge berühren, die ihr gefallen.

Jetzt steht sie nur noch einen halben Schritt entfernt, ihr Parfum steigt in meine Nase. Orange mit dem scharfen Beigeschmack von Minze. Ein Duft, der mich an eine Andere erinnert. Mein Magen flattert. Aber ich sehe nicht Sofias Schokoladenaugen, sondern ein Augenpaar von undefinierbarer Farbe, irgendwo zwischen trockenem Gras und … Schlamm? Nicht wirklich hübsch, aber im Moment das Erregendste, das ich mir vorstellen kann.

„Was ist mit uns passiert, Fabrizio?"

„Sag du es mir."

„Ich bin jedenfalls wieder hier."

„Das ist mir aufgefallen", antworte ich trocken und fasse nach Sofias Hand, die frech an meiner Knopfleiste herumfummelt.

„Und?"

„Und was?" Ich schiebe sie ein Stück von mir weg, woraufhin sie gekränkt den Mund verzieht.

„Freust du dich denn nicht ein wenig darüber? Ich habe mich jedenfalls sehr gefreut, dich wiederzusehen." Unbeeindruckt geht Sofia zum nächsten Annäherungsversuch über und greift mit der freien Hand in meinen Nacken. Mein Körper antwortet. Mein Kopf war nie weiter von einer Antwort entfernt.

„Was willst du, Sofia."

„Ich möchte dich um Verzeihung bitten. Und dir sagen … dass du mir noch immer sehr viel bedeutest."

„Falls du es noch nicht mitbekommen hast, ich heirate nächste Woche."

„Du willst doch nicht behaupten, dass es dir mit dieser unscheinbaren Deutschen ernst ist. Ich bitte dich, Fabrizio. Die ist doch gar nicht deine Liga. Außerdem hat sie eine hässliche Nase."

„Aber du bist natürlich meine Liga." Meine Stimme trieft vor Ironie, aber Sofia will das nicht hören. Sie schlüpft unter meinem Arm hindurch und legt von hinten ihre Arme um meine Hüfte. Ihre Nägel greifen in mein Fleisch.

„Ich weiß, was du brauchst. Was du … magst."

„Das weißt du allerdings." Ich drehe mich zu ihr um. Automatisch hebt sie das Kinn und bietet mir mit einem siegessicheren Lächeln ihre Lippen an. Auch das war schon immer so. Ein Nein kommt für Sofia nicht infrage. Sanft biege ich ihren Kopf zur Seite.

„Du wärst perfekt, wäre Sex das Einzige, das zählt", flüstere ich in ihr Ohr. „Aber die Zeiten sind vorbei, Bellezza. Ich habe etwas viel Besseres gefunden. Und ich liebe ihre Nase."

Sie will sich von mir losreißen, doch es ist zu spät. Mit beiden Händen ziehe ich ihr Gesicht zu meinem und tue das, was ich mir seit zwölf Jahren schuldig bin. Ich gebe Sofia einen langen und ausgiebigen Abschiedskuss.

Hanna

Das ist also das Geheimnis. Sofia und Fabrizio waren nicht nur ein Liebespaar. Sie waren ein Brautpaar. Was n´ Ding!, würde Sasha sagen.

Ja. Was für ein Ding.

Berührt mich überhaupt nicht.

Nicht im Geringsten.

Ist nur irgendwie peinlich.

Nachdem ich wie belämmert zu dem leeren Fensterplatz gestarrt habe, habe ich es tatsächlich geschafft, ein wegwerfendes „Ach das! Aber natürlich haben Fabrizio und ich darüber gesprochen!“ zu trällern. Die zweifelnden Blicke habe ich mit einem strahlenden Lächeln und mit den Worten „Es ist so großzügig von Ihnen, Signora Zanolla, dieses Essen auszurichten, Fabrizio und ich sind Ihnen ja so dankbar!“ ausgehebelt.

Dann habe ich mit Todesverachtung mein Weinglas erhoben und einen Toast auf die wunderbare Freundschaft zwischen Fabrizio und Sofia ausgesprochen. Mein Auge hat auch nur ganz leicht gezuckt, als ich versicherte, dass Sofia und ich sicher allerallerbeste Freundinnen werden. Kurz darauf begannen die längsten zehn Minuten meines Lebens, die ich mit lässig übereinandergeschlagenen Beinen auf meinem Stuhl absaß und die Sekunden zählte, bis die Tischgesellschaft wieder dort war, wo sie vor meiner Wortmeldung war. Bei Kirchenliedern, Bremsbelägen und Suppenrezepten.

Irgendwie habe ich es geschafft, vom Tisch aufzustehen, um die Toilette aufzusuchen. Nur Carlos wachsamen Augen sind meine wackligen Knie nicht entgangen. Sein geraunter: „Gehst du jetzt kotzen?“ habe ich mit einem vernichtenden Blick quittiert.

Ich muss mich nicht übergeben.

Ich bin bloß irritiert.

Offensichtlich hat diese Hochzeit vor zwölf Jahren nie stattgefunden. Wieso? Gott, ich muss dringend mit Claire sprechen. Aber wo in diesem verdammten Labyrinth aus Gängen und Türen befindet sich die Gästetoilette?!

Immerhin finde ich die Küche. Vielmehr die angelehnte Küchentür, an der ich eine Vollbremsung einlege, als mir klar wird, wem die Stimme gehört, die durch den Spalt dringt.

„Du willst doch nicht behaupten, dass es dir mit dieser unscheinbaren Deutschen ernst ist. Ich bitte dich, Fabrizio. Die ist doch gar nicht deine Liga. Außerdem hat sie eine hässliche Nase.“

Zweifellos die liebliche Sofia, die mal wieder ihr Gift verspritzt. Ich spüre, wie sich meine Augen verengen, und trete näher. Doch so sehr ich auch den Hals verrenke, die Öffnung ist zu schmal, um etwas zu sehen.

„Aber du bist natürlich meine Liga."

Meine Brauen schießen in die Höhe. Vorsichtig schiebe ich meinen Fuß in den Spalt und tippe behutsam gegen die Tür. Sie schwingt einige Zentimeter nach innen, Fabrizios Rücken taucht vor mir auf – und die Tür federt zurück. Mist. Jetzt sehe ich noch weniger als vorher. Ich fange an zu schwitzen.

„Ich weiß, was du brauchst. Was du … magst."

„Das weißt du allerdings."

Ich halte die Luft an und fasse nach der Klinke. Sie fühlt sich kalt und glitschig an. Warum schlägt mir das Herz bis zum Hals?

Weil ich geahnt habe, genau das zu sehen, was ich sehe: Fabrizio und Sofia. Und einen ausgesprochen leidenschaftlichen Kuss.

Die Toilettentür knallt hinter mir zu, ich drehe den Schlüssel im Schloss und sinke auf den plüschbezogenen Klodeckel. Eine Weile starre ich auf die kitschigen Engelfliesen und die vergoldeten Armaturen über dem Waschbecken, das den winzigen Raum förmlich erschlägt. Als ich wieder normal atme, krame ich das Handy aus meiner Handtasche und drücke die Kurzwahltaste. Es klingelt eine Ewigkeit und ich hätte fast vor Erleichterung aufgeschrien, als Claire sich endlich meldet. Ich lasse sie erst gar nicht zu Wort kommen, sondern mache meiner Entrüstung in einer Schimpftirade Luft, die meiner französischen Freundin viel besser gestanden hätte.

„… fürchterliche Gesellschaft … keine Manieren … alle durcheinander … ausgerechnet Ernestos Tochter … Durchlauferhitzer mit Löffel und Gabel erklärt … sieht aus wie eine Krähe … bloß vorgeschlagen, was Modernes zu spielen … nix Affäre, verlobt waren die! Stell dir das mal vor, total peinlich … und dann stehen sie da, eng umschlungen und küssen sich, als ob´s kein Morgen gibt!" Es bleibt still am anderen Ende der Leitung. „Claire?"

Fast hätte ich mich mit einem Blick auf das Display vergewissert, dass mein Telefon auch wirklich eine Verbindung hergestellt hat, als ein fröhliches Lachen in mein Ohr schallt.

„Oh là là, sag mal … hast du dich in diesen Fabrizio verknallt?"

„Wie kommst du denn auf *den* Schwachsinn!?"

Und das meine ich ernst. Eine völlig abwegige Vorstellung, denn seit drei Jahren habe ich keinen festen Freund mehr gehabt. Seit Daniel, um genau zu sein, der sich nicht schnell genug in die Hall of Fame zu all den anderen Lügnern, Betrügern und Fähnchen

im Wind gesellen konnte, die meine Beziehungsvergangenheit bewohnen. Es war immer dasselbe: Ein Sven, ein Mario oder eben besagter Daniel stahlen sich mit unwiderstehlichem Selbstbewusstsein und der geheuchelten Vorliebe für *starke, unabhängige Frauen* in mein Leben, um nach kurzer Zeit meine Liebe zu meinem Beruf als Vorwand zu benutzen, um die Nachbarin zu beglücken oder mir ein Verhältnis mit Hellwig anzudichten. Oder sie mutierten zu anhänglichen Welpen, die beleidigt waren, wenn ich mich weigerte, ihnen morgens ein Pausenbrot zu schmieren.

Oh ja, ich weiß sehr wohl, was es heißt, sich zu verlieben. Ich kenne jeden einzelnen Schmetterling in meinem Bauch beim Vornamen, der sich früher oder später zu einer fluglahmen Raupe verpuppt und mir schwer im Magen liegt. Umgekehrte Metamorphose nenne ich das Phänomen, das jedes Mal eintritt, wenn ich mein Herz verschenke. Deshalb habe ich vor drei Jahren damit aufgehört. Für immer. Und genau deswegen werde ich mich sicher nicht ausgerechnet in Fabrizio Camini verlieben!

Ich spüre Claires prüfenden Blick körperlich und bereue es zutiefst, sie in diesem Anflug von Schwäche angerufen zu haben. Apropos Schwäche: Auf einmal verspüre ich ein dringendes Bedürfnis. Diese pausbäckigen Putten auf den Kacheln treiben einem jeden Tropfen Wasser aus dem Körper.

„Soll ich dir die Aufzeichnung dieses Gesprächs noch einmal vorspielen?“, spöttelt Claire und natürlich passiert genau das, was sie erwartet. Ich verteidige mich, mit heruntergelassenem Schlüpfer auf der Klobrille kauernd. Die Sprechmuschel drücke ich so fest wie möglich an meinen Mund, damit Claire das verräterische Hintergrundgeplätscher nicht hört.

„Selbst wenn Fabrizio mit zehn Frauen Synchronturteln würde, wäre mir das völlig egal! Aber unser Deal sieht vor, dass wir ein Liebespaar spielen. Und dieser Verräter küsst auf unserem Brautessen seine Exverlobte!“

„Schön, dass wenigstens du dich an diesen Deal hältst, Cherie.“

„Du …“ Ich lasse die Luft entweichen, sprachlos über ihre Kaltschnäuzigkeit und gleichzeitig erleichtert. Da befand sich eindeutig ein Glas zu viel in meiner Blase. Entgeistert starre ich auf das mit Engeln bedruckte Toilettenpapier.

„Mach dich nicht so kompliziert. Fabrizio küsst eine Andere, die zufällig seine Ex ist. Und? Er ist Italiener, die küssen dauernd – wie die Franzosen.“

„Claire, mir geht es gar nicht um diesen dämlichen Kuss."

„Was interessiert dich die Vergangenheit der beiden? Du spielst doch brav die Rolle, die du laut eurem komischen Geschäft spielen sollst, oder nicht?"

„Natürlich!", blaffe ich zurück. „Mein Job steht auf dem Spiel!"

Für einen Moment wird es wieder still am anderen Ende der Leitung, meine Chance. Ich presse meine Handfläche auf den Hörer und drücke die Toilettenspülung. Aus der Hörmuschel dringt unterdrücktes Lachen an mein Ohr. „Mit Verlaub, was machst du dann noch in der Toilette?"

„Mir von einer Freundin einen guten Rat versprechen, die sich lieber über mich lustig macht?"

„Aber ich mache mich überhaupt nicht lustig! Tu einfach das, was du in deinem Beruf auch tust. Das Logische."

„Aber ich weiß nicht mehr, was logisch ist!"

„Bon sang, Hanna! Geh und zeig denen, wer die Braut ist!"

Fabrizio.

Mit brennenden Lippen betrete ich hinter Sofia das Esszimmer. Meine Ex tuschelt sofort mit ihrer Mutter, die mich ansieht, als wäre ich ein Schwerverbrecher. Doch das Weibergetratsche lässt mich völlig kalt, auch wenn mir Ernesto ein bisschen leidtut, der wohl zum ersten Mal ein Problem damit hat, die Rolle des pflichtbewussten Bürgermeisters mit der des fürsorglichen Vaters und Ehemanns zu vereinbaren. Doch Ernesto löst das Problem auf die für ihn typische Weise: Er schenkt sich einen Vino nach und macht sich über Adrianas Pasta her, während ich mit langen Schritten den Raum durchquere, um Lorenzo zu bitten, mir den Platz an der Seite meiner zukünftigen Ehefrau zu überlassen. Doch Hannas Stuhl ist leer.

„Wo ist Hanna?", frage ich lautlos in Carlos Richtung, der zuerst Sofia und dann mich nachdenklich mustert. Ich wiederhole meine Frage und deute auf den leeren Platz. Carlo schiebt sich eine Gabel Linguini in den Mund und zuckt kauend die Achseln. Gerade, als ich mich auf die Suche machen will, erscheint Hanna an der Tür. Sie ist blass und ein wenig zerzaust und gehört damit offenbar zu den Frauen, die derangierter von der Toilette kommen, als sie es vorher waren. Was sie nur noch begehrenswerter macht. Unwillkürlich frage ich mich, wie sie morgens nach dem Aufwachen aussieht.

Ihr Blick irrt kurz umher, als müsse sie sich erinnern, wo sie sich befindet. Und wozu. Ein merkwürdiger Moment, in dem sie sehr verletzlich wirkt und der vorübergeht, als unsere Blicke sich treffen. Sofort spannen sich ihre Züge an, als zögen unsichtbare Fäden ihre Gesichtshaut hinter die Ohren. Sie verzieht die Lippen zu einem Lächeln, das nicht bis zu ihren Augen reicht. Unbewusst straffe ich den Rücken, als sie ihren Blick in meinem versenkt. Sie bleibt neben mir stehen, beugt sich herab und legt beide Arme um meinen Hals.

„Mi Amore – habe ich dir heute schon gesagt, wie glücklich ich mit dir bin?“

„Ich glaube nicht“, antworte ich perplex, nutze aber die Gelegenheit, ihre Arme zu streicheln. Ihre Haut ist weich wie die Schale einer Aprikose. Sie lacht. Ein wenig zu laut. Zu fröhlich. Und zu gewollt. Im nächsten Moment pressen sich ihre Lippen hart auf meine und ein vielstimmiges Seufzen fegt wie eine knisternde Zeitungsseite über den Tisch, irgendwer klatscht.

„Ich kann es manchmal selbst nicht fassen“, haucht Hanna und schlägt die Lider nieder, als würde ihr jetzt erst bewusst, dass wir nicht alleine in diesem Raum sind. Allmählich dämmert mir, was sie da spielt. Der Form halber lächle ich mit, wenn auch weniger beschämt. *„Bravo!“* Es wird wieder geklatscht, vor allem Signora Donatelli gefällt Hannas Theaterstück. Kann aber auch am zweiten Glas Vino liegen, welches die Dorfälteste fast leer getrunken hat. Hanna gleitet wie eine Katze seitlich auf ihren Stuhl, sodass ihre Knie meine Schenkel berühren. Sie küsst mich wieder, diesmal auf die Wange, und verzieht das Gesicht.

„Du sollst dich doch täglich rasieren, Fabrizio. Wie du weißt, habe ich empfindliche Haut“, sagt sie der Zimmerdecke und die alte Gosetti folgt ihrem Blick, als klebe da oben ein Kaugummi. Die Donatelli quiekt verzückt, Carlo hustet in seine Serviette. Und ich nicke wie ein artiger Schuljunge.

„Wie süß“, ätzt Sofia vom Kopfende.

„Hörst du, mi Amore, Sofia weiß genau, wovon ich spreche.“ Hanna blinzelt Sofia verschwörerisch zu. Ich verkneife mir ein schadenfrohes Grinsen, weil Sofia sich ein gequältes Lächeln abringen muss, um nicht das Gesicht zu verlieren. Hanna sieht mich verträumt an und wendet sich schließlich an Signora Donatelli.

„Wissen Sie, auch wenn wir uns erst so kurz kennen, haben Fabrizio und ich so viel gemeinsam.“

„Ach ja?“, schnappt Sofia den Ball auf. „Was denn zum Beispiel?“

Ich mustere die pulsierende Ader an Hannas Hals. Keine Ahnung, was mich reitet, aber ihre Verwandlung vom spröden Rührmich-nicht-an hin zum leidenschaftlichen Vollweib fordert mich heraus.„Ja Hanna, erzähl´s ihnen“, sage ich laut. „Bestimmt sind alle sehr gespannt.“ Und ich erst.

Hannas Wimpern flattern. Sie holt Luft und antwortet mit einem überlegenen Lächeln: „Wandern zum Beispiel.“

Ich hätte mich beinahe an meinem Vino verschluckt. Hat sie tatsächlich *Wandern* gesagt?

„Fabrizio und Wandern?“ Sofia lacht schrill.

„Aber ja“, nickt Hanna ernst. „Fabrizio und ich sind ausgemachte Naturmenschen. Wir lieben es, stundenlang durch Felder, Wiesen und Wälder zu streifen. Deshalb will Fabrizio mir auch einen Hund schenken. Ups!“ Sie reißt die Augen auf und schlägt die Hand vor den Mund. „Das durfte ich eigentlich gar nicht verraten, weil wir das zuerst mit der Familie besprechen wollten …“

Carlo grinst jetzt über beide Ohren. Es ist allgemein bekannt, dass ich sogar die Post unten an der Auffahrt mit dem Landrover hole, weil ich so ungern zu Fuß gehe. Und dass ich Hunde nicht ausstehen kann.

„Ach Fabrizio, ich freue mich schon so auf unseren Ausflug morgen! Du und ich ganz allein in Gottes unberührter Natur. Das wird so romantisch!“

Irgendwo habe ich mal gelesen, dass es Situationen gibt, in denen man einer Frau besser nicht widerspricht, auch wenn diese Frau offensichtlich den Verstand verloren hat. Aber so einfach lasse ich die Signorina nicht davonkommen. Ich lege meine Hand auf Hannas Knie und drücke zu, bis ihr Bein befriedigend zuckt.

„Mi Amore, diese Klettertour ist eine tolle Idee von dir“, sage ich sanft. Wie erwartet, wird bei dem Wort *Klettertour* ihre weiße Städterhaut eine Spur blasser. Der winzige Adamsapfel an ihrem Hals hüpft, als ich mich vorbeuge und ihr einen zärtlichen Nasenstüber verpasse. „Schwindelerregende Höhen und dein Leben in meinen Händen. Ich kann mir wirklich nichts Romantischeres vorstellen.“

11 UNDICI

Hanna.
„Eine Klettertour. Was Dämlicheres konnte dir wohl nicht einfallen!?“ Missmutig kicke ich einen faustgroßen Stein beiseite. Der handtuchbreite Pfad, der sich nun schon seit zwei Stunden zwischen trockenen Sträuchern den Berg hinaufschlängelt, ist eine einzige Geröllbahn und ich muss höllisch aufpassen, nicht das Gleichgewicht zu verlieren.

Dass ich mich geweigert habe, Lucias albernen Strohhut aufzusetzen, rächt sich jetzt – die Sonne brennt auf meiner Kopfhaut, als wäre Hochsommer. Es ist heiß, still und meine Stimmung steuert mit jedem Stolperschritt in Minusgrade, während ich versuche, mit Fabrizio Schritt zu halten, den Blick angestrengt auf seinen Hinterkopf gerichtet. Er hat mich *aus Sicherheitsgründen* in eine Art Hundegeschirr gesteckt, in dem ich kaum atmen kann und ich weiß wirklich nicht, was schlimmer ist: meine Höhenangst, Lucias geschmacklose Trekkingschuhe oder die Tatsache, dass ich durch ein daumendickes Seil an das einzige Wesen weit und breit gekettet bin, das ich mehr als alles auf der Welt verabscheue.

Gut, Letzteres war jetzt etwas übertrieben.

Das Seil ruckt, ich taumele vorwärts und knicke beinahe um.

„Trödel nicht rum, *mi Amore!*“, sagt Fabrizio über die Schulter. Okay, ich habe nicht übertrieben. Ich verabscheue ihn wirklich mehr als alles andere auf der Welt! Wütend ziehe ich an der Hundeleine und stemme beide Beine in den steinigen Grund. Ich schlitte-

re, es knirscht unter meinen Sohlen. Fabrizio bleibt stehen und dreht sich zu mir um. „Was ist?“ Er atmet nicht mal schneller als gewöhnlich.

„Das fragst du noch?“ Ich schreie fast, beziehungsweise ich hätte geschrien, wenn ich genug Puste gehabt hätte. Stattdessen pfeift nur ein verkrampftes „Dasch fragchst tu nooch??“ aus meinem Mund. Er mustert mich unbeeindruckt.

„Ich brauche eine Pause!“, schnaufe ich.

„Schon wieder? Wir sind gerade mal vierhundert Meter gegangen.“ Mit schmalen Augen zeigt er nach oben. „Der anstrengende Teil kommt erst noch. Da hinten geht´s in die Wand.“

In die Wand? Hat er gerade in die Wand gesagt?!

Bislang habe ich es tunlichst vermieden, nach oben oder nach unten zu schauen. Als ich jetzt den Kopf in den Nacken lege, wird mir schlagartig klar, weshalb Lucia sich fast an ihrem Frühstücks-Cornetto verschluckt hat, als sie erfuhr, dass Fabrizio und ich auf den Monte Amiata steigen. Die haben den Himalaja klammheimlich über Nacht in die Toskana verlegt.

„Vergiss es!“, blaffe ich und verschränke die Arme vor der Brust. Fabrizios Braue zuckt in die Höhe und die vertrauten Knitterfalten erscheinen auf seiner Stirn.

„Du benimmst dich wie eine bockige Ziege.“ Er zieht am Seil. „Komm schon, so schlimm wird´s nicht. Der Berg sieht gefährlicher aus, als er ist.“

Vehement schüttle ich den Kopf und bleibe trotzig stehen. „Dein Berg kann mich mal. Deine Klettertour kann mich mal. Du kannst mich mal!“

„Falls ich dich erinnern darf: Das Ganze war deine Idee.“

„Ich wollte wandern, nicht mir den Hals brechen!“

„Wolltest du nicht. Du bist weder eine Naturliebhaberin, noch gibst du etwas auf irgendwelche Wandertouren.“

„Woher willst du das wissen? Du kennst mich doch überhaupt nicht!“

Fabrizio lacht heiser. „Ich kann eins und eins zusammenzählen. Das Internet ist übrigens auch eine praktische Erfindung. Außerdem werden deine Ohren rot, wenn du lügst und gestern Abend hattest du ziemlich rote Ohren.“

„Du hast mich gegoogelt?!“

„Macht man das heutzutage nicht so? Hübsche Verlagshomepage übrigens. Die Beiträge im Gastronomenforum haben mir aber

am besten gefallen, in denen man dich … warte, ich krieg´s noch zusammen … als *arrogante Stadtpflanze mit zubetonierten Geschmacksnerven* bezeichnet hat. Ein Kollege mit Humor, finde ich."

„Du bist echt das Allerletzte!"

„Sag mal, Hanna …?" Fabrizio geht einige Schritte auf mich zu, ich weiche zurück. Einige Geröllbrocken lösen sich unter meinen Füßen. „Was ist eigentlich los mit dir?"

Seine plötzliche Sanftmütigkeit bringt mich völlig aus dem Wutkonzept. Ich spucke die Worte beinahe aus, aber ich klinge dabei wie eine starrköpfige Siebenjährige. „Ich habe Höhenangst! Bist du jetzt zufrieden?!"

„Das meine ich nicht." Er kommt noch näher. Unwillkürlich halte ich den Atem an. Meine Wangen brennen und mein Puls beschleunigt sich. Ich versuche zu antworten, aber meine Gedanken haben sich verklemmt, als wäre ein Kugelschreiber zwischen die Zahnräder meines Gehirns gefallen. Plötzlich schieben sich Claires Worte in mein Bewusstsein: *„Oh là là, sag mal … hast du dich in diesen Fabrizio verknallt?"*

Nein. Neiiin!

Mein Magen flattert.

Doch. Habe ich. Leider.

Fabrizio.

Es fällt mir schwer, nett zu sein. Am liebsten würde ich sie schütteln, aber ihre weit aufgerissenen Augen machen verrückte Dinge mit mir. Sie steht nur einen Schritt von mir entfernt, nah am Abgrund, wie ein fluchtbereites Kaninchen, das ein Erdbeben wittert.

„Du bist wütend auf mich. Sag mir warum", sage ich leise.

„Ich bin nicht wütend auf dich!"

„Warum sagst du das dann so, als wenn du wütend wärst?"

„Himmel, du bist wirklich eine Nervensäge!"

„Schon möglich. Also?"

„Gut, okay. Ich bin wütend."

Ich lächle wissend, sie verdreht die Augen.

„Wenn du es unbedingt wissen willst: Ich habe mich auf diesem Brautessen wie das fünfte Rad am Wagen gefühlt, weil du …"

„Weil ich …?"

„Weil du Sofia geküsst hast! Nicht wegen Sofia, sondern weil ich eigentlich die Braut bin … also war, meine ich … gestern …" Sie schnappt nach Luft. „Du hast mich vor den Leuten wie eine

Idiotin dastehen lassen!“

Sie ist eifersüchtig. Ich weiß nicht, ob ich lachen oder lieber triumphierend die Faust in die Luft recken soll. Da es mir weniger machohaft vorkommt, entscheide ich mich für Ersteres.

„Schön, dass du das lustig findest!“, blafft Hanna, dreht sich auf dem Absatz um – und tritt ins Leere.

Die nächsten Sekunden laufen wie in Zeitlupe vor mir ab. Hannas erstaunter Gesichtsausdruck, in dem Sekundenbruchteile später eine panische Erkenntnis liegt. Ihre rudernden bleichen Arme, denen es immer noch gelingt, sich dem Farbanstrich unserer toskanischen Sonne zu widersetzen. Das prasselnde Geräusch, als der Boden unter ihren Sohlen nachgibt und als eine surfbrettgroße Steinlawine in den Abgrund rutscht. Doch da habe ich längst zugegriffen. „Hab dich!“, brülle ich, mehr für mich selbst, als für sie. Ihr Mund ist geöffnet, zu einem lautlosen Schrei, fast ungläubig blicken wir auf die Stelle, wo meine Hand ihren Unterarm fest umschließt, während ihre Beine in die Luft treten.

„Zieh mich hoch! Oh Gott, Fabrizio … zieh mich hoch!“

Ich bin wie erstarrt. Das Ganze kann nicht mehr als ein paar Augenblicke gedauert haben, das Geröllbrett ist einige Meter unter uns zum Stillstand gekommen, lediglich vereinzelte Steine, kieselgroß, kullern noch hinterher.

„Fabrizio!! Zieh. Mich. Nach. Oben!“

„Ich habe dich schon gehört.“

„Ja und?! Auf was wartest du dann noch!“

„Wie wäre es mit einer Bitte?“

„Waas?! Bist du jetzt total verrückt geworden?“

Ich gehe tiefer in die Hocke und verlagere mein Gewicht, bis ich eine Position gefunden habe, in der es sich aushalten lässt. Hanna hat noch nicht kapiert, dass sie nur aufhören müsste, panisch herumzustrampeln, um festen Boden unter den Füßen zu spüren. Stattdessen füllen sich ihre Augen mit Tränen. Ich lege den Kopf schief und zwinge mich, ihre Angst auszuhalten.

„Ich möchte, dass du um Hilfe bittest“, wiederhole ich und schnelle mit dem Oberkörper nach vorne, weit genug, um meinen Worten Nachdruck zu verleihen. Hanna schreit auf.

„Okay! Bitte!“

Ich ziehe sie ein paar Zentimeter zu mir und verharre in der Stellung. Ihre kurzfristige Erleichterung weicht einem ungläubigen Ausdruck.

„Das klang nicht sonderlich überzeugend“, sage ich leichthin und beiße die Zähne zusammen, als sie Ihre Fingernägel in meine Unterarme krallt. Nach der Ohrfeige vor ein paar Tagen der nächste Preis, den ich zahle, um diese Frau zu bändigen.

„Du ziehst mich jetzt sofort aus diesem Abgrund, sonst …“

„Reißt du mir die Haut vom Arm? Damit tätest du dir keinen Gefallen.“

Sie schnappt nach Luft, fährt aber ihre Nägel ein. „Ich habe doch Bitte gesagt. Was willst du denn noch?“ Ihre Stimme wird weinerlich und sie keucht, als sei ihr Puls auf hundertachtzig. So wie meiner.

„Hast du schon mal darüber nachgedacht, dass dein Problem da liegt, wo es für andere aufhört?“, sage ich ruhig. „Du brauchst nicht immer allein mit allem fertig werden. Es ist nichts dabei, andere um Hilfe zu bitten.“

„Du klingst wie meine Freundin Claire. Aber gut, dass du mich jetzt, in dieser wirklich passenden Situation, darüber aufklärst!“

„Ich nehme, was sich bietet.“

Ich hatte gehofft, aber eigentlich nicht erwartet, dass es tatsächlich passiert. Hanna resigniert. Ihr Körper erschlafft und ihre Lippen, eben noch eine zusammengepresste Linie, werden weich und voll. „Können wir bitte zum Schluss kommen? Mir tun die Arme weh und ich will nicht bis heute Abend hier hängen. Könntest du mich also bitte, bitte heraufziehen?“

Ihre flehenden Augen lösen wildes Verlangen in mir aus und ich muss mich mühsam beherrschen, sie nicht sofort an mich zu ziehen, um all die Wut, die sie da in sich trägt, aus ihr herauszuküssen. Ich winkle die Ellbogen an und greife nach, bis ich sie unter den Achseln fassen kann. Ihr Gesicht ist so nah, dass ich ihren süßlichen Atem rieche.„Und ich fange mir auch sicher keine Ohrfeige von dir ein?“, flüstere ich rau. Sie schüttelt den Kopf und legt ihre Arme um meinen Nacken. Dann richte ich mich auf und hebe sie hinauf.

Eine Weile stehen wir eng umschlungen und stumm auf dem Trampelpfad. Hannas Kopf liegt an meiner Brust und meine Hand ruht zwischen ihren Schulterblättern, während ich ihren zitternden Körper an mich drücke. Ein erleichtertes Seufzen, von mir oder von ihr, ich weiß es nicht. Dann hebt sie den Kopf. Da ist kein Zorn in ihren Augen. Nur Erstaunen.

Diesmal ist es ein vorsichtiger, fast unbeholfener Kuss irgend-

wo zwischen Himmel und Erde, der nach Angst und Erlösung schmeckt. Ohne Sinn und Zusammenhang schießen Bilder in mein Hirn. Das Wartezimmer von Doktor Buhlfort. Die verlorene Urne. Die Beerdigung. Lucia in der Küche. Marco, der ewig davonrennt. Das Testament. Meine Aprikosenfelder. Das verlorene Likörrezept. Nonnas gebrechliche Stimme, die vom Wachsen und Gedeihen spricht. Aber dann öffnet Hanna ihre Lippen, um mich einzulassen und alles, was war oder sein wird, verliert an Bedeutung.

Hanna.

Wortlos sind wir übereingekommen, den Rückweg anzutreten. Wie betäubt gehe ich hinter Fabrizio den Schotterpfad hinunter, meine Hand ruht fest und warm in seiner. Ich habe keine Ahnung, wie lange wir so da gestanden haben, versunken in diesen unglaublichen Kuss, bis wir uns zögernd voneinander gelöst und einander verlegen angegrinst haben. Das Blut rauscht in meinen Ohren, mir ist übel und meine Lippen wollen nicht aufhören, sich zu einem dümmlichen Lächeln zu verziehen.

Ich bin vollkommen durcheinander. Und absolut nicht Herrin der Lage. Was mir merkwürdigerweise so egal ist, wie der sprichwörtliche Sack Reis in Korea. Oder war es China? Ich grinse breiter, weil ich mich nicht mal mehr an ein abgedroschenes Sprichwort erinnere. Behutsam lenkt Fabrizio mich um einen fußballgroßen Steinbrocken herum und um einen weiteren Fels, der wie ein liegender Hund aussieht und an dem ich mir auf dem Hinweg den Knöchel geschrammt habe. Dann, ob Minuten oder eine Stunde später weiß ich nicht, betreten wir den befestigten Kiesweg, der zu unserem Auto führt. Er ist breit genug, sodass wir nebeneinander hergehen können. Noch immer sagen wir kein Wort, als ob wir beide fürchteten, dass jeder unbedachte Satz das magische Etwas zerstören könnte, das uns wie in einer schillernden Blase gefangen hält. Rund zwei Zentimeter über dem Boden.

Wenige Schritte vor dem Pickup bleibt Fabrizio stehen und lässt meine Hand los. Ich schaue zu ihm auf. Er lächelt und wirkt gleichzeitig ernst. Fast bedauere ich es, dass er unser Schweigen bricht. „Das ist jetzt irgendwie unheimlich."

„Ziemlich unheimlich", antworte ich mit belegter Zunge und setze ein törichtes „Was genau meinst du?" hinzu.

„Wir haben einen Platten."

„Einen Platten", wiederhole ich, ohne zu verstehen, und folge

seinem ausgestreckten Arm. Tatsächlich. Der Geländewagen befindet sich in einer eindeutig unnormal aussehenden Schieflage.

„Das Auto hat eine Reifenpanne", murmele ich selig und Claire schüttelt mit einem wissenden Lächeln den Kopf. Sogar das ist mir im Augenblick völlig schnuppe. Zum Glück bekommt Fabrizio nicht mit, dass ich mich wie ein grenzdebiler Backfisch benehme. Er kniet vor dem Pickup und fummelt an dem schlaffen Reifen herum, Gelegenheit für mich, seinen Jeanshintern zu begutachten. Leider währt der erfreuliche Anblick nur kurz, denn er steht auf, um einmal prüfend um den Wagen herumzugehen. Scheinbar ist ansonsten alles in Ordnung, denn er kommt auf mich zu und wischt sich die Hände an seinem T-Shirt ab.

„Ich fürchte, wir müssen den Wagen abschleppen lassen. Ein Nagel steckt im Reifen und wir haben kein Ersatzrad dabei." Er zieht mich an sich und vergräbt sein Gesicht in meinem Haar, wobei sein Stoppelkinn an meiner Schläfe kratzt. Sein Herz schlägt stark und gleichmäßig – und ein paar Takte zu schnell, um eine beruhigende Wirkung auf mich zu haben. Ich gebe der Versuchung nach und lasse die Hände unter sein Shirt gleiten. Sein Rücken ist schwitzig und warm, ich spüre zarte Härchen auf weicher Haut und Muskeln darunter, die sich bei meiner Berührung zusammenziehen.

„Ich rufe im Tre Camini an. Hältst du es noch eine Stunde mit mir in dieser fürchterlichen Natur aus, bis Paolo mit dem Hänger hier ist?", flüstert er.

„Du kannst vielleicht blöde Fragen stellen."

Das Verlangen schießt so unmittelbar in meinen Unterleib, dass ich nach Luft schnappe. Heilige Scheiße. Ich begehre Fabrizio, wie nie einen Mann zuvor.

„Es sagt ja keiner, dass wir draußen warten müssen", fügt er heiser hinzu, bevor auch er seine Hand unter meine Bluse schiebt und mich mit sanfter Gewalt rückwärts zum Wagen dirigiert.

Nein. Keiner hat gesagt, dass wir draußen warten müssen.

Ich kannte mal eine Frau, die behauptete, beim Sex sei das passende Lied wie ein Fahrstuhl, der einen direkt in den siebten Himmel führte. Belächelt hatte ich sie, diese übereifrige Brillenschlange, die ihre Shirts immer eine Nummer zu klein trug, und die sich mir damals anvertraut hatte, in der irrigen Meinung, ein gemeinsamer Mensakaffee sei ein Freundschaftsangebot. Mein Gelächter war so laut, dass es bis in den Gang schallte. Sie hatte später nie wieder

meine Nähe gesucht. Ich versuche krampfhaft, mich an ihren Namen zu erinnern. Birgit? Bianca? Ich bin eine überhebliche, blöde Kuh gewesen.

Ich fliege. In Überschallgeschwindigkeit. Die kratzige Stimme aus den Lautsprechern singt von der Einfachheit der Liebe und ich glaube ihr jedes Wort. Es ist so leicht. Keine einzige Sekunde lösen wir den Blick voneinander. Nicht, als Fabrizio sein Hemd über den Kopf zieht und mit geübten Fingern meine Bluse aufknöpft. Nicht, als er zärtlich meinen Bauch streichelt, den ich vergesse, einzuziehen, während ich nicht schnell genug seine Gürtelschnalle öffnen kann. Und auch nicht, als er den Reißverschluss meiner Shorts herunterzieht und die Hand zwischen meine Schenkel schiebt. Seine Pupillen weiten sich, dann verklärt sich sein Gesichtsausdruck. Gott, wie ich ihn begehre! Ich kralle mich in sein weiches Fleisch, knapp über dem Hosenbund. Fabrizio reagiert sofort, packt mit plötzlicher Heftigkeit meine Hüften und zieht mich an sich. Und dann … dann verschmelzen unsere Körper zu einer einzigen fließenden Bewegung. Ich ertrinke in Fabrizio, um kurz darauf in seinen Armen zu verbrennen. Und danach bleibt nichts. Außer grenzenloser Befriedigung.

Als der Radiosprecher in das gewohnte, aufgeregte Geplapper verfällt, öffne ich widerwillig die Augen. Und sehe direkt in Marcos finsteres Gesicht am Seitenfenster.

Ich fahre zusammen, schubse Fabrizio von mir und taste hektisch im Fußraum nach meiner Bluse. Finde meinen Schlüpfer und eine Socke, breche in albernes Gekicher aus, während Fabrizio auf den Fahrersitz zurückrutscht. Er stellt das Radio leise und schließt seelenruhig den Reißverschluss seiner Hose.

„Ciao Marco. Was machst du hier?“, fragt er, als ob sein Bruder uns bei einem harmlosen Kaffeeklatsch überrascht hätte.

„Hab ich angerufen oder du?“, ist die bissige Antwort. „Paolo musste Alberto bei den Bienenkästen helfen, deshalb hat Lucia mich geschickt.“

Ich möchte vor Scham im Erdboden versinken. Doch Fabrizio lässt mir keine Chance, verlegen zu sein. Nachdem ich die Bluse falsch herum über den Kopf gezogen habe, zieht er mich an sich und gibt mir einen ausgiebigen Kuss, der ein wenig nach Trotz und Demonstration schmeckt. Ich fühle, wie Marco die Luft anhält, und kann die leise Schadenfreude nicht unterdrücken, auch wenn

ich Fabrizios Spielball bin, den er gerade schnurstracks in Marcos Eingeweide gepfeffert hat.

„Hallo Schwager", sage ich kühl und werfe Fabrizio einen vielsagenden Blick zu. Er grinst und streicht mir eine Strähne aus der erhitzten Stirn. Marco wendet sich brüsk ab und stiefelt zu seinem Auto, um mit einem Abschleppseil zurückzukehren.

„Was ist jetzt? Wollt ihr hier übernachten?", raunzt er.

„Ich fürchte, die Antwort würde dir nicht gefallen", kontert Fabrizio und schält sich aus dem Sitz.

Die eineinhalbstündige Rückfahrt verläuft schweigend. Nachdem die Männer sich einen heftigen Streit darüber geliefert hatten, warum Marco kein Ersatzrad mitgebracht hat, woraufhin dieser Fabrizio beschuldigte, sich nicht klar ausgedrückt zu haben, was dem Pickup fehle, schleppten wir den Wagen zur nächstgelegenen Werkstatt. Die am Sonntag natürlich geschlossen war, weshalb wir den Geländewagen dort zurücklassen mussten.

Auf der einreihigen Sitzbank von Marcos altem Ford, wo ich quasi als lebendiger Grenzwall zwischen den Brüdern fungiere, wird mir bewusst, wie verfahren die Beziehung der beiden ist. Marco stiert auf die Straße, die Hände so fest um das Lenkrad des Oldtimers gekrallt, dass die Knöchel weiß hervortreten. Fabrizio streichelt abwesend meinen Arm und schaut schweigend aus dem Seitenfenster. Einerseits ziemlich ungemütlich. Andererseits erhalte ich so die Gelegenheit, zur Besinnung zu kommen. Ich werfe einen verstohlenen Blick auf Fabrizios Profil. Mein Herz schlägt schneller. Ich habe mich also verliebt.

In einen Mann, den ich zufällig auch noch heiraten soll.

Bis hierhin eine hübsche Geschichte.

Der Rest klingt zugegeben nicht so filmreif. Die Heirat ist ein Geschäft, das auf Lügen gründet und mit einer Scheidung endet.

„Wer sagt denn, dass es so kommen muss?", flüstert Claire eindringlich.

Die Realität? Die Tatsache, dass ich vielleicht doch nicht aus meiner Haut kann? Ich habe keine Ahnung, ob Fabrizio ähnlich empfindet oder ob das Ganze zu seinem Spiel gehört. Was soll ich außerdem in Italien, wenn mein Leben in Berlin ist?

„Welches Leben, Hanna?"

Fabrizios Hand tastet nach meiner. Ich betrachte die langen Finger mit den gerade geschnittenen Nägeln und erschauere.

Ja. Welches Leben eigentlich. Ich denke an meine leere Wohnung mit all den ungeöffneten Kartons. An die stille Redaktion in

der Nacht, meinen Schreibtisch am Fenster und die erleuchteten Balkone gegenüber, wo Menschen beisammensitzen, statt zu arbeiten, wie ich es tue. Die Sonntage, die ich auf einer Bank im Zoo verbringe, in Gesellschaft eines Erdmännchenrudels und eines Tierpflegers, von dem ich nur den Vornamen kenne. Fast unmerklich schließen sich meine Finger fester um Fabrizios Hand.

Fabrizio.
Sie ist hübsch, wie sie da sitzt, mit geschlossenen Augen, auch wenn sie mit der verlaufenen Schminke wie ein Pandabär aussieht. Fast bedauere ich es, sie zu wecken.

„Wir sind da", wispere ich in ihr Ohr. Hanna reagiert sofort und mein Herz macht einen Satz, als sie mich ansieht. Ich habe viele Frauen gekannt, auf viele Arten. Und ich habe unzählige Blicke bekommen, ebenfalls auf viele Arten. Aber selbst Sofia hat mich nie so angeschaut. Das verwirrt mich und ich habe keine Erklärung dafür. Die ist mir ehrlich gesagt, auch egal. Ich weiß nur, ich muss mit ihr allein sein. So schnell wie möglich.

Marco hat den Ford in der Garage geparkt und ist wortlos und mit knallender Tür ausgestiegen, um den Werkzeugkasten auszuladen. Er bewegt sich langsam und schleicht länger als nötig um den Wagen herum.

„Würdest du heute Abend mit mir ausgehen?" Ich stelle die Frage hastig und mit erhobener Stimme. Hannas Blick wandert zu Marco, der am Heck stehen geblieben ist und mit ausdrucksloser Miene am Tankstutzen herumschraubt.

„Ich gehe gerne mit dir aus", sagt sie mit einem Unterton, den ich nicht deuten kann. Wie auch immer. Sie hat mir keinen Korb gegeben.

„Das ist schön", sage ich blöde und wünsche Marco zum Teufel, damit ich sie küssen und umarmen und dasselbe mit ihr machen kann, was ich vorhin getan habe. Stundenlang, meinetwegen.

„Was möchtest du denn unternehmen?", hilft mir Hanna mit schiefgelegtem Kopf auf die Sprünge.

„In Montesimo gibt es eine nette Osteria. Eigentlich ist es die einzige Osteria, aber … sie ist gut."

Sie lächelt und gibt mir einen Kuss auf die Wange, der für meinen Geschmack zu freundschaftlich ist. „Gut, dann gehen wir also essen."

Letztendlich ist es Lucia, die mich aus der meine-letzte-

Verabredung-ist-ein-Jahrzehnt-her-Verlegenheit rettet. Sie eilt herbei, mit aufgeregt wehendem Schürzenkleid, und schließt Hanna in die Arme.

„Was hat dieser schreckliche Kerl mit dir angestellt? Hattet ihr einen Unfall? Bist du in Ordnung? Hast du dich verletzt?" Jetzt trifft mich ein böser Blick. „Aus diesem Blödmann war ja nichts herauszukriegen. Ruft an, stammelt was von Abschleppen und legt auf, als ob er einen Bus kriegen müsste."

„Es ist alles gut, Lucia." Hanna löst sich vorsichtig aus dem Klammergriff. Wäre Lucia nicht meine Schwägerin, wäre sie mir peinlich. Aber Lucia ist eben Lucia. Und das mit dem Bus finde ich gar nicht mal so weit hergeholt.

„Grins nicht dämlich herum, Fabrizio. Raus mit der Sprache! Was ist passiert?"

Marco knallt den Kofferraum zu. „Beruhige dich, Stellina. Wir sind hier, keiner hat sich wehgetan", sagt er ruhig. „Zumindest auf den ersten Blick nicht. Wenn ihr mich dann entschuldigt. Ich muss telefonieren."

Lucia hebt eine Braue und sieht Marco hinterher, als er mit gesenktem Kopf davonstiefelt. Dann mustert sie mich und Hanna, die mit geröteten Wangen die Lider senkt. Lucia holt Luft, um etwas zu sagen, überlegt es sich aber anders und verschränkt die Arme vor der Brust. Zum ersten Mal bin ich froh, Rosa-Marias Stimme zu hören, die von der Hintertür bis zur Garage schallt.

„Signora Ich-habe-gerade-Besseres-zu-tun! Schlägst du da Wurzeln oder willst du lernen, wie man richtige Pasta kocht? Dann beweg deinen knochigen Hintern in die Küche!"

„Ich glaube, ich bin gemeint." Hanna lächelt und angelt nach ihrer Tasche. Sie zögert, dann nickt sie mir zu und eilt über den Hof, wobei sie einen großen Bogen um die Hühnerschar macht. Lucias Augen verengen sich. „Hanna?", ruft sie ihr hinterher. „Du hast deine Bluse falsch herum an!"

Hanna bleibt stehen und dreht sich um. Ihr Gesicht strahlt.

„Ich weiß!"

Hanna.

An diesem Nachmittag empfinde ich die kleine, duftgeschwängerte Küche als wohltuenden Zufluchtsort. Rosa-Marias strenges Regiment erlaubt keine Grübeleien, und ich stürze mich dankbar in die Arbeit. Ohne Aufforderung spüle ich das Frühstücksgeschirr und

lausche aufmerksam, als Rosa-Maria erklärt, in welcher Reihenfolge man die Zutaten für den Pastateig zusammenrührt. Ich lasse mir zeigen, wie man Luft hinaus und Liebe hineinknetet, und wann der Teig geschmeidig genug ist, um in handtellergroßen Portionen durch die Nudelmaschine gepresst zu werden. Danach putze und viertele ich zwei Kisten Flaschentomaten, schneide Knoblauch in so hauchdünne Scheiben, dass sie Rosa-Maria ein gefälliges Nicken entlocken, und stelle unter ihren kritischen Augen eine Pomerola her. Zum ersten Mal stehe ich der resoluten Köchin trotz der beengten Raumverhältnisse nicht im Weg herum. Falls Rosa-Maria über meine merkwürdige Verwandlung zur unterwürfigen Azubine erstaunt ist, lässt sie sich das nicht anmerken. Aber als ich am frühen Abend die Schürze abbinde, drückt sie mit sauertöpfischem Gesicht den zehnten und letzten Band der *Glut des Verlangens* in meine spülwasserschrumpeligen Hände.

Ich lächle noch immer, als ich vor dem Spiegel in meinem Zwergenbad stehe und mir die Haare trocken rubbele. Prudence und Hugh sind mir mittlerweile so ans Herz gewachsen, dass ich es kaum erwarte, Zeugin ihrer mit Sicherheit nicht jugendfreien Wiedervereinigung zu sein. Das Heftchen wartet auf meinem Kopfkissen, und noch während ich eine kleine Lesepause vor der Verabredung mit Fabrizio erwäge, fällt mein Blick auf mein Handy. Ich habe das Telefon seit dem letzten Telefonat mit Claire nicht mehr angerührt.

Plötzlich sehne ich mich nach Mammas fröhlicher, plappernder Stimme. Ich möchte ihr von Fabrizio erzählen. Und von allem anderen auch. Vielleicht hat sie sogar einen Rat für mich.

Mein Herz klopft schneller, als das Freizeichen ertönt. Es klickt am Ende der Leitung und ich hole Luft.

„Mamma, ich bin es, Hanna. Ich wollte dir sagen, dass ich …"

„… leider nicht zu Hause. In dringenden Fällen erreichen Sie mich unter der Nummer …"

Ich atme enttäuscht aus und lege auf, ohne eine Nachricht zu hinterlassen.

Nachdenklich trete ich an den kleinen Schreibtisch am Fenster. Draußen schiebt Paolo eine Schubkarre Mist über den Hof, mitten durch die Hühnerschar und sehr zum Missfallen Vittorias. Lucia macht sich mit ihrem Körbchen auf den Weg in den Kräutergarten, um Wildblumen für die Desserts zu pflücken. Aus der Scheune dringen Männerstimmen, kurz darauf steuert Fabrizio mit gesenk-

tem Kopf die Brennerei an. Ich muss ihn heute Abend unbedingt fragen, ob er das Geheimnis von Nonnas Likör gelüftet hat.

Heute Abend. Ich spüre ein leises Bauchflattern, als ich mich im Bademantel auf den Holzstuhl setze und meine Knie gegen die Querstreben des Schreibtisches stoßen. Ich fahre den Laptop hoch und starre auf den Briefblock neben dem Rechner. Der Briefkopf besteht aus einem geschwungenen T, umrahmt von einem C, und einer handgeschriebenen Adresse darunter. Er wirkt schlicht und gleichzeitig elegant. Klar, ohne aufdringlich zu sein. Wie der Ort, für den die Initialen stehen. Mein Blick streift den Schrank, in dem mein Rollkoffer steht. Mein Herz schlägt schneller. Fast ist mir, als hörte ich ein aufmunterndes Flüstern hinter den Schranktüren.

Der Bildschirm präsentiert mir einen blauen Desktop voller Ordnersymbole. Ohne nachzudenken, öffne ich ein neues Dokument und lege meine Finger auf die Tasten. Je eher ich anfange, das Richtige zu tun, umso besser. Dann schließe ich die Augen, binde mir im Geiste eine Schürze um und eile in Lucias Pantoffeln in Rosa-Marias Küche zurück – um die wohl ungewöhnlichste Restaurantkritik meiner Karriere zu schreiben.

Ich tippe so versunken vor mich hin, dass ich erst aufsehe, als ein Lufthauch meine nackten Beine streift. Lucia steht bereits neben mir, als ich geistesgegenwärtig auf die Speichertaste drücke und den Laptopdeckel zuklappe.

„Entschuldige, dass ich dich störe … aber ich hatte dreimal geklopft, und als du nicht geantwortet hast, dachte ich … Ich wollte den Blumenschmuck für den Gemeindesaal mit dir absprechen." Lucia wedelt verlegen mit ihrem Notizbuch, in dem ich ihre Hochzeitsbibel erkenne. Seit Tagen trägt sie das Heft mit sich herum, mit gewichtiger Miene, als sei die Aufgabe, eine Hochzeit zu planen, ein Kernforschungsprojekt. Und ich bin das explosive Teilchen, das ihr um die Ohren fliegen wird, denke ich und habe sofort ein schlechtes Gewissen.

„Du störst nicht. Ich habe nur … gearbeitet." Mist. Falsche Antwort, denn Lucia mustert neugierig den Briefblock, auf dem ich mir einige Stichworte für den Artikel notiert habe.

„Was genau arbeitest du denn?"

Ich lehne mich in meinem Stuhl zurück und sehe sie von unten herauf an. Ihre Frisur hat sich aus der Spange gelöst, sodass die Locken wie ein dunkler Wasserfall ihr Gesicht umrahmen. Ihr lie-

bes, vertrauensvolles Gesicht, das so vollkommen arglos ist. Plötzlich bin ich die Lügen leid. Es ist eine Sache, Fremde zu betrügen. Aber Lucia ist nach Claire die erste Person in meinem Leben, die ich ohne nachzudenken als Freundin bezeichnen würde. Ich stehe auf und führe die erstaunte Lucia zu der schmalen Pritsche an der Wand, wo ich sie bitte, sich neben mich zu setzen. Sie sieht mich erwartungsvoll und gleichzeitig geduldig an, als wisse sie, dass mir das, was ich sagen möchte, nicht leicht fällt.

„Ich schreibe, Lucia. Das ist mein Beruf", sage ich langsam.

„Wie schön. Schreibst du Bücher? Romane? Liebesgeschichten vielleicht? Ich liebe Liebesgeschichten." Sie lächelt.

Oh Mann, das ist jetzt eine mehr als schwere Prüfung. Ich schüttle den Kopf. „Ich bin Restaurantkritikerin, Lucia. Ich verfasse Artikel über gute und schlechte Restaurants. Eher über schlechte Restaurants, wenn ich ehrlich bin."

„Ich verstehe nicht." Lucia wirkt plötzlich verunsichert.

Ich hole Luft und nehme ihre Hand. „Fabrizio und ich haben dir nicht die Wahrheit gesagt. Wir kennen einander nicht von früher und sind uns auch nicht zufällig über den Weg gelaufen. Ich war vor einigen Wochen schon einmal hier. Als Restauranttesterin."

„Du meinst, im Tre Camini? Aber ich habe dich gar nicht gesehen."

„Ich war nur kurz zum Essen da. Zufälligerweise genau an dem Tag, an dem Carlo in der Küche den Kochlöffel geschwungen hat."

„Carlo, dieser …" Lucia schnaubt verächtlich, doch ich drücke bittend ihre Hand und sie verstummt.

„Ich habe einen Artikel geschrieben, Lucia. Keinen sehr schmeichelhaften. Es war ein unglücklicher Zufall. Und dann ist eure Großmutter gestorben und ich habe ihre Urne im Flughafenrestaurant … gefunden. Also bin ich nach Montesimo gekommen, um Nonna zurückzubringen. Aber Fabrizio hat von mir verlangt, hierzubleiben, um mir eine zweite Meinung über eure Küche zu bilden."

„Du machst dich über mich lustig." Ihr Gesicht ist blass geworden. Sie erhebt sich ruckartig von der Bettkante und fängt an, in dem winzigen Raum hin- und herzugehen. Dann bleibt sie abrupt stehen und zeigt mit dem Finger auf meinen Laptop. „Ich will den Artikel lesen. Den schlechten, meine ich."

„Er ist auf Deutsch", sage ich vorsichtig.

„Dann übersetz ihn mir."

Eine Viertelstunde später sitzt Lucia schweigend auf dem kleinen Holzstuhl. Ich schließe das Dokument und warte, während Lucia mit zusammengekniffenen Lippen zur Zimmerdecke starrt. Das tut sie lange. Und dann fängt sie plötzlich an, zu lachen.

„Das sieht Fabrizio ähnlich. Lässt eine Reporterin in Rosa-Marias Küche schuften, weil er sich über eine schlechte Kritik geärgert hat."

Ich sehe verwundert auf. „Du bist nicht sauer wegen des Artikels?"

„Wir sind in Europa Hanna. Man wird nicht gesteinigt, wenn man seine Meinung sagt. Davon abgesehen ist Carlo wirklich ein erbärmlicher Koch."

Meine Erleichterung währt nur Sekunden, denn Lucia fährt unbeirrt fort: „Bevor wir aber über Fabrizio und dich reden, hätte ich gerne die Sache mit Nonna genauer erklärt bekommen."

Lucia unterbricht mich kein einziges Mal. Ich erzähle, wie ich während der Besprechung mit Hellwig am Flughafen an die Urne kam und schildere die Umstände, unter denen Fabrizio mich zum Küchendienst genötigt hat. Den Hochzeitsdeal klammere ich bewusst aus, damit mein Ehemann in spe nicht mehr Ärger als nötig bekommt. Meine Geschichte endet, indem ich zum Schrank gehe und Giuseppa aus ihrem Koffergefängnis befreie.

Ehrfürchtig nimmt Lucia die rot-weiß-blau-gestreifte Urne entgegen. Einen Moment steht sie stocksteif da, ehe sie das Gefäß vorsichtig auf den Tisch stellt und einen Schritt zurück tritt.

„Hallo Nonna", sagt sie leise. Ich fühle mich wie eine Schwerverbrecherin. Ich hätte die Urne längst zurückgeben sollen, Fabrizios dämliche Küchendienstbedingung hin oder her.

„Es tut mir so leid. Ich weiß nicht, was in mich gefahren ist. Du kannst sie selbstverständlich mitnehmen", murmele ich.

„Das könnte ich." Lucia wendet den Blick nicht von der Urne ab. „Ich weiß nur nicht genau, ob das richtig wäre."

Nicht schon wieder! Fast hätte ich gequält aufgeheult. Lucia sieht mich abschätzend an und schnalzt mit der Zunge. „Weißt du, dass Giuseppa ihr ganzes Leben lang in Alberto verliebt war und er in sie, die beiden aber nie ein Paar gewesen sind?"

Ich schüttle irritiert den Kopf. Was hat denn jetzt Nonnas und Albertos traurige Liebesgeschichte mit dieser Urne zu tun? Doch

Lucia sieht nicht so aus, als wäre sie mit dem Thema durch. Also setze ich mich zu ihr aufs Bett und verknote meine Beine in den Schneidersitz, froh, dass sie mir nicht die Freundschaft gekündigt hat.

„Als Nonna jung war, hatte sie alles, was eine Frau haben konnte, um von anderen Frauen beneidet zu werden. Sie war schön, klug und außerdem die Tochter eines Industriellen, der mit dem Verkauf von billigem Olivenöl reich geworden ist. Giuseppa hätte sich einen ebenso wohlhabenden Ehemann aussuchen und bis an ihr Lebensende in einem Palazzo wohnen können. Doch das Dolce Vita, wie wir Italiener sagen, bedeutete ihr nichts, ganz im Gegenteil. Sie langweilte sich. So sehr, dass sie anfing, alles schlechtzureden und ihr Zorn richtete sich vor allem gegen ihre altmodischen Eltern. Und weil ihr Kampf bessere Waffen als Worte brauchte, heiratete Giuseppa einen einfachen Obstbauern, nur um ihrem Vater eins auszuwischen. Sie hatte nicht damit gerechnet, dass sie sich tatsächlich verlieben würde – aber nicht in Eduardo Camini, ihren Ehemann …“

„Sondern in Alberto Donati, seinen Gutsverwalter“, vervollständige ich und Lucia nickt bestätigend.

„Leider hat die Geschichte kein glückliches Ende. Giuseppa war eben doch die Tochter ihres Vaters … und der hatte sie sehr katholisch erzogen. Für sie reichte das Ehegelöbnis sogar über Eduardos Tod hinaus, weshalb sie ihre Liebe zu Alberto geheim hielt. Zumindest hat sie das versucht.“ Lucia lächelt verträumt. „Aber man musste schon blind sein, um nicht zu erkennen, was zwischen den beiden war.“

„Und weil Giuseppa unglücklich war, weißt du nicht, ob du ihre Urne zurücknehmen sollst? Ich kapiere den Zusammenhang nicht, Lucia.“

„Aber das ist doch ganz einfach.“ Lucia sieht mich aus großen Augen an. „Giuseppa wollte anderen das schenken, was sie sich für sich selbst am meisten gewünscht hat.“

„Du meinst …“ Ich lache auf. „Giuseppa war eine Kupplerin?!“

„Sie hat nur dafür gesorgt, dass Menschen, die zueinander gehören, einander finden. Und sie war sehr erfolgreich. Sie schleppte Marco so oft zum Einkaufen nach Florenz und immer wieder in dasselbe Café, bis er die kleine, schüchterne Kellnerin einfach bemerken musste.“ Lucia errötet und fügt unnötigerweise ein „Das war ich“ hinzu. Dann zählt sie an ihren Fingern ab: „Außerdem hat

sie Rosa-Maria und Paolo zusammengebracht, Signora Giancomelli und Signor di Luca, die Portinaris, die Baglionis … und sie stiftete nicht nur Ehen. Als Signora Caleppio ihren Mann verloren hat und vor Kummer fast gestorben wäre, hat sie Signora Valuzi zu ihr gebracht, die ebenfalls verwitwet ist. Die beiden sind die besten Freundinnen geworden. Giuseppa hat auch den alten Benito überredet, seine Garage mit Stefano zu teilen und seit die beiden gemeinsam die Werkstatt betreiben, ist der alte Griesgram nicht mehr wiederzuerkennen. Es heißt auch, Giuseppa soll einmal ein kleines Mädchen aus dem Dorf im Tre Camini aufgenommen haben, dessen Mutter gestorben war. Aber die Leute erzählen viel, wenn der Sommer lang ist.“ Lucia macht eine bedeutungsvolle Pause. „Jedenfalls glaube ich, dass Giuseppa nicht zufällig in deinem Koffer gelandet ist. Sondern, weil sie sich dafür entschieden hat.“

Ich schnappe nach Luft. „Lucia, Giuseppa ist tot. Sie trifft keine Entscheidungen mehr.“

„Du kanntest sie nicht“, antwortet Lucia trocken. „Wie viele Leute befinden sich in so einem Flughafen, Hanna? Zehntausend? Denkst du wirklich, es ist Zufall, dass ausgerechnet du die Urne auf irgendeiner Fensterbank findest?“

Ich öffne den Mund, aber mir fällt beim besten Willen kein Gegenargument ein, das Lucia mit ihrem Glauben an Schicksal und Vorsehung überzeugen würde.

„Giuseppa war besessen davon, die richtige Frau für Fabrizio zu finden. Und es ist ihr gelungen, obwohl sie längst von uns gegangen ist.“ Lucia sieht mich aufmerksam an. „Es ist ihr doch gelungen, oder?“

Ich starre ungläubig zurück. So absurd ihre Logik auch ist, die Wahrheit liegt irgendwo dazwischen. Wegen der Urne habe ich Fabrizio persönlich aufgesucht, statt es bei einem Entschuldigungsbrief wegen des Artikels zu belassen. Und es lässt sich auch nicht leugnen, dass zwischen Fabrizio und mir etwas passiert, das mit einer Geschäftsbeziehung nicht viel zu tun hat.

„So gesehen war sie wohl erfolgreich.“ Ich lächle und fühle mich dabei etwas schwach. Immerhin habe ich Lucia erst die halbe Wahrheit erzählt. Aber manchmal ist zu viel Ehrlichkeit eben auch keine Lösung, vor allem, wenn es um die wenig romantischen Beweggründe für diese Eheschließung geht.

„Dann ist ja alles in Ordnung!“ Lucia steht ruckartig von dem Holzstuhl auf, als befürchte sie, ich könnte meine Antwort korri-

gieren. „Es ist mir egal, wann, wie oder warum ihr euch ineinander verliebt habt. Ihr werdet heiraten und damit basta. Und wenn Giuseppa noch nicht nach Hause kommen will, dann muss man ihr ihren Willen lassen."

„Du nimmst die Urne also tatsächlich nicht zurück?", frage ich resigniert, woraufhin Lucia nur lächelnd den Kopf schüttelt.

„Leg sie zurück in dein Köfferchen, bis sie bereit ist. Oder Fabrizio." Sie wendet sich zum Gehen, dreht sich aber kurz vor der Tür noch einmal zu mir um. „Ich habe dich wirklich sehr lieb, Hanna. Vertrau mir einfach!"

Ich schlucke und kämpfe gegen die aufsteigenden Tränen, hauptsächlich deshalb, weil ich mich nicht erinnere, wann ich solche Worte zum letzten Mal gehört habe.

„Aber wehe, das Tre Camini kommt bei deinem neuen Artikel nicht besser weg. Dann hetze ich dir Rosa-Maria auf den Hals und die lässt nichts auf ihre Küche kommen, wie du weißt." Sie zwinkert und zieht sanft die Tür hinter sich zu.

Fabrizio.
Ich bin nicht bei der Sache. Seit einer halben Stunde knie ich vor der Destilliermaschine und ertappe mich, wie ich auf die Temperaturanzeige starre, ohne eine Zahl zu sehen. Seufzend strecke ich die Knie und gehe zum Tisch hinüber, wo die Flaschen aus der Produktion von letzter Woche stehen. Schön aufgereiht, jede versehen mit einem Etikett, auf dem ich notiert habe, wie das Destillat hergestellt und weiterverarbeitet wurde.

Ich ziehe den Korken aus der ersten Flasche und atme enttäuscht aus. Schon am Geruch erkenne ich den Fehlschlag. Auch der zweite, dritte und vierte Likör ist fruchtig und ausgewogen, aber nicht Nonnas Likör. Irgendetwas fehlt, vielleicht nur eine Zutat oder zwei. Bei Nummer fünf und sechs stimmt die Farbe nicht. Bei der Sieben spielt mein Geruchssinn nicht mehr mit. Ich gieße mir ein halbes Schnapsglas ein, nehme einen Schluck und spucke ihn sofort auf den Boden, wo er zwischen den Holzdielen versickert. Verdammt! Ich stütze mich mit den Ellbogen auf die Tischplatte und raufe mir die Haare. Ich habe das ganze Haus, die Scheune und sogar den Hühnerstall auseinandergenommen, doch das grüne Rezeptbuch ist und bleibt spurlos verschwunden. Und weil ich zu dämlich bin, ein paar Zutaten einem Destillat beizumischen, wird Nonnas Likör schneller Geschichte sein, als Alberto

eine Schachtel Kekse verdrückt. Aber das Schlimmste ist, dass Marco mit allem, was er sagt, verdammt noch mal recht hat, auch wenn er mein kleiner Bruder ist. Ich habe keine Ahnung, wie ich die Aprikosenfelder halten kann, geschweige denn einen Gewinn mit ihnen erwirtschafte, der unsere Familie ernährt.

Zornig hole ich aus und fege die Flaschen und Gläser vom Tisch. Es kracht und klirrt, der scharfe Geruch von Alkohol steigt in meine Nase. Mit brennenden Augen und einer Schnittwunde, die sich quer über meinen Handballen zieht, stehe ich vor den Scherben und fühle mich plötzlich so leer wie an dem Tag nach Nonnas Tod. Und genau so müde. Ich habe seit zwei Wochen keine einzige Nacht mehr durchgeschlafen, weil Nonna in meinem Schlafzimmer herumgeistert und mir stundenlange Vorträge darüber hält, was sie von mir erwartet und was sie auf keinen Fall von mir erwartet. Manchmal habe ich das verdammte Gefühl, sie ist gar nicht tot!

Während ich ungeschickt versuche, die Blutung zu stillen – Lucia bringt mich um, wenn sie die Blutflecken auf ihrem hübschen Geschirrtuch sieht – kommt mir Hannas Gesicht in den Sinn, in dem so viel Wärme ist, wenn sie glaubt, dass niemand hinsieht.

Eine ganze Menge ist in den letzten Wochen zu Bruch gegangen. Und warum? Weil ich ein selbstsüchtiger Idiot bin, der nicht einsieht, wann ein Traum ausgeträumt ist.

Das muss aufhören!

Entschlossen verknote ich das Geschirrtuch um meine Hand und gehe zur Besenkammer. Je früher ich anfange, aufzuräumen, desto besser..

12 DODICI

Hanna.
Um halb acht stehe ich vom Schreibtisch auf und drücke mit klopfendem Herzen die Entertaste. Ich bin wie berauscht von den Wörtern und Bildern, die aus mir herausgeflossen sind. Als ob ich nie auf eine andere Art geschrieben hätte. Gleichzeitig war ich mir nie unsicherer, ob mein Text das ausdrückt, was er ausdrücken soll und ob er in dieser Form seinen Zweck erfüllt. Ich starre auf das Gesendet-Symbol in meinem E-Mail-Postfach, ehe ich eine Kurznachricht an Claire schreibe und sie bitte, meinen Artikel auf Rechtschreibfehler und Stilblüten zu prüfen, ehe sie ihn in der morgigen Redaktionskonferenz vorstellt.

„Willst du auch meine Meinung dazu?" lautet die sachliche Antwort, die kurz darauf auf meinem Handydisplay eintrifft. Woher nimmt sie nur dieses Gespür für meine Gefühlslagen, obwohl uns rund tausend Kilometer trennen.

„Auf keinen Fall", schreibe ich lächelnd zurück und stecke das Telefon in meine Handtasche, weil ich weiß, dass Claire sich nicht zu weiteren Kommentaren hinreißen lassen wird. Außerdem bleiben mir nur noch fünf Minuten, um mich für das Date mit Fabrizio zurechtzumachen. Als es leise klopft, lasse ich vor Schreck fast die Wimperntusche fallen.

„Komme sofort!", rufe ich und schlüpfe in mein türkisfarbenes Kleid, das genauso zerknittert aussieht, wie ich mich fühle.

„Ich soll dir von Fabrizio sagen, dass er unten im Hof wartet",

dringt Lucias Stimme durch die Tür und ich nicke, ehe mir einfällt, dass sie das ja gar nicht sieht. Ein letzter Blick in den Zwergenspiegel, mit der Erkenntnis, dass ich schon mal besser aussah, aber was soll´s. Ich habe mich ehrlicherweise nie gern geschminkt und davon abgesehen habe ich das Gefühl, es gefällt Fabrizio, wenn ich auf Rouge und Lippenstift verzichte.

Ich zwinge mich, gemessenen Schrittes die Treppe herunterzugehen. Nichts ist peinlicher, als eine Frau, die mit hochrotem Gesicht zu einer Verabredung hetzt. *„Eine Frau auf Stöckelschuhen kommt grundsätzlich nie zu spät"*, sagte Mamma damals vor meiner ersten Verabredung mit einem Jungen, zu der ich fünfundvierzig Minuten zu spät kam, weil meine Frisur nicht sitzen wollte. Der junge Mann hatte nicht die Geduld zum Warten gehabt, aber das war mir letztlich egal gewesen, weil ich ihn sowieso nicht sonderlich gemocht hatte. Stattdessen ging Mamma mit mir ins Kino und spendierte mir eine Riesentüte Popcorn, die sie alleine aß. Es gibt mir einen Stich, wenn ich daran denke, wie lange dieser Abend her ist. Automatisch mache ich einen Ausfallschritt, um die berüchtigte, knarrende Stufe auszulassen, gehe an der Küchentür vorbei, aus der Rosa-Marias resolute Stimme dringt, und schließlich auf den Hof hinaus – wo ich außer Vittoria und ihrer Hühnerschar kein einziges Lebewesen entdecke.

Fabrizio.

Das Motorrad meines Vaters steht seit Jahren unberührt unter einer Plastikplane in der Garage. Die alte Augusta aus den Fünfzigern war sein ganzer Stolz gewesen und ich erinnere mich, wie aufgeregt ich war, als er mich zum ersten Mal damit fahren ließ. Ich zuckelte auf lächerlichen zwanzig Pferdestärken über den Acker und fühlte mich wie Giacomo Agostini, während Vater hinter mir herrannte und brüllte, ich solle die Straße nehmen, wenn ich mich schon totfahren wolle.

Vorsichtig berühre ich den roten Lack, dem man ansieht, wie oft darüberpoliert wurde. Wegen dieses Motorrads war ich noch Jahre nach Vaters plötzlichem Verschwinden fest davon überzeugt, er würde zurückkehren. Weil er seine Augusta niemals verlassen würde, egal wie sehr ihn Mutters Tod quälte. Aber das Motorrad blieb. Und ich habe irgendwann aufgehört, darauf zu warten, dass er es abholen kommt.

Der Kickstarter klemmt und es gelingt mir erst nach mehreren

Versuchen, die Maschine zu starten. Sie läuft unrund und spuckt ihren Widerwillen hustend und qualmend aus dem Auspuff. Aber sie fährt. Der Kies knirscht unter den Reifen, als ich das Motorrad auf dem Hof zum Stehen bringe. Ich klappe das Visier meines Helms nach oben.

„Bist du bereit, mi Amore?", grinse ich und drehe am Gashebel, woraufhin die alte Augusta ein bockiges Röhren von sich gibt. Hanna verschränkt die Arme und bemüht sich, ein ausdrucksloses Gesicht zu machen.

„Du erschreckst die Hühner."

„Offenbar nicht nur die." Ich halte Hanna den Zweithelm entgegen, den sie daraufhin in den Händen dreht, als wisse sie nicht, wie man ihn aufsetzt. „Das Visier gehört nach vorne."

Hanna sieht mich zweifelnd an. „Haben wir kein Auto?"

„Du hast doch nicht etwa Angst?", antworte ich und deute mit dem Kinn zum Küchenfenster. Ich bin überzeugt, Lucia und Rosa-Maria wetten gerade, wer den Kampf um das geeignete Gefährt gewinnt.

„Komm schon, ich habe Hunger." Zur Bekräftigung klopfe ich auf den Sitz hinter mir.

Sie seufzt. Ein Ruck geht durch ihren Körper und sie setzt den Helm auf. Dann sitzt sie schon wie ein Äffchen hinter mir. „Aber wehe, ich komme nicht heil von diesem Ofen wieder runter!", brüllt sie gegen den Motor an, bevor sie ihr Visier schließt und die Arme um meine Taille schlingt. Ich halte den Daumen hoch, woraufhin Applaus vom Küchenfenster ertönt. Aus dem Augenwinkel sehe ich Marco aus der Brennerei kommen, das Handy am Ohr. Er bleibt stehen und sieht zu uns herüber. Ich drücke kurz Hannas Hand und gebe Gas.

Hanna.

Aus dem Inneren des Restaurants schlagen uns warmer Dunst und gedämpfte Musik entgegen. Ich bin noch immer wie berauscht von der Fahrt, obwohl sich meine Beine und mein Po anfühlen, als hätte ich fünfhundert Kniebeugen absolviert. Warum hat mir nie jemand gesagt, wie viel Spaß Motorradfahren macht?

Ich lasse mich von Fabrizio durch das Lokal führen und registriere beiläufig, dass wir offenbar die einzigen Gäste sind. An einem Zweiertisch in der Fensternische rückt Fabrizio einen Stuhl zurück und bittet um meine Jacke. Etwas verunsichert von seiner Galante-

rie sinke ich auf das Polster. Er beugt sich zu mir herunter. Hätte ich nicht schon weiche Knie, wäre es spätestens jetzt so weit. Er riecht bestechend männlich nach Leder und auch ein klein wenig nach Benzin.

„Alles in Ordnung mit dir?“, raunt er und ich nicke stumm. Hoffentlich finde ich im Laufe dieses Abends meine Sprache wieder, ansonsten wird das ein ziemlich stilles Essen. Doch Fabrizio scheint meine Schweigsamkeit nicht zu stören. Er schmunzelt und lässt sich mir gegenüber nieder, während ich mich neugierig umschaue.

Die Osteria Maria bietet gerade mal fünf Tischen mit schlichten weißen Tischdecken Platz. Neben dem Windfang steht ein Schrank mit Holzgittertüren, der an einen Beichtstuhl erinnert und deshalb merkwürdig deplatziert wirkt. Mein Blick wandert über den Tisch, der mit den üblichen Menagen bestückt ist. Salz, Pfeffer und ein Fläschchen Olivenöl. Auf der kleinen Schiefertafel stehen nur ein paar wenige Gerichte, die alle nach solider Hausmannskost klingen. Auf einmal wird mir bewusst, dass ich überhaupt nicht hungrig bin. Dafür bin ich aufgeregt. Sehr sogar. Aber das gewohnte Kribbeln in meinen Fingerspitzen bleibt aus. Ich greife nach der Pfeffermühle in Form einer kleinen Weinflasche und horche in mich hinein. Nichts. Gar nichts. Ich verspüre keinen Drang, das hübsche Ding einzustecken. Erstaunlich.

„Und? Gefällt es dir hier?“ Fabrizio mustert mich, das Kinn auf die Hände gestützt. Wie lange er mich wohl schon beobachtet? Eine Minute? Zehn? Ich verliere in diesem Land allmählich jedes Gefühl für Raum und Zeit. Eine beunruhigende Entwicklung.

„Ich finde es nett“, antworte ich und ärgere mich, weil ich so reserviert klinge. Fabrizio hebt eine Braue.

„Es ist wahrscheinlich nicht das, was du sonst gewohnt bist. Wir können auch nach Grosseto fahren. Dort gibt es ein Sternerestaurant.“

„Nein! Ich mag diese Osteria. Wirklich!“

„Dazu will ich ihr auch raten!“, brummt eine Stimme und ich schaue erschrocken nach oben. Vor uns steht niemand anders als Salvi. Oder zumindest jemand, der dem Wirt der Amalfibar zum Verwechseln ähnlich sieht. Doch dieser Mann trägt ein Hemd und eine Krawatte. Und auf dem Kopf einen ordentlich über die kahlen Stellen gekämmten Seitenscheitel. Mit ausdrucksloser Miene zückt er ein Kellnerblöckchen und fragt förmlich: „Buona sera, Signori.

Darf es zum Anfang ein Aperitivo sein?“

Fabrizio sieht mich fragend an, aber ich bin zu perplex, um zu antworten. Ein Bürgermeister, der Postbote spielt, ein Barbesitzer, der den Edelkellner mimt. In diesem Dorf gibt es nichts, was es nicht gibt!

„Aperol Sprizz für die Dame, Salvi. Für mich nur eine Cola.“

Salvi kritzelt eifrig auf seinem Blöckchen herum, deutet eine Verbeugung an und eilt dann zur Theke. Ich schaue ihm mit offenem Mund hinterher. Fabrizio räuspert sich und beugt sich zu mir herüber. „Die Osteria Maria gehört eigentlich Salvis Eltern. Die alten Leute hängen so daran, dass er es nicht übers Herz bringt, das Restaurant zu schließen. Also führt Salvi beides. Sonntags bis mittwochs die Osteria, von Donnerstag bis Samstag die Amalfibar.“

„Das ist schräg.“

„Er kann übrigens eine gute Restaurantkritik gebrauchen. Die Osteria läuft nicht gut,“ lächelt Fabrizio und zwinkert mir zu. Ein merkwürdiges Gefühl krampft meinen Magen zusammen.

„Hast du mich deswegen hierher ausgeführt? Damit ich eine wohlwollende Kritik schreibe? Ist das noch ein Geschäft, das du mir unterjubeln willst, diesmal vielleicht, damit ich meinen Wagen aus Stefanos Werkstatt auslösen darf?“, entgegne ich schärfer als beabsichtigt. Fabrizio, der gerade das Windlicht auf unserem Tisch anzünden will, hält inne.

„So habe ich das nicht gemeint.“ Er wirkt verwirrt. „Ich dachte nur, wenn dir das Essen schmeckt, dann könntest du Salvi eine Freude damit machen, wenn du etwas darüber schreibst. Entschuldige, wenn ich mich falsch ausgedrückt habe.“

In seinen espressofarbenen Augen liegt eine solche Aufrichtigkeit, dass ich mir auf einmal schäbig vorkomme. Was ist nur mit mir los? In einem Moment bin ich himmelhoch jauchzend und dann wieder zickig wie ein nervöses Rennpferd. Wenn das echte Verliebtheit sein sollte, dann bin ich mir nicht sicher, ob ich sie haben will.

„Nein, ich muss mich entschuldigen. Das war blöd von mir.“ Erneut nehme ich die Pfeffermühle in die Hand. Immer noch kein Kribbeln, dabei stehe ich jetzt eindeutig unter Stress.

„Auf die Gefahr hin, dass du richtig böse wirst … darf ich dich etwas fragen, Hanna?“

Ich stelle die Pfeffermühle auf den Tisch zurück und seufze.

„Ich würde sagen, du hast etwas gut bei mir."

„Was ist das für ein Tick mit den Sachen, die du einsteckst?"

„Die Frage gilt nicht."

„Aber es interessiert mich. Ich habe dich beobachtet. Du stiehlst. Den Salzstreuer in der Amalfibar zum Beispiel. Rosa-Marias Kaffeemesslöffel und Lucias Nadelkissen. Sogar Albertos Pfeifenputzer ist in deiner Schürzentasche verschwunden. Und meine Großmutter hast du auch mitgenommen."

„Das mit der Urne war ein Unfall", sage ich schwach und setze trotzig hinzu: „Außerdem leihe ich mir die Sachen bloß. Der Löffel und das Nadelkissen sind längst wieder an Ort und Stelle. Und Nonna wäre es auch, wenn du sie zurückgenommen hättest."

„Erklär es mir, Bellina." Seine Stimme ist jetzt sehr sanft und mir läuft es heiß und kalt den Rücken herunter. Kein Mann hat mir jemals einen Kosenamen gegeben.

„Ich habe selbst keine Erklärung dafür", murmele ich. „Es kommt einfach über mich. Immer dann, wenn ich unter Stress stehe. Zuerst ist es nur ein Kribbeln, in den Fingern, dann überall. Ich bekomme Panik und schließlich keine Luft mehr. Dann bekomme ich noch mehr Panik und noch weniger Luft. Erst wenn ich etwas genommen habe, hört es auf."

„War das schon immer so?"

„Wie soll ich diese Frage verstehen?"

„Es gibt immer ein erstes Mal."

„Du meinst wie in Kriminalromanen? Das erste Opfer ist der Schlüssel zum Serientäter?"

„Oder zum Tatmotiv. Ein ungewöhnlicher Vergleich, aber gar nicht so weit hergeholt."

Etwas rührt sich in meinem Hinterkopf. Das ausdruckslose Gesicht meines Vaters erscheint, daneben schüttelt Mamma enttäuscht den Kopf. „Ich erinnere mich nicht daran", antworte ich ausweichend und verscheuche das Bild. Fabrizio nickt, als hätte er diese Antwort erwartet.

„Irgendwann wirst du dich erinnern."

„Bist du mal Psychotherapeut gewesen?", frage ich finster. Fabrizio lacht amüsiert auf. Ich weiß nicht, ob es seine verständnisvolle Art ist. Oder die Tatsache, dass er mich kaum kennt. Plötzlich fange ich an zu reden. „Jetzt magst du mich bestimmt nicht mehr. Du kannst mich gar nicht mögen, weil ich nämlich total verkorkst bin", bricht aus mir heraus. „Ich lebe in einem winzigen Appartement

und besitze nicht ein Möbelstück, das eine Geschichte zu erzählen hat. Ich arbeite sechzehn Stunden am Tag, habe keine Hobbys und verbringe sogar meinen Urlaub an meinem Laptop. Ich habe nur eine einzige Freundin, und die ist noch verrückter als ich es bin. Meine längste Beziehung hielt zwei Monate, vier Tage und neun Stunden. Obwohl meine Geburtsurkunde etwas anderes erzählt, glaube ich manchmal, dass meine Eltern mich adoptiert haben. Meine eigene Mutter vergisst nämlich jedes Jahr meinen Geburtstag, weil sie lieber Blaubeermuffins für Flüchtlingskinder backt. Und seit den Sozialstunden, die sie mir mit vierzehn für einen Kaufhausdiebstahl aufgebrummt haben, sieht mein Vater mich an, als sei ich irgendein Atom, das nicht in sein Physikeruniversum passt. Das Schlimme ist, dass ich mich tatsächlich wie dieses umherirrende Teilchen fühle, für das es keinen Platz auf dieser Welt gibt. Ich komme nirgendwo her, bleibe nirgendwo und gehe nirgendwo hin. Und genau deshalb …"

„Und genau deshalb bist du hier."

Fabrizio.

Hanna ist weiß wie ein Bettlaken geworden. Ich spüre sofort, dass ich ihr zu nah gekommen bin, verpasse aber die Gelegenheit, das Gesagte zurückzunehmen oder so zu verpacken, dass es nicht wie eine Liebeserklärung klingt. Salvi erscheint am Tisch und stellt die Getränke ab, wobei es ihm sichtlich schwerfällt, die feinen Gläser mit seinen Pranken anzufassen, mit denen er sonst nur Bier zapft.

„Was wünschen die Herrschaften zu bestellen?", flötet er, wobei sein Mund zu einem Kreis wird, der mich an einen fettglänzenden Donut erinnert.

„Wir sind die einzigen Gäste, Salvi. Tu uns den Gefallen und hör auf, uns wie Luca Toni und Marta Cecchetto zu behandeln."

Salvi schürzt seine Donutlippen. „Ich bin nur höflich. Kommt schließlich nicht oft vor, dass du eine so hübsche Signora hierherbringst. Und wenn ich mich heute Abend bloß um einen Tisch kümmern soll, dann …"

„Was empfiehlst du uns?", unterbreche ich ihn unwirsch. Dieser einfältige Kerl redet mich noch um Kopf und Kragen! Hanna soll nicht wissen, dass ich Salvi gebeten habe, alle Reservierungen für heute Abend zu stornieren, damit ich mit ihr allein sein kann.

„Wir haben Seezunge an Salbeibutter", antwortet Salvi beleidigt.

„Du weißt, dass ich keinen Fisch esse."

„Aber du hast mir die Gerichte doch selbst vorgeschlagen! Wieso fragst du mich überhaupt nach einer Empfehlung?“

„Salvi, halt einfach den Mund. Bring Hanna den Fisch und mir das verdammte Filetsteak.“

„Bin schon weg.“ Hoch erhobenen Hauptes stolziert Salvi davon. Hanna räuspert sich und sieht mich mit schiefgelegtem Kopf an.

„Es ist nicht so, wie es aussieht“, murmele ich und spüre, dass ich rot werde. „Ich habe ihm bloß gesagt, dass du bestimmt gerne Fisch essen würdest, nachdem du dich die letzte Woche fast ausschließlich von Rosa-Marias Pasta ernähren musstest.“

„Das war sehr umsichtig von dir.“ Ein winziges Lächeln erscheint auf ihrem Gesicht, dass ich ständig küssen möchte. „Ich liebe Seezunge.“ Ich atme erleichtert auf, doch ich hätte besser auf das komische Funkeln in ihren Augen geachtet. „Und jetzt erklär mir doch bitte, wieso wir die einzigen Gäste in diesem hübschen Lokal sind.“

Hanna.

Er empfindet etwas für mich! Ich stehe immer noch unter Schock. Gleichzeitig möchte ich aufspringen und Fabrizio, den dicken Salvi und … Nein! Die ganze Welt will ich umarmen!

Fabrizio windet sich mit hochrotem Gesicht auf seinem Stuhl und ist in seiner Verlegenheit so süß und sexy, dass ich mich beherrschen muss, ihn nicht sofort am Hemdsärmel zu packen und nach draußen zu zerren, um ihn in irgendeiner einsamen Gasse zu … Leider zerstört ein aufdringlicher Miss-Marple-Klingelton meine Fantasien, die prima in Lady Prudences Schlafzimmer gepasst hätten. Und Fabrizio kommt damit vorläufig um die Antwort herum, die ich mir sowieso schon zusammengereimt habe, als Salvi vorhin betont unauffällig das Schild *Geschlossene Gesellschaft* an uns vorbeigetragen und von außen an die Türklinke gehängt hat. Erleichtert sinkt Fabrizio gegen die Stuhllehne und trinkt die Hälfte seiner Cola in einem Zug. Ich suche in meiner Handtasche nach dem mobilen Störenfried und ärgere mich, dass ich das Ding nicht lautlos gestellt habe. Im ersten Moment bin ich mir nicht sicher, ob das, was ich auf dem Display lese, wirklich auch da steht. Meine Mutter.

Ich zögere, während die Titelmelodie der berühmten Agatha-Christie-Serie unverdrossen vor sich hindudelt. Dann verstummt

sie. Um wenige Sekunden später erneut zu erklingen. Widerwillig erhebe ich mich.

„Würdest du mich kurz entschuldigen?“, frage ich in dienstlichem Ton und drücke die Rückruftaste, noch während ich den Ausgang ansteuere. Salvi, der an der Theke mit gelangweiltem Gesicht in der Gazetta blättert, blickt alarmiert auf. Ich gebe ihm zu verstehen, dass alles in Ordnung ist, und schlüpfe hinaus.

Mamma nimmt ab, als mir ein lauer Abendwind entgegenweht, der nach Gebratenem und Zweitakterabgasen riecht. Ein paar Kinder spielen Fußball auf der Straße. Unwillkürlich stelle ich mir vor, dass gleich in einem der oberen Stockwerke ein Fenster aufgeht und die typisch italienische Mutter aus der Miracoli-Werbung ihren Frederiii-co zum Essen ruft. Jetzt brauche ich nur einen Ort, wo ich in Ruhe telefonieren kann. Ich hüpfe die Stufen hinunter und entdecke in der Hauswand gegenüber eine Einbuchtung mit einem Brunnen darin. *Kein Trinkwasser – kein Ruheplatz* steht da.

„Mamma? Du hast angerufen?“

„Carissima! Woher weißt du, dass ich das war? Ich habe dir doch gar nicht auf den Anrufbeantworter gesprochen!“, lautet die entrüstete Antwort, während ich auf den Brunnenrand klettere und mich an die sonnenwarme Rauputzwand lehne. Ich strecke die Hand aus und tauche meine Finger ins Wasser. Es ist herrlich kalt.

„Ich habe deine Telefonnummer gespeichert und bekomme sie angezeigt, wenn du anrufst.“

„Ach wirklich? Das ist ja praktisch!“

Ich verdrehe die Augen. „Was kann ich für dich tun? Ich bin gerade mitten in einem wichtigen Termin.“

„Aber Schätzchen! Es ist fast einundzwanzig Uhr und du arbeitest immer noch?“

„Rufst du an, um mir eine Moralpredigt zu halten oder wolltest du etwas Bestimmtes von mir?“

„Du hast doch so einen Klappcomputer, oder? Einen, den man herumtragen kann? Also wir haben uns jetzt auch einen angeschafft, für das Frauenhaus. Der Buchhaltungskram lässt sich schließlich genauso gut von zu Hause erledigen, und da Isadora sozusagen ans Bett gefesselt ist, hat sie dann eine Aufgabe und wird nicht depressiv, das arme Kind.“

Isadora! Ich habe nicht mal ein Gesicht zu dieser Frau vor Augen, aber ich platze, wenn ich ihren Namen noch einmal hören muss.

„Schön für Isadora. Euer Laptop ist aber wohl kaum der Grund, weshalb du mich von meiner Arbeit abhältst, oder doch?" Zugegeben, es macht mir Spaß, ihr ein schlechtes Gewissen zu machen.

„Ehrlich gesagt doch. Der nette junge Mann von dem Elektronikladen meinte nämlich, ich müsse den Computer einrichten. Einen hübschen Platz habe ich schon für ihn gefunden, auf Papas Sekretär. Aber jetzt weiß ich nicht, was ich als Nächstes damit machen soll und Papa ist auf diesem Fusionskongress. Da dachte ich, ich frage mal meine kluge Tochter, die den ganzen Tag mit diesen Dingern arbeitet, ob sie nicht vorbeikommen könnte?"

„Mamma, ich bin in Italien!"

„Was machst du denn in Italien?", fragt sie verwirrt.

„Das habe ich dir bei unserem letzten Telefonat bereits erzählt. Vor ungefähr zehn Tagen", sage ich eisig.

„Ach wirklich? Daran erinnere ich mich gar nicht."

Der Schmerz, der mich bei Mammas unbekümmertem Lachen durchfährt, ist so heftig, dass er mir Tränen in die Augen treibt. „Warum wundert mich das nicht?!"

„Och Hanna, sei doch nicht so streng. Jeder kann mal was vergessen. Wahrscheinlich war ich mit den Gedanken woanders, das passiert jedem mal", sagt Mamma fröhlich.

„Aber dir passiert es ständig! Hast du eigentlich eine Ahnung wie das ist, wenn man seit Jahren mit einer Person redet, die geistig nie anwesend ist?!" Ich schreie fast. Und weil es sich gut anfühlt und gerade niemand in der Nähe ist, mache ich mir nicht die Mühe, meine Stimme zu dämpfen. „Weißt du, dass ich mich nicht mehr daran erinnere, wann du mich das letzte Mal gefragt hast, wie es mir geht? Ständig sprichst du von Leuten, die ich nicht mal kenne! Was interessiert mich deine blöde Isadora? Wann hast du mich zuletzt umarmt und geküsst? Oder einfach spontan besucht? Meinen letzten Geburtstag hast du übrigens auch wieder verpasst. Denkst du, das ist mir egal?!"

„Carissima … ich wusste nicht … Aber ich habe dir doch eine Karte geschickt! Eine, die Musik spielt, wenn man sie aufklappt. Die mochtest du doch früher so gerne." Mamma klingt ehrlich schockiert.

„Diese Karte ist nie angekommen", erwidere ich leise und die darauf folgende Erkenntnis schnürt mir die Kehle zusammen. „Ich bin vor einem halben Jahr umgezogen. Ich hatte dir die neue Ad-

resse geschickt. Du hast versprochen, du würdest sie dir gleich notieren."

„Das …" Mamma schweigt, aber ich kann sie ausatmen hören. Erst lang, als hätte sie die Luft angehalten, dann stoßweise, als ihr klar wird, was meine Worte bedeuten.

„Du hättest anrufen können", murmele ich und tauche meine Hand tiefer ins Wasser, bis es an meinen Ellbogen reicht und ich fast das Gleichgewicht verliere. Am liebsten möchte ich mich in diesen Brunnen gleiten lassen, weil ich mich auf einmal heiß und fiebrig fühle. „Ich muss jetzt Schluss machen, jemand wartet auf mich. Such dir einfach einen Netzwerkadministrator aus den gelben Seiten heraus und bezahl ihn dafür, dass er dir deinen Computer einrichtet. Du brauchst mich dafür nicht. Und ruf erst wieder an, wenn du deine Tochter sprechen willst und nicht irgendetwas Dienstliches zu regeln hast. Ich habe genug von geschäftlichen Beziehungen zu Menschen, die mir etwas bedeuten."

Ehe meine Mutter antwortet, beende ich die Verbindung und drücke so lange auf die Betriebstaste, bis das Mobiltelefon sich ausschaltet.

Die Bewegung aus dem Augenwinkel hätte ich vermutlich gar nicht registriert, würde jemand nicht provozierend langsam in die Hände klatschen. Niemand anders als Marco sitzt neben mir auf dem Brunnenrand, mit baumelnden Beinen, ein Eis in der Hand.

„Bravo, Signora Philipp, das waren klare Worte!"

„Es ist ziemlich unhöflich, die Telefonate anderer Leute zu belauschen. Was machst du überhaupt hier. Spionierst du uns hinterher?", frage ich feindselig.

Falls Marco sich über meinen ruppigen Ton ärgern sollte, lässt er es sich nicht anmerken. Stattdessen leckt er genüsslich an seinem Eis, sieht zur Osteria Maria hinüber und grinst. „Lass mich deine hübschen Worte benutzen. Ich bringe eine geschäftliche Beziehung zum Abschluss."

Fabrizio.

Ich spiele nachdenklich mit der Pfeffermühle herum. Hanna ist wirklich eine überraschende Frau. So zickig und arrogant. Auf der anderen Seite ist sie jedoch warm und liebevoll. Klug und stolz. Und trotzdem verletzlich. Alles nur Fassade, dieses Starke-Frau-Ding. Zum Glück. Schön finde ich sie auch. Ach was! Wunderschön. Ihr Körper ist ein einziges Versprechen. Ich sollte einfach

das tun, was jeder andere Mann tun würde: Es genießen. Aber ich habe ein merkwürdiges Gefühl in der Brust. Als ob irgendetwas nicht richtig wäre. Diese Hochzeit … mein Blick bleibt an einem Paar hübscher Frauenbeine hängen. Hatte Hanna vorhin nicht ein hellblaues Kleid an? Überrascht schaue ich nach oben.

„Sofia?“

„Da bin ich.“ Wie eine grinsende Katze gleitet Sofia auf Hannas Stuhl. Ich schaue verwirrt durch das leere Ladenlokal und bleibe an Salvi hängen, der hinter der Theke steht und ratlos beide Hände hebt. Dann verschwindet er eilig in die Küche, wahrscheinlich, um mein mittlerweile zäh gebratenes Steak vom Herd nehmen zu lassen.

„Das sehe ich“, stammele ich und verabschiede mich innerlich von meinem Abendessen. Hoffentlich telefoniert Hanna noch eine Weile. Auch wenn ich von Frauen nicht viel verstehe, bin ich mir sicher, dass sie nicht begeistert wäre, meine Ex-Verlobte hier zu sehen. Verständlicherweise. Sofia sieht aus, als wäre sie zur Oskarverleihung eingeladen. Grazil schlägt sie die Beine übereinander, sodass ihre Oberschenkel unter dem geschlitzten Rock hervor blitzen. Ist schon komisch, ihr dabei zuzusehen, wie sie ihre Reize ausspielt, ohne eine Erektion davon zu bekommen.

„Schon gut, Fabrizio. Du brauchst nichts zu sagen. Ich finde es sehr schön, dass du noch einmal über die ganze Sache nachgedacht hast.“

„Ich habe …?“ Ich muss ein Gesicht machen wie Stefano, kurz nachdem er mit seinem getunten Fiat den Gartenzaun vom alten Benito umgemäht hat. Blitzschnell ergreift Sofia meine Hand und streichelt mit dem Daumen meine Handwurzel. Ich mustere verwirrt ihre roten Fingernägel.

Was hat sie hier zu suchen?

Ich habe die Frage noch nicht mal zu Ende gedacht, als Marco vor meinem geistigen Auge auftaucht, wie er mit seinem Handy am Ohr aus der Brennerei kommt. Natürlich. Allein sein Blick hätte alle Alarmglocken bei mir auslösen müssen. Dieser kleine Scheißkerl. Entschlossen winde ich meine Hand aus Sofias Griff.

„Ich will dich nicht in eine peinliche Lage bringen, Sofia. Aber ich bin mit Hanna hier“, sage ich ruhig.

Sofia lacht. „Guter Versuch.“

„Sie ist kurz telefonieren.“

Sofias Augen wandern durch den Raum. Als sie mich wieder

anschaut, flackert ihr Blick. „Nun, dann hast du ja Zeit, mit mir zu reden.“

„So wie du aussiehst, bist du aber nicht zum Reden hier.“

„Gefalle ich dir?“ Ihre Stimme klingt unsicher. Das ist neu an ihr.

„Das tut nichts zur Sache.“ Etwas sanfter füge ich hinzu: „Wer auch immer dich hierher bestellt hat, ich war es nicht.“

Sofia zieht einen Schmollmund. „Ich kämpfe um dich, Fabrizio. Marco hat gesagt, du liebst mich noch.“

Ich hatte also recht. Mein sauberer Bruder steckt mal wieder seinen Finger in die Töpfe anderer Leute. „Er hat dich angelogen. Marco versucht diese Hochzeit zu verhindern, weil er das Tre Camini will. Aber das wird ihm nicht gelingen. Egal, welche Geschütze er auffährt.“

Sofia reißt die Augen auf, öffnet den Mund, ohne etwas zu sagen und blinzelt ein paar Mal.

„Tut mir leid.“ Ich lehne mich zurück.

„Aber ich könnte mich bei dir entschuldigen. Wir vergessen, was war und fangen ganz von vorne an. Und du bekommst das Gut“, sagt sie trotzig und wirft ihr Haar zurück.

Ich kann nichts dafür. Plötzlich verliere ich die Geduld. Ich schnelle über den Tisch und bekomme Sofias Nacken zu fassen. „Moment. Eins nach dem anderen. Für was von den Dingen, die du gemacht hast, willst du dich denn entschuldigen?“

„Sei nicht grausam, Fabrizio. Und lass mich los, du tust mir weh!“

Doch ich ziehe sie noch näher zu mir und versenke meine Augen in ihren. Ihr Atem riecht nach Zigaretten und Alkohol. Als ob sie sich vorher Mut angetrunken hätte. „Ich bin nicht grausam. Bloß interessiert. An welcher Stelle willst du beginnen? Als du mich vor dem Altar hast stehen lassen? Oder als du vergessen hast, einen Abschiedsbrief dazulassen, ehe du ein neues Leben in Mailand angefangen hast? Sollen wir noch weiter zurückgehen? Möchtest du dich für deine Affäre mit diesem Modelagentur-Luigi entschuldigen? Aber der kam erst nach dem Zigarren-Giovanni aus Florenz, oder?“

„Ich war jung und dumm, Fabrizio.“

Ich lache auf. „Wenn man dir eins nicht nachsagen kann, dann ist das Dummheit.“ Dann lasse ich sie los. Sie rückt von mir ab und sieht mich an wie ein angeschossenes Reh. „Du bist schön und

ziemlich schlau. Früher, da warst du sogar nett. So nett, dass Lucia deine Freundin war. Und noch einige andere, die du so beleidigt hast, dass sie heute deinen Namen spucken, statt ihn auszusprechen."

„Ich habe mich verändert."

„Das würde ich dir wünschen."

„Du hast keine Ahnung, was ich die letzten Jahre durchgemacht habe."

„Es interessiert mich nicht."

„Das ist schade." Sie schürzt beleidigt die Lippen.

„Was hast du erwartet?"

Es dauert, bis Sofia aufhört, ihre Hände anzustarren, die jetzt flach auf der Tischplatte liegen. „Wahrscheinlich verdiene ich dein Verständnis wirklich nicht", schnieft sie plötzlich und ich sehe fasziniert dabei zu, wie sich ihre schönen Augen mit Tränen füllen. „Es wäre nur einfacher gewesen. Zurückzukommen, meine ich. Mit dir an meiner Seite. Ein Neuanfang, der alte Wunden heilt."

Meine Hände ballen sich unter dem Tisch zu Fäusten. Fast hätte ich ihr geglaubt. Aber Sofia ist kein Mensch, der sich ändert. Und sie liebt nur einen Menschen auf diesem Planeten. Sich selbst. Plötzlich tut sie mir leid. „Der einfachste Weg ist manchmal nicht der bessere. Vielleicht versuchst du zuerst mal ein Mensch zu sein, den man mögen kann."

„Aber die Leute hier geben mir doch keine Chance!", schluchzt sie und ich beherrsche mich eisern, nicht die Augen zu verdrehen. „Wie sie mich alle ansehen. Die Verräterin, die sich zu fein für das Dorfleben war und nun zurückkriecht, weil sie in der Stadt gescheitert ist. Eine Schande und dann auch noch ausgerechnet die Tochter der Bürgermeisterin, tuscheln sie hinter meinem Rücken, so laut, dass ich jedes Wort höre."

„Montesimo ist nun einmal ein Dorf und in Dörfern wird getratscht. Sie vergessen es auch wieder, sobald sie etwas anderes finden, über das sie lästern können."

„Das ist ein ziemlich schwacher Trost."

„Es ist der einzige, den ich dir geben kann." Ich sehe an ihrer Körperhaltung, dass sie endlich begreift. Ihre Tränen versiegen so schnell, wie sie geflossen sind. Sie sackt ein wenig in sich zusammen und schaut auf ihre gefalteten Hände.

„Weißt du noch, wie du damals dem alten Benito das rostige Fahrrad abgekauft hast? Von deinem Taschengeld", flüstert sie und

ich nicke, irritiert über den abrupten Themenwechsel. Ein Lächeln erscheint auf ihrem Gesicht, das feine Linien um ihre Mundwinkel gräbt und ihre Augen glänzen lässt. Überrascht halte ich den Atem an. Dieses zauberhafte Lächeln hatte ich vollkommen vergessen. „Du hast zwei Wochen gebraucht, um es zu reparieren. Dann hast du es rot angemalt und mir zum Geburtstag geschenkt."

„Ich erinnere mich. Du hast es eine Woche später Stefano verkauft, der damit in irgendeinem Graben gelandet ist."

Sie guckt zerknirscht. „Ich habe mich nie dafür bedankt. Für das Fahrrad, meine ich. Ich hätte es nicht weiterverkaufen dürfen, das war … nicht nett von mir."

„Immerhin war ich eine Woche lang der glücklichste Junge in ganz Italien", antworte ich trocken und winke ab. „Schnee von gestern, Sofia."

Sie sieht mich eine Weile schweigend an. „Du bist ein wirklich lieber Kerl, weißt du das eigentlich?"

„Behalt es für dich. Ich habe einen Ruf zu verlieren." Jetzt muss ich doch grinsen, was für Sofia Ermutigung genug zu sein scheint.

„Würdest du mir helfen? Könntest du der Erste sein, der vergisst?", flüstert sie schließlich und fasst erneut nach meiner Hand. Diesmal ziehe ich sie nicht weg. Schnee von gestern. Warum eigentlich nicht. Ich bin es müde, nachtragend zu sein.

„Das könnte ich."

„Freunde?" Sie beugt sich nach vorne und hält mir die Wange hin. Seufzend gebe ich ihrer Bitte nach und drücke einen Kuss darauf.

„Geh jetzt nach Hause. Ich möchte nicht, dass Hanna dich sieht."

Sofia nickt ergeben, schiebt den Stuhl zurück und erhebt sich. Ihre Haare sehen zerzaust aus, wie ich mit schlechtem Gewissen bemerke, trotzdem entschuldige ich mich nicht für meine Grobheit von vorhin. „Eine Frage habe ich noch", sagt sie leise.

„Hm?"

„Diese Hanna … sie bedeutet dir wirklich etwas, oder?"

„Mehr, als mir bis eben klar war."

Hanna.

Es ist der Moment, in dem Fabrizio sich zu Sofia beugt und entschlossen in ihren Nacken fasst, als ich mich umdrehe und lautlos durch die Tür zurück nach draußen schlüpfe. Ich bleibe auf der

obersten Stufe stehen, halte mich am rostigen Geländer fest und versuche, zu atmen, während ich mir vorstelle, wie er sie küsst. Mit seinen weichen, warmen Lippen, die ich noch deutlich auf meinen spüre. In mir krampft sich alles zusammen. So fühlt sich also Liebeskummer an.

Marco hat sein Eis aufgegessen und lehnt nun mit verschränkten Armen an der Hauswand. Sein Lächeln straft seinen mitleidigen Gesichtsausdruck Lügen. Als ob er der selbstzufriedene Regisseur dieser Schmierenkomödie sei. War ich denn so blind gewesen? Ist Marcos Gewissheit darüber, was soeben da drin passiert, tatsächlich der Tatsache geschuldet, dass jeder weiß, was ich weder gesehen noch gefühlt habe? Täusche ich mich sosehr in Fabrizio? Habe ich irgendetwas irgendwohin geträumt, wo es gar nicht hingehört? Und sei es nicht schon genug, empfindet Marco ein grausames Vergnügen dabei, mich in die Realität zu schubsen.

„So sieht er aus, Hanna – der Unterschied zwischen einem Geschäft und der wahren Liebe. Während Fabrizio mit dir Händchen hält und Nummern in Autos schiebt, wird seine Seele immer mit Sofias verbunden sein. Du bist lediglich ein kleines Störfeuer, das sehr schnell erkalten wird, und zwar exakt an dem Tag, an dem Fabrizio seine Unterschrift unter den Erbschein und dich in den Flieger nach Deutschland setzt. Seine Worte."

„Das glaube ich nicht", sage ich tonlos und weiß selbst, dass ich mit meinen zitternden Händen, die sich am Geländer festklammern, alles andere als überzeugt wirke. Marcos Züge werden weich. Er löst sich von der Wand und kommt ein paar Schritte näher.

„Du tust ihm mit dieser Heirat keinen Gefallen Hanna, sondern hältst ihn nur davon ab, die richtige Wahl zu treffen. Er gehört einer anderen, das sieht selbst ein Blinder. Oder brauchst du noch mehr Beweise?"

Wenn ich ihm jetzt antworte, fange ich an zu weinen. Diese Blöße werde ich mir vor Marco keinesfalls geben, eher sterbe ich. Also sehe ich nur wie betäubt die Straße hinunter, die genauso leer ist, wie ich mich fühle.

„Ich fahre dich, wohin du willst", sagt Marco und deutet auf den blauen Ford, der ein paar Häuser weiter parkt

„Danke für das Angebot. Aber ich gehe lieber zu Fuß."

Er zuckt die Schultern und schlendert davon, wobei er einen Stein vor sich her kickt. Wenig später fährt der Ford hupend an mir vorbei. Ich sehe ihm nach und überlege, ob ich meine Jacke von

der Garderobe holen soll, verwerfe die Idee aber sofort wieder.

Die Sonne ist bereits untergegangen und die Dämmerung pinselt einen grauen Schatten auf die Häuser. In einzelnen Fenstern brennt schon Licht, irgendwo plärrt ein Fernseher. Seufzend sinke ich in die Knie und löse die Riemchen meiner Sandalen. Ich hätte nicht damit gerechnet, dass mir heute noch ein Dreikilometer-Marsch bevorsteht. Es kommt eben immer anders, als gedacht. Dann zwinge ich mich, barfuß die Stufen herunterzutapsen, ohne auf die Fugen der Steinplatten zu treten. Und genauso setze ich meinen Weg auf dem Gehsteig fort. Von Pflasterstein zu Pflasterstein, bis das Trottoir irgendwann in glatten Asphalt übergeht.

Kurz hinter dem Ortsschild, nach dem letzten gelben Backsteinhaus zweigt ein Landwirtschaftsweg mit einem Grasstreifen in der Mitte von der Hauptstraße ab. An einem Weidezaun hängt ein verblichenes Pappschild. *Fußweg Tre Camini, 2,1 km – ungefähr* steht darauf. Ich zögere nur kurz trotz des wenig vertrauenserweckenden Hinweises. Aber mein Bedürfnis allein zu sein, ist übermächtig und das Risiko, auf der Hauptstraße von dem verrückten Carlo, dem redseligen Ernesto oder gar von Fabrizio entdeckt zu werden, möchte ich keinesfalls eingehen.

„Wollen wir mal sehen, was *ungefähr* in Montesimo heißt", murmele ich und betrete den Grasstreifen. Viel besser! Ich gehe schneller und fange schließlich an zu laufen, bis die Straße hinter mir von der hereinbrechenden Dunkelheit verschluckt wird.

Ich habe kein Zeitgefühl mehr, als sich vor mir die Umrisse eines Gebäudekomplexes erheben, in dem ich die Rückseite der Scheune und der Brennerei erkenne. Keuchend gehe ich in die Hocke und stütze meine Unterarme auf meine Schenkel. Meine Muskeln zittern vor Anstrengung. Nicht zu fassen! Ich bin tatsächlich die ganze Strecke gerannt! Auch wenn meine Lunge pfeift und mein Brustkorb sich anfühlt, als wolle er zerspringen, fühle ich mich gut und seltsam losgelöst. Doch meine Euphorie ist nur von kurzer Dauer. Schon der Anblick des hell erleuchteten Gutshofs treibt mir die Tränen in die Augen. Kein gutes Zeichen.

„Oh là là, dich hat es aber ganz schön erwischt", wispert Claire aus dem Dunkel.

Unsinn. Ich kriege wahrscheinlich bloß meine Tage, da bin ich immer so nah am Wasser gebaut. Trotzig straffe ich die Schultern.

„Rede dir das ruhig ein, Hanna. Wenn du es so besser erträgst?"

Ach lass mich doch in Ruhe!

Ich richte mich auf und gehe weiter. Auf dem Hof eilen Leute hin und her und rufen einander zu. Autotüren schlagen, Motoren werden gestartet. Ich bleibe wie angewurzelt stehen, mein Herz hämmert wild gegen meine Brust. Ein Krankenwagen braust mit aufheulendem Martinshorn und Blaulicht die Auffahrt hinunter.

Lucia! Bitte lass es nicht Lucia sein! Ich renne los.

Als ich das Hauptgebäude erreiche, ist der Spuk bereits vorbei. Der Hof liegt verlassen im schummrigen Licht der Nachtlaterne. Panisch schaue ich mich um. Etwas Helles trippelt aus dem Dunkel auf mich zu. Vittoria. Mit geplusterten Federn und dem unverkennbaren Knurren. Ich bin so froh, überhaupt auf ein Lebewesen zu treffen, dass ich in die Hocke gehe und eine Hand nach ihr ausstrecke. Das Huhn bleibt abrupt stehen. Todesmutig strecke ich den Arm weiter aus. Zuviel für Vittoria – schimpfend und flügelschlagend hüpft sie davon.

„Hanna? Was machst du hier?“

Ich blinzle nach oben und weiß nicht, ob ich lachen oder weinen soll. Oder einfach nur erleichtert bin. „Lucia!“

Sie ist aschfahl und kommt mir seltsam fremd vor, wie sie da vor mir steht, mit hängenden Schultern und verstörtem Blick. Wir umarmen uns, Lucia bricht in Tränen aus. Ich drücke sie fester und streichle ihren zuckenden Rücken. Es mag unfair sein, aber zu wissen, dass nicht sie es ist, die fortgebracht wurde, erfüllt mich mit tiefer Dankbarkeit.

„Was ist passiert?“ Sanft schiebe ich sie von mir.

„Er … ach, diese verdammten Süßigkeiten! Ich habe ihm gesagt, er darf nur zwei Stück von Rosa-Marias Cantucci essen! Ich wusste ja nicht, dass er vorher zum Geburtstagskuchen bei Signora Valuzi war … und danach ist er auf einen Espresso zu Benito gefahren. Wer weiß, was er da noch in sich hineingestopft hat. Er ist ja regelrecht süchtig nach allem, was Zucker hat! Alberto ist einfach umgefallen …“ Lucia schluchzt auf. „Und ich bin schuld, dass er jetzt stirbt!“

„Was für ein Unsinn! Alberto ist ein erwachsener Mann, der für sich selbst verantwortlich ist.“ Ich schüttle sie behutsam an den Schultern. „Was machst du denn noch hier? Du solltest ins Hospital fahren.“

Lucia hält eine Reisetasche in die Höhe. „Ich habe ein paar von Albertos Sachen zusammengepackt … er braucht doch einen Schlafanzug und seine Pantoffeln. Marco ist im Krankenwagen

mitgefahren, und ich wollte den Ford nehmen."

Ich winde ihr den Taschengriff aus der Hand und lächle ermutigend, wie ich hoffe. „Worauf warten wir dann noch?"

„Du kommst mit?" Sie reibt sich die Augen.

„Beleidige mich nicht."

Lucia lächelt verhalten und sieht sich suchend um. „Wo steckt Fabrizio überhaupt? Ich habe das Motorrad gar nicht gehört."

Diese Frage hatte ich befürchtet. „Er ist nicht hier."

„Aber wieso?" Ihre Augen werden schmal. „Habt ihr schon wieder gestritten? Bist du etwa zu Fuß hierhergekommen?"

„Das ist im Moment nicht so wichtig, Lucia. Lass uns später darüber reden." Der Versuch, mir nicht anmerken zu lassen, wie sehr mich allein die Erwähnung von Fabrizios Namen schmerzt, misslingt gründlich. Lucia scheint etwas erwidern zu wollen, sieht mich dann aber nur nachdenklich an. Sie schiebt das Kinn nach vorne und wirkt auf einmal gar nicht mehr so hilflos und verletzlich.

„Du hast recht." Entschlossen kramt sie in ihrer Tasche, bis sie ihr Mobiltelefon und den Autoschlüssel gefunden hat. „Ich rufe jetzt Fabrizio an und sage ihm, dass Alberto im Krankenhaus liegt. Und dass wir jetzt dorthin fahren." Der Schlüssel klimpert auffordernd und ich nicke stumm, während Lucia bereits im Stechschritt die Garage ansteuert.

13 TREDICI

Hanna.
Das Ospedale Misericordia sieht von außen aus wie ein überirdischer rechteckiger Schaltkasten, der versehentlich aus dem All geplumpst ist. Natürlich löst der Anblick eines Krankenhauses bei niemandem ein behagliches Gefühl aus, allein schon wegen der verstörenden Nähe von Krankheit und Tod. Ich verstehe allerdings bis heute nicht, wieso die Orte, an denen Menschen gesund werden sollen, meist hässliche Betonklötze sind, die an Vollzugsanstalten erinnern.

Wir haben das abgewetzte Linoleum der Ambulanz kaum betreten, als mir klar wird, weshalb Giuseppa es vorgezogen hatte, einen deutschen Herzspezialisten zu konsultieren. Das Foyer ist ein einziger Wartebereich, wo Leute jeden Alters herumstehen, auf Stühlen oder auf dem Boden sitzen. Von der bedrückenden Atmosphäre in vergleichbaren Einrichtungen keine Spur. Es wird gelacht, diskutiert und Espresso getrunken. Irgendwo weint ein Säugling, Kinder krabbeln zwischen Hosenbeinen herum und einige Jugendliche spielen versunken mit ihren Handys. Man könnte das Ganze für ein Volksfest halten, wären da nicht die Angestellten in grünen Kitteln, die zwischen den Patienten umhergehen und manche von ihnen gleich an Ort und Stelle verarzten.

Lucia zerrt mich am Arm durch das Gewühl und drängelt sich bis zu dem Glaskasten vor, wo über einer kreisrunden Sprechöffnung in großen Lettern *Registrazione* steht. Darin sitzt eine stricken-

de Krankenschwester. Ich blinzle, aber das Bild ist keine optische Täuschung. Diese Frau strickt in aller Seelenruhe, obwohl rund fünfzig Leute geduldig in der Schlange vor der Anmeldung warten. Lucia klopft an die Scheibe.

„Prego?“ Die Strickschwester schaut nicht mal hoch.

„Wird das ein Babymützchen für dein Enkelchen, Gina? Es ist sehr hübsch“, sagt Lucia. Die Stricknadeln stehen still und die dicke Schwester sieht lächelnd auf. So läuft das also hier.

„Lucia!“, gurrt Schwester Gina über den Rand ihrer goldgefassten Brille. „Das hat aber diesmal lange gedauert.“

Ich werfe Lucia einen fragenden Blick zu, doch sie schüttelt unmerklich den Kopf und beugt sich näher an die Sprechöffnung. „Du weißt ja, wie er ist. Ich kann ihm das süße Zeug einfach nicht abgewöhnen. Und soll ich ihn auf Schritt und Tritt bewachen?“

Die Schwester nickt verständnisvoll und schürzt die Lippen. „Diese Männer! Sind es nicht die Frauen oder ein schnelles Auto, das sie umbringt, dann ist es der Zucker.“

Lucia lächelt. „Sagst du mir, wohin sie Alberto gebracht haben?“

„Natürlich Schätzchen. Zimmer 543, derselbe Trakt wie letztes Mal. Und bring mir doch bei deinem nächsten Besuch noch ein Glas von eurem guten Aprikosenblütenhonig mit!“

„Mache ich gerne! Mille grazie!“ Lucia wirft Gina eine Kusshand zu. Dann packt sie mich am Arm und ich lasse mich widerstandslos in Richtung der Aufzüge ziehen.

„Ihr habt auch Honig im Tre Camini?“, frage ich geistesabwesend, während ich das defekte Display über der Tür mustere, das seit einigen Minuten den ersten Stock anzeigt. Immerhin bewegt sich die Fahrstuhlkabine aufwärts, rappelnd, quietschend und im Licht einer flackernden Neonröhre. Bei meinem Glück bleiben wir garantiert stecken oder das Zugseil reißt.

„Klar haben wir Honig. Marcos und Fabrizios Großvater Eduardo hat damals die Bienenstöcke gebaut, am hinteren Aprikosenfeld, weil er beobachtet hat, dass die Bienen ganz verrückt nach unseren Aprikosenblüten sind. Ich mag Honig ja nicht so gern, aber Nonna hat das Zeug geliebt. Überall hat sie es hineingetan, sogar in ihre Pastasoßen.“ Lucia kaut auf den Lippen, ihre gespielte Fröhlichkeit ist wieder jener nervösen Anspannung gewichen, die schon die Autofahrt hierher zu einer reichlich ungemütlichen An-

gelegenheit gemacht hatte.

„Sind es große Bienenstöcke?“, frage ich weiter, um meine Nervosität wegen der wackelnden Aufzugkabine zu überspielen. „Ich meine, produziert ihr viel Honig?“

Lucia blickt ebenfalls beunruhigt auf das Display. „Eigentlich benutzen wir ihn nur für die Küche und die Hotelgäste.“

Ich atme auf, als unser Gefährt mit einem Ruck stillsteht und die Türen widerwillig auseinander ruckeln.

„Ich finde es immer wieder gruselig da drin“, murmelt Lucia. Zielstrebig biegt sie nach rechts ab und es ist wieder mal an mir, ihr wie ein Hündchen zu folgen. Eine reichlich ungewohnte Rolle, aber was tut man nicht alles für eine Freundin.

Das Schild mit der Nummer 543 klebt schief an der Tür, wie ich schmunzelnd registriere. Wenn sich die Italiener einmal für das Chaos entschieden haben, dann mit viel Liebe zum Detail. Lucia dreht sich zu mir um. Ihre Augen sind groß wie Untertassen.

„Wir sind nicht auf der Intensivstation.“ Beruhigend lege ich meine Hand auf ihre Schulter. „Das heißt, Alberto ist bestimmt bei Bewusstsein und hat wahrscheinlich schon wieder Lust auf deine Schokoladenkekse.“

Ein winziges Lächeln fliegt über ihr Gesicht.

„Und jetzt geh rein, ich warte dort am Fenster.“ Ich deute auf die voll besetzte Sitzgruppe am Ende des Flurs. Unter den Wartenden befinden sich auch Paolo und Rosa-Maria, die ein Taschentuch auf ihre verweinten Augen drückt. Lucia wirft mir einen dankbaren Blick zu und öffnet die Tür. Für einen kurzen Moment dringt Stimmengewirr heraus und eine schlanke, hochgewachsene Gestalt gerät in mein Sichtfeld. Mein Magen krampft sich zusammen. Fabrizio ist also bereits hier.

Fabrizio.

Ich war noch ein Kind, als Nonna mir etwas über die Angst sagte, die mich heute bis in dieses Krankenzimmer begleitet hat. In jener Nacht wütete ein Sturm im Tal, einer von dieser Sorte, den Kinder sich als hungriges Ungeheuer vorstellen, das an Fensterläden rüttelt und versucht, über das Dach ins Haus zu kommen. Aus Wut darüber, dass wir ihn ausgesperrt hatten, riss der Sturm den Strommast im Hof um und warf tennisballgroße Hagelkörner auf Nonnas Mercedes, was sie ihm nie verziehen hatte. Marco schlief längst unter Nonnas besticktem Bettüberwurf, während ich die Decke bis

zur Nase hochgezogen hatte und meiner Großmutter ängstlich dabei zusah, wie sie Kerzen anzündete. Als sie damit fertig war, betrachtete sie mich mit der üblichen Mischung aus Strenge und Nachsicht, die sich in einer tiefen Falte zwischen ihren Augen und vielen kleinen drum herum zeigte. *„Du hast doch nicht etwa Angst, Fabrizio?“* Und ich beeilte mich, rasch den Kopf zu schütteln, obwohl mir das Herz längst in die Hose gerutscht war. *„Das ist gut. Denn Angst ist etwas, das es gar nicht gibt.“* Sie setzte sich auf meine Bettkante und streichelte mir mit ihrer rauen Hand über den Kopf, sodass ich mich traute, die Decke unter das Kinn zu schieben und sie fragend anzusehen. *„Ja, Fabrizio. Angst entsteht hier.“* Nonna tippte sich lächelnd an die Stirn. *„Wir machen sie selbst. Deshalb können wir sie auch kontrollieren. Im Gegensatz zur Liebe.“* Ihr Finger wanderte auf meine Brust. *„Die wird hier gemacht. Und das ist sehr sehr weit weg von deinem Kopf. Merk dir das, mein Junge.“*

Ich habe es mir gemerkt. Aber wenn ich jetzt Alberto betrachte, wie er in den Kissen versinkt, das runzlige Gesicht gelb wie vergilbtes Papier, fühlt sich das in meiner Brust eindeutig wie Angst an. Und so sehr ich mich bemühe, es gelingt mir nicht, dieses Gefühl zu steuern.

Mein Blick bleibt an dem durchsichtigen Plastikbeutel hängen, der über einen Schlauch mit Albertos Arm verbunden ist. Sie geben ihm ein Gemisch aus Flüssigkeit und Insulin, wie der Professore erklärte. Er erklärte eine ganze Menge, gespickt mit medizinischen Begriffen, wovon nur Wörter wie Überzuckerung, Dehydrierung und Ohnmacht bei mir hängen geblieben sind. Und der beruhigende Satz: *„Er schläft und wird bald mit einem Riesendurst aufwachen.“*

Meine Angst um Alberto ist also unbegründet, sage ich mir zum hundertsten Mal und mustere dabei Marco, der auf dem Hocker neben Albertos Bett sitzt und Löcher in die Bettdecke stiert. Es ist ein Wunder, dass der alte Mann so friedlich schläft. Das Krankenzimmer ist voller Menschen – Familienangehörige der anderen drei Patienten. Ohne Rücksicht auf Schlafende oder Ruhebedürftige essen sie gemeinsam zu Abend und tauschen lautstark die Neuigkeiten der letzten vierundzwanzig Stunden aus. Da es zu wenig Stühle für die Besucher gibt, musste ich verhindern, dass zwei von ihnen es sich mit ihren Pastatellern auf Albertos Matratze gemütlich machen, und andauernd ziehe ich irgendein Kind unter seinem Bett hervor. Manchmal geht mir mein eigenes Volk wirklich auf die Nerven.

Lucia bemerke ich erst, als sie an Marco herantritt und ihn an der Schulter berührt. Er seufzt, umfasst ihre Hüfte und vergräbt das Gesicht in ihrem Pullover. Merkwürdig, ihn so zu sehen, zumal ich immer dachte, Alberto sei ihm egal – so wie der überwiegende Rest der Menschheit. Wahrscheinlich tue ich meinem kleinen Bruder mal wieder Unrecht. Lucia liebt ihn und irgendeinen Grund muss sie ja dafür haben. Als die beiden miteinander flüstern, schiele ich zur Tür, stelle aber enttäuscht fest, dass Lucia allein gekommen ist.

„Sie wartet draußen." Lucia ist mein Blick nicht entgangen. Trotzdem bewege ich mich nicht von der Stelle, obwohl ich gedanklich längst auf den Flur gerannt bin. Lucia räuspert sich. „Ich hätte gerne einen Espresso, Fabrizio. Reicht dir das als Grund?"

Ich sehe sie finster an. Lucia hebt die Brauen und deutet mit dem Kinn zur Tür, aber den Ausschlag gibt die fröhliche Gesellschaft an der Fensterseite, die soeben ein Tischgebet anstimmt. Mit klopfendem Herzen verlasse ich das Krankenzimmer.

Ich brauche einen Moment, um mich an das Dämmerlicht hier draußen zu gewöhnen. Wie überall in öffentlichen Gebäuden wurden in Fluren und Treppenhäusern gespenstische Notleuchten für die Nacht angebracht. Zu meiner Erleichterung ist der Wartebereich leer, bis auf eine einzelne Gestalt, die am Fenster lehnt.

Ich bleibe stehen und betrachte Hanna. Sie stützt sich mit den Armen auf dem Sims ab und presst die Stirn gegen die Scheibe. Ihre Haltung wirkt entspannt, fast als ob sie schliefe. Eine Diele knarrt unter meinen Füßen, ihr Rücken strafft sich unmerklich.

„Sind Paolo und Rosa-Maria gegangen?", frage ich, weil mir nichts Besseres einfällt.

„Paolo musste nach den Tieren sehen und hat Rosa-Maria einfach eingepackt, obwohl sie lauthals protestiert hat", gibt sie zur Antwort, ohne sich zu rühren. Sie trägt noch immer das blaue Kleid und ich bin ihr jetzt so nah, dass ich die Gänsehaut auf ihren Armen sehe. Ich ziehe meine Lederjacke aus und lege sie um ihre Schultern.

„Ich habe deine Strickjacke in der Motorradbox. Du hast sie in der Osteria vergessen." Ich trete neben sie und schaue ebenfalls aus dem Fenster. Ein Meer von Lichtern unter einem wolkenverhangenen, roten Mond.

„Ziemlich gruselig da draußen", flüstert sie, ohne auf meine Bemerkung einzugehen und zieht die Jacke fester um ihren Körper.

„Glaub mir, das ist nichts gegen das, was in Albertos Zimmer los ist. Die reinste Rocky-Horror-Picture-Show.“ Ein tollpatschiger Versuch, witzig zu sein, dabei hätte ich sie viel lieber gefragt, weshalb sie vorhin weggelaufen ist. Ihr kühler, prüfender Blick verunsichert mich. Das ist nicht die Hanna, die vorhin in Salvis Osteria mit mir gelacht und mir ihre kleinen Fehler anvertraut hat. Es ist die verschlossene und abweisende Signora Philipp, die ich voll kommen vergessen hatte.

„Wie geht es Alberto?“

„Ach, der ist zäh wie Carlos Schnitzel.“

Endlich ein winziges Lächeln, das sich aber nicht so anfühlt, als würde es mir gelten. „Das freut mich für ihn.“

Verstohlen betrachte ich sie von der Seite und unterdrücke den Drang, sie in den Arm zu nehmen. Stattdessen vergrabe ich meine Hände in den Hosentaschen und warte. Auf was auch immer. Ausgerechnet in diesem Moment mischt sich Nonna mal wieder in meine Angelegenheiten ein. *„Junge, hast du denn gar nichts gelernt?“*, mahnt sie und bohrt ihren knochigen Finger in meine Brust. *„Dein Herz ist sehr sehr weit weg von deinem Kopf. Hör auf, es kontrollieren zu wollen. Tu, was es dir sagt, egal, was du zu verlieren hast.“*

Aber ich weiß nicht, was es mir sagt, Nonna!

„Doch, das weißt du, Fabrizio. Hör hin.“

Mein Herz klopft mir bis zum Hals.

„Wenn du willst, entlasse ich dich aus unserem Geschäft.“ Ich bin fast selbst erschrocken über meine Worte, die hastig und viel zu laut aus meinem Mund gekommen sind. Viel mehr überrascht mich aber die Erleichterung, die mich überfällt, als ich sie ausgesprochen habe. In Hannas Augen ist keinerlei Regung zu erkennen.

„Du meinst unsere Heirat?“, fragt sie ruhig.

„Es wäre nicht richtig, dich in eine Ehe zu zwingen“, sage ich langsam, aber ohne ihr Gesicht aus den Augen zu lassen. „Das ist mir jetzt klar geworden. Ich werde die Klage gegen dein Magazin zurücknehmen und du bist frei, zu tun, was du tun willst.“ Meine Stimme klingt hohl. Nie in meinem Leben habe ich eine Frau so sehr gewollt. Und nie in meinem Leben habe ich mehr gehofft, eine Frau würde „Ja!“ zu mir sagen, wenn ich ihr die Wahl lasse.

Hanna.

Es ist nicht so, als ob ich etwas anderes erwartet hätte. Gehofft vielleicht, irgendwo in einer stillen, vergessenen Kammer meines

Herzens, in der die Realität das Mobiliar noch nicht kurz und klein geschlagen hat. Ich mustere Fabrizio, der reglos in die Nacht hinaussieht und obwohl ich mich zerrissen fühle wie nie zuvor, überflutet mich eine Welle von Zärtlichkeit. Plötzlich empfinde ich eine tiefe Dankbarkeit dafür, dass dieser Mann mir – wenn auch nur für kurze Zeit – gezeigt hat, dass ich imstande bin, zu lieben. Auch wenn Fabrizio nicht für mich ist. Ich schlucke und balle die Fäuste hinter dem Rücken. Es tut weh.

„Das ist sehr großzügig von dir.“ Ich setze ein Lächeln auf.

„Heißt das, du gehst darauf ein?“, sagt er tonlos und zieht die Schultern nach oben. Er hat so offensichtlich ein schlechtes Gewissen.

„Mach dir um mich keine Sorgen. Ich brenne förmlich darauf, in ein Land zurückzukehren, wo es vernünftiges Licht in Krankenhausfluren gibt.“

„Tut mir leid, dass ich dich so lange davon ferngehalten habe.“ Fabrizio sieht mich mit einem merkwürdigen Blick an. Er scheint noch etwas hinzufügen zu wollen, doch ich komme ihm zuvor.

„Naja, unser Geschäft hat sich für mich letztlich gelohnt. Ich komme ziemlich glimpflich davon“, grinse ich, während es mich innerlich zerfleischt. Jetzt bloß nicht einknicken. Ich bin kurz davor, mich ihm an den Hals zu werfen, samt einer Liebeserklärung, bei der Groschenheft-Prudence vor Neid erblasst wäre. Fabrizios Augen verengen sich.

„Unser Geschäft?!“

„Unser Geschäft!“ Ich zwinkere und fühle mich wie eine komplette Vollidiotin. Andererseits bin ich auch ein wenig stolz auf mich, dass ich wirklich alles gebe, damit Fabrizio sich wohl mit seiner Entscheidung für Sofia fühlt. Tatsächlich scheint ihn meine flapsige Bemerkung zu bestärken, denn sein Brustkorb hebt sich und er richtet sich zu voller Größe auf. Er mustert mich von oben bis unten und nickt bedächtig, als wäre er ein Künstler, der ein unfertiges Gemälde begutachtet und beschließt, es nicht zu vollenden.

„Ich werde meinem Anwalt gleich morgen eine Mail schreiben. Danke, dass du dir so viel Mühe gegeben hast mit dem Küchendienst, dem Brautessen und all dem anderen Kram. Du warst ziemlich glaubwürdig in deiner Rolle.“

„Das Kompliment gebe ich gerne zurück. Ich hätte dir den verliebten Bräutigam ebenfalls sofort abgenommen.“

Fabrizio lächelt schief und sieht dann den dämmrigen Korridor hinunter. „Ich gehe mal zurück zu Alberto, bevor ihn irgendeine fürsorgliche Tante mit Pasta füttert. Soll ich Lucia oder Marco bitten, dich nach Hause … ins Tre Camini zu fahren?“

Ich klappe innerlich zusammen. Er klingt jetzt zwar freundlich, aber distanziert und geschäftsmäßig. „Das wäre sehr nett von dir.“ Ich glaube, ich habe mich noch nie so verloren gefühlt.

Rund zwei Stunden und eine schweigende Autofahrt später, bei der ich mich schlafend gestellt habe, um Lucias neugierigen Fragen zu entgehen, stehe ich in meinem Aschenputtelkämmerchen und kann mich nicht dazu überwinden, mich ins Bett zu legen. Also schnappe ich mir den letzten Band der *Glut der Verheißung* und setze mich an den Schreibtisch, um meinen Ausflug in die Welt der Schundromane zu einem für alle Beteiligten befriedigenden Abschluss zu bringen.

Der Morgen dämmert, als ich mit Rückenschmerzen und einem neidischen Seufzen das Schlafzimmer der glücklich Vereinten – oder sich noch Vereinigenden – verlasse. Wenigstens Prudence hat bekommen, was sie wollte. Und ich durfte für ein paar Stunden vergessen, dass ich nicht bekomme, was ich will. Ich ziehe mir eine Jeans und einen dünnen Pullover an und mache mich auf den Weg nach draußen, um ein wenig Luft zu schnappen.

Einer plötzlichen Eingebung folgend, biege ich jedoch am Fuß der Treppe nach rechts ab und betrete den niedrigen Gang, der zum alten Wohntrakt führt. Bereits nach wenigen Metern senken sich die Deckenbalken und ich trete auf in die Jahre gekommene Holzdielen. Ich bin nie über den Anbau und den Küchenbereich herausgekommen und sehe mich neugierig um. Die weiß gekalkten Wände werden hier von altmodisch gemusterten Tapeten abgelöst, an denen gerahmte Familienfotografien hängen. Einige von ihnen sind vergilbt, als hätte die Zeit sie mit flüssigem Nikotin bepinselt. Ich widerstehe dem Impuls, die Aufnahmen näher zu begutachten, da ich nicht von Lucia, Marco oder gar Fabrizio überrascht werden möchte. Vorhin habe ich das Motorrad gehört, danach schlug eine schwere Tür, und in der Brennerei ging das Licht an. Doch ich verdränge den Gedanken an Fabrizio und seinen verzweifelten Kampf mit der Destilliermaschine. Es geht mich nichts mehr an. Unschlüssig schaue ich den Gang hinunter und gehe schließlich auf eine Flügeltür mit schweren Messingbeschlägen zu.

Das Wohnzimmer verströmt den Geruch nach Leder, Holzkohle und Buchseiten. Ehrfürchtig bleibe ich auf der Schwelle stehen. Das gewaltige Ölgemälde über dem steinernen Kamin fesselt mich sofort. Die Frau auf dem Bild ist etwa so alt wie meine Mutter heute und trägt die schwarzen Haare locker im Nacken zusammengebunden. Sie sitzt an einem Tisch, dem Betrachter zugewandt. Das dunkelblaue Schürzenkleid entblößt an den Saumenden schmale Fesseln, an denen milchweiße Füße baumeln. Eine Tonschale mit Aprikosen steht vor ihr, in der Hand hält sie ein Obstmesser. Mein Mund fühlt sich plötzlich trocken an. Es scheint, als kokettiere die Frau nicht nur mit dem Maler des Gemäldes – ihre Lakritzaugen scheinen direkt in mich hinein zu fallen. Niemand muss mir erklären, wen ich vor mir habe. Wie gebannt gehe ich Giuseppa Caminis prüfendem Blick entgegen, registriere ihre gekräuselten Mundwinkel und die Lachfältchen in dem strengen Gesicht. Als ob sie sich über mich amüsiere. Oder über die ganze Menschheit.

„Das passt zu dir", murmele ich und berühre vorsichtig die unebene, glänzende Fläche. Mein Herz schlägt schneller und ich zucke zurück, um im selben Moment über mich selbst zu lachen. Das Pulsieren, das ich eben in den Fingerspitzen gefühlt habe, ist sicher nichts weiter als meine eigene Überspanntheit. Ich atme tief ein und wieder aus. Lege den Kopf schief und bohre meinen Blick in die schillernden Ölaugen meines Gegenübers.

„Danke für alles", flüstere ich und lausche atemlos in die Stille, die nur vom leisen Ticken der Standuhr unterbrochen wird. Sie antwortet nicht. Natürlich nicht, denn es ist alles gesagt. Ich nicke Giuseppa zum Abschied zu. Es ist an der Zeit, nach Hause zu gehen.

Die Bushaltestelle befindet sich einige hundert Meter von der Auffahrt entfernt, in entgegengesetzter Richtung von Montesimo und hinter einer mit Wacholderbüschen bepflanzten Kurve. Laut Fahrplan fährt der Bus zweimal am Tag und ich scheine endlich Glück zu haben: der nächste müsste in zwanzig Minuten kommen.

Etwas außer Atem lasse ich mich auf das morsche Bänkchen am Straßenrand sinken. Nachdem ich das Wohnzimmer verlassen hatte, war ich in kopflose Panik geraten. Ich konnte plötzlich nicht schnell genug von diesem Ort fortkommen, an dem mir bewusst geworden ist, was ich selbst für ein einsames und armseliges Leben

führe. Wie ein aufgescheuchtes Huhn bin ich in mein Kämmerchen zurückgehastet, habe meine Sachen zusammengerafft und in meinen Koffer gestopft, ohne Rücksicht darauf, dass die schlammverkrusteten Schuhe meine Kleider und Blusen ruinieren. Ich habe mich hinaus und dann weggeschlichen und bin den ganzen Weg bis zur Straße gerannt.

Und nun sitze ich hier, mit schlechtem Gewissen, weil ich nicht den Anstand besessen hatte, Lucia ein paar Abschiedworte dazulassen. Aber bestimmt hätte sie versucht, mich zum Bleiben zu überreden, hätte mich mit ihren riesigen Augen angebettelt und mir Fragen gestellt, die ich nicht beantworten will.

Ich blinzle in die Sonne, schirme meine Augen mit der Hand ab und beobachte Vittoria, die mir wie ein Hündchen gefolgt ist und all meinen Versuchen getrotzt hat, sie zurückzuscheuchen. Nun stakst sie gurrend auf dem grasbewachsenen Seitenstreifen umher und ich mache mir Sorgen, dass irgendein Raser sie überfahren könnte. Schon merkwürdig, dass mir dieses Huhn noch vor Kurzem eine solche Heidenangst eingejagt hat. Eigentlich ist sie ganz niedlich und sogar recht hübsch mit ihrem schneeweißen Gefieder und der braun gesprenkelten Brust.

Ich seufze und sehe auf meine Armbanduhr. Die zwanzig Minuten fühlen sich wie eine Ewigkeit an. Dann höre ich endlich das erlösende Motorengeräusch. Doch das, was da um die Kurve knattert, ist leider kein Bus. Mit quietschenden Reifen kommt Ernestos schmutzig gelber Postwagen auf meiner Höhe zum Stehen. Der hat mir jetzt gerade noch gefehlt.

„Buon giorno, schöne Signora“, ruft Ernesto fröhlich zum Beifahrerfenster hinaus. „Hast du dich mal wieder verlaufen? Falls du das Tre Camini suchst, das ist in der anderen Richtung.“

„Ich warte auf den Bus.“ Wenn ich abweisend genug gucke, lässt er mich vielleicht in Ruhe. Ernesto kratzt sich unter der Postmütze.

„Das könnte ein Problem sein.“

„Wieso sollte das ein Problem sein?“ Ich verschränke die Arme vor der Brust. Ernesto zeigt mit dem Daumen hinter sich.

„Der Bus ist in der Werkstatt. Achsbruch. Schon seit letzter Woche.“

„Das darf ja wohl nicht wahr sein! Habt ihr denn keinen Ersatzbus?“, entfährt mir. Ernesto zuckt eine Achsel.

„Doch, schon.“

„Ja und? Wo ist der?“

„Der müsste jetzt kurz vor Perugia sein, schätze ich. Ist vor zwei Stunden hier vorbei gekommen.“

„Aber auf dem Fahrplan steht, dass er jetzt fahren soll!“ Ich schaue ihn ungläubig an. Ich habe ja schon viel über die Unberechenbarkeit der öffentlichen Verkehrsmittel in Italien gehört. Aber hierfür fehlen mir die Worte. Ernesto indes stellt in aller Ruhe den Motor aus und lächelt mich freundlich an.

„Pietro hält nichts von Fahrplänen. Ehrlich gesagt glaube ich, dass er sie nicht mal lesen kann. Aber er ist ein guter Fahrer. Unfallfrei seit über zwanzig Jahren und das will in Italien was heißen.“

„Schön für diesen Pietro. Aber das bringt mich auch nicht zum Flughafen!“, sage ich bockig, bereue meine Worte jedoch sofort. Denn jetzt sieht Ernesto mich nicht mehr fröhlich, sondern meinen Koffer misstrauisch an.

„Weiß Fabrizio, dass du fortgehst?“

„Sollte ihn das was angehen?“, raunze ich zurück.

Ernesto wiegt den Kopf hin und her, dann erhellt sich seine Miene plötzlich. „Ihr seid wirklich ein schönes Paar, du und mein ehemaliger Schwiegersohn.“

„Wie kommst du denn jetzt darauf?!“

„Ich habe meine Rita ungefähr sechs Mal davon abgehalten, auf und davon zu stürmen. Einmal hat sie es sogar bis in den Flieger nach Mailand geschafft. Aber der Fluglotse ist der Schwager meines Cousins, und der hat die Maschine nicht fliegen lassen. Mamma mia, war Rita wütend. Ich musste zweimal singen, um sie dazu zu bringen, wieder auszusteigen.“

„Du hast gesungen?!“

Ernesto nickt vergnügt. „Zweimal *A chi* von Fausto Leali. Kennst du das Lied?“

„Nein.“ Ich hebe die Hand. „Und ich will auch nicht, dass du es mir vorsingst.“

„Schade. Ist ein hübsches Stück.“ Er summt und klopft den Rhythmus auf das Lenkrad. Ich halte mir die Ohren zu.

„Ernesto! Könntest du mich einfach zu Stefano in die Werkstatt fahren, damit ich mein Mietauto abholen kann? Und würdest du dabei möglichst still sein? Bitte!“ Ich weiß nicht, ob es die Eindringlichkeit ist, mit der ich das gesagt habe oder ob meine Tränen den Ausschlag geben, die plötzlich meine Wangen herunterkullern. Ernesto wird sofort ernst. Er öffnet den Sicherheitsgurt und steigt

aus, um meinen Koffer einzuladen. Dann wartet er stumm neben der Beifahrertür, bis ich es mir zwischen Päckchen und Briefstapeln bequem gemacht habe, und setzt sich schließlich wieder hinter das Steuer. Er nickt mir zu, startet den Wagen und wendet in zwei Zügen, ehe er das Gaspedal durchdrückt.

Tränenblind schaue ich aus dem Seitenspiegel zu, wie Vittoria zu einem kleinen weißen Fleck schrumpft und schließlich mit der nächsten Kurve aus meinem Blickfeld verschwindet.

Fabrizio.

Eigentlich hatte ich mich nur kurz hingesetzt, um ein wenig auszuruhen. Als ich widerwillig die Augen öffne, liege ich mit dem Kopf auf dem Tisch und mein Schädel brummt, als hätte ich ein Saufgelage hinter mir. Zu allem Übel knallt die Sonne durch das Fenster, als wolle sie mir mit aller Gewalt einen Sonnenbrand verpassen.

Stöhnend richte ich mich auf, rücke meinen Stuhl in den Schatten und warte, bis das Karussell aufhört, sich zu drehen. Mein Blick fällt auf die leere Likörflasche und das halb ausgetrunkene Glas daneben. Schlagartig bin ich hellwach, als mich die Erinnerung an gestern einholt. Ich komme irgendwie auf die Füße, taumle auf dem Weg zur Tür gegen die Korkentonne und stolpere über die Kehrschaufel, die ich gestern liegen gelassen habe. Unwillig betrachte ich meine zerknitterten Hosen und die Ränder unter meinen Fingernägeln. Ich fühle mich schmutzig und habe einen widerlichen Geschmack im Mund, aber zum Duschen bleibt keine Zeit. Ich muss mit Hanna reden. Jetzt.

Ich überquere den Hof und steuere entschlossen die Hintertür an. Marco sitzt auf der Bank vor dem Küchenfenster, die Beine von sich gestreckt, das Gesicht der Sonne zugewandt. Meine Hoffnung, unbemerkt an ihm vorbeizukommen, zerschlägt sich, als er die Augen öffnet.

„Oha, der Gutsherr hat seinen Suff ausgeschlafen. Du solltest das nicht zur Gewohnheit werden lassen, Bruder.“ Er streckt sich und gähnt mit weit aufgerissenem Mund. Ich schnaube und greife nach der Türklinke. Wenn ich Marco mit Nichtachtung strafe, treffe ich ihn am härtesten. Das war schon so, als wir Kinder waren.

„Du brauchst übrigens nicht zu rennen. Sie ist weg.“ Wieder ein herzhafter Gähner. Ich halte mitten in der Bewegung inne. „Da muss ihr wohl eine ziemlich dicke Ratte vor die Füße gelaufen sein.“ Er schnalzt mitleidig. „Dabei dachte ich, sie wäre tougher.

Obwohl … vielleicht habe ich sie ja gerade richtig eingeschätzt. Schade um euren hübschen, kleinen Deal."

Langsam drücke ich die Klinke herunter, ohne ihn anzusehen, weil ich ansonsten fürchte, die Beherrschung zu verlieren. Eins ist sicher: Ich bringe ihn um. Ich weiß nur nicht, ob ich es sofort mache, oder lieber später. Marcos Gelächter begleitet mich in den Flur, wo ich Rosa-Maria begegne, die mit einem verärgerten „Signora Ich-tu-was-ich-will" an mir vorbeirauscht. Ohne anzuklopfen, stürze ich in Hannas Kammer hinein.

Lucia sitzt auf der Bettkante, die Hände im Schoß gefaltet, und schaut erschrocken auf. Innerhalb von Sekunden erfasse ich das aufgeschüttelte Bett und den leeren Schrank, dessen Türen weit offen stehen.

„Sie hat nicht Auf Wiedersehen gesagt", murmelt Lucia.

Ich gehe an den Tisch und berühre Lucias Schürzenkleid, das ordentlich zusammengelegt über der Stuhllehne hängt. Der Stoff ist weich und verwaschen, eine Sicherheitsnadel steckt noch an der Stelle, wo Hanna das Kleid enger machen musste. Ich bücke mich und hebe einen Kleiderbügel auf, einen von mehreren, die auf dem Boden liegen. Es konnte ihr wohl nicht schnell genug gehen.

Die Erkenntnis schmerzt. Gleichzeitig bestätigt sie mich darin, das Richtige getan zu haben. Ich habe Hanna die Wahl gegeben, sie hat gewählt. Im Grunde war von Anfang an klar, wie die Sache läuft. Ein Geschäft ist ein Geschäft – und Gefühle kann man nicht erzwingen. Das bisschen Sex bedeutet gar nichts. Aber ein dummes Herz ist eben auch nur ein dummes Herz.

Lucia sieht mich fragend an, während ich die restlichen Bügel einsammle und in den Schrank zurückhänge. „Scheint, als habe sie ihre Angelegenheiten geregelt", sage ich nüchtern und werfe die Schranktür mit einem lauten Knall zu. „Komm Lucia. Lass uns zurück an die Arbeit gehen."

Hanna.

Ich schalte mein Handy aus und lehne mich in dem unbequemen Sitz zurück, als die Maschine sich in Bewegung setzt. Ich weiß nicht, ob ich über mich lachen soll oder mich darüber ärgere, dass ich bis zuletzt auf eine atemlose Stimme aus den Lautsprechern gewartet habe, die mich bittet, aus dem Flieger zu steigen. Oder auf ein schief gesungenes Liebeslied, meinetwegen. Aber es gibt Dinge, die passieren eben nur in Filmen, oder vielleicht in Ernestos Welt,

in der alles möglich zu sein scheint. In meiner Welt steige ich in ein Flugzeug, und das ist dann das Ende der Geschichte.

Ich schaue aus der Luke, während wir behäbig das Rollfeld ansteuern, und widerstehe dem Drang, erneut einen Blick in den Gang zu werfen. Stattdessen begegne ich dem freundlichen Lächeln der Stewardess, einer hübschen, blauäugigen Brünetten, die nicht so aussieht, als hätte sie je unter Liebeskummer gelitten. Was natürlich ausgemachter Blödsinn ist. Liebeskummer ist so universell wie Essen und Schlafen und trifft jeden, der es nicht wie ich jahrelang geschafft hat, sich für eine Insel zu halten. Schon wieder fühle ich, wie meine Augen feucht werden. Diese Heulerei ist auch neu, aber ich kann nicht anders.

„Ist alles in Ordnung?“, sagt die Stewardess auf Deutsch mit italienischem Akzent und legt mir eine zarte, gebräunte Hand auf den Unterarm. Früher hätte ich sie abgeschüttelt und die junge Frau mit einem irritierten Nicken verscheucht. Heute lese ich ihr Namensschild und erwidere dankbar ihren besorgten Blick.

„Nein Emilia. Ehrlich gesagt ist nichts in Ordnung“, schniefe ich. „Aber wenn Sie mir nachher ein Glas Alkohol bringen könnten, wäre das sehr lieb von Ihnen.“

Emilias Blick wird weich, sie nickt verständnisvoll. „Ich bringe Ihnen zwei, Signora.“

Ich sagte es ja schon. Liebeskummer ist universell, egal wie jung oder hübsch man ist. Nachdenklich sehe ich ihr nach, wie sie weitergeht und unterwegs die Fluggäste immer wieder freundlich darauf hinweist, dass sie bitte ihre mobilen Geräte ausschalten und die Sitze in aufrechte Position bringen sollen. Mein Blick bleibt an einer älteren Dame hängen, die schräg rechts vor mir sitzt, und sich neugierig umsieht. Sie wirkt aufgeregt und greift ständig nach der Hand der jüngeren Frau neben sich.

„Es geht los, Pupetta!“ Aufgeregt fasst die Alte nach dem goldenen Kreuz an ihrer Kette.

„Ja Mamma. Es geht gleich los“, bestätigt die Tochter und hilft ihrer Mutter, den Gurt anzulegen. Die alte Dame muss meinen Blick gespürt haben, denn plötzlich schaut sie über ihre Schulter und der Schreck durchfährt mich aus heiterem Himmel. Nicht, weil sie mich beim Lauschen ertappt hat. Sondern weil ihre Augen schwarz und ölig glänzen, genau wie Giuseppas Augen. Sogar das Lächeln, das jetzt ihre faltigen Lippen umspielt, freundlich und spitzbübisch zugleich, könnte das der weitaus jüngeren Frau auf

dem Ölgemälde im Tre Camini sein.

„Mein Enkel heiratet. In Deutschland", sagt sie fröhlich und zwinkert mir verschwörerisch zu.

„Das ist schön", gebe ich etwas lahm zur Antwort, denn auf einmal treibt eine schreckliche Gewissheit meinen Puls innerhalb von Sekunden in schwindelige Höhe. Giuseppa.

Nein.

Das darf nicht sein!

Ich habe doch nicht wirklich …? Nervös schaue ich mich um. Doch es ist natürlich zu spät. Die Motoren laufen bereits auf Hochtouren, die Mittelstreifen auf der Rollbahn verschwimmen zu einer glatten Linie, als das Flugzeug rüttelnd an Geschwindigkeit zulegt. Die alte Dame jauchzt entzückt auf, im nächsten Moment spüre ich das vertraute Bauchkribbeln und werde in den Sitz gepresst, als das Flugzeug abhebt. Dann ist es vorbei.

Noch eine halbe Stunde später bin ich wie erstarrt. Die Hinweisleuchte über meinem Sitz ist längst erloschen und vor mir stehen zwei Gläser, die betäubend nach Alkohol riechen. Ich kippe das erste in einem Zug und verziehe das Gesicht. Trotzdem greife ich zu Nummer zwei und spüle den Drink mit Todesverachtung herunter. Anschließend stelle ich die Lehne zurück und versuche zu atmen, während ich meine überstürzte Abreise vom Tre Camini Revue passieren lasse.

Wie in Zeitlupe beobachte ich, wie ich meine Blusen und Hosen aus dem Schrank reiße, die Kleiderbügel fallen lasse und die Sachen wahllos in mein Rollköfferchen stopfe, in dessen Tiefen Giuseppas Urne ruht – und dann fluchtartig das kleine Zimmerchen verlasse.

Ich bin wirklich selten dämlich.

Und dann breche ich unter dem erstaunten Blick meines Sitznachbarn in haltloses Gelächter aus.

14 QUATTORDICI

Hanna.
„Haben Sie was zu verzollen?“ Der Uniformierte am Schalter mustert gelangweilt meinen Pass.

„Bloß eine Großmutter. Da drin“, antworte ich wahrheitsgemäß und mit leicht belegter Zunge. Emilia, die Stewardess, hat es verdammt gut mit mir gemeint und mir während des Flugs noch drei weitere Gläser ihres Seelentrösters gebracht. Mit dem Ergebnis, dass ich auf der Gangway zweimal mit meinen Pumps umgeknickt bin (ich schwöre, ich trage diese Mörderdinger nie wieder!), an der Kofferausgabe einen älteren Herrn angerempelt habe (hab ihn echt nicht gesehen) und fast den falschen Koffer vom Band gezogen hätte (wieso müssen die auch alle schwarz sein?). Und nun stehe ich vor einer Glaswand mit einer Sprechöffnung und habe das Bedürfnis dagegenzuhauchen und ein Herz hineinzumalen. Ich kichere und stütze mich mit der freien Hand gegen die Scheibe.

„Da drin“, wiederhole ich und zeige auf meinen Rollkoffer. Der Zollbeamte runzelt die Stirn, ohne aufzusehen.

„Also haben Sie nichts zu verzollen.“ Der denkt tatsächlich, ich mache Spaß. Gerade will ich das Missverständnis aufklären, als mich jemand am Arm berührt.

„Da bist du ja!“, ertönt eine helle Stimme, die ich erst einzuordnen weiß, als ich in Emilias sanfte Augen schaue. Ich öffne den Mund und schließe ihn wieder, weil sich just in diesem Moment der Boden bewegt. Krampfhaft klammere ich mich an Emilias Arm fest. Der Zollbeamte scheint sich genauso darüber zu freuen, die hübsche Stewardess zu sehen, wie ich.

„Emilia! Hast es geschafft für heute?“

Emilias Gelächter perlt wie Prosecco. Davon könnte ich auch noch ein Gläschen vertragen. Ein klitzekleines. Ich kichere.

„Hallo Reiner. Wie geht es den Kindern?“

Der Zollbeamte gibt ein tiefes Brummen von sich, das sich halb stolz und halb genervt anhört. „Was soll ich sagen. Die ersten grauen Haare hab ich schon.“

„Männer wie du altern doch nicht.“ Emilia macht eine wegwerfende Handbewegung und fasst mich fester unter der Achsel, weil meine Füße irgendwie auseinanderdriften. Wie zwei Eisschollen. Und ich mittendrin. Gleich mache ich einen Spagat. Ein weiteres Kichern kommt aus mir heraus, gefolgt von einem unfeinen Rülpsen. Kriegt aber keiner mit, weil Zoll-Reiner gerade in Emilias zuckersüßem Lächeln badet.

„Bist du hier fertig und ich kann meine Freundin mitnehmen?“ Emilia zwinkert. „Fahrgemeinschaft. Du weißt ja, wie teuer die Taxen in die Innenstadt sind.“

Ich schaue überrascht auf. Wir haben eine Fahrgemeinschaft? Zoll-Reiner nickt und gibt mir den Pass zurück, ohne mich eines Blickes zu würdigen. Ich überlege noch, ob ich jetzt beleidigt sein oder darauf bestehen soll, die Sache mit der Urne in meinem Koffer aufzuklären, doch ich werde bereits zum Ausgang bugsiert. Im Nachgang bin ich Emilia wirklich dankbar dafür. Allein hätte ich sicher nicht aus dem Terminal herausgefunden. Doch meine neue Freundin steuert nicht die Taxistände an, sondern schlägt den Weg zu den Parkdecks ein.

„Ich muss … dahin“, sage ich freundlich und zeige auf das blaue Taxischild, das in die entgegengesetzte Richtung zeigt.

Emilia schüttelt den Kopf. „Mein Wagen steht auf dem Personaldeck. Kostet eine Stange Geld, lohnt sich aber. Ich fahre Sie nach Hause. Schließlich bin ich ja irgendwie schuld an Ihrem kleinen Schwips“, sagt sie entschieden. Ich will protestieren, überlege es mir jedoch anders. Erstens habe ich keine Ahnung, ob ich den Weg zu den Taxen in meinem Zustand überhaupt finden würde

und zweitens: Wenn ein Mensch schon so nett ist wie diese Emilia, darf man ihn nicht vor den Kopf stoßen. Also lächle ich artig und versuche, geradeaus zu laufen und ihr nicht bei jedem vierten Schritt auf die hübschen Keilsandalen zu treten.

Eine halbe Stunde später hält Emilias kleiner, roter Seat in der Pfalzburgerstraße 53 in Wilmersdorf. Unter normalen Umständen wäre es mir peinlich gewesen, dass sie mir wie einer alten Frau aus dem Sitz hilft, mich zur Treppe mit dem weiß lackierten Geländer führt und dann zurücksprintet, um meinen Trolley aus dem Kofferraum zu holen. Mein verlegenes „Danke" erstickt sie in einer duftenden Umarmung und steckt mir ihre Visitenkarte zu.

„Wenn dir mal nach Reden sein sollte, ruf mich einfach an."

Hupend und winkend fährt sie davon, während ich wie vom Donner gerührt an Ort und Stelle stehe und die Karte anstarre, auf der in verspielter Schrift der Name Emilia di Luca samt Adresse und Telefonnummer steht. So einfach ist das also, Freundschaften zu schließen.

Während ich etwas unkoordiniert in meiner Handtasche nach meinem Schlüsselbund suche, fällt mein Blick auf die Klingelschilder an der Hauswand. Es kommt mir vor, als läse ich die Namen auf den Schildchen zum ersten Mal. Seltsamerweise scheine ich vergessen zu haben, mein eigenes mit meinem Namen zu versehen.

Ich öffne die Tür und betrete den Hausflur. Noch immer derselbe Geruch nach Essigreiniger und Küchenausdünstungen, ein Gewürzpotpourri aus Kardamom, Safran und Zimt, das von der Erdgeschosswohnung der Rahmanis bis zur Dachwohnung hinaufzieht. Hatte mich das wirklich mal gestört? Ich schließe die Augen und habe plötzlich eine Idee davon, wie es ist, ein Zuhause zu haben. Meine Finger umschließen den Koffergriff fester, mit der freien Hand fasse ich nach dem Geländer, weil ich noch immer etwas wackelig auf den Beinen bin.

Ich habe noch nie so lange gebraucht, um drei Stockwerke zu erklimmen. Als ich vor meiner Wohnung stehe, bin ich schweißgebadet. Schwindlig ist mir außerdem, aber ich bin mir nicht sicher, ob das an der körperlichen Anstrengung liegt.

„Sei nicht albern, Hanna. Du wohnst hier, also geh rein. Und nimm um Gottes willen ein Bad, das hast du dringend nötig!", mahnt Claire und schüttelt den Kopf. Na warte. Spätestens morgen kriege ich dich persönlich in die Finger und dann ist Schluss mit deiner Stimme in meinem Kopf. Claire lacht. Und ich drehe den Schlüssel im

Schloss, hole Luft und zerre den Koffer in meine Wohnung hinein.

Okay, ich bin jetzt drinnen.

Es riecht muffig.

Natürlich tut es das, denn ich habe ja auch seit zwei Wochen nicht mehr gelüftet. Staubgewischt auch nicht. Besitze ich überhaupt einen Staublappen? Naja. Dem kann man abhelfen.

Ziemlich ordentlich hier.

Klar. Stehen ja auch nur ein paar Möbel rum und die wenigsten besitzen so etwas wie eine Ablagefläche, auf der sich Urlaubsandenken oder andere Staubfänger breitmachen könnten. Design von heute ist eben nicht für Nippes konzipiert. Und ich mag es ja modern. Wirkt aber schon irgendwie steril, wenn man ehrlich ist.

Besitze ich wirklich keine einzige Pflanze? Ich sinke auf meine weiße Ledercouch und betrachte die unberührten Umzugskartons, die im Wohnzimmer herumstehen. Habe ich tatsächlich seit meinem Einzug nichts von dem gebraucht, das sich darin befindet?

Und … war es schon immer so still hier?

Ich taste in meiner Jackentasche nach Emilias Karte und lege sie vor mir auf den Couchtisch. Dann wandert mein Blick zu dem Rollkoffer, den ich mitten in diesem schmucklosen, leeren Raum stehen gelassen habe.

„Wir sind schon ein ulkiges Gespann, du und ich“, murmele ich und muss plötzlich grinsen, weil ich mal wieder mit einer Toten rede. Aber hey, wen kümmert es eigentlich? Ruckartig komme ich auf die Füße. „Es wird Zeit, das Beste aus dem zu machen, was wir bekommen haben, Giuseppa.“

Ich knie nieder und öffne den Reißverschluss des Koffers, werfe achtlos die zerknautschten Klamotten auf den Boden und hole die Urne hervor, um sie zum Couchtisch zu tragen.

„Das heißt also für dich, dass du vorläufig mein Gast bist. So lange, bis ich eine Lösung gefunden habe, wie ich dich zurück nach Italien bekomme.“ Mein Blick fällt auf den Karton, auf den ich mit schwarzem Edding *„Wohnzimmer“* geschrieben habe, und plötzlich weiß ich, was ich zu tun habe: Ich sorge dafür, dass sich diese Wohnung wie ein Zuhause für die alte Dame anfühlt. Das bin ich ihr schuldig. Und mir.

Zwei Tage später

Fabrizio.
Selten war es derart still in der Küche. So still, dass ich meine, jeder müsse mein Herz schlagen hören. Dabei schlägt es nicht sonderlich laut und auch nicht schneller als sonst. Es ist, als hätte ich gerade etwas völlig Alltägliches gesagt, so was wie „Ich glaube, dass es nachher regnen wird“ oder „die Benzinleitung am Traktor ist mal wieder hin.“ Aber so wenig mich selbst die Worte berühren, die ich in meinem Kopf so oft hin und her gedreht habe, bis sie ihren Schrecken verloren haben, umso erstaunlicher ist ihre Wirkung auf meine Familie: Lucia fiel zunächst der Schöpflöffel aus der Hand, mit dem sie Pastasoße auf ihren Teller geben wollte. Jetzt sitzt sie wie versteinert neben mir und starrt die Wand an. Rosa-Maria mustert ihr Panini, als wundere sie sich darüber, dass sie vorhatte, es zu essen und selbst Alberto, der sich seit seiner Rückkehr vom Krankenhaus unaufhörlich über Lucias Schonkost beschwert, hat aufgehört, vor sich hinzunörgeln. Sogar Marco lässt seine hochnäsige Maske fallen und glotzt mich ungläubig an, aber die Reaktion, die mich wirklich trifft, kommt von Paolo. Mein Vorarbeiter trinkt seinen Wein in großen Schlucken leer und verlässt wortlos das Zimmer.

„Wiederholst du das bitte noch mal?“, sagt Lucia schließlich in die Stille hinein.

„Ich sagte, wir verkaufen die Aprikosenfelder und stecken den Erlös in das Hotel. Nach Abzug unserer Schulden.“ Ich greife nach der Pastaschüssel. Je öfter ich es ausspreche, desto gleichgültiger wird es mir.

„Aber warum?!“ Lucias Stimme wird schrill. „Jahrelang hast du alles in diese Felder gesteckt! Und jetzt kommst du und sagst, du gibst einfach auf? Was ist mit der Brennerei? Mit den Aprikosen? Nonnas Likör … eure Großmutter hat ihr ganzes Leben …“

„Nonna ist tot. Und ich kann ihr Erbe nicht fortführen und werde es deshalb auch nicht antreten. Ich will nicht dafür verantwortlich sein, dass wir in einem Jahr alles verlieren.“ Ich nicke Marco zu, der den Mund noch immer nicht zukriegt. „Wenn Marcos Zahlen stimmen, haben wir sowieso keine andere Wahl.“

„Fabrizio hat recht, Lucia.“ Alberto tupft würdevoll seinen

Mund mit seiner Serviette ab und nickt mir zu. „Ich habe die Bücher gesehen."

Marco räuspert sich. „Nun, nach dem augenblicklichen Stand schreibt die Aprikosenplantage seit letztem Sommer rote Zahlen und die Summe wird jeden Monat höher. Mit viel Glück bleiben uns zwei Jahre, bis unsere Verbindlichkeiten …"

„Ach, halt doch den Mund, Marco!" fährt Lucia ihm wütend dazwischen. „In zwei Jahren kann wer weiß noch was passieren! Nonnas Likör ist jedes Risiko wert! Wenn wir ihn ins Ausland verkaufen, schwimmen wir in Geld, hat Nonna gesagt!"

„Das Rezept ist verloren, Lucia." Ich zucke mit den Schultern und kippe Spinatsoße über meine Tagliatelle, eine rein mechanische Handlung, denn Appetit habe ich seit zwei Tagen nicht mehr.

„Was heißt das, es ist verloren?" Lucias Augen werden schmal. „Hast du deshalb neulich dieses grüne Heft gesucht?"

Ich schweige, während Marco nach Lucias Hand greift, die sie ihm entzieht, als ob er eine ansteckende Krankheit hätte.

„Wie kann es denn einfach verschwinden? Das Haus verliert doch nichts! Irgendwo wird es schon sein."

„Glaub mir. Es ist weg."

„Dann … machen wir eben einen eigenen Likör!" Lucias Augen sprühen Funken. Sie erinnert mich gerade mehr an Nonna, als mir lieb ist.

„Was glaubst du, was ich in den letzten Wochen in der Brennerei versucht habe? Es hat keinen Sinn, glaub mir. Es ist vorbei." Die Pasta schmeckt fade, trotzdem zwinge ich mich, eine weitere Gabel zu essen und das Ganze mit einem Schluck Wein herunterzuspülen. Marco kippelt mit seinem Stuhl. Er hat jetzt wieder diesen Gesichtsausdruck, für den ich ihn am liebsten mit dem Kopf voraus in den Hühnermist werfen würde.

„Man muss erkennen, wann ein Traum ausgeträumt ist", sagt er selbstgefällig. „Die neue Destillieranlage war von vorneherein eine Fehlinvestition. Das habe ich von Anfang an gesagt."

Lucia hebt das Kinn und sieht ihren Mann aufmerksam an.„Das hast du allerdings. Mehrfach."

„Genau. Aber auf mich hat ja keiner gehört." Sein linkes Auge zuckt. Ich weiß nicht, ob Lucia dieselbe ungute Ahnung überfällt wie mich.

„Wo sagtest du, Fabrizio, hat Nonna das Rezeptbuch aufbewahrt? Doch wohl kaum im Küchenschrank. So wertvoll, wie es

für sie war, hätte sie es an einem sicheren Ort gelassen."

„Schon möglich", antworte ich und Lucia nickt, ohne Marco aus den Augen zu lassen.

„Im Büro beispielsweise?"

„Auch da habe ich alles durchsucht."

„Das ist doch jetzt wirklich egal!" Marco macht eine wegwerfende Handbewegung, eine feine Röte macht sich auf seiner Stirnglatze breit. Lucias Augen verdunkeln sich.

„Ich möchte kurz mit dir reden, Marco. Unter vier Augen."

Hanna.

„Hanna?"

Ich bleibe schnaufend stehen, schaffe es aber nicht, mich umzudrehen, da ich fürchte, entweder die Treppe rückwärts runterzufallen oder gleich an Ort und Stelle zusammenzubrechen.

Das habe ich nun von meinem spontanen Abstecher in den winzigen Blumenladen, der mir auf meinem täglichen Weg zur Redaktion bisher nie aufgefallen war. Aber ich war heute früh dran zur Mittagsschicht und wollte bloß nach einer pflegeleichten Zimmerpflanze fragen, die auch für einen Grünzeuganfänger wie mich taugt. Wer ahnt denn, wie sehr mich all diese Farben und dieser Duft überwältigen würden? Und dann war da noch die Verkäuferin, eine unscheinbare, aber unglaublich herzliche Mittvierzigerin, die mir sogar beinahe einen Kaktus aufgeschwatzt hätte. Zugegeben, ich habe kurz gezögert, aber dann war mir das Ding doch zu stachelig.

Das Ganze endete also damit, dass ich meinen ersten Arbeitstag mit einem palmenartigen Gewächs im Arm begehe, das ich auf den Namen Eva getauft habe, weil sie quasi die erste Pflanze in meinem Leben ist. Und mit je einem Bund Sonnenblumen, Gerbera, ein paar langstieligen Lilien, einem Strauß Rosen und … den Namen von den lilafarbenen Blüten habe ich leider vergessen. Fakt ist, dass ich so viel auf einmal definitiv nicht tragen kann.

„Hanna?", ertönt die helle Stimme wieder. „Bist du das wirklich?"

Ich versuche, über das Blumenpapier zu schielen. Meine Praktikantin steht neben mir auf der Treppe und sieht mich ungläubig an.

„Sasha! Schön, dich zu sehen!", sage ich fröhlich und puste eine vorwitzige Lilie beiseite, die versucht, mich an der Nase zu kitzeln. Wie jeden Morgen hat Sasha Kaffee geholt, wie ich an der Papptüte

erkenne, die sie in der Hand hält. Das ist wirklich süß von ihr.

„Ist alles okay mit dir?“

Die Lilie bleibt standhaft. „*Hatschi!*“, antworte ich und muss lachen, woraufhin Sasha mich noch misstrauischer anschaut.

„Können wir vielleicht im Büro weiterreden? Mir werden nämlich die Arme schwer“, sage ich freundlich und bewahre die pinkfarbenen Gerbera gerade noch vor dem Absturz. Pink. Ich muss verrückt sein!

Sasha wirkt unschlüssig. „Soll ich dir irgendwas davon … abnehmen?“ Jetzt sieht sie aus, als erwarte sie jeden Moment eine Zurechtweisung von mir, weil sie eine unverschämte Frage gestellt haben könnte.

„Das wäre sehr lieb!“

Zum Glück lässt Sasha sich nicht zweimal bitten, sondern nimmt mir den Topf mit Eva ab, gerade im richtigen Moment, denn mein linker Arm versagt soeben seinen Dienst. Stöhnend reibe ich mir den schmerzenden Muskel, während die Tür der Redaktion von innen aufgerissen wird, und Claire mit vor der Brust verschränkten Armen vor uns steht. „Wir kaufen nichts.“

„Das trifft sich gut. Ich habe nämlich nur etwas zu verschenken“, sage ich ernst in ihre ausdruckslose Miene und strecke ihr den Sonnenblumenstrauß entgegen. Aber Claire legt nur den Kopf schief und starrt mich ähnlich skeptisch an wie Sasha vorhin.

„Was machst du hier? Wieso bist du nicht mehr in Italien?“, fragt sie streng und macht sich noch ein bisschen größer in ihrem Türrahmen, bei ihren einsfünfzig ein lächerliches Unterfangen. Ich lächle geduldig, wie ich hoffe. Claire mustert mich ungeniert von oben bis unten, und ihr entgehen meine Augenränder sicher nicht. Liebeskummer ist anstrengend. Man schläft wenig und heult andauernd, was an meiner Gesichtshaut natürlich nicht spurlos vorbeigeht. Schließlich bleibt Claires Blick doch auf den Sonnenblumen haften. „Die sind hübsch.“

„Hübsch genug, dass du mich rein lässt?“

Claire verzieht den Mund. Und drückt mich im nächsten Augenblick an sich, ungeachtet der armen Sonnenblumen zwischen uns. Na endlich! „Du verrücktes Huhn. Aber bevor ich vor Freude tanze, muss ich dich warnen“, flüstert sie. „Der Hellwig ist außer sich.“

„Ist er das.“ Ich schlucke. Das hatte ich irgendwie befürchtet. Im Grunde genommen gibt es nur zwei Möglichkeiten, weshalb ich

mir den Unwillen des Chefs zugezogen haben könnte – und jede für sich wäre eine mittelschwere Katastrophe. Erstens, Fabrizio hat die Klage nicht zurückgenommen. Dann kann ich noch heute meinen Schreibtisch räumen. Oder Hellwig hasst meinen Artikel und will, dass ich ihn ändere. Was ich nicht tun werde, weil ich ein Versprechen gegeben habe. So oder so: Meine Karriere als Foodjournalistin wäre auf jeden Fall vorbei. Etwas bedröppelt folge ich Claire in unser Büro und lege die Blumen auf meinem Schreibtisch ab.

Claire schnippt mit den Fingern. „Sasha! Bring Vasen." Sie wirft einen Blick auf den Tisch. „Viele Vasen!"

Sasha rollt mit den Augen und trollt sich mit einem gemurmelten „Mädchen für alles" in Richtung Belegschaftsküche. Ich schaue ihr nachdenklich hinterher, doch Claire fordert unerbittlich meine Aufmerksamkeit. Sie drückt mich auf meinen Drehstuhl und setzt sich vor mich auf die Tischplatte, ihre Knie nur Zentimeter von meiner Brust entfernt. Ich verhindere gerade noch, dass sie meine pfirsichfarbenen Rosen platt drückt.

„Gut. Wer bist du und was hast du mit Hanna gemacht?" Eine Zeitschrift klatscht in meinen Schoß. Die neue Italienausgabe. Ich bemühe mich, nicht hinzusehen und fixiere stattdessen den kleinen, braunen Fleck auf Claires Bluse. Ich wette, das ist Nutella. Ich grinse, auch wenn eine ganze Armee Fäuste von innen gegen meine Rippen trommelt.

„Hat Hellwig meinen Artikel genommen?"

Claire starrt mich an. „Ich sagte ja schon. Er war außer sich."

„Ja, aber hat er ihn trotzdem in die Sonderausgabe rein genommen?" Ich balle meine Hände zu Fäusten und versuche, gleichmäßig zu atmen. Bitte sag ja. Bitte! Ich werde mich selbst nie wieder im Spiegel anschauen können, solange die Wahrheit über das Tre Camini nicht schwarz auf weiß geschrieben steht. Oder meinetwegen blau auf pink!

„Guck mich bitte an, Hanna."

Ich blinzle angestrengt nach oben. Jetzt bloß nicht weinen. Obwohl – warum eigentlich nicht. Ich habe in den letzten Tagen so viel geweint, da kommt es auf eine Träne mehr oder weniger auch nicht mehr an.

„Er war außer sich ... vor Begeisterung! So wie alle hier. Dein Artikel ist formidable - großartig! Und er ist sogar zur Titelstory gewählt worden!"

Meine Gedanken purzeln durcheinander wie die Würfel bei ei-

nem Kniffelspiel. Und ich habe keine Ahnung, welche Zahl gerade auf dem Tisch liegt. Claire nimmt die Zeitschrift von meinem Schoß und hält sie mir vor die Nase. Als ich den Hügel mit der geschwungenen Zypressenallee und das gelbe Steinhaus auf dem Cover wiedererkenne, hätte ich beinahe losgeheult. Teils aus Erleichterung und teils, weil mein gebrochenes Herz sich zurückmeldet.

„Aber mal ganz unter uns, Hanna. Was für eine verdammt rührselige Liebeserklärung hast du da eigentlich geschrieben?"

Da endlich schießen mir die Tränen in die Augen.

Fabrizio.

Es ist ein heißer Mittag, über den sich ein vollkommener Sommerhimmel spannt. Die Sonne hängt wie eine brennende Scheibe da oben und treibt alles in den Schatten, was Beine hat. Außer Vittoria, die unermüdlich auf der Obstwiese nach Würmern scharrt und sich von keinem Menschen mehr aus der Ruhe bringen lässt. Sie muss spüren, dass ihr niemand ernsthaft an die Gurgel will, wie keinem Tier auf diesem Hof, den Kaninchen eingeschlossen.

Ich ziehe an meiner Zigarette, für die ich meinen Nachtisch verschmäht habe und schmunzle. Jeder weiß, dass Paolo die Hühner und Kaninchen für unsere Küche aus dem Nachbardorf holt, weil es Alberto das Herz brechen würde, eins seiner Viecher zu schlachten. Wenn die beiden allerdings so weiter machen, werden wir die Ställe vergrößern und einen Hühnerhof aufmachen müssen. Was vielleicht nicht das Schlechteste wäre, denn ich werde eine andere Aufgabe für den treuen Paolo finden müssen, wenn sie die Planierraupen auf unsere Felder geschickt haben.

Ich warte auf das Ziehen in meiner Brust, das dieser Gedanke auslösen sollte. Doch in mir bleibt alles leer. Stattdessen schweift mein Blick zum Haus und zu Hannas Fenster, das jetzt nur noch irgendein Fenster ist. Ich zertrete die aufgerauchte Zigarette im Kies und zünde mir eine neue an. Der Schmerz in meiner Lunge, als ich den Rauch einatme, fühlt sich gut an, denn er ist der einzige, den ich derzeit spüre.

Alberto lässt sich ächzend neben mir auf die Bank sinken und hebt seine Tasse. „Du glaubst nicht, wie übel Espresso mit Süßstoff schmeckt." Verächtlich spuckt er den Schluck aus, den er im Mund hin und her geschoben hat. Ich zwinge mich, nicht mehr zu Hannas Fenster herüberzustarren.

„Du hast da eine weise Entscheidung getroffen, mein Junge“, brummt Alberto und tätschelt etwas unbeholfen meinen Arm.

„Ich habe eine logische Entscheidung getroffen.“

„Selbst das bringen die Wenigsten zustande.“

„Schon möglich.“ Ich zucke die Schultern. „Ich habe es mir nicht ausgesucht. Hätte ich die Wahl gehabt, hätte ich die Felder behalten.“

Alberto lacht heiser. „Gilt das für die hübsche deutsche Signora auch?“

„Ich weiß nicht, was du meinst.“

„Doch, das tust du, mein Junge.“

„Sie ist weggegangen, mehr gibt es zu ihr nicht zu sagen“, sage ich steif und hoffentlich abweisend genug, dass der Alte das Thema sein lässt. Doch Alberto ist ein sturer Hund, der bellt, wenn er etwas zu melden hat.

„Und du hast nichts dagegen getan.“

„Warum sollte ich“, knurre ich zurück.

„Muss ich dir die Antwort wirklich geben, du Dummkopf?“ Alberto erhebt sich und schlurft schwerfällig zur Haustür, wo er sich noch einmal zu mir umdreht. „Deine Großmutter hat mit der Mutter dieses Mädchens schon einmal die falsche Entscheidung getroffen. Das hat sie sich bis zuletzt nicht verziehen. Mach nicht denselben Fehler.“

„Du redest wirr, alter Mann.“ Ich sehe ihn verständnislos an, weil ich wirklich keine Ahnung habe, wovon Alberto da spricht. Der Alte tut meine Bemerkung mit einer unwilligen Geste ab.

„Deine kleine Signora hat schon hierhin gehört, bevor du dein einfältiges Herz an sie verloren hast. Also hol sie gefälligst nach Hause.“

Hanna.

„Dann habe ich alle Kisten ausgepackt. Sogar die mit den Sachen, die ich eigentlich zur Kleidersammlung geben wollte. Jetzt sieht es wenigstens so aus, als würde jemand in dieser Wohnung wohnen. Gut, die Pflanzen fehlen noch, ein Gartenset für den Balkon … ein bisschen mehr Holz würde den Räumen guttun und vielleicht das eine oder andere hübsche Accessoire … vielleicht gehst du mal mit mir einkaufen … Wo hast du doch gleich noch deine bunten Kissen her? Aus diesem Laden in Steglitz, von dem du immer erzählst?“ Erwartungsvoll beuge ich mich nach vorne. Claire schüt-

telt lachend den Kopf und hebt die Hände.

„Hanna, du hast dich wirklich ziemlich verändert!“

„Hab ich das“, sage ich vorsichtig.

„Sag bloß, du hast das noch nicht gemerkt!“

Ich zucke die Schultern. Claire hebt ihre Hand und zählt an den Fingern ab. „Also erstens, du trägst Jeans und Ballerinas. Bis jetzt wusste ich nicht mal, dass du überhaupt flache Schuhe besitzt. Zweitens, du richtest deine Wohnung ein und kaufst Blumen. Du hasst Blumen!“

„Aber das stimmt überhaupt nicht!“

„Unterbrich mich nicht!“ Sie runzelt die Stirn und hebt den dritten Finger hoch, ironischerweise den mittleren. „Du schließt Freundschaft mit einer wildfremden Frau und, was ich am allerunheimlichsten finde, …“

„Jetzt bin ich gespannt.“

„Wo sind deine Souvenirs?“ Claire schaut mich erwartungsvoll an. Ich spüre, dass ich rot werde.

„Ich habe keine.“

„Bist du sicher?“

Ich verdrehe die Augen und ein feines Lächeln erscheint auf ihrem rot bemalten Mund. „Da hast du es! Keine Souvenirs!“ Claire hüpft vom Schreibtisch und tanzt albern drum herum. Und allmählich dämmert mir selbst, was meine Worte bedeuten. Ich habe tatsächlich nichts gestohlen. Kein Kribbeln in den Fingern mehr, keine Panik zu sterben, wenn ich nicht … Ein breites Lächeln zieht meine Mundwinkel auseinander. Ich habe nichts gestohlen!

„Oh mein Gott, sie ist geheilt!“, tönt es spöttisch aus der Küche und dann, nach einer kurzen Pause, folgt ein Verzweifeltes: „Aber was mache ich denn jetzt mit den Schuhkartons, die ich extra für Hannas Zeugs gesammelt habe?!“

„Halt die Klappe, Sasha!“, rufen wir gleichzeitig und brechen in Gelächter aus. Doch Claire wird schnell wieder ernst.

„Bist du wirklich sicher, dass du das Richtige getan hast?“, fragt sie leise und tippt auf das gelbe Haus auf dem Italiencover. Wieder wird meine Kehle eng, aber ich nicke stumm. „Und was willst du mit der Großmutter machen? Du weißt, dass du sie zurückgeben musst.“

„Kann ich später darüber nachdenken?“, flüstere ich. Gott, dieses ständige Ziehen in meiner Brust macht mich fix und fertig. Claire seufzt und rutscht von meinem Schreibtisch.

„Nun Hanna, gegen Liebeskummer gibt es nur ein Heilmittel. Und das ist süß und schokoladig und befindet sich in einem großen Glas mit Schraubverschluss!"

Fabrizio.

Mein Bruder braucht den ganzen Nachmittag, um das Gespräch mit mir zu suchen. Er hat sich schon immer schwer damit getan, für etwas geradezustehen, das er angestellt hat. Und dass er etwas angestellt hat, ist so klar wie Rosa-Marias Hühnerbrühe, zweimal durch ein Tuch geseiht. Lucia wird die Wahrheit aus ihm herausgepresst haben, mit allem, was sie zur Verfügung hat – und das ist eine Menge. Ehrlich gesagt will ich diese Wahrheit gar nicht hören, also habe ich mich auf das hintere Aprikosenfeld verzogen, um Paolo und den Männern zu helfen. Doch meine Schonfrist ist begrenzt.

Ich drücke auf die Bremse, als Marco wie aus dem Nichts vor dem Traktor auftaucht. Erstaunlicherweise trägt er Arbeitshosen.

„Was ist denn mit dir passiert? Hat deine Sportstrumpfhose eine Laufmasche?" Doch Marco ignoriert meine bissige Bemerkung und sieht zu Paolo hinüber, der seinen Korb abgestellt hat und uns interessiert zuhört.

„Kann ich kurz mit dir reden, Fabrizio? Allein?"

Ich werfe Paolo einen Blick zu und klettere von meinem Hochsitz. Paolo hievt den Korb auf den Anhänger und nimmt meinen Platz ein. Er tippt an seine Hutkrempe und der Traktor tuckert langsam davon. „Gehen wir ein Stück", sage ich knapp und gebe einer weiteren spontanen Boshaftigkeit nach, indem ich mich vom Hauptweg abwende.

Wie erwartet, fällt Marco bereits nach zehn Minuten auf dem Eselspfad hinter mir zurück. Trotz der Hitze ist er voller Schlammlöcher und die Erinnerung daran, wie Hanna mit dreckverschmierten Beinen und nur einem Pantoffel vor mir herstakste, den Kopf stolz erhoben, liegt mir schwer im Magen. Ich schnaube und gehe schneller, um das blöde Gefühl loszuwerden, habe aber die Rechnung ohne meinen kleinen Bruder gemacht. Sein Versuch, mit mir Schritt zu halten, scheitert an seinen Stoffturnschuhen.

„Mensch Fabrizio, renn doch nicht so!", ruft er hinter mir und schimpft vor sich hin, während er bis zu den Knöcheln in Matsch und Eselsdung watet. Ich drehe mich nicht mal um.

„Du bist doch nicht etwa schon aus der Puste, du Supersport-

ler?" Ein Fluchen, ein Knacken. Weitere Flüche. „Tritt auf die Wurzeln, dann geht es besser." Ich schüttle den Kopf und bleibe mit verschränkten Armen stehen, bis Marco aufgeholt hat.

„Warum machst du das immer?" Er ballt die Fäuste, sodass seine Knöchel weiß werden, seine Augen funkeln wütend.

„Was mache ich denn?"

„Du … du …" Ich kenne dieses Stottern und den Gesichtsausdruck nur zu gut, denn beides hat sich, seit Marco vier war, kaum verändert. Seine Unterlippe zittert und auf seiner Stirn erscheint die Falte, die aussieht wie ein A. „Das Wutbarometer" hatte Nonna diese Stirnfalte scherzhaft genannt und Marcos Tobsuchtsanfälle mit Zahlen von eins bis zehn versehen. Das hier ist locker eine Neun. Dabei dachte ich, ich sei derjenige, der wütend sein sollte. „Du gibst mir immer das Gefühl, der Verlierer zu sein!", presst er mühsam hervor.

„Deshalb wolltest du mit mir reden?"

„Nein … ja! Ich … Lucia hat gesagt, ich soll von vorn anfangen."

„Hat sie das." Ich rolle mit den Augen. Frauen.

„Und sie meinte, ich soll mich vor dir nicht kleiner machen."

„Aber du bist kleiner als ich."

„Damit meinte sie nicht die Körpergröße", antwortet Marco steif. Es fällt mir schwer, ernst zu bleiben. Er hat noch immer nicht raus, wann ich einen Witz mache. Plötzlich tut er mir leid – und ich habe ein schlechtes Gewissen, weil es mal wieder meine Schuld ist, dass mein Bruder sich schlecht fühlt. Nur, dass er heute nicht mehr schluchzend in Nonnas Kleiderschrank sitzt. Ich klopfe ihm auf die Schulter und wende mich nach rechts.

„Lass uns den Hauptweg nehmen. Und dann, bei allem Respekt für Lucia, vergisst du die Gehirnwäsche deiner Frau und wir reden wie Männer."

Eine Viertelstunde später ringt Marco noch immer nach Worten, während wir nebeneinander auf dem Traktorpfad auf das Gutshaus zugehen.

„Marco. Was immer es ist, geh davon aus, dass ich es schon weiß", lüge ich, um ihn aus der Reserve zu locken. Er zögert, sieht mir dann aber zum ersten Mal seit Monaten offen ins Gesicht.

„Ich habe Nonnas Rezeptbuch durch den Schredder gejagt."

Eine Weile lang sehe ich stumm zum Haus hinüber. Tatsächlich

habe ich mit so etwas gerechnet und mir sogar eine mögliche Reaktion überlegt, bin aber zu keinem Ergebnis gekommen. Ich konnte mich einfach nicht entscheiden, ob ich Marco windelweich prügeln – oder direkt im Brunnen ertränken sollte. Nun ist es so weit und ich fühle mich noch immer so leer wie vorher. Und das alles nur, weil diese verdammte Frau vor zwei Tagen mein Herz in ihren Rollkoffer gestopft hat und mit ihm verschwunden ist. Samt meiner Großmutter. Ein weiteres Problem, mit dem ich mich befassen sollte.

„Warum?", frage ich schlicht, nicht, weil es mich wirklich interessiert, sondern weil ich nicht darüber nachdenken will, wie ich Nonna zurück nach Italien bekomme.

„Weißt du eigentlich, dass es die Hölle ist, dein Bruder zu sein?!", platzt Marco heraus, während er versucht, seine Schuhe an der Grasnabe am Wegrand zu säubern. Mir war schon klar, dass Marco ein Problem hat, aber ich dachte, das hätte mehr mit ihm selbst zu tun.

„Das wundert dich jetzt tatsächlich, oder? Schon klar. So einen Heiligenschein, den man als Kind auf den Kopf gesetzt bekommt, den legt man so leicht nicht mehr ab. Wozu auch. Ich höre sie noch heute, hier …" Er tippt an seine Stirn und rollt mit den Augen. „Nein, nicht so Marco, schau doch, wie Fabrizio es macht. Marco, lass das deinen großen Bruder erledigen! Kannst du nicht ein kleines bisschen wie Fabrizio sein? Du darfst nur mitspielen, weil Fabrizio unser Bandenchef ist! Marco, nerv nicht! Guck dir lieber deinen Bruder an, der kann schon Traktor fahren. Fabrizio ist stärker, lustiger, schneller, mutiger … was zählten da schon gute Schulnoten? Ich war nur der Camini, der lieber in der Bibliothek saß, statt auf den Feldern zu helfen. Knock-out-Kriterium für unseren Vater und für Nonna sowieso, die schon Sterne in den Augen hatte, wenn sie nur deinen Namen sagte." Er kickt missmutig einen Stein beiseite. „Ich konnte damals machen, was ich wollte. Es war nie so toll, wie das, was du veranstaltet hast. Ich war niemals gut genug."

„Du bist vier Jahre jünger als ich, Marco. Natürlich durftest du manche Dinge noch nicht tun, aber nicht, weil sie dir keiner zugetraut hat, sondern weil dich alle beschützt haben. Mich eingeschlossen."

„Aber ich wollte nicht beschützt werden! Ich wollte …", er schnappt nach Luft und sieht mich dann beinahe trotzig an, „…

ich wollte wie du sein! So, jetzt ist es raus!“

„Glaub mir, das wolltest du bestimmt nicht“, brumme ich und denke an Vaters Motorrad in der Scheune. Wie gern hätte ich in Büchern gelesen, statt mir einzureden, unser Vater würde zurückkommen, wenn ich nur hart genug auf den Feldern buckle.

„Das habe ich irgendwann auch eingesehen. Zum Glück, denn sonst hätte mich Lucia wahrscheinlich nicht gewollt.“

„Sehr witzig. Mir ist trotzdem nicht klar, was das alles mit Nonnas Likörrezept zu tun hat.“

„Es war nicht richtig, dass ich das Rezeptheft vernichtet habe. Aber ich hatte das Gefühl, ich hätte keine andere Wahl. Als Nonna mir damals die Bücher anvertraut hat, konnte ich endlich beweisen, dass ich gut in dem bin, was ich tue. Keine Buchhaltung in ganz Italien ist so sauber wie unsere.“

„Das war uns immer bewusst, Marco.“

„Bloß gesagt hat es keiner. Aber damit konnte ich leben, das kann ich heute noch. Doch dass keiner mir zugehört hat, war … unerträglich! In den letzten Jahren ist es mit diesem Betrieb ständig bergab gegangen, aber keiner wollte die Wahrheit hören, und Lucia wollte ich sie nicht zumuten. Stattdessen haben Nonna, Alberto und du euch in diese Aprikosensache verrannt. Und ihr habt es mir überlassen, die Gelder für euren Traum lockerzumachen, zulasten des Hotel- und Restaurantbetriebs. Wir können schon seit Monaten unsere Lieferanten nicht mehr bezahlen. Und als Nonnas Testament verkündet wurde … da wusste ich einfach nicht mehr weiter.“

„Also hast du …“

„Also habe ich dafür gesorgt, dass dieser Aprikosentraum ausgeträumt ist. Für diese Familie. Damit meine und auch deine Kinder einmal im Tre Camini aufwachsen dürfen, schlichtweg, weil es dann noch existiert. Aber die Art und Weise war falsch, das sehe ich jetzt ein. Lucia hat mir heute ganz schön zugesetzt, bis ich ihr alles gebeichtet habe. Danach hat sie mir eine Ohrfeige gegeben und das zu recht. Ich kann nicht mehr tun, als mich bei dir zu entschuldigen.“

„Nein Marco. Genau genommen muss ich mich entschuldigen. Ich war ein selbstsüchtiger Idiot.“

Wir sehen einander betreten an.

„Ganz schön dumm gelaufen, oder?“ Marco kratzt sich am Kopf.

„Ziemlich dumm gelaufen." Ich nicke.

„Ich fürchte, ich bin auch schuld daran, dass deine kleine Deutsche fortgelaufen ist."

„Sie heißt Hanna. Und glaub mir, das hat mit dir überhaupt nichts zu tun."

„Aber ich habe ihr eingeredet, dass sie dir nichts bedeutet. Ich habe sogar versucht, sie zu bestechen. Und ich habe Sofia in die Osteria geschickt."

„Ich habe Hanna von Anfang an nichts bedeutet. Nur das zählt."

„Es war also wirklich nur ein Geschäft, das mit eurer Heirat?"

„Du lagst wie immer goldrichtig, du Pessimist."

„Komischerweise befriedigt mich das jetzt nicht halb so sehr, wie ich gehofft hatte. Sie hatte Haare auf den Zähnen, trotzdem mochte ich sie irgendwie. Aber was ihre Gefühle für dich angeht, wäre ich mir da an deiner Stelle nicht so sicher."

„Sie ist fort, Marco. Das ist für mich Beweis genug. Lassen wir die Vergangenheit da, wo sie hingehört."

„Das heißt was?"

„Wir schauen nach vorne und tun, was deine Zahlen wollen. Die Aprikosenfelder gehen an deine Golffreunde, auch wenn ich bei der Unterschrift wahrscheinlich auf den Vertrag speie, wir begleichen unsere Schulden und starten mit einer neuen Idee durch: Das Tre Camini wird das begehrteste Hotelrestaurant weit und breit. Und da ich garantiert nicht heirate, wirst du nächstes Jahr die Zügel in deine Buchhalterhände nehmen. Du hast es verdient, auch wenn du manchmal ein echter Mistkerl bist. Aber vielleicht brauchen wir diese Sorte Chef hier."

„Du meinst das wirklich ernst."

„Mittlerweile müsstest du wissen, dass ich alles ernst meine, was ich sage. Schlag ein, kleiner Bruder." Ich hebe fünf Finger, die Marco mit schiefem Kopf betrachtet, ehe er das tut, was ich gemacht habe, als wir Kinder waren: Statt einzuschlagen, boxt er mir mit der Faust in die Seite.

Wir sitzen noch lange vor dem Holzschuppen in der Sonne und genießen es, zusammen zu schweigen. Lucia bringt uns zwei Flaschen Bier und lässt uns schließlich mit einem zufriedenen Lächeln wieder alleine. Erstaunlich, wie manche Dinge sich fügen. Ich hoffe nur, dass es mit der Leere in mir ähnlich geht. Wir öffnen die Kronkorken mit den Zähnen, ein Trick, der Marco an seinem

sechzehnten Geburtstag ein Stück seines Eckzahns gekostet hat. Wir grinsen uns an und lassen die Flaschen aneinanderknallen.

Mein Bier ist halb leer, als Alberto in seiner Imkermontur an uns vorbeistiefelt. Er hat den Hof fast überquert, als er umdreht und zurückkommt. Marco feixt und auch ich verkneife mir ein Schmunzeln. Alberto sieht in seinem Schutzanzug wie ein Astronaut aus.

„Ich sage es dir nur noch einmal, Fabrizio", tönt er dumpf unter seinem Imkerhut, den er aus einem alten Motorradhelm und einem Fliegennetz gebastelt hat. „Bring Isabellas Tochter nach Hause!" Dann stapft er mit gesenktem Kopf davon. Marco schaut mich fragend an.

„Wer ist Isabella?"

Ich schüttle den Kopf, obwohl der Name eine Erinnerung in mir auslöst, die ich nicht greifen kann. „Das würde ich auch gern wissen."

Hanna.

Als ich gegen Abend meinen Schlüssel in mein Türschloss stecken will, stelle ich zu meinem Schrecken fest, dass meine Wohnungstür einen Spaltbreit offen steht. Dabei bin ich mir hundertprozentig sicher, sie abgeschlossen zu haben, als ich aus dem Haus gegangen bin – zweimal, aus alter Gewohnheit.

Mit klopfendem Herzen starre ich abwechselnd auf den unheimlichen Spalt, der mir zur sofortigen Flucht rät und auf meine neue Kokosmatte, von der mir ein sonnengelbes „Welcome" entgegenstrahlt. Letztlich siegt mein Widerwillen, mich mit dem ganzen Grünzeug die Treppe wieder runterschleppen zu müssen, über meine Angst, und ich tippe vorsichtig gegen die Tür. Ich lausche mit angehaltenem Atem und mache einen zögernden Schritt hinein. Der Duft, den ich vorhin bereits wahrzunehmen glaubte, verstärkt sich im Flur, meine Ahnung wird innerhalb von Sekundenbruchteilen zur Gewissheit. Die Anspannung verpufft sofort. Mit einem ärgerlichen Schnauben gehe ich in die Hocke, stelle Eva auf den Boden und stürme in die Küche.

„Ah! Carissima! Da bist du ja!" Meine Mutter steht barfuß auf meinem teuren Lederhocker und kramt seelenruhig im Hängeschrank. „Sag mal, hast du keine getrockneten Bohnen im Haus?" Angewidert schnuppert sie an einer angebrochenen Nachotüte. „Du solltest dieses aromatisierte Zeugs nicht essen", mahnt sie und

wirft die Tüte in meine Spüle. „Salz, Pfeffer und Olivenöl. Mehr hat in guten Kartoffelchips nichts verloren."

„Es sind Maischips", sage ich knapp und bemüht, nicht die Beherrschung zu verlieren. „Was tust du hier? Und wie bist du überhaupt rein gekommen?!"

„Na, ich koche dir eine Ribollita … vorausgesetzt, du hast irgendwo Bohnen versteckt." Sie dreht sich zu mir um und reißt die Augen auf. „Huch! Du hast dir die schönen Haare abgeschnitten!"

„Mamma! Du kannst nicht einfach in fremde Wohnungen einbrechen, um Suppe zu kochen!"

„Ich bin nicht in eine fremde Wohnung, sondern höchstens in die Wohnung meiner Tochter eingebrochen. Was aber so nicht stimmt, denn wenn man einen Schlüssel hat, ist man eigentlich nicht eingebrochen. Oder doch?" Sie schaut nachdenklich und macht dann eine wegwerfende Handbewegung. „Dein neuer Vermieter ist jedenfalls ein sehr netter Mann. Ein bisschen träge vielleicht, und er hat diesen schlaffen Händedruck, den ich bei Leuten nicht so gerne mag. Aber er sagte, er würde sich gleich morgen um das kaputte Rollo in der Gästetoilette kümmern …"

„Mamma!"

„Also weißt du, statt hier rumzustehen, könntest du mir ruhig helfen." Sie klettert von dem Hocker, der gefährlich wackelt, aber ich bleibe trotzig auf der Türschwelle stehen. Soll sie ruhig mal auf die Nase fallen.

Aber sie fällt nicht, im Gegenteil. Mamma landet elegant mit beiden Füßen auf dem Linoleum, schlüpft in ihre Pumps mit den mörderischen Pfennigabsätzen und streicht unsinnigerweise ihren Knitterfaltenrock glatt. Der einzige Hinweis darauf, dass sie irgendwie nervös ist. „Alles Liebe zum Geburtstag, Principessa."

Ich atme scharf aus. „Aber ich habe gar keinen Geburtstag!"

„Du wurdest mir am 12. April 1983 um 7 Uhr 19 in den Arm gelegt. Seitdem ist für mich jeder Tag dein Geburtstag", sagt sie leise. Dann kommt sie mit ausgebreiteten Armen auf mich zu.

Sie reicht mir gerade mal bis zum Kinn und hat Arme wie eine Zwölfjährige, trotzdem fühlt sich ihre Umarmung wie eine riesige, flauschige Decke an einem kühlen Herbsttag an. Egal, wie steif ich mich mache, mein Widerstand schmilzt dahin. Und dann brechen alle Dämme. Schluchzend sinke ich auf die Knie, Mamma mit mir, denn sie lässt mich nicht los.

„Ach, Carissima …", flüstert sie, streichelt meinen Rücken und

ich hasse mich dafür, dass ich auf einmal ein zuckendes, rotzendes Häuflein Elend bin, aber ich kann nicht anders.

„Es tut mir leid, dass ich so gemein zu dir war."

„Es tut mir leid, dass ich eine so schlechte Mutter war."

„Du warst keine schlechte Mutter!"

„Das war ich sehr wohl." Sie löst sich sanft von mir und hält mich auf Armeslänge von sich. „Aber ich mache es wieder gut. Ich bleibe so lange bei dir, wie du willst. Heute, morgen, übermorgen. Und wir holen nach, was ich die letzten Jahre verpasst habe", sagt sie ernst und fährt mit dem Daumen über meine nassen Wangen.

„Du musst doch in deine Einrichtung. Isadora wird total verzweifeln ohne dich …"

„Wer ist Isadora?", sagt Mamma ruhig.

Ich schaue sie sprachlos an.

„Stimmt. Wer ist das überhaupt."

Wie auf Kommando fangen wir beide an, zu lachen. Also, Mamma lacht. Ich gebe irgendetwas zwischen Kichern und Heulen von mir.

„Ich könnte jetzt einen Schnaps vertragen", lächelt sie schließlich und hilft mir auf die Füße. „Und dann erzählst du mir, wie der Kerl heißt, der dir das Herz gebrochen hat."

Vor Schreck vergesse ich, zu weinen. „Woher weißt du …?"

Meine Mutter lächelt milde. „Mein Kind, es gibt nur zwei Gründe für diese Art von Tränen. Den Tod oder die Liebe. Und da ich einfach mal hoffe, dass niemand gestorben ist, bleibt nicht mehr viel übrig."

„Mamma?"

„Ja?"

„Ich hab dich lieb."

Sie streicht mir eine Haarsträhne aus der erhitzten Stirn. „Vergessen wir die Suppe. Lass uns trinken und reden."

„Ich denke, ich habe da genau das Richtige für uns." Ich schnippe mit den Fingern und ziehe eine Grimasse, ehe ich ins Bad gehe, um mich frisch zu machen. Minutenlang halte ich mein verquollenes Gesicht unter den kalten Wasserstrahl, und als ich danach in den Spiegel blinzle, sehe ich noch immer diese Traurigkeit. Aber in meinen Augen ist auch etwas anderes. Lächelnd wende ich mich ab, um die kleine, schlanke Flasche aus meinem Koffer zu holen. *Liquore di albicocche della Nonna.* Behutsam fahre ich über das handgeschriebene Etikett, auf dem ich Lucias Schrift wiedererken-

ne. Mit dem festen Vorsatz, ihr heute Abend einen langen Brief zu schreiben, verlasse ich mein Schlafzimmer.

„Das hier ist ein ganz besonderer Likör. Du wirst ihn lieben. Ich habe ihn aus Italien mitge...“ Ich stutze. Meine Mutter ist plötzlich kreidebleich geworden und starrt die Flasche an, als hätte ich eine Granate in der Hand.

„Mamma? Ist alles in Ordnung?“

Sie öffnet den Mund. Heraus kommt ein Laut, der mehr als unheimlich ist. Sie klingt wie ein kleines Tier, dem jemand wehgetan hat. „Wo hast du das her?!“, sagt sie tonlos und mit weit aufgerissenen Augen. Und dann geschieht das Unfassbare: Sie weint.

15 QUINDICI

Hanna.
Meine Mutter ist noch immer völlig aus der Fassung. Seit zwanzig Minuten dreht sie die Likörflasche in ihrer Hand und betrachtet sie wie die Büchse der Pandora – ehrfürchtig und ängstlich zugleich.

Ich sitze neben ihr auf der Couch und warte, bis sie ihre Sprache wiederfindet. Bis auf ein relativ unzusammenhängendes Gestammel, bei dem sie das Wort Tre Camini wie ein Mantra wiederholte, war nichts aus ihr herausgekommen. Also habe ich ihr zunächst eine beschönigte Version von meiner notgedrungenen Italienreise erzählt, jedoch die Sache mit der gestohlenen Urne und dem Hochzeitsgeschäft weggelassen, weil ich mich immer noch deswegen schäme.

Als ich mit meiner überstürzten Flucht aus dem Gut ende, sind Mammas Tränen endlich versiegt und sie putzt sich geräuschvoll die Nase. Ich beuge mich gespannt nach vorne.

„Ich glaube, es gibt Zufälle, die einfach keine sind." Sie schnäuzt erneut in ihr Papiertaschentuch und knüllt es zu einer kleinen Kugel zusammen, die ganz in ihrer Hand verschwindet. „Da versuche ich mein halbes Leben nichts anderes, als das Tre Camini zu vergessen und dann verliebt sich meine Tochter ausgerechnet in Giuseppas Enkel."

„Mir wäre es auch lieber, es wäre anders." Bei dem Gedanken an Fabrizio kommen mir beinahe wieder die Tränen. Himmel, irgendwann muss man doch leergeweint sein!

Mamma sieht mich nachdenklich an. „Die Caminis hatten schon immer ein sehr einnehmendes Wesen. Wenn der junge Mann ein bisschen nach Giuseppa kommt, kann ich mir vorstellen, was du empfindest.“ Sie schnalzt mit der Zunge. „Aber bevor ich dir jetzt Löcher in den Bauch frage, schulde ich dir eine Geschichte. Du hast schließlich oft genug nach Italien gefragt, und ich habe dir nie geantwortet.“

„Ich habe nie verstanden, warum ich keine Antworten bekommen habe“, sage ich leise, woraufhin Mammas Blick ins Leere geht.

„Heimweh ist ein schreckliches Gefühl. Besonders dann, wenn man weiß, dass man nie wieder nach Hause geht. Also versucht man alles, um die Wunde nicht aufzureißen. Schweigen ist da ein sehr gutes Mittel.“

„Nach Hause? Heißt das …“, ich reiße die Augen auf, als mir ein schrecklicher Verdacht kommt. „Ich bin doch hoffentlich nicht mit Fabrizio verwandt?“

„Nicht doch, Hanna.“ Meine Mutter schmunzelt. „Das Fundament eines Zuhauses wird nicht zwangsläufig mit Blut gegossen. Giuseppa war eine Art … Ich habe kein gutes Wort dafür. Ich weiß aber noch genau, wann wir uns zum ersten Mal begegnet sind. Es war an einem Sonntag in der Kirche, ich war neun und trug ein schwarzes Kleid, denn es war die Beerdigung meiner Mutter. Sie hieß Matilda Colei und war erst 39 Jahre alt gewesen, als sie an einer Lungenkrankheit starb. Ich hatte mich auf der Empore in eine Ecke verkrochen und wollte erst wieder hervorkommen, wenn Mamma mich mit ihren Engelsflügeln holte. Natürlich ist sie nicht gekommen. Doch es kam jemand anderes die Stiege herauf. Eine sehr schöne Frau mit einem glitzernden Kleid und klappernden Absätzen. Sie setzte sich an die Orgel und schaute zum Himmel hinauf, als warte sie auf eine Erlaubnis. Dann begann sie zu spielen wie ein Engel – und plötzlich war ich sicher, dass Mamma mir diese Frau geschickt hatte. Ich krabbelte hervor und sie rückte beiseite, damit ich mich neben sie auf die Bank setzen und ihren fliegenden Fingern zuschauen konnte. Als das Lied zu Ende war, fragte sie, ob sie mir zeigen solle, wie man spielt. Ich sagte ja.“

Ich hole ich tief Luft, weil ich merke, dass ich die ganze Zeit mit angehaltenem Atem gelauscht habe. „Und weiter?“, stoße ich aus.

„Giuseppa Camini kam noch am selben Abend zu uns nach Hause, um mit Papa zu sprechen …“ Mammas Stimme zittert. „Und am nächsten Tag lief ich nach der Schule zu dem gelben

Haus auf dem Hügel, um Tonleitern und Akkorde zu üben. Aus zwei Tagen in der Woche wurden drei, aus drei vier. Nach einem halben Jahr spielte ich Beethovens *Mondscheinsonate* mit geschlossenen Augen. Du erinnerst dich vielleicht nicht, aber ich habe sie dir oft vorgespielt, wenn du abends nicht einschlafen konntest."

Ich nicke stumm. Wie könnte ich das vergessen! Mamma spielt wunderbar Klavier und ich hatte es geliebt, ihr zuzuhören.

„Dann begann Giuseppa, mir andere Dinge beizubringen. Kochen und Backen, aber auch Betten machen, Aprikosen einwecken, Hühnerställe ausmisten … eben alles, was auf so einem Gut anfiel. Ich freundete mich mit Giuseppas Sohn Frederico an, der nur ein paar Jahre älter war, und half bei der Gartenarbeit und der Aprikosenernte mit. Mittlerweile verbrachte ich jeden Tag bei den Caminis und hatte sogar ein eigenes winziges Zimmer neben der Küche bezogen."

„Das Aschenputtelkämmerchen!" Ich schüttle ungläubig den Kopf. „Aber was war mit deinem Vater und dem Rest der Verwandtschaft? Die Coleis waren doch bestimmt nicht begeistert, dass du dir einfach eine neue Familie zugelegt hast."

Mamma sieht mich traurig an. „Alle Welt glaubt, italienische Familien müssten aus unzähligen Geschwistern, Cousins und Cousinen, Onkeln und Tanten bestehen. Was für ein Unsinn. Nach dem Tod meiner Mutter gab es nur noch mich und meinen Vater Antonio. Und der fing an zu trinken, weil er vergessen wollte. Irgendwann hat er leider auch vergessen, dass er eine Tochter hat. Das Traurige ist aber, dass ich ihn nicht besonders vermisste. Ich hatte ja Giuseppa."

Ich greife nach ihrer Hand und sehe sie fragend an, doch sie schüttelt den Kopf. „Als ich sechzehn war, ist er die Treppe heruntergefallen und nicht mehr aufgestanden."

„Das tut mir leid für dich, Mamma."

„Du hast eine Menge von diesem dickköpfigen, besserwisserischen Kerl, sicher hättest du deinen Großvater sehr gemocht."

„Na, vielen Dank." Meine Mundwinkel zuckten.

„Von mir hast du diese Eigenschaften jedenfalls nicht." Sie zwinkert mir zu, wird aber gleich darauf wieder ernst. „Ich habe zu Hause eine Schachtel mit Fotos, die gebe ich dir, sobald du Papa und mich mal wieder besuchst."

„Dabei dachte ich, ich hätte bereits das ganze Haus auf den Kopf gestellt."

„Du glaubst doch nicht, dass ich das nicht gewusst hätte."

Wir lächeln einander an.

„Das klingt doch nach einem glücklichen Ende, Mamma. Warum hast du Italien verlassen? Hast du dich mit Giuseppa gestritten?"

Jetzt verschließt sich Mammas Gesicht.„Ich habe mich in den falschen Mann verliebt."

Ich hebe eine Augenbraue.

„Giuseppa Camini war eine wunderbare Frau", fährt meine Mutter fort. „Sie war gütig und herzlich, voll Mitgefühl. Ihre andere Seite bekam ich in dem Sommer zu spüren, in dem ich deinem Vater begegnete. Rucksacktouren und Interrail waren damals sehr in Mode, vor allem für Studenten, die ihre Europareisen unterwegs mit Gelegenheitsjobs finanziert haben. Und die Aprikosenernte brauchte viele Helfer. Was soll ich sagen … Günther war anders als alle Männer, die ich bisher kannte. Er wusste so viel und hatte eine Art, die Dinge in Worte zu fassen, wie ich sie von italienischen Männern nicht kannte. Ich verliebte mich sofort in ihn und auch für ihn war es Liebe auf den ersten Blick. Es liegt in der Natur der Sache, dass es nicht lange bei unschuldigen Küssen blieb – und da Giuseppa uns mit Argusaugen beobachtete …" Sie streicht sich eine Locke hinter das Ohr und senkt verlegen den Blick.

„… hat sie es mitbekommen. Oh je. Das hat ihr sicher nicht gefallen." Ich kichere bei der Vorstellung an die Entrüstung der erzkatholischen Gutsherrin.

„Sie war außer sich! Ich war schließlich erst siebzehn, unverheiratet sowieso, und schlief mit einem mittelosen Studenten. Sie sah mich bereits im Fegefeuer schmoren."

„Was hat sie getan?"

„Das Naheliegende natürlich. Sie hat Günther davongejagt."

„Nein!"

„Wir hatten einen schlimmen Streit, bei dem sehr hässliche und verletzende Worte gesagt wurden. Letztlich habe ich meine Sachen gepackt und bin Günther nach Deutschland gefolgt. Meine Familie war tot, es gab keinen Grund zurückzusehen und außerdem hatte dein Vater mir einen Antrag gemacht. Als meine erste Wut verraucht war und die Reue kam, habe ich an Giuseppa geschrieben. Und jeden dieser Briefe wieder zerrissen. Dann wurde ich mit dir schwanger – und hatte nun keinen Grund mehr, zurückzusehen. Bis vor zwei Monaten diese Postkarte kam."

Mir stockt der Atem. „Giuseppa hat dir geschrieben?"

„Sie wollte mich treffen. Am 11. Juni in einer Konditorei in Charlottenburg, zwei Straßen von unserer Wohnung entfernt. Weiß der Teufel, wie sie mich nach all der Zeit gefunden hat."

Der 11. Juni! Giuseppas Todestag. Ich stöhne auf.

„Ich hatte überlegt, nicht hinzugehen. Letztlich saß ich über zwei Stunden in diesem Café und bin jedes Mal zusammengezuckt, wenn die Türschelle gebimmelt hat. Aber Giuseppa ist nicht gekommen. Wahrscheinlich hat sie es doch nicht über sich gebracht."

„Mamma …" Mein Herz klopft mir bis zum Hals. Meine Mutter sieht mich verwirrt an, als ich langsam zum Fenstersims hinübergehe, wo ich heute früh Giuseppas Urne hingestellt habe. Ich umfasse das Porzellan und schließe die Augen. „Was du vorhin über die Tränen gesagt hast, die man entweder wegen des Tods oder der Liebe weint …", sage ich mit belegter Zunge und drehe mich um. „Ich fürchte, es ist doch jemand gestorben. Und zwar genau an dem Tag, an dem du mit Giuseppa verabredet warst."

Meine Mutter betrachtet die Urne lange, die jetzt wie eine harmlose und dabei ziemlich hässliche Vase auf der Mitte des Tischs steht.

„Es wäre ein Wunder gewesen, wenn diese Geschichte tatsächlich noch eine Versöhnung für uns vorgesehen hätte", lächelt sie traurig und berührt das Gefäß mit den Fingerspitzen. „Ich habe keine Ahnung, wie sie in deine Wohnung geraten ist. Aber mir gefällt die Vorstellung, dass sie vielleicht wirklich in diese Konditorei kommen wollte."

„Ich werde dir die ganze Geschichte ein andermal erzählen, Mamma. Doch was euer Treffen angeht", ich lege den Arm um sie und drücke sie fest an mich. „Wenn Giuseppa nur ein bisschen wie Fabrizio war, dann hat sie sich darauf gefreut."

Mamma sieht mich mit schmalen Augen an. „Du liebst ihn tatsächlich."

„Ich halte ihn nur für einen Menschen, der seine Fehler wieder gutmacht." Ich bin nicht imstande, ihrem prüfenden Blick standzuhalten.

„Er wäre ziemlich dumm, wenn er das nicht täte", setzt meine Mutter mit einem seltsamen Unterton nach.

„Mamma, ich rede hier nicht von mir!"

„Ich aber." Sie setzt sich auf. „Wann hast du eigentlich vor, mir etwas von Giuseppas Likör anzubieten? Ich finde nämlich, jetzt

wäre ein guter Zeitpunkt herauszufinden, ob sie ihn so wie früher gemacht hat."

Ich gehe in die Küche, um zwei Wassergläser zu holen und notiere im Geiste einen Satz Likörgläser auf meiner Einkaufsliste. Bei meiner Rückkehr sitzt Mamma vor Giuseppa, die Ellbogen auf den Knien, den Kopf in die Hände gestützt, und murmelt leise vor sich hin. Ich bin also nicht die Einzige, die mit Toten redet. Sie nimmt das Glas mit der orangefarbenen Flüssigkeit vorsichtig entgegen und schnuppert daran. „Genau die richtige Fruchtnote", sagt sie anerkennend und nimmt einen winzigen Schluck. Ich mustere sie neugierig, während sie den Likör im Mund hin und her schiebt.

„Sieht aus, als wüsstest du eine Menge über diesen Likör."

Meine Mutter nimmt einen zweiten Schluck und lächelt. „Das will ich meinen. Giuseppa und ich haben die Rezeptur schließlich zusammen entwickelt."

„Du hast …" Etwas macht „*Pling!*" in meinem Hinterkopf und ein Schauer läuft über meinen Körper. Sollte es tatsächlich so etwas wie ein Schicksal geben? „Heißt das, du weißt, wie man diesen Likör … herstellt?!"

Meine Mutter schaut verwundert auf.

„Aber natürlich weiß ich das."

Liebe Lucia,

es tut mir so leid, dass ich mich erst jetzt melde, noch dazu auf diesem Weg. Ich hätte dich so gerne noch einmal umarmt und dir gedankt, dass du meine Zeit im Tre Camini zu einem ganz besonderen Erlebnis gemacht hast. Du hast dafür gesorgt, dass ich mich nicht nur zu Hause, sondern als Teil eurer Familie fühlen durfte. Ich kann dir nicht genug dafür danken.
Du bist ein wundervoller Mensch und es war eine größere Bereicherung für mich, dich kennenlernen zu dürfen, als dir bewusst ist. Ich vermisse euch alle mehr, als ich sagen kann (ja, sogar Rosa-Marias Kommandoton fehlt mir, es ist unglaublich still hier in meiner kleinen Berliner Wohnung). Ich hoffe sehr, du verzeihst mir und ich bitte dich von Herzen, mir zu glauben, dass ich nicht anders konnte – und dass meine überstürzte Abreise nichts, aber auch gar nichts, mit dir zu tun hatte.
Bestimmt freut es dich, zu hören, dass ich heute eine Aussprache mit meiner Mutter hatte. Natürlich lassen sich die Wunden der Vergangenheit nicht an einem Abend heilen, aber ich denke, wir werden jetzt wieder öfter zusammen kochen. Irgendwann werde ich dich anrufen und dir eine unfassbare Geschichte erzählen, die ich zu diesem Zeitpunkt nur kurz anreißen möchte: Offenbar gab es eine Verbindung zwischen eurer Nonna und meiner Mutter, Isabella Colei. In diesem Zusammenhang möchte ich dich um eine sehr wichtige Sache bitten, die der Hauptgrund dafür ist, dass ich diesen Brief per Kurier an dich schicke:

Du findest anbei einen versiegelten Umschlag für Fabrizio. Darin befindet sich etwas sehr Wertvolles, von dem ich weiß, dass es ihm viel bedeutet. Bist du so lieb und gibst ihm diesen Umschlag, ohne jemandem davon zu erzählen – auch nicht Marco? Es ist wirklich wichtig!

Fühl dich umarmt und geküsst.

Deine Freundin
Hanna

Fabrizio.
Lucia fixiert meine Stirn, als ob sie ein Loch hineinbrennen will. Ich spüre es, während ich seit bestimmt zehn Minuten auf die energische, nach rechts geneigte Schrift auf dem Blatt Papier starre, das ironischerweise aprikosenfarben ist. Immer wieder kehren meine Augen zur Überschrift zurück. *Il liquore di albiccocche della Nonna, Ricetta originale.*

„Und? Was steht drin?“, fragt Lucia und knabbert an ihren Nägeln. Das ist der Moment, in dem ich bereue, ihr gesagt zu haben, dass sie ruhig hierbleiben kann, während ich Hannas Umschlag öffne.

„Lass das Nägelkauen sein, das gibt hässliche Hände.“ Ich lege den Zettel mit der beschriebenen Seite nach unten auf den Schreibtisch. Merkwürdigerweise habe ich nur einen Gedanken und der hat nichts mit dem unfassbaren Inhalt dieses Briefes zu tun: Es ärgert mich, dass nicht ein persönliches Wort drinsteht. Und es ärgert mich, dass es mich ärgert. „Kann ich Hannas Brief noch einmal sehen?“, frage ich abwesend. Lucia schürzt die Lippen. Sie überlegt und schüttelt entschlossen den Kopf.

„Erst wenn du mir sagst, was in deinem steht.“ Ihre Hand schnellt nach vorne, doch ich bin schneller.

„Au! Mensch Fabrizio!“ Lucia zieht eine Grimasse und reibt ihren Handrücken. Nur widerwillig schiebt sie mir Hannas Brief über den Tisch. Ich lese ihn einmal, und noch einmal.

Isabella Colei ist also tatsächlich ihre Mutter. Jetzt fällt mir auch ein, wo ich diesen Namen bereits gehört habe. Die unfreundliche Frau am Telefon, mit der Nonna sich in Berlin treffen wollte. Aber wie kommt diese Isabella dazu …? Ich lasse das Papier sinken und mustere meine Schwägerin, die jetzt mit verschränkten Armen auf dem Besucherstuhl schmollt. Seufzend nicke ich und Lucia nimmt rasch das Blatt vom Tisch. Während sie liest, werden ihre Augen groß wie Espressotassen.

„Aber das … das ist Nonnas Likörrezept!“

„Schon möglich.“

„Was heißt hier schon möglich?! Natürlich ist es das!“

„Und wenn schon.“

„Und wenn schon?!“ Entrüstet springt Lucia auf, der Stuhl kratzt über den Holzboden.

„Sei vorsichtig mit dem Parkett“, sage ich ungerührt. Lucia wirft mir das Rezeptblatt entgegen und ich sehe zu, wie es neben mir auf

den Boden segelt.

„Ist das alles, was du dazu zu sagen hast?", zischt sie wütend.

„Das Parkett war teuer."

Sie stemmt die Hände in die Hüften und schüttelt den Kopf. Ich beuge mich zur Seite und angele nach dem Blatt. Dabei stoße ich versehentlich gegen meine Tasse und etwas Kaffee kleckert auf die lederne Schreibunterlage. Eine Weile halte ich das Rezept in den Händen und lege es schließlich in die unterste Schreibtischschublade, in der alle Unterlagen mit dem Vermerk „erledigt" landen, ehe ich sie später abhefte. Es gibt Dinge, die verlieren ihre Bedeutung, wenn die Umstände sich geändert haben. Auch das waren einmal Nonnas Worte gewesen. Lucia hebt eine Braue.

„Was machst du da?"

„Ich lasse die Vergangenheit dort, wo sie hingehört."

Lucia sackt in sich zusammen wie ein Luftballon, in den man eine Nadel gepiekst hat. „Hat Hanna dich so sehr verletzt?"

Ohne dass ich es will, saust meine Faust auf den Tisch. „Hanna hat nichts damit zu tun!"

Lucia ist so heftig zusammengezuckt, dass mir mein Ausbruch sofort leidtut. „Ich habe eine Vereinbarung mit deinem Ehemann, falls du das vergessen hast", versuche ich es etwas milder. „Selbst wenn es sich wirklich um das Originalrezept von Nonna handelt, was ich bezweifle, was sollten wir damit tun? Keiner garantiert uns den Erfolg des Likörs. Im günstigsten Fall dauert es Jahre, bis wir davon leben können und bis dahin müssten wir mehr in die Felder und die Brennerei investieren, als wir haben." Es tut mir selbst weh, zusehen zu müssen, wie Lucias Augen stumpf werden. Trotzdem hole ich Luft und zeige auf den Rollcontainer. „Dieser aprikosenfarbene Wisch ändert überhaupt nichts daran, dass wir das Gut nicht halten können. Und genau aus diesem Grund bleibt er in der Schublade."

„Du redest schon genau wie Marco." Lucias Stimme zittert. „Der Fabrizio, den ich mal kannte, hätte alles getan, um seinen Traum zu verwirklichen. Weil er daran geglaubt hat. Weil er an das Tre Camini – und an sich geglaubt hat. Und genau deshalb hätte es auch funktioniert." Sie nimmt Hannas Brief und faltet ihn sorgfältig, dreimal. Dann steht sie auf und wirft mir einen teils verächtlichen, teils mitleidigen Blick zu. „Wenn ich ehrlich bin, mochte ich diesen Fabrizio lieber als den, der jetzt auf diesem Stuhl sitzt."

Hanna.
„Sie haben uns wirklich positiv überrascht." Hellwig zeigt sein Professionelle-Zahnreinigungs-Lächeln, legt die Hände in den Nacken und wippt auf seinem ergonomischen Sessel vor und zurück. Ich spüre, dass ich rot werde. In den letzten Monaten hat mich der Chef öfter in die Dachkammer im sechsten Stock zitiert, aber meistens, um mir gehörig den Kopf zu waschen. Ein derartiges Lob habe ich aus seinem Mund das letzte Mal gehört, als ich meine Abschlussarbeit vorgelegt hatte.

Zum Glück erwartet er keine Reaktion von mir, sondern steht auf und geht zu dem kleinen Sideboard herüber, auf dem ein Wasserkocher steht, flankiert von einem Sammelsurium bunter Tassen.

„Möchten Sie auch einen Tee?", fragt er beiläufig und in einem Ton, der verdeutlicht, dass er ein „Nein" ohnehin nicht akzeptiert. Ich bejahe also seine Frage und folge ihm mit den Augen zur Dachterrasse, wo er konzentriert und sehr gewissenhaft ein paar Stängel aus einigen Topfpflanzen zupft.

„Ich wusste gar nicht, dass Sie Ihren Tee selbst anbauen", bemerke ich, mehr aus Verlegenheit und um überhaupt etwas zu sagen.

„Sie wissen eine ganze Menge nicht über mich, Frau Philipp." Hellwig lacht leise und plötzlich fällt mir auf, dass er recht attraktiv ist. Daneben besitzt er ja auch einige sehr nette Züge. Zum Beispiel hat er seinen Mitarbeitern die großen luftigen Räume überlassen und freiwillig das übrig gebliebene Büro im obersten Stock bezogen, obwohl allein sein Schreibtisch schon ein Drittel des Raums einnimmt. Auf der anderen Seite spricht die Dachterrasse, die man nur von hier aus betreten kann, eindeutig für dieses Aschenputtelkämmerchen … Prompt spüre ich wieder das altbekannte Ziehen in der Brust. Der Prinz führt die falsche Braut nach Haus, egal, wie viel Blut im Schuh ist. Aber Aschenputtel ist sowieso Schnee von gestern.

„Ich vermute, das beruht auf Gegenseitigkeit, Frau Philipp. Oder darf ich Hanna sagen?"

Erschrocken schaue ich auf, weil ich mit meinen Gedanken völlig abgeschweift bin, und sehe direkt in Hellwigs eisgraue Augen. Er stellt eine Tasse mit Rosenmuster vor mir ab, von der der kaugummiartige Geruch nach Minze aufsteigt. Dann umrundet er leicht gebückt seinen Schreibtisch, um nicht mit dem Kopf an die Dachschräge zu stoßen und setzt sich wieder in seinen Gesund-

heitsstuhl.

„Wie bitte? … Äh … ja! Natürlich dürfen Sie mich duzen … du … Sebastian …“, stottere ich, dabei dachte ich, nach dem Abend mit meiner Mutter brächte mich nichts mehr aus dem Konzept. Er lächelt noch immer, ein echter Rekord, denn ich bin schon seit einer halben Stunde in der Chefkammer.

„Jedenfalls haben wir – damit meine ich den Vorstand und mich – nicht wirklich damit gerechnet, dass du den Fall Camini wieder in Ordnung bringen würdest. Dass Herr Camini jedoch nicht nur die Klage zurückzieht, sondern obendrein unsere Anwaltskosten übernimmt, zeigt, wie überzeugend du warst.“

„Er hat … was?“, flüstere ich, mein Puls wummert in meinen Ohren.

Hellwig lächelt breiter. „Der Verriss hat die Gegenseite gar nicht mehr interessiert. Caminis Anwalt meinte, sein Mandant wolle die Sache so schnell wie möglich vergessen. Du hättest deine Lobeshymne auf das Tre Camini also ruhig weniger enthusiastisch formulieren können.“

Es ist nicht so, dass ich schon wieder gegen aufsteigende Tränen kämpfen müsste, aber ich fühle mich, als hätte mir Fabrizio aus Italien einen Ziegelstein hinterhergeworfen – und tatsächlich getroffen. Er will die Sache also so schnell wie möglich vergessen. Und ich habe noch im Flieger gehofft, er würde singen.

Hellwig mustert mich aufmerksam und auf einmal huscht Verstehen über sein Gesicht. „Aber du hättest den Artikel nicht anders schreiben wollen, nicht wahr?“

Ich nicke, einen Kloß im Hals. Hellwig schaut an den Deckenbalken. Einen winzigen Moment wirkt er enttäuscht, doch dann lehnt er sich über den Schreibtisch und schiebt mir ein förmliches Dokument zu. „Der Vorstand möchte einen Chefredakteurstuhl besetzen. Und ich denke, du bist die richtige Wahl.“

Ich bin wie vom Donner gerührt. „Aber Sie … du …“

„Wir sprechen von der Redaktion in Wien. Dieser Saustall gehört dringend in kompetente Hände. Du hast drei Jahre, um den Laden zu sanieren, sonst wird es künftig keine österreichische Genustoausgabe mehr geben. Traust du dir das zu?“

„Aber warum gerade ich?!“ Verständnislos schüttele ich den Kopf und fange an, an meinen Fingern abzuzählen: „Ich bin das schwarze Schaf, das ständig für Ärger sorgt. Meine Verrisse haben der Redaktion Anwaltskosten im fünfstelligen Bereich beschert.

Die Gastronomen hassen mich so, dass manche von ihnen mir Drohbriefe schreiben! Einmal im Monat stehe ich vor Ihnen … dir … stramm, lege Rechenschaft über meine letzte Verfehlung ab und außerdem“, jetzt balle ich meine Hand zur Faust, hole Luft und … „außerdem möchte ich überhaupt gar keine Restaurantkritiken mehr schreiben. Sondern Reportagen!“ So, jetzt ist es endlich raus!

Hellwig lacht auf. „Genau deswegen bist du die richtige Frau für Wien, Hanna. Du bist eine Kämpferin. Es kümmert dich nicht, was andere über dich denken und du hast den Mut, für die Dinge, die du versemmelst, geradezustehen. Du sagst, was du willst und was du nicht willst und gehst notfalls über Leichen, um deine Ziele zu erreichen. Exakt eine solche Chefredakteurin will der Vorstand für Wien. Davon abgesehen kann man in einer solchen Position auch Gedichte schreiben, wenn man Lust darauf hat.“

Ich möchte einwenden, dass ich mir nicht sicher bin, noch dieselbe Frau zu sein, wie die, von der er da spricht. Doch Hellwig lässt mich nicht zu Wort kommen. „Der finanzielle Aufwand deiner Arbeit in Berlin ist für den Verlag übrigens eine reine Kosten-Nutzen-Rechnung. Deine Kritiken haben uns zu dreißigtausend neuen Lesern verholfen und weitere fünfzehntausend dazu gebracht, unser Magazin zu abonnieren, von denen die meisten Gastronomen sind. Sie mögen dich nicht lieben, aber sie schätzen dein Urteil genauso, wie sie es fürchten. Du darfst mir also glauben, dass die Einnahmen, die Genusto durch dich generiert, jede einzelne Anwaltsrechnung doppelt und dreifach wettmachen.“

„Das wusste ich nicht“, gebe ich verlegen zu und ärgere mich im Stillen über seine unzähligen Standpauken, die mir das Leben erschwert haben. Aber ich verstehe ihn auch, irgendwie. Zu viel Lob macht träge und wahrscheinlich wäre ich meines Jobs schnell satt und dann überdrüssig geworden. Ich atme tief durch, während mein Chef mich wieder mit dem üblichen, emotionslosen Blick ansieht, der mir das Gefühl gibt, ein Niemand zu sein.

„Du hast drei Tage Zeit, dich zu entscheiden. Dann biete ich Frau Durant die Stelle an.“

Claire. Ich schlucke. Natürlich. Sie hat nur zwei Monate nach mir bei Genusto angefangen und besitzt dieselbe Qualifikation. Egal, wie ich mich also entscheide, ich werde meine einzige Freundin verlieren. Ich stehe langsam auf, mein Blick streift den Rosenbecher und anschließend die Terrassentür. Sashas bittende Augen blitzen vor mir auf und das dicht beschriebene Blatt Papier in ihrer

zittrigen Hand, das ungelesen in meiner Ablage gelandet ist.

„Dürfte ich dich um einen Gefallen bitten … Sebastian?“

„Wenn es sich um eine Gehaltserhöhung handelt, vergiss es. Die gibt es nur, wenn du den Job in Wien antrittst.“

„Sasha Senge. Sie ist unsere Praktikantin, sehr frech, sehr engagiert und zuverlässig. Und so gut wie fertig mit dem Volontariat.“

„Was ist mit ihr?“

„Sie hat einen Artikel zu einem Thema geschrieben, das dich brennend interessieren dürfte.“

„Ist sie gut?“

Da bin ich mir ziemlich sicher. Wenn sie so schreibt, wie sie redet, ist sie vielleicht sogar das neue Gesicht für meine Kolumne.

„Sehr gut sogar“, sage ich ins Blaue hinein, dabei habe ich nie etwas von ihr gelesen. Aber mittlerweile habe ich gelernt, auf mein Gefühl zu hören. Und das sagt mir, dass Sasha dieselbe Chance braucht, die mir damals ein wohlwollender Redakteur namens Sebastian Hellwig gab.

„Warum liegt der Artikel dann noch nicht auf meinem Schreibtisch? Schick mir das Mädchen gleich damit hoch.“

„Mache ich sofort … Und Chef?

„Was denn noch?“

„Sei nicht zu streng zu ihr.“

Fabrizio.

Lucia hat kaum die Bürotür hinter sich geschlossen, als ich schon den Arm ausstrecke und den aprikosenfarbenen Zettel aus der Schublade fische. Nachdenklich betrachte ich die Zutatenliste, die ich beim Durchlesen nur überflogen habe, und bleibe an der vorletzten Zeile hängen. In meinem Bauch kribbelt es. Sollte es wirklich so einfach sein? Warum, verflucht, bin ich nicht von selbst darauf gekommen?

Das Kribbeln wird stärker, und ich bemerke, dass ich mit den Fingern auf der Tischplatte herumtrommle. Eine Sekunde lang überlege ich, das Rezept hier und jetzt durch den Schredder zu jagen. Doch meine Hand gehorcht mir nicht. In vier Schritten durchquere ich den Raum und reiße die Tür auf. Fast wäre ich in Lucia hineingerannt, die am Geländer lehnt und mich triumphierend angrinst.

„Ich will kein Wort hören!“, raunze ich sie an, dann bin ich schon an ihr vorbei und die Treppe hinuntergerannt.

Erst als die Brennereitür mit einem satten Ton hinter mir ins Schloss gefallen ist, bleibe ich stehen. Zweimal drehe ich den Schlüssel herum und verharre dann, die Stirn gegen das raue Holz gelehnt.

Dann drehe ich mich um und steuere die Kammer an, in der wir allerlei Kram gelagert haben – unter anderem Nonnas Einweckgläser mit Marmelade und ihre eingelegten Aprikosen, die Flaschen mit Rosa-Marias Pomerola und Lucias heiß geliebten Tomatensaft. Und eine Unmenge von eckigen Gläsern, die ausschließlich Alfredos Aprikosenblütenhonig vorbehalten sind. Das Regal war immer eher spärlich gefüllt gewesen – bis zu Nonnas Tod. Danach begannen sich die Honiggläser zu stapeln, sodass Alberto sie in Kisten verpacken und sogar damit in die Scheune ausweichen musste. Schon komisch, dass ich nie darüber nachgedacht habe, wohin der viele Honig zu Nonnas Lebzeiten verschwunden ist.

Ich schnappe mir drei Honiggläser und gehe zum Tisch hinüber, wo ich sie in eine Reihe stelle. Ich hätte es wissen müssen, schon wegen der selbst gezeichneten Biene auf den Etiketten. Nonna hatte darauf bestanden, alle Produkte des Guts mit handgeschriebenen Schildchen zu versehen. Aber nur zwei von ihnen bekamen von ihr diese liebevolle Aufmerksamkeit in Form der kleinen Skizze: Albertos Aprikosenblütenhonig und der Aprikosenlikör.

Ich schraube eines der Gläser auf. Der Honig riecht untypisch für Honig, denn ihm fehlt dieser wachsartige Beigeschmack. Stattdessen duftet er nach Vanille und besitzt eine unterschwellige Fruchtnote, die schwach an Aprikosen erinnert. Meine Sinne reagieren erstaunlich auf diesen Geruch. Ich muss den Versuch gar nicht starten, um zu wissen, dass es sich um die Zutat handelt, die mir zur Herstellung des Likörs gefehlt hatte. Ich lache laut auf, als mir die Bedeutung des Ganzen klar wird: Albertos Honig und Nonnas Aprikosen, verbunden zu einem Lebenswerk. Nonna hat ihrer Liebe zu Alberto mit diesem Likör ein verdammtes Denkmal gesetzt.

Hanna.

Ich sehe Sasha nach, die soeben mit bettlakenweißem Gesicht, ihre Artikelmappe an die Brust gedrückt, aus der Abteilung schleicht, um sich in den sechsten Stock zu begeben, und erlaube mir endlich

ein zufriedenes Lächeln. Claire stellt einen Milchkaffee vor mir ab und mustert mich mit schief gelegtem Kopf. „Du hast beim Chef ein gutes Wort für die Kleine eingelegt", stellt sie mit ausdrucksloser Stimme fest.

„Schon möglich", schmunzle ich.

„Und du liest Groschenromane."

„Ich ... was?"

„Du. Liest. Schundliteratur. Soll ich es dir buchstabieren?"

„Vor allem solltest du aufhören, in fremden Taschen zu wühlen", schieße ich zurück, was Claire natürlich nicht sonderlich beeindruckt. Stattdessen zupft sie mit den Fingern an ihrer Unterlippe herum.

„Bist du okay?", fragt sie schließlich nach einigem Zögern.

„Es ist kein Verbrechen, Liebesromane zu lesen. Außerdem war das Heft ein Sonderposten für 99 Cent und bei den Bauchmuskeln des Coverhelden konnte ich einfach nicht widerstehen", grinse ich, doch Claire geht nicht auf meinen Scherz ein.

„Du weißt, dass ich für dich da bin, wenn du reden möchtest."

Eine Welle der Zuneigung erfasst mich, als ich ihre gekräuselte Sommersprossennase und die Falten auf ihrer Stirn betrachte, die so typisch für Claires Ich-mache-mir-Sorgen-um-dich-Miene sind. Schade, dass ich erst so spät erkenne, was für ein wertvoller Mensch sie ist. Wenn ich erst mal in Wien bin, habe ich keine Gelegenheit, sie besser kennenzulernen.

„Es geht mir gut", sage ich leise und greife nach ihrer Hand. „Und ich werde bestimmt schon bald auf dein Angebot zurückkommen. Aber zuerst muss ich noch eine letzte wichtige Sache erledigen."

Claire nickt und schnippt mit den Fingern. „Na dann, hoppelahopp, Madame Philipp. Und wenn du dieses schmutzige Heftchen ausgelesen hast, sei so nett und leg es in mein Postfach."

Hoppelahopp. Ich grinse noch immer, während ich nach dem Telefonhörer greife und die Nummer wähle, die ich heute Morgen aus dem Kellerarchiv herausgesucht habe. Volker Saalfranck. Ein erbärmlicher Koch mit einem Händchen für Spirituosen, der mich wahrscheinlich gern tot sähe. Aber er ist der einzige, der mir mit dem Aprikosenlikör weiterhelfen könnte, weil er in den einschlägigen Kreisen verkehrt. Als das Freizeichen ertönt, erhöht sich mein Puls und ich zwinge mich, ruhig zu atmen. Alles auf eine Karte,

Carissima, würde Mamma sagen. Nach dem dritten Tuten nimmt jemand ab.

„Saalfranck!"

„Guten Tag, Herr Saalfranck. Hier spricht Hanna Philipp vom Gourmetmagazin Genusto. Wir hatten letztes Jahr bereits das Ver..."

„Sie trauen sich tatsächlich, mich anzurufen?! Noch dazu auf meiner privaten Handynummer. Woher haben Sie die überhaupt?"

„Sie haben sie mir gegeben."

„War ich betrunken?"

„Hören Sie, Herr Saalfranck ..."

„Nach links habe ich gesagt! Nicht das, das andere links! Herrgott!"

„Wie bitte?"

„Frauen sollten nicht Auto fahren. Sie sollten überhaupt keine Dinge tun, von denen sie nichts verstehen. Restaurantkritiken schreiben zum Beispiel, wenn Sie wissen, was ich meine, hehe."

„Es tut mir wirklich sehr leid, wenn ich ..."

„Ihnen ist schon klar, dass ich Ihretwegen vor zwei Jahren das Bistro schließen musste? Nein, sagen Sie nichts! Mir kommen heute noch die Tränen, wenn ich daran denke, wie viel Zeit ich damit verschwendet habe, tiefgekühlte Schnitzel in die Fritteuse zu werfen. Jetzt tue ich wenigstens das, was ich von vorneherein hätte tun sollen. Sie rufen hoffentlich nicht an, um so was wie eine Provision zu verlangen, oder?"

„Ich verstehe nicht ..."

„Das Spirituosengeschäft, junge Frau! Der kleine Laden mit den Regalen voller bunter Flaschen, der Ihnen im Gegensatz zum Bistro recht gut gefallen hat. Wir haben deutschlandweit expandiert, um es bescheiden zu sagen. Mittlerweile besitze ich zwei Großlager und fünfzehn Verkaufsfilialen, vier weitere eröffnen noch diesen Monat."

„Moment. Wollen Sie mir gerade sagen, dass Sie mir im Nachgang dankbar für meine Kritik sind?"

„Dankbar? Ich küsse den Boden, auf dem Sie herumstolzieren! Also was kann ich für Sie tun? Wie ich Sie einschätze, rufen Sie nicht ohne Grund an. Wollen Sie vielleicht einen Artikel über den erfolgreichsten Spirituosengroßhändler Deutschlands schreiben? Stehe gern zur Verfügung."

„Eigentlich wollte ich nur ihren fachmännischen Rat, Herr

Saalfranck, aber wenn Sie mich so fragen … ich hätte da vielleicht etwas, was unter Umständen das Geschäft Ihres Lebens werden könnte."

„Handelt es sich um einen Selbstgebrannten? Haben Sie wieder irgendeinem armen Hobbykoch die Hosen ausgezogen und jetzt vermacht er ihnen seinen Kupferkessel, hehe?"

„Nein. Es ist etwas sehr viel Besseres. Und wenn Sie möchten … hätten Sie was dagegen, ein Gläschen mit mir zu trinken? Jetzt gleich?"

„Klingt, als hätten Sie da tatsächlich einen Hauptgewinn."

„Sie werden es nicht bereuen."

„Oh, ich bereue schon seit zwei Jahren nichts mehr. Können Sie in einer Stunde in meinem Büro in der Schadowstraße 6 sein? Bis dahin hat auch meine Frau das Gaspedal gefunden."

„Bin schon unterwegs."

Fabrizio.

Ich finde unseren Gutsverwalter im Hühnerstall, wo er einen Brutkasten repariert. Obwohl er mich bemerkt, unterbricht Alberto seine Arbeit nicht, sondern treibt einen Nagel nach dem anderen in die Holzleisten, misstrauisch beäugt von Vittoria, die dick aufgeplustert über ihm auf der Metallstange sitzt. Als ich sehe, wie schwer ihm das Bücken fällt, hebe ich die kleine Pappschachtel auf und reiche ihm den nächsten Nagel. Eine Weile starre ich auf seinen gekrümmten Rücken und überlege, wie ich anfangen soll.

„Was hatte Nonna mit dieser Isabella zu schaffen?"

Der Hammer verharrt einen Augenblick in der Luft, ehe er schwungvoll auf den Nagelkopf trifft. Ich lege den nächsten Metallstift in Albertos flache Hand. Als er endlich mit der Kiste fertig ist, richtet Alberto sich mühsam auf. „Ich habe dir gesagt, Junge, dass ich zu diesem Thema nichts mehr sagen werde. Finde es gefälligst selbst heraus."

„Wie stellst du dir das vor? Nonna kann ich kaum fragen und Hanna ist fort!"

Aber ich erhalte nur ein heiseres Lachen als Antwort. „Manchmal muss man reisen, um Antworten zu bekommen. Davon abgesehen wird es Zeit, dass du Giuseppa nach Hause bringst."

„Du weißt von der Urne?" Ich bin sprachlos.

„Ich habe mein ganzes Leben an der Seite deiner Großmutter verbracht, Fabrizio. Auch wenn es sich komisch anhört: Ich fühle,

dass sie nicht hier ist“, sagt er ruhig. „Genauso wie ich es spüre, wenn Dinge unvollständig sind. Giuseppa, Isabella, Hanna, sogar Marco, Lucia, das Tre Camini und du. Das alles ist ein Ganzes. Und da es deiner Großmutter nicht mehr gelungen ist, ist es jetzt deine Aufgabe, zusammenzufügen, was zusammengehört.“

Ich merke, dass mein Mund offen steht. Ganz offensichtlich ist einer von uns beiden verrückt. Und ich bin mir nicht sicher, ob nicht ich derjenige bin. Alberto schnalzt unwillig mit der Zunge und klopft mir so hart auf den Rücken, dass ich husten muss. Diese verdammten Zigaretten. „Und nun geh und besteige ein Flugzeug, bevor ich mich aufrege und mir deswegen in der Küche einen Keks klauen muss.“

Hanna.

Als ich an diesem Abend meine Wohnung betrete, bin ich zwar müde, aber von einer tiefen Zufriedenheit erfüllt. Mir war zwar bewusst gewesen, dass es keine große Mühe bereiten würde, Saalfranck von Nonnas Aprikosenlikör zu überzeugen – aber die tatsächliche Reaktion des Spirituosenhändlers hat meine Erwartungen weit übertroffen.

Rund zehn Minuten, nachdem er den ersten Schluck probiert hatte, saß der sonst so geschwätzige, dicke Mann stumm in seinem Ledersessel und starrte die schlanke Flasche auf seinem Schreibtisch an. Nach einem weiteren Schluck sprang er auf und tigerte in seinem schicken Designerbüro hin und her, ehe er sich mit funkelnden Augen vor mir aufbaute.„Sie sind ein gerissenes, kleines Biest!“

Der Rest war nur noch reine Formalia. Ich gab ihm die Adresse, nannte Lucia als Ansprechpartnerin im Tre Camini und verabschiedete mich unter mehrmaliger Versicherung, dass ich nicht das Geringste für den Tipp haben wolle – außer Saalfrancks Versprechen, den Caminis ein faires Angebot zu unterbreiten.

Seufzend schlüpfe ich aus meinen neuen flachen Ballerinas und tapse barfuß in die Küche, wo ich zu meinem Erstaunen einen Topf mit lauwarmer Ribollita auf dem Herd finde. Ich weiß zunächst nicht, ob ich mich darüber ärgern soll, dass Mamma meinen Zweitschlüssel offenbar behalten hat, statt ihn dem Vermieter zurückzugeben. Aber ich habe Hunger, also vertage ich das Grundsatzgespräch über Privatsphäre und drehe die Herdplatte auf, um die Suppe aufzuwärmen.

Eine halbe Stunde später bin ich von dem Eintopf aus dicken Bohnen, Kartoffeln und Gemüse so satt, dass ich das Gefühl habe, platzen zu müssen. Ich habe es mir mit einem Glas Wein und einem Kissen auf dem winzigen Balkon gemütlich gemacht, so gemütlich, wie es eben möglich ist ohne Tisch und Stuhl, und versuche, zu entspannen.

Es gelingt mir tatsächlich für einen Moment, an nichts zu denken. Doch dann beginnt wieder dieses Bauchflattern, das ich in den letzten Stunden erfolgreich verdrängt habe und die Dächer Berlins verwandeln sich vor meinen Augen in die roten Ziegel Montesimos. Ich sehe die zypressengesäumte Auffahrt, die hinter dem Tor den Hügel hinaufführt und auf dem Weg pickt ein weißes Huhn nach Würmern.

Himmel Hanna. Es kann doch nicht so schwer sein, darüber hinwegzukommen! Das Flattern wird stärker. Fabrizios Gesicht taucht vor mir auf, seine wunderschönen, espressofarbenen Augen mit den Lachfältchen, sein sinnlicher Mund … und ehe ich es verhindern kann, läuft schon wieder ein feines Rinnsal Tränen meine Wangen herunter. Es ist wirklich nicht zu fassen. Mein Liebeskummer hält sich so hartnäckig wie ein chronischer Schnupfen. Wobei ich besagte Erkältung gern lebenslang gegen dieses furchtbare Gefühl der Einsamkeit austauschen würde, das mich immer dann erfasst, wenn ich alleine bin.

Ich wische mir trotzig über die Augen und setze mich auf. Es ist nun mal vorbei. Fabrizio hat sich für Sofia entschieden und ich muss das akzeptieren. Italien ist weit weg und ich bin jetzt hier, habe sogar einen nicht unwesentlichen Karrieresprung in einer neuen aufregenden Stadt vor mir. Ich habe alles ins Lot gebracht, meine Fehler wieder gutgemacht, bis auf … Ich reiße die Augen auf. Alles. Bis auf die Urne auf meinem Fenstersims.

„Du kannst die Großmutter nicht mit der Post nach Italien schicken, Hanna. Absolument pas. Das geht überhaupt gar nicht!“ Claire sieht mich streng an und nippt an ihrem Weinglas. Nach meinem Anruf benötigte sie keine halbe Stunde, um hier zu sein, und ich musste mir den Anflug eines Lächelns zwischen all den Tränen verkneifen, als sie im Jogginganzug und mit einem vergessenen Klecks Hautcreme auf der Stirn vor meiner Wohnungstür stand.

„Aber wieso denn nicht! Ich schicke sie per Kurier und bezahle

dafür, dass sie die Urne wie die Kronjuwelen der englischen Königin bewachen. Heutzutage kann man ganz andere Dinge quer durch die Welt schicken, wieso also nicht eine Urne?“

Claire sieht mich aufmerksam an. „Weil es nicht um irgendeine Urne geht.“

„Das ist ein total irrationales Argument!“ Ich bin wütend, ohne wütend sein zu wollen. Aber schon der Gedanke, Lucia oder Fabrizio gegenüberzutreten, am besten auch noch Sofia, schnürt mir die Luft ab. Ich balle die Fäuste und schüttele den Kopf. „Ich kann nicht zurückgehen.“ Als mir klar wird, wie endgültig meine Worte klingen, bin ich wieder kurz davor, zu weinen. Claire rückt auf der Couch etwas näher an mich heran.

„Ich glaube, du machst einen Fehler, Hanna.“

„Glaub mir, ich tue genau das Richtige.“ Ich rücke trotzig von ihr weg, werde aber von der Armlehne meiner Couch gebremst. Claire schüttelt lächelnd den Kopf.

„Ja, wenn du das machst, was dein Verstand dir sagt. Aber dein Herz meint etwas völlig anderes.“

„Woher willst du das wissen?“ Besagtes Herz schlägt jetzt wie wild gegen meine Rippenbögen. Claire lächelt.

„Weil ich schon viel länger deine Freundin bin, als dir bewusst ist. Du liebst diesen Mann. Sehr sogar. Ich kann es sehen.“

„Und wenn schon.“ Trotzig puste ich eine Strähne aus meiner Stirn. Aber Claire lässt sich nicht beirren.

„Hast du es ihm gesagt?“

„Was hätte das geändert? Er gehört einer anderen.“ Meine Stimme schwankt. Und diese verflixten Tränen bahnen sich unaufhaltsam ihren Weg nach oben.

„Es kann eine Menge ändern. Aber dazu muss man es erst einmal tun. Was hättest du denn zu verlieren, wenn du es ihm sagen würdest? Danach kann er sich immer noch entscheiden.“

„Aber …“

„Sei kein dummes Huhn, Hanna, und sei vor allem nicht feige. Wenn du diesen Fabrizio liebst, dann kämpfe um ihn. Ansonsten wirst du dich immer fragen, was wäre gewesen wenn. Und dieses kleine Ding da drin …“, sie tippt sanft auf meine Brust, „… wird in so viele Teile zerbrochen sein, dass du ein Leben brauchst, um sie aufzusammeln.“ Claire erhebt sich und geht zu dem Stuhl hinüber, auf dem sie ihre Handtasche abgestellt hat. Als sie zurückkehrt, hält sie einen Umschlag in den Händen.

„Was ist das?“, frage ich misstrauisch.

„Ich werde nicht zusehen, wie du in dein Unglück rennst. Eigentlich wollte ich dir das Ticket schon gestern geben, aber dann war ich nicht mehr sicher, ob es eine gute Idee ist.“ Sie legt den Umschlag in meinen Schoß. „Aber jetzt bin ich sicher. Dein Flug nach Florenz geht morgen Vormittag um dreizehn Uhr zwanzig. Du hast also eine Nacht Zeit, dir zu überlegen, ob du eine Maus bist … oder eine erwachsene Frau, die bereit ist, für ihr Glück zu kämpfen.“

16 SEDICI

Hanna.
Ich liege in meinem Bett und starre die Zimmerdecke an. Die vergangene Nacht war voller Geister, die unablässig miteinander gestritten haben und sich letztlich doch nicht darauf einigten, was das Beste für mich ist. Ich habe also immer noch keine Ahnung, was ich tun soll.

Mein Verstand sagt mir, ich soll das Ticket zerreißen und mich auf meinen beruflichen Neuanfang konzentrieren. Schließlich haben auch andere Mütter schöne Söhne, und die Männer aus der österreichischen Hauptstadt sind ja bekannt für ihre Galanterie. Was will ich also mit einem ungehobelten Obstbauern, wenn ich bald einen charmanten Mann von Welt kennenlerne? Mein Herz allerdings pfeift auf alle Vernunft und Logik. Ihm genügt allein der Gedanke an Fabrizios Espressoaugen, um wilde Purzelbäume zu schlagen. Ich setze mich auf.

Was für ein verflixtes Dilemma! Und dann kommt auch noch Claire mit ihrem bescheuerten „Was-wäre-wenn“ um die Ecke! Denn mal ehrlich, was wäre denn, wenn ich jetzt nach Italien flöge? Lucia ist vermutlich stinksauer auf mich und Marco konnte mich sowieso nie leiden. Der alte Alberto liegt vielleicht noch im Krankenhaus – was ich nicht hoffe – und Rosa-Maria hat bestimmt nicht mal bemerkt, dass ich zwischenzeitlich weg war. Und wenn doch, wäre sie schon allein wegen Lucia tödlich beleidigt. Dann treffe ich wahrscheinlich Fabrizio und Sofia, Händchen haltend,

knutschend oder noch schlimmer: inflagranti in …

Himmel! Ich strample die Bettdecke von meinem verschwitzten Körper. Kaffee. Ich brauche Kaffee. Viel Kaffee!

Zehn Minuten später stehe ich mit meiner zweiten Tasse neben Giuseppa am Fenster. Der Nebel kriecht noch zwischen den Häusern dahin, während die Sonne schon auf die Dächer scheint. Mit geschlossenen Augen sauge ich gierig die Morgenluft ein. Tut das gut! „Wenigstens sieht es nach einem schönen Tag aus", sage ich zu Giuseppa. Ich trinke jetzt langsamer, nicht wie bei der ersten Tasse, die ich fast in einem Zug heruntergestürzt habe und stelle mir vor, wie die alte Frau zustimmend nickt.

„Kannst du mir nicht sagen, was ich machen soll? Der Spatz in der Hand … oder doch die Taube auf dem Dach. Was meinst du?", murmele ich und muss über mich selbst lachen. Der abgegriffene Spruch beinhaltet mehr Wahrheit, als mir lieb ist. Obstbauer hin oder her.

Jetzt bilde ich mir sogar ein, eine Art Flügelschlagen zu hören, ein Rauschen, als ob … erschrocken schreie ich auf, als ich einen Luftzug an meinem Kopf spüre. Meine Hände zucken automatisch zur Abwehr nach oben, Kaffeespritzer verteilen sich auf der Scheibe und auf dem Fensterrahmen. Mit hämmerndem Herzen starre ich der dicken, grauen Taube hinterher, die längst davongeflattert ist, auf der Suche nach einem besseren Landeplatz. Dann stößt mein Ellbogen gegen etwas Hartes, Kaltes. Geistesgegenwärtig strecke ich die Hand aus – doch meine Finger fassen ins Leere.

„Heilige Scheiße!" Wie betäubt schaue ich auf die Urne, die mit einem dumpfen *„Klonk!"* auf meinem Teppich gelandet ist. Sofort gebe ich meinen butterweichen Knien nach, betaste mit zitternden Fingern das Porzellan und atme auf: Dank des Hochflorläufers hat die Urne den Sturz unversehrt überstanden.

Doch dann wird mir bewusst, was da gerade passiert ist. Mein Puls beschleunigt sich und ich bekomme Gänsehaut. Kann es tatsächlich sein, dass Giuseppa mir gerade meine Frage beantwortet hat? Sekunden später springe ich auf und renne ins Bad.

Fabrizio.

„Pronto?"

„Fabrizio?! Was ist denn das für ein Lärm! Wo steckst du?"

„Das frage ich mich schon seit ein paar Stunden, Lucia."

„Es ist sieben Uhr morgens! Erzähl mir nicht, du bist mit Carlo

bei Salvi versackt!", donnert es ungehalten aus meinem Mobiltelefon.

„Kalt. Ganz kalt."

„Was?"

Ich gähne. „Nein, ich bin nicht in der Amalfibar."

„Hör mal, ich habe keine Zeit für Ratespielchen. Ich muss sofort mit dir sprechen ... also eigentlich muss Marco mit dir sprechen, aber der ist nach Grosseto gefahren."

„Grosseto?" Plötzlich bin ich hellwach. „Ist was mit Alberto?"

„Nein, nein ... Marco ist ... er ist zur Bank gefahren."

Ich runzele die Stirn. „Warum das?"

„Das erkläre ich dir persönlich. Also beeil dich, wo immer du auch bist!"

„Lucia, ich bin in Florenz. Am Flughafen."

Einen Moment herrscht Stille am anderen Ende der Leitung, aber ich kann Lucia atmen hören. Schnaufen wäre das bessere Wort. Doch ich bin schneller als die zweifellos lästige Frage, die ihr auf der Zunge liegt.

„Wieso fährt Marco in aller Herrgottsfrühe zur Bank?", blaffe ich sie an und schneide ihr damit das Wort ab. Lucia schnauft lauter.

„Wir haben heute früh ... nein, eigentlich schon gestern Abend, aber da hatte ich keine Zeit um das E-Mail-Postfach zu überprüfen und du weißt doch, in den letzten Tagen ist es immer spät in der Küche geworden ..."

„Komm auf den Punkt, Lucia." Genervt lasse ich die Schnalle meiner Gürteltasche auf und zuschnappen.

„Marco will nach einem Kredit fragen. Für die Brennerei."

Es macht „*Klack!*" und die Schließe bricht aus ihrer Halterung.

„Wie bitte?!"

„Ein Großhändler aus Deutschland will Nonnas Likör", flüstert Lucia so leise, dass ich sie kaum verstehe.

„Was genau heißt das?", erwidere ich angespannt, während ich mit zitternden Fingern versuche, die Schließe zu reparieren. In meinem Kopf purzeln derart viele Fragen durcheinander, aber ich kann keine davon formulieren.

„Gestern Abend kam eine Mail von einem Herrn Saalfranck. Ich habe ihn gegoogelt, er beliefert den Handel und die Gastronomie mit Edelbränden und Likören und führt nebenbei eine Ladenkette. Er schreibt, jemand von einem bekannten Gourmetmagazin

sei an ihn herangetreten und habe ihm von unserem Aprikosenlikör erzählt. Saalfranck habe ihn zufälligerweise probiert und jetzt …“, nun zittert Lucias Stimme, „jetzt möchte er das Exklusivrecht, ihn international vertreiben zu dürfen und … er will alles.“

„Alles?“ Die Schließe rutscht aus meinen Fingern und poltert zu Boden.

„Jeden Tropfen, den wir produzieren können. Und er ist bereit, jeden Preis zu zahlen. Marco hat nicht eine Sekunde gezögert und du weißt, was das heißt. Sag also ja nicht, du hast inzwischen das Rezept vernichtet, denn dann müsste ich dich leider töten.“

„Hanna“, sage ich tonlos und stehe von der Polsterbank auf, auf der ich seit eineinhalb Stunden gesessen habe.

„Was hast du gesagt? Der Empfang ist so schlecht.“

„Das war Hannas Werk!“ Ich beginne, in dem Warteraum hin und her zu gehen und fange dabei den Blick einer elegant gekleideten Frau auf, die neben mir saß und mich schon die letzten eineinhalb Stunden verstohlen gemustert hat. Ich ziehe fragend die Brauen nach oben, woraufhin sie errötet und sich wieder hinter ihrer Wirtschaftszeitung versteckt. Mein Rücken schmerzt vom langen Sitzen und meine Stirn pocht. Verdammte Migräne. Ich presse zwei Finger an meine Schläfen, um den Druck abzumildern, während sich der letzte Aufruf für die Maschine nach Berlin in das Rauschen in meinen Ohren mischt. Meine Maschine. Die Schlange am Boardingschalter wird dünner, die Frau faltet ihre Zeitung zusammen und ihre übereinandergeschlagenen Beine auseinander. Die Stewardess am Schalter winkt mir zu und deutet auf ihre Armbanduhr.

„Pass auf, Lucia. Ich muss jetzt in den Flieger und werde sicher nicht vor morgen Abend zurück sein können. Sag Marco, er …“

„Ich werde ihn keinesfalls davon abbringen, Fabrizio!“, schrillt es aus dem Hörer, sodass ich ihn ein Stück von meinem Ohr weg halte. „Das ist die Chance, auf die Nonna ihr ganzes Leben lang gewartet hat. Und du auch. Wenn du nicht mitmachst, ziehen Marco und ich die Sache eben alleine durch und du kannst meinetwegen …“

„Halt die Klappe, Lucia und hör mir jetzt genau zu“, falle ich ihr ins Wort. Jetzt bloß nicht die Ruhe verlieren. „Sag Marco, wir brauchen rund Fünfzigtausend, um die Brennerei für eine Massenproduktion aufzurüsten. Wenn er Hunderttausend kriegen kann, umso besser. Paolo soll sofort die Aprikosenlieferungen an die Saftfabrik und den Großmarkt stoppen. Ich will, dass ab sofort

keine einzige Aprikose mehr das Tre Camini verlässt!"

Ich schnappe meine Reisetasche und eile zum Schalter, das Telefon unters Kinn geklemmt, mit der freien Hand nach der Bordkarte und meinem Personalausweis wühlend. „Sag Marco außerdem, Giovannis Frau heißt Rosalia, er hat drei Kinder, alles Mädchen. Er spielt Boccia, interessiert sich für Fußball und liebt schottischen Whisky. Marco soll alle Register ziehen und versuchen, so viel wie möglich rauszuholen!"

In der Leitung bleibt es still, während ich der Stewardess mit dem charmantesten Lächeln, das ich aufbringe, meine Bordkarte reiche. „Lucia? Bist du noch dran?"

„Bin … noch dran …"

„Sag mal, heulst du?"

„Nein … ja … ich freu mich bloß."

„Freu dich nicht zu früh. Es ist zunächst nur ein Angebot. Aber vielleicht ist das wirklich die Chance, auf die wir gewartet haben." Ich stecke meine Papiere ein, während hinter mir das Sperrband ausgezogen wird, und betrete die Flugzeugbrücke. Als ich über die Schulter zurücksehe, begegnet mir der neugierige Blick der Stewardess, die soeben die Verbindungstür zum Warteraum schließt.

„Fabrizio? Kann ich dich noch etwas fragen?" Lucias Stimme klingt jetzt weich.

„Ich muss jetzt auflegen, Lucia." Automatisch lege ich einen Schritt zu und renne fast die letzten Meter bis zur Flugzeugtür, wo die Crew ihren letzten Fluggast erwartet. Plötzlich fühle ich mich bei aller Entschlossenheit seltsam flau in der Magengegend.

„Holst du Hanna nach Hause?"

Ich setze zu einer harschen Verneinung an, doch die Worte wollen nicht aus meinem Mund. Stattdessen denke ich an Nonnas Abschiedsbrief, an Albertos Worte – und an Hannas weiche Lippen, die ich wieder küssen möchte. Die Gewissheit kommt langsam und sie kommt spät. Aber vielleicht nicht zu spät.

„Ich hoffe es, Lucia."

Hanna.

Ich habe noch nie in meinem Leben in einem solchen Tempo und derart wahllos einen Koffer gepackt. Die Quittung werde ich in Italien bekommen, falls mir Lucia nicht direkt die Tür vor der Nase zuhauen sollte. Denn ich habe zwar eine beachtliche Auswahl Shirts und Kleider dabei, aber nur eine Jeans und weder Socken

noch Unterwäsche. Sogar mein Schminktäschchen habe ich vergessen, aber wenn ich jetzt umkehre, werde ich es mir vermutlich anders überlegen und das Ticket verfallen lassen. Hinzu kommt, dass mein Taxifahrer seine Beförderungsberechtigung anscheinend auf dem Nürburgring erworben hat, denn er fährt, als sei ich hochschwanger und im Begriff, in seinem Wagen zu gebären. Ich bin einfach nur erleichtert, als diese Höllenfahrt am Taxideck vor Terminal A endet. Giuseppas Urne an die Brust gepresst bezahle ich und gebe dem unfreundlichen Kerl viel zu viel Trinkgeld, weil ich nicht die Nerven habe, darauf zu warten, dass er mir das Wechselgeld herauszählt. Umständlich schäle ich mich samt Urne aus dem Sitz, hole meinen Koffer von der Rückbank und knalle die Tür schwungvoll mit der Hüfte zu.

„Das ist kein Traktor!“, brüllt er noch durch den Spalt im Beifahrerfenster, ehe er mit Vollgas davonrauscht. Idiot.

Natürlich fängt es an zu regnen, sodass ich mit eingezogenem Kopf ins Terminal flüchte, wo ich mit klopfendem Herzen stehen bleibe und die große Anzeigentafel mustere. Mein Flug ist nicht aufgeführt. Kein Wunder, denn ich bin über drei Stunden zu früh. Ratlos lasse ich meinen Blick über die Menschen gleiten, die eifrig hin und hereilen, in Handys tippen, telefonieren – oder ihren Kofferwagen zum Check-in schieben, um rasch in die Duty-free-Shops einzufallen und Parfum oder Zigaretten zu kaufen. Ein Plakat wirbt mit einem Frühstücksangebot im Flughafenrestaurant.

Warum eigentlich nicht?! Mein Gepäckaufgabe-Schalter ist noch geschlossen und außer dem halben Kaffee heute Morgen habe ich nichts im Magen. Ehrlich gesagt esse ich seit einigen Tagen ziemlich schlecht, da kann so ein Frühstücks-Croissant nicht schaden. Auch wenn es sicher nicht so lecker schmeckt wie Rosa-Marias selbst gebackene Cornettos. Plötzlich kribbelt Vorfreude in meinem Bauch. Am Kiosk kaufe ich eine Frauenzeitschrift, in der sich die Welt um beruhigend triviale Dinge wie Rocklängen, Feuchtigkeitscremes und Backrezepte dreht, und schlendere, Giuseppa im Arm, in Richtung Flughafenrestaurant.

Fabrizio.

Ich bin fast erstaunt, wie reibungslos alles läuft. Meine Maschine landet pünktlich, die Wartezeit am Gepäckband kann ich mir sparen, da ich nur mit Handgepäck reise und der Zollbeamte winkt mich durch, ohne meinen Ausweis zu verlangen. Keine zwei Stun-

den nach dem Abflug betrete ich die Ankunftshalle – und bleibe mitten im Gewimmel lachender, sich umarmender und küssender Menschen stehen. Deutsche Satzfetzen wirbeln durch die Luft und es dauert einen Moment, bis ich mich an die unvertraute Sprache gewöhnt habe. Erst jetzt fällt mir ein, dass ich weder eine Telefonnummer noch eine Adresse von Hanna besitze.

Ich verziehe mich in eine etwas ruhigere Zone, hole mein Handy aus der Jackentasche und drücke den Betriebsknopf. Das Gerät vibriert, das Display leuchtet auf – und erlischt wieder. Akku leer. Und natürlich habe ich kein Ladegerät mitgenommen. Lauthals fluche ich los und erschrecke eine ältere Dame, die das Gepäck einer Kleinfamilie vor sich herschiebt. Ich setze zu einer Entschuldigung an, doch die Frau begrüßt gerade zwei kleine Mädchen, die sich kreischend an ihre Rockzipfel gehängt haben. Eine Zeitschrift rutscht aus ihrer Handtasche und ich schaue perplex auf das gelbe Steinhaus auf dem Cover, ehe ich mich rasch bücke.

„Sie haben etwas … verloren“, sage ich lahm und strecke der sichtlich überforderten Dame das Heft entgegen, ohne den Blick davon zu lösen. Die Mutter eilt herbei und ruft die Mädchen zur Ordnung. Pia und Pippa. Die Deutschen haben Humor, das muss man ihnen lassen.

„Sehr freundlich von ihnen.“ Die Frau greift nach dem Magazin, doch ich lasse nicht los. Plötzlich kommt mir eine Idee.

„Entschuldigung … diese Zeitschrift … wo kann ich die kaufen?“ Erst jetzt lösen sich meine Finger von dem glänzenden Papier. Die Frau sieht mich mit einem merkwürdigen Blick an.

„Die bekommen Sie in jedem Zeitschriftenladen.“ Sie spricht langsam und betont dabei jede Silbe, als sei ich schwachsinnig.

„Zeitschriftenladen, natürlich.“ Ich nicke verlegen und komme mir auf einmal selten dämlich vor. Mit einer angedeuteten Verbeugung drehe ich mich um und eile davon.

Ich laufe fast bis zum anderen Ende des Flughafens, bis ich einen Kiosk finde, in dem der Genusto nicht ausverkauft ist. In einem überfüllten Laden am Abflugterminal ergattere ich schließlich das vorletzte Exemplar und fange noch in der Schlange vor der Kasse an, zum Impressum mit der Verlagsadresse zu blättern, auch wenn mich der Leitartikel brennend interessiert. Doch zuerst muss ich Hanna ausfindig machen.

Allmählich macht sich die schlaflose Nacht bemerkbar. Die Schrift verschwimmt vor meinen Augen und ich bilde mir sogar

ein, Hanna in dem Gewühl zu entdecken. Ich muss dringend eine Kopfschmerztablette einwerfen, etwas essen und das Ganze mit einem doppelten Espresso herunterspülen. Während ich mein Wechselgeld einstecke, renne ich beinahe einen Werbeaufsteller des Flughafenrestaurants um, den irgendein Genie genau vor den Ausgang gestellt hat. Autsch. Ich reibe mir den Ellbogen und mustere die blonde Frau auf dem Plakat, die mir lächelnd ein Frühstücks-Cornetto entgegenhält. Den Wink verstehe sogar ich.

Und obwohl ich ein komisches Gefühl dabei habe, an den Ort zurückzukehren, wo der ganze Ärger begonnen hat, schultere ich meine Tasche und folge dem ausgestreckten Finger der hübschen Blondine.

Hanna.

Als ich das Restaurant betrete, kommt es mir vor, als wäre seit meinem letzten Besuch dort die Zeit stehen geblieben. Auch heute riecht es nach Schweinebraten und defekter Klimaanlage, die gestresste Bedienung drückt sich mit hoch erhobenem Tablett an Leibern, Koffern und Kinderwägen vorbei. Sogar eine Reisegruppe steht wieder an der Theke, nur dass die Herrschaften Logo-T-Shirts statt grüner Baseballmützen tragen. Ich bahne mir einen Weg durch das Gewühl in den hinteren Teil des Lokals und erwarte schon, meinen Chef irgendwo am Fenster sitzen zu sehen – oder einen dunkelhaarigen Mann mit Dreitagebart und traurigen Augen. Aber natürlich ist das nicht der Fall, was mich einerseits erleichtert und andererseits, völlig irrationalerweise, ein wenig enttäuscht.

Rasch steuere ich einen frei gewordenen Zweiertisch am Fenster an, stelle Giuseppa zuerst auf dem leeren Stuhl und dann doch lieber auf dem Fenstersims ab, obwohl mich dabei wieder dieses unheimliche Das-hatte-ich-doch-schon-mal-Gefühl überkommt. Doch mir bleibt keine Zeit, darüber nachzudenken, denn die Bedienung steht schon vor mir und fragt nach meinen Wünschen. Sie erkennt mich nicht wieder, was natürlich verständlich ist: Die Frau bedient täglich Hunderte von Gästen, von denen die wenigsten zweimal kommen. Ich erwidere also besonders freundlich ihr unpersönliches Lächeln, bestelle ein Cornet... ein Croissant und einen Milchkaffee, und vertiefe mich in einen Artikel über Balkonpflanzen.

Nur wenig später lasse ich die Zeitschrift sinken und schaue nachdenklich aus dem Fenster. Ich hätte gern einen Garten. Natür-

lich keinen so großen, wie ihn Lucia im Tre Camini hat. Aber vielleicht habe ich ja Glück und ergattere in Wien eine Erdgeschosswohnung. Ich könnte Erdbeeren züchten oder Kirschtomaten. Ich schmunzle, als ich an Sasha denke. Sie sah so wahnsinnig glücklich aus, als sie mir gestern, kurz vor Feierabend, um den Hals gefallen ist, weil Hellwig ihren Artikel über urbanen Gemüseanbau in die nächste Ausgabe setzen will.

„Ein bisschen stolz bin ich schon auf mich“, sage ich zu Giuseppa und mein Herz schlägt ein bisschen schneller. Die alte Dame wird heimkehren. Und ich auch, wenn ich auch noch nicht genau weiß, wohin. Sicher, der Gedanke an einen Neuanfang in Wien ist spannend. Aber plötzlich scheint mein Leben voller neuer Möglichkeiten zu sein und vielleicht … vielleicht ist Fabrizio sogar eine davon.

Als die Bedienung mein Frühstück bringt, fällt mir ein, dass ich schon vorhin im Zeitschriftenladen ein dringendes Bedürfnis verspürt habe. Aber jetzt mit Sack und Pack – und Urne – auf die Toilette gehen? Ich beuge mich zum Nebentisch herüber, wo ein Paar um die dreißig mit einem Thailand-Reiseführer beschäftigt ist.

„Entschuldigung?“

Die rothaarige Frau sieht auf. Kaum zu glauben, wie so viele Sommersprossen in einem einzigen Gesicht Platz haben können.

„Wäre es wohl möglich, dass Sie kurz auf meine Sachen aufpassen, während ich die Keramikabteilung besuche?“, frage ich. Einen kurzen Moment schaut sie verwirrt, doch dann versteht sie. Sie lächelt und nickt – und ich eile nach einem gehauchten „Sehr lieb, vielen Dank!“ los, denn es ist jetzt wirklich höchste Eisenbahn.

Fabrizio.

Meine Zuckerkurve befindet sich jetzt eindeutig auf der Nulllinie. Auf dem kurzen Weg zum Restaurant hatte ich genau drei Hanna-Erscheinungen, wobei ich der letzten Frau sogar hinterher gegangen bin, nur um zuzusehen, wie sie einem blonden Hünen um den Hals fiel. Das Bild war ernüchternd.

Bis jetzt hatte ich ganz selbstverständlich angenommen, dass es keinen anderen Mann in Hannas Leben gibt. Was, wenn dem nicht so ist? Was, wenn sie genau deshalb zurückgegangen ist? Ich schließe kurz die Augen und erkenne bestürzt, dass es mir von Tag zu Tag schwerer fällt, mir Nonnas Gesicht vorzustellen. *„Du hast schon ein Nein, wenn du nicht fragst, mein Junge“*, sagt sie schmunzelnd.

Du hast ja recht. Wenn sie vergeben ist, werde ich es erfahren.

Das Flughafenrestaurant ist rappelvoll. So rappelvoll, dass ich überlege, mir lieber an irgendeinem Imbissstand eine Bratwurst zu holen. Doch dann entdecke ich am Fenster einen Tisch und schaue ein paar Augenblicke später ein wenig verwirrt auf das unberührte Frühstücksgedeck, das dort auf mich wartet. Hatte ich gerade ein Blackout und habe schon bestellt?

„Der Tisch ist besetzt“, erschallt neben mir eine Stimme, die einer rotlockigen Frau gehört. „Die Dame kommt gleich zurück.“

Ich nicke enttäuscht und schaue mich etwas unschlüssig um. Mein Magen gibt ein lautes Gluckern von sich, das die Rothaarige zum Lachen bringt. „Sie hat nur darum gebeten, dass wir auf ihr Gepäck achten. Bestimmt hätte sie nichts dagegen, wenn Sie sich dazusetzen“, sagt sie trocken und malt ihrem Begleiter einen Filzschreiber-Smiley auf den Handrücken.

Sofort lasse ich meine Tasche fallen und setze mich, ohne weiter herumzueiern. Und selbst wenn diese Dame etwas dagegen hat, allmählich bin ich so hungrig, dass mir das völlig schnurz ist. Hauptsache, ich sitze. Dabei muss ich mich beherrschen, meiner abwesenden Tischgenossin nicht das Cornetto vom Teller zu mopsen. Hellbraun und knusprig sieht es aus. Die dralle Kellnerin reagiert sofort auf mein Handzeichen. Gott behüte, es ist dieselbe vom letzten Mal.

„Sagen Sie bloß, Sie kommen wegen unseres leckeren Schweinebratens wieder?“, strahlt sie mich an. Ich grinse zurück und hoffe, ich wirke nicht zu gequält.

„Selbstverständlich komme ich nur, um Sie wiederzusehen.“ Die Hoffnung, dass sie meinen ironischen Unterton erkennt, zerschlägt sich mit der Röte, die ihr ins Gesicht steigt. Mist. Jetzt muss ich bestimmt noch ewig auf mein Essen warten.

„Da kommen Sie leider zu spät. Ich habe nämlich einen neuen Freund“, kichert sie, die Rothaarige am Nebentisch rollt mit den Augen. Ich hebe eine Braue und versuche, nicht allzu erleichtert auszusehen.

„Das ist wirklich schade.“

Sie zuckt die Schulter und zwinkert. „Ich könnte Sie auf die Warteliste setzen. Nur für den Fall.“

„Das wäre sehr großzügig von Ihnen. Aber würden Sie mir vorher vielleicht … auch so ein Gedeck bringen? Einen Kaffee und ein Cornetto?“

„Kommt sofort", flötet sie und verschwindet. Ich spüre den Blick der Rothaarigen auf mir, die mich von unten bis oben scannt und sich dann wieder ihrem Freund zuwendet. Ich spüre förmlich, wie es dunkel um mich geworden ist, als sie die Schublade „typisch Südländer" mit einem Knall zugestoßen und den Schlüssel zweimal herumgedreht hat.

Seufzend ziehe ich meine Zeitschrift aus der Tasche und blättere direkt zum Leitartikel. Mein Magen zieht sich zusammen, als mir Hanna auf dem Foto entgegenlacht. Sie ist wirklich eine wunderschöne Frau. Dann atme ich einmal tief ein und wieder aus, … und beginne zu lesen.

Verehrte Leserinnen und Leser,

heute möchte ich mich in eigener Sache an Sie wenden und mich zunächst bei Ihnen bedanken. Für Ihre Lesertreue, für Ihren Zuspruch, die vielen Danksagungen aber auch für Ihre Kritik, die mir dabei geholfen hat, meine journalistische Arbeit stetig verbessern zu können. Danke hierfür, Sie sind großartig. Dies wird jedoch kein Artikel, wie sie ihn sonst von mir als Restaurantkritikerin gewohnt sind. Denn er beginnt mit einer Entschuldigung. An Sie gerichtet, liebe Leserinnen und Leser, weil ich Sie getäuscht habe. Und an die Inhaber einer kleinen italienischen Trattoria adressiert, denen ich zwar in bestem Glauben, aber leider völlig unwissend, ein großes Unrecht mit meiner Kritik zugefügt habe. Den entsprechenden Artikel können Sie in der Genustoausgabe 05/2014 nachlesen.

Hätte ich damals geahnt, dass die Wahrheit über das Tre Camini irgendwo zwischen Tiefkühlgemüse und matschiger Spinatsoße liegt, wäre mein Urteil sicher nicht besser, aber doch etwas wohlwollender ausgefallen. Denn manchmal geht guter Geschmack eben nicht nur durch den Magen – sondern trifft mitten ins Herz. Denn nichts anderes als das Ergebnis eines wohlmeinenden Freundschaftsdienstes landete ausgerechnet auf meinem Teller.

Die geschmackliche Katastrophe war dem hiesigen Dorfpolizisten zuzuschreiben, der nichts weiter wollte, als seinem besten Freund ein wegen Krankheit geschlossenes Restaurant zu ersparen. Ich rate Ihnen also (Carlo Fescale möge mir diese Anmerkung verzeihen): Vermeiden Sie es, im Raum Montesimo jemals mit dem Gesetz in Konflikt zu geraten – das Essen im Gefängnis ist unterirdisch.

Kommen wir jedoch zum Tre Camini selbst, das sehr viel mehr als eine Trattoria ist. Das Restaurant ist Teil eines generationenübergreifenden Familienbetriebs, der sich sowohl mit seiner Küche als auch den selbst bewirtschafteten Aprikosenfeldern ganz der *Cucina Bella Italia* verschrieben hat. Nachdem mich der Inhaber Fabrizio Camini freundlicherweise auf meine Fehleinschätzung hinwies, gab mir die Familie Camini die Möglichkeit, mir während eines zweiwöchigen Aufenthaltes eine zweite Meinung bilden zu dürfen.

Was ich in diesen Wochen in und um das Tre Camini kennenlernen durfte, übertraf meine Erwartungen bei Weitem - und das nicht nur bezüglich der Küche. Denn trotz meiner eigenen italienischen Wurzeln war mir bis dato nicht bewusst, dass der wahre Geschmack Italiens sich nicht nur aus frischen und hochwertigen Zutaten, sorgsam ausgewählten Kräutern und dem Können einer bodenständigen italienischen Köchin zusammensetzt. Diese Zutaten sind bei den Caminis selbstverständlich. Aber es sind die Ingredienzen, die man nur im Kreis einer italienischen Familie wie den Caminis findet, die ein italienisches Mahl erst perfekt machen:
Die Geduld, mit der Rosa-Maria ein Ragú stundenlang auf dem Herd rührt. Das Lied, das Lucia Camini summt, wenn sie die Wildblüten für die Desserts von den Dolden zupft. Die Worte, die der alte Gutsverwalter Alberto den Bienen zuflüstert, damit sie ihren Honig gegen Zuckerwasser tauschen. Die Leidenschaft in den espressofarbenen Augen von Fabrizio Camini, wenn er von dem Aprikosenlikör seiner Großmutter erzählt. Der Wille, die Beharrlichkeit, allen

Unwägbarkeiten zu trotzen, um ein einzigartiges Produkt herstellen zu können. Es ist die Zufriedenheit auf den Gesichtern, wenn der Bräterdeckel gelüftet wird, damit sich Wein und Aprikosenaromen unter das fröhliche Geplauder und die harmlosen Streitereien bei Tisch mischen. Das Lachen, wenn duftende Thymianpanini aus dem Ofen gezogen werden oder handgewalzte Pasta ins Salzwasserbad gleiten. Und es ist das Glas Wein, das doppelt gut schmeckt, wenn man jemanden hat, mit dem man anstoßen kann.

Das Tre Camini ist ein wunderbarer und zugleich magischer Ort, der mich schlichtweg bezaubert hat. Ein Ort, der viel mehr bietet, als eine frisch zubereitete Ribollita nach altem toskanischen Rezept, eine würzige Pasta Zanolla mit Speck und dicken Bohnen, oder einen butterzarten Kaninchenbraten mit hauseigenen Aprikosen. Das ehrwürdige Steinhaus atmet eine lebendige Tradition und ist erfüllt vom Geist einer alten Frau, die mich vor allem eins gelehrt hat: Was es bedeutet, sich zu Hause zu fühlen. Und was es heißt, sein Herz an einen besonderen Menschen zu verschenken.

Heute kann ich mit Fug und Recht behaupten, dass Sie in ganz Italien keinen Ort finden, der italienischer ist, als dieser Flecken auf der Landkarte, der mit bloßem Auge kaum erkennbar ist. Sie sollten ihn sich nicht entgehen lassen, egal, ob Sie nur auf der Durchreise sind - oder sich entscheiden, direkt dorthin zu fahren. Sie werden es nicht bereuen, das verspreche ich Ihnen.

Ihre Hanna Philipp

Hanna.
Zunächst bin ich mir sicher, einer Sinnestäuschung zu erliegen. Ich sehe Fabrizio. Nicht so, wie im Vorbeigehen, wenn ein vertrautes Gesicht in der Menschenmasse aufblitzt und wieder abtaucht. Es ist nicht die Gestalt, die in dem Moment um die Ecke verschwindet, wenn man einen Blick zurückwirft, oder der Hinterkopf in der Kassenschlange vor uns, der dann doch einem Fremden gehört. Nein. Diese Halluzination sitzt lesend an MEINEM Tisch, und egal, wie heftig ich blinzle – sie bleibt dort sitzen.

Ich bleibe wie vom Donner gerührt stehen und fast wäre die mollige Bedienung mit ihrem Kaffeetablett in mich hineingelaufen, hätte sie nicht geistesgegenwärtig einen Haken geschlagen. Mit einer bedauernswerten Konsequenz für das Croissant auf ihrem Teller.

„Entschuldigung“, murmele ich geistesabwesend. Ich fühle mich plötzlich so … substanzlos. Als hätte ich mich in unzählige Einzelteile aufgelöst, die jetzt in einer Art Teilchenwolke da rumschweben, wo ich vorher stand. Die rosa bemalten Lippen der Frau bewegen sich, aber irgendwer hat den Ton abgestellt. Ich schaue wie betäubt auf den übergeschwappten Milchkaffee und das durchweichte Croissant auf dem Tablett.

Fabrizio sitzt an meinem Tisch.

Und er ist keine Fata Morgana.

Eine Hand legt sich auf meinen Arm. „Geht es Ihnen gut?“

Ah. Die Tonspur funktioniert wieder. Ich lächle freundlich in das besorgte Gesicht der Bedienung. Und dann reagiert mein Körper. Mir wird plötzlich kalt und gleichzeitig fange ich an, zu schwitzen. Ich möchte zu Fabrizio laufen, ihn in die Arme nehmen und ihm all die ungesagten Worte ins Ohr flüstern, die seit Tagen in meinem Kopf herumgeistern. Stattdessen drehe ich mich um – und laufe zurück zu den Toiletten.

Fabrizio.
Ich lasse die Zeitschrift sinken. Dreimal habe ich den Artikel gelesen und bin kein Stück klüger, was er bedeutet. Himmel. Da könnte man mal Lucias Rat brauchen und was passiert? Akku leer! Ich fasse an meine Stirn und mustere Hannas Foto, als läge in ihren Augen die Antwort. Der vorletzte Absatz. Ist er das, was ich denke, Bellina? Kann es sein, dass ich gemeint bin? War ich so blind?

Mein Blick driftet zum Fenster, verheddert sich jedoch auf dem

Sims zwischen zwei Topfpalmen, wo … ich atme scharf ein.

Das glaube ich jetzt nicht.

Da steht Nonna.

Instinktiv beuge ich mich über den Tisch, um den Rollkoffer, der da neben dem leeren Stuhl steht, genauer in Augenschein zu nehmen. Ein Standardmodell, schlicht, schwarz. Auf dem Stoff befinden sich Schmutzstreifen, die Rollen sind dreckverkrustet. Ich fasse nach dem Griff und bewege den Koffer sacht hin und her. Ein Rad klemmt. Bingo!

„He! Was machen Sie da?“ Die Rothaarige schaut mich argwöhnisch an.

„Diese Frau, die hier sitzt“, murmele ich und habe plötzlich einen Frosch im Hals, „wohin genau ist sie gegangen?“

„Sie ist aufs stille Örtchen“, schmunzelt ihr Begleiter und fängt sich dafür einen Rippenstoß von seiner Freundin ein.

„Ich glaube nicht, dass ihn das etwas angeht“, faucht sie.

„Könnten Sie mal kurz?“ Ich deute hastig auf meine Tasche und springe auf, wobei ich mit dem Ellbogen gegen etwas Hartes stoße. Ein spitzer Frauenschrei, dann klirrt und scheppert es.

„Oh nein! Nicht schon wieder!“, jammert die dralle Kellnerin, doch ich habe keine Augen für sie oder den umgekippten Kaffee auf ihrem Tablett.

„Klar, Mann. Kein Problem.“ Der Freund der Rothaarigen, die jetzt mit verschränkten Armen auf ihrem Stuhl schmollt, deutet lässig Richtung Toiletten. „Sie hat eben auf dem Absatz kehrt gemacht und ist in dieselbe Richtung gerannt, aus der sie eben gekommen ist. Sah ziemlich grün aus im Gesicht.“

„Danke!“, rufe ich ihm zu, ehe ich eine Vollbremsung einlege, zurückeile und mir die Urne von der Fensterbank schnappe. Sicher ist sicher.

„Moment! Die gehört …“, ruft die Rothaarige, wird aber mit einem Kuss zum Schweigen gebracht. Etwas langsamer, damit Nonna nichts passiert, folge ich dem Hinweisschild zu den Toiletten.

Hanna.

Seit ungefähr fünf Minuten starre ich auf die weiße Kabinentür. Natürlich ist mir klar, dass ich nicht ewig hier sitzen kann – ganz abgesehen davon, dass es total kindisch ist, überhaupt hier zu sitzen. Dämlich obendrein, denn da draußen sitzt der Mann, den ich

liebe, und der verschwindet vielleicht, bis ich diese Panikattacke in den Griff bekommen habe. Ich atme tief ein und in gleichmäßigen Zweierstößen wieder aus. Immerhin habe ich den Brechreiz in den Griff bekommen und es ist mir erspart geblieben, mich übergeben zu müssen. Jetzt ist mir bloß noch ein bisschen übel, dafür schlägt mein Herz, als pumpe es irgendeine zähe Masse statt Blut durch meinen Körper.

Ich brauche bloß ein bisschen Zeit. Um darüber nachzudenken, was ich ihm sage. Was von all den Dingen, die ich ihm sagen wollte. Bloß noch fünf Minuten. Dann werde ich diese kleine, friedliche Toilettenkabine verlassen, mir kaltes Wasser ins Gesicht spritzen und zurück ins Restaurant gehen, um Fabrizio mit einem strahlenden Lächeln … Was macht er überhaupt in Deutschland?

„*Ouuu Hanna! Was macht er wohl hier?*", stöhnt Claire.

Er will seine Großmutter holen, was sonst.

Oder ist er vielleicht doch wegen mir … Wieder läuft ein unkontrolliertes Zittern durch meinen Körper. Ich stöhne leise auf und lege den Kopf in die Hände. Das darf doch nicht wahr sein. Ich bin genau dort, wo ich sein wollte und jetzt habe ich nicht den Mut, ihm gegenüberzutreten.

„Hanna?", ertönt eine tiefe, sanfte Stimme, die mir mehr als vertraut vorkommt. Okay, vergessen wir das kalte Wasser. Ich beiße mir auf die Lippen und hebe vorsichtig die Füße an. Wenn ich mich ganz mucksmäuschenstill verhalte, habe ich vielleicht Glück und er verschwindet wieder.

„Hanna, ich weiß, dass du hier bist. Also stell die Füße wieder auf den Boden und hör auf, die Luft anzuhalten."

„Ich habe die Luft überhaupt nicht angehalten!", rutscht mir heraus und ich presse sofort die Hand auf meinen Mund. Leider zu spät. Ein blank poliertes Paar Herrenschuhe erscheint vor dem Bodenschlitz meiner Kabinentür.

„Hallo Bellina."

„Hi." Ergeben stelle ich die Füße auf die Fliesen.

„Was machst du da drin?"

„Was ist das denn für eine bescheuerte Frage? Das ist eine Toilette!"

„Das ist mir klar. Und dir dürfte klar sein, dass du nicht in dieser Kabine sitzt, um ein Geschäft zu verrichten. Also?" Selbst durch die geschlossene Tür höre ich sein Schmunzeln.

„Verschwinde, Fabrizio", blaffe ich zurück.

„Auf keinen Fall."

„Aber ich muss nachdenken!"

Eine Weile bleibt es still da draußen.

„Wie wäre es, wenn du herauskommst und deine Gedanken mit mir teilst?", sagt Fabrizio sanft. Ich schnappe nach Luft.

„Das … geht nicht."

„Aha. Und warum nicht?"

„Weil … *hicks!* … weil ich über dich nachdenke!" Na prima. Jetzt habe ich auch noch einen Schluckauf. Hinter der Tür erklingt leises Gelächter.

„Das ist gut."

„Das ist überhaupt nicht … *hicks!* …gut, weil …" Ein scharrendes Geräusch ertönt, begleitet von einer Art Schleifen. Die Schuhe verschwinden aus meinem Sichtfeld. „Was machst du da?"

„Ich setze mich hin. Denn wenn du nicht vorhast, herauszukommen, muss ich wohl von hier aus zuhören. Nonna habe ich übrigens mitgebracht, damit sie nicht versehentlich vom Sims geklaut wird, wo du sie abgestellt hast. Du kannst dir also Zeit lassen."

„Du hast deine Großmutter in die Toilette mitgebracht?!" Vor lauter Schreck vergesse ich, dass ich eigentlich einen Schluckauf habe.

„Ich denke, Nonna ist mittlerweile einiges gewohnt. Also, warum ist es nicht gut, dass du über mich nachdenkst, Bellina?"

„Nenn mich nicht so. Das würde Sofia bestimmt nicht gefallen!"

„Wieso sollte es eine Rolle spielen, was Sofia gefällt oder nicht?" Er klingt ehrlich erstaunt, was mich nun wirklich ärgert. Männer sind manchmal so ignorant!

„Himmel, tu nicht so blöd. Weil Sofia deine … was auch immer ist!"

Einen Moment herrscht Stille auf der anderen Seite.

„Sofia ist meine Exfreundin, Hanna. Nicht mehr und nicht weniger."

„Exverlobte", erwidere ich trotzig.

„Meinetwegen."

„Sonst nichts?"

„Sonst überhaupt gar nichts."

„Aber … ist das wahr?"

„Ist das der Grund, weshalb du weggegangen bist? Du dachtest

Sofia und ich …?“

„Ich wollte eurem Glück nicht im Weg stehen“, sage ich kleinlaut.

„Ach Hanna. Du bist ein dummes Huhn.“

„Beleidige mich ruhig.“

„Auch wenn es jetzt wenig romantisch ist, so in einer Flughafentoilette … aber ich bin nicht wählerisch.“ Fabrizio klingt jetzt nicht mehr amüsiert. Sondern so ernst, dass mir ein Schauer über die Arme läuft. „Ich bin nur in eine Frau verliebt. So sehr, dass ich an nichts anderes denken kann. Und diese Frau sitzt gerade auf der anderen Seite dieser Klotür und weigert sich, herauszukommen.“

Jetzt ist es an mir, betreten zu schweigen. Hat er gerade wirklich verliebt gesagt? Er ist verliebt. Und ich glaube, er meint mich.

„Das ist ziemlich dumm von dieser Frau, oder?“, flüstere ich.

„Wahrscheinlich hat sie nur genauso viel Angst vor ihren Gefühlen, wie ich vor meinen. Ich habe viel zu lange gebraucht, um zu verstehen, was mein Herz mir sagt. Und das tut mir wirklich leid.“

Ich schnappe nach Luft. Vor lauter Nervosität beginne ich, an meinen Fingernägeln zu knabbern und lausche dabei nach draußen. Was, wenn ich mir das alles nur einbilde? Was wenn … Aber ich kann ihn atmen hören. Ich gebe mir einen Ruck.

„Fabrizio?“

„Hanna?“

Ich stehe auf und lehne meine Stirn gegen die weiß lackierte Fläche. „Was … machen wir jetzt?“

„Es wäre vielleicht ein guter Anfang, wenn du diese Tür aufschließen würdest. Denn sonst kann ich dich nicht küssen – und was wäre schon eine Liebeserklärung ohne einen Kuss.“

Es ist ein Lächeln, zweifellos, das jetzt auf meinen Lippen liegt. Ich strecke die Hand nach dem Türgriff aus – halte aber inne, weil mir ein seltsamer Gedanke in den Kopf kommt.

„Eine Frage hätte ich aber noch.“

„Jede, die du willst, Bellina.“

Das Schloss klackt auf und auf meinen sanften Stups schwingt die Tür langsam auf.

Er sitzt im Schneidersitz auf dem Boden, mit dem Rücken an die geflieste Wand gelehnt. Seine Krawatte ist gelockert, das teure Jackett liegt zusammengeknüllt auf dem Boden. Mein Blick bleibt auf der Urne in seinem Schoß haften und wandert dann in sein Gesicht. Er sieht müde aus und erschöpft, genauso, wie ich mich

fühle. Eine Welle der Wärme überflutet mich, mein Puls schlägt jetzt ruhig und gleichmäßig.

Fabrizio lächelt und legt den Kopf schief – und ich spüre nun selbst ein breites Grinsen auf meinen Lippen.

„Kannst du eigentlich singen?“

EPILOGO

„Meine Großmutter Giuseppa Camini kehrte in einer lauen Sommernacht nach Hause zurück. Es war eine heimliche und stille Beisetzung im engsten Familienkreis, mit einem vor Angst schlotternden Padre Lorenzo, den wir mit einer Kiste von Nonnas Likör bestechen mussten, damit er sich nach Mitternacht auf den Friedhof traute.

Keiner machte nach dem Gestotter Lorenzos noch viele Worte, denn die waren nicht mehr nötig. Mein Bruder Marco und ich trugen gemeinsam Nonnas Urne und es war Alberto, der sie schließlich unter diesem perfekten Sternenhimmel zur letzten Ruhe bettete. Neben ihrem Ehemann Eduardo, dem sie letztlich ihr ganzes Leben lang treu ergeben geblieben war, auch wenn ihr Herz einem anderen gehört hatte.

Ich bin kein Freund des Übersinnlichen. Trotzdem glaube ich manchmal, dass Nonna absichtlich so spät nach Hause kam, damit die Menschen, die ihr etwas bedeutet haben, ebenfalls heimkehren konnten. Hannas Mutter Isabella beispielsweise, die während unserer Zeremonie schweigend an Hannas Seite stand und Albertos Hand nahm, als der alte Mann lautlos zu weinen begann – aus Trauer und vielleicht auch ein wenig aus Freude darüber, weil er wusste, wie viel Nonna Isabellas Anwesenheit bedeutet hätte.

Aber auch mein Bruder Marco und ich haben dank Nonna unseren Platz gefunden – wenn auch nicht so, wie meine Großmutter es geplant hatte.

Ich habe die Erbschaft ausgeschlagen, zugunsten meines kleinen Bruders. Eine gute Entscheidung, wie mir klar wurde, als ich mir den Papierkram näher angesehen habe, den ich stets ungelesen in Marcos Schublade geworfen habe. Zu sehen, mit welchem Ernst und welcher Sorgfalt er Einnahmen und Auslagenlisten führt, mit Rechtsanwälten und Bankdirektoren verhandelt oder aufgebrachte Gläubiger besänftigt, ringt mir heute den größten Respekt ab.

Nach dem großzügigen Angebot des deutschen Spirituosenhändlers haben wir nie wieder über den Verkauf der Aprikosenfelder gesprochen. Trotz meiner Einwände bestand Marco darauf, mir die Landwirtschaft zu überschreiben, weil er sich ganz auf die Verwaltung konzentrieren möchte. Dennoch hat er begonnen, sich auch für den Teil unseres Landguts zu interessieren, der harte, körperliche Arbeit bedeutet. Er bemüht sich wirklich, ein passabler Gutsherr zu sein, auch wenn er auf dem Feld zwei linke Hände hat und die Arbeiter damit zum Lachen bringt.

Einig sind mein kleiner Bruder und ich uns nach wie vor in vielen Dingen nicht. Und das wird sich wohl nicht ändern. Aber Lucias Augen leuchten, wenn Marco wie ein echter Camini in Arbeitshosen in die Küche schlurft, um sich über Rosa-Marias Pasta herzumachen, und es ist vor allem ihr glückliches Gesicht, das mir sagt, dass wir auf einem Weg sind, der eine Zukunft für das Tre Camini bedeutet.

Apropos Zukunft: Ich werde tatsächlich Onkel. Lucia ist endlich schwanger und ich kann nur hoffen, das Kind kommt nicht nach Marco … oder mir, Gott behüte.

Hanna hat ihren Job in Wien angenommen. Vorläufig, denn ich arbeite hart daran, sie dazu zu überreden, nicht nur für die Wochenenden nach Italien zu kommen – sondern hier zu bleiben, obwohl aus mir jetzt eher ein einfacher Bauer als ein feiner Gutsherr geworden ist.

Den ganzen Sommer habe ich mit Paolo geschuftet wie ein Maulesel, damit Saalfranck das bekommt, was er sich gewünscht hat: Rund zehntausend Liter von Nonnas Aprikosenlikör, die der Spirituosengroßhändler innerhalb weniger Wochen abverkauft hat – in die Spitzengastronomie in ganz Deutschland. Er schrieb, er könne den Nachfragen gar nicht mehr nachkommen.

Alles deutet also auf eine gute Ernte hin.

Und auf ein gutes Ende.

Vorausgesetzt, Hanna sagt ja zu dem kleinen Ring, den ich seit

ein paar Tagen in meiner Tasche mit mir herumtrage. Ich habe lange mit mir gerungen, ob ich es wagen soll. Doch dann habe ich Nonnas Brief in meiner Schreibtischschublade gefunden und den letzten Satz darin wieder und wieder gelesen.

Im Grunde ihres Herzens sind alle Caminis Mütter und Väter, Ehefrauen und Ehemänner.

Da kann ich wohl schlecht zurückstehen."

– FINE –

DANKSAGUNG

Das Buch ist im digitalen Zeitalter zu einem schnelllebigen Medium für jedermann geworden – eine Tatsache, die uns Autoren viele Möglichkeiten eröffnet, es uns aber oft nicht leicht macht, wenn wir auf Qualität statt auf Quantität setzen möchten.

Meine Romane sind Herzensangelegenheiten. Sie entstehen durch die Liebe zum geschriebenen Wort, kosten Durchhaltevermögen und brauchen Zeit zum Wachsen – denn ich möchte meine Geschichten mit einem guten Bauchgefühl in die Welt entlassen. Deshalb gehört mein erster Dank meinen Leserinnen und Lesern für ihre Geduld und Treue.

Ein ebenso großer Dank gebührt den wunderbaren Menschen, die dazu beigetragen haben, dass dieser Roman in der jetzigen Form vorliegt:

Christina Schulz fürs Mutmachen und ihre Begeisterung. Ohne dich hätte ich vermutlich den Laptop längst zum Fenster rausgeworfen.

Katrin Koppold für ihren gnadenlosen Rotstift, eine geschätzte und erfolgreiche Autorenkollegin, die meine Geschichten liebt, immer ein offenes Ohr und einen guten Rat parat hat.

Julia Dessalles, die mir klar gemacht hat, dass mein Schulfranzösisch für den Eimer ist sowie Maite Rüber, Carmen Schmit und Norbert Külzer für ihre unverblümte Meinung. Meinem lieben Cousinchen Ann-Kristin Steppuhn für ihre Neugier und ihre Rechtschreibkenntnisse.

Jochen Lang, der nur einen Kaffee will, wenn er stundenlang meinen Rechner repariert, obwohl es doch anfangs gar nicht so schlimm aussah.

Till Brettschneider für die Umsetzung meiner Coveridee und für die geniale Idee mit der Herzaprikose.

Und natürlich meiner kleinen Familie auf zwei Beinen und acht Pfoten, ohne deren Liebe ich diese Art von Büchern nicht schreiben könnte.

RICETTE

RIBOLLITA – WIE HANNAS MUTTER SIE KOCHT

ZUTATEN FÜR 4 PERSONEN:

Eine Mischung aus getrockneten Bohnen,
Erbsen, Linsen und Gerste,
1 mittelgroße Zwiebel, gewürfelt,
1 Knoblauchzehe, gehackt,
2 Stangen Sellerie, in Scheiben,
3 Möhren, in Scheiben,
300 g. Kartoffeln, gewürfelt,
½ Wirsing, in Streifen geschnitten,
3 EL Olivenöl,
1 Glas Gemüsefond,
1 Dose stückige Tomaten,
Einige Zweige Thymian,
1 Prise Zucker, Salz und Pfeffer,
4–6 Scheiben Weißbrot vom Vortag.

ZUBEREITUNG:

Die Hülsenfrüchte über Nacht einweichen und tags darauf 1–2 Stunden kochen. Das Olivenöl in einem großen Topf erhitzen. Die Möhren, Kartoffeln und den Sellerie andünsten. Zwiebeln und Knoblauch hinzugeben und mitdünsten. Den Fond und die Tomaten einrühren, das Ganze zugedeckt rund 10-12 Minuten köcheln lassen. Die gekochten Hülsenfrüchte, den Wirsing und die Thymianzweige hinzugeben. Mit einer Prise Zucker würzen und 2 Stunden bei kleiner Flamme köcheln lassen. Zum Ende der Garzeit salzen und pfeffern, dann die Ribollita auskühlen lassen. Anschließend schichten Sie abwechselnd Brotscheiben und Eintopf in eine Auflaufform. Im vorgeheizten Ofen bei 150 Grad eine gute halbe Stunde backen.

Hannas Tipp: Wenn die Ribollita auf dem Teller ist, gehört ein Schuss Olivenöl darauf. Zu Hause machen wir das so: "Facciamo una S" (Wir malen ein S aus Öl in die Suppe)

Nonnas Kaninchen mit Aprikosen

Zutaten für 4 Personen:

1 zerlegtes Kaninchen,
200 g. Zwiebeln,
8 frische Aprikosen,
4 Tomaten
1-2 EL Olivenöl,
200 ml. Weißwein,
2 TL Fenchelsamen,
2 EL Tomatenmark,
3 Thymianzweige,
brauner Zucker.

Zubereitung:

Die Kaninchenteile mit Salz und Pfeffer einreiben. Die Zwiebeln schälen und achteln, die Aprikosen und Tomaten waschen. Die Aprikosen entsteinen und ebenfalls in Spalten schneiden. Tomaten vierteln, den grünen Stielansatz entfernen. Das Olivenöl in einem Schmortopf mit den Fenchelsamen erhitzen und das Kaninchen darin rundherum anbraten, anschließend herausheben. Die Zwiebeln mit dem Tomatenmark andünsten und zugedeckt 5 Minuten schmoren lassen. Tomaten, Aprikosen und Thymian samt Kaninchenteilen zugeben und mit dem Weißwein zugedeckt bei mittlerer Temperatur etwa 45 Minuten schmoren lassen, dann ohne Deckel eine weitere Viertelstunde einkochen und mit Salz, Pfeffer und einer Prise Zucker abschmecken, den Thymian entfernen. Dazu schmeckt Pasta oder Ciabatta-Brot.

Nonnas Tipp: Verwenden Sie für dieses Gericht niemals billigen Wein! Er darf eine süßliche Note haben, um das Aprikosenaroma zu unterstreichen.

Ragú Tre Camini

Zutaten für 4 Personen:

500 g. gefrorenes Rinderhackfleisch,
1 große Zwiebel,
1 Möhre,
1/8 Liter Rinderbrühe,
1 Tube Tomatenmark,
1 Dose stückige Tomaten,
1-2 TL Zucker,
Salz, Pfeffer und
frische, italienische Kräuter.

Zubereitung:

Die Zwiebel schälen und so fein wie möglich schneiden. Die Möhre schälen und in kleine Würfel schneiden. In einem großen Topf etwas Olivenöl erhitzen und darin die Zwiebel glasig dünsten, Knoblauch und Möhren hinzugeben, weitere 2 Minuten andünsten. Das Gemüse mit der Rinderbrühe ablöschen. Tomatenmark, Dosentomaten und Zucker hinzugeben, auf kleiner Flamme köcheln lassen. Das tiefgefrorene Hackfleisch hinzugeben und unter Rühren garen. Weiterrühren, bis sich das Fleisch vollkommen mit der Tomatensoße verbunden hat. Die Kräuter hinzugeben, salzen, pfeffern und rund eine Stunde bei kleinster Stufe simmern lassen. Nochmals abschmecken und mit beliebiger Pasta servieren.

Anmerkung von Rosa-Maria: Die Methode, tiefgekühltes Hack in die Soße zu geben, bewahrt das Fleisch vor dem Austrocknen durch scharfes Anbraten. Das Ragú bleibt weich und verbindet sich optimal mit allen Zutaten. Ein neapolitanischer Geheimtipp, dessen Quelle die unbestechliche Rosa-Maria bis heute nicht preisgibt.

Pasta alla Zanolla

Zutaten für 4 Personen:

400 g. Penne rigate,
250 g. Südtiroler Speck in Streifen,
250 g. frische/ gefrorene dicke Bohnen,
1 Zwiebel, feingehackt,
2 Knoblauchzehen, feingehackt,
2 frische Peperoncini, zerkleinert,
2–3 EL Olivenöl,
frischer Rosmarin, gehackt,
frischer Parmesan.

Zubereitung:

Die Penne und die Bohnen in einem großen Topf in Salzwasser al dente kochen. Benutzen Sie ruhig dasselbe Kochwasser, einfach die Garzeiten beachten. Inzwischen das Olivenöl in einer tiefen Pfanne erhitzen. Die Zwiebeln und den Speck glasig dünsten, anschließend mit dem Knoblauch, den Peperoncini und dem Rosmarin goldbraun braten. Die tropfnasse Pasta und die Bohnen in die Zwiebel-Speck-Mischung geben, gut durchrühren und sofort mit frisch gehobeltem Parmesan servieren.

Über die Autorin:

Claudia Winter, geb.1973, ist Sozialpädagogin und schreibt schon seit ihrer Kindheit Gedichte und Kurzgeschichten. Als Tochter gehörloser Eltern lernte sie bereits mit vier Jahren Lesen und Schreiben, gefördert von ihrem Vater. Neben „Aprikosenküsse“ hat sie weitere drei Romane sowie diverse Kurzgeschichten in Anthologien veröffentlicht. Nebenbei arbeitet sie als Lektorin und Coach. Die Autorin lebt mit ihrem Lebensgefährten und den Hunden Kim und Luka in Limburg an der Lahn.

Liebe Leserin und lieber Leser,

wenn Dir „Aprikosenküsse“ gefallen hat,

dann besuch mich auf meiner Autorenseite:

WWW.C-WINTER.DE

Ich freue mich auf Post von Dir!

Weitere Romane von Claudia Winter

Heul doch, Paulina

„Drei Frauen, ein Mops und ein Banküberfall" – ein Chick-Lit-Krimi, der kein Auge trocken lässt."

Die Bankangestellte Paulina Jacoby ist ein Pechvogel: Verschüttete Kaffeetassen, verlorene Geldbörsen und schmerzhafte Zusammenstöße gehören zu ihrem Alltag - sogar ihren Freund erwischt sie inflagranti mit einer anderen. Doch nicht nur privat schlittert die junge Frau von einem Missgeschick ins nächste: Ihre Kollegin nutzt Paulinas Gutmütigkeit schamlos für Bankbetrügereien aus.

Auch die resolute Edith von Dahlen steht an einem Wendepunkt in ihrem Leben: Das Testament ihres Gatten eröffnet den Bankrott des Familienunternehmens und nun ist die alte Dame nicht nur pleite, sondern obendrein obdachlos.

Die gelangweilte Tabea Hüsch-Schlemmer hadert mit der Entscheidung, ihrem Mann nach Dubai zu folgen. Mit Freuden nimmt sie Paulina auf, liefert ihr die Freundin doch eine willkommene Ausrede dafür, den fälligen Ticketkauf hinauszuzögern.
Die ungewöhnliche Freundschaft zwischen dem ungleichen Damentrio führt zu einem haarsträubenden Ergebnis: Um dem Schicksal ein Schnippchen zu schlagen, planen die Freundinnen einen Banküberfall – und bekommen es mit einem adeligen Mops, echten Bankräubern, den Grauzonen des Finanzgeschäfts und mit dem Gesetz zu tun: in Form eines sehr attraktiven Polizeikommissars …

AUSSERDEM VER~~FÜG~~*lieb*BAR: DIE COOK&CHILL-REIHE

„Ausgerechnet Soufflé!“

Ein Roman über eine liebenswerte Kochbuchladen-Besitzerin und den Mut, einen Neustart zu wagen. Mit jeder Menge verrückter Menschen, einer Prise Humor, einem Löffel voll Liebe – und viel Geschmack. Inklusive Rezepte.

„Häppchenweise“

Eiskalt serviert und mit Liebe abgeschmeckt. Neue Ereignisse überschlagen sich im Kochbuchladen „Cook&Chill“. Die spannende Fortsetzung von „Ausgerechnet Soufflé“.

4077006R00200

Printed in Germany
by Amazon Distribution
GmbH, Leipzig

Du même auteur

Angora
(Le 9e Monde, 2003)

Fraise et chocolat
(Les Impressions Nouvelles, 2006)

Fraise et chocolat 2
(Les Impressions Nouvelles, 2007)

Achevé d'imprimer en septembre 2008
par Snel Grafics, Liège.
ISBN : 978-2-87449-055-2 - EAN : 9782874490552
Dépôt légal : octobre 2008.

son île. Certes, il accueille des infirmières philippines en échange de l'ouverture du marché philippin à ses automobiles. Mais à un rythme si lent, et au compte-gouttes…

À vrai dire, au XXIe siècle, le rapport du Japon avec les étrangers, avec l'étranger, demeure ambigu. Le Japon a intégré ses Coréens de souche et les Chinois dont il a besoin, mais ne veut guère faire davantage. Les communautés immigrées établies sur son territoire sont minutieusement fichées – grâce à un judicieux système de carte de séjour. Depuis 2007, à l'arrivée à Narita, et au nom de la lutte anti-terroriste, tout étranger doit marquer ses empreintes digitales de deux doigts – comme d'ailleurs aux États-Unis. Le Japon va même plus loin, en étendant ces contrôles discriminatoires aux résidents permanents. L'étranger est devenu suspect.

Il fut un temps où le Japon fit rêver et fantasmer les artistes de tous horizons. Rêvons donc qu'un jour, Aurélia débarque de nouveau à Tôkyô en minijupe et sandales de plage. À l'immigration, l'inspecteur tamponnerait son passeport sans ciller. Un grand sourire aux lèvres.

Michel Temman
Journaliste, correspondant de *Libération* à Tôkyô.

Aurélia Aurita, aux yeux bridés aussi sino-khmers que tant d'yeux bridés nippons, en sait quelque chose – comme son compagnon Frédéric Boilet, grand *mangaka* tricolore et connaisseur poilu (en vrai barbare occidental) et surtout poilant du Japon. Rembarrée comme tant d'autres étrangers et comme une malpropre pour probable délit de faciès, Chenda (Aurélia Aurita) n'a vu ni ne verra Okinawa. Décoincée de nature et refroidie d'un coup, elle n'en a d'ailleurs plus envie. Fraîchement débarquée de l'avion, elle fut, un mauvais jour d'hiver, retenue – comme tant d'autres l'ont été avant elle et le sont quasi quotidiennement – six heures dans les bureaux guère sexy de l'immigration à l'aéroport de Tôkyô Narita. Ces mêmes bureaux où fut détenu presque trois jours, non-stop, un fameux dissident chinois avant d'être renvoyé dans un avion pour Pékin.

Pourtant, le Japon le répète sans cesse, jusque dans le ciel, sur un ballon dirigeable au gré de sa campagne de promotion touristique *Yôkoso* (« Bienvenue ») : il veut accueillir plus d'étrangers sur son sol. Enfin… des touristes, s'entend. En 2016, Tôkyô rêve d'accueillir les prochains Jeux olympiques. Sauf qu'un pays, un grand État moderne et démocratique fait aussi rêver les touristes et les masses du monde entier quand il se montre (aussi) généreux, au moins ouvert, si possible cosmopolite et pas trop inhumain – comme le sont ou ont pu l'être, à certains moments de leur histoire, les États-Unis, la France, la Grande-Bretagne, l'Australie ou le Canada…

Combien sont-ils, chaque jour, chaque semaine, chaque mois, ces hommes et femmes d'Asie, mais aussi d'Afrique, d'Amérique latine, d'Europe, à se voir interdire l'entrée à long terme sur le territoire japonais pour des raisons qui bien souvent relèvent de l'arbitraire et de l'absurde ? Alors qu'il devrait ouvrir largement ses frontières et les vannes de l'immigration, quand bien même « positive », le Japon vieillissant, dont près d'un quart de la population aura plus de 65 ans dans moins de dix ans déjà, se recroqueville sur

Visa pour l'absurde

« Impossible de délivrer ce visa. Vous n'avez pas besoin d'une Chinoise ! » lança l'inspecteur de l'immigration. C'était un lundi matin. La sentence venait de tomber. Telle quelle. Comme un coup de bambou. Une prestigieuse société française, établie au Japon depuis des décennies, se voyait ainsi nier sa demande de recrutement et d'emploi d'une jeune Chinoise de 26 ans, vivant à Tôkyô depuis sept ans, maîtrisant parfaitement le japonais, diplômée (avec mention) de l'université Aoyama Gakuin, à Tôkyô. À trois reprises, l'entreprise française bétonna son dossier et réitéra sa demande. Elle tenait à employer cette Chinoise pour répondre aux besoins, croissants au Japon, de ses clientèles taïwanaise, hongkongaise, pékinoise ou shanghaïenne… Trois fois, l'immigration campa sur son « non » officiel. Obéissant aux directives venues des couloirs austères du ministère de la Justice, elle martelait qu'il était impossible d'offrir le poste en question à une Chinoise, fût-elle parfaitement qualifiée et de surcroît intégrée au tissu social nippon. La petite Chinoise était dépitée. Elle découvrait les lois et les malheurs de « l'immigration choisie » et « positive » à la japonaise, façon rouleau de sushi.

Peu importe qu'à l'étranger, quand elles délocalisent, les entreprises japonaises emploient, par la force de la nature, de la (seule) main d'œuvre étrangère. Il ne leur viendrait pas à l'esprit de ne vouloir employer, sur un sol étranger, que d'uniques et exclusives petites mains japonaises. Au Japon, sur la terre des ancêtres, c'est une autre histoire. Entrer sur le territoire nippon pour vouloir y rester plus de trois mois, non plus comme touriste à béret mais comme immigrant en quête de bonheur professionnel et personnel, peut relever, en vérité, de la gageure.

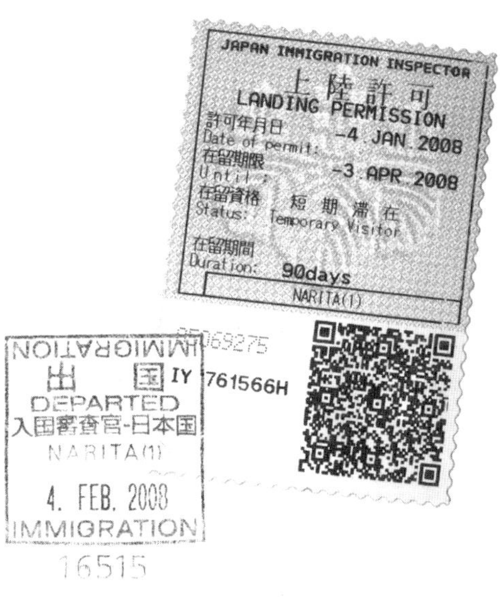
JAPAN IMMIGRATION INSPECTOR
上陸許可
LANDING PERMISSION
許可年月日
Date of permit: -4. JAN. 2008
在留期限
Until: -3. APR. 2008
在留資格 短期滞在
Status: Temporary Visitor
在留期間
Duration: 90days
NARITA(1)
761566H
IMMIGRATION
出国
DEPARTED
入国審査官-日本国
NARITA(1)
4. FEB. 2008
IMMIGRATION
16515